精装典藏版 [No.3]

希区柯克悬念故事集

BEST STORIES CHOSEN

BY THE MASTER OF SUSPENSE

被冤枉的好人

王强 王帆 史玉哲 向宏

孟冬冬 等◎编译

时代文艺出版社

图书在版编目（CIP）数据

被冤枉的好人 / （美）希区柯克 著；王强等译．—长春：时代文艺出版社，2014.7
（希区柯克悬念故事集）

ISBN 978-7-5387-4602-0

I. ①被… II. ①希… ②王… III. ①故事－作品集－美国－现代 IV. ①I712.45

中国版本图书馆CIP数据核字（2014）第150722号

出品人　陈　琛
产品总监　郭力家
选题策划　高晓诗
责任编辑　方　伟
助理编辑　李　硕
装帧设计　孙　利
排版制作　杨纪云

被冤枉的好人

[美] 希区柯克 著　王强等译

出版发行 / 时代文艺出版社
地址 / 长春市泰来街1825号　时代文艺出版社　邮编 / 130011
总编办 / 0431-86012927　发行部 / 0431-86012957　北京开发部 / 010-63108163
网址 / www.shidaicn.com
印刷 / 三河市万龙印装有限公司
开本 / 710mm × 1000mm　1 / 16　字数 / 443千字　印张 / 26
版次 / 2015年1月第1版　印次 / 2015年1月第1次印刷　定价 / 68.00元

出版说明

希区柯克不仅是著名的电影艺术大师，更是一位对人类精神世界高度关照的艺术家。在长达六十年的电影艺术生涯里，希区柯克拍摄了五十余部电影作品，一生获奖无数。对于后世人来说，希区柯克，已不仅仅是一个名字，他已赫然成为悬疑惊悚的代名词，代表了一种独树一帜的电影手法。

在美国电影协会评出的“百年百大惊悚电影”中，希区柯克的电影有9部入选，并且有3部位列前10名，当然包括第1名。

我社尽全力搜集、整理希区柯克的作品并结集出版，致力于打造国内收录希区柯克悬念故事最多的作品集，以飨读者。

本丛书共8卷：希区柯克导演的电影集两卷，《三十九级台阶》、《后窗》；悬念故事集六卷，分别为《有罪的女人》、《被冤枉的好人》、《不愿离开牢房的人》、《如影相随的人》、《迷雾中的陌生人》和《知情太多的人》，卷名取自希区柯克对其作品的分类。

我社此前出版的希区柯克系列曾受到广泛的欢迎，有很多热心读者还给我们提出了很多宝贵的建议和意见。为满足广大希区柯克作品爱好者的需求，我社重磅推出了希区柯克丛书精装修订版。本版不仅订正了上一版中的翻译和编校问题，同时又重新梳理了选文的顺序，力求接近希区柯克的精神核心，全面体现希区柯克的艺术追求。

虽经认真编校，但由于水平有限，错漏之处在所难免，敬望广大读者海涵，并请不吝指正。

前　　言

在中国，几乎没有人不知道金庸，他的武侠小说让亿万华人沉醉其间。在全世界，几乎没有人不知道阿尔弗雷德·希区柯克（Alfred Hitchcock，1899-1980），他的悬念和惊悚故事像海啸一样席卷人类的心灵。

这是一位来自阴暗世界的传奇天才。在希区柯克四五岁的时候，他的父亲交给他一张字条，让他送给警察。警察打开纸条，上面写着，把他儿子关上五分钟，以示惩戒。警察照办。惊悚和悬念就这样戏剧性地在希区柯克的心灵上打上了沉重的烙印。他总是一个人关在黑暗的小屋中，缩作一团，瑟瑟发抖。对他来说，恐惧并非一个突然飞过的蛾子，或阴暗角落里爬行的蜘蛛，而是一种感觉，一种来自内心的战栗。任何物体的摆放和存在，对于他来说，都可构成威胁，让他的心灵备受刺激。他喜欢猎奇，对谋杀、下毒之类的事深感兴趣，被无所不在的邪恶现实深深吸引。正是这种来自童年的阴影和经历，让希区柯克理解了黑暗的力量。这种力量伴随他一生，渗透在他的影片中并释放出来。如《惊魂记》（*Psycho*,1960）中著名的浴室暗杀镜头，希区柯克始终用镜头来烘托和渲染恐怖的感觉，却并不表现任何直接的打斗冲突。危机和恐惧就在后面，让人惊悚。这部影片放映之后，成千上万的女性对浴室莫名恐惧，不敢洗澡。而希区柯克却说："对我而言，《惊魂记》是个大喜剧。"

这位登峰造极的悬念和惊悚大师1899年出生于英国的一个蔬菜批发商家庭，从未受过正规的电影和戏剧专业教育。1920年进入电影圈做字幕设计。1926年拍摄《房客》，一举奠定了他在电影界的地位，这部电影当时被誉为"英国有史以来最好的影片”。1939年，应米高梅电影公司的制片人之邀，希区柯克到好莱坞执导他的《蝴蝶梦》一鸣惊人，捧得奥斯卡最佳影片奖。此后，希区柯克一发不可收拾，佳作迭出，拍摄了《爱德华大夫》《美人计》《后窗》等杰作。

希区柯克的故事有自己一贯的模式，绝大多数以人的紧张、焦虑、窥探、恐惧等为叙事主题，设置悬念，故事情节惊险曲折，引人入胜，令人拍案叫绝。根据他的理论，悬疑必须设计成这种紧张气氛：以观众为主线，通过剧中角色陷入危机的情节来发展，但是观众却无法得知这些角色与危险是谁造成的，或是会再造成什么样的危险，但是又必须让身处其中的无辜者不会受到伤害。于是，我们看到了男女角色之间的互动，而他们却毫不知情；我们了解了剧中人物错综复杂的关系，但是却无法推测下一步希区柯克会让他们发生什么事情！这种故事叙述手法，让人们回味无穷；也正因为如此，他的多部片子都成为经典，其中充满了希区柯克元素：足智多谋的拍摄手法、不可思议的男女角色关系、戏剧性的真相、明亮鲜明的色彩、内敛的玩笑戏弄、机智风趣的象征符号以及支配人心的悬疑配乐。这些元素成就了“希区柯克”这个与悬疑、紧张画上等号的代名词——让人感觉无助、惊吓，祈祷着接下来要（或不要）发生什么——而这就是希区柯克！

希区柯克非常害怕跟警察打交道，以至于到了美国后，几乎不敢开车出门。有一次，他驱车去北加利福尼亚，仅仅因为从车中扔出一个可能尚未完全熄灭的烟头而终日惶惶不安。

他也是一个难以捉摸的人。他的知名度极高，几乎到了家喻户晓的程度，却离群索居，怕见生人，整天在家里跟书籍、照片、夫人、小狗、女儿为伍，还同很少几位密友往来。他很少参加各种社交聚会，不跟妖艳的女影星厮混。他除了拍片之外，的确是一心不二用的。有人问他，要是让他自由选择职业的话，那他愿意做什么，或者在他一生中想做什么。他回答说：“我不知道，我爱画，但我不会画。我爱读书，但我不是作家。我只懂得制片。我绝不会退出影界，除此之外，我还能做什么呢？”希区柯克把全部精力都用在准备制片上，他事先筹划一切，直到最后一个细节，并且全神贯注、兢兢业业地去实现他的计划。

对于希区柯克来说，电影只是这么一种手段，它能使惊恐不安、经常被莫名其妙的内疚和焦虑所折磨的人们，通过导演对剧中人物的巧妙安排来排除内心的痛苦。他说："戏剧就是将生活中的枯燥遗忘。"

也许正是由于希区柯克复杂的个性，才使得他的作品具有广阔的阐释空间。其丰富的意蕴，使得阅读他的作品成为一种巨大的享受。

《天才的阴暗面——悬念大师希区柯克的一生》一书中说："他对人类的心理世界和异常精神状态有着深刻的体悟，这使他的作品有力、深刻而迷人，并使他成为一位与卡夫卡、陀思妥耶夫斯基和爱伦·坡比肩而立的艺术大师。"

1979 年，希区柯克 80 岁生日，坐在轮椅上，向前来道贺的人们致意："此刻，我最想要的礼物是一个包装精美的恐怖。"一年后，他在洛杉矶去世。

希区柯克一生导演、监制了 59 部电影，300 多部电视连续剧。曾在 1968 年获特殊奥斯卡奖，同年获美国导演协会格里菲斯奖。为了表彰他对电影艺术作出的突出贡献，1979 年，美国电影艺术与科学学院授予他终身成就奖。1980 年，英国女王伊丽莎白二世封他为爵士。

这套书所汇总的故事，均根据希区柯克的电影和电视剧改编。编者竭尽所能，希望将这位大师的故事收集齐全，出版全集，但考虑到难免挂一漏万，故不敢称作"全集"。不过我们相信，这套书肯定是国内收集希区柯克惊悚悬念故事最多的。

在中国，希区柯克的电影、电视和图书一直备受欢迎，畅销不衰。我们相信，这些经典作品，必将像福尔摩斯的侦探小说和金庸的武侠小说一样，代代相传，流芳百年。

编者

目 录

CONTENTS

犯罪现场

警官托妮·雷米尼兹站在东区公寓的门口，一只脚轻放在另一只脚上。她站立的姿势和十五年前站在圣胡安她叔叔拉斐尔那个肉店门前的光脚小孩完全一样。现在像那时一样，她祈祷不要被人看到，因为被人看到就意味着要被赶走。现在像那时一样，可以嗅到浓浓的血腥味。

房间里有四个警察：莫内里在查看指纹，奥利弗拉在拍照，雅格布斯在获取证据，格鲁申在画楼面布置图。他们每人单独工作，他们的忙碌像是一种仪式：做大弥撒，或者斗牛。

那个戴假发的矮胖侦探正在往乌黑发亮的咖啡桌面上撒指纹粉。“你应该见到过它，曼尼。”他说，口气就像是在接着说而不是刚开始说，“布罗德被砍得像煎鱼一样。”

“你是说，像这一个？”奥利弗拉侦探指了指像破烂的玩具娃娃似的躺在木地板上的尸体。他手里拿着一架照相机，准备为尸体拍照。

“不，”莫内里答道，“比那个还惨，朋友。这一个都成碎块了，就像有人用搅拌机搅了一样。”他打开一个塑料袋，从里面拿出一把女人抹粉用的大软刷。他像化妆师一样小心翼翼地刷去指纹四周的粉末。“我说的这个需要一个双倍的棺材。”

托妮的胃开始翻腾了，她紧咬嘴唇，这是她办的第一桩杀人案，到目前为止她像一名警察一样地干着。不能流眼泪，不能歇斯底里，不能呕吐。她把那些吓坏了的邻居们赶走，给侦探们打了电话，并且保护着犯罪现场直到他们到来。

她总是非常好奇。无论何时，只要遇到不同寻常的事，她就会睁大她那黑色的眼睛，脑海里充满各式各样的问题。

她八岁的时候家就搬到了纽约，在这个新的世界里，她充实自己的方法就是她学习新的方法，新的词汇。正是她的好奇心使她走进了警察学院，并以优异的成绩毕了业。

此刻，她在观察着街上。尸体又是一门新课。多亏犯罪现场的侦探们，使她能亲眼看到真正的警察对惨死作出的反应——带着像酸一样腐蚀性的幽默，从胆怯到习以为常。

“记得第4–4辖区的那具尸体吗？”曼尼·奥利弗拉对着整理指纹的那人说。但是托妮的直觉告诉自己他同时是在向她炫耀。房间里的四个侦探中，只有他在门口同她交换了眼神，现在他这样说话好像是让她听见似的。此刻，他注视着她，目光中带着独特的光芒，那目光在告诉她，他想在今天结束之前得到她的电话号码。

她对他笑了笑。她喜欢他那张瘦削黝黑的脸，走路时昂首阔步的样子以及他那玩世不恭的笑容。如果同一个犯罪现场侦探坐在警察酒吧里讲侦破故事，那一定十分有趣。

“哪一个？”莫内里从桌子移到法式门的把手以寻找更多的指纹。在瓷器柜里，餐碟的金边在阳光中闪耀着光芒，而水晶酒杯像钻石一样晶莹剔透。

“你知道，那家伙像小牛一样被切成了几块。我们只找到了他下半身的一半，记得吗？”

“记得。”莫内里答道。他一条腿跪在地上，嘴里咕哝着。他将胶带纸贴在已经清理过的把手上，像眼科医生处置隐形眼镜那样精确地将指纹提起。“这又是一个半个屁股的案子，对吗，曼尼？”

托妮“扑哧”一下笑出声来。笑话虽然可怕，但它们能起到一种她说不清的作用，帮助她克服紧张而又敏感的情绪，使她敢于看那凝结在粉红色毛巾布浴衣上的片片血块。

“至少麦卡锡不在这儿。”莫内里说。他脸上露出狡猾的微笑使托妮明白他是在引诱奥利弗拉上当。

“感谢上帝帮忙。”奥利弗拉答道。他离开尸体走到那摊血旁边，那把屠刀就放在那里，凝固了的黑色血块看上去令人作呕。

“我是说，”莫内里接着说，“大部分人，如果他们要哭叫的话，他们会留在婚礼上哭叫的，在犯罪现场他们是不会哭叫的。”

“多愁善感的爱尔兰杂种。”奥利弗拉一边说着一边拍着照。他围着屠刀转着，就像时装摄影师给克里斯蒂·布林克利拍特写一样。

和模特儿不同的是，屠刀不会逗弄照相机，它只是平放在发亮的木地板上，就在斑斑血迹的正中。

“麦卡锡仍然是最好的，曼尼。”阿林·雅格布斯侦探漫不经心地小声说着，就好像她以前曾经多次下过这样的定论。她在尸体后面转过身朝咖啡桌走去。“这些你拍了吗？”她朝那些放在桌子边上的茶杯和碟子挥舞了一下指甲修剪得很美的手，问奥利弗拉：“我把它们装进袋里了？”

托妮的眼睛盯住了咖啡桌，她专注地看着桌面在阳光之下是如何反光的。然后她又把目光投向了雅格布斯侦探那长长的紫色指甲，以及那些精致的瓷杯和碟子——只要是能让她避开不看那带血的屠刀和房间另一端那破碎的尸体。

“是的，我拍过了，阿尔。”奥利弗拉扭过头来说。他一条腿跪在地上，身子俯向屠刀附近的血污。托妮绷紧嘴巴，转过身去。

雅格布斯侦探掏出一块手绢，小心翼翼地将杯子拿起，然后放进一个装证据用的塑料袋里。她在袋子上草草写下她名字的缩写，就像托妮在警校里学过的一样，然后注意力又转向了碟子。

托妮的注意力完全被犯罪现场处理小组配合密切的工作吸引了，以致当她意识到有人在她后面的时候，吓得跳了起来。她挺直身体，准备接受一顿狠狠地训斥。半个小时前她就应该回去巡逻了，当侦探们到来的那一刻，她在犯罪现场的任务就完成了。

“放松些，警官。”一个声音轻轻地说道。托妮向左瞥了一眼，看到一条灰蓝色的领带，上面印的图案好像是黄色的精子。她抬起头看到打皱的白衬衣，闪亮的灰色套装，细长的脖子和一张只属于警察的脸。托妮记得麦卡锡，他在警校做过报告，还在那儿放映了被警校学生称为“最骇人听闻的纽约杀人案”的幻灯片。

她把他的点头看成允许她留下来。他从她面前走过，进到公寓里，没有注意那些技术人员，停在了明亮地板上的血污旁边。他低着头，好像要祈祷一样。

麦卡锡瘦高个，有六英尺那么高，走路拖沓，穿着有裂缝的黑色皮鞋。五十多年来的生活经历，吃呀，喝呀，查看尸体呀，统统都在他红润的脸上留下了烙印。他就像一座位于衰败地域年久失修的房子，那松垮的身体看上去似乎早在数年前就与他的精神不相抵了。他的鼻子里发出独特的抽气声。“噢，上帝！”奥利弗拉压低嗓子说。

麦卡锡举起手，将手指放在鼻梁上。如果托妮没有听到过侦探们的谈话的话，她将永远也不会意识到他是在哭，那个动作会被看成是一个疲倦的人揉自己的眼睛。

阿林·雅格布斯侦探走到奥利弗拉那里，弯下身子熟练地从地板上拿起血迹斑斑的屠刀，迅速将它放进一个塑料袋里，封好袋子并写上她名字的缩写以便辨认。

“警官——呵，是罗德里戈兹吗？”一个踌躇的声音问道。

托妮有点吃惊，然后赶快回答说：“我是雷米尼兹，长官。”她转向麦卡锡，小心地控制着自己的面部表情，她在警校里学过应该以什么样的表情面对上级。

“是你发现的这个可怜的姑娘，对吗？”

“是的，长官。当大楼的管理员来找我的时候我正在巡逻。他说5C号公寓的住户没有来拿她的信件，他有些担心。他用钥匙打开了门，我——”她停了下来，使劲咽了口唾沫。

生动的影像在她脑海里迅速闪现，她感到肠胃翻腾，眼睛灼烫。5C号公寓门前那欢快的心形蹭鞋垫，用矢车菊和花边蓝带自制的稻草花环。阳光透过薄薄的桃红色窗帘照射在木地板上，形成一个金色的正方形，而死亡却在那里等待着。

麦卡锡轻而坚决的声音像是从远处传来的，“告诉我，当你看到她躺在这儿时，你感受如何？”他指了指穿着粉红色毛巾布浴衣胸前血污斑斑、敞开的浴衣暴露出的那年轻女人赤裸、扭曲、肢体残缺的尸体。

“长官，感受？”托妮问，她的嘴唇有些僵硬，感觉不像是在局里用来得分的东西，麦卡锡是否在愚弄她，嘲笑她是新手？

“我——我极力不让自己有什么感觉，长官。”她支吾着说，“我知道我得与我的上级和犯罪现场小组取得联系，所以我就用步话机报告了情况，然后在这里等着。”

麦卡锡点点头，沉重地叹了口气，“你是完全按照巡逻规章做的，雷米尼兹警官。”他又用几乎是耳语的声音说，“巡逻规章的确没有提到感受，或眼泪。”他面颊上露出的粉红色可能是因为窘迫或者是威士忌造成的。

“你多大了？”他轻声地问，“不会超过二十一岁，我猜。你觉得这个可怜的孩子有多大？”托妮还没有回答，他又接着说：“她的驾驶执照上说她二十三岁，她只比你大两岁，警官。她只多享受了两年的阳光，在电影院里吃巧克力花生豆，春天里欣赏丁香花，清晨从干净的被单里醒来。现在，一切都完了，永远完了，在痛苦之中结束了。所以我要再问你一次，当你看到她躺在血泊中时，你感受如何？”

血。拉斐尔叔叔的商店，挂着复活节的小羊就像她图画书中那样的长着白毛的小羊，在绿色的田野中嬉闹着。就是这些挂在肉店里钩子上的小羊，它们的毛上凝结着黑红色的血。她曾经为这些死了的小羊哭泣过，它们嬉闹的生命枯竭了。

她发出的哭声就像是从压力锅里溢出来的。在她还不知道的时候，一只胳膊已经搂住她，将她领出了公寓。她越过心形的垫子，把前额靠在了走廊冰冷的墙上。她哭泣的时候，麦卡锡一边用他的胖手抚摩着她的肩膀，一边将一块像波多黎各国旗大小的手帕塞到了她手里。

“我来给你讲个故事。”这位老警察说，“我在像你这么大的时候，也是一个死记规章的新手。我第一次看到死人，那是个婴儿，大概有九个月大。”

托妮擤了一下鼻涕，然后看着麦卡锡，他蓝色的眼睛似乎变成钢枪那样冷酷的灰色。“他浑身是血，”他说，“身上有伤痕和黄色的淤肿，小小的脑袋有一半因受到重击而陷了下去。十九岁的我就站在那里，我哭了。我尽量不让别人看到，我将眼泪擦掉，好让他们不要注意到我当时有多么娇气，但是不管我怎么样，眼泪就是止不住。”

麦卡锡大口地吸了一口气，他那红眼圈的眼睛好像马上就要流出泪来。“当我哭的时候，图像开始闪现出来。我看到一只手朝着那柔软光滑的皮肤伸去，然后打下去。我注意到了威士忌的臭气，并且意识到了，无论何时只要那座房子里充满了那种气味，那个婴儿就会恐惧。当警官吼叫着走过来时，我正在用袖子擦着鼻子。‘你在哭吗？麦卡锡，我们这儿需要的是警察，而不是懦夫。我们知道是谁干的，’他接着说，‘我们需要做的一切就是找到这孩子的父亲，那么就可以结案了。’

“当时我的脸红得像砖墙一样。”麦卡锡接着说，脸上露出羞怯的微笑，“当眼泪不再流的时候，图像也停止了。那婴儿只是一团肉，就像一只羊腿。这只是一项工作而已。

“这时一个侦探把我喊了过去。他的名字叫罗思，一个真正的硬汉，长相像棒球手套似的，戴着一顶软呢帽，那时候他们都戴那种帽子。看起来就好像他生下来时就戴着那玩意儿。我想，叫我过去又是要训我，所以我站得笔直——就像你现在这样，雷米尼兹。”麦卡锡喉咙里发出“咯咯”的笑声，然后咳嗽起来。托妮放松下来，脸上露出苍白的笑容。

“‘你知道，小家伙，’罗思对我说，‘我从来没有看到尸体后而内心不哭的。虽然看不出来，但我还是同样会哭的。你知道吧，小家伙，’他说，‘凶杀案组里没有人不哭的。你不为受害者哭的话，你就不会用心抓住杀死他的那个杂种。’

“所以，别听警官的。小家伙，你只管哭好了，或许有一天我们会在凶杀案组见到你。”

托妮一动不动地站着，他那平静而坚决的声音以及那具有迷惑力的蓝眼睛让她入迷。她距离他那么近，近得可以看清老人粉红色面颊上的银色胡楂，闻到像香水一样附着在他身上的烟草味道。

“然后罗思对我说：‘这儿发生了什么，小家伙？’我闭上眼睛又看到了图像。我感觉到开始流泪，但是我不再在乎了。我记起了盘架上洗过的瓶子和厨房下面的液化气，我记起了干净的尿布，于是脱口而出：‘有个人爱他，是别的人杀了他。’

“‘很好！’罗思说。就像他已经知道一样，他很高兴我也知道了。‘继续。’

“我又闭上了眼睛，有关尿布的什么吸引了我。它很干净，用别针别起来的，但是都皱在一起了。要将别针穿过布结需要手劲很大。然后我又回想到威士忌酒瓶边上的烟灰缸上，抽了一半的香烟，过滤嘴上印着红色的唇膏。

“‘天哪！’我叫了出来。这叫声就像是哭泣，或许是因为我刚把我母亲埋葬在格林伍德公墓。‘不是父亲，是母亲干的！’我告诉罗思说。‘那个喝醉酒的婊子杀死了自己的孩子。’”

麦卡锡慢慢地摇着头，叹了一口气。“我当时说对了，”他说，“是他妈妈干的，我们在风井里找到了她的尸体。当她清醒过来看到她所做的，她就跳下去了。这就是为什么当我到一个犯罪现场时，我让行家们四处搜寻，拍照，取指纹，挑选有用的物品，而我只是看着尸体，让我自己去感受我所能感受的一切。警局在发给你警服时也授予了你一个愤世嫉俗的外表，对此我是拒不接受的。这对你有意义吗？”

托妮点了点头。

“这些人都是好警察。他们干得非常好，但是他们不用他们生下来时所具有的所有设备。他们使用手、眼和脑子，大部分情况下就足够了，但有时，需要用心。”

麦卡锡的胳膊搂住了这位新人的肩膀，“你愿意再看一下这具尸体吗？”他温柔地问。

托妮恍恍惚惚地穿过了5C号公寓的门。她现在意识敏锐，十分清楚地嗅到在尸体的血液和粪便的气味之下，雅格布斯香水的味道和格鲁申雪茄的味道。她决意不去理会那些枝节问题，直接走到躺在光亮地板上的尸体那里。她长时间地注视着那棕黄色的头发，头发的黑色根部刚刚露出来，她注视着那涂成珊瑚色的脚指甲，以及那细细的金脚镯。这一次当她看到浸透了血迹的粉红色毛巾布浴衣时，她没有再转过身去。

当她向下看着这位死了的女孩时，托妮感觉到自己变成了穿粉红色浴衣的她。她正在卸妆，准备睡觉。脚下的木地板有些冰凉，但她讨厌穿拖鞋。她走向厨房，为自己弄一杯夜晚喝的草药茶。

她手里拿着茶杯，朝放在客厅里的那把舒适的、绿色和桃红色相间的椅子走去，然后将茶放在咖啡桌上。她打开电视，从木架上拿下一盒录像带。她坐在带花的椅子里，将双腿蜷于身下，又将浴衣拉紧了一些。

一种孤独的感觉向她袭来。有多少个夜晚，这个死了的女孩身穿粉红色的毛巾布浴衣坐在她那把舒适的椅子里？有多少个夜晚，是她孤独地度过，唯有电视做伴？托妮的目光转向了放在带轮子的支架上的那台大彩电。录像机的上面放着一盒录像带，看上去好像只放了一半。

托妮感到有些不安。在电视机支架的顶上有一个银色的小东西。她又仔细看了看——是一个拧下来的螺帽。录像机旁边下面的架子上放着一把很小的宝石商用的螺丝刀。

她闭上眼睛，又变成那女孩。她在看录像，杯子里的茶都变凉了。屏幕上的图像停了下来，她伸手去拿遥控器，然后寻找说明书，最后她走到了电话旁。

托妮急促地吸了一口气，又让自己回到了此刻，回到了地板上死了的女孩这个现实中。她看了看录像机，上面的数字钟显示为12:00，而托妮知道此刻至少也到3:30了。她盯着那些绿色的数字，耳朵里听到了来自过去的声音。

有人敲响了带有蓝色花环的门；女孩光脚走过木地板的啪哒声；她解除了复杂的安全系统后门锁发出的咔嚓声，好让总是乐于助人的管理员进来；笑声和玩笑声，请他喝茶。女孩起初充满热情和感激的声音，随着意识到对方期望的是一种什么样的报答时变成了恐惧。

“噢，天哪！”托妮闭上眼睛低声说道，她感到头晕，“别，请别。”她浑身战栗，一种她未料到的强烈的震颤穿过她弱小的身躯。“我只想让你修理一下录像机。”她小声说。

托妮停止了思想，不再去想剩下的了。她感觉到麦卡锡那温暖而有力的手在她的肩头抚摩着，听见他说：“告诉凶杀案组检查一下这个管理员。”

她睁开眼睛，向下看了看地板上那一动不动的弱小的身躯。

“我们会抓住他的，女孩。”他轻轻地许诺说。

我能杀死你

从波光粼粼的湖对面更为黑暗的湖岸上，风吹着树叶发出哗哗的响声，在黑夜里听起来非常刺耳。从另一只小船上，在视野之外的黑暗的湖面上传来一阵班卓琴哀婉的曲调。艾丽妮靠在小船的座板上，她甩着头将一头浓发摇散开来，因为在这炎热的夜晚里，它盖住了她的脸和喉咙，使她难以呼吸。

“月亮的尾巴。”杰里说。艾丽妮的眼睛睁开一条缝，随着他的视线看去。月光照在水面上，泛起一道道闪烁的白光。但他看的不是湖面的景色，看的是她一头瀑布似的秀发，就像她根本没有感觉到脖子上的阵阵凉意一样。

杰里笑了起来，尽管他笑声沙哑，但他喜欢听到别人的赞美。她对此很了解，她也知道该怎么做，她的身体知道该怎么移动，她的喉咙也能发出笑声，她能够说话，以自己独有的方式看着一个男人。

为了取悦于他，她笑了，为了让杰里知道她听到了他的话并理解其中的含义。她其实想的是：我恨你。

这个郁积在心头的想法一冒出来，自己也大吃一惊，她感到无法再控制内心的厌恶，这成了她的整个身体的感觉。她知道这一切会过去，她能够挺下去。她是杰里的妻子，可是此时此刻她心里想的只是：我恨你这个肥胖而愚蠢的家伙。

当她放下划桨，俯下身子时她又笑了，笑得好像自己非常愉快一样。如果他知道的话，他会杀死我的；如果他知道我现在这么恨他，他会杀死我的。

这不过是一句话，一句表达一个意思的一句话而已，但当她想到这句话时，它似乎变得有灵性了，一种觉醒的冲动弥漫全身。她恨他，他对她的任何要求都打动不了她，但“他可能杀死我，他可能恨我”的想法却使她震动。

他的手伸过来抚摸她，让她感觉不是那么回事：他并不恨她，他从来没怀疑过她的恨。她是他的妻子，她属于他，他总是喜欢这么提醒她。现在他看到她的裙摆吹了起来，露出雪白的大腿，在月光下美丽得如一尊维纳斯。他的手不禁在她的身上到处抚摸着……

杰里是个玩弄女性的高手，他的指尖轻轻滑过她的乳峰、腹部、大腿根部，摩挲着那柔软的黑色丛林，她不禁发出声声呻吟。尽管如此，奇怪的是那句话依然在她脑海中挥之不去。她怀疑自己是否在呻吟中把这句话说了出来。它不停地响在她的耳畔：我恨他……他会杀死我的。

“亲爱的。”她呢喃着，声音似乎是无意中发出来的。他抱紧了她，当他庞大的身躯在小船上移动时，船体左右晃动着，直到他躺下来，脑袋伏在她的大腿上。她任由他的手指触摸着自己，等待着小船停止晃动，等待着世界平静下来，等待着对他的恨的消逝。

但是那句话依然挥之不去，她的手滑过他的脸庞，摸着他的脖子，感到他的身体在哆嗦不已，心里却在想着：杀死我……杀死我……杀……杀！

她能够杀死他。

以前这个念头从来没有冒出观过……当她清醒时从来没有想过。她曾经梦想过，但是他是个大块头，强壮无比，他有钱，有力气，还有仆人……所有使男人超过女人的东西他都不缺。

她以前从来没有意识到自己也可以做到这一点。现在她知道自己有这个能力，而且她知道自己为什么要这样做。她是杰里的妻子，他们已经共同生活了八个年头。现在，她也许要成为杰里的遗孀，管他成为什么，反正现在杀死他不是什么难事。

她向下看着，在月光下可以看到他的脸，离她那么近，能清楚地看到他头上细细的卷发和帽子。他的那张大脸几年前还瘦瘦的，这几年由于养尊处优胖了起来。下巴上的肥肉一叠叠的，似乎长了两三个下巴。运动上衣的衣领解开了，几根黑色的头发沾在脖子上的肥肉里。

尽管他身躯庞大，但杰里不会游泳，这一点艾丽妮再清楚不过了。

那句话在她耳边重新响起，而且更加清晰了：我恨他……我能杀死他……现在。也许以后她做不到这一点，但现在她完全做得到。她可以把小船蹬翻，自己紧紧地抱住他，直到他淹死在水里。而精通水性的她却可以抓住小船稳住自己，即使游不到岸上也可以大声呼救。等到人们赶来把她救起时，她可就成了富有的寡妇，而杰里先生却因偶然溺水不幸身亡。

看着他安详地伏在自己的大腿上，她的手再次轻轻滑过他的卷发，慢慢地向他的脖子靠近。抓住他的脖子，她就可以杀死他，他还是静静地躺在那里，根本不知道自己的妻子此时的想法。这个肥胖、愚蠢的阔佬，他不配活在这个世界上。

“你真漂亮，艾丽妮。”她向下扫了一眼，看到他目光向上盯着自己的脸。她又笑了起来，这是发自内心的得意，这对他来说再自然不过了，她喜欢被他吹捧，喜欢听他恭维自己。他也知道这一点，他又重复了一句：“你真漂亮，艾丽妮，你爱我，是不是？”

“傻瓜！”她轻轻吐出这几个字，几年来她都这么说。可是今夜之后她再也不用这么说了，“当然，杰里。”

“如果你不爱我，我能看出来。”他跟以往一样粗声粗气地说。杰里干什么事都不会轻手轻脚。“我肯定会知道的，艾丽妮，如果你不爱我，如果只是因为我不能满足你……”他停了停，清了清嗓子，“你最好还是告诉我。”

这是最后一次了，最后一次他怀疑她，最后一次她说谎了。她俯下身，双手也摸了下去，她的手指抚摸着他的胖脸，接着又轻轻地、满脸柔情地摸着他的喉咙。“心爱的傻瓜。”她说，当他俯下身时，她故意让小船晃了起来。

她的嘴唇落在了他的额头上，小船又晃了起来，只是比上次晃得更大了，要做到这点其实很容易。

他先是伸出胳膊去触摸她的头发，然后落下按在她的脸庞上，他贪婪地呼吸着她脸上的芳香。“我知道你的感觉，我美丽的艾丽妮，”杰里说，“我知道，我当然知道。我没有那么傻。”

她轻叹一口气，对着他的眼睛笑了笑，让他看到自己眼中的关爱和信任。接着她摆了摆头，让一头浓发散落开来，盖在他的脸上，然后让小船晃得更厉害了。他知道！他知道的只是那具肥胖而愚蠢的身体的直觉，他知道的只是自己的一厢情愿。

她抬起头，小船又晃了起来，而且更厉害了。她借此猛地一蹬，小船向旁边一倾，黑色的湖水顿时流了进来，两人双双落入水中，但她的手依然不忘紧紧抓住他的喉咙。

他们在水里拼命扑腾，她的一只手向旁边的小船伸去，另一只手紧紧抓住他。

她那只自由的手终于碰到了小船，紧紧抓住了船舷。她朝他猛踢一脚，他滚进了水中，可是她正欲再次踢去时，头皮上感到火辣辣的，是她的头发，长长的金黄月亮般的头发……她向下沉去，一只手还紧紧抓着船舷，她只感到“砰”的一声撞在他的脸上，撞在水下的他的龇牙咧嘴的脸上。

她用尽全力踢他，但水下的他更加用力地揪着她的头发，痛得她撕心裂肺。有一会儿她用力浮到水面上，想张口呼救，但听到的却是从水底传来的叫声："艾丽妮，你的想法我都知道，我知道，我一直知道。"他的大胳膊，肥胖的胳膊现在充分发挥出了它的威力，而她那只柔软的细胳膊抓在船舷上拼命挣扎着。她张开嘴大喊救命，但头发根部的疼痛令她痛不欲生，湖水涌进了她张开的嘴巴。她听到了尖叫声，但不是她的，那是一个男人的声音，杰里那低沉绝望的声音从水底传来："救命！"

她的头皮像火烧一样疼痛，除了黑暗的湖水她什么也看不见。接着，仁慈而冰冷的湖水永远地抚平了她灼烧般的疼痛。

连环命案

“知道我在想什么吗？”托尼·萨莫斯问，今天发现了第四个被勒死的人。他的右手不停地拍着游戏机的投球按钮，背几乎都扭曲了——只见屏幕上银色的小球击中了闪亮点，“我觉得从一开始，咱们的思路就错了。”说话时他连看都没看我。

我正在看弹球游戏机里计算托尼的得分，托尼是一号选手。这机器不时发出刺耳的嗡嗡声。我一言不发，只等着托尼自己开口。托尼就是这样，只要有重要的事情要讲，他总要花些时间来个开场白。与他合作八个月，我早就熟悉了他这套做法。托尼喜欢别人按照他的思路行事，按照他的步骤进行，有时候真让人受不了。但是，这才是托尼。大多数时候都会是好事儿，这时可不能缺了他，他可是吹牛、搞笑的一等好手。但当事情不妙时，你最好什么都别听他的躲得远远的。

“我们只是猜测到底是谁杀了这么多人，这有什么意义？”他说，“我只想知道他的动机是什么？”

游戏机突然停了下来，屏幕显示他可以再玩一局。

“怎么办，托尼，”我说，“你又赢了。”

我们离开游戏机，走进一个小房间。这房间对着昏暗的沙龙入口，现在已近傍晚，这沙龙和那些不管白天黑夜都黑着灯的地方一样，非常暗昏暗。而我们就像两只吸血蝙蝠，在山洞里躲避阳光。

我们俩面前各摆一杯啤酒。不到半小时，托尼已经喝了第五杯，而我的第二杯还剩一半。

看他的样子便知道又有什么事情让他烦心了。对此，不要觉得奇怪，看看我俩这几周都在干些什么——我们一直拼死拼活地抓一个幽灵般的杀手，也就是前天被媒体称作“街头杀手”的那个杀人犯。

第一个被害者是一位年轻女子，一家商业区储蓄信贷行的出纳。她在离她上班地方不远处的一条小巷里遇害；第二个被杀的是一个管道工，年龄稍长些。在他自己店门口的一辆卡车的轮子后，发现了他的尸体；第三位则是个加油站工人，他的老板在工人宿舍的一个小隔间里发现了他的尸体。

今天早晨又有一人被杀，就死在家里。她是个电脑操作员，在警局工作。她的室友在她的房间里发现了尸体。室友是个空姐，刚执行完外飞任务回来。迄今为止，四人遇害，两个男人两个女人，三个白人一个黑人，年龄最小的十九，最大的四十五。在这座城市里，他们住的可谓是天各一方，素昧平生，连碰面的机会都没有。他们之间毫无关系，没有任何破案的线索。一点蛛丝马迹都没有。

唯一的线索只有一个作案用的黑色毛线围脖。

别人可不管这个，所有的压力都在托尼和我身上。

下午，四点来钟的样子，我们刚从验尸室分析完第四个死者的死因回来，就被我们的头儿莱密斯上尉叫去他的办公室，痛骂了我们一顿。我们也不想事情变得这么糟糕，也难怪头儿气急败坏了，从第一桩命案至今已有三周，来的电话说的全是些鸡毛蒜皮的事儿，没什么线索，更别提什么结案了。这案子让我们束手无策，像钻进了死胡同，莱密斯其实也了解其复杂程度，可他还是劈头盖脸地训了我们一通。

托尼倒是没把挨训的事儿放在心上。一从上尉办公室出来，就抓住我的胳膊，拉着我冲出专案组，对我低语：“我们得离开。”尽管还有许多工作要做，我知道此刻说什么都没用，得听他的。托尼已没有兴致在局里待下去了。

我低头看看表，过六点了。

托尼向侍者示意，又要了杯啤酒，然后看着我。我喝光我杯里的酒，他又叫来侍者：“分成两杯！”侍者照做。

托尼从口袋里掏出一包雪茄，从中抽出一支点燃，深深地吸了一口，又吐出一口浓烟，望着我。这时，他的嘴角微微上翘，露出一丝微笑。

“我总能调整自己，”他说，“你了解我的。”

侍者又端来两杯酒，拿走了我们的空杯子。等那家伙走远了，托尼才端起杯子喝了一大口酒。

我等他说话。

“我们一直在找线索，”他终于说话了，“努力寻找死者之间的共同点，不是吗？看起来他们一点联系也没有，纯属滥杀——不分性别，不分年龄。我们在城里不同的地方找到他们的尸体，那有什么联系？”

“那你告诉我，该怎么做？”

他犹豫地点了点头，看来他自己也没有下定决心要不要继续找线索。最后他低声说：“我们只知道被害的是一个出纳、一个管道修理工、一个在加油站干活的年轻人和一个电脑操作员。再问一遍，他们之间有关系吗？”

我沾了点儿酒，“那只是你的理论，伙计。”

他又露出一丝微笑，问我：“你认识那个电脑操作员吗？”他说出今天早晨的死者的名字，“你跟她打过交道，她给你提供材料吗？”

我摇摇头：“没有。”

“那你可真幸运，”他说，“她是个真正的女人，我指床上的那种。能让她为你干点儿事真是莫大的荣幸——当然那是她的工作，但她也会让你为此而痛苦的。”他把剩下的酒都喝光了，向侍者做手势又要了一杯。“我至少可以列举出一打想勒死她的人，她有多可怕！”

“真的？”

他皱起了眉头，说：“想想看，出纳、管道修理工、加油站小工，然后是她。”他盯着我，等我回答。

我只是耸了耸肩。

“你连想都没想。”

我不耐烦地说：“那为什么不直接告诉我呢……”

正在这时，侍者又送来一杯酒放在托尼面前，他看着我，见我摇了摇头，就走了。托尼一直看着他走到吧台另一端，才又重拾话题。他刚给两个小姐抛过媚眼——她俩看起来像秘书，可能刚下班吧。托尼对我说话时，他的眼睛还在她俩身上，“你有没有注意到今天的事情有什么不对劲吗？我指真正注意到？”

我一语未发。

“你走进超市，”他接着说，“看见一个年轻人在整理麦片盒子，你问：‘打搅，请问焖西红柿在哪儿？’‘我不知道，’他说，‘问问经理吧。’你又问：‘好的，经理在哪儿？’他说：‘今天他不在。’”

托尼掐灭烟蒂，“或者假设你来到一家大商场。没错，服务员是得为你服务，可他们却不会主动问顾客，只是顾客有事儿了找他们帮忙。你得自己去找藏在角落里或正慢吞吞地走在通道里的或是躲在柜台后面的服务员。也有可能是三四个人在一起有说有笑的，你凑上前去说：‘能帮帮我吗？’而你得到的回答是，‘对不起，我们不是服务员。’”

他又伸手到口袋里摸烟，看起来他忘了放在哪个口袋里了。他终于掏出了烟，但得慢慢地才能把烟凑到嘴边。我拿起打火机，帮他点着烟，他点头致谢。我注意到托尼已经开始有些目光呆滞，我自言自语：“够了，伙计！”

“这该死的传染病。”他说了一句，然后靠在桌上，好让胳膊放松放松。他动了动，让我靠近些，我闻到他呼吸时发出一股浓重的烟酒味儿。

他继续说：“如果被人勒住脖子，你会怎么办？”他用夹着烟的手在脖子前比画了一下，“这个杀手一定非常讨厌像棋子一样被人摆布，因为他应该得到的是服务。”

“嗯？”

“或者是她，男女倒无关紧要。或者此人的工作就得每天笑迎顾客，一个售货员，或他在一家专门接受投诉的公司工作，他成天面对那些平时受到别人忽视而抱怨的庸人。我也说不清楚，抑或是整天都倾听别人的问题的人……像牧师或是精神科医生或——”

“或警察？”我接口道。

他的眼神定在我脸上。“对！”他说，“就是了，一个警察，很有可能。”

我见他又朝侍者望去，赶紧阻止他，“别再喝了，咱们得回家了——”

“你认为是什么让他走上这一步的呢？”他没理会我的话，继续说，“他到银行，然后他遭到误解，他排了半个小时的队，出纳员反倒说起了他的不是。由于那些人把他的存款搞得乱七八糟，他为此退还给出纳的百元支票已有好几张了，他还得每次付上十、十二或十五美元不等的服务费，这就是第一桩命案；又好比几天后，这家伙的浴室管道堵了，而管道修理工又给他脸色看，似乎那管道是他故意搞坏的，第二桩命案就这样发生了；又有一次，他把车子开进加油站，想让那小年轻人到车下检查一下发动机，不料那年轻人却说，‘谁，我吗？’‘就是你，这难道不是什么该死的加油站吗……’”

当发现周围的人都向我们这边看时，托尼突然住了嘴。他的嗓门太大了。

“来，”我尽力站起来，扔在桌上一些钱，弯下身子扶起托尼，“咱们出去再说。”

小巷里很黑，除我俩外空无一人。我隐约能看见托尼笨拙的影子在眼前晃动，跌跌撞撞奔向车子。我满脑子都是他刚才说的那些话。

思考着他没说出来的种种可能。

我自言自语：他到底想告诉我什么？他开始同情那个杀手了？或者他在向我暗示他知道真正的凶手是谁……

或者？

我很想问问他，迫不及待。

他找钥匙打开车门时，我从后面赶了上来，正想开口问他，我打住了。我将我的领带绕在了他的脖子上。我不能冒这个险，还有许多人要我照顾。

但我仍然清楚地记得那天下午托尼离开专案组时说的话，他说："咱们俩去一醉方休。"

我收紧领带，笑了笑，心想：托尼，真是好样的。

好一个一醉方休，我喜欢，非常喜欢。

僵尸皇后

他向我走来时，姿态异常奇特。东倒西歪，似乎不能自制，无精打采的头在双肩上晃来晃去，双手前伸探索着，似乎怕自己的脸被黑暗中的什么东西撞破。他向身体一侧踉跄了一下，重重地撞到一棵树上，随后便向前蹒跚起来。

走近时，我听到他在呻吟，一种软绵绵的呜咽声，以前曾听到过小狗临死前发出过类似的声音。这种声音中没有痛苦，没有悲伤，好像他知道，痛苦和悲伤已越过极限，不再有任何感觉。这个人还活着吗？我为什么突然产生这样怪诞的念头呢。

我用颤抖的手点燃一支烟，并向一侧靠了靠想让他过去，但是他却停在我面前。他竭力想抬起头，但还是有气无力地向前垂着，我没能看到他的脸。在这可怕的瞬间，我看到了他的眼睛。他的双手漫无目的地向前摸索着。

他开口了。“烟，”他说，“请给我一支。”

他的手搜寻着摸向我递过去的烟盒，手指触到了我的手腕。我感到他的手像死人一样冰凉。他摸出一支烟，呜咽着，呻吟着蹒跚而去。

我走了几步，突然那可怕的冰凉的手一下子抱紧了我的身体，使我毛骨悚然。这时，在内心深处的某个地方，我模模糊糊想起了这个人。在逝去已久的岁月里，我认识他，与他交谈过，是他的朋友。

我想起了那奇特的友谊。我不能就此而去，让他孤零零面对深不可测的悲伤。我转过身，看见他摇摇晃晃倒了下去。

我再次接近他的身旁，终于看清整个面庞。他是金·凯德·戈顿！他手腕处的肌肤如大理石般冰冷，脉搏已停止跳动。他已经死了。可是，金·凯德·戈顿两星期前已经死了……是我把他的尸体送到他的长眠之地的。

刚记事时，我就认识了金。

上小学时，我、金和多恩就为我们三人之间永恒的友谊、不朽的忠诚立下了誓言。起因是一个令人讨厌的、脸上有雀斑、嘴里有龇牙的小女孩和一个扔来扔去浸泡了墨水的小纸团。多恩把小纸团扔进了那个女孩的脖子，这件事意味着要被开除。所以我和金两人便承认是我们干的，目的是为了替多恩承担过错。但两个孩子不可能同时扔一个纸团，弄不清真相的校长只好把对多恩的惩罚给了我们三人，使多恩免遭开除。之后，我们起草了一份相互忠诚的誓言，战战兢兢地用大头针刺破手指，在上面按了血印。

我们三人同在一所预备学校大学班学习，一起在操场上踢球，人们都知道我们是邪恶的三剑客。实际上我们三人并不邪恶，我们只不过有点年轻气盛，像野性未泯的动物，贪得无厌地追求生活。现在金死了，死了。我的天哪！他又一次死了！

多恩·布鲁斯从父亲那儿得到五万美元遗产，我们首先有了羊皮毯，多恩说只要能用，就永远共同使用。他坚决又蛮有道理地说，不需要工作时我们没有理由去工作。需要工作时，我们会有许多事情做。何必去想那些烦人事呢？

我们马上就干了些事情。我们购买了一艘六十英尺长的三桅帆船，外带一个性能良好的外置推进器，风往哪里刮我们就往哪儿驶。我们去了一些令人激动的地方，那些地方我们从前只是在地理书上看见它们的名字，我们品尝了生活的甜蜜，猎奇之心得以满足，内心的愿望一点点实现。婆罗洲、苏门答腊、班达亚齐、锡兰……我们经历了好多事情，遇到过一个名叫弘恩·奥·韦尼的僧人，金还救了他一命。

看到两名酩酊大醉的船员残忍地殴打一位年迈的老者，任何人都会做出同样的反应。但是弘恩·奥·韦尼却对金的反应表现出了无限的感激——同时也带来了麻烦。

那位僧人长久不动地望着金那双灰色的眼睛，最后开了口。“你是我的灵魂之子，”他用充满睿智的语言轻声而又缓慢地说，“黑暗的深渊之极点就是所有光明的源泉，命运注定我的灵魂要在你灿烂的青春之躯，在无限的锁链中重铸一个链环，使你我合而为一。我已经等待了很久很久，现在终于找到了你，我可以长眠了。”

老人去世前曾与金进行过交谈，并共同生活了几天，然后他们两人一起进入丛林。一周后，金独自一人返回，眼中流露着冷漠与陌生。金的表情使我和多恩都很害怕，不仅仅害怕，而且恐惧。

“他给了我这个，”金边说边向我们展示了一张有梵文文字的破旧羊皮，“这上面表示的是古代红宝石隐藏处，这种宝石可以把他的民族从愚昧的桎梏中解救出来。老人想让我们得到这笔财富，为他的民族办学校、建医院、进行启蒙活动。我想让你们和我一起干——帮助我。”

金的这番话让我们觉得有了一个共同完成一项神圣使命的机会。

回到纽约，金两年中一直孜孜不倦地研究梵文，想要破译那个秘密。第一年年底，他结了婚。妻子埃琳长得很漂亮，我们差不多都有点爱上她了。她嫁给金并没影响我们三人的关系。第二年年底，当我们准备再次远航时，金死了。

医生说他死于心脏病，但金的心脏从来没出现过任何问题，我一直对医生的解释不太满意。我想起金曾告诉我的一些事儿：波利尼亚人从不自杀，当生命对他们不再有意义时，他们能使自己的心脏停止跳动——很简单地自愿死去。

难道金从那个远古圣人的秘籍中学到了控制自己生命的妙法？但他为什么愿意死去呢？金热爱生活，朋友们崇拜他，还有年轻漂亮的新娘的敬慕。在他期盼已久的冒险活动开始的前夜，他为什么要结束自己的生命呢？

警察来了。我对他们说：“这是金·凯德·戈顿。”他们大声笑着说：“你一定疯了！金·凯德·戈顿两周前已经死去了。”

“是的，”我说，“我当时就在那儿。”

一个警察不耐烦地抓住我：“走吧，伙计，回家好好睡一觉，把这些全忘记了吧。”

我说：“这是金·凯德·戈顿，我和他有二十年的生死之交，我怎么会把他忘记呢？”

警察头目烦恼地皱着眉头，不满地对我说：“他有一个妻子，是吗？让她来给你讲清楚吧。”

二十分钟后，埃琳来到了放着尸体的大理石石板前。现场护理人员掀起裹尸布，她看了看死尸，惊得双唇张开，然后又闭住，双手在身体两侧紧紧握了握，一句话也没说。

“这个人是你丈夫吗？”警察问。

“不，”她说，“我丈夫已经死了。”

那天夜里，我辗转反侧难以入眠。一个知道自己已经疯了的人是不敢入眠的，因为他知道黑暗中会出现奇异的精灵，会传来魔鬼的私语。我害怕黑暗，极度地害怕。我和埃琳看到的倒在大街上，看躺在冰冷大理石板上的那个人是金·凯德·戈顿，是金·凯德·戈顿，已经死了的金·凯德·戈顿。

我极力回忆那位年迈僧人的话：在你的躯体内，我的灵魂要重铸一个链……难道金又挑选了一个躯体——一个已被证明过分软弱容不下金那充满野性魂魄的躯体？这难道是对我看到的死人——死去两次的金——的解释吗？不！不可能。金已经死去，他的肉体正在腐烂，他的生命，他的渴望，他的笑声已经消逝。金不会复活了，不会重返人间了。

但是，那另一个人，他是谁？那是金的躯体，这一点我十分肯定。到底谁活在他躯体里？今天死在金的躯体里的又是什么？难道是老弘恩·奥·韦尼的灵魂，又一次前来宣布，他说过躯体将要约束他的灵魂。我的天哪，这绝不可能！死人不会走路，永远也不会！开天辟地以来，死去的肉体只会腐烂。

经历了二十年的辛酸与苦难，我、金和多恩多年前就意识到并说过：我们不会万寿无疆，总有一天会死亡。我们相信并决定在死亡来临之前要尽情享受生活。那时我相信这个决定，现在我不能相信它了。我不敢相信任何事情，我要亲眼看看，在没看到金那腐烂的、令人毛骨悚然的尸体之前我是无论如何也不敢入睡的。

我没有给多恩打电话，我想多恩听了这事也会像我一样心烦意乱、坐卧不安的。我不想多恩像我一样面对恐惧。

我像疯子似的驱车来到墓地，急切想看到能让我极度痛苦的心灵安静下来的一些情景。我来到金下葬的墓穴，我沿着两周前怀着沉重悲痛心情，肩扛棺材走过的小路，来到墓穴处，那种沉重感如真冰压在心上。墓穴墙下有条通道，通道口刚好能爬过一个人。

我站在那儿看着通道口，身体变得麻木轻飘起来，似乎在向上浮动，浮过黑暗与寒冷。天越来越暗，越来越冷，我飘到了太空之中，那里有星体在燃烧，放射万丈光芒，却没有温暖，没有光明。浮过黑暗与沉寂，沉寂得想呼唤一些东西来遮蔽这无限的疼痛与空寂。

我听到生命在急切地离开我，与空寂的死亡融在一起。我听到从我口中发出的再也起不到任何作用的尖叫声，打破空寂，黑暗也随之熔化为火，星体爆炸，到处是变幻莫测的火焰。我的身体急速下降，五脏六腑似乎要冲出口腔。当我又一次站到地面，面向埋有金·凯德·戈顿躯体的墓穴，突然意识到金已起死回生……

借着闪烁不定的火柴亮光，我爬进墓穴，看到空空的棺材，我的想法得到证实。棺盖是从里面撬开的，棺材外面没有一点被动过的痕迹。我明白这是来自天国或阴间的什么东西潜入了金的身躯，给他足够的力量打破棺材，扭断了钢丝。

我以前从不迷信……

糊里糊涂回到家里，我开亮全部电灯。房间四周平常都是色彩柔和的乳白色墙壁，今天却成了无法言表的、冰冷的一片黑暗。

突然，黑暗开始动摇，缓缓地旋转，包围了我。我的身体开始升升落落，一次比一次升得高，一次比一次落得深。

唤醒我的是一种气味，一种奇特的、怪异的芬芳气味。没有哪个男人能够长时间地闻之而不浑身发颤，而没有渴望情欲的痛苦。那是一种温柔的、能激起男性性欲的女性香味。香味越来越近，我紧张地等待着。接着，我看见了一把刀，有人手持一把寒光闪闪的马来西亚波纹短剑向我前胸刺来，我那本想触摸女性柔软身体的手紧紧抓住了那铁一般的手腕。身子一扭，我把那个手腕猛地折了下去，咔嚓一声，骨头折断了。我折断了一只胳膊，竟然没有听到疼痛的尖叫声，是一个死人来杀我！这个念头像把锋利的钢刀刺入我的大脑。

由于恐惧，我变得极度愤怒，挥拳砸向那个肉体，一声沉闷的声响，那个肉体砰然倒下。我仔细看了看，那是多恩·布鲁斯，是多恩·布鲁斯持剑向我刺来！

他微微动了下，死前睁开眼睛看着我，竟然没有认出我来。在这可怕的瞬间，我记起了金·凯德·戈顿向我要烟时的眼神……

多恩眼里没有一丝表情，呆滞、懈怠、无精打采，完全失去了脑功能。他是……我的天哪！我不能往下说！死人不能走路，死人不会躺在你家的地板上用那空洞可怕的眼神看着你，死人也不会像临死的狗一样啜泣呜咽。

“多恩！”我大叫着，“多恩，请讲话！”他躺在那儿，像在天国和阴府报过到的僵尸，呆呆地盯着我。

我喊叫时，他的肌肉抽搐了一下，突然跳起来疯狂地跑出了房间，留下一阵毛骨悚然的啜泣声。我听到他脚步沉重地跑下了楼梯，接着是一片沉寂，死一般的沉寂。

我首先想到埃琳，多恩疯了，敢来谋杀我，难道他不会去杀埃琳吗?

我急忙跑下楼，直奔汽车，要在曾是我朋友的那个可鄙家伙去谋杀埃琳前赶到家。但我的汽车不在家中，我记起来了，当我逃离那邪恶的死亡现场时把汽车丢在了墓地。我拔腿就跑，以前所未有的速度狂奔起来，直跑得步履踉跄，气喘吁吁。

顾不得敲门，我冲进埃琳的房间。“埃琳！”我喊道，“埃琳！”难道我来晚了？楼梯上灯光一闪，我听到了轻盈的脚步声。

埃琳穿一袭黑缎睡衣，乌黑柔美的长发散披在双肩，双颊显得愈加苍白，眼睛仍被悲伤的所笼罩，看到我时，微微张开双唇，低声说："亲爱的，我亲爱的。"

我跑上前，一把将她搂在怀里。她还活着，她身上散发着温暖的气息，还是那么安宁与平和。我看了太多的死亡，我需要她的亲近。我紧紧地拥抱着她。

她的声音柔和镇静，给我很大慰藉。"太可怕了，"她说，"一切都过去了。"一边说一边轻轻抚摸我的胳膊和脸，一股暖流通过她那柔软的手浸入我的心房。

"躺下吧，"她说着，把我领到沙发旁，"请躺下，我去给你端杯饮料。"

她给我端来饮料，喝下去，我感到那液体的暖意迅速传遍全身，减轻了我的痛苦，缓解了紧张的神经，心灵得到了慰藉，昏昏欲睡的感觉像平静温暖的波涛潮涌般扑来。我安静地躺着，埃琳坐在我身边。

"闭上眼睛休息吧，"她轻柔地说，"什么也不要想，休息吧。"

埃琳俯视着我，苍白的脸像圣母马利亚一样带着一丝忧伤，闪着柔和的光，和蔼又漂亮。我微笑着幸福地闭上了双眼。

"你什么也不要想……"她和风细雨般地说，"不要想……不要想……不要想……"

我的心像拂晓时无边无际的大海空旷安宁。

"想一想黑夜，"她说，"想一想柔和平静的黑夜，没有声响，没有伤痛，那么深沉，在黑夜里不会有任何东西打扰你的睡眠。"

睡意缓缓袭来，像雪样柔软的毛毯盖在我身上。

"睡吧，"她低声说，"睡眠自黑夜中来临，越来越近，越来越柔，黑夜将越来越深……越来越深……永恒地深下去……在黑夜中永远地睡吧……永远……睡吧……"

突然，从黑暗中飘来一股香味，没有哪个男人能够长时间地闻之而不浑身发颤，没有渴望情欲的痛苦。我睁开眼，我想再看一眼埃琳那双深情怜悯的眼睛，我想再看一眼她那甜蜜的微微开启的双唇。我想……我猛然想起我以前闻到这种香味的地方，我立刻明白是她派可怜的多恩去谋杀我！

当她看到我明白这一切时，她的眼神不再温柔，露出了恶狼般的残忍。

我伸出双手，扼住她的喉咙，满腔怒火卡住不放，直到筋疲力尽。

"是你杀了金，"我叫道，"是你让他去死的。但是他没有死，他打破你埋葬他的棺柩，逃出来后去找你。是你派多恩去杀我，当他失败后你又试图让我像金那样自愿死去！"

“你永远也无法作证，”她傲慢地咆哮着，“有谁会相信启发与意念能使人心脏停止跳动？谁会相信催眠术能使人自愿去死？”她从地板上站起来，走到桌边，拿起一个火柴盒说：“但是，他们会相信……”她停顿了一下，伸手拿出的香烟盒是一把手枪。

枪口冷冷地对着我的胸脯，经历了太多的恐惧我已经不再紧张，心平气和地看着枪。

“多恩已经无关紧要了，”她说，“他已经完全疯了。我将比那些愚昧的人们更有能力用好那些红宝石。”

她抿着嘴，咬着牙，手指紧扣扳机。

这时，门开了。“当心！”我大喊一声。

埃琳转过身，看见多恩持刀走来，她立即连开两枪，子弹射中了多恩的胸膛，发出沉闷的“砰砰”声。倒地之前，鲜血泉涌而出，多恩高高举起的胳膊急速垂落，嘶的一声，短剑空中划过，刺中埃琳的喉咙。

警察来了，我告诉他们：多恩疯狂地乱砍乱杀，埃琳自卫开枪。这是事实，但又不全是事实。如果把事实真相告诉他们，他们绝对不会相信。

天衣无缝

邓恩肯定胡思乱想了一阵子，他现在感觉异常敏锐。已经是傍晚了，天快要黑了。

前面是一片稀疏平坦的草地，他那长着红色汗毛的指关节挡住了他一半视线。就在手指左边，躺着那把长筒左轮手枪，他就是用这把枪打中埃宾斯的。怕这个警卫是装死，他躺在了那个倒下的人身上，正等人来救他。

他凝神深思，想尽力回忆他都干了些什么，又怎么对他们说。有一会儿，李·邓恩竟分不清哪些是真实发生的情况，哪些又是他精心准备的谎言。

他咒骂着石头尖锐的棱角，或者是被太阳炙烤过的黏土，它们嵌进他的肋骨里，他想把它们弄出来，但没有用。他移动身体，却碰到另一块看不见的石头，这让他感到更疼。

“在此之前，我很为弗莱德担心，”他会对马文庄园闻讯赶来的警卫说，“这次金属工艺厂发生罢工，雇员们对他心怀不满，我总不能袖手旁观。”

他将在此停顿一下，低头看着弗莱德里克·马文虚弱扭曲衰老的尸体，喉咙里似乎噎着抑制不住的感情。他爬过长满草的尖峭岩石，等着人来，下面山谷草地上会有血迹。在老制造商的虬筋突起的前额上，有一个来复枪子弹留下的小黑洞。

“于是我骑马穿过大岩山上面的马道。”他能感觉到说这些话时是多么的流畅。“我知道弗莱德和他妻子很快会沿着山谷骑马过来，我打算和他们一块儿走。”

他突然回想起他是多么小心地在乱石中往下爬，直到能清楚看到下面树木丛生的山谷里的马道，他咬紧了嘴唇。突出来的岩石一览无余，保罗·埃宾斯正坐在那儿守岗，一个绿色的热水瓶放在他的胳膊肘旁，开着盖儿，正冒热气。

埃宾斯在用双筒望远镜察看大岩山起伏不平的斜坡。下面，是环绕着马文庄园的电网穿过山谷，它们高达十二英尺，阻止了道路通行，但从他所在的位置却可以进行攻击。

罢工是三百多天前的事了。

“坦率地说，”李·邓恩会说，“我不觉得埃宾斯可靠。随着金属工艺厂警卫力量的削减，他被解雇了。他哥哥失去了汽车和打算要买的房子，他父亲不得不将财产抵押出去来维持生活。这一切都是因为那场罢工。”

说到此，他悲哀地摇摇头，声音也降低——仿佛不愿谈起刚刚过去的那些可怕的事情。

当然他早就知道埃宾斯的困境，他也曾向老弗莱德里克建议过，让那些被解雇的工厂警卫在长满树木的马文庄园上千英亩的外围担任警戒。他提醒过马文不要提他邓恩的名字，理由是那些罢工的人可能会因为他对埃宾斯的亲属表示关心而认为他很好对付。

五年来，李·邓恩一直担任金属工艺公司经理，老弗莱德里克·马文逐年来给他越来越大的权力。目前，他将接管所有大权——包括他的雇主尚还年轻的妻子维尔玛·马文。

两年前他就有了这个打算——也就是他妻子被杀的几个月前，当他和持枪歹徒争夺武器的时候，枪走火，打中了她。他又轻轻地咬着嘴唇。他的妻子简直死得太是时候了——她总是不停地问他买了多少公债。

他的肋骨被挤压得全身剧痛，一下子满头大汗。他可能趴在了斜坡上最不平的一块地方！

为什么那些该死的警卫还不赶过来？他们肯定听到了交火的枪声，他们会在埃宾斯岗哨上面的斜坡上发现他，他们还会发现在已死的警卫身旁，那把用来杀死老弗莱德里克的来复枪。他一句话也不用说，他们就会明白是怎么回事。

邓恩试图挪动他那麻木的身体时，眼前一阵发黑，当视力又清楚时，他看到两双男人的脚站在他面前稀疏的草地上，一个穿着磨损的褐色鞋，另一个穿着黑色方头鞋。

他感觉到他们的声音在远处嗡嗡作响，他命令自己的胳膊和腿转向他们，然而令人难以置信的是，他的肌肉一块都动不了！

之后，在那两双鞋远处，他看到一支来复枪的木枪托闪着天鹅绒般的褐色——它本应该躺在保罗·埃宾斯僵硬的手指旁！

无声的尖叫，像一阵被抑制住的呼吸，在他的肺和痉挛的胃里撕裂开，从他扭曲的嘴唇里爆发出来。此刻他明白了，那把致命的来复枪射出那害人的子弹时，到底发生了什么。

穿过一阵汹涌而来的寂静，邓恩听到了人说话的游丝般的声音。他拼命地集中正在消退的听觉。

一阵柔和的稍慢的低音问道："你是怎么怀疑到他的，保罗？他为什么要杀害可怜的老马文先生？"

那应该是格林·贝尔卡，工厂里的另一名警卫，罢工一开始就被解雇了。至于保罗——那肯定是保罗·埃宾斯！他感到他那不均匀的呼吸发出轻微的"格格"声。

"我估计他妻子也是这样被害的，"埃宾斯更加轻快的声音从远处回答道，"邓恩先生没有策划除掉她，我总觉得很蹊跷，而他雇的那个人倒使他成了英雄。"

"大概一张五元钱的钞票就让那个可怜的家伙演了这场戏。"

埃宾斯错了，那个趴在地上，脑子一片混沌的人否定了他的话。应该是四十美元。

接着是贝尔卡柔和的南方口音："所以你在这儿也觉察出了同样的问题，是吧？以为或许邓恩要把杀害老板的罪名加在你身上？"

"也不完全是，"埃宾斯否认道，"我那时也不确定这个邓恩给我找这份差使出于什么用意。但我敢肯定他很讨厌我——同样我也很鄙视他。"

"这就是你为什么让我也来——像以前那样把工资分给我一些，这样我可以暗中掩护你！"

"是啊。"声音越来越细，到邓恩的耳膜时就几乎听不见了。"而且这一策略也得到了回报。就在他向老板开枪时，你把他给撂倒了。"

"我认为接着他要搞掉我，把来复枪扔在地上，然后再扮演英雄角色。真可笑，一个谋杀犯怎么会老用同样的方式。"

迷迷糊糊间，邓恩在心里盘算着他听到的一切。他没料到山坡上竟然还有另一个目击者，他以为已经做到滴水不漏了，可是……那么，马上制订一个新的计划，要把这两个人都牵连进去！

李·邓恩没有意识到他胸口的疼痛正在消退，也没有意识到他的视力正在被黑暗迅速吞没——甚至当最后一滴血浸红草地的时候，他也没有意识到这些。他的脑子正在忙碌着。

这次，他要做到天衣无缝。

一笔勾销

灯光昏暗的小酒店街道对面，埃德·托兰在门口黑暗处等候着。他把那顶灰色毡帽的帽檐拉下来遮住眼睛，大衣领子挡住了下半部脸，两只手插在大衣口袋里，右手握着一支点三八口径的自动手枪。

莱洛伊·曼尼克斯从小酒店冒了出来，埃德直起身子，浑身肌肉立即紧张起来。跟曼尼克斯在一起的还有一个人。这人应该是曼尼克斯在酒店里遇见的。这家伙又矮又瘦，最多只有五英尺高。他们交谈了一会儿，就分开了，小个子一瘸一拐地走了，曼尼克斯迈着轻快的步子朝另一个方向走去。

埃德穿过街道，跟在曼尼克斯后面，与那个高大的身影保持十码的距离。街上无人，街两边的仓库和工厂黑洞洞的。曼尼克斯显然心里在想着什么问题，似乎没察觉到有人跟踪自己。

曼尼克斯走到一个小巷口附近时，埃德加快了脚步。曼尼克斯猛地转过身来，他感觉到了身后踢踏的脚步声，眯起一双近视眼满脸疑惑地看着埃德走过来的身影，认出是埃德后他惊愕地瞪大了双眼。

“你——你到这儿来干什么，托兰？”他脱口说道。

“我一直跟在你后面。”

暗淡的灯光远远照过来，照得曼尼克斯那张疲倦的脸显得越发苍白。

“为什么要跟踪我？”他用粗哑的声音问。

埃德走到离曼尼克斯几英寸的地方停下来，右手从口袋里往外挪了，露出那支自动手枪。“这能回答你的问题吗？”

曼尼克斯大吃一惊，惊恐的目光从手枪回到了埃德那张狰狞的脸上。“听着，托兰——这样做对你没任何好处！杀了我也不会——”

“闭嘴！”埃德咆哮道，“这次该由我来说话了！”

曼尼克斯的双眼在漆黑的街上发了疯似的四处张望，看到街上除了他俩再无别人之后，他的呼吸突然变成了呜咽。

“我同意朱迪跟我离婚好了！”他喘着气说，“听着，你不必杀我！我会满足她离婚的要求的，托兰！”

“现在已经太晚了，曼尼克斯！在我最后一次乞求你给朱迪自由的时候，你嘲笑了我！现在该轮到我笑你了！别以为我会相信你在这支枪面前所说的话！”

“我发誓，托兰！你让我走，我不会阻碍你的！”

“对，你不会阻碍我的——”

埃德的手指扣动了自动手枪的扳机，枪口冒出一缕锥形的橘黄色火焰，枪声划破寂静的午夜，仿佛甩牛鞭似的“噼啪”一响，曼尼克斯眼前出现了一个黑色小圆圈，一声不吭地倒在了人行道上。

埃德把自动手枪放进口袋，俯身在这个已经没有了生命的尸体上十分冷静地搜索了他的几个衣袋，找到了一个钱包。从街区中心的小酒店门口传来几声叫喊，他吓了一跳，连忙站起身，迅速跑进一条小巷。

五分钟之后，他来到了停在四个街区之外的汽车旁，在黑暗中停下脚步，费劲地把从曼尼克斯的钱包中发现的几张钞票掏了出来，把空夹子扔到了街边的排水沟里。警察很可能把犯罪动机当作抢劫。

他驱车离开时，嘴角露出了满意的笑容。即使警察不相信是抢劫也没有理由把他跟谋杀联系起来。除了朱迪·曼尼克斯，没有谁知道他和曼尼克斯曾经相识。

他和朱迪一直很小心。那天晚上埃德去了曼尼克斯家里，自我介绍之后他直言不讳地提出要曼尼克斯满足朱迪跟他离婚的要求。在此之前，曼尼克斯一直蒙在鼓里。曼尼克斯不相信朱迪已不再爱他了，还当面嘲笑了埃德。甚至连朱迪提出离婚的要求也没有使他改变自己的心意。

埃德想直接驱车到朱迪那儿去，告诉她曼尼克斯再也不会妨碍他们俩了，然后把她搂在怀里，紧紧地抱住她，但他还是抑制住了这个念头。这一切都得再等一等。和别的时候不一样，他们现在不得不小心点儿。

再过两三个月，他就可以尽情地享受她那温暖的嘴唇带来的心醉神迷的感觉和她那金黄色的头发上散发出的浓郁香味。

他打开了寓所门，嘴里低声哼着欢快的小调，打开灯，当他看到对着门的一把椅子上坐着一个瘦瘦的小矮个儿时，惊恐地两眼圆睁，连气都喘不出来了。小矮个儿笑了笑，站起身。他的上衣纽扣开着，露出里面的蓝色衬衫。他的手里拿着一支枪。

“嘿，伙计。”

“你是谁？”埃德惊恐地问道。

“一个伙计派我来的。”

“你——你肯定是走错门了吧。”

“没有走错门。你就是埃德·托兰，没错。曼尼克斯向我仔细地描述过你。”

“曼尼克斯！”

“对，就是你的那位朋友。他很想念你。他认为你的性命值五百美元。简直不可想象！五百美元，并且以现金支付，为了像你这样的一个浑蛋！通常我干这样的小事情只能得到二三百美元。”

埃德突然感到口里发干，说话的语气显得沙哑而又激动：“听着，”他压低嗓门嘶哑地说道，“曼尼克斯已经死了！”

小矮个儿狡黠地笑了笑。

“你应该找一个更好的理由，伙计。”

“这是真的！我发誓！”

“那他肯定刚刚才死，”小矮个儿反驳道，脸上依然在笑，“因为不到半小时以前我还跟他在一起。他对我讲起你——我不喜欢你这样的家伙。对我来说，我最喜欢杀帅小伙。啊，免费干掉你几乎是一种幸福。”

小矮个儿朝着打开的窗户往后退了退。从被风吹得稍稍鼓起来的窗帘望过去，埃德可以看到太平梯的栏杆。他看见小矮个儿的手指把扳机向下扣去。

“等等！”埃德尖叫道，“不要——”

一团火焰蹿出枪口，埃德心口一热。房间开始旋转，他摇晃了几下，倒在地板上。透过眼前一层红色迷雾，他看见小矮个儿把一只脚搁在窗台上，坐了一会儿。之后，他又看见那个家伙再次拿枪瞄准了自己，不慌不忙，镇定自若。

这时，埃德发现自己手里拿着那把自动手枪，他使出全身最后一丝力气，缓缓地举起沉重的胳膊，瞄准了那个家伙的脑袋。模模糊糊地他看见那个家伙惊得瞪大了双眼，不过只看了一眼，就听见他迅速开枪声音。埃德在彻底闭上眼睛之前扣动了自动手枪的扳机。

那个持枪的矮个子跨在窗台上坐着，一时间惊呆了。血红色的圆圈在他的蓝条衬衫上蔓延开来。他低下头去，用一种不敢相信的目光凝视着他胸前那个慢慢扩大的红色血点。然后，他的身子缓缓向前倒下，一头栽进房间里，一动不动地趴在了地上。在他的上方，蝉翼般的纱窗帘轻飘飘地在房间里鼓了起来。

侥　幸

卡尔·博顿从书店出来，站在阳光灿烂的街上，环顾四周，没看到他妻子的踪影，便走进了雄鹰酒吧。他个子很高，一头凌乱的金发，一副不修边幅的样子，虽然长相一般，但那双深蓝色的眼睛却非常大。他是一位很有才气的作家，总是那么充满活力。作品销量一般，不过评论家对他的评价甚好。

坐在吧台第一张椅子上，他冲地产商多克点点头，多克曾经是电影演员。卡尔冲酒吧里其他人也点点头。他没笑，甚至要啤酒时也没对酒吧服务员笑。多克对身边人说："瞧瞧博顿，不知道他到底出什么事了……"

酒吧服务员把啤酒放到卡尔面前，瞥了他一眼，说："博顿先生，你还好吗？"

卡尔说："谢谢你，我很好……"他端起冰凉的杯子，喝了一大口。

酒吧服务员说："博顿太太好吗？"

"很好！"卡尔说，然后又重复道，"很好！"他掏出一张一元的钞票，放在柜台上，服务员拿起钞票，走到收银机旁。

卡尔双肘支在柜台上，脸埋在手，服务员拿零钱回来时，他又马上坐直身体。他把零钱放进口袋，喝完剩下的啤酒，然后站起身，一言不发地冲服务员点点头，走到了街上。

他妻子站在汽车旁，怀里抱着一大堆购物袋。他说："你好，安奈特——抱好了！"说着，一溜小跑地过去。

她冲他微微一笑。她身材苗条挺拔，像往常一样神情淡然。她是三十出头的金发美女，跟卡尔结婚已经九年了。那些不了解他们的人都认为他们是一对理想伴侣。但是，近来，他们的密友对此表示怀疑。

卡尔打开车门，从安奈特怀中接过购物袋，放在后座。她说："谢谢你，卡尔。”卡尔坐到驾驶座，安奈特坐在他身边。她说：“请在比登斯超市停一下，我在那里有个大袋子。”

他把车开到一个小商店前停下。

他走进超市，女服务员递给他一个巨大的纸袋，里面塞满了各种各样的东西。他拎起袋子，袋子的底部一下子破了，里面的东西滚了一地。

卡尔低声咒骂，女服务员赶忙过来帮他捡。他把捡起来的东西放在柜台上，然后弯腰拾起一本厚厚的《玫瑰种植指南》，以及一个写着“除草剂”的盒子，盒子上有红色的骷髅标志。

女服务员捡起其他东西。她一边道歉，一边把东西分别放进两个新的袋子里。卡尔一只胳膊夹着一个袋子，走到阳光灿烂的街道上，他看到文格特医生向自己的汽车走去。卡尔喊道：“你好，汤姆！”医生转过头，卡尔露出微笑，这是那天早晨他第一次露出微笑。

“你好！”文格特说。他是个四十多岁的男人，穿得有点花里胡哨。他转向汽车，冲安奈特举起帽子，有点儿过于正式地向她问好。他为卡尔打开车后门，帮他把两个纸袋放进去。他看看卡尔，他的眼睛一下子变得非常专业。他说：“书写得怎么样了？”卡尔犹豫了一下，然后回答说：“挺好的！当然，写得比较累，但还比较顺利吧。”

“嗯——”文格特说，“别放弃，那本书太棒了。”

卡尔耸耸肩，安奈特不耐烦地说：“我们必须回去了，卡尔！”他钻进汽车，冲他的朋友挥挥手，开走了。

他穿过小镇，开上小山坡，驶入一条小路，在五分钟之内到了家。那是孤零零的一栋灰砖平房，房子后面是高高的树林，前面有片草地，草地当中有个玫瑰花坛。草地旁边是条石子车道，直通车库。

他停下车，一条硕大的狗从屋角转出来，向他们跑来。安奈特先下车，她看着大狗，说：“你好！”伸出手，好像要抚摸它。

狗向后退，扬起头盯着她。这条大狗，卡尔觉得它满脸的胡子和狐疑的眼睛很像萧伯纳，所以称它为萧伯纳。

安奈特盯着它，然后她的头猛地向她丈夫那面一摆，厉声说道：“这条狗为什么那样盯着我？”

卡尔正从汽车里出来。“哪样？”他说，这时，那条狗已经亲热地扑到他身上，像微笑似的咧开嘴。

“嘿，萧伯纳！”卡尔说，大狗后腿直立，前爪放在他肩膀上，试图舐他的脸。它的脑袋几乎和卡尔一样高。

安奈特说:“它很古怪。它最近不喜欢我。”她皱起眉头。

卡尔说:“啊，那只是你的想象。”狗已经四脚着地，站在一边，看着他们从车中拿出购物袋。

他们站在厨房，安奈特把她购买的东西放起来。卡尔站在一边，看着她。他的蓝眼睛充满烦恼，就像一个小男孩，发现自己陷入困境，却不知道是为什么。

安奈特要到冰箱拿东西，他挡着路。她推开他，厉声说:“让开！你站在这里碍手碍脚的！”

他伸手搂住她，把她拉到自己身边。他说:“安奈特！怎么啦，亲爱的，我做错什么了？”

她要挣脱他的搂抱，但他却抱得更紧了，他把脸埋在她的喉咙上。

“卡尔！”她叫道，听上去很惊讶。

他继续对着她的脖子说话，他好像快哭了。他说:“别跟我说没事！告诉我到底出了什么事！说说我到底做错了什么！这种情况已经持续好几个星期了——也许已经好几个月了。从那次旅行回来，你就一直这样。你变了……”

她一动不动地站着，缓缓地说:“但是，卡尔，这正是我对你的感觉。”

他抬起头，看着她。他说:“你好像在怀疑我。我不知道你在怀疑什么！”

她皱起眉头。“我——”她说，“我——”然后她沉默了很久。

她说:“你知道我在想什么？我认为我们是两个傻瓜。”她的脸舒展了，恢复了血色。

“两个傻瓜！”她重复道，“我们已经不年轻了。我们与世隔绝，开始胡思乱想……”

她没有说完，因为窗外传来汽车上山的声音。她说:“啊！”她双手搂着卡尔肩膀，吻吻他的嘴角。她说:“邮件车来了，我去拿信。”然后迅速从侧门跑了出去。

他没跟在她后面，也没说要替她去拿邮件。安奈特一向很注重她的信件，最近似乎更是如此。

他站在原地，两肩低垂，脸上的微笑逐渐消失，摇摇头，深吸一口气，摇摇摆摆穿过客厅，走进他的书房，坐在打字机前，久久凝视着它。

他开始工作，起初很慢，但是越来越投入……

天黑了，他打开了台灯，这时，身后传来轻微的响声。他把自己从虚幻的世界中拉回来，转过脸，看见他妻子站在门内。她穿着种花的工作服，像孩子一样苗条。她说:“我不想打扰你，卡尔，只是想知道你什么时候吃晚饭。”她的脸埋在阴影中，好像在微笑。他站起身，大大地伸了个懒腰。“什么时候都行，随你的便。”他说。她转身准备离去。

“等等！”他走过去，搂住她的肩膀，低头凝视着她。有那么一瞬间，她全身僵硬，然后她突然双臂抱住他的脖子，柔软的身体紧紧贴着他，脸凑向他的脸。

一个深情悠长的吻。

突然，窗外落地窗上传来撞击声。

安奈特猛地摆脱丈夫的拥抱，轻声骂了句，然后迅速离开书房。

只有桌上的台灯亮着，书房里非常暗，过了一会儿，卡尔伸手拧亮顶灯的开关，慢慢走到窗户边，打开落地窗，放那条大狗进来。

它紧挨着他站着，头高过他的腰，他轻轻抚摸它的耳朵。关上窗户，他走出书房，上楼到自己的房间，那条大狗紧随其后。他冲了个澡，换了衣服，做完这一切之后，他听到他妻子仍然在她的房间。他说:“来吧，萧伯纳。”他走下楼梯，来到屋外，把汽车停到车库里，关好车库的门，这时，安奈特招呼他吃晚饭。

晚饭像安奈特平常做的一样，非常精美可口，让人高兴的是，吃饭时，她似乎又像过去一样了，兴致盎然，谈笑风生，虽然那条大狗躺在厨房道上，不肯给她让路，她也没有抱怨。

像往常一样，饭后，他们在客厅喝咖啡。喝完第二杯后，卡尔站起身，伸了个懒腰。他冲萧伯纳打了个响指，它高兴得跳起来，跑到门边等候。卡尔站在妻子身边，低头冲她微笑。他正要说话，她却突然关切地仰头盯着他。

她说:“卡尔，你脸色不太好！……我想，你工作太累了！……也许你不该出去。”

卡尔安慰她:“没事，我觉得很好！”他弯下腰，吻了吻她的前额，然后走出房间。他边走边吹口哨，萧伯纳跑在他前面，他从他们家的斜坡路走下去，向巴索街走去。走了不到四分之一英里时，他的脚步突然踉跄起来。他跌跌撞撞走了几步，然后停下来。他的身体前后摇摆，用手一摸额头，发现上面密密麻麻的全是汗珠。他挣扎着来到路边，坐在草地上，双手捂着脸。他感觉一个黑乎乎的大块头跑过来，湿漉漉的鼻子对着他。他喃喃低语，双手从脸上挪开，紧紧捂着他的肚子，头弯到两膝之间，开始呕吐……

老巴利正坐在他的客厅里，腿上放着一本书，身边桌子上放着一副眼镜。他听到走廊门有响动，然后是低沉的吠叫声。他摇摇摆摆站起身，走到门边，打开门。他低下头说："我很荣幸，萧伯纳先生！"他"咯咯"地笑起来，但他的笑声很快便被打断了，那条大狗咬住他上衣边缘，使劲拉扯。

"出什么事了？"巴利说，他随着狗拉的方向走，片刻之后，他发现了路边的病人。

卡尔已经停止呕吐，坐直了些，但他全身发抖，非常虚弱。在回答巴利问话时，他断断续续地说："……现在没事儿了……对不起……我只是胃不舒服……有点儿恶心……"他试图笑一笑，但却没有笑出声。"……我没有醉，"他说，"一会儿就好了……别担心……"

但是巴利很担心，他看到卡尔的脸缩成一团，有种奇怪的苍白。他站起身，把他扶进自己屋里，半躺半坐在沙发上。

"谢谢，"卡尔低声说，"谢谢，……这很舒服……"他靠在沙发背上，闭上了双眼。

"稍等一下。"巴利说，他走到过道的电话旁，打了个电话，十五分钟后，一辆汽车来到门外，托马斯·文格特拎着包走进屋。

卡尔说他没事。他已经好多了，他的脸虽然很苍白，但已经显得比较正常了。他感到很尴尬。他非常感谢巴利的关心，可是显然很不高兴他这么大惊小怪。他坐直身体，坚决地说："瞧，我现在已经很好了！只是可能吃了什么不洁的东西。"他看看巴利，又看看医生。"巴利，你这么关心我，我很感谢。汤姆，你能来，我非常感谢。可是——"

"别可是了！"文格特说，坐在他身边，拉过他的手腕，摸他的脉。"你吃什么了？"卡尔努力咧嘴一笑。"非常可口的一顿晚餐，"他说，接着又说，"啊——我在外面吃的饭，也许就是因为这个原因！安奈特和我去希克饭店吃的饭，我吃了烧虾，双份烧虾！汤姆，我打赌一定是烧虾有问题！"

文格特放开他的手腕。"也许是吧。"他说。他又看看卡尔的脸，站起身，"那是你的肚子有问题。"他转向巴利，"我开车送他回家。"他说。

卡尔也站起来。他再次感谢巴利的帮助，然后跟着文格特走向他的汽车。他们把大狗放进后座，它蹲在卡尔后面，保护似的对着他脖子吹气。

快到卡尔家时，文格特把车速放慢，突然很生硬地说："瞧，我对你非常了解，知道你很健康，这次突发事件不可能是食物引起的。或者说，食物不洁最多是个微不足道的因素。换句话说，我的朋友，这可能是所谓的神经问题。"他们已经到了门口，他停下车，但他并没有马上下车的意思，在微弱的光线中，他看着卡尔的脸，说：“我是作为一个医生问你这个问题，卡尔，你最近是不是很担心？”他停了会儿，卡尔什么也没说。“这几个星期以来，你变得跟过去大不相同……”

卡尔打开车门，“我不知道你到底在说什么。”他很不客气地说。

当他从汽车出来时，房屋的前门打开了，安奈特走了出来。她望着黑暗中的汽车，喊道：“谁在那儿？是谁啊？”她的声音很大，很尖厉。

“是我，亲爱的，”卡尔说，“汤姆·文格特开车送我回家。”他打开汽车后门，那条大狗跳了出来，随着它的主人和文格特拾阶而上。

他们进门时，安奈特站在门内。她的脸埋在阴影中，脸色有些苍白。她僵硬地点点头，算是跟文格特打招呼。卡尔看上去很难为情，他试图阻止文格特说刚才发生的事，但没成功。文格特简洁坚决地事情告诉了安奈特，并告诉她以后如何预防。

她非常沮丧。她说晚饭后，卡尔的脸色就不太好，她不想让他出去。她对文格特医生非常有礼貌，很仔细地重复他的指令，并问他这事严重不严重，会不会有什么后遗症。但是，在整个谈话过程中，她都显得非常僵硬、冷淡。文格特很快离去了，这时候，她的态度才缓和过来。她一下子变了个人，她扑向卡尔，扶他上楼，为他做这做那，忙个不停。当他舒适地躺在床上时，她温柔地亲吻他。

“卡尔，亲爱的，”她柔声说道，“很抱歉，我对你的医生态度不好。但是，但是，你知道，我不喜欢他。”

他拍拍她的肩膀，她又亲吻他，他很快入睡了……

十天后，疼痛又开始了。那是在半夜，他正在书房写作，凌晨一点多钟，安奈特已经上床睡觉了。

这次比上次疼痛得多，让人难以忍受。开始是大腿上疼，他站起来，想舒缓一下，没想到这时肚子像烧着了一样疼起来。他感到一阵晕眩，跌坐到椅子上。他弯下腰，双手紧紧捂着肚子。豆大的汗珠一下子布满了他的额头和脖子。他拼命把椅子转到大废纸篓边，大口大口地呕吐起来……

最后，呕吐总算暂时停止了。他抬起头，觉得头晕目眩，屋里的东西在他眼前转个不停。外面，大狗在使劲抓着落地窗，呜呜地叫着。卡尔无力地伸出手，摸了摸嘴巴，他的手上沾满了鲜血。他把头伏在书桌上，颤颤巍巍地伸手去抓电话，把它拉过来……

十分钟后，一辆汽车飞驶而来，停到门口，文格特跳下汽车，跑上台阶。前门没有上锁，他刚跑到客厅中间，安奈特出现在楼梯口上。她穿着睡衣，正努力在套一件睡袍。她激动地说："出什么事了？出什么事了？"

文格特厉声问道："卡尔在哪儿？"他听到书房里的响动，立刻冲了进去。

卡尔正跪爬在洗手间的门边。他抬起惨白的脸，对着文格特，试图说什么。屋里一片混乱，那条大狗站在主人身边，它是撞破了落地窗冲进来的。

卡尔想站起来，却做不到。

"别动！"文格特说，"别着急……"他走到病人身边，半拉半抬地把他带到沙发边，开始检查。那只大狗停止了吠叫，躺了下来。安奈特走进书房，站在文格特身边。她的头发梳成辫子，脸上敷着一层面膜。她瞪大眼睛，眼珠转个不停。她走进书房时，发出一种奇怪的声音，像被抑制住的尖叫，现在，虽然她的双手仍不停地颤抖。但似乎已经能控制自己了，她正要说话，文格特几乎粗暴地打断了她。

"热水，"他厉声叫道，"毛巾，杯子。"

她跑出书房，很快带来他要的东西，然后她留在他身边，做他的助手。

文格特医生忙了一个多小时。

到了凌晨三点，卡尔虽然还非常虚弱、憔悴，但总算了恢复正常。他躺在床上，冲文格特微笑。

"谢谢你，汤姆……"他说，"这么麻烦你，真是抱歉。"

"你没事了。"文格特也冲他笑了，眼睛显得很疲惫，他转向安奈特。

"你可以睡觉去了，博顿太太，"他说，"他会睡着的，他太累了。"他向门口走去，手指握住门把手时，他又停了下来。"我八点半会来的。如果他想要吃什么，别给他吃。"

安奈特向他走来，但他拦住她。"别麻烦了，我自己出去。"说完，走了出去。

安奈特慢慢走回去，站在床边，低头看着她丈夫。她脸上的面膜裂成一条条的，露出下面紧绷绷的皮肤，皮肤的颜色是灰色的。

卡尔探身抓住她的手说："亲爱的，我吓着你了吗？……我真的非常抱歉！"

她很僵硬地俯下身，吻吻他。"睡吧，"她说，"过一会儿你就会好了……"

很快他就好了，只是有点儿疲倦，另外肚子周围有点儿疼。八点半，他刚醒来，文格特就来了，五分钟后，文格特一走，卡尔又睡着了。

十二点钟，他像个顽皮的孩子一样，起了床，梳洗完毕，穿好衣服。他感到有点儿累，但比想象中的要好。他悄悄打开房门，下了楼。当他走到书房门口时，安奈特刚好从里面出来。像往常一样，她穿着做家务时穿的工作服，手里拿着簸箕和扫把，头上裹着灰色头巾，脸显得异常消瘦。

一看到他，她发出一声尖叫，“卡尔！”她说，“你不应该起床！你应该叫我！”

他温柔地冲她笑笑，捏捏她的面颊，然后吻了吻她。“我没事，”他说，“肚子周围有点儿疼，不过没有关系。”他挽着她的腰，他们一起走进书房。她让他坐在书桌旁大椅子上。这时，电话铃响了。

卡尔伸手拿起话筒。他说：“喂，你好……啊，你好，汤姆……”

“你起床了，嗯。”电话中传来文格特的声音，“你感觉怎么样？”

“很好，”卡尔说，“很饿，虽然……”

“你吃了吗？”电话里的声音突然变得非常严厉。

“没有。不过我——”

“很好。不要吃东西，等你见了我之后再吃。趁着你空腹，我要对你进行检查，做一两个化验。你能到我的诊所来吗？那样更好。或者我到你那儿去？”文格特的声音不再严厉了，似乎比平常更漫不经心。

卡尔说：“我当然可以到你那里。什么时候？”

“现在，”电话那头说，“我先检查你。再见。”

卡尔挂上电话。他看看妻子，遗憾地微微一笑。“还不能吃东西。”他说，“文格特要先对我进行化验。”他用手撑着椅子背，站起身。

安奈特一动不动地站着。“我也要去，”她说，“我开车送你去。”

“不！”卡尔说，“我知道你不喜欢把活干了一半就放下。”他拍拍她的肩膀，“我没事的，亲爱的。真的！你不认为我已经够麻烦的了吗？”

“噢，卡尔，你是个傻瓜！”她的脸色非常苍白，嘴角抽动着，像要哭一样。

卡尔一只胳膊搂住她肩膀，“你别太紧张，亲爱的。”

“我很好，”她厉声说。“我一点也不累。”然后她努力笑了笑，“好吧，也许我很累，”她说，“别在意我发脾气。你去文格特医生那儿好好检查吧……”

她挽着他的手臂，和他一起走过客厅，在前门她吻了他。

“多保重，卡尔，”她说，“快点儿回来。”他出去后，她关上了门。

他走进车库时，大狗跑了过来，卡尔一打开车门，它就跳进去，坐在驾驶座边的座位上。它的舌头伸在外面，似乎在向四周微笑。

卡尔冲它笑笑，肚子又疼起来。他说：“好吧，那就让你一起去吧。”他坐到方向盘后面，开动汽车，退出车库。

他开得很慢，不过，几分钟后，他就到了文格特的诊所。他把大狗留在车内，绕到诊所后门——那是专门供少数特殊病人使用的。

文格特站在他的桌子旁。他背着光，卡尔看不清他的脸，但显得比平常老，而且一副疲倦的样子，就连他的胡子都比平常要白。他挥手让卡尔坐到一张椅子上，然后走过去，站在他身边，摸摸他的脉搏，让他伸出舌头瞧瞧。

卡尔冲他咧嘴一笑。“今天早晨你非常专业。”他说。

文格特没有理睬他的玩笑。他在转椅上坐下，凝视着卡尔，说：“我的朋友，昨天晚上你病得非常厉害。”然后他严厉地补充说：“昨天晚上没有死，那是你的运气。”

卡尔的笑容消失了，他吃惊地“嗯？”了一声。

文格特从桌上拿起一支笔，在手指上玩弄着。他看着笔，不看卡尔。

他说：“顺便说一句，那里有你的东西。”他用笔指指旁边放着的一个棕色纸袋，“想把它带回家吗？”

卡尔看上去非常困惑。“什么？……”他莫名其妙地瞪大眼睛说，“你在说什么？”

“那是你的废纸篓。”文格特的眼睛仍然盯着手头的笔，“从你书房拿来的。昨天晚上我把它拿来的……”

“为什么？……噢，你想把它洗干净……”卡尔突然停下来，接着，他脱口问道，“这到底是怎么回事？汤姆，你想说什么？”

文格特注视着他，深深地吸了一口气，声音单调地说：“你很快会知道的。昨天你在哪儿吃的饭？”

“当然是在家了。什么——”

“安静。那么说你是在家吃的饭了。你最后吃的是什么？大约半夜时分？”

“没吃什么……啊，等等——我忘了。我喝了一碗汤，安奈特做的洋葱汤。她上床前给我端来的。但是那不可能——”

“等一下！那么你是在十二点左右，喝了这碗汤。大约一个小时后，你的腿和肚子开始疼痛，感到头晕、恶心。你使劲呕吐，你吐出的许多东西都在那个废纸篓里了。对废纸篓里的东西进行化验后证明，你吞服了至少一克半砒霜……”

他没有说下去，站起身面对着卡尔。卡尔跳了起来，他抓住卡尔的手臂，把他推回椅子上。他重复着昨天晚上他说过的话：“别动！”他说，“别着急！”

卡尔坐下来。他的脸更加苍白了。他颤抖着用手擦擦前额，想要笑一笑。

“砒霜？”他说，“一克半？那是很大的量，对吗？”

“那是可以致命的，”文格特说，“你可能吃得更多。”

卡尔说：“你认为我怎么会吃了那种东西的？”他没有看文格特，他的眼光落在别处，“蔬菜或什么东西？他们往蔬菜上喷那东西，是吗？”

“蔬菜上面的量不会那么大。”文格特回到他的椅子上，坐下来。“十天前，你也痛过。同样的原因，但没有那么厉害。”他的声音不带任何感情色彩，“两次你都是在家吃的饭。”卡尔再次跳了起来。他的脸扭曲了，蓝眼睛在冒火。

“天哪！”他喊道，“你发疯了！你在暗示什么？”

“我没有暗示什么，”文格特的声音仍然很平静，“我只是在陈述事实。在过去十天内，你两次吃到含有砒霜的东西。第二次尤其明显。”

卡尔庞大的身体再次跌落到椅子中。他想说话，却一句也说不出，只能发出呻吟。

文格特说：“你知道，我并不喜欢这么说。但是，你必须面对事实！有人在喂你砒霜。这并不是偶然的。”

卡尔双手紧紧抓住椅子扶手，一直到他的指关节发白。

他声音沙哑地说：“如果我不是这么了解你的话，我一定会打断你的脖子！”他的声音又开始高起来。“你难道看不出，整个事件只是个可怕的巧合吗？你难道不知道你在暗示完全不可能的事情吗？”他突然停下，使劲喘气，好像长跑一样。

文格特一动不动坐着，像没听见卡尔说话一样。

“砒霜是很容易搞到的，”他说，“种花的人尤其容易搞到，除草剂等——”

“住口！”卡尔一拳打在椅子背上，“我家里是有除草剂，但那是我让她买的！”

他站起身，面对着文格特。他说：“我要走了，我再也不会回来了。我认为有关砒霜的事你没有撒谎，但我怎么会吃到砒霜，你犯了一个可怕的错误，一个像你这样的人，是不应该犯这样的错误的！”

他向门口走去，然后又转过身。“还有一件事，”他说，“我无法制止你胡思乱想，但是，我可以阻止你说出来，我会的！如果你向任何人吐露一个字，我就会杀了你！毁了你！记住我的话，我可是认真的！”他的声音因为愤怒而颤抖。

他久久地注视着文格特，文格特没有动，也没有望他，卡尔转过身，推开门，走了出去。他来到街上，向他的汽车走去。他脸色非常苍白，打开车门，跌坐到驾驶座上，双臂放在方向盘上，捧着头，全身颤抖，那条大狗凑过来，舐它主人的耳朵。两个路边的女人好奇地看着这一幕。

也许卡尔感觉到她们在看他，他抬起头，注视着她们。然后他坐直身体，轻轻推开那条大狗的脑袋。

回家路上，他开得非常慢。安奈特听到汽车的声音，他走上台阶时，她打开了前门，问他："他说什么，卡尔？他知道是怎么回事吗？"她憔悴的面容似乎很紧张。

卡尔看着她，摇摇头，走进屋里，坐到最近的椅子上，缓缓地说："不……不，他不知道。我想他不知道是怎么回事……"

他说："天哪，我累坏了！过来亲吻我一下吧，亲爱的。"

她走过来，坐在椅子扶手上，亲吻他。她把他的头拉到自己胸前，抚摸着他的头发。她说话时，他看不到她的脸。

"但是，"她说，"他应该知道是怎么回事。"

卡尔叹了口气。"噢，他用了许多医学术语……但我听不懂是怎么回事，我想他自己也不知道是怎么回事，我可能恰好胃有点儿问题。"他靠在椅子上，仰脸看着她。"告诉你，也许你对汤姆的看法是对的。我并不是说他人不好，而是说作为医生，我想，下次我要去找别人看病……"

安奈特跳起来。"别谈这些医生了，"她说，"啊，是我不好。我可怜的丈夫脸色苍白，虚弱无力，因为他没有吃东西！等一会儿，卡尔……"

她匆匆跑向厨房。她的紧张与疲倦似乎一下子消失了。

卡尔坐着没动，两眼直勾勾地盯着前方，好像在发怔。

过了一会儿，安奈特回来了。她端着一个盘子，上面有勺子，餐巾和碗，香气扑鼻。

她说："喝汤吧！"她把盘子放在他的膝盖上，把勺子塞到他手中，站在一边看着他。

他凝视着她，她说："快点儿喝吧，不然就凉了！"

他似乎没有听到。

突然，他说："安奈特，你爱我吗？"他紧紧地盯着她。

她瞪大眼睛，片刻之后，她说："爱你，当然爱你，卡尔！"

然后她笑起来，说："别孩子气了！赶快喝汤吧！再不喝就凉了。"

他看着手里的勺子，似乎很惊讶它在他的手里。他把勺子放在盘子上，端起碗，看着他妻子。

他把碗举到嘴边，大口大口地喝起来。

一天晚上，他肚子没有痛。

一个星期过去了，他没有肚子痛过，在这一个星期里，他没有跟文格特医生说过话，也没有见过他。

一天晚上十一点，他和大狗一起到外面散步。那天他散步时间比较长，回家的路上遇到巴利，巴利向他问好。他于是到巴利家喝了一杯，聊了一会儿天。

往家走到山坡下时，他加快了脚步，那条大狗紧随其后。

他一边哼哼歌，一边走上台阶，推开前门，让狗先进，然后自己走进去。

他叫道："啊，天哪！"

他一动不动地站在那里。

安奈特躺在地上，身体扭成奇怪的样子，屋里乱七八糟。

卡尔来到安奈特身边，蹲下身。他抬起她的头，她滚到他的怀中。她双眼紧闭，肿胀的嘴巴张开着。她还在呼吸，但是非常微弱，当他摸她的心跳时，几乎感觉不到……

他来到书房，来到电话边……不假思索地拨了一个电话号码……

他在对文格特说话："汤姆！"他尖声叫道，"汤姆！我是卡尔。马上过来！快！"

他放回话筒，又回到客厅，蹲下身，把他妻子的头抱在怀里……

文格特来时，他仍然抱着她。

文格特对她检查了一下，摇摇头。他扶卡尔站起来，带他到书房。他说："你必须面对事实，卡尔……她已经死了。"

卡尔全身颤抖。

文格特说："坐在这里，别动！"他走出书房。

他看着死去的女人，看着她身边凌乱，看着屋里的一切。他凝视着钢琴上的两杯咖啡，这时，那条大狗从厨房跑进来，消失在书房里。

文格特端起两只杯子。它们是一模一样的两只咖啡杯。他轮流把手指放进杯中，舔舔指尖。第二次品尝给了他期待的反应，他的脸开朗了，大步走向书房。

卡尔没有动，但他颤抖得更加厉害了。那条大狗坐在他身边，注视着他的脸。

文格特把手放在他颤抖的肩膀上。卡尔想说话，但他牙齿打战，说不出一句话。

文格特说："你明白了，是吗？她再一次试图……你不听我的话，但是，命运之神做出了决定！"

卡尔低声说："我——我——我——我不明白……"

文格特说："她过于自信了。什么事让她分心？"他耸耸肩，"她拿错了杯子。"

卡尔说："天哪！……"他双手捂住脸，手指紧紧按住太阳穴。他说："汤姆——我真希望那是我！"

"算了！"文格特抓住他的手臂，"别这么想，照我说的办！"

他拉起卡尔，领他走出书房，上楼来到他自己的卧室。大狗紧紧地跟在他们身后，文格特为卡尔脱掉衣服，躺到床上，然后在他手臂上打了一针。

"好了，"他说，"五分钟内你就能睡着了……"

他转过身，这时，卡尔伸手握住他的手。

卡尔说："别走……"他说："我很抱歉我在你诊所说的那些话，真对不起，汤姆……"

文格特没有挣脱他的手。"忘了吧，"他说，"我已经忘了。"

接着他开始说起话来，声音很缓慢，有种催眠效果。"你现在要做的，就是睡觉……其他事情由我来办……你很快就会忘掉这一切，这就像是场噩梦……别担心由此引起的丑闻，卡尔……不会有什么丑闻的……你瞧，我确信这一点。我早就把一切告诉了尼可拉斯警长……他和我会向验尸官解释的……"

他的声音渐渐消失了——卡尔睡着了。

三个星期后，卡尔才露出微笑，那时，他已经不在原来的住地了。他来到旧金山，罗娜正在等着他。

他微笑着，他正行驶在旧金山市区，那条大狗坐在他身边。

"告诉你，宝贝，"他轻声说，"第二次我吃多了！"

他"咯咯"笑起来。

私密生活

他们通常凌晨两点出报纸。那天，新闻编辑麦克身体不舒服，早早回家睡觉，把剩下的事情留给年轻的帕特森处理。

半夜，麦克睡得正香，突然，电话铃响了。

麦克迷迷糊糊拿起话筒。

“赫泽尔·洛琳？”他重复道，“她怎么啦？”

“她死了，”帕特森回答说，“被谋杀的，这一点毫无疑问。你知道维多利亚广场吗？”

“不知道。”

“那是住宅小区里一个很僻静的小广场。赫泽尔·洛琳住在那里。广场中心有座花园，专供小区住户用。晚上十一点左右，一位巡逻的警察发现洛琳死在公园里，几乎一丝不挂。”

“什么？”麦克喊道。他的睡意完全消失了。

“噢，只穿着文胸和条内裤。她坐在一张长椅上，好像死了很久了，她其余的衣服整整齐齐叠好，放在她身边的椅子上。”

“在那么冷的天气里？”

“是的。一个小时前，警察看到她走进花园。死因是脑壳被击裂，凶器是顶头装有铅的手杖之类的东西。椅子后面有搏斗的痕迹。”

“好极了！”麦克说，“把它发在头版头条上。全国每一个女人都想知道洛琳到底出了什么事！”

每个人都知道洛琳这个名字，知道洛琳那张脸，知道洛琳的各种观点。“微笑减肥”是她在《每日旗帜报》上所开的专栏，每周一期，而《每日旗帜报》是麦克的《每日纪录报》的死对头。“微笑减肥”也是洛琳所写的一本畅销书的书名，那本书风靡全国，洛琳在书中向家庭主妇们讲解，如何能够轻而易举地保持苗条。她没有强求她们进行严格的节食。

“根据一位医生的建议，我设计出这些动作，”她写道，“你只需每天早晨做三分钟，然后什么都不用管了。如果你喜欢吃巧克力，那就放开吃吧。只是要记住，每天做我的这些动作，然后想吃什么就吃什么吧。”

她这种随意、自然的口气让那些家庭主妇感到非常亲切。她越来越受她们喜爱，她不仅仅是一位健康顾问，还对爱情、帽子和丈夫提出自己的观点。每个人都见过她那张强壮、开朗的方脸，那张脸微笑着露出洁白的牙齿，面颊上有两个小酒窝。她衣着打扮非常得体，从不给人一种咄咄逼人的印，棕色的头发剪得很短，眼睛很严肃。她的年龄可能是三十五岁。大家都非常喜欢她，纷纷给她写信。

但是，在一个寒冷的夜晚，有人杀了她，她死时还是半裸的。

麦克是一个老记者了，可是，听到这一消息，他还是有些同情她。他妻子更是反应强烈。

“太可怜了！”麦克太太说，“太可怜了！”

“哦？这就是你的第一感觉？”麦克问，他的记者本能马上恢复了。

“当然。这真是太残酷、太没有人性了！”

“我们就要这么报道。我想我有了一个灵感。至于洛琳嘛，上帝保佑她吧！”

第二天，他带着他的灵感来找执行主编霍斯顿。

《每日纪录报》的办公楼是很现代化的一座建筑，像一个巨大的金鱼缸。这里流言四起。洛琳被谋杀，这被认为是一个非常重要的新闻，执行主编在他的办公室与麦克详细讨论此事。霍斯顿戴着一副黑边眼镜，坐在他的办公桌后面，两个嘴角耷拉着。

“不行”，霍斯顿说，“我们不能这么做。”

“好吧，”麦克说，“但是我们不能随便放过这个新闻。瞧，被害者是个女人，她引起了大量女读者的兴趣，我们应该全面深入报道此事。全国有一半妇女想知道究竟发生了什么事。我们怎么做呢？我们派一位女记者去采访报道此事。”

霍斯顿用手摸摸光秃秃的额头。

“派一个女人采访报道谋杀？”

“为什么不呢？她可以非常认真严肃地进行采访报道，同时带着女人特有的那么一丝哀伤，这会引起人们巨大的兴趣，我们一定能成功的！”

霍斯顿耸起双肩。“她必须铁石心肠，”他指出，“报道战争是一回事，报道谋杀是另一回事。我不知道应该派谁去做这样的采访。”

“那个法国女孩怎么样，杰奎琳·杜波丝？她来我们报社才一个星期。我告诉你，她在巴黎就因为善于抢新闻而出名。《巴黎日报》的主编对她赞不绝口，极力推荐，我觉得他说得对。”

“她能说英语吗？”

“她有一半英国人血统，她母亲是英国人。她英语说得很好。”

“她会非常得体地进行采访报道吗？”

“绝对会的，我向你保证。”

“把她找来。”霍斯顿说。

话虽这么说，霍斯顿心中仍忐忑不安，不过，他一看到杰奎琳本人，长出了口气，差点儿笑起来。

麦克很不安。麦克推荐这个姑娘，完全凭着一种直觉，除了《巴黎日报》主编的推荐之外，他根本不了解她。一看到杰奎琳，他有点儿慌了，他怀疑那位主编在跟他开玩笑。

杰奎琳走进霍斯顿办公室，一副楚楚可怜的样子，霍斯顿不禁站起身，为她拉开椅子。她是个金发女郎，身材娇小丰满，雪白的皮肤，一双乌黑的大眼睛，要么瞪得大大的，紧紧盯着霍斯顿，轻声问，找她有什么事。

麦克绝望得一声不吭，霍斯顿告诉她：“杜波丝小姐，你的目的就是——”

“骚扰警察。”麦克呻吟道。

“挖掘出所有的新闻，”霍斯顿严厉地说，“所有公众感兴趣的新闻。你喜欢这个工作吗？”

杰奎琳抬起她的大眼睛。

“我喜欢这个工作吗？”她激动地说，“这他妈太棒了！”

霍斯顿吃了一惊。

“我真是太感谢你了！”她兴奋地说，紧紧握住双手。“洛琳小姐！那个不幸完蛋的可怜女人。我非常渴望报道这一事件，不过，我没想到会派我去采访。真想亲吻你，我可以吻你吗？”

“天哪，不可以！”霍斯顿断然说道。

但是，杰奎琳并没听他说话，她陷入了沉思中，双脚敲打着地毯。一边思考，一边点头。

“我有弱点，”她说，“我刚到英国，我对这里的情况还不熟悉。如果我要抢到独家新闻，必须用我自己独特的方式。负责这事的警察头目是谁？”

“刑事犯罪调查部的助理督察。”麦克说。

“太好了！”杰奎琳说，“我跟他上床。”

霍斯顿死死盯了她一眼。

“不行！不行！”他说。

“行，行，行。”杰奎琳说，不停地点头。

“你不能那么做，杜波丝小姐！”

“我不明白。”杰奎琳抱怨说，惊讶地瞧了他一眼，“你不希望我那么做？为什么？”

“我不能详细解释，这需要花很长时间。我只能简单地说，这与我们报纸的宗旨不符。另外，还有些实际的考虑。首先，你根本无法接近他。其次，即使你接近了，也不会得到独家新闻的。”

杰奎琳的眼睛里露出了一丝笑意。

“哈哈，”她说，“当跟法官莫奈调情时，他们也是这么说的。他的胡子有这么长”，她用手比画了一下，“可是最终我得到了我想要的东西，抢到独家新闻，全巴黎都惊呆了！可是，你不希望我那么做，是吗？”

“绝对不能那么做。”

杰奎琳叹了口气。“好吧，”她让步说，“那么我就去找负责这个案件的警察，跟他上床。另外，我想找个新闻摄影师跟我一起。”

“摄影师？为什么？”

“因为这很有用。在巴黎的时候，有一次我拍到警察私下做事时的照片。”

“那有什么用呢？”

“那太有用了！”她兴高采烈地说，“如果你拍到一个警察在做他不应该做的事的照片时，你就可以告诉他，如果他不把内幕消息告诉你，你就刊登那些照片。”

霍斯顿目瞪口呆地听着。杰奎琳所说的话与她天真的外貌真是太不相符了。如果蒙娜丽莎从画框里跳出来，冲他做鬼脸的话，他也不会像现在这么惊讶。他好不容易才说出话。

“你一开始说要勾引警察，现在又说要敲诈，”他说，“麦克，我不能这么做。小姐，你被解雇了！你会在一个星期之内毁了这份报纸的。”

“如果她被解雇了，”麦克吼道，“那么我也辞职。她是一个真正的新闻记者！”

“你想让内务部封掉我们报社吗？”

“我们会派编辑读她的报道的，不是吗？我告诉你，如果——”

“还有一件事，”杰奎琳心平气和地继续说，“你们有一个摄影师叫亨利·阿什温。他是个好人，虽然他喝酒喝得太多了。他就是我想要的摄影师，把他派给我吧。”

“阿什温？为什么要阿什温？”

“我发现他在跟洛琳家的女佣人调情。真的！他一定有内幕消息。所以我请他喝酒，跟他聊天。瞧，我已经得到了很多消息。”

“在你被委派这个采访任务之前？”

杰奎琳扬起眉毛。

“对，对，对！当然。听着！这个洛琳小姐今年三十五岁。在生活中，她的脾气非常坏。亨利·阿什温认为她是个骗子，但是她到底怎么行骗，他也不清楚。她还是个假正经的女人。她结婚了吗？没有！但她有一个未婚夫，一个名叫爱德华·霍特的律师，他追求她已经五年了，仍然没有结果。为什么她不跟他结婚呢？”

“为什么？”

“我知道，”杰奎琳说，“现在，我告诉你们一些警察没有告诉你们的事。”

“别卖关子了，快说。”霍斯顿催促道。

“这是她的女佣人告诉亨利·阿什温，亨利又告诉我的。当洛琳小姐被发现坐在公园的椅子上，只穿着文胸、内裤和鞋子时，她身边还有别的东西。”

麦克反应过来，“我们知道。报纸上都报道了。”

“对！但是，”杰奎琳说，“还有其他东西。在叠起来的衣服里面，有一个红色假发套和一副墨镜。”

霍斯顿和麦克面面相觑，搞不清她这话是什么意思。

“一个红色假发套，”她继续说，指指自己的金发，“还有那种可以看东西的墨镜。”她两手卷起，放在眼睛前，模仿眼镜的样子。“为什么洛琳小姐要那些东西呢？有一点是无可置疑的，那就是她是自己脱光衣服的，不是被人脱光的。她的女佣告诉亨利，洛琳小姐叠长筒丝袜的方式很独特，就像……啊，你们要不要我脱下我的长筒丝袜，叠给你们看？”

“不要，不要！”

“好吧。我只是问问罢了。但是它的确是很独特的。她叠衣服的方式也很独特。所以，是她自己脱掉衣服的，另外，她还有个假发套和一副墨镜。你们能告诉我这是为什么吗？”她的大眼睛谴责地转向霍斯顿，“你说你要解雇我，这很不好。我知道我是个可笑的人，在巴黎时他们就这么说。但是，如果你给我一次机会，我会挖出独家新闻的。你愿意吗？”

霍斯顿很为难，但是，说到底，她是个记者。

“你动手干吧。”他说。

亚当·贝尔警官站在维多利亚广场22号房的前厅。他一会儿望望窗外广场中心的公园，一会儿看看面前脸色苍白的男人。

冬天的下午，维多利亚广场显得非常安静、单调。花园四周围着铁栏杆，暮色中，里面的树木显得影影绰绰。

贝尔警官站在死者屋里，面对着洛琳的未婚夫。贝尔是个年轻警官，做事认真。

“你再没什么可说的了，霍特先生？”

“没有了！”爱德华·霍特说，摸了摸他的黑领结。“昨天晚上，我想带她去音乐会，但她拒绝了，我一个人去的。我——我很少读那些小报。所以，直到今天早晨，洛琳的秘书阿丽丝小姐打电话给我，我才知道这事。”

贝尔警官也不喜欢小报，死者的屋子是不许记者进来的。

爱德华突然坐到火炉旁。他身材很高、很瘦，一张开朗的脸，四十出头的年纪，指关节很粗大，举止很从容。贝尔认为他是一位很有耐心的律师。在火光的照耀下，他的眼睛充满血丝，时不时地望望旁边的沙发，那上面放着一个假发套、一副墨镜和一根黑色手杖。

“这真让人难以置信，”他继续说，“我仍然不能相信这是真的。你不能告诉我是怎么回事吗，警官？”

贝尔的话很明确。

“你已经听到所有的证词。她的秘书阿丽丝小姐作证说，昨天晚上十点差几分时，洛琳小姐离开家，不肯说她去哪里。”他停了一下说，“这不是洛琳小姐第一次这么出去，她总是在大约十点钟时出去，通常出去两三个小时。”

爱德华没有说话。

“她应该是从这里直接去的花园。”贝尔说。

“但是为什么，到底是为什么呢？”爱德华喊道，“为什么到花园去呢？”

贝尔没有理他。“一个在这里巡逻的警察听到有人在摆弄花园的门。他打开手电，看到洛琳小姐在用钥匙开门。他盘问她，但她解释说她就住在广场，有权使用花园。

“警察离开她，但他仍然有些担心。大约一个小时后，他又来到花园。门仍然开着，他听到门被风吹得吱吱响。他走进去，发现洛琳小姐坐在一张长凳上……那里……在小道的第一个转弯处，离大门大约十五英尺。”

贝尔停了下来。

他眼前浮现出当时的场景。门在寒风中吱吱地响，手电光照在冰冷的肌肤和白色丝绸内衣上，头仰靠在椅背上，高跟鞋没有系带。

“她的其他衣服——皮大衣、外衣、皮带和长筒丝袜——放在她的身边。她的女佣发誓说，从那些衣服折叠的样子看，是她自己脱下的。她的手提包没有被碰过。花园门的钥匙掉在小道上。”

贝尔每说一句，爱德华就冲着火点一下头。

贝尔走到沙发边，拿起那根手杖。手杖的头很重，因为上面包着半磅重的铅。

“她是在那张长凳后被杀的，”贝尔继续说，“地面很硬，但那里全是她的高跟鞋印。那里曾经发生过搏斗，她不是一个弱者。”

“对。”爱德华同意说。

“这根手杖打在她左边太阳穴上，打裂了她的头盖骨。”贝尔在手里掂了掂那根手杖。“这就是凶器，这一点毫无疑问。手杖把上面有根头发，还有一丝血迹，虽然伤口外面几乎没有流血。我们的实验室证明——”

他很抱歉地停顿了一下。

“请你原谅，先生。我把它带过来，并不是想让你难过，只是想请你帮助辨认一下，这是谁的东西。”

爱德华老派而殷勤地说：“我也请你原谅，警官。我很高兴跟一位绅士打交道。”他站起身，用手背擦了一下嘴巴。

“我很高兴上面没有血，”他补充说，“我很高兴她没有被反复击打。”

“是的。”

“但是，这合理吗，警官？致命的伤口，却几乎不出血？”

“合理的。致命是因为脑组织破裂。我的一位朋友有一次被火车门撞了一下，他一直没觉得有任何不适，直到他突然崩溃了。”贝尔的声音突然变得严厉了，“我说得太多了。先生，你能告诉我什么吗？”

“没什么。只是——”

“什么？”

爱德华犹豫了一下。“我有点儿担心她，最近她的样子不太好。我担心她最近吃得太多了。”他脸上隐隐约约露出一丝笑容，和他充血的眼睛很不协调。“但是她说，‘只要我像我的成千上万的追随者一样，每天锻炼，就不会有事的，’——她对她的地位感到非常骄傲，警官——”

这并不是贝尔想要的。

“我的意思是，你知不知道她被害的理由？”

“绝对不知道。我可以发誓！”

“或者，你知不知道她为什么要脱光衣服被害呢？”

爱德华抿紧嘴唇。这时，一个戴着黑边眼镜的女人快步走了进来。这是阿丽丝小姐，她是位完美的秘书，有点儿像老式的家庭教师。她长得颇有几分姿色，棕色头发有些蓬乱，穿着平跟鞋。

在过去的六年中，阿丽丝小姐多次表明了她对洛琳的忠诚。现在，她的眼睛红红的，时不时地用手绢擦眼睛。

“警官！”她喊道，紧紧抓着手绢，“我知道可怜的洛琳的尸体已经搬走了。但是你不是已经下了命令，不许那些可怕的记者进那边广场吗？”

“是的。怎么了？”

“你瞧，”阿丽丝小姐下巴一扬，“他们现在就在那里。你可以从我楼上的窗户看到他们。一共两个人。一个男人正在拍照，另外那个是女的。哪个体面的女人会写这种——”她突然停下，脸涨得通红。“你知道我的意思，对吗？”

贝尔警官发现自己的命令没有得到服从。他挺直身体。

“你确信他们是记者？”

“你自己瞧瞧！”

贝尔开朗的脸一下子变得阴沉。他深深吸了口气，从椅子上拿起他的大衣和帽子。

“原谅我离开一会儿，”他很正式地说，“我会教训他们的。”

贝尔一走出房子，就开始跑起来。花园门就在广场西侧，几乎正对着洛琳的房子。

花园小径上有个金发女郎，穿着皮大衣，正走来走去，还有一个穿着雨衣的男人，手里拿着照相机。贝尔警官冲过去，站在他们面前，训斥他们。

摄影师亨利·阿什温满不在乎地耸耸肩。杰奎琳却又惊又怒，简直说不出话来。她觉得自己在帮助调查，她不理解这个警官在说什么。

“你别这么傻了！”她叫道，努力想要跟他讲清楚，“你根本不明白。我是

《每日纪录报》的杜波丝。这是《每日纪录报》的阿什温先生。”

“我认识阿什温先生，”贝尔冷冷地说，“现在，小姐，我最后一次警告你们：你们是马上主动离开这里呢，还是被强制赶出去？”

“你这话不是当真的吧？”

贝尔凝视着她。

“你为什么这么想？”

“你不应该这么跟媒体说话。这很不好，你会惹上麻烦的。亨利，我不喜欢这个人。把他赶出这里，然后我们继续工作。”

“阿什温，”贝尔说，“这个姑娘是不是疯了？”

阿什温很抱歉地说：“对不起，警官，我来处理这事。瞧，杰奎琳，这儿跟巴黎不一样。我一直在告诉你要相信这一点。在英国，不允许记者——”

“你不愿意做？”

“我不能，杰奎琳！”

“那我可要生气了，”杰奎琳冷冷地说，“天哪，我真要生气了，就为这，我将不告诉你我发现的任何线索。”

“线索？”贝尔厉声说道。

“哈哈，现在你感兴趣了，嗯？”杰奎琳喊道，摇摇头。她的声调变了，变得很驯顺，“请帮帮忙，我并没有恶意，我希望你也和和气气的。如果你愿意的话，我可以帮你。我认为我知道昨天晚上这里发生了什么。我一听说洛琳小姐的鞋没有系带，一听说假发和眼镜——”贝尔猛地转向她。

“你怎么知道她的鞋没有系带？你怎么知道假发和眼镜？这些并没有向报界透露！”

花园里，夜色越来越浓。除了出租车的车灯外，维多利亚广场没有一丝光亮。杰奎琳打开手提包。

那是洛琳尸体的照片，是从正面十几英尺的地方拍的。阴影全在尸体后面，所以每个细节都异常清晰：直挺挺的姿势，无力的双臂，向后仰的脑袋，有力的大腿和鞋，一眼就能看出鞋没有系带。

“这是你从哪里拍到的？”贝尔喊道。

“这是我拍的，警官，”阿什温承认说，“今天早晨，我爬过栏杆，在他们挪开任何东西之前拍的。如果我使用闪光灯的话，你的人马上就会发现我，但是，那时阳光非常好，所以我偷偷拍了一张，就赶紧溜走了。”

阿什温的小眼睛在他破帽子的阴影下一眨一眨。花园已经变得非常暗，除了他眨动的眼睛和满脸胡子外，什么也看不见。

“我发誓，我并不想用这张照片，我甚至都不想让人看到它，”他继续说，“这姑娘硬是从我手里抢走它。”

“瞧那鞋！”

贝尔又转过身，“鞋怎么啦？”

“它们是线索，”杰奎琳简单地说，“你不应该问我怎么得到消息的。假发和眼镜我是从洛琳小姐的女佣那里得到的。但是，我愿意告诉你一些能帮你破案的事情。”

贝尔犹豫了一下。

“如果你这是在玩游戏，”他说，“那你以后会有麻烦的。我警告你！不过，如果你有什么要告诉我，我愿意听你说。”

杰奎琳很得意。

“你没有看出，那双鞋说明了这里发生的事吗？”

“坦率地说，我没有看出。”

“啊！这就是为什么当一个女人被害时，你需要一个女人帮助你的原因。现在我来告诉你。在照片上，你已经看到，那双鞋的跟非常高，对吗？”

“对。”

“它们只系了一个扣，对吗？”她说，“你还不明白吗？”她的声音变得非常甜蜜。“如果我告诉你，那么你会报答我的，对吗？你会让我随意发表我的发现，是吗？”

“我绝对不会的。”

“好吧。那么我就不告诉你了。”

贝尔的愤怒几乎达到顶点了。他以前办案时，从来没有遇到过这样的人。当然，他办案的时间并不长。现在，他再也不想听这个女人胡说八道了。他要好好教训她一顿。

他刚要开口，广场那边灯光一闪，22 号门打开又关上了。

贝尔一听到急匆匆的脚步声，马上有种不祥的预感。一个黑乎乎的人影从外面跑进花园。

人影走近，贝尔看到阿丽丝小姐脸上的眼泪。

“全是你的错，”她责备地对贝尔说，“天哪，如果你不离开多好！如果你留在他身边多好！”

“别着急。出什么事了？慢慢说，阿丽丝小姐！”

“你的手下已经打电话叫救护车了，他说他们会把他抢救过来的。但是，如果抢救不过来，那我不知道该怎么办。天哪，真是太可怕了——”

她努力使自己镇静下来。

“对不起。是可怜的爱德华，他吃了毒药。你最好马上到屋里来。”

直到第二天，贝尔才能与爱德华面谈。那天早晨的《每日纪录报》就在贝尔的口袋里，他不知道他的上司怎么看杰奎琳的报道。

一个护士领他走进一间小小的单人病房，爱德华靠在一张白色铁床的枕头上。阿丽丝坐在窗户边的一张摇椅上，望着外面的纷飞大雪。

“这么做很愚蠢的，是吗，先生？”贝尔平静地问。

“我承认，警官。”

“为什么你要这么做呢？”

“你猜不出来吗？”

爱德华苦笑了一下。他青筋毕露的手臂无力地放在被子上，两眼木然地掠过天花板。昨天他看上去还是四十出头，现在，他似乎老了十岁。

“奇怪的是，”他皱着眉头说，“我并不想那么做。这是一个事实，警官。我没有意识到小小的冲动是多么可怕和难以抵抗。”

他停顿了一下，好像要喘口气。

“我到了楼上，”他说，“去看一眼洛琳的房间。如此而已。我瞥了浴室一眼，看到药柜门开着，里面有一瓶吗啡。我还不知道是怎么回事，就倒了一杯水，吞下了七八片吗啡。我承认，在那一刻，我不想活了。”

“不想活了？”

“不想活了。但是，我现在想法变了。我很抱歉，正像你说的，这么做是很愚蠢的。”

他可真是个绅士，贝尔想。

从窗户那边，传来刺耳的摇椅声。阿丽丝回头瞥了一眼，又迅速转回头。大雪把温暖、狭小的病房照得很亮。

“当然我意识到，”贝尔尴尬地说，“作为洛琳小姐的未婚夫——”

“称我为她的未婚夫是不对的。”爱德华冷静、坦然地说。

他的语调让贝尔坐直了。

“先生，你这是什么意思？”

“洛琳从来没有想过结婚，不论是跟我，还是跟别人。”

“你怎么知道的？”

“她自己告诉我的。但是我一直耐心等待。我一直想象有一天她会答应的。天知道，我现在没有这种想象了。”爱德华闭上眼睛，然后又睁开。“瞧，我是非常坦率的。”

“你是说她不爱你？”

爱德华微微一笑。“我怀疑洛琳一生中是否爱过任何人。不，我不是这个意思。”

“嗯？”

“我认为她已经结婚了。等一等！”微弱的声音变得坚定了，“我这么说，一点儿证据也没有。这是一种猜测，一种印象。警官，我对洛琳了解算是比较深的。我知道她的脾气，她的情绪，她的思想：她并没有一流的思想。上帝原谅我，我在说什么？”

他停住，看上去更虚弱了。摇椅又响了一下，阿丽丝站起身，从床头柜上给他倒了杯水。爱德华感激地冲她点点头，她瞥了他一眼。贝尔警官一直在仔细观察他们的一举一动，他意识到那是意味深长的一瞥。贝尔突然想到：如果洛琳不爱爱德华，我知道谁在爱他。

阿丽丝小姐马上又回到摇椅上。

“我告诉你这些，”爱德华说着，放下杯子，“是因为我想这个案子快点儿破。如果洛琳有丈夫，那她根本没法与他离婚。她在世人面前，把自己的位置摆得太高了。”

贝尔走出病房，竖起大衣领，走入漫天大雪之中。杰奎琳穿着皮大衣，戴着一顶帽子，站在台阶下等他。

贝尔一看到她，就开始跑起来。

贝尔的借口是他要赶公共汽车。公共汽车已经开动了，贝尔拼命追过去，跳上车，爬到空无一人的顶层，刚一坐下，杰奎琳就气喘吁吁来到他身边。

姑娘快哭了。

“你不是一个绅士！”她带着哭腔说，“我扭了脚脖子。我受伤你很高兴吗？”

“说真的，”贝尔说，“我很高兴。”

“你一点儿也不喜欢我？”

“对。要知道，我刚刚读了今天早晨你在《每日纪录报》上的报道。”

“你不喜欢？天哪，我那么写是为了让你高兴啊！”

“在那篇报道中，”贝尔说，“你四次描述我，说我很‘英俊’。我怎么有脸再回苏格兰场呢？还有，更重要的是，你的标题——”

“你没有生气吧？”

“啊，没有。一点儿也不生气。”

“我又有了一条线索。”

贝尔不由自主地笑了起来。他觉得自己刚才有点儿过分了。这个姑娘并不一定是对他有什么恶意。换个角度看，杰奎琳这人也挺有意思的。

“什么线索？”他问。

“你没有给我时间，让我解释这一线索。我知道，洛琳小姐根本不是在花园里被杀的，她是在别处被害后，被搬到花园里的。”

汽车一个急转弯。

贝尔正从售票员手里接过票，差点儿把它掉到地上。

“这是你瞎猜的吧？”他问。

“这是事实真相！我从鞋上知道的。鞋跟非常高，鞋带又没有系。”

“那又怎么了？”

“她不可能那么穿着鞋走路的。真的，的确如此！她那样一步也走不了的！这是不可能的！要么鞋脱落，要么她跌倒。

“听着！你对自己说：‘洛琳小姐走进花园，她开始脱衣服。’是这样吗？那么为什么她要脱掉长筒丝袜，却又穿上鞋呢？你说：‘正当她这样的时候，凶手向她扑来，他们搏斗起来，她被击中，凶手把她抬起来，放到长凳上。’我说，这是不对的！不对！她不可能穿着那双鞋走动，她更不可能穿着它们跟人搏斗。它们会掉下来的，那样的话，她的脚上就会留下痕迹。实际上，她的脚上并没有痕迹，是吗？”

“接着说。”贝尔犹豫了一下，然后说道。

“显然，在她死后，是凶手把鞋穿到她脚上的。”

“但是——”

“现在听我说。最让你困惑的是什么？最难解的问题是什么？那就是，为什么在寒风刺骨的夜晚，洛琳小姐要把衣服脱光呢？但是，实际上，她并没有那么做。

“她先去花园，然后她离开花园，去了别的地方，那个地方是在室内，她在那里脱光了衣服，就是在那里，凶手对她发起袭击，杀死了她。然后趁着夜色，他把她搬回花园，让人以为她是在那里被杀的。他正在给她穿衣服时，被什么人或事打断了，不得不逃走。我说得对吗？”

他们乘坐的公共汽车正驶近维多利亚广场，贝尔已经能够看到广场了。

“我不知道你说的是不是正确。”贝尔说。

“我一点儿也不怀疑，”杰奎琳说，“我确信这是事实。在这样的天气里，任何一个女人都不会在露天脱光衣服的。虽然我很傻，我也能看出这一点！”

“等一等。长凳后面的地上，有搏斗的脚印，这又怎么解释呢？”

“那是伪造的，”杰奎琳冷静地回答说，“在那么硬的地上，我认为不会有任何脚印。那是凶手故意伪造的。”

公共汽车停了下来，他们下了车，来到维多利亚广场边的人行道上。虽然杰奎琳一直在他身边努力说服他，贝尔仍然不想匆忙下结论。

“那是瞎猜。”他说。

“你真讨厌，我不喜欢你。为什么说那是瞎猜呢？”

“一个女人能去哪儿呢？你说洛琳小姐去了某个地方，脱光衣服去哪儿呢？显然，她没有回家。在晚上，一个女人能去哪儿脱光衣服——”

他突然停下来，抬起眼睛。寒风呼啸着吹过来，把雪花吹得四处飞扬。他们面前的红砖建筑有两个入口。其中一个上面有个旅馆名字。另一个入口的玻璃门上，印着白色的字，这些字让贝尔吓了一跳。那上面写着：

男女

土耳其浴

昼夜开放

他们乘自动电梯来到热烘烘的地下，柜台后面的女人一看到他们，就冲了出来。

“你，先生！”她喊道，“你不能进来！”

“我是警察——”贝尔开口道。

那女人犹豫了一秒钟，说：“对不起，先生，但是你不能进来。今天是女浴室开放。你没有看到楼上的通知吗？”

“我可以进来吗？”杰奎琳问。

“当然可以，小姐。”

“多少钱？”杰奎琳打开手提包。

贝尔一把抓住杰奎琳的手臂，痛得她叫起来，他冲到那个女人面前，亮出自己的证件，然后拿出一张洛琳的照片。

“你以前见过这位女士吗？”

“我——我不记得了。这里来来往往的人非常多。你想干什么？”

柜台上有几支铅笔和钢笔，贝尔用一支颜色笔在照片上画上红色头发，再加上一副墨镜。

“你以前见过这位女士吗？”

“我见过！”那个女人承认说，“当然我见过。她总是晚上来这里。如果你早告诉我你要找的——”

“星期一晚上她也来这里了吗？”

“是的，”女人承认说，“她来这里了。她是大约十点十五分时来的，比她平时来得晚了些。我注意到这一点，是因为她的样子很奇怪，好像病了一样。另外，她的双手在发抖，她没有在柜台留下任何贵重物品。”

“她什么时候走的？”

“我不知道。我——不记得了。”女服务员脸上掠过一丝困惑的神情。“布莱德太太来了。”她补充说，“如果你不离开这里，她会好好教训你的！”

地下室热烘烘的，很潮湿，灯光昏暗，左边有一排门。

其中一扇门打开了。一个粗壮的女人走了出来，她一头短短的黑发，眉毛又黑又粗，一副凶狠的样子。她穿着一件白色浴衣，光脚穿着拖鞋。

“布莱德太太——”女服务员开口道。

布莱德太太阴沉沉地盯着来访者。

“你们最好到这里来。”她说，推开了一扇通往一间小办公室的门，冲他们点点头，让他们先进去。当他们走进办公室后。她关上门并锁好。然后，跌坐到办公椅上，开始哭起来。

“我知道我逃不掉的。”她说。

“那就对了，”十分钟后，贝尔说，“霍华德告诉我，洛琳小姐吃得过多了。”

布莱德太太轻蔑地哼了一声。她身体前倾着，两肘放在膝盖上，手里拿着一支香烟，她现在似乎好多了。

“吃得过多！”她叫道，“如果她不是拼命洗土耳其浴的话，她早就胖得像个啤酒桶了。我早就警告过她，使劲吃减肥药是很危险的。但是，她就是不听！她从她的减肥宣传中赚的钱太多了，她舍不得放弃。”

“你认识她？”

“我认识洛琳已经二十年了。我们小时候一起长大的。她不像我，很聪明，是我告诉她那方法的。”

贝尔逐渐明白了。

“微笑减肥——”

“是的，”布莱德太太摇摇头，轻蔑地吐出一口香烟，“那是假的。当然，她的减肥运动可能对某些女人有好处。有些女人真的相信。如果她们认为这能使她们保持苗条，也许它真的能让她们苗条。但是，这方法对洛琳没有用。这就是为什么她不得不乔装打扮，偷偷地溜过来的原因。她非常害怕被人发现。”

“但是，”贝尔说，“还是有人谋杀了她。我猜是你干的吧？”

香烟从布莱德太太手上掉了下来。

“谋杀！”她低声说，她想要用脚踩灭香烟，但是没有踩中。她尖叫起来，“喂，你怎么了？你发疯了？谋杀？”

“别喊！”

“谋杀？”布莱德太太说，“她摔倒了，死在蒸汽室里。我不得不把她抬出这里，否则这就成了丑闻，会毁了我们的。”

“她死于脑震荡。”

布莱德太太想了一下。

“啊？那就是了！我注意到她太阳穴上有红印，被假发盖住了一半。我以为她摔倒时头撞在大理石边上——”

“不，”贝尔说，“她是被一根头上装铅的手杖打死的。化验室证明了这一点。”

远处的风扇嗡嗡作响。布莱德太太突然站起来。

“你别想吓我，我是一个老实本分的女人。”她说，声音显得很不自然。“那是意外事故，我告诉你！要么是心脏病发作，要么是摔倒时头撞着了。这种事情以前也发生过，那是因为人们热得受不了。现在你却来告诉我——”

“等一等。”贝尔平静地说。

他的语气使布莱德太太停下来，她的手半举起，好像要发誓一样。

“告诉我，”贝尔说，“星期一晚上你看到洛琳小姐来这里吗？”

“是的。”

“她的气色怎么样？有没有生病的样子？”

“气色非常不好。刚才女服务员已经告诉过你了。她全身发抖，那就是我注意她的原因。”

“后来发生了什么事？不，我并不是指责你撒谎！告诉我到底发生了什么事？”

布莱德太太凝视着他。

“好吧……她走到一个浴室，脱掉衣服，穿上浴衣，走到蒸汽室。我是这里的经理，我一般不给人按摩，但我为她按摩，这样就不会有人发现她乔装改扮了。我很紧张，因为她看上去病得很厉害。后来，我来到蒸汽室，发现她独自一人躺在地上，已经死了。我想：天哪，我知道不对头，现在——”

“往下说。”

“我能做什么？我不能把她抱到她放衣服的地方，因为那里有十几个女人，她们会知道的。”

“往下说。”

“我必须摆脱她。我必须这么做！我跑下去，把她的衣服和手提包卷成一团，拿回蒸汽室。但是，我不能在那里给她穿上衣服，因为随时会有人进来。你明白吗？”

“往下说。”

布莱德太太舐了舐嘴唇。“楼上有一扇门，直通旅馆边的一条胡同。我用浴衣把她裹起来，背在肩上，趁着夜色来到外面。

“我知道该把她放在哪儿。除了她的手提包外，还有一把大钥匙，上面挂的牌子说这是维多利亚广场花园的钥匙。我把她背到花园，放在里面的第一张椅子上。我开始给她穿衣服，这样就不会有人知道她曾经洗过蒸汽浴。我刚给她穿好内衣，套上鞋，我听到有响动。我向后一跳，躲了起来，我做得很及时，因为有一道强光一闪——”

“我不是早就说过了吗？”杰奎琳轻声说，“我不是说警察进来，打断了她吗？”

“所以我赶紧溜了，”布莱德太太说，擦擦眼睛，“我手里仍然拿着浴衣，但是我忘了假发和墨镜。”她仰起脸，显得又老又丑。“这就是我做的事，我承认。但我就做了这些。她不是在浴室被谋杀的！”

“实际上，”贝尔冷静地回答说，“我认为她不是，她在到这里之前，已经死了。”

这话引起杰奎琳的想象。她眼前浮现出一个戴着红色假发和墨镜的死女人，脸上血色全无，走进来与女服务员交谈。

这一景象让她很不安。

她冲着贝尔尖叫起来，但他让她安静下来。

“真奇怪，”贝尔沉思道，“我昨天还给爱德华讲起我一位朋友的事。他被一辆火车的门撞倒。他站起身，跟大家说没事，然后回了家，一小时后，他因为脑震荡突然死了。这种事是很普遍的，我认为，洛琳身上也发生了这种事。”

“你的意思是——”

“注意！”贝尔警告说，“我没有作任何保证。我不能说你是否有罪，布莱德太太。但是，我私下里认为你不必为此事担心。

“据我的判断，洛琳是十点钟在花园遇害的。曾经有过激烈的搏斗。凶手击中了她，以为她已经死了。她站起身，以为自己没事，来到这里。在蒸汽室里，她突然摔倒，死了。你发现了花园的钥匙，把她的尸体直接抬回到凶杀现场。”

贝尔深深吸了口气，皱起眉头，陷入沉思。

“事情又绕回来了，”他说，“我们现在所要找的，就是凶手。”

爱德华星期五早晨出院，他乘出租车来到维多利亚广场。

《每日纪录报》上有关洛琳谋杀案的独家报道，引起了巨大的反响。

新闻编辑麦克欣喜若狂。摄影师亨利·阿什温喝了几口酒后，出去找杰奎琳。《每日旗帜报》的老板气得半死，发誓要报复。全国所有的家庭主妇都停止了减肥锻炼。但是，没有一个人感到满意。虽然死去的女人是个骗子，但她毕竟是被残忍地杀害的，而杀害她的凶手目前仍然逍遥法外。

爱德华踏上22号房门前的台阶时，他脸上的表情也反映出这种心情。开门的是阿丽丝，一看到他，她高兴得笑起来。这一幕被杰奎琳和亨利·阿什温看得清清楚楚，他们俩正好躲在对面花园的栏杆后面。

“问题是，”阿什温斜着看了她一眼，“贝尔在干什么？他现在似乎认为你是个吉祥物——”

杰奎琳不无得意之色。

“他认为我非常棒，”她承认说，“我只是把我的想法告诉他，如此而已。说实话，我不知道他在干什么。他神秘兮兮的。”

“你失败了，对吗？真是可耻！”

杰奎琳脸红了。

“我没有失败！但是，也许我对他的看法是错误的。我开始认为他只是个愚蠢的英国人，后来我发现他挺有脑子的。他不停地谈到光。”

“光？”

“强光。啊，瞧！”

她用手一指，22号又有一位来访者。布莱德太太穿着一件大衣，戴着一顶圆帽，沿着人行道快步向那里走去，她的打扮让人几乎认不出。早晨的阳光照在前门，他们看到布莱德太太用力按门铃，阿丽丝小姐开门让她进去。

“把他们抓起来。”贝尔说。

杰奎琳吓了一跳。贝尔身后跟着两位警官，正从花园里走过来。

“别这么偷偷走过来，警官！”阿什温抗议说。他冲对面房子点点头，“嫌疑犯都聚到那里了，对吗？”

“对。”

“你要去抓人吗？”

“是的。”

杰奎琳开始全身颤抖，虽然天气很暖和。

“如果你愿意，可以一起来，”他对杰奎琳说，“实际上，我想你最好一起来。我的许多证据都得靠你，虽然你可能不知道。我会让你看到正义得到伸张的。你花了很多时间寻找证据，我应该报答你。”

“你这话是什么意思？”杰奎琳问，“我不明白。”

贝尔打开手里的公文包。“你还记得吗，”他说，“你从谋杀后那天早晨拍的照片上的皮鞋得出的结论，解决了部分难题。”

“是的。”

贝尔从公文包里拿出那张照片：长凳上的洛琳尸体，由于阴影落在后面，每个细节都非常清晰。

“这是同一张照片吗？”

“当然是。”

贝尔探询地瞥了阿什温一眼。

“你能肯定吗？这是你早晨十点拍的那张照片吗？”

阿什温满脸困惑，点点头。一位警官突然张开嘴，发出一声尖叫，他连忙用手捂住嘴。

“那就奇怪了。”贝尔说。他举起照片，“这是我们遇到的最奇怪的事。瞧，照片的每个阴影都落在长凳和尸体后面。但是，正如大家所知，长凳是面对西方，背对东方的。

“现在瞧瞧长凳，阴影都落在前面小径上。换句话说，这张照片不可能是在早晨拍的。那种强光和阴影只能用一种办法产生，这张照片应该是天黑后用闪光灯拍的，那就是布莱德太太所说的‘强光’——”

杰奎琳尖叫起来。

一个人的脸色变了。一双手伸出来抓贝尔手中的照片，想把它撕成碎片。一位警官的手臂扼住那人的喉咙，两人摔倒在小道上。

贝尔的声音仍然保持平静。

“亨利·阿什温，我逮捕你，罪名是谋杀你的妻子洛琳。我必须警告你，你所说的一切都会记录在案，用作审判你的证据。”

那天晚上，杰奎琳觉得贝尔很健谈。

“没有什么可说的，”他很随意地说，“我一听到爱德华告诉我的消息，就动用我们的机构进行调查，不久就查出，洛琳和阿什温曾经结过婚。”他咧嘴一笑，“这就是正规的警察胜过你们这些业余者的地方。”

杰奎琳很惊讶。

“他试图敲诈她，是吗？”

“可以这么说。起初，阿什温是个让人讨厌的家伙，后来，她出名了，不愿意让他毁了自己。为了能够经常到洛琳那里，阿什温编造出跟洛琳女佣谈恋爱的故事。

“但是，洛琳越来越厌恶他。她发出最后通牒，并安排在花园与他会面。他们在那里激烈地争吵起来，你知道，他们两人的脾气都很火暴。阿什温把她打倒在地，然后跑了。这不是一个事先预谋的犯罪。他只是逃跑了。

“他喝了几杯酒后，开始害怕。他把那根手杖留在现场，他不认为警察能凭那根手杖追查到他，但是，假如他们能够做到，那怎么办呢？于是他回到广场。这时，他看到布莱德太太把尸体搬回来，他觉得非常奇怪。

“不管怎么说，他觉得这是绝妙的机会。如果他能够把罪行转嫁到她身上，布莱德太太肯定会替人受过。他借助闪光灯拍了照，但是，黑暗中，他瞄得不准，布莱德太太躲起来了，他根本没有把她拍进去。当他冲洗照片时，他看到了这一点。当然，他不会让任何人看到那张照片的，他会撕掉照片，毁掉底片。只是……”

杰奎琳高兴地点点头。

“我从他那里抢过来的，”她骄傲地说，“于是他不得不编些解释。”

“是的，当然，我知道，发现尸体的警察手中的手电，不可能发出布莱德太太所说的‘强光’。一旦你仔细看那张照片，注意到阴影，就知道是怎么回事了。”

他“咯咯”笑起来。

“这事至少有一个好结果，”他说，“爱德华和阿丽丝是非常匹配的一对。”

但是，杰奎琳并没有在听他说话，她两眼沉思地闪着光。她伸出手，抓住他的手臂。

“如果我没有抢到那张照片，”她说，“如果我没有做出那些推测，也许你就破不了这个案子。对吗？”

“也许。”

“你不认为我是个傻瓜，对吧？”

“对。”

“实际上，我变得对你越来越重要了，对吗？”

贝尔觉得不对劲了。“打住！别激动！我可没有这么说！”

“但是，我这么说了，”杰奎琳迫不及待地说，“我认为我们相处得很好，对吗？我帮助你做事，你可以指导我，不过，我帮你的时候，你别生气。这样，我每天都能得到独家……独家……”

“采访。”贝尔说。

“对，独家采访。如果我非常喜欢你，又听你的话，你会让我参与破案的，对吗？”

贝尔低头看着那张红扑扑的、可爱的脸蛋。

“我会的。”他说。

循循善诱

“我会站在婴儿床边，低头看着他，”哈维说，“我会想，这非常容只要把他脸朝下翻个身，把他的小脸按在枕头上，直到……直到他死去。”

屋里非常暗，只有外面的街灯映进来。朦胧中可以看到哈维坐在沙发边上，双手抱着头。

“继续说，哈维先生，”平静的声音来自屋中看不见的角落。哈维在说自己的谋杀冲动，声音毫无感情色彩，好像在读报上的广告。

哈维转过头。“我没有办法把事情说清楚，”他说，“乱七八糟的，不知是怎么回事。”

“没关系，”那声音说，“我来把它搞清楚。哈维先生，你尽管说好了。你刚谈到想要扼死你初生儿子的冲动。”

“那种冲动越来越强烈，所以我离开了爱伦。”

“爱伦？”

“我妻子，”哈维说，“我还没跟你说过她？我离开她，去了鲁比那里，那是我唯一能去的地方。”他扭来扭去，好像身体很难受。“鲁比是我在公司的秘书。她是个很奇怪的姑娘，不像爱伦，不像莉莉，不像我以前爱过的任何一个女人。我们没有相同的爱好，但是，我知道跟她在一起，永远不会发生那种事，对此我确信无疑。”

“不会发生什么事？”那声音问道。

“过去那种事情，”哈维说，“我是公司一个部门经理。你知道我们那家公司吗？我们是美国非常著名的一家设计公司，总裁是个女的，是位非常杰出的人物，对人要求很高。我那个部门的工作量非常大，我手下有 20 多个设计师。后来——

出事了。”

远处救护车的鸣叫声传进黑暗的房中。

“一天，总裁把我叫进她的办公室，那里坐着一个男人。他个子很高，穿着漂亮的套装，看上去像一家广告公司的副总裁。总裁向他介绍我，她说工作太多了，来不及做，说我干得很好，但是工作积压得太多了。所以，她决定为我雇一位助手。啊，这一切听上去很可信。但是，我知道是怎么回事。她听说我离开了爱伦，听说了我跟鲁比的事。她这是想把我赶走，这是她的一贯做法。几个星期或几个月之内，这个新来的男人将代替我。你知道，我并不想等到那一天，我不想让这种事再次发生。所以——所以我辞职了。”他停下来，沉重地喘着气。

“总裁没有试图劝你留下吗？”那声音问道。

“啊，她试了，”哈维痛苦地说，“她装出一副离不开我的样子，但我知道是怎么回事。我知道那个新来的男人会夺走我的位置，就像过去总有人夺走我的位置一样。就像戴维所做的那样。”

“戴维就是那个婴儿——你的儿子，对吗？”那声音问道。

哈维点点头。“我在大学高年级时遇到爱伦，她非常出色。我第一眼看见她，就知道她正是我一生追求的女人。她的头发是黄色的，有点儿像莉莉，她的笑容亲切可爱。第一次跟她谈话时，我就知道她非常了解我——她知道我多么的需要她。我那时就决定进入工业设计这一行。爱伦学习美术，我们俩都很喜欢音乐，喜欢同样的音乐。我们用不着讨好对方，甚至不用开口说话。我们彻底了解对方，并且完全把自己交给了对方。

“我一毕业，我们就结婚了。你知道，莉莉给我留下了一些钱，另外，我一毕业就在那家著名的设计公司找到一份工作。我们住在郊区一栋小房子里，我每天乘车进城上班。我们非常幸福，太幸福了！”哈维的声音突然停了下来，过了一会儿，他深深吸了口气，继续说下去。

“不久，爱伦告诉我，我们会有个小孩。我看出，她非常幸福，她似乎沐浴在幸福之中。我能够感到她对我汹涌而来的爱，那段时间真是太美妙了。我工作得非常出色，成了部门经理。我有一间办公室和我的专用秘书——鲁比！”他又停下来，当他接着说下去时，他的声音变了。

“孩子生出来了。”他说，一拳打在另一只手的手掌中。“那是个男孩，我们给他起名叫戴维。就在那天，我知道，那种事又发生了。我失去了爱伦，我们再不是两个人了。她无休无止地谈着戴维，全心全意地照顾他，我们好像再也不是两个人了。晚上她总是很注意倾听隔壁戴维的响动，动不动就醒来。现在，戴维是她的生命。戴维！戴维！啊，我开始喝酒。我无法忍受这一切。我开始不按时回家。直到戴维睡着后，我才想回家。但是，当我真的回家时，她总是让我进去看他。我站在那里，低头看着婴儿床，心想，我可以晚上溜进来，把他翻个身，脸朝下按在枕头上，这样他很快就会——”长久的沉默。“于是我离开了爱伦。那种事又发生了，就像过去那样，就像莉莉那样。”

“谁是莉莉？”黑暗中，那声音漫不经心地问。

“莉莉？啊，莉莉就是我母亲。”哈维说，好像每个人都应该知道这一点。

“噢，对了。继续往下说，哈维先生。”

“我从来没见过我父亲，”哈维说，“他在第一次世界大战中阵亡，是莉莉把我抚养成人的。我们住在乡下。有趣的是，我现在只记得她穿着长长的白色晚礼服，俯身在我床边，飘来一种她独有的香味。我们做什么都在一起，她总是读书给我听。我们经常到林中散步，我们从来不分开。我爱她，太爱她了！后来——后来，他来了。”他的声音突然变得充满了狂暴。

“继续说。”那声音平静地说。

“他的名字叫丹尼尔·斯蒂勒，是位律师，受雇于一家律师事务所，那家律师事务所负责管理我父亲留给莉莉的一小笔财产。他在海外认识我父亲。他个子很高，人长得很英俊，一脸亲切的微笑。一开始我很喜欢他。但是，他过于频繁地来我们家，从他对莉莉的态度上，我看出他并不是来谈正经事的。他占有了她大量的时间。劳动节那天是周末，他来和我们一起过。我记得莉莉上楼来吻我，跟我说晚安。啊，她非常亲切，非常可爱，但是，她似乎有点儿心不在焉，有点儿兴奋和紧张。她下了楼，而他正在那里等她。我能够听到楼下他们的说笑声，但是，听不清他们在说什么。我被排斥在外，好像根本不存在一样！

“突然，我迫不及待地想要知道，他们到底在说什么。我一定要知道！我从床上溜下来，来到楼梯口。我坐在那里，抱着楼梯栏杆倾听。他在说话！他在告诉她，她应该让我去学校。他告诉她，她把我宠坏了，我应该学会自立。他说寄宿学校对我有好处，说我应该离开她，这样我就可以学会成长。莉莉听上去很不开心。她告诉他，如果把我送到寄宿学校，我一定会非常伤心的。她知道！但是，他说我以后会为此而感谢她的。后来——后来她同意了。”哈维的声音变得非常低，几乎听不到。“我再也受不了了。我溜回我的屋子，钻进被子中。我的世界完蛋了。我趴在床上，紧紧地咬着枕头。我不想让他们听到我的哭泣。”

“那么你去寄宿学校了吗？”那声音问道。

“啊，我去了，”哈维说，“莉莉和斯蒂勒送我去那里的。他们第二天要结婚，然后去加勒比度蜜月。我讨厌学校，无法适应那里的生活。我不停地想着他们两人，想着他们俩在一起。我在那里过了三个星期，然后有一天，校长叫我去他那里。我知道我在学校的表现很不好。但是，他没有训斥我，他似乎非常难过。最后，他让我看他桌子上的报纸。我看了标题。‘空难，飞机撞在山顶上，无一生还者。’就在标题下面，有一个小框，里面是已知的遇难者的名单。两个名字跃入我的眼帘。‘丹尼尔·斯蒂勒先生和太太。’”哈维的声音突然提高了。“他从我手里抢走莉莉，永远地抢走了她！”

那声音沉默着，等他继续说。

“你瞧，”过了一会儿，哈维说，“总是发生这样的事。开始他从我手中抢走莉莉，然后是戴维从我那里夺走爱伦。然后是公司的那个男人。现在——现在——”

“你杀了爱德加？”那声音很随意地问，好像在问时间一样。

“没有！没有！”哈维喊道。然后他放低声音，“我——我认为没有。”

“跟我谈谈爱德加。”

“他——他是个书呆子。”哈维说。

“是个什么？”

“是个书呆子。那是鲁比说的。她总是说她对书呆子不感兴趣。她喜欢长得英俊或古怪的男人。”

“我知道了。”

“我离开公司后，决定自己一个人干。我——我到这个公寓，和鲁比住在一起。这是她的公寓。我们——我们没有太多共同的爱好，但是，我们俩都喜欢去那些古怪的地方喝酒，就像第三大道的那些小酒吧。有天晚上，在那种地方，爱德加走进来，坐在我们旁边。他个子很矮，几乎没有脖子，肩膀非常宽阔，这使得他的头看上去比其他部位大。他显得非常孤独和忧郁。鲁比总是很喜欢跟陌生人交谈，于是我们就聊起来。爱德加开始有点儿害羞，但后来他就主动聊起来。他说，他是个作家，正在写一部小说，同时干点儿零活糊口。他认识的人不多，没有任何朋友。鲁比和我很同情他。我们邀请他到我们这里来。

“他真的来了，而且经常来，我很喜欢他。他和我一起谈论书籍、美术和音乐，我们经常会争起来，这让鲁比觉得很无聊。她对那些话题不感兴趣。爱德加常跟我们一起吃饭，有时候，他也不请自来。后来——后来我开始注意了，那种事又发生了，我可以看出鲁比很喜欢他。为此我跟她吵了一架，后来又吵了很多次。我开始酗酒，今天是最厉害的一次。我们打了起来。她叫我从这里滚出去，再也别回来了！我并不吃惊。正像我告诉你的，总是发生这样的事。”

“但是你却回来了，”那声音说，“今天晚上你又回来了。”

“没有来到公寓，”哈维说，“是警察把我带上来的。你知道，我喝醉了。我在酒吧喝了好几个小时。我正一个人坐在那里喝酒，突然爱德加来到我面前。他坐在我对面的座位上。我两眼模糊不清，他看上去像个怪物。

“‘我正四处找你。’他对我说。

“‘滚开。’我说。

“‘你别喝了，’他说，‘你在自杀，不值得为鲁比这样的人自杀。’

“‘你这么说真可笑。’我说。

“‘你这话什么意思？’他问。

“‘我的意思就是，鲁比和我就是因为你才吵起来的。别装了，爱德加。你爱她，你把她从我手中抢走了。’

“‘我爱她！’我记得他大笑起来。他真是疯了。‘鲁比根本不爱我，根本不爱！她也不爱你，只是你没有意识到。你在为一个廉价婊子而自杀，她一把你榨干就会离开你的。’

“‘你不能这么说鲁比。’我说。但是，我想相信他说的是真话，你明白吗？我想相信，因为那样的话，过去那种事情就不会发生了。”

“他跟我在一起待了很长时间，他告诉我，我最好赶快离开鲁比。这——这听上去就像斯蒂勒告诉莉莉让我最好去学校一样。最好，最好，结果就是分离和死亡。最后，他离开了我。然后，我开始思考。也许他只是想让我以后再也不要去见鲁比。也许他现在自己就去见鲁比，因为弄清楚了我肯定不在那里。我必须知道真相，于是我离开酒吧。我——我发现自己真的喝多了。”他又停下来深吸了口气。

“于是——于是我来这里看看。这——这栋旧楼有一个消防紧急通道，直通后院。我猜你知道这一点。我——我认为我走进后院，上了紧急通道。后来我在黑暗中碰到什么东西，摔倒了，突然，到处是灯光，警察把我拉到这里，爱德加躺在地上，他的脸被打烂了。他们给我看我的手枪，我的手枪！”

“你的手枪，”那声音说，“还有紧急通道上后院的泥土。你鞋上也有后院的泥土。你确信你没有上到那里吗？”

“我确信，”哈维说，“我确信这一点。不过，我当时喝得迷迷糊糊的，而且我可能忘记了。我知道这种事是可能的，医生。有时候喝醉的人什么也记不起来了，脑子里一片空白，也许我也是那样的。你这么认为吗？”

"不。"那声音说。

电灯开关响了一声，屋里立刻变得灯火通明。在明亮的灯光下，可以看到哈维是个皮肤黑黑的人，他个子不高，乌黑的头发全是汗水，棕色的眼睛茫然而失落。跟哈维说话的人也可以看清了，那是一个头发花白的小矮个，一个长相非常平常的人，走到街道上，谁也不会多看他一眼，他的外表没有任何引起人们兴趣的地方。

白发的小个子沉思着环视四周。这间房子对一个像哈维这样很有品位的男人来讲，是没有什么特殊之处的。屋子的一侧有张床，上面乱七八糟堆着粉红色和绿色缎面靠垫。窗户边架子上有个金鱼缸，里面有株绿色植物和两条金鱼，一副半死不活的样子。屋角堆着些纪念品，都是不值钱的垃圾。墙上挂着旅游照片，壁炉上挂着一个玩具大熊猫。

地毯很旧，褪了色，靠前门的角上有一摊黑色污渍，爱德加就是躺在那里流血而死的。

白发小个子走到一扇通向厨房和卧室的门边，打开门。

"好了，警官。"他说。

三个男人从卧室走出来：马森警官和他的两名部下。马森是警察局最有前途的一位年轻警官，他大学毕业，衣着打扮非常讲究，看上去像位公司经理。

"好了，小伙子们，你们可以把他带到局里去了。"马森说。

两个警察走到哈维两侧，把他拉起来。

"等一下，"哈维说，"警官，我可以看她一眼吗？"

"现在不行。"马森说。

"可是我——"

"现在不行！"

警察把哈维带出房间，可以清楚地听到他们下楼梯的脚步声。白发小个子站在窗户边，俯看着下面的街道。

"史密斯医生，怎么样？"就剩下他们两人了，马森问道。

史密斯医生叹了口气。"天哪，那些父母不知道他们的孩子受了多大折磨！"他说。

马森微微一笑。他以前跟史密斯医生合作过。他知道，史密斯说话总是拐弯抹角的。马森记得第一次见到这个白发小个子时的反应：他长得太不起眼了！马森还知道，史密斯医生的外表是种假象。办案中，当警察用了各种各样的方法，仍然没有突破时，他们就会求助于史密斯医生。史密斯曾经说过，不应该在银行收支平衡表、表面的妒忌和贪婪中寻找谋杀动机，而应该到黑暗难测的心灵深处寻找。

“你和你的部下总是把一个人吓得半死，”史密斯医生转过身说，“实在没办法时，才把我叫进来。你应该明白，心理学家应该从一开始就参与进来，而不是最后一个！”马森咧嘴一笑，“你对哈维有什么看法，医生？”

“我的看法并不是证据，”史密斯医生说，“你们关心的只是证据。”

“我们已经有了足够的证据，”马森说，“我们有鲁比度假前留给哈维的便条。啊，你还没有看到过呢，”马森从口袋里掏出一封信，递给史密斯。医生戴上一副厚厚的黑边眼镜。

便条上写道：

我已经受够了你对爱德加的妒忌和指责。我要离开去长岛度周末。我希望回来时，你已经搬走了你所有的东西。这是最后通牒。

鲁比

“动机很清楚，”马森说，“哈维对爱德加嫉妒得要死。爱德加上楼到这里来，当他从前门进来时，哈维杀了他。然后哈维从紧急通道溜到后院，我们就在那里抓到他的，还有那支手枪。他的手枪！动机，时机，武器。”

“我想手枪上没有指纹吧？”史密斯医生说。

“当然，他把指纹擦掉了。”马森说。

“这很奇怪，”医生自言自语道，“他擦掉手枪上的指纹，这样他就不会被抓住了，然后他在后院等了十五分钟，同时邻居打电话报警，警察开着警车呼啸而来，奔上楼，发现尸体，最后——天知道过了多长时间——下楼来到后院，发现哈维仍在等着他们。”

“他喝醉了，”马森说，“他不知道他在干什么。”

“但是，他仍然清醒到能够擦掉手枪上的指纹？”

马森耸耸肩，“谁都知道这么做。”

医生耸耸肩，“马森，物证是你的事，”他说，“如果你心里没有怀疑的话，你不会把我叫进来的。”

马森狡猾地一笑。“我为哈维感到难过，”他说，“你能理解吗？我为他感到难过。”

“这是人的正常感情，没有必要为此而羞愧。”史密斯医生说。

“所有的证据都表明，哈维给爱德加设了个圈套。他邀请他到这里，设下埋伏，当他到达时开枪杀死他。这是一级谋杀，要判死刑的。但是，如果他精神有问题的话——”

“从法律的角度，他的精神并没有问题。”史密斯医生说。

“那就没希望了。”马森说，叹了口气。

“哈维童年受到过创伤，他一直生活在这种可怕的压力之下，”史密斯医生说，“这影响他生活中所有的人际关系，也引发了他的主要危机。”

“最后驱使他去杀人。”马森说。

“我可没有这么确定。马森，你寻找表面的方式——线索、指纹、不在场证据。我寻找内在的方式。哈维的方式是很清楚的。每当他遇到某种境况——他所爱的女人要被别人抢走时，他的反应总是一模一样的。他逃走！如果哈维杀了爱德加，这就意味着他遵循了一生的方式突然改变了。就我对他的了解而言，这次他也应该逃走。但是，如果他杀了爱德加，那他就打破了他一生的行为方式。为什么？为什么？”

“我猜他已经到了极限。”马森说。

“我们没有权利猜测，”史密斯医生说，“至少，我必须找到满意的答案。跟我谈谈那个姑娘，鲁比。”

“没什么可说的，”马森说，“她不是你喜欢的那类人，也不是我喜欢的！她也不适合哈维。她就像这间房子一样，低级、廉价。不过，她是清白的。她整个晚上都在长岛，离这里三十英里。”

“我很想跟她谈谈，”史密斯医生说，“也许她能告诉我们一些有关哈维的事，有助于澄清我们的一些困惑。”

“当然可以，”马森说，“她就在卧室里，你最好到那里去见她，她很不情愿到这里来。我们清理现场前，让她看了躺在这里的爱德加，那是非常难受的。”

“那我们就过去吧。”史密斯医生说。

马森向卧室门口走去。“有一位朋友跟她在一起，那人名叫乔治，是她所住旅馆的老板。他开车送她来的。”

卧室里黑漆漆的，唯一的灯光来自床头柜的台灯。鲁比躺在床上，用手绢擦着眼睛。屋里的香水味浓得让人受不了。鲁比是个金发女郎，皮肤雪白，身材苗条，一看就是个让男人着迷的女人。

一个男人走到台灯边，他身材高大，很英俊。他的衣服显得有点儿紧，穿着一件格子背心。

马森向鲁比和乔治介绍史密斯医生。

“我听说过你，医生，”乔治说，“马登案件。我认识马登参议员的儿子，你把他从困境中解救出来。”

“鲁比小姐今天晚上住的旅馆，是你的，对吗？”史密斯医生问。

“对，医生。这才是个开始，我计划开一系列连锁店。”

“史密斯医生要问几个问题。”马森说。显然，他不喜欢乔治那种大大咧咧的态度。

“可以，可以，”乔治说，“我和鲁比没什么要隐瞒的。我们的不在场证明是很有力的，是吗，警官？”

“是，乔治。”马森很不高兴地说。

乔治一脸得意的微笑，转向史密斯医生站着的地方。史密斯医生已经不在那里了，他躲到屋角的阴暗之处。

“我想史密斯医生想听听你的说法，鲁比小姐。”马森说。

鲁比用手绢擦擦眼睛。“这太可怕了，”她说，“如果我早点儿让哈维看医生，这种可怕的事情就不会发生了。”

她的声音让人非常失望，她身材的魅力一下子大打折扣，她的声音非常平淡乏味，充满了抱怨。

“你一点儿也不怀疑哈维杀了爱德加？”史密斯医生的声音从黑暗的角落传来。

“他非常嫉妒，都快发疯了，”鲁比说，“他嫉妒所有的男人，但他尤其嫉妒爱德加。”

“从他外表上，真看不出来，”乔治说，“他看上去像个非常安静的人。”

“你是今天跟哈维断绝关系的，对吗，鲁比小姐？”

“今天是最后通牒，”她说，“但这事已经很久了。我们昨天晚上又为爱德加大吵了一场。今天早晨，哈维去上班后，我经过仔细考虑，觉得我们该结束了。”

“于是你留了一张便条给他，然后去乔治先生的旅馆，是吗？”

“我必须放松一下，”鲁比说，“乔治告诉我，我随时可以过去。”

“除了哈维之外，还有谁有你公寓的钥匙？”

鲁比用手肘撑起身体，瞪大眼睛：“你认为我是个什么样的人？”她愤怒地问道。

“我不知道，鲁比小姐，”医生说，“所以我才问啊。”

“我就跟哈维一个人！”她说，“但他还是嫉妒得要命。”

“好吧。你是乘火车去乔治旅馆的吗？”

“我看上去像有一辆罗尔斯汽车吗？”鲁比说，仍然很生气。她又躺到枕头上。“他们会判他死刑还是把他关起来？”

马森回答，“这显然是有预谋的罪行，会被判死刑。”

“另一个人会被判死刑。”墙角的声音漫不经心地说。

鲁比猛地从床上坐起来。“你是说不是哈维杀的人？哎，他们在这儿抓到他——那是他的手枪——他非常嫉妒爱德加。他——”

“我必须使内部事实与外部事实相符，”史密斯医生说，“我很乐意听你说说爱德加，鲁比小姐。”

鲁比的声音突然显得非常严厉。“他是个人物，”她说，“大家都说他将成为大作家。他刚把他的作品卖给一家图书俱乐部，还有好莱坞。他会成为一个名人和有钱人。”

“他不喜欢你，是吗，鲁比小姐？”

“如果你听到他为拆散我和哈维所说的话，你就不会这么想了。他总想拆散我和哈维。”

“他自己想要你吗？”

“如果他不想，那他为什么要拆散我和哈维呢？”

“可能有其他理由。”

“喂，医生，客气点儿，”乔治说，“鲁比不需要接受这样的询问。那家伙会有什么其他理由？”

“也许他喜欢哈维，”史密斯医生说，“也许他认为，如果哈维能回到他妻子和儿子身边，对哈维有好处。”

“如果哈维想离开我，没人拦着他，”鲁比说，“哈维只想要我，他说过无数次，他决不会放过我的。”

“他威胁你吗？”

“他像疯子一样。他说，如果我们之间出了问题，他无法忍受。他把它说得好像是生死攸关的事。”

“事实证明，这的确是生死攸关的事，对吗？”医生平静地说，“你害怕他吗？”

“我告诉你，他像个疯子一样！”鲁比说。

“她当然害怕他，”乔治插话说，“有一次周末，他们在我那里，她这么告诉我。我告诉她，如果哈维发疯了，她随时可以打电话叫我。”

“如果我不知道我可以向乔治求助，我一定早就疯了。”鲁比说，抬头看着乔治，他正用手指抚弄花哨的背心边缘。

“哈维什么地方吸引你？”史密斯医生问。

“我是他的秘书。大家都说他会成功，他是圈里最出色的设计师之一。我认为他会成为公司的合伙人。”

“但是，他离开公司后，你还是跟他在一起？”

“是的，我没想到他会酗酒，我以为他会自己开公司呢。”

“那么说，你跟他在一起，只是因为你认为他有一个辉煌的未来？”

“这有什么不对呢？”鲁比问道，“一个女人有权期待一个男人成功，不是吗？”

“如果他不成功呢？”

“你必须自己去寻找，”鲁比说，“这就是我最后跟他分手的原因。”

“我以为那是因为你害怕他。”

“那也是原因之一。我告诉过你，他非常嫉妒爱德加。”

“他那么做是没有道理的，因为爱德加不想要你。”史密斯医生说。

“那个狗东西！”鲁比说，“他认为我不配他，也不配哈维！”

长久的沉默，然后墙角的声音又问道：“你现在的计划是什么，鲁比小姐？”

“计划？”

“你跟哈维的事结束了。现在怎么办？”

“这不关你的事！”鲁比说。

“这没什么可耻的，宝贝，”乔治说。他转向声音的方向，“医生，鲁比和我要结婚。她应该得到自己想要的东西。”

“乔治先生，这可能是非常昂贵的。”

“对鲁比来说，没有什么是太昂贵的。”乔治说。

医生从黑暗中走出来，站在灯光中，低头看着鲁比。“这可以作为鲁比小姐的墓志铭，非常合适。”

“喂，医生——”乔治非常愤怒。

史密斯医生不理睬他。“我觉得鲁比小姐通常总能得到她想要的。当然，她失败过。”

鲁比坐起身。“我不喜欢你阴阳怪气的样子，”她看着马森说，“我必须忍受这些怪话吗，警官？”

“她没有当成一位名作家的妻子。你非常想要爱德加，对吗，鲁比小姐？而他当面嘲笑了你。”

乔治向前跨了一步，大手搭在史密斯的肩膀上。“别说了，医生。”他说。

“啊，我马上就说完了，”史密斯医生说，“不过，我不能想象，你结婚后，晚上能睡好觉。”

“你这话是什么意思？”

“如果连锁旅馆没有很快搞成——”

“你这话是什么意思？”

“鲁比小姐可能会很失望的。”

“那又怎么样？”

“她不喜欢失望，乔治先生。哈维让她失望，他现在处境很糟。爱德加让她失望，他现在死了。让鲁比小姐失望，是一件很危险的事。”

鲁比尖叫起来：“警官，不许他这么说！我要起诉他！他没有权利这么说。我要——”

“不在场证明不是我的研究领域，”史密斯医生灰色的眼睛直勾勾地盯着乔治说，“我不知道鲁比小姐的不在场证明有什么问题，乔治。但我知道，如果我是你，我决不会那么做。我是一个心理学家，我知道，人们受到他们无法控制的冲动驱使。哈维总是在灾难发生前逃走。实际上，他的逃跑使得灾难真的发生了。面临爱德加的威胁，他用酗酒来逃避。”

“这些跟我有什么关系？”鲁比问。

“你的方式是更加主动，鲁比小姐。你想要金钱和地位，为此你不停地追寻。先是追一位出色的设计师，然后是一位重要的作家，现在是连锁旅馆。接下来是什么，鲁比小姐？当情况不妙时，你怎么摆脱乔治？”

乔治舐舐嘴唇，“摆脱我？”

“为了你好，我希望连锁旅馆一切顺利，”医生说，“希望它让你赚大钱。否则的话……”

鲁比在床上坐直身体，尖叫起来：“把这个狗东西赶出去！把他赶出去！把他赶出去！”

“我们会走的，鲁比小姐。”史密斯医生说。他再次转向乔治，“祝你好运，乔治先生。我觉得你需要这祝福。来吧，马森。”

“等一等！”乔治的声音在颤抖，说，“你——你认为她杀了爱德加，又嫁祸于哈维？”

“我认为这是她的行为方式，乔治先生。我认为她能够那么做。但是，她有不在场证明。所以，当然……”

乔治的额头渗出汗珠。“警官，”他对马森说，“我——我要改变我的最初证词。”

鲁比破口大骂起来。乔治慢慢地离开床，向门口移去。

“‘……我并不是撒谎，’”马森大声读着打印的乔治新证词。“‘我只是没有告诉你们全部情况。鲁比的确是傍晚到的，她进了她的房间，当你们半夜打电话来时，她正在房间里。我没有告诉你们的是，她跟我借车进城看电影。我把车借给她，再也没想这事。在接到你们的电话后，我开车送她进城，路上她说，‘乔治，如果你不告诉警察我去看电影，那对我更有利。’我问她为什么，她说跟哈维有关的任何人都有嫌疑，如果我不说她去看过电影，那么她就有一个很好的不在场证明，警察就不会骚扰她了。我觉得这没什么问题，因为我觉得她是清白的。我现在仍然这么想，不过我认为你们应该知道全部事实。”

史密斯医生站在马森办公室的窗户边，俯视着下面的街道。

“没有什么可怀疑的了，”马森说，“她仍然坚持说她去看电影，但是她一点也记不起两部电影的内容了。三个小时的时间足够她开车到城里，杀死爱德加，然后回到旅馆。她可能跟爱德加有约会……他同意去，可能是因为他想帮助哈维。但是，有一件事让我很不安，医生。为什么？她为什么一定要杀死爱德加。他并不妨碍她。”

“一个女人遭到蔑视，其后果是难以预料的，”医生说，“爱德加拒绝了她。哈维让她失望，而且可能让她很难发展新的关系。这是一个很好的办法，既可以报复一个人，又可以摆脱另一个人。”

马森点点头，“你怎么会认为乔治会坦白呢？”

史密斯医生从窗口转过身，他嘴唇上挂着淡淡的微笑。“那件格子背心，”他说，“那件格子背心跟鲁比的房间很般配。我马上想到，乔治和鲁比是一类人。我确信，乔治更关心自己，而不是别的女人，不管这女人多么吸引人。他和鲁比一样，自私、贪婪，以自己为中心。”

“你怎么会认为鲁比的不在场证据是假的呢？”马森问。

“你重视外部证据，马森，”史密斯医生说，“我重视内部证据。我们俩的方法刚好相反。我对哈维的理解，就是他只会逃跑，不会杀人。那就只剩下鲁比和乔治两人了，他们俩都能杀人。我觉得鲁比最有可能，她所得最多，既报复了一个人，又摆脱了一个人，还可以得到连锁旅馆和一个同类的男人。”

“这是科学调查？”马森干巴巴地说。

“你认为研究畸形人格不是科学？”史密斯医生问道。

马森一推椅子，站起身。“我可没有这么说。”他说。他在桌上的烟灰缸里摁灭烟头，“我想再请你帮个忙，医生。”

“什么？”

“我要去告诉哈维，他自由了，我希望你能跟我一起去，”马森说，“他过了一段苦日子。他有妻子和儿子，很有才华，我认为我们应该帮他振作起来。”

“我当然会跟你一起去，”史密斯医生说，“哈维该停止害怕幽灵了。”

“这也适用于我们大家。”

上帝派来的魔鬼

凯文是修道院的俗人修士，这天正心满意足地在修道院花园里修剪玫瑰花。

突然，传来消息，他的妹妹罗丝自杀身亡。

自杀本身是种悲剧，更可怕的是，埋葬罗丝那天，凯文收到了她的信件和包裹。信件和包裹上的地址是罗丝亲笔写的。

可怜的凯文反复阅读他妹妹寄给他的那封信，信很长，内容令人震惊，这是他妹妹自杀前写下和寄出的。自从母亲去世后，罗丝是凯文在这世界上唯一的亲人，以前，凯文相信罗丝是位戏剧演员。他不赞同她的这个职业，虽然罗丝那么年轻漂亮，让人们在舞台下欣赏她的美丽，这没什么害处。但是，罗丝似乎并不是位演员，她是个“舞蹈家”，引号是她自己加的。她在利奥开的一家夜总会工作，她在信中说，那些“舞蹈家”几乎很少跳舞，只是站在蓝色灯光下，当着醉醺醺的顾客的面，裸露她们的身体，被迫讨好那些有钱的顾客。而罗丝之所以这么做，是因为她爱上了利奥。

凯文对利奥很熟悉。他和利奥在同一条街道上长大。利奥从小就是个恶棍，两眼总是恶狠狠地盯着别人，一头红色卷发。他们还是小孩子的时候，每当利奥打凯文时，他从来不还手，这并不是因为凯文身体瘦小多病，他其实很有勇气。他厌恶暴力，不愿意伤害别人。这是他到修道院寻求平静生活的原因。

有一天，凯文放学回家，利奥毫无理由地动手打他，打断了凯文的鼻梁。天气不好的时候，凯文的左胳膊会很疼。很久以前，利奥逼迫他说脏话，凯文不肯，利奥就把他的手臂扭到背后，折断了它。

凯文虽然身在修道院，但他并非与世隔绝，他也读报和听广播。他知道利奥成了什么人。警察逮捕过利奥很多次，只有一次把他送进了监狱。那是因为他们在他身上搜出了致命武器。他们说利奥是马特罗的得力助手，马特罗是黑帮集团老大，从事贩毒和卖淫。当警察询问时，利奥总是引用法律，拒绝回答，或者说他是个遵纪守法的公民，依法交税。警察没有什么证据，只知道利奥拥一家臭名昭著的夜总会。

在蓝色灯光下脱衣和讨好利奥的顾客，这还不是罗丝信中最可怕的部分。从信上看，她似乎和利奥像夫妻一样同住了段时间。当利奥厌倦她时，她开始吸毒。她甚至连“舞蹈家”都不适合当了。她说，她不得不吸毒，为了得到毒品，她出卖自己唯一能出卖的东西。最后，她再也无法忍受自己的生活，于是喝下毒药，结束了自己年轻的生命。

和随信一起寄来的包裹中，凯文发现了一本他妹妹的日记本。这日记是她跟利奥一起生活时写下的，她在上面记录了利奥他们进行贩毒等非法活动时的人物、时间和地点。马特罗的名字出现过好几次。罗丝认为，凯文可以用日记本上所记的东西来摧毁利奥及其黑帮集团。

罗丝的葬礼结束后，凯文来到修道院院长弗朗西斯神父那里，告诉了他信件和日记的内容。弗朗西斯神父了解凯文的家庭环境。他说：“你应该把书信和日记交给丹尼。他从小在你们家隔壁长大，而且是你最好的朋友。我认为他也爱你的妹妹。你知道，丹尼现在是个侦探。”

凯文摇摇头。“神父，我会去见丹尼的，我非常愿意见他。但是，丹尼不能让利奥为他所犯的罪而死，而他是罪该万死的。我应该让利奥死去。这就是我来找你的原因，我必须收回自己的誓言，重新回到尘世去。”

老神父难以置信地凝视着这个瘦弱的年轻人，他虽然在花园干活，但太阳似乎从来没有晒黑他苍白的皮肤。“说到你的誓言……”老神父说。

“顺从和贫困的誓言，”凯文回答说，“我是真正的贫困，我也非常顺从。我的内心说利奥罪该万死，我服从这个命令。”

“那是魔鬼的命令。”弗朗西斯神父说。

“我承认，是魔鬼而不是神圣的上帝占有了我，”凯文回答说，“但是，让利奥死去，这是我的使命，我无法回避它。我不希望亵渎神明，神父，但是，我要说，有些人是非常邪恶的，邪恶到上帝也无法对付。对于利奥那样的人，魔鬼是唯一的对手。”

“我的孩子，”弗朗西斯神父说，“你受到巨大的打击，悲痛万分，你的脑子都不清醒了。你意识到没有，你在告诉我，你准备谋杀利奥？”

“利奥罪该万死。”凯文固执地重复说。

老神父摇摇头，露出微笑。“不，我的孩子，”他说，“我并不是为你担心。你是最温柔的修士。你是上帝死后，这世界上最温柔的人。我并不为你担心。这种情绪会过去的。你不会杀人的，你不会伤害任何人。如果你一定要走，那就走吧，但我不会向上帝报告的。我相信你会回来的。”

“我要返回尘世，神父，”凯文说，“利奥罪该万死，我一定要让他死去。”

凯文离开了修道院，他穿着皱巴巴的衣服，唯一的行李就是信和日记本。

最紧迫的问题，是找到一份工作，这样他在从事更重要的事情时，就有饭吃，有地方住。他不谙世事，所以一点儿也不为此着急。他小时候，为他父亲的朋友吉尔伯特兄弟商店送货，后来，在他们位于布里克街的熟食店打过工。他只要找到吉尔伯特兄弟，请求他们让他继续干他过去的工作就行了。他并不在乎钱的多少。

他发现，那家老店仍然像过去一样，吉尔伯特三兄弟也跟过去一样，只是更老了。他们非常善良，专注于干自己的事情。鹿头仍然挂在墙上。吉尔伯特三兄弟都很喜欢打猎。凯文的父亲过去也曾陪他们去打猎，最远到过加拿大。挂在墙上的鹿头是大哥打的。鹿头看上去灰扑扑的，有一只角已经裂了。鹿头上玻璃一样的眼睛总是让凯文觉得很恶心。

吉尔伯特三兄弟热情地欢迎凯文。开始他们不相信他真的放弃了修道院生活，想到店里干活。当他们明白凯文是当真的，马上雇用了他，并为他们付的工资道歉。“我们三人都老了，”他们说，“时间很长，我们需要有人帮助。”

凯文在商店正对面找到一间住房。房间在二层，坐在窗户边，可以看到下面街上来来往往的汽车和行人。远处，那座旧教堂，是他第一次参加弥撒的地方。

他花了一个星期的时间，设计出杀死利奥的计划。

吉尔伯特兄弟给了他一把钥匙同意每天早晨八点开门，十点钟时，老大到达熟食店，然后是老二，最后是老三，他在店里一直待到晚上十点。凯文通常在下午五点离开，但是，如果顾客很多的话，他会留下来，一直到晚饭后才离去。他在附近快餐店吃饭，从来不清楚自己吃的是什么。有时候，他会完全忘记了吃晚饭，直到半夜饿醒过来时，才大吃一惊，发现自己什么也没吃。

他去警察局，发现那个星期丹尼值班的时间是下午四点到半夜。一天晚上，他去看他的朋友。丹尼把他带到一间私人办公室，跟他一起聊天。

他们回忆了童年的时光。最后，谈到罗丝，丹尼小时候非常爱她，当然，他们也谈到利奥。

“你进修道院后，我知道她跟他住在一起，”丹尼说，“我曾经想阻止她，但没有用，一点儿用也没有。我想写信告诉你，但我怀疑这没什么用，我怕让你担心，破坏你所过的宁静、神圣生活。当年轻姑娘变得迷狂时，一点儿办法也没有。我想她是陷入迷狂。我遇到过很多像她那样的姑娘。男人越坏，好像越吸引像罗丝那样的姑娘。”

凯文说：“丹尼，假设，我们现在只是假设，有一个跟利奥一起的年轻姑娘有一个日记本。假设她在上面记录了那些进行非法活动时的人名、地点，如果警察发现了日记本，他们能采取行动吗？”

丹尼眯起眼睛。“凯文，你是不是想告诉我，你妹妹留下了一本这样的日记？”

“喂，喂，丹尼，”凯文回答说，“这只是个假设，就像我们小时候常玩的那样，我们只是纯粹在做假设游戏。”

“假设游戏？”年轻的侦探说，“凯文，如果你获得了那样实在的证据，你最好把它交给警察，别做什么假设游戏。”

凯文摇摇头。“你告诉我，”他说，“现在就告诉我，如果我给你这样一本日记，你能做什么，丹尼？”

“警察将调查所有提到的名字，搜查所有提到的地方。如果有充分证据，他们可以进行逮捕。”

“那些人被捕后，又会怎么样呢？”

“他们当然会受到审判。你提到的日记可能会是非常有价值的证据。”

“他们会受到什么处罚呢？”

丹尼咯咯笑起来。“别捉迷藏了，”他警告说，“如果他们是有罪的，警察手里的证据充足，法官会判决的。”

“判决会是什么呢？”

侦探耸耸肩。“谁知道呢？也许十年，也许五年。”

凯文说：“这不够。利奥跟我们年龄一样大。当他出狱后，他仍然很年轻，可以毁掉更多的年轻姑娘，可以出售更多的毒品给高中生。像利奥这样的人应该被判死刑。”

丹尼吃了一惊。“你这么说？”他问，“像你这样一个连苍蝇都不会伤害的人，会这么说？当然，你是对的，我完全同意。有好几个提案，要求对贩毒者处以死刑，但没有一个通过的。”

凯文站起身。“很高兴见到你，”他说，“很抱歉用假设的事情占用你的时间。但是，利奥罪该万死。我已经下了决心。”

丹尼更惊讶了。

“等一等，我的朋友，”他说，“你是在告诉我，你要自己执法，自己去枪杀利奥？那么我要警告你，即使杀死像利奥这样的恶棍，在法律上讲，也是谋杀。”

凯文点点头。他的表情非常严肃。“我知道，”他回答说，“如果我遇到什么事，我会再来找你的，丹尼。”

“那好，”丹尼说，“当心，凯文。利奥那种人是很残酷的。”

凯文不是侦探，但他毫不费力地发现了利奥的住址。在犯罪调查时，报纸上经常提到利奥的住房。下班后的两个夜晚，凯文注视着一栋公寓的出入口，他坐在公园长凳上，从带来的口袋里掏出剩下的食品喂鸽子，但是，他没看到任何一个像利奥的人。第三个晚上，他早早下班，来不及吃晚饭，就守到那里。他的监视有了结果。一个满头红发的男人从公寓的玻璃门走出来，一边跟着一个男人，那两个男人的肩膀非常宽，帽子也很大。三个人走进一辆轿车。自从利奥进了教养学校后，凯文再也没有见过他，但是，凯文一眼就认出了他。报纸上全是他的照片。利奥长得更高大了，肚子也更鼓了，但是，他的脸仍然像过去一样，野蛮和残忍。连着一个星期，凯文一边喂鸽子，一边监视利奥。每天晚上，利奥都会带着他的手下出现，坐上那辆轿车。利奥的生活很有规律，活动程序很少变化。

凯文觉得没必要再监视了。那些鸽子胖得快要爆炸了。凯文对利奥的活动已经了如指掌。在他回到尘世的第二个星期日，凯文乘车来到宁静的修道院。神父像平常人一样，也有自己的爱好。弗朗西斯神父的爱好是摄影。他有一台可以变焦的照相机，还有间暗房。他的相册里全是神父们工作和学习的照片。他非常喜欢凯文，教了他一些摄影知识。弗朗西斯神父看到凯文走进书房，欣喜若狂。他以为凯文迷途知返，回来了。可是，当他发现凯文只是来借他的相机，用他的暗房时，他的脸一下子拉长了。

“你还对利奥那么着迷吗？”他问。

“我见过他几次，但只是远远地看着。”凯文支支吾吾地说。

老人觉得很奇怪，不过他还是同意凯文使用他的照相设备，虽然他有一种不祥之感。

凯文随身带着日记本。他拍下预先做了标记的几页，把它们冲洗出来。

在他等待照片干的时候，他和老人喝了几杯酒，告诉他吉尔伯特兄弟和丹尼的事。他避免提到他所拍的照片，也不提他妹妹或利奥。照片干了后，他把它们放进信封，把信封放进口袋，然后向神父告别。

弗朗西斯神父抓住凯文的手臂。“我的孩子，”他说，“把上帝的工作留给上帝吧。我还没有向上帝汇报你的行为呢。”

“利奥不是上帝能管得了的，神父。”凯文回答说。

在接下来的两天里，凯文除了在店里照顾生意，饿了就吃饭之外，没有什么动静。回到住处，他就坐在窗户边，在脑子里一遍又一遍地草拟一封信。当他终于满意自己的草稿后，才把它写到一张纸上。

亲爱的利奥：

你可能还记得我，我们从小一起长大，或者，你会因为我已故的妹妹罗丝，而记得我。我给你写信，是因为罗丝有个日记本，它现在在我手里。随信附上那本日记中的几页照片，你会看到，你和马特罗先生以及其他人的名字经常被提到。

我还没有最终决定如何使用这本日记。我觉得，我有责任把它交给当局。但是，在这么做之前，我想跟你谈谈。如果你希望在我把它交给警察之前，跟我讨论这件事，那么，你要严格照我下面说的去做。

下个星期天下午三点十五分，你要准时到我下面所写地址的二楼房间来。你一个人来。我可以从我的窗户看到大街，如果有别人跟你一起来，我不会让他们进来的。你只能在下星期天下午三点十五分来，其他时间，我概不接待。

你可能害怕这是个陷阱。我告诉你，你会发现我是单独一人，你可能还记得，我既不高大，也不强壮。我相信我不需要警告你别带武器。如果你害怕这是个陷阱，那么带武器是非常愚蠢的，这等于向警察提供对你不利的证据，对吗?

如果下星期天下午三点十五分你没有准时到达，那么我将直接去警察局，到三点三十分时，日记本就会在他们手中了。如果那样的话，你和马特罗先生无疑将被逮捕，我将让马特罗先生知道，只要你肯跟我谈谈，他的被捕本来是可以避免的。

凯文

凯文把信和照片寄了出去。他到一家配钥匙的小店，配了两把钥匙，一把是他外屋大门的，另一把是他里屋门的。然后他来到警察局，走进侦探组的办公室。

他和丹尼单独来到一间小办公室，凯文说：“丹尼，我的好朋友，我有事情要你帮忙。下个星期天下午，如果你严格照我说的做，你可以得到充分的证据，逮捕利奥。”他把配制的两把钥匙交给丹尼。“下星期天下午三点三十分，到这个地点来。”他在一张纸上写下他的住址，交给丹尼。“用这个厚一点的钥匙开外屋的门。沿着楼梯向上走，然后左拐，第一间屋，用薄一点的钥匙打开房门。这就是你要做的。如果你重视你的职责，还想得到升迁的话，一定要准时在三点三十分到达，不要提前一分钟，也不要迟到一分钟。”

丹尼强烈地提出抗议。他要求知道凯文到底想干什么，他警告说，利奥像响尾蛇一样，非常危险。

凯文叫他别说了。“你照我说的办，”他说，“否则我就不跟你合作了。”

凯文接下来的难题是如何弄到一支枪。他不懂这类事，但他知道，如果你想购买武器的话，必须获得有关部门的批准。他想不出什么可信的理由，可以让当局发给他持枪执照。最简单的办法，就是用吉尔伯特兄弟放在熟食店后屋的猎枪。可要想得到它，凯文在道德上觉得很为难。他是个很淳朴的人，能够分辨什么是对，什么是错。但是，在两桩罪孽中挑选一项，他觉得很为难。最后，他认定撒谎比偷窃的罪孽要轻一点。一天早晨，在其他几个兄弟到达前，凯文向吉尔伯特兄弟中的老大提出要求。他相信老大是吉尔伯特兄弟中最容易相信别人的话的。

“吉尔伯特先生，”他说，同时意识到他的声音听上去一定很假，“一个朋友请我下星期天跟他一起去打猎。你能不能借我一支你们的猎枪。”

老大并不那么轻信别人的话。他盯着凯文，使劲摇头。“你！打猎！哈，我记得小时候，你父亲想教你打猎，你连兔子都不愿打。我想你借我的猎枪，想打的猎物一定比兔子要大吧，我不借。”老人使劲摇头。“再说，”他补充道，“你也没有打猎执照。”

那天晚些时候，老大把凯文拉到一边。“我并不是故意想要伤害你，”他说，“我年纪大了，又是你父亲的朋友，听我的劝告吧。你天生不适合暴力。让上帝和警察来惩罚罪人吧。”这么看来，吉尔伯特兄弟也已经知道他妹妹和利奥的事了。似乎大家早都知道了，只有凯文被蒙在鼓里。他那时忙于在修道院修剪花草。

最后，他不得不犯两桩罪。他已经撒谎了，现在他又不得不偷窃。

那个星期五，在他寄出信件的两天后，凯文向窗户外一瞥，看到两个男人正在盯着看他住的那栋房子。那两个男人肩膀非常宽阔，帽子也很大。没看到那辆轿车，也没有利奥的影子。两个男人走到街头一家酒吧，很快又走进吉尔伯特兄弟的熟食店。他们一定是跟酒吧的侍者谈过，那侍者从小跟凯文一起长大。他们径直向凯文走来，凯文正在为一位顾客做一个大三明治。两个男人看到凯文那么瘦弱矮小，交换了下眼色，差点儿笑起来。凯文做完三明治，探询地看着他们，好像从没见过一样。

“给我来一个那样的，”第一个男人说，指指他刚做完的大三明治。

“给我也来一个。”第二个男人说。

凯文做好两个三明治，然后问：“要芥末吗？”

“要，要芥末。”第一个男人说。

“我也要。”另一个说。

“来一瓶可乐。”一个说。

“我也来一瓶。”另一个说。

吉尔伯特兄弟一个也不在。凯文在柜台上打开可乐瓶盖。第一个男人掏出一把弹簧刀，叭的一声打开，眼睛盯着凯文，一刀把三明治切成两半，说：“你叫凯文？”

“对。”凯文回答说。

那个男人说：“星期天三点十五分，会有个客人去看你，对他客气点儿。他要什么，就给他什么。我们会在外面等着。”

他把刀放在柜台上。两人吃着三明治，喝着可乐。他们一边吃喝，一边盯着凯文。吃完后，把钱放在柜台上。一个男人把刀收拢，放回口袋里，把一张半美元的钞票当小费推向凯文。

“客气点儿。”他重复道。

两人头也不回地走了。

那天和星期六，凯文没再看到利奥的保镖。

凯文选定的那个星期天，阳光灿烂。街上全是穿着漂亮假日服装的意大利姑娘，她们兴高采烈地走向教堂。

中午时，凯文穿过马路，来到熟食店，用他的钥匙打开大门，冲着街上闲逛的几个人点点头，那些人经常到熟食店来，凯文认识他们。他们看到凯文在熟食店关门时进去，并不觉得奇怪。凯文走到后屋，打开电灯。从吉尔伯特兄弟的工具箱中，找到一把螺丝刀。放猎枪的柜子是锁着的。五分钟之内，凯文撬开了锁，柜门“吱”的一声开了。凯文从来没有开过枪，但他对枪有点儿了解。他的父亲一直希望凯文对打猎感兴趣，总是让凯文为他擦枪。凯文从柜子里拿出一把猎枪，装上子弹。他这么做，并不觉得有什么内疚。事情结束后，这枪还会物归原主的。当然，他无法归还子弹了。子弹一旦射出，就没有用了。不过，他只拿了一颗子弹，因为他只需要一颗子弹。

凯文从口袋里掏出他妹妹的日记，把它放在柜子里，这是个很安全的地方。

他用一大块棕色牛皮纸裹住猎枪，锁好柜门。他把纸裹着的猎枪夹在腋下，回到自己房中。

凯文把猎枪拿出来，把牛皮纸塞到一个废纸篓中，把装上子弹的猎枪靠在窗户边，用窗帘遮住。他从抽屉中拿出一本《圣经》，坐在窗户边的椅子上。这时是十二点三十分。

三点十分时，凯文瞥了一眼桌上的闹钟。他把《圣经》放在膝盖上，轻轻探过身，向窗外张望。他看到一辆轿车开过来。轿车慢慢从凯文窗下驶过，可以看到车窗玻璃上贴着一张脸。

轿车开到拐角，驶进停车区。三个男人走出汽车。一个是利奥。另外是宽肩膀的那两个保镖。凯文露出微笑。利奥不敢一个人来。“我们就在外面。”一个男人说。两个男人似乎在跟利奥争论。最后，一个人回到汽车中。另一个快步走到街对面，站在吉尔伯特兄弟熟食店前。利奥走到凯文所在的这一侧街道，走到房子前，仔细看了看门牌号。凯文屋里的铃声响了。正好是三点十五分。凯文放下《圣经》，按了按钮，打开外面的门。他向窗外瞥了一眼，确定只有利奥一个人进来。他轻轻打开房间门，让它微微开着。他坐回到窗户边的椅子上。隔着窗帘，可以摸到猎枪。楼梯在利奥的重压下，“吱吱”作响。

传来轻轻的敲门声。

“请进，利奥，就我一个人。”

利奥的大块头堵在门口。他猜疑地打量着这间小屋，大步走到凯文椅子旁，抓住凯文的胳膊，粗暴地把他拉起来，一言不发地拍拍凯文的口袋和腋下，又把他推回椅子上，然后猛地拉开壁橱门，向里张望。他甚至看了看床下。最后，他满意了，打量着凯文，冷冷地笑了一声，坐到椅子边上，说：“你有日记本？你想怎么办？”

“日记本不在这里，”凯文回答说，“它藏在只有我知道的地方。你可以阻止我把它交给警察。利奥，咱们把话说清楚。你曾经痛打过我，为了让我说一句我不想说的话，但是，你没有得逞。我知道你的手下就在楼下。不过，你没法绑架我，这条街上人来人往，你没法把我拖到那辆大轿车里。”

“你想要多少？”利奥问，“等一等。我先要告诉你一件事。那本日记并不值什么钱。它不值钱，是因为你妹妹是个吸毒的妓女。法官是不会相信一个吸毒妓女写的东西的。不过，它会引起一点儿小麻烦。马特罗不喜欢麻烦。为了不要卷进麻烦里，他愿意付一点儿钱。”

凯文偷偷瞥了一眼闹钟。三点二十三分。还有七分钟。也许他把时间搞错了。也许他应该只留十分钟，而不是十五分钟。他装出一副思考的样子，好像在考虑该要多少钱。闹钟在嘀嘀嗒嗒地走，但它显得太慢了。

最后，他说："我不想要钱，利奥。我已经发过誓，要安贫守困。我只要证明一个假设。修士是非常善于证明假设的，利奥。"

闹钟在嘀嘀嗒嗒地走。三点二十五分。还有五分钟。

"瞎扯，"利奥生气地说，"你想证明什么？"

"我一直认为你是个懦夫，利奥。我想要证明这一点。"

利奥的脸一下子涨得通红。他从椅子上站起身，向前跨了一步。凯文没有站起身。但是，猎枪突然出现在他的手中。猎枪正对着利奥。

三点二十六分。

"别过来，利奥，"凯文警告说，"枪是装上子弹的。坐回椅子上去。"

利奥坐下。"你这个骗人的狗东西。"他说。

凯文说："不，利奥。就像我向你保证的那样，你会有机会的。我认为你是个懦夫。我认为你没有胆量杀人，我想证明你没有胆量。"

三点二十七分。

凯文向窗外瞥了一眼，锃亮的大轿车仍然在那里，一个保镖紧张地、一动不动地站在街对面。这时，凯文看到丹尼走过来。他的步伐特别慢，慢得让人发疯。

"一分钟之内，我就要走出那个大门，利奥，"凯文说，"我要去拿那本日记，然后直接去警察局。你只有一个办法阻止我，你可以杀了我。"

"你发疯了，"利奥说，"听着，我愿意付钱，明白吗？我愿意付一大笔钱。你可以把它捐给教会。"

丹尼现在已经到门前了。他看了看手里的字条，确认一下地址。他正在走上台阶。凯文站起身，穿过房屋，来到门边。他听到上楼的脚步声，他把猎枪扔到利奥的腿上。他说："枪的保险关着呢，只要一拨右边的小把手就开了。我要走了，利奥，这是你最后的机会。"他握住门把手，"现在就开枪吧，利奥，否则我就去警察局了。一定要一枪杀死我，否则我会告诉他们日记在哪儿。"

利奥举起枪，一脸的惊讶。

一个人正悄悄地走上来。

"再见，利奥。"凯文说，拧动门把手。

砰的一声枪响。

凯文倒在地上。

最温柔的修士只活了六十秒，但那已经足够了。

在他死前，他听到房门“咚”的一声被撞开，看到丹尼手持左轮枪站在门口。他听到扳机徒然的扣动声，听到猎枪的落地声，听到利奥的尖叫：“别开枪！别开枪，警察！”

他死前，确信利奥一定会被判处死刑，罪名是谋杀凯文。

小女人

我不知道怎么办。我不知道，也没有人可问。他们说，闪电不会两次击在同一个地方，可是，你怎么能那么确定呢？

一个寡妇带着个小姑娘，租下了幽谷屋，听到这个消息，我非常高兴，这下我可有玩伴了。我们家全是些老人，奶奶、阿加莎姑妈，还有叔叔奈德，他只在周末来这里。连他也很老了——大约三十岁。我有三个姐姐，可是她们都很大了，不愿意跟我玩，她们认为我是个傻丫头。

所以我迫不及待地等奶奶去拜访克拉德太太，只有在她拜访了之后，我才能邀请小姑娘来玩。我渴望早点有个小伙伴。

但是，在此之前，我却先遇到了哈莉特。

实际上，奶奶根本没有去拜访幽谷屋，而我跟哈莉特的会面也纯属偶然。

那天下午，我的奶妈玛丽派我替她去寄一封信。在回家的路上，我看到两个陌生人迎面走来。在我们这个小村子里，大家互相都认识，所以一看到陌生人，我马上猜出她们一定是克拉德太太和她的女儿。

我先看了哈莉特一眼，不禁大吃一惊。她比我矮，像她母亲一样优雅，她们俩穿的衣服非常漂亮，我们这里从来没人穿过。她是个非常引人注目的女孩子，皮肤洁白如雪，一对棕色眼睛特别大，还有浓密的睫毛。

但是，我第一眼就知道，她绝对不会是我的玩伴。因为，虽然她比我小两个月，但她已经不是孩子了。她像个小大人，甚至她的举止也显得从容不迫。我知道，她决不会像我那样鲁莽笨拙，动不动就打破东西。不过，当我们走近时，我还是冲她露出微笑，我想向她表明，奶奶不去拜访她们，可不是我的错。

她直勾勾地盯着我，让我觉得自己就像个幽灵一样。在不安中，我转而去看克拉德太太，于是又大吃一惊。我听奈德叔叔说，莉莉是个绝代佳人，她走过时，大家纷纷冲到窗户边看她。

克拉德太太就是那样的绝代佳人。她看到我在注视她，就冲我微微一笑，我一下子目瞪口呆地怔在那里。她的笑容真是太灿烂了。

她没有说话，她知道这里的社交规矩。我们擦身而过后，我听到哈莉特说："没必要理睬，我们不认识她。"

克拉德太太的声音像她的人一样可爱。"我希望我们认识，哈莉特。为了你的缘故，我希望我们认识。"

"我遇见克拉德太太和她女儿了，"我回到家后，告诉玛丽，"为什么奶奶不拜访她们呢？"

"别问了！"玛丽说，我觉得她自己其实也不知道。但是，后来我听到她问女仆："我倒想知道，克拉德先生是谁？"

我趴到栏杆上。"他死了。"我喊道。我猜想他一定是个非常邪恶的人。克拉德太太就是因为他才变得不受欢迎的。

奶奶仍然没有去拜访她们。大约一个月后，我再次遇到克拉德母女。玛丽带我到罗宾逊先生的店里去买一副手套。罗宾逊先生总是站在店门口，迎接客人，他的两个女儿鲁西和艾尔西在店里服务。

我们买好了我的手套，玛丽和鲁西在商店的最里面低声聊天，这时，克拉德太太和哈莉特走了进来。克拉德太太要给她女儿买一副皮手筒。我们大家都戴皮手筒，大部分是带黑尾巴的白兔皮的，用一根丝带挂到脖子上。

艾尔西说白兔手筒已经卖完了，她拿出一副非常漂亮的棕色皮手筒。艾尔西说，这比白的更耐用。

哈莉特勃然大怒。"我不要棕色的，"她喊道，"这么脏的颜色。"她跑到我站的这边，我正在那里看胸针，有一个猫形胸针，我觉得它非常漂亮。

"这些都是垃圾。"哈莉特用一种轻蔑的口气说。她拿起一个小金盒，又把它扔下。"这不是真的。"她轻蔑地哼了一声。

她自己就带着一个非常漂亮的小金盒，她开始在我面前晃悠它。她可能偶然碰到了里面的弹簧，链条分开，盒子掉到地上。我弯下腰把它捡起来。盒子的一面有三颗珍珠，另一面刻着 H.W. 两个字母。

"这是你奶奶的吗？"我说。我奶奶就给过我一个。

"当然不是。"哈莉特说，低下头，这样我可以给她重新挂上。"别扯我的头发。这是我六岁时给我的。"

"但是，这上面的字母不是你的名字啊，"我坚持说。

"那是因为我父亲走了。"她说。我知道她的意思是说他去世了。"以前我叫哈莉特·温特，我们在海边有栋房子，我奶奶的房子比你奶奶的大得多。我也有一个姑妈，格雷斯姑妈。"

"我就要这个棕色的手筒吧。"我们听到克拉德太太说。

哈莉特回过头，笑了起来。"你用那么小的手筒，看上去一定很可笑，"她说，"如果你把它给我，我决不会用它的。我会把它从窗口扔出去的。"她使劲跺了跺脚。

艾尔西包手筒时，克拉德太太转过头来说："你是道尔屋的小姑娘，对吗？"

玛丽一定是听到她的问话了。"喂，维琪小姐，"她说，"我告诉过你，别打扰别人。"她伸出手，我很不情愿地走过去，拉住她的手。克拉德太太接过包好的手筒，走出商店，哈莉特跟在她身后。

"她只是个小娃娃，"我听到哈莉特轻蔑地说，"她喜欢小猫胸针。"

"我知道有人应该好好教训一下，"玛丽在回家的路上说，"那个大小姐！"

"玛丽，"我并不想跟她说，可是实在没什么人可说了，我问，"如果我父亲死了，我需要改自己的姓名吗？"

"什么？"玛丽叫道，"维琪，你说得真好笑，你怎么会有这种想法呢？"

"哈莉特·克拉德过去叫哈莉特·温特，那是在她父亲去世前，"我说，"她住在一栋靠海的房子里，她也有一个奶奶，还有一个叫格雷斯的姑妈。"

片刻的沉默。然后玛丽声音很奇怪地说："这是她告诉你的吗？天哪，我早该想到了！"

"想到什么？"我问。

她拉了我一下，催我快点儿走。"你知道你奶奶不喜欢别人传闲话，"她警告我说，"那是很庸俗的。"

午饭有客人，所以我在自己过去的婴儿室吃饭。大人不允许我到厨房吃饭，我其实很喜欢那里。饭后，我拿着我的书，来到花园。那本书非常乏味，我希望奈德叔叔从伦敦给我带一本新的来，他在伦敦工作。

我想到花园抓青蛙，但是没有找到，于是我决定向厨子要一杯水，即使我抓不到青蛙，至少我可以画一只。

我经过厨房窗口时，看到厨子和一群女仆围坐在一张桌子边，头靠着头。

"这是千真万确的，"玛丽说，"她不可能编那么一个故事！"

"她到这里来，竟然还指望着体面人会去拜访她！"一个女仆说。

“我觉得这非常有意思，”另一个女仆说，“一个真正的凶手。”

“她不是，”厨子说，“法庭说不是。这可怜的人总得找个地方住啊。”

“怪不得那个小姑娘那么乖戾，”玛丽说，“我不能原谅她的，就是这一点：把哈莉特卷进去。”

“她是被卷进去的，”厨子说，“被毒死的是她父亲。”

我蹲在窗户下，兴奋得全身发抖。

“真奇怪，我竟然没有早想到，”玛丽沉思道，“我的意思是说，她叫哈莉特，照片又上了报纸。”

一个女仆说：“报纸？那是四个月前的事吧？科茨先生最近来过吗？”

我们家的旧报纸都放在地下室，科茨先生隔几个月来一次，收购旧报纸。

我听到地下室的门打开了，我知道女仆下去查了。我轻轻站起身，但是，我相信，即使我站在窗台上，她们也不会注意到我。她们都太专注了。

女仆回来后，我听到翻报纸的声音，过了很长一段时间，厨子喊道：“找到啦！这里有哈莉特在法庭上的照片。”

她们都忙着看报纸，没有注意到奈德叔叔走进去。他比平常来得早，而且一来就直奔厨房。他是家里最受欢迎的人。这不仅是因为他长得英俊，还因为他总是那么沉静，遇事从不慌乱。

“我打断了讨论会吗？”我听到他说，“一张多么可爱的脸啊！我好像见过它，啊，想起来了。为什么你们又把温特案子翻出来？它已经结束了。”

玛丽告诉他说：“这是幽谷屋新来的那位女士，她的女儿今天早晨在罗宾逊商店跟维琪小姐说过话。”

当奈德叔叔再次开口说话时，我几乎听不出是他的声音。“天哪，”他说，“旧事重提。我想每个人都不想让她忘记。她在哪儿？我是说维琪？”

“在花园里。”玛丽说。

我从窗户边溜到屋角，然后跑到花园，打开书本，等着他的到来。

“读得很高兴，是吗？”奈德叔叔说，“你什么时候开始倒着看书了？”

“你给我带新书了吗？”我问，“这本书我已经读完了。”

“你在这儿多长时间了？”奈德叔叔问。“维琪，别撒谎。”

“我并不是故意要听的。”我脱口而出，不知道奈德叔叔会怎么处理这事。“我去要水，她们刚好在说话，我听到哈莉特的名字。”

“你听到什么？”叔叔问。

“克拉德太太——毒死了她丈夫。”我结结巴巴地说。

“不对。陪审团已经洗清了她的罪名，她没有毒死她丈夫，她被释放了。”

“如果她没有做，”我说，“那她为什么要改名换姓呢？”

“因为无罪是不够的，大家必须相信你是无罪的。你明白吗？”

我点点头。“我想我明白。去年圣诞节，阿加莎姑妈说我打破了客厅的花瓶。其实我没有，一定是风吹的。但是，她不相信我的话。”

我记得，当时我很吃惊，发现你说了实话，却不被别人相信，因为你无法证明。只有我自己知道，我没有打破花瓶。有时候，我奇怪上帝怎么沉默不语呢？为什么不出面帮助那些麻烦缠身的人呢？不过，如果真是那样的话，人间不就是完全公平的了？那又要天堂干什么？“克拉德太太也是这样的吗？”我问。

奈德叔叔点点头。“是的，维琪，”他说，“她也是同样的情况。”

那天晚上，我走过客厅时，看到阿加莎姑妈在往一张牛皮纸上贴报纸。我马上猜到那是有关审讯克拉德太太的报道。阿加莎姑妈好像脑袋后面长了眼睛一样，头也不回地叫道：“维琪，我以前告诉过你，不要四处乱打听，这很不好。”

我快步跑回自己的床上，我下了决心，一定要搞到那些报纸，读完所有的报道。

我不得不等了一个多星期。奈德叔叔已经回伦敦了，我简直就是自己家里的囚徒。大人甚至不让我一个人去寄信。

一天下午，雇来的一辆马车送奶奶和阿加莎姑妈出去串门。我听到阿加莎姑妈大声说，她们可能晚点儿回来。我猜她们觉得有责任把克拉德太太的事告诉所有的人。

我很幸运，玛丽牙疼，不得不去拔牙，屋里只剩下厨子。她告诉我别淘气，乖乖地在花园玩。

一等到四周没人，我马上溜进书房。我确信报纸在奈德叔叔的柜子里。柜子是锁着的，可是我在他的书桌抽屉里找到了钥匙。我从柜子里拿出报纸，厚厚的一大摞，上面有克拉德太太、哈莉特和温特先生的照片，报纸上称温特先生为“死者”，称克拉德太太为“温特太太”。

我抓起报纸，飞快地跑到阁楼，那里不会有人打扰我。我坐在一张旧椅子上，开始读那些报纸。

有些词我搞不懂，不得不读好几遍，不过，大致的过程我还是读懂了，下面是我读到的故事。

大约十年前，玛格丽特·克拉德十八岁，她跟比她大许多的查尔斯·温特结婚，他们生了一个女儿，哈莉特，她母亲非常宠爱她。

在他死前一个月，温特先生的工作发生变动，他要到国外去工作，由于那里的气候，不能带小孩一起去。他提出把哈莉特留给他的母亲和未婚的妹妹格雷斯照管。温特太太说，无论如何她都不愿与她的女儿分开。哈莉特是个被宠坏了的孩子，她大吵大闹，声称如果她母亲离开她，她就要跳水自杀。

双方谁也不让步。温特太太说，如果她丈夫坚持要去海外工作，那她就留在国内，不随他一起去。事情陷入了僵局，这种情况一直持续到温特先生死前一星期，就在这时，温特先生突然病倒了，发高烧。虽然温特太太在跟她丈夫闹矛盾，但她还是非常尽心地照顾他。

温特家只有一个仆人，另一个已经辞掉了，因为温特先生要离开这里。所以，大部分饭菜都是由温特太太自己做的，病人也主要由她照顾。医生说，病情并不严重，高烧很快就会退，不会有什么大问题。温特先生仍然坚持要离开这里，去国外工作，他也仍然坚持要他妻子陪他一起去。

在致命的那天下午，仆人出去看望她父母，那天因为突然下起雨来，所以哈莉特就在病房外面的楼梯平台上玩，她玩的是玩具茶会，这事听上去似乎无关紧要，其实却关系重大。

大约四点钟时，温特太太告诉哈莉特，她要去楼下准备茶点。

“陪你父亲坐着，等我回来，”她说，“他要什么就给他，别惹他生气，他的病还很严重呢。”

这与医生的看法大相径庭，医生认为他已经开始康复了。

大约十五分钟后，温特太太端着茶盘回来，哈莉特又去玩她的玩具茶会。片刻之后，病房里传来呻吟和呕吐的声音。哈莉特仍然在原地玩游戏，一直到她母亲来到门口，说：“你父亲病情突然恶化，我们应该去叫布莱尔医生，但是谁去叫他呢？阿丽丝出去了，他病得这么严重，我不想让你单独跟他在一起。”

哈莉特说：“我可以去叫医生。”外面下着雨，温特太太很不愿意让哈莉特一个人出去，不过她觉得别无选择。于是她给了哈莉特一张字条，不久以后，格雷斯姑妈在乘车回家的路上，看到哈莉特。

格雷斯姑妈停下车，问哈莉特为什么一个人在外面乱跑。哈莉特已经迷了路，她解释她父亲病情突然恶化，格雷斯姑妈马上开车到医生家，并陪着医生和孩子回到她哥哥家。

温特太太开的门，她说：“啊，医生，快点儿进来吧，他好像不行了。我不知道是什么引起病情恶化的，不可能是因为吃了什么不好的东西，因为他吃的所有东西都是我亲手做的。”

她领他们上了楼，病房的门开着。温特先生一见到他妹妹，就用微弱的声音说：“格雷斯，我被下了毒。”

格雷斯想要留下，但医生要做检查，就把她和哈莉特赶出病房。对温特太太很不利的一件事是，她没有留下任何呕吐物。后来，格雷斯被允许回到病房中，她坐在床边，握着她哥哥的手，问他：“亨利，是谁下的毒？”但他已经昏迷过去了，说不出话了。

后来，格雷斯带着哈莉特回到家，哈莉特非常不愿意跟她回家。医生留下来，大约凌晨四点钟时，在昏迷了很长一段时间之后，温特死了。

医生根据死者所说的话，坚持在解剖尸体前，不签发死亡证书。格雷斯不能回家，她写了一张字条，派阿丽丝送回家。

不久，警察来到哈莉特奶奶家，要求见哈莉特。她似乎非常镇静地问：“他死了？是被毒死的吗？会不会是牛奶里有什么东西？”

警察说，到目前为止，他们还不知道牛奶的事。于是哈莉特讲了一件事。在她母亲下楼后，她父亲说：“我很渴。你能给我一点儿喝的东西吗？”

水杯被温特太太拿到楼下，到厨房接热水去了。哈莉特手边没有水，她说，她有些玩具茶会用的牛奶，问那行不行。

她父亲说：“那也行。”于是哈莉特把牛奶倒进玻璃杯，这时他说：“从药柜里把我的药瓶拿给我。”他用牛奶吃了一片药。

他把玻璃杯还给她，说：“别告诉你母亲这事，她不喜欢我吃药。”然后他又自言自语地说，“有时候我觉得，我死了她会很高兴的。”

警察问哈莉特：“为什么以前你不说这事呢？”

哈莉特说：“因为我父亲不让我说。”

“你什么时候告诉你母亲的？”

“我没有告诉她。我没有再见到她。”

“你告诉过别人吗？”

“没有人可告诉的。”

“你还有奶奶和姑妈嘛。”

“我决不会告诉她们我们家的事。”哈莉特说。

检察官要陪审团相信，牛奶的故事是编造的，是为了帮助温特太太，但是，哈莉特坚持说这是真的。她没有机会和她母亲一起编造这样一个故事，也没有人相信她会自己编这么一个故事出来。

玻璃杯和茶盘上的茶杯都被洗干净了，那是温特太太等医生时洗的，这样就无法弄清楚毒药是怎么进来的。除了茶之外，温特先生还吃了几口甜饼，其他的甜饼还在茶盘上，可是温特先生咬过的那块已经扔掉了。温特太太说她想让病房显得整洁干净，她没有理由怀疑她丈夫被下了毒。

尸体解剖表明，他吃的毒药来自一个铁罐，那是买来杀花园里老鼠的。铁罐放在花园棚子里的架子上。花匠告诉法庭，这铁罐是温特先生给他的。他只见过温特太太一次，那次她让他把鲜花放在屋里。温特先生不喜欢把花砍下来摆到屋里。花匠说他好几次听到他们为此争吵。他从来没有进过屋，他总是把蔬菜和鲜花送到厨房门口，如果他想喝茶，总是由一个仆人从厨房窗口递给他。

在法庭上，他们想让人们相信，温特太太喜欢那个花匠，花匠三十岁左右，长得不错。不过，我觉得这是很可笑的，他只是个花匠，又没有什么钱。

哈莉特被叫到法庭上，检察官说她是一个重要的证人。我可以想象她非常镇静地说，“我不知道”，“我不记得了”。她说她母亲那天根本没有去花园，她自己下雨前倒是在花园草地上玩来着。她母亲下楼准备茶点时，她正望着窗外，如果她母亲去花棚，她会看见的。没有发现湿的鞋子和裙子，警察在屋里也找不到更多的毒药。

关于这个案件的报道太多了，我没法全部读完，不过，最后，陪审团认定温特太太没有投毒。他们说没有充分的证据表明是故意投毒。我猜他们的意思是，可能是他自己吃的。

有一张剪报上说，温特太太带着她的孩子离开她的住地，到别处开始新的生活。我觉得这很可笑。你过了三十岁，就很老了，不可能开始新的生活。

我的主要感觉就是非常羡慕哈莉特。她在十岁前就成了女主角！报纸上有她的照片。我开始做白日梦，梦想自己也站在法庭上，为奈德叔叔作证。当然，他不会被指控谋杀，不过他可能被控抢银行，或者说，人们认为他抢劫了银行。

我沉溺于自己的幻想中，在放回报纸时，差点儿被奶奶抓住。

“今天下午你在干什么？”阿加莎姑妈问，我告诉她我在读书。我腋下挟着奈德叔叔送我的新书。我开始觉得自己像哈莉特一样狡猾。

现在，我渴望再次见到她，但是，她和她母亲就像一对钻到地下的狐狸一样，根本见不着。我决定亲自把她找出来。一天下午，我把我的皮球从前门弹出去，然后我自己跟着向山坡下跑去。

幽谷屋就在山坡下，它之所以总是空着，原因之一就是那里非常潮湿。当我走近门口时，可以听到哈莉特在说话，我奇怪谁那么大胆，竟然去找她玩。

我故意把皮球扔进她的花园，然后从门口向里张望，这时，我发现她的同伴是想象的。她正坐在草地上，那套著名的茶具摊开在一张白布上。她看到我后，就严厉地问：“你想干什么？”

“我的皮球掉到你的花园了。”我说。

她想了一下，然后说：“你最好进来，把它捡走。”

我非常喜欢那套茶具，做得非常逼真。哈莉特用彩色石子、树叶和树枝来当饼干和面包。

“如果你愿意，可以留下喝茶，”她漫不经心地说，“我反正已经给你留下一个空位。”

“你怎么知道我要来？”我问，“其他人来得非常晚，是吗？”

她轻蔑地看了我一眼。“他们已经来了，”她说，“你看不见他们，那可不能怪我。”

她拿起一个茶壶，倒出看不见的茶。

“你自己加奶油吧。”她说，指指罐子。

我小心地把它倒出来。然后我拿起糖罐，摇出几块糖，放进茶杯中。让我大吃一惊的是，哈莉特抓住我的手。

“不经邀请，你不应该自己动手。”她说。我想擅自动手拿蛋糕时，我奶奶也总是打我的手。

“但是我已经拿了糖。”我说。

“那杯茶不是给你的，是给你奶奶的。”哈莉特指着草地上的一个地方，我顺从地把杯子放下。

“现在给你姑母，”她递给我一个茶杯，“还有狄克逊太太，她也不加糖。”

“奈德叔叔的呢？”我催促道。

“啊，我们不邀请男人，”哈莉特说，“如果你是个独居的女人，你不能邀请他们。再说，我们不想要他们。”

“我总是要奈德叔叔，”我说，并且残酷地补了句，“你不想念你父亲吗？”

“噢，他从来不跟我玩，他总是很忙，”她用冷静的声音回答说，“父亲们不玩，他们四处旅行。”她狠狠瞪了我一眼，“你的父亲呢？他也走了？”

“他去印度了，他现在已经有另外一个妻子了。我想这里就是我的家。”

“那么他走了，”她听上去很得意，“我见过你的姑妈阿加莎。我母亲说她是个老处女。”我不知道这是什么意思，不过听起来不是什么好事。我还来不及回答，就听到有人叫我的名字，一回头，发现奈德叔叔站在门口。

“你奶奶正为你担心呢，维琪，”他说，“你应该告诉大家，你被邀请来喝茶。”

他冲哈莉特点点头，摘下帽子。

“她自己想留下的。”哈莉特漫不经心地说。

我开始向他解释事情的来龙去脉，这时，我发现他不再看我了。他在凝视刚刚打开的前门。克拉德太太正走过来。

“我来自我介绍一下，”他说，“我是维琪的叔叔，爱德华·奥哈尔。维琪忘记告诉我们她去哪儿了。”

“很高兴哈莉特有个小伙伴，”克拉德太太说，“这里小孩子不多。”

哈莉特气愤地说：“我已经九岁，不是小孩了。而且我没有邀请她，她自己想要来的，她故意把她的皮球从墙上扔进来！”

“那她真是太抬举我们了，”她母亲说。她转向奈德叔叔，“我很乐意再次邀请她，不过，我们很快就要离开这里了。”

“那真是太遗憾了，”奈德叔叔说，“他们说这房子……”

“很潮湿。对，但不是因为这一点。主要是我不喜欢工业城市，甚至不喜欢考文垂。”

“如果有进城的门，那么应该也有出城的门。”我叔叔说。

“一扇秘密的门。”克拉德太太说，我再次看到她那灿烂的笑容。我想，她应该多笑笑，她的笑容会照亮整个世界。

“如果你找不到钥匙，那么有人会为你找到的。”

“如果它只向一个方向开放呢？”

“可以走进去。”

他们就像两个打网球的人，把球打来打去，不理睬旁人。我不明白他们在说什么，但是，我着迷地听着。

“这是一个孤独的地方。”克拉德太太说。

“那要看你跟谁在一起了。而且你要知道，”我叔叔说，“人不必要被大众左右。这就是说，一个人不必听信流言蜚语。”

“你是第一个对我说这话的人。”

我看得出，他们俩都忘记了我们的存在，如果不是哈莉特插进来，这种交谈可能会无休止地进行下去，她说：“如果维琪的奶奶很为她担心，她是不是应该回家了？”

“也许你最后会改变主意的，”奈德叔叔催促说，“很抱歉打断你的茶会，哈莉特。”

“哦，很多人还留着呢。”哈莉特像个大人一样说。她看着我，“我告诉过你，我们不要男人。他们一来就弄得乱七八糟，然后就走了。”

“克拉德太太说到考文垂，那是什么意思啊？”回家上坡的路上，我问奈德叔叔。

“那个地方大家都不说话。”

“那为什么还去那儿呢？”

“人们不是去那里，他们是被赶到那里的。他们别无选择。”

在山坡顶上，阿加莎姑妈站在那里等。“你去哪儿了？”她训斥道。

“她的皮球掉到山坡下了，她去拾球。”奈德叔叔说。

他只字不提克拉德太太或哈莉特……

突然，我对克拉德母女失去了兴趣。韦斯顿一家来附近居住，他们的女儿辛西亚跟我们一起读书。我遇见她的第一天，就知道她是我等待已久的人。像我一样，她还是个孩子，我们立刻成为好朋友。

在那炎热漫长的夏天，我们形影不离。奶奶很快就去拜访她家，所以我可以随意邀请辛西亚来我们家玩，连玛丽也很喜欢她。我一想到哈莉特，就觉得她特别傲慢任性。我偶尔还会看到她，所以我知道她们还没有离开幽谷屋，但是，她对我来说，再也不重要了，或者说，我这么认为。

八月份，韦斯顿一家去海边。我们从来不出去，奶奶说乡下的空气非常好。我非常怀念辛西亚。我常常躺在果园长长的草丛中，编造一些我舍身救她的故事。

阿加莎姑妈总是训斥我：“如果你整天鼻子紧挨着书本，那会毁了你的眼睛和脑袋。”

奈德叔叔星期五还是过来，但是，甚至他也不那么有吸引力了。我每天都盼望着辛西亚早日归来。

那天下午，我的世界当着我的面爆炸了。

我读书读得很烦，于是想找点儿乐子。我四处张望，看到一只刺猬在花园边打洞。我跑到花园外面，可是刺猬已经不见了。我想去看看，附近有没有吉卜赛人。可是，我却看到两个人在散步，一个是男的，另一个是女的，突然，那个男的把女的搂到他的怀里，他们像一个人那样站着。

他们是克拉德太太和奈德叔叔。

我不记得自己是不是叫出声，反正他们非常投入，根本没有听到我的声音。我可以看出，他们不是第一次在这里相会。她投向他的怀抱，就像小鸟进巢一样自然。辛西亚和我有时谈到爱情和婚姻，总是认为它们是不可分离的，可是，奈德叔叔怎么可以跟克拉德太太结婚呢？

但他好像真的要那么做。同一天晚上，他把这事告诉了奶奶。我回过神来后，急急忙忙跑回屋里，一头扎到奶奶怀里。

“什么事把你吓成这样？”她问。她有时候会变得非常温柔，“你没事吧？”

她把我领到客厅，把爷爷四十年前带回来的中国玩具娃娃给我。这可是不同寻常的待遇。我躲到沙发后面，避开奶奶锐利的眼睛。她和阿加莎姑妈坐在长沙发的两头，一起绣一块祭坛的布。这时，奈德叔叔走了进来。

“你听到最近的谣言了吗？”阿加莎姑妈问他。“他们说克拉德太太终于准备离开幽谷屋了。我真不明白，她怎么会住这么长时间。”

“一个人会厌倦奔波的。”奈德叔叔说。

“现在她又要到别处去了。”阿加莎姑妈很得意地说。

“但这次她不是单独一人，也不是没有保护的。我将跟她一起离去。”

“你不应该开这种玩笑，”阿加莎姑妈叫道，“即使开玩笑，也不能开这样的玩笑，她是一个那么卑贱的女人。”

“玛格丽特不是卑贱的女人，”奈德叔叔说，“不久她将成为我的妻子。”

奶奶问道：“你发疯了吗？和这样一个女人结婚，你会毁了自己的。谁还会跟你做生意呢？”

“哦，我们不会连累你们的，”奈德叔叔说，“我要到加拿大去工作。你们知道，我一直很喜欢旅行，很想到一个新的地方，那个地方的人不会整天无所事事，总是传闲话。”

“你不在意你孩子的母亲曾经被控谋杀前夫，受到过审讯？”

“她被判无罪。”奈德说。

“因为缺乏证据。”

“因为发现她是无辜的。”

“不对，”奶奶说，“她没有办法被定罪，这是截然不同的两码事。爱德华，如果你这么做的话，那我们就断绝一切来往。”

“我不相信你这话是当真的，”奈德叔叔说，“但是，无论如何我也不会放弃玛格丽特。我全身心地爱她。”

我一定是动了一下，因为突然他们意识到我在沙发后面。阿加莎姑妈抓住我，告诉我偷听是非常可耻的。

“别训她了，”奈德叔叔怒气冲冲地说，“我很乐意带她跟我们一起走。不管怎么说，维琪，我希望不久的将来，你会来看望我们。”

但是，我推开他。“你将属于她们，”我喊道，“你会忘掉我们。再说，你也不知道她没有犯罪。”

我猛地冲出客厅。

几天后，我在路上遇见哈莉特。消息已经传遍了全村，幽谷屋一副将被遗弃的样子。

“为什么你们要惹他？”我脱口叫道，“你们到来之前，我们是很快乐的。”

“是他惹我们，”她反驳道，“我们谁也不需要。”

“你母亲可不这么想。我看到他们在一起。”

“她属于我。”哈莉特尖叫道。

“再也不是了，”我像她一样残酷地说，“现在他最重要了。”

突然，她不生气了，她似乎在几英里之外，虽然我们面对面站着。

“他最好当心点儿，”她说，“我告诉过你，我是个女巫。我想要什么事发生，它就会发生。”

“你并不想要这事发生。”我嘲讽地说。

但她只是笑笑，跑开了。

那天晚上，狂风大作，雷声轰鸣。我躺在床上，全身发抖，痛恨外面的风雨声。我想起哈莉特和她的话：“我想要什么事发生，它就会发生。”她想要的，就是完全占有她母亲。以前有人想分开她们，他已经死了。

这就像黑夜中的一道闪电。

就在那一刻，我知道了温特先生之死的真相。

我并不责怪警察没有想到这一点——谁会怀疑一个九岁的小孩呢？在我的眼前，浮现出一幅图景：她故意把毒药放进牛奶中，那天早晨，她在花园玩，看到花匠把毒药放在外面杀老鼠，谁会注意一个小女孩的行踪呢？她一定是拿了毒药，等待时机用它，她没有想到机会当天就来了。但是，不管怎么说，她都决定要投毒，因为她知道最终她母亲会离开她——作为妻子，她别无选择。

我奇怪她为什么不拿着玻璃杯到厨房接水，但是，毒药放在牛奶中更不容易看出。然后她把玻璃杯洗干净，不留下任何痕迹。

我知道，我告诉你我知道，但是，我不知道怎么证明。没有一个人会相信我的话，我甚至会因此而受到鞭打。

这时，我想起那天在幽谷屋花园的茶会。那个糖罐！警察可能会搜查整个屋子，寻找毒药的痕迹，但是，他们不会想到是一个小孩干的。他们不知道，哈莉特从来就不是一个小孩。

现在必须警告奈德叔叔，剩下的时间不多了，但是，我首先应该搞到糖罐。没有证据的指控是浪费时间。

第二天，我大摇大摆地去幽谷屋。那里一片凄凉的样子，墙上的画都取下来了，地毯也都卷了起来。

克拉德太太出来迎接我。爱情使她更漂亮了，虽然我认为那是不可能的。我知道我要破坏那种幸福：我认为她一点儿也不知道哈莉特的所作所为。

"我来看哈莉特。"我告诉她。

"她正在帮我收拾东西。"克拉德太太说。然后她喊道："哈莉特，维琪向你告别来了。"哈莉特慢慢地走出来，停在楼梯中间。"再见。"她说。她的脸阴沉沉的，很不友好。

"不能这么说再见。"克拉德太太笑着告诉她。"进来，维琪。你没有捎来你奶奶的口信吧？瞧，我问了一个愚蠢的问题。你想在这儿干什么？"

"我想再玩一次茶具，"我说，"我从来没有见过那么漂亮的东西。"

"哦，那已经打包了，"哈莉特漫不经心地说，"你来得太晚了。"

"我们正在洗它们呢。"克拉德太太说。

哈莉特点点头，"一件一件地洗。"

她的眼睛紧盯着我的，我明白她知道我在怀疑什么，她正在嘲笑我，因为我现在已无能为力。

我说："糖罐里有糖。"

哈莉特说："如果没有，就不好了。"

"为什么你不把它送给维琪呢？"克拉德太太催促道，"留个纪念嘛。"

"没有那东西，她就不记得我们了？"哈莉特说，但她还是顺从地去取装茶具的盒子。我知道我决不会玩它的，我恨它，我会把它踩得稀烂，但是，我不用费力了。

克拉德太太说："哈莉特自己会想念它的。"就在这时，传来一声巨响。我们赶快跑过去，看到茶具已经掉在地上摔坏了，哈莉特正俯身看着那些碎片。

"当心，"克拉德太太警告说，"别割伤了你自己。怎么回事？"

"我不当心掉在地上了，"哈莉特镇静地说，"我不得不松手，否则就会伤了我自己。"

"我们会再送你一套的，维琪，"她母亲保证说，"这些已经坏了，只能扔到垃圾箱去。"她拿来一把扫帚，把碎片扫起来，包到纸里。我知道，我最后的机会从我手中溜走了。现在，没有证据了，一点儿证据也没有了。

“喝一杯真的茶怎么样？”克拉德太太说，“刚好我们还有些蛋糕。维琪，你要加糖吗？”我心想：“当我老了，写回忆录时，我可以说我曾经跟一个杀人犯喝过茶。”

那是五天前的事。明天克拉德太太和哈莉特要去伦敦，奈德叔叔在那里等她们，克拉德太太和奈德叔叔会结婚，此后就太晚了。

现在是凌晨三点钟，还剩下四个小时。还有时间产生奇迹：雷电把幽谷屋烧成灰烬，烧死里面的住户……

我坐着等待黎明，天慢慢亮了。

我不知道怎么办。

我不知道，也没有人可以问……

忠贞不渝

一般情况下，拉里一看到那难看的笔迹，就会把信扔掉，但是，他这时正在谋杀他的妻子，需要想点儿别的事情，于是他读了那封信。

信是酒吧侍者马里奥递给他的。拉里在伦敦的酒吧有许多通信地址，这是他贫困时候的习惯，他跟莉蒂亚结婚后，仍然保持着这一习惯。当然，他收到的信的内容在不停变化，以前经常是他“商业伙伴”的指示，要求搞到其他人婚外情的秘密，现在则主要是他的私人信件，从最宽泛的意义上讲，那些都算是情书吧。婚姻并不意味着结束秘密。

拉里已经快五十岁了，他憎恨这世界的不公，让他过了那么多年的苦日子，现在终于过上向往已久的生活，他可不想轻易放弃。

他也不想为了莉蒂亚，放弃其他女人，当然，莉蒂亚对此深恶痛绝。

这就是为什么他计划谋杀他的妻子。

这也是为什么他读彼得的信，主要是为了放松一下。

“……对你的那些感情没有改变。三十年过去了，可是，我们一起度过的那些夜晚，仍然是我这一生最美好的回忆。我没有别的朋友。我再也没遇到过像你这样动人的男人，在学校时，大家都说我是你的人，我觉得非常骄傲和幸福。

“我知道，你并不像我这么投入，可是我感到高兴的是，那时候你对我是有感情的。我记得，有一次我们换睡衣，你让我穿着你的睡衣，在你的床上睡了整整一个晚上。我从来没像那天晚上那样，觉得与你那么亲密，好像我不仅仅是穿上了你的衣服，还成了你的一部分，好像我变成了你。我从来没有那么幸福过。虽然我们长得有些相像，身高，肤色相同，可我却没有你那鲜明的性格。就在那一刻，我明白了拉里是什么人。

“上个星期看到你，我真是太高兴了。遗憾的是我们会面时间太短了。记住，如果你要我为你做什么事，你尽管开口说好了。如果你要再见面，打电话吧。我到这里来办点儿事，我叔叔的遗嘱有点儿问题，我手头很紧，所以大部分时间都待在旅馆房间里。但是，如果你打电话时我出去了，他们会告诉我的。我将在周末返回法国，我真想在回去前再见你一面。有时候真想鼓起勇气，直接到你的住处去，但我知道你不喜欢这样，尤其你现在已经跟那个女人结婚了。你告诉我你已经结婚时，我大吃一惊。我总是暗地里希望你不结婚的理由是……”

拉里停下来不读了。这封信提到他的婚姻，这又让他想起他要谋杀莉蒂亚，同时，他觉得这封信让人恶心。

他成了一个同性恋的梦中情人，这倒并没让他感到有什么不安。他很清楚自己的趣味。他甚至不认为自己在少年时有过同性恋阶段，那时他的性欲一直很强烈，在男孩寄宿学校还有什么别的发泄渠道？所有的高年级学生都有一个低年级性伙伴，这已经成了一种传统，他也随大流玩了一场。但是，他一离开那监狱一样的学校，就马上开始追逐异性，并觉得其乐无穷。

但是，彼得没有变。他每隔几年就会跟拉里联系，提议一起吃顿饭，拉里知道，那顿饭不用自己付钱，也会同意。吃饭时，他们总是谈一些陈年往事，拉里喝完自己的酒，账单一送上来，他就离开了。然后一个星期之内，他就会收到一封写得密密麻麻的信，彼得在信中感谢他的光临，并倾诉自己不变的忠诚。

对彼得来讲，寄宿学校那段经历是他人生中最难忘的时期。这让拉里很厌烦。他痛恨过去，不喜欢回忆过去。他总是向前看，觉得有个美好的未来在等着他，他不喜欢回首不堪的往事。

他愿意忘记过去，开始新的计划。他干过各种各样的工作，最后是旅馆服务员，正是这个工作使他成为一位有钱女人的丈夫。拉里认为，变化和希望经常互相笑复。

彼得对他的迷恋让他很不愉快。这意味着，不管他怎么变化，总是有一个不变的内核，彼得爱的就是那个不变的拉里。他与女人的风流韵事就不这样，那种关系纯属肉体关系，总是很快结束，不会留下什么不愉快的感觉，他很快会开始新一轮的追逐，虽然被他抛弃的女人对他痛恨至极。

但是，彼得对他的迷恋则是另一回事。

上个星期，他们六年来第一次会面。拉里虽然有钱了，可他积习难改，想到可以免费吃一顿，就忍不住去了。

他一见到彼得，便知道自己犯了错误。跟彼得见面，就像照镜子一样。彼得老得厉害，与拉里的充满活力形成鲜明对照。实际上，彼得比拉里还小几岁呢，在学校，他是低年级学生，拉里是高年级的。

彼得的样子，好像快要死了。他生病了，拉里记得吃饭时他说他病了，这大概是他那么憔悴的原因吧。但是，彼得总可以把他的牙齿和头发修整一下吧。的确，我们都掉了几颗牙，但你可以把它们补起来啊。拉里就很为自己的假牙骄傲。他跟莉蒂亚结婚后的第一件事，就是去看牙医，用最好的材料把牙补起来。

还有头发。拉里开始掉头发了，也有了发白，但他修剪得非常漂亮。他认为，即使头发全掉了，也不会去戴那种劣质难看的假发。

彼得很不像样。他的嘴唇瘪瘪的，头发一看就是假的。不仅外表可笑，感情也非常幼稚，不停地说他如何爱他的朋友，愿意为他做任何事，如果不能为拉里做事，他的生活就没有意义，一切都显得那么病态。

拉里不喜欢这些，尤其不喜欢彼得唠叨过去。他总是想着未来，想着不久以后，他将拥有莉蒂亚的所有钱财。

他现在已经拥有莉蒂亚的钱了……他看看手表。八点差十五分。她应该已经死了五个多小时了。别想那个可怜的彼得，该考虑办正经事了。一个体贴的丈夫现在该回家，发现他妻子尸体了。如果他运气好的话，他的小姨子应该先发现他妻子的尸体。

他大声向马里奥说再见，然后问酒吧的钟准不准，再次对了对手表。

他这么做全是为了引人注意，以后好证明他不在犯罪现场。

他拦下一辆出租车，向家里驶去。

现在他觉得信心百倍。他的计划非常周密，他甚至感到一丝遗憾，当他得到莉蒂亚的钱后，他再也不会想出这么天才的计划了。他有了钱，就再不想冒险了。他要好好享受拥有的财富，过了那么多年苦日子，失去了多少美好的时光啊。

谋杀计划如此完美，一点儿风险也没有。

虽然当时没意识到，可他跟莉蒂亚结婚时，就想出这个计划了。她的自杀倾向使得一切看上去都那么合情合理。

莉蒂亚爱上拉里，是因为他救了她的命，她出于感谢而与他结婚。

那是两年前的事。拉里处在他一生中最困顿的时刻。他在一家旅馆当服务员，旅馆经理怀疑他偷客人钱包、手袋和珠宝盒。一天下午，拉里得到消息，他们在调查他，于是他决定最后再偷一次，然后销声匿迹一段时间。

通过观察及同事的闲谈，拉里盯上了莉蒂亚夫人，她打扮得珠光宝气，这说明她有大量珠宝，她喜欢在酒吧痛饮，这表明她可能在锁珠宝时会粗心大意。

事实证明了拉里的猜测。项链、胸针、手镯、戒指随意扔在梳妆台上。屋里还有更值钱的。

那就是莉蒂亚本人，她试图自杀。

那是很典型的自杀场景。她躺在床上，呼呼打鼾，手里握着个空酒瓶，床头柜上扔着一个空药瓶，台灯边有张蓝色字条。

拉里拿过字条读起来。

“这是唯一的出路。没有人在乎我的死活，我不想继续成为一个负担。我尝试过，但生活太沉重了。”

上面没写日期。出于本能，拉里把它放进自己的口袋，然后转向床上的人。她睡得很沉，但她的脉搏仍然强而有力。他想起电影中的类似场景，就打了她一个耳光。

她迷迷糊糊睁开眼，“我要死，为什么不让我死？”

“因为生活很美好。”他回答说，也许想起了一部电影中的对话。

她的眼睛又闭上了。他打电话叫急救车。本能告诉他，用外线打急救中心电话，他不想让经理从他的行为中得利。

然后，按着电影中表现的那样，他不停地把她抬起又放下，让她保持半清醒状态，直到急救车到来。

随后的行动全是凭着本能了。本能告诉他陪她乘急救车去医院；本能告诉他在她清醒后去医院看望她；本能告诉他，在她转到康复中心后，继续去看望她；本能让他说一些鼓励她的话，鼓励她好好活下去，至少他非常重视她的存在。

她出院三个月后，他们结婚了，这可以说是本能的胜利。

在结婚前几天，拉里去看她的医生。

“我们要结婚了，我觉得我应该知道她的疾病历史，”他很认真地说，“当然，我并不是要求你泄露职业秘密，但是，我想搞清楚，她会不会再有那种自杀行为。”

“当然。”医生是个秃头，很消瘦，他对拉里显然没有什么好感。他并不认为拉里真的是个关心妻子的丈夫。“她是个很忧郁的女人，她喜欢大家都注意她。没什么能改变她的基本性格。”

“我认为，结了婚……”

“她以前结过好几次婚，你应该知道这一点。”

“当然知道，但是她好像运气很糟，总是碰上一些浑蛋。我想，如果遇上一个真正爱她的人……”

“那样的话，我想她会稳定很多，”医生的猜疑已经很明显，几乎是公开的侮辱了，他继续说，“问题是，拉里先生，像莉蒂亚那样的有钱女人，总是遇到一些浑蛋。”

拉里不理睬他的侮辱。“我真正想知道的是……”

“你真正想知道的是，”医生打断他的话，“她会不会再次试图自杀。”

拉里严肃地点点头。

“啊，这很难说。像她那样使劲吃药、喝酒的人，是很不理性的。这不是她第一次尝试，虽然它与前几次不同。”

“怎么讲？”

“前几次显然是想引起人们的注意，她有意安排，让自己很快就被发现。但是这一次……如果你不进屋的话，我想她已经死了。很偶然地……”

医生想问他为什么进她的房间，但是拉里抢在前面问：“这次还有什么别的不同吗？”

“有一些。她把药碾碎扔进酒里，这表明她是认真的。另外，没有发现字条……”

拉里没有理睬医生疑问的眼光。他离开时，医生握着他的手，毫不掩饰地讽刺道：“我不担心，我确信一切都会对你有利的。”

医生很不信任拉里，但是，在医生的话中，也有一种解脱的快感。莉蒂亚有了一位新丈夫，至少不会那么频繁地到他的诊所来了。她还会来要安眠药和镇静剂，他仍然可以向她出售这些药品，但是，他不必再听她唠叨了。

拉里下意识地知道，医生证实了一点：谋杀他妻子是很容易的。不过，他不让自己往深里想。毕竟没有这个必要，是吗？

开始是没有必要。莉蒂亚夫人再次更换了姓，成为莉蒂亚·拉里太太。他们的婚姻起初很和谐。她喜欢打扮她的新丈夫，他则很乐意被带到那些昂贵的商店，让她给他买各种各样的衣服。他发现她是个非常贪婪的性伴侣，虽然他瞒着她跟别的女人有性关系，他还是觉得婚姻对他挺合适的。

这给他带来一种全新的生活方式。他的父母属于中下阶层，他们省吃俭用，过着日益贫寒的生活。现在，他住高档公寓，开高级轿车，他非常喜欢这种生活。

他妻子有两点让他不满，第一，她不愿意他跟别的女人来往；第二，她不让他身上带太多钱。

他找到解决第二个难题的办法，这是他过去一贯用的办法。他们结婚不久，他就开始偷他妻子的东西。

开始他是间接偷的。她很信任他，让他负责她的有价证券投资。借这个机会，他搞钱就很容易。但是，莉蒂亚的经纪人和会计师跟他见了一次面，威胁要向他们的雇主告发他，他只好放弃那些证券。

于是他开始直接偷他妻子的钱物。她总是喝得醉醺醺的，这就使他很容易得手。戒指和项链不知放到哪儿了，刚从银行取出钱，几个小时之内钱包就没钱了，这些事经常发生，没有引起她的注意，她把这些都归罪于自己喝多了。

拉里把偷来的一部分钱财花到别的女人身上，其余大部分他放到一个箱子里，存放到行李保管处。在结婚二十个月里，他已经存了一万多英镑。

他没预料到自己会有麻烦，直到他发现他妻子雇了个私人侦探监视他，才觉得不妙。这时，他意识到他必须干掉她，而且必须迅速动手，在她跟她的律师见面之前了结此事。她拿着私人侦探的报告质问他的时候，曾经提到要跟律师见面。

他一旦下了决心，很快就想出了完美的谋杀计划，他觉得这是一个天衣无缝的计划。

在他乘车回家的路上，又一次想起那个计划。计划丝丝入扣，完美无缺，它不可能失败。莉蒂亚每隔三个月，就要去戒酒中心住四天。目的并不是让她戒酒，而是让她每况愈下的身体暂时恢复一下。在那几天里，她滴酒不沾。这反而使得她更加渴望喝酒，那四天结束后，她回到家的那天下午，一定会大喝一顿，这几乎成了一种规律。

这就够了。本能告诉他，他的计划一定能成功。

那天早晨，他兴高采烈地做了些准备。他一边工作，一边轻声吹着口哨。其实要做的并不多。把药片碾碎了倒进酒瓶中，把自杀字条放在抽屉里，然后去公司工作。那天他一直在人多的地方，酒吧是最后一站，他要让大家都能证明他不在犯罪现场。

白天他仔细考虑这个计划，看看它还有什么不足之处，结果他没有找出一点儿问题，它真是完美无缺。

莉蒂亚会不会觉得酒的味道不对劲呢？在那种急不可待的情况下，她不会发现的。再说，她曾经描述过上一次的自杀，说加了药的酒喝上去没什么特别味道。她说，酒喝起来很舒服，只是越喝越想睡觉。这是个很好的结局，一点儿痛苦也没有。

如果警察发现她雇了私人侦探，又和律师约定了时间，他们会不会怀疑死者的丈夫呢？不会的，那只对他有利。又有一个男人让她失望，再次面临离婚的前景，她选择了最迅速的解脱方法。当然，人们不会对她丈夫有什么好感，但拉里并不在乎这个。只要他能继承财产，他才不在乎别人怎么想呢。

她会不会已经立下遗嘱，剥夺了他的继承权呢？他知道她没有。那就是她要第二天跟律师见面的原因。她上次立遗嘱时，拉里就在场，她在遗嘱上明确地说拉里是她的遗产继承人。

本能告诉他，不会出错的……

他付钱给出租车司机时，还说了他白天听到的一个笑话。

然后他走进他们的公寓大楼，把同样的笑话说给门房听，并跟他对了时间，八点十七分。

当他乘电梯上楼时，不知道最好的结局有没有出现。当然，那并不是最重要的，但如果真的发生的话，那也很不错。莉蒂亚的妹妹说她晚上会来看看。如果她发现了尸体，那就太好了。

一切都在他的掌握之中。在走廊上，他遇到一位邻居正准备出去散步，拉里热情地跟他打招呼，还跟他对了时间。他信心十足。他觉得自己真是一个犯罪天才。

为了把戏做足，让离去的邻居听到，他开前门时，还大声喊道："晚上好，亲爱的！"

"晚上好，亲爱的。"莉蒂亚说。

他一看到她，就明白她全知道了。她坐在沙发上，面前的咖啡桌上放着那瓶酒和自杀便条。它们就像法庭上的罪证一样。沙发边的茶几上放着半瓶酒。她等不及到家，在从戒酒中心回来的路上就开始喝酒了。

"啊，拉里，我想你看到我，一定很惊讶吧？"

"有一点儿。"他轻松地说，自以为很有魅力地微微一笑。

"我想，明天我可有很多话要对我的律师说。"

他轻轻一笑。

"在我去了警察局之后。"她继续道。

他的笑声不那么轻松了。

"拉里，我有很多事情要跟你说。我刚算了一下我的珠宝。我突然明白了那天下午，你怎么会到我的旅馆房间里的。一旦当过小偷，就贼性不改。但是谋杀——那可不是你的风格，对吗？"

她没有喝醉，说话非常有逻辑。拉里在心里仔细考虑，该怎么应付她。他走到墙角他的桌子边。当他转过身时，手里握着他放在抽屉里的手枪。

莉蒂亚大笑起来，好像在嘲笑他。"喂，拉里，这可并不高明。我要承认，你的计划非常聪明。但是开枪杀我……他们绝不会让你继承遗产的。你不会从犯罪中得到任何好处。”

“我并不想枪杀你。”他走过去，手枪对着她的脑袋，“我要让你喝完另外那瓶酒。”

她又大笑起来，“啊，算了，亲爱的。这算是什么威胁啊？你的逻辑有个基本的错误。你不能通过威胁要杀了别人，而让他们自杀。如果一个人注定要死，谁会在乎怎么个死法呢？如果你想杀我，我向你保证，我一定让你逃脱不了惩罚。开枪吧，亲爱的。”

他很不情愿地放下握枪的手。

她又笑了。

“我已经厌倦了这一套，”她从沙发上站起身，“我要打电话叫警察。我已经受够了一个自以为是的杀人犯。”

这话激怒了他，当她走去打电话时，他再次抬起手，一枪击中她的太阳穴。

鲜血迸流。他先是站在那里，看着那么多血，不知所措，当鲜血不再往外流了时，他才逐渐清醒过来。

他把事情弄砸了，他现在最大的希望就是逃跑。

他变得出奇的镇静。他拿起电话，打通希思罗机场。十点有一趟飞机，还有座位。他预订了机票。

他掏出莉蒂亚手提包中所有的现金，还不到十英镑。她从戒酒中心回来后，还没有去银行取钱。不过，他可以用信用卡支付机票费。

他走进卧室，她的珠宝像往常一样，凌乱地扔在梳妆台上。他伸手去拿一颗钻戒。

不，不行。如果海关检查他的东西，那就麻烦了。出于同样的原因，他不能从行李保管处取出他的箱子。箱子现在在哪儿？在利物浦大街！他感到惊慌。没有时间了。也许如果他能取出箱子里的钱……

门铃响了。

我的天哪！莉蒂亚的妹妹！

他抓过一个箱子，把他的睡衣和干净衬衫扔进去，然后跑进厨房，打开后门，从紧急通道跑了下去。

彼得的小屋位于偏僻的乡下，又小又破旧。彼得住到法国，并不是因为他想赶时髦，而是这里生活很便宜。他的生活费来自一个远房叔叔的遗产，他总是担心那些钱用不到他死。除了每周一次的购物，他很少跟当地人接触。

莉蒂亚死后第三天晚上，拉里来到那里。一路上他有时乘火车，有时搭便车，有时徒步，晚上睡在田地里。他在巴黎一家旧衣店，廉价卖了他身上的高档西服，买了一套破旧的蓝工作服，这样他走在法国乡下路上时，不那么显眼。他的护照和手镯藏在内衣口袋里。

如果警察在追捕他，他相信自己已经抢在前面了。

他到达小屋时，天已经黑了四个小时了。那是一个温暖的夏夜。乡下非常干燥，需要雨水的滋润。虽然路上偶尔有汽车驶过，但他没有遇到任何行人。

虽然彼得总说自己很贫困，但在拉里的内心深处，一直希望彼得过着豪华的生活。但是，一看到那破败的小屋，拉里就知道他不可能长久地住在这里。那栋旧屋已经有一百多年的历史了，这么多年来，似乎都没有发生什么变化。

当彼得打开门时，他的样子就像个农民。他没有戴假发，穿着一件肥大的睡衣，手里拿着一个破旧的蜡烛台。他没有牙齿的嘴唇不安地抽动着，一脸狐疑的样子。

一看到来访者，他脸上的表情马上变了。

“拉里。我一直盼着你到我这里来。我看了报纸，知道是怎么回事。进来，我这儿是很安全的。”

他那里的确很安全。彼得不跟周围的人来往，这意味着不会有人发现新来者。甚至不会有人看到他。三天来，拉里唯一看到的，就是彼得。

彼得一点儿也没变，仍然那么迷恋拉里。在他看来，拉里的出现是他祈祷的结果。现在，他迷恋的对象终于来到他家，真是太幸福了。

他的迷恋并没有让拉里感到难为情，他知道彼得是个很羞怯的人，他不会乱来的。拉里至少现在是安全的，他住在那里，一边喝白兰地，一边估量他的情况。

情况并不乐观。他为谋杀莉蒂亚而精心作的各种安排，现在反过来都对他不利。他到达公寓时的准确时间，现在不是证明他的无辜，而是证明他是凶手。甚至在枪杀了她之后，他本来可以想出办法的，但是，那个该死的妹妹——按门铃，搞得他惊慌失措，一切都完了。

第三天晚上，拉里坐在桌子边，一言不发，一个劲喝白兰地，彼得在一边看着他。拉里脱口叫道：“那个该死的婊子！”

“你说的是莉蒂亚？”彼得犹豫地问。

“不是，你这个傻瓜。她的妹妹。如果她不是在那个时候出现，我本来是可以脱身的。我会想出办法的。”

“在什么时候？”

“就在我刚刚开枪打了莉蒂亚后，她按门铃。”

“什么？大约八点三十分的时候？”

“对。”

彼得的脸白了，“那不是莉蒂亚的妹妹。”

“什么？你怎么知道？”

“那是我，”拉里看着他，“那是我。我第二天早晨就要飞回来，你没有打电话，我想在离开前见你一面，所以就找到公寓。我并不想进去，但是，我刚问门房你在不在，他就说你刚刚到。”

“那是你！你这个该死的傻瓜，你为什么不说？”

“我不知道发生了什么事。我只是——”

“你这个白痴！你这个该死的白痴！”拉里郁积已久的愤怒终于爆发了。拉里抓住彼得的肩膀，使劲摇着他。“如果我知道是你……你本来可以救我的命的！你这个该死的傻瓜！你这个……”

“我不知道，我不知道，”彼得低声说道，“没人回答，我就直接回到旅馆。真的，如果我知道发生了什么事……我会为你做任何事的，你知道我会的。任何事……”

拉里放开彼得，又开始喝白兰地。

第二天，他们吃完午饭，拉里开口了：“彼得，你说你愿意为我做任何事……”

“当然，我是说真的。我的生命无所谓，你是唯一重要的。我愿意为你做任何事，我愿意一辈子照顾你。”

“我不能总留在这里。我必须离开。”

彼得脸上露出受到伤害的神情。拉里不理他，继续说下去，“为此我需要钱。”

“我已经说过，你可以用我……”

“不，我知道你没有什么钱。但是，我有钱。就在利物浦街车站的行李保管处，我有一万多英镑的现金和珠宝。”拉里自以为很有魅力地冲彼得笑了笑。“我想让你去英国替我取回来。”

“什么？但是我永远也无法把它带回来。”

“你可以。你是个理想的走私者。你把那些东西放到你的拐杖里，他们绝不会怀疑像你这样的人的。”

“但是我——”

拉里一副受到伤害的样子。“你说你愿意为我做任何事。”

“是的，我愿意，但是——”

“你可以明天进城，订一张机票。”

“但是——但是那意味着你又将离开我。”

“暂时离开，我会回来的。”拉里撒谎说。

“我——”

“请你帮个忙吧，”拉里装出一副脆弱的样子，“请帮帮忙吧。”

“好吧，我为你做。”

“谢谢你，谢谢你，来，我们干一杯。”

“我不怎么能喝酒的，一喝我就想睡觉。我没什么酒量。我——”

“来吧，喝吧。”

彼得的确没酒量，一喝酒，他就变得对拉里越来越迷恋。后来，他昏昏沉沉睡着了。

第二天，机票和彼得的护照一起，放在客厅桌子上了。楼上，他的小行李箱已经收拾好。他星期三从巴黎起飞，周末就能带着钱和珠宝回到小屋。

拉里开始恢复自信。只要有钱，什么事都能做到。一万两千英镑足够让他开始新的生活。他知道，像他这样的天才，是不会久居人下的。

彼得显然对面临的任务感到不安，但是他努力想要完成这一任务，不辜负拉里对他的信任。他们的关系显出一种新的和谐。现在，拉里很快要逃走了，他可以放松一下，他对彼得的态度非常亲切。彼得为此感激不已。拉里轻蔑地想，这家伙倒是很容易满足。拉里再次注意到彼得衰老的样子，他无法想象他们的肉体曾经接触过。彼得从来就是一个可怜虫、倒霉蛋。

不过，彼得还是很有用的。他自己虽然一向省吃俭用，但对拉里却非常大方，白兰地总是让他喝个够。星期一那天，他们吃完午饭，拉里坐在那里喝酒。这时，传来敲门声。彼得紧张地跳到窗户边，看是谁在敲门。当来人向他这边转过脸时，他的脸变得像纸一样白。“是个警察。”

拉里迅速端起他的脏盘子、白兰地酒瓶和酒杯，躲到楼上。他的卧室窗口就在门廊上方。如果谁要上楼，他可以迅速从那里逃走。

他听到楼下的谈话声，但他们说的是法国话，他听不懂。然后他听到前门开了。从他的窗户望出去，他看到警察上了他的自行车，骑走了。

他等了五分钟，然后来到楼下。彼得坐在桌子边，全身发抖。

“出了什么事？”

“警察——他问我见没见到你。”

“你说没有。”

“对，但是……”

“但是什么？别怕，没什么事。国际刑警发出通缉令，检查所有可能与我有联系的人。他们从我留在公寓的地址本上发现你的名字。现在当地警察遵命办事，来你这里查一下，他会报告说，你上个星期跟我会面后，就再也没有见到过我。他们再也不会打扰你了。我很高兴这事完了，至少我再也不用怕他们了。”

“是的，可是，拉里，看看我的状态。”

“你会平静下来的。没事，你受到惊吓，但你会平静下来的。”

“我不是这意思。我的意思是说，如果我处在这种状态下，我星期三没法去做那种事。”

“瞧，你要做的，就是搭乘一架飞机去伦敦，到利物浦街行李保管处，拿出行李箱，找个僻静地方，把里面东西塞到你的拐杖里，然后回到这里！这一点儿也没危险！”

“我做不到，拉里，我做不到。我会崩溃的。我会暴露自己的。如果我是你，我可以做到。你有坚强的神经，可以做这种事。我希望你自己去，因为我知道你能做到。但是我……”他说不出话，拉里勃然大怒。“听着，你这个狗东西，你必须那么做！天哪，你说过无数次，你可以为我做任何事，可是我现在第一次要求你做事，你就害怕了！”

“拉里，我愿意为你做任何事，我愿意。但是，这事我觉得我做不到。我会把它弄得一团糟。真的，拉里，如果我能为你做别的事……”

“别的事？帮我洗清谋杀指控怎么样？也许你乐意做这件事？”拉里讽刺地说。

“如果我能够……或者如果我有足够的钱……或者……如果”

“住口，你这个臭同性恋！”拉里拎着酒瓶冲上楼梯。

他们两人整整二十四小时没有说话。

第二天晚上，拉里躺在床上，一边喝白兰地，一边望着远处的落日，他的本能又开始显露出来。那是一种温暖的感觉，他有一种被保护的感觉。他任凭自己的本能指导自己。

大约一小时后，他听到前门开了，看到彼得向小镇走去。这是他们吵架后，他第二次出去了。他肯定是去再多买点儿白兰地，想来讨好他。这个可怜的家伙。拉里咯咯笑起来。

他一个人在屋里，迷迷糊糊睡着了。彼得回来时，“砰”的一声关上门，这声音吵醒了他。他醒来时，发现自己的计划完美无缺。

彼得像个怕挨打的狗一样抬起头，但是，拉里冲他露出了微笑。彼得立刻露出受宠若惊的神情。拉里觉得彼得就像个可怜的女人一样，很容易对付。

“拉里，我很抱歉昨天下午的事。我是个懦夫。瞧，我真的想为你做点儿事。你知道，只要有用，我愿意舍弃自己的生命。我这一生毫无意义——我愿意做一些有意义的事。”

“但是你不愿意去伦敦取我的东西？”拉里轻松地问。

“我只是觉得我做不到，拉里，我觉得我没有那个能力。但是，我愿意明天去伦敦。我可以为你做别的事，我可以帮助你，我已经帮助你了。我——”

“没关系，”拉里宽宏大量地摊开手，“没关系。听着，彼得，”他亲密地说，“我昨天很不好，我向你道歉。很抱歉，这全是因为我太紧张了，我不该忽视你为我做的一切。请原谅我。”

“那不怪你。我……”彼得又是惊讶，又是高兴，不知道说什么好了。

“不，是我不好。这是我的讲和礼物。”他把手从口袋里掏出来，伸向彼得。

“你不是真的要给我吧？这是你的手镯，上面有你名字。再说，这是金子做的。我的意思是，你——”

“请你收下吧。”

彼得接过手镯，把它放到自己口袋里。

“听着，彼得，我急糊涂了，不能好好想问题。忘了伦敦的钱吧。也许我以后会取到的，也许不会。重要的是，我现在很安全，跟一个朋友在一起。一个非常忠诚的朋友。彼得，我想问的是，我能不能在这儿多待一阵子？”他恳求地望着彼得，“如果你不介意的话。”

“我当然不介意。你知道，拉里，我非常高兴，非常非常高兴。这是不用说的。”

“你太好了，彼得。”拉里轻声说，好像激动得说不出话，“如果这么决定了，让我们来干一杯吧。”

“我不行，拉里，你知道，我一喝酒就迷糊。”

“啊，没事，彼得。如果我们要在一起生活，我们必须培养同样的爱好。”他倒了两杯白兰地。

“一起生活”的前景让彼得激动起来。当他喝第一口酒时，眼睛里闪着泪花。

大约一个半小时后，拉里觉得时机成熟了。彼得哈欠连天，话也说不清了，不过他仍然有知觉。

拉里低声说：“为什么我们不上楼呢？”

“你这话是什么意思？”彼得的眼睛亮了一下。

“你知道我是什么意思。”拉里咯咯笑起来。

“真的？真的？”

拉里点点头。

彼得摇摇晃晃站起来，“我的拐杖在哪儿？”

“你现在这样子，拐杖也没有用。”拉里又咯咯笑起来，彼得也跟着笑起来。拉里摸摸彼得脑袋，彼得的假发落到他手中。

“把它还给我。”

“我上楼就还给你，”拉里低声说，然后他的声音更低了，“到楼上我的房间，穿上我的睡衣，躺到我的床上。我很快就上来。”

彼得傻笑起来，开始上楼。拉里听到楼上他屋里摇摇晃晃的脚步声，然后是脱衣服声，身体跌落到床上的声音，不久，一片沉寂。

他又坐了十五分钟，喝完他的酒。然后，他轻轻吹着口哨，开始作准备。

他动作很缓慢，但是很准确。他先到洗手间，用很短的时间，剃掉他的头发。然后他拿下他的假牙，把它们放到一个玻璃杯中。

他小心翼翼地上了楼，轻轻推开他卧室的门。正如他预料的那样，彼得躺在床上，已经醉得毫无知觉了。

拉里不慌不忙地把放着假牙的玻璃杯放在床头柜上。然后，他穿上彼得刚刚脱下的衣服，走到另一个房间，拎起自己收拾好的行李箱，回到楼下。

他拿起餐桌上的飞机票和护照，戴上假发，跟护照上的照片比较了一下。照片比他本人老十岁，很相像。他拿起拐杖，摆弄了一会儿，搞清楚怎么使用。

然后他拎起一瓶半满和一瓶没开的白兰地，还有桌上的蜡烛，上了楼。

彼得躺在他的床上，穿着他的睡衣，甚至还戴着他的手镯，但是却醉得人事不省。拉里小心翼翼地把白兰地倒在被子、垫子和木地板上。然后他把点着的蜡烛放在地板上，看着火焰蔓延起来。彼得仍然一动不动地躺着。

拉里用彼得的身份飞回伦敦，他非常自信。他甚至觉得做一个可怜的跛子是很不错的，在机场人们给他让路，帮他拎行李。

在飞机上，他很舒服地想着下一步行动。当然，一下飞机，他要直奔利物浦大街行李保管处。然后想办法把珠宝变成现金。他可以再次出国……当然，他会有一个新的身份……

他走近希思罗机场护照检验处时，觉得很紧张。他不是害怕，而是紧张。他担心自己的身份受到盘问。但是，如果人们把他当成彼得，那么他就没什么可担心的了。

让他有点儿不安的是，护照处的官员好像在等他。“啊，彼得先生，”他说，“请你在这里稍坐一下，我告诉他们你到了。”

“但是我——”不，不要争吵。以后再跟他们算账。他们一定是搞错了。他想象，如果彼得遇到这种情况，他一定吓得屁滚尿流。

他没有等很久。两个穿着风衣的男人走过来，要求他跟他们到一间小屋。直到大家都坐好后，那两人才开口说话。

“好了，”年长的那位说，“让我们谈谈谋杀莉蒂亚·拉里太太一案吧。”

“莉蒂亚·拉里太太？”拉里重复道，觉得很好笑，“可是我是彼得啊。”

“对，”那人说，“我们知道，这没有问题。这就是我们跟你谈谋杀莉蒂亚·拉里太太的原因。”

“但是……为什么？”拉里就像彼得一样，可怜巴巴地问。

“为什么？”那个男人似乎很困惑，“因为今天上午收到了你的坦白信。”

过了很久，他才看到那封信，但是他不久就想象出它的内容：

因为他长久以来一直很迷恋拉里，彼得在回法国的前夜，去看拉里。在公寓大楼，他没有看到拉里，却看到了拉里的妻子，在他的眼里，就是这个女人夺走了他朋友对他的爱。他们发生争吵，在争吵中，他开枪杀了那个女人。拉里回到公寓，看到他妻子的尸体后，马上明白发生了什么事，他马上赶到法国，追寻凶手。正是由于拉里的到来，彼得决定坦白自己所犯的罪行……

这使得拉里进退两难。既然他是无辜的，他可以说出自己的真实身份。但是，他很痛苦地意识到，这样一来，只会引来更多的麻烦。

他的本能告诉他，就继续以彼得的身份生活下去，彼得为了保护他，做出了巨大的牺牲。

于是，他作为彼得，被指控谋杀莉蒂亚·拉里太太，并被认定有罪。

后来，他作为彼得，被指控谋杀拉里，并被认定有罪。

撞个正着

当然，她还在那里。她总是在那里，这是他的家，他回到家时，总是发现她在等他，不管他回家多晚。

她在那里，坐在高背椅上，穿深蓝衣服。她是他姐姐，他唯一的亲人，这是他的家，所以他必须回到这里。他凝视着她粗大的双手，她手上捧着一本《圣经》。

“已经半夜了。”她说。

“我是个大人，”他不耐烦地说.“我四十二岁了。你知道的，对吗，海伦？”

他快步穿过客厅，来到厨房，找出酒瓶，倒了一杯。车库门已经锁上了。

他端着酒杯回到客厅。“我需要这个。”他说。她是他姐姐，她是他的一切。“我吓坏了，非常害怕。不过，我还是顺利回到家，没人看见我。”

“有人看见你，瓦尔特。”她非常确信地说。

“没有，没有，”他说，眼睛乱转，又开始冒汗了。“乡下的路很偏僻，没有一个人。听着，我不想知道她从哪儿来。那辆小车突然冒出来，我怎么停得下来呢？这不是我的错。我根本没法停下。”他猛喝了一口。“我不知道她是谁，能知道呢？我从车里出来。那是一辆小车，一下子翻了，那种车太小了……听着，她死了。我无能为力，无能为力。”

“一个人？”他姐姐问。

“当然是一个人，”他生气地说，“我顺利地回到家，不是吗？汽车在车库里。我已经检查过了，没有一点儿痕迹。”

“有一个痕迹。”他姐姐说。

“别瞎扯了，行不行？”他喊道，“我告诉你，这是一次意外！车速七十英里，怎么可能停下来呢？你根本不懂。我告诉你，没人看见，没人知道，你不会说的。”

“没必要，”她自信地说，瘦长的脸上毫无血色，她从来都这样，连她的嘴唇也毫无血色。她苍白的手举起《圣经》。“什么也瞒不住的。”她低声说。

她有时简直要把他逼疯了。“我能为她做什么？这不是我的错，对吗？我开了很长时间，我的眼睛很疲倦。我没有办法，对吗？真是太糟了。我的意思是，我很难过，我真的很难过。明天我要换掉汽车轮胎。我不……”

她双眼低垂，眼窝落在阴影中。

“别说了，”他喊道，虽然她并没有说话，“听着，我吓坏了，我要好好睡一觉。我非常震惊，累坏了。别再说这事了。”

她什么也没说。他踉踉跄跄走向卧室。他要睡觉。他要吃两片安眠药。她不赞成他那么做，她对什么都看不惯。他应该离开她，但他离不开。他蜷缩在床上，听到海伦在屋里走动，把一切都摆放整齐，准备上床睡觉……这使他觉得安全。

“你晚了。”她说，第二天晚上，他刚下班回家，紧张地站在门里，显得非常疲倦。

“有人来过吗？有人搜查车库吗？”

“没有。”

“公共汽车太慢了。”他不满地说，然后踮着脚尖走了几步，这么做很荒唐。“上了晚报了，”他告诉她，“她的名字叫玛丽·拉蕾丝，已经死了。几个农夫发现她的，大约凌晨四点。”他舐了舐嘴唇，“报纸上说，那是肇事后逃逸。”

“对，”他姐姐点点头，“晚饭做好了。”

“我无能为力，对吗？我没看到她，我停不下车，不是故意的。听着，这种事每天都发生，每天都有。忘了它吧。可以吃晚饭了吗？”

“你洗完后就可以吃了。”他姐姐说。

但是，在饭桌上，他还是谈个不停。“今天早晨，我借着日光看了汽车，看不到任何痕迹。没有相撞的痕迹，没有刮掉油漆，没有玻璃破碎。不过，我不想再开它了，海伦。警察有专门的化验室。他们用一点儿尘灰就可以证明一切，那样我就完了。我该怎么处理那辆汽车呢？”

“你怎么处理汽车，并不重要。”她说。

“喂，算了吧，”瓦尔特推开椅子，“你是个怪人，知道吗，海伦？你应该知道，我早知道了。不许你再谈这件事了，不许。”

他咧嘴一笑，一副狡猾的样子，充满自信。她是他的一切，他的唯一亲人，她不会出卖他的。

“我为你祈祷。”她说。

“你还是给我想个办法，怎么摆脱那辆汽车。如果我买四个轮胎，行吗？不过，谁知道他们会不会检查这种买卖呢？如果我把车全部重新油漆一下呢？同样有问题，他们可能会检查。我该怎么办呢？我得想出个好主意。”

她看着他什么也不说。

“还有，”他继续说，觉得说出，心里好受一点儿，“我知道不能把它开到沙漠或其他什么地方，我也不能把它开到海里，他们会找到它的。他们会追查的是怎么回事。我该怎么办呢？”

他的姐姐低声说：“你怎么摆脱你的罪孽呢？”

“什么罪孽？”他喊道，“对，我犯了法。我知道这点。法律上说，遇到这种事你应该去报告。可是我不想报告，我不想因为一次意外惹上麻烦，我告诉你，这是一次无法避免的意外。没有人看见！没有人知道。只要我摆脱那辆车，永远没有人知道。所以我的问题是摆脱那辆汽车。”

“为什么你不卖掉它呢？”她问。

“怎么卖？到二手市场上卖？那会留下记录，警察会发现的。该死的，你不明白。”

“我比你明白。”她叹了口气。

“你给我住口，听到没有？我要摆脱那辆汽车，摆脱整个事情。一定会有办法的。我会想出办法的。”他说，“我不想吃晚饭。”他怒视着她。“你可别打告诉警察的主意。”

“没必要。”她说。

他猛地从桌边站起来。“星期六之前，就让它先停在车库里吧。星期六我会想出办法的。”

“你不能——”

他粗暴地打断她，“你想打赌吗？你越来越让人讨厌，海伦，你知道吗？我要买一台电视机。”

他摇摇晃晃走进客厅。他们连台电视机都没有，她整天就读那本《圣经》。他要看电视，就得去酒吧。

瓦尔特一翻开星期六的体育版，就看到那条广告。他拿着那张报纸，跑到厨房，他姐姐正在浇窗口的花。

“我找到了，”他告诉她，“听听这个交换广告。太好了！就是它了，海伦。

"'交换：一块风景优美的土地换一辆旧车。车况要好，能跑长途。尽快成交。电话——'

"怎么样？"他叫道，"这不是很妙吗？是不是？"她挺起身，伸长脖子。"这是摆脱的最佳办法，"他不耐烦地叫道，"我愿意交换任何东西。这上面说是一块土地。"

"一块土地？"

"对了！我并不需要土地，不过这有什么关系呢？这个男人想要长途旅行，他想尽快成交。那么让他开着那辆汽车离开这个州，这样就彻底摆脱了。"

"你这么认为吗？"他姐姐毫无表情地问。

"对，这桩交易会记录在案。但那又怎样呢？牌照号、引擎号、车型等。那又有什么关系？这些不说明任何问题。而且汽车会开到很远。警察怎么能把汽车弄到他们的化验室呢？我告诉你，这是最好的办法。"

"另外还有一个办法。"她说。

"什么办法？"

"坦白。"

"啊，听着，我会进监狱的！我不想进监狱！"瓦尔特跑去打电话。

打完电话，他开始冒汗。但是，他对他姐姐说："看样子不错。那家伙要我现在就去他那儿，我们一起去看那块地。你知道，他这么要求是合理的，所以我必须冒险开车去他那里。他就在两三英里远。那块土地就在山坡上，谁会去那里呢？这里没有什么人，而且已经过去四天了。听着，最妙的是，他想今天晚上就出发旅行！这真是太妙了！"

他姐姐没有说话，他冲她喊道："会发生什么事？什么也不会发生。你给我闭上嘴，你是唯一知情的人。"

"我不是唯一知情的人。"她说。

"上帝知道，对吗？"瓦尔特叫道，"你有时真让我难以忍受。你知道你是怎么回事吗，海伦？你很迷信。你脑子里充满了迷信念头。你一点儿也不理解这个世界。我要走了，我要摆脱那辆汽车。"

"上帝与你同在。"她悲哀地说。

"有没有上帝，我都得走了。"他吼道，全身直冒汗。

但是，瓦尔特很害怕。车祸发生后，他第一次把车倒出车库，围着汽车走了一圈，确信汽车外面没有一点儿碰撞的痕迹。

然后他小心翼翼地开起来。一看到警察的巡逻车，他就直冒冷汗，但是警察根本就没有看他。

他正眯着眼看门牌号时，一个又瘦又高的年轻男子向他走来，一脸等得不耐烦的神情。他说他名叫安德逊，他似乎不想浪费时间，也不想闲聊天。他几乎没有注意汽车的外表和车型。他只掀起引擎盖看了一眼。然后他钻到驾驶座，瓦尔特紧张地坐到他旁边。

“我很爱惜汽车，”瓦尔特紧张地说个不停，“我不是那种乱开车、不爱惜车的人。车是个人财产的一部分。这车跑得很平稳，是不是？”

安德逊沿着弯弯曲曲的街道，把车开到山坡上，然后停下车。

“就在这儿？”瓦尔特眨眨眼睛。是的，他最好装出对土地感兴趣的样子。

他们下了车，瓦尔特又眨眨眼睛。这里景色非常好，洛杉矶盆地尽收眼底，显得宽阔美丽。那块土地比别处要平坦。安德逊指出四周的界桩，地方挺大的。

“就是这儿了，”年轻人很不耐烦地说，“我用这块地换你的车，愿意吗？”

瓦尔特舔舔嘴唇。“你换了车就离开，是吗？但是，这块地——我的意思是，我有什么保证呢？”

“我的地契就在我口袋里，具体问题由我的律师负责。我可以马上让他过来。”

“你不想……呃……等到星期一吗？”

“不。”安德逊很坚决地说。

瓦尔特再次看了看那块地。“看上去很不错，”他承认，“我的意思是，这是一块很好的地，为什么要交换呢？是不是有什么问题，安德逊先生？”

年轻人转过身，向汽车走去。“如果你不想要，就直说吧。”

“手续都齐全吗？”瓦尔特跟在他后面。

“我已经说过了，不会有问题的。怎么样？如果你不愿意，就直说，我再找别人。”

“好了，我告诉你——”瓦尔特突然想起他的主要动机，“行了，成交了。汽车是你的，地是我的，公平交易。行了吧？”

“行了。”

阳光下，他们俩握手成交。

剩下的就是文件了。瓦尔特说：“我们一边喝咖啡，一边办事，好吗？我来开车。从这里到我家，有条捷径。你可以打电话叫你的律师到我家，行吗？”现在他急于办事。

“只要快就行。”安德逊说。

下山的路上，瓦尔特不停地偷眼看他沉默的同伴。“你今天晚上就走吗？”

“对——马上就走。”

“很远吗？”

“能多远就多远。”

瓦尔特不说话了。他们来到他和海伦住的公寓大楼，他装出一副心不在焉的样子，把汽车开过拐角，开进车库。他道了歉，让车库门开着。这样很安全，然后他领他的同伴上楼。

当然，她还在那里，她总是在那里。

“这是我姐姐，海伦，安德逊先生。我们有点儿事。”他的语气告诉她，没她什么事。“海伦，给我们煮点儿咖啡好吗？”他把电话指给安德逊。安德逊打电话的时候，瓦尔特跟他姐姐走进厨房。

“就是那事，”他说，“别乱说话。向我发誓，别胡说八道。”

她苍白的嘴唇张开了，深陷的眼睛怜悯地看着他。然后她的眼睛闭上了，她的嘴唇也闭上了。

两个男人坐在屋角，开始整理文件。海伦一言不发地端来咖啡。她没有打扰他们，远远地坐到另一张椅子上，捧起《圣经》。

他们做完了事，等律师到来时，两人无话可说。安德逊瞥了海伦一眼，又看看手表。瓦尔特觉得无法忍受这沉默。“律师正在赶来，是吗？”

“几分钟就会到。”

“我怎么知道？”瓦尔特开口了，他控制住自己。“你很着急是吗，安德逊先生？”他问。

“我想赶快上路。”

“我们没有别的办法，只能等……等……你的朋友。”

瓦尔特狡猾地抬起头。他可不是傻瓜，他怎么知道他们正在等的人是律师呢?

安德逊又看看手表。他瞥了一眼坐在椅子上的女人。

瓦尔特说：“像你这样的年轻人，怎么会没有汽车呢？我觉得有点儿奇怪。”

“我有一辆，它坏了。”

“设法卖掉了？”

“不值得费那个心。”

瓦尔特身体动了动。片刻之后，他说：“安德逊先生，你拥有那块土地多久了？”

“一年多吧。”他很冷淡地说。

“还要咖啡吗？”瓦尔特问，站起身。

“不要，不要，谢谢。”

瓦尔特叹了口气，希望他姐姐站起来，走过来，像个女人一样跟他们聊聊天，活跃一下气氛，可是她只是在那儿坐着。他摆了一下头，低声对安德逊说：“我姐姐非常喜欢读《圣经》，她对那书有点儿着迷，你明白吗？”

“我明白。”安德逊并没有看，他甚至没有在听。他盯着自己的左手，他的左手有节奏地握紧、张开。

瓦尔特太紧张了，无法保持沉默。“我觉得，”他说，“我们处在一个现代社会，对吗？我尽自己最大的努力，认真工作。我是一个商人。”他控制不住自己，不停地说下去，“我认为，如果你把那块土地留在手里，半年或一年后，一定能大赚一笔，对吗？那块地比一辆二手车值钱多了。”

“我们已经成交了。”安德逊冷冷地说。

“是的，是的，我们已经成交了。我并不是在抱怨，我并不想冒犯你，安德逊先生。但是，你别那么紧张嘛。我只是感到好奇，你为什么不告诉我原因呢？哪里出了问题？”

“什么？”

“那块地有什么问题？”

安德逊站起身。

“不，不，不，”瓦尔特说，护住那些文件，“我们已经成交了，我没有反悔，我只是觉得你很紧张。我只是想知道为什么。”

男人直勾勾地盯着他。

“从我个人的经历来说，”瓦尔特无法控制自己，继续往下说，“人们不会白捞便宜的，哈哈，哈哈！”

门铃响了。

“海伦，开一下门好吗？”瓦尔特喊道。她站起身。他听到一个男人很有礼貌地说：“我找安德逊先生。”

海伦什么也没说。

“啊，天……”瓦尔特站起身。“就在这里。”他喊道。

安德逊的眼睛一闪。他大声叫出律师名字。一个年龄大一点儿的男人走过来，他衣冠楚楚，一副公事公办的样子。整个交易只花了几分钟——签了几个字。然后他们三人站起身，瓦尔特拿出汽车钥匙。

安德逊一把夺过钥匙，快步穿过客厅。瓦尔特紧赶几步，与他并排。他现在确信，这个男人在逃跑。但是，他为什么逃跑呢？

安德逊停下脚步，低声对坐着的海伦说："很高兴见到你。"

她苍白的嘴唇没有张开。天哪，她真是个怪人，她弟弟想。

"喂，"他生气地说，"海伦，你可以向这位先生说再见。"

"上帝保佑你，先生。"她说。

这古怪的回答让安德逊怔了一下，律师拿着公文包走过来。

"再见，"他很高兴地对海伦说，然后又转向瓦尔特，"再见，也许我还会再见到你的。希望你喜欢那块地。"

瓦尔特控制不住自己，他对着那两人的背影说："先生们，请原谅我，但是那块地值五六千呢。我现在已经拥有它了，我不反悔。但是，请告诉我，你们玩了什么花样？"

律师严肃地说："我们没有玩花样。"

"你们一定玩了花样。"瓦尔特叫道。

"你一定要知道，是吗？"安德逊声音沙哑地问。

"不要，鲍勃，"律师碰碰安德逊的手臂，"事情已经办完了，我们走吧。"

"等一等，"瓦尔特大声叫道，"你们已经开始露出马脚了。"

"马脚？"安德逊说，"我买那块地，是想在上面为我的新娘盖一栋房子。新娘不在了。"

"我明白，我明白，"瓦尔特差一点摔倒，"我很抱歉，我没有意识到这涉及个人私事。没事了。"他点点头，"啊，这很好，很好。"

"很好？"安德逊怒气冲冲地说，"很好？"

瓦尔特开始冒汗。他看看身后，他姐姐手里捧着《圣经》，抬起头，苍白的嘴唇上挂着古怪的微笑——那微笑简直要把他逼疯了。

"上个星期二，她驾驶着我的赛车，"安德逊大声说道，"有人把她逼得翻了车。所以不用盖房子了，我也再不想看见那块地了。这就是我卖地的原因。"

瓦尔特现在不仅在冒汗，而且从头到脚在发抖。

律师伸手告别，瓦尔特不敢碰他的手。"对不起，我很难过。我不是故意的。再见。我的意思是……上帝保佑你。"瓦尔特傻乎乎地说，咯咯地尖声笑起来。

"我们走吧，鲍勃。"律师轻声说。

但是安德逊说："这里出什么事了？"

瓦尔特的下巴在颤动。"没什么事，没什么事。"他说，摊开双手，他的手掌全是汗水。"为什么一定要有花样呢？这里一切正常，正常。"

安德逊严厉地盯着瓦尔特，然后转向海伦。

“怎么回事？”他厉声问海伦。

她双唇紧闭。

瓦尔特突然顶不住了。“你疯了，海伦。”他尖叫道。“你们知道吗？她疯了。”他呜咽着对那两个男人说。“别信她的话！闭上你的嘴！”他冲他一言未发的姐姐吼道。

律师不想走了。安德逊严厉地说：“我想你最好告诉我，那辆车有什么问题？你在玩什么花样？”

芳林迷踪

马斯总喜欢说，旁观者清。他认为，他对邻居西尔维亚夫妇的观察证明了这一点。

马斯原先在社会福利部工作，他早早退休了，有一笔固定收入，没结婚，唯一爱好是旅行，那还为什么继续工作呢？马斯放弃了在伦敦的公寓，住到乡下，他很早就在乡下买好了房子。对一个单身汉来讲，这里的生活很不错。村里的拉斯特太太一星期来打扫两次卫生。马斯自己是个出色的厨师。

六月的一个阳光灿烂的日子，他去拜访隔壁的西尔维亚，想请她搭乘自己的汽车去参加茶会。他相信她接到了邀请，而且知道她需要搭乘他的汽车，因为他看到她丈夫吉米把他们的旧汽车开走了。吉米是个自由撰稿人，经常出去旅行，把西尔维亚一人丢在家里。马斯是个喜欢跟女人打情骂俏的人，他曾经问过西尔维亚，是不是感到孤独，要不要他来陪她，但她似乎没听出他话里的意思，没做出什么积极的反应。

西尔维亚夫妇租的是一栋比较旧的房子，但却有个非常漂亮的花园，这花园刚好在马斯和他们的房子之间，跳过花园栅栏，可以穿过花园，走到西尔维亚的住房。那天下午，马斯就是这么做的，当他走过客厅时，忍不住向里窥视。马斯总喜欢窥视别人，因为他总想知道，别人独自一人时什么样子。他发现客厅空无一人。他在厨房找到西尔维亚，她心不在焉地洗盘子。

“西尔维亚，你还没有准备好啊？”她穿着一件破旧的衣服，连扣子都没扣好。马斯自己参加这种聚会，总是打扮得衣冠楚楚，穿着双排扣西装，整齐地打着领结。他喜欢打领结，这样显得自己与众不同。

“准备干什么？”

“曼娜夫人没有邀请你参加茶会吗？”他问。

她用手一拍自己的脑门，留下一条水渍。“我忘了！我不想去，我不喜欢那种场合。”

“可我专门来接你的。我来当你的司机，汽车已经在外面等了。”马斯鞠了个躬，西尔维亚笑起来。她是个三十岁出头的金发女郎，长得非常迷人。

“马斯，你真是个傻瓜。好吧，给我五分钟准备一下吧。”

马斯心想，女人可以叫他傻瓜，但她们其实非常敬仰他的。

“啊！”西尔维亚说，她看着马斯，马斯转过身，看到一个男人站在门口阴影中。他第一眼还以为是吉米呢，因为那人像吉米一样高大强壮，长着一样的金色头发。但是，当那人向前走过来时，马斯看到他的脸一点儿也不像。

“这是我堂兄阿尔弗莱德，他从南非过来看望我们。这是我们的邻居，马斯。”

“很高兴见到你。”马斯热情地与对方握手。两个男人走进客厅，马斯问阿尔弗莱德是不是第一次到英国。

“不是，不是。我对英国很熟悉，尤其南部。”

“你不到北方做生意吗？”马斯觉得自己问得很巧妙，这样阿尔弗莱德就不得不告诉他自己的职业了。但是，阿尔弗莱德只说了声对。

“我上班的时候，跟开普敦几家公司有联系。”马斯撒谎道。阿尔弗莱德没有回答。“你的家在那里吗？”

“不。”

这一否认使得他们谈不下去了。马斯觉得自己受骗了。如果对方不想说自己在南非的住址，他可以不说，但是只回答一个“不”字，可是太不礼貌了。他觉得阿尔弗莱德是第一次到这里来。

在去茶会的路上，他对西尔维亚说，她的堂兄似乎很不好相处。

“他？”西尔维亚很亲热地说，“你了解他后，就知道他很好相处了。”

“他说他经常到南部。为什么呢？”

“我也不知道。我想他在德班做出口生意吧。顺便问一声，马斯，你怎么知道吉米走了呢？”

“我看到他向你挥手告别。”这几乎等于说他从窗帘后窥视。

“真的吗？他离开时我还在床上呢。马斯，你骗人。”

“啊，我也不记得怎么知道的。”

他们把车开进大院，西尔维亚下了汽车，她看上去非常迷人，他很高兴跟她在一起。马斯喜欢漂亮女人，她们跟他在一起时，觉得很安全，虽然他没有意识到这一点。他认为自己是个很有礼貌、很有分寸的人。

但是，他意识到，西尔维亚独自一人与她的南非堂兄待在屋里，这有点儿不合适。我可能太老派了，马斯心想，不过，我不喜欢她那样。

茶会在屋后草地上举行。马斯知道这是一个非常一般的茶会，不过他还是从中得到很多乐趣。他恭维女主人茶会办得妙不可言，跟几位女士交换流言蜚语和一些丑闻。下午过得非常开心，回家的路上还津津乐道。

“他们都是些势利的家伙，”西尔维亚说，“我真不知道我为什么要去。”

“你好像过得很愉快，我非常嫉妒。”

三四个年轻人围着西尔维亚，她一听到他们说的笑话，就开心地大笑起来，笑声传遍整个草坪，马斯好几次看到曼娜夫人很不满地看着他们那群人。西尔维亚仰面大笑的样子非常迷人，不过，她毫无顾忌的样子有点儿过分了。

回家路上，马斯试图把这意思告诉她，但不知道她是不是听明白了他的意思。另外，他还询问吉米什么时候回来，用这种方式隐约告诉她，她与她的堂兄独处一屋是不妥的。她漫不经心地回答说，吉米过一两天就会回来。到家后，她请他进去喝杯酒。他谢绝了，他不想再见到阿尔弗莱德。

第二天晚上，半夜时分，马斯正在床上读书，听到有辆汽车开到隔壁。门关上了，有说话的声音。为了确证是吉米回来了，马斯下了床，轻轻掀起窗帘一角。一个男人和一个女人正从车库出来。女人是西尔维亚，那个男人搂着她，弯下腰亲吻她的脖子。然后他们向前门走去，男人笑着在说什么。昏暗的灯光下，那人看上去像是吉米，但是说话声音却明显是阿尔弗莱德的南非口音。

马斯赶忙从窗边跳开。

第二天，他去敲隔壁的门。让他大吃一惊的是，开门的是吉米。

“我——啊——以为你走了。”

“昨天晚上刚回来。有什么事吗？”

马斯说他想借他们的电动剪刀，他知道那是放在花园棚子里的。吉米领他到棚子里，把电动剪刀交给他。马斯说他半夜听到汽车回来的声音。

“对，”吉米说，“那是西尔维亚和阿尔，他带她去参加舞会。我累坏了，只想睡觉。”

“她堂兄从南非来？”

“对，从开普敦来。他要在这儿待一段时间，反正我们这里有空房子。”

他来自开普敦，还是来自德班呢？马斯注意到矛盾之处。

马斯的好奇心越来越强烈。他迫不及待地想知道，隔壁到底在干什么。当他归还电动剪刀时，他邀请他们到他那里吃晚饭，他还请了鲁西作陪。鲁西是一位已故将军的妻子，是当地历史协会的主席。马斯精心准备了许多精美的菜肴。

晚宴很不成功。鲁西穿着晚礼服，马斯穿着漂亮的西装，但是，西尔维亚穿了一件天蓝色裤子和一件衬衫，两位男士则穿着衬衫，没有打领带。他们到来之前显然喝了酒。阿尔弗莱德像喝水一样喝马斯的高档葡萄酒，还说这酒不如南非的好喝。

“阿尔弗莱德先生，你是从德班来的吧？”鲁西很傲慢地看着他，“我和我丈夫曾经到过那里，那儿非常美丽。你认识莫罗夫妇或帕格夫妇吗？他们开的舞会棒极了。”

阿尔弗莱德看了她一眼说：“不认识他们。”

“你在德班做出口生意？”

“对。”

大家很尴尬地沉默了一会儿，然后西尔维亚说：“阿尔想让我们去他那儿玩呢。”

“我希望你去，别管他，”阿尔弗莱德用大拇指一指吉米，“相信我的话，我们会玩个痛快的。”

“我相信你的话，”她仰面大笑起来，露出她漂亮的脖子。“我们在这儿已经忘了怎么玩了。”

晚宴中，吉米一直沉默不语。现在他开口了：“这儿的人没有钱，就像歌里唱的那样，正是金钱让这个世界运动起来。”

“英国的问题，就是太多的钱落入了不良之辈手中。”鲁西说，环顾在座的人，没有人想跟她争论。“现在有太多有钱的坏蛋。”

“我倒希望自己能有钱。”吉米说，打了个嗝。马斯吓了一跳，意识到他已经醉了。“我们身无分文，西尔维亚。”

“住口。”

“你不相信？”他开始掏空自己的口袋。这两个男人真是一个比一个差劲。马斯希望这顿饭快点儿结束，所以当鲁西起身离开时，他非常高兴。他送她到门口，他低声向她道歉，她要他别瞎想．她这顿饭吃得非常愉快。

他回到餐桌上时，阿尔弗莱德说：“这老家伙真是讨厌。你认识莫罗夫妇或帕格夫妇吗？那些人说不定早就死了。”

西尔维亚看着马斯，“阿尔，你让我们的主人感到震惊。”

“对不起，真的。我觉得他们应该把她风干了放到博物馆里。”

马斯很生硬地说：“我一点儿也不感到震惊，不过，我觉得这么评论一位女士，是很缺乏教养的。鲁西是我的好朋友。”

至少西尔维亚理解他的感受。她微笑着向他道歉，他马上原谅了她。然后她说，她该把两个男士带回家了。

“谢谢你的招待。”阿尔弗莱德说，然后他探过身喊道：“喂，醒醒吧，已经天亮了。”吉米坐在他的椅子上，已经睡着了。他们把他拉起来，拖回家去。

第二天早晨，马斯打电话给鲁西，再次向她道歉。她让他别再想这事了。“不过，我真是不喜欢那个南非来的家伙。如果他是个大坏蛋，我一点儿也不会吃惊的。坦率地说，我一点儿也不喜欢你的邻居。”

马斯说他完全理解。鲁西说，西尔维亚的眼睛太媚。她没有再往下说，转而讨论下一次历史学会的日程安排。

那天上午晚些时候，有人敲门。马斯打开门一看，吉米站在那里，脸有些发绿。“昨天晚上我们可能扫了你的兴。说实话，我和阿尔过来之前，已经喝了很多酒。我喝醉了，现在也不记得当时说了什么，不过，西尔维亚说我应该来向你道歉。”

马斯问西尔维亚的堂兄什么时候离开，吉米耸耸肩，说他不知道。马斯差点儿脱口对他说，他不应该让那个男人单独与西尔维亚在一起，不过，他忍住了。他是很好奇，不过他也很谨慎。

几天后的一个晚上，他正在花园种花，突然听到隔壁传来争吵声。一个是吉米，另一个是西尔维亚。他们在客厅里冲对方喊叫，不过，听不清他们在叫什么。马斯迫不及待地想知道他们在说什么。他沿着花园的栅栏来到离客厅最近的地方，总算可以听清几句了。

“非常讨厌它……为了让我不想才喝酒……告诉你我们必须等待……”那是吉米的声音。接着是西尔维亚的声音，冷冷的充满嘲讽。“又是老一套……我们他妈的还要等多久……你说过早就该结束了……”吉米的低语声，听不清在说什么。“我做什么不关你的事。”吉米回答了一句什么。然后她清晰地回答说：“我爱做什么，就做什么。”

“好吧。”吉米说，声音很大，吓了马斯一跳。然后传来响亮的耳光声。

西尔维亚说：“你这该死的——好啊。”

再没有什么动静了，一片沉寂。马斯等了五分钟，然后踮着脚尖悄悄离开。回到屋里，他全身发抖，不得不喝白兰地压惊。

这谈话什么意思呢？大部分话含义是明确的。西尔维亚说，她的婚外恋与她丈夫无关。但是，他们在等什么，什么早该结束了呢？与可憎的阿尔的交易？阿尔去哪儿了呢？马斯注意到他很少进村。

他睡得很不踏实，半夜里，一声刺耳的尖叫把他惊醒。他从床上坐起来，全身发抖，但是，再也听不到那声音了。他认为一定是自己做了场噩梦。

第二天，汽车不在车库。吉米又走了？他遇到西尔维亚进村购物，她说他突然接到一个任务，匆匆忙忙地走了。

“什么任务？”他知道吉米是个自由撰稿人。

“一家加拿大杂志。他到米德兰斯去了，可能要去几天。”

他应该谈谈吵架的事吗？但这可能是很不谨慎的，马斯没有进一步追问。就在那天早晨，马斯读到报纸上有关小银行抢劫者的报道。

小银行抢劫者这一新闻已经报道了好几个月了。他们对银行进行计划周密的抢劫，去年百分之二十的抢劫就是他们干的。他们带着武器，必要时会毫不犹豫地使用暴力。在一个银行中，一个高声尖叫的女顾客脑袋被打裂，另一个试图抵抗的保安被枪杀。他们专门抢劫小银行，有一个向匪徒提供情报的银行职员说，他们之所以专门抢劫小银行，是因为那里的保安措施比较弱。在这个银行职员被逮捕后，这些抢劫者销声匿迹了。过去三个星期一直没有他们的消息。马斯听说过小银行抢劫者，但并没什么特别的兴趣。他是个胆子很小的人，不喜欢读有关犯罪的报道。但是，今天早晨，报纸的标题引起了他的注意：“小银行抢劫者，与南非有关。”这一新闻报道是由记者德拉克·霍尔木斯写的。他说，苏格兰场已经知道了一些抢劫者的身份，其中的三四个人来自西班牙。文章写道：“但是，还有一条线索，一条更重要的线索。那些西班牙人是小人物。我的调查表明，组织抢劫并不惜使用暴力的人，来自南非。他们提供了资金和武器。几位目击者听到他们之间谈话，说他们有一种很奇怪的口音，这可能是因为他们用长筒袜捂着脸，但是，在接受我调查的人中，有两个在南非待过的人对我说，他们毫不怀疑那是南非口音。”

记者认为，这些人现在可能已经回到南非。但是，其中一人会不会还在英国呢？吉米和西尔维亚是不是窝藏了一个抢劫犯呢？更进一步假设，吉米和西尔维亚会不会是抢劫集团的成员呢？这些想法使马斯又害怕又兴奋。他该怎么办呢？吉米到底去哪儿了呢？

他又睡不着了，当他终于迷迷糊糊睡着时，他梦见阿尔弗莱德在敲门。这个南非人走进屋里，拿出一大沓钞票，说大家平分。他数出一沓，“咚”的一声扔到桌上。又数出一沓，又“咚”的一声扔下，第三次，“咚”的一声。还要多少？他想大声喊叫，想抗议，但是钞票不停地“咚，咚，咚，咚……”

他叫了一声，从床上坐起来。微弱的晨光从窗帘中照进来，外面花园传来他梦中的“咚咚”声。他过了一会儿才意识到，如果他走到窗户边，就可以看到是怎么回事了。他踮着脚尖走到窗户边，掀起窗帘。他全身在发抖。

外面还是黑乎乎的，声音来自邻居的屋后，他什么也看不见。但是，他仔细倾听那声音，明白了是怎么回事。有人在那里挖坑。铁锹挖坑的声音传进他的梦中，偶然会传来铁锹挖到石头上的声音。为什么大清早有人要挖坑呢？他想起昨天晚上可怕的尖叫声，当时他以为那是自己做梦。假如那是真的，那又是谁在尖叫呢？

挖掘停止了，两个人在说话，虽然他听不清在说什么。一个人的声音比较尖，无疑是西尔维亚。但是，另一个是阿尔弗莱德的声音吗？如果是的话，那么吉米到底离开了没有？

借着昏暗的天光，他看到两个人走进屋。男人拎着一把铁锹。但是，他低着头，马斯看不清他的脸，只能看到他强壮的身体。他毫不怀疑那是阿尔弗莱德。

那天早晨，他进了伦敦城。退休后，他很少进城。这个城市好像在不停地变化，变得他都不认识了，所以他每次进城都感到困惑和焦虑。他向一位熟人打听刊登那篇报道的报纸的地址，花了一个小时才找到德拉克·霍尔木斯。马斯把整个事情的来龙去脉讲给霍尔木斯听，霍尔木斯嘴里嚼着口香糖，眼睛盯着办公桌，偶尔点点头应一声。

“嗯，”他最后说，“谢谢你，马斯先生。”

“你准备怎么办？”

霍尔木斯吐掉口香糖，考虑着这个问题。“那篇报道发表后，人们纷纷打来电话，说他们看到过抢劫犯，说他们的房东就是其中之一，说听到两个南非人在讨论如何分赃。你知道有多少人这么说吗？一百一十一个人。一半的人是神经过敏，一半纯粹是瞎说。”

“但是这可不一样。”

“他们都不一样。我之所以见你，是因为你的熟人是我的老朋友。但是，你说的这有什么联系呢？丈夫和妻子吵架，丈夫走了，南非堂兄挖一个花坛——”

“那么早？”

记者耸耸肩，“人就是很怪的。”

“你有没有卷入其中？如果我可以认出阿尔弗莱德——”

霍尔木斯又扔了一颗口香糖到嘴里嚼着，拿出几张照片。没有一张跟阿尔弗莱德相似的。记者把照片收起来放好，说：“就这样吧。”

“你不到乡下亲自调查一下吗？我告诉你，我相信他们已经杀了人。阿尔弗莱德是她的情人，他们一起杀了吉米。”

“如果阿尔弗莱德真是在逃的抢劫犯，他现在最不想做的，就是卷入这种事情。马斯先生，你知道你出了什么问题吗？你的想象力过于丰富了。”

他要是认识苏格兰场的人就好了！但是，他们对待他的态度，不一定比记者更好。他回到乡下，心中充满挫折感。让他吃惊的是，西尔维亚从另一节车厢出来，兴高采烈地向他打招呼。

“你好，马斯。我刚刚送走阿尔。”

“送走阿尔？”他愚蠢地重复道。

“回南非。他接到一封信，他们要他回去。”

“回德班？”

“对。”

“吉米说他来自开普敦。”

“他那么说吗？吉米经常搞错。”

马斯天生喜欢向女人献殷勤，即使他怀疑对方是一个同谋杀人犯。“现在你又一个人了，你应该过来喝茶。”

“那太好了。”

“明天怎么样？”

“那就一言为定了。”

他们到达他的平房。她用两个手指按了按自己的嘴唇，然后用它们触摸他的面颊。屋里电话铃响了，是霍尔木斯打来的。

“马斯先生？我想你是想知道这消息的。你的邻居吉米像他自己说的，是个自由撰稿人。有一两个人认识他。我听说，他不太成功。”

“你对我告诉你的事产生兴趣了！”

“我总是愿意尝试的。不过，这件事看来没什么希望。”

“阿尔弗莱德回南非了，非常突然。”

“是吗？祝他好运。”

马斯的胜利感消失了，他连再见也没说，就挂断了电话。

他的想象力真的过于丰富了吗？第二天，他为西尔维亚的来访做了一些点心，两人吃得很愉快。然后，他提出了困扰他的问题。

“那天早晨在花园里挖什么啊？”

西尔维亚看上去吃了一惊，她正在吃的饼干掉了一块在她衣服上。她叫了一声，拂去碎屑，然后说：“对不起，打扰你了。那是蒂米。”

“蒂米？”

“我们的猫。它一定是吃了有毒的东西，死了。可怜的蒂米。阿尔挖了一个坟，我们把它埋了。”她接着说，“我们周末就要离开了。”

“离开？”他简直不敢相信。

“对。你知道，我非常喜欢伦敦，一直非常喜欢。我们住到这里来，是因为吉米要写东西，可是他并没有写出来——他总是有事被叫走。如果到伦敦，我可以找到一份工作，挣一点儿钱。现在这是很需要的。如果没有阿尔的帮助，我不知道我们会是什么样的。我们到这里来，真是发疯了。不过，当时我们的确脑子有问题。”

周末，西尔维亚走了。屋子出租的时候就带着家具，所以她只带走了几个箱子。她过来告别。没有吉米的影子，马斯问起他。

“还在忙他的工作。不过，反正他也不想回来帮忙，他讨厌这种事情。再见，马斯，希望我们再次见面。”她吻了吻他的面颊，开着租来的车走了。

她离开后，马斯仔细一想，才发现她留下许多未解之谜。小到她的联系地址，大到为什么那么早为猫挖坟墓。他发现自己越来越怀疑她说的话。他听到的争吵，也许可以用缺钱来解释，但是，吉米没有回来帮着搬家，却显得非常奇怪。

他们住过的屋子被锁起来，没有人住，不过要进花园是很容易的。很难看出他们挖得有多深，但是，从两边的宽度看，应该是很大一个坑。这坑对一个猫来说，似乎太大了些。西尔维亚离开一个星期后，有一天，马斯心血来潮，拎着铁锹走进花园，开始挖起来。这是件很累人的活，他挖到两英尺才发现尸体。是那只猫的尸体，他隐隐约约记得在屋里见过这只猫。但是，西尔维亚所说的猫的死因是不真实的：猫的脑袋被打碎了。

马斯厌恶地看着死猫，开始把土铲回去。就在这时，他听到外面路上有人叫他。他转过身，看到哈里斯警官站在一辆自行车边，马斯心一沉。

“啊，是你啊，马斯先生。我还以为是谁想破门而入呢，以为有人想挖个地道钻进里屋呢。不过，也许这是你自己的屋子，你一不留神被锁到外面了。”哈里斯特别欣赏自己说的笑话，说完后，就开心地放声大笑起来。马斯也跟着干笑了几声。

“不过，说真的，你在隔壁邻居花园挖什么呢？”

他能怎么回答呢？说我本来想挖出一个人，不料却挖出一只猫？马斯绝望地回答说:“我——呃——我丢了东西，以为它会在这里。我正在地上找呢。”

警官摇摇头，“马斯先生，你闯进别人家了。这不是你家。”

“你说得对，当然不是。我再也不会这么做了。如果你能忘了这事，那我就太高兴了。”他向警官走去，手里拿着一张钞票。

“没有必要这样，先生，你这是贿赂，这本身就是违法的。算了，这件事我就不向上汇报了，也不进一步追查你为什么这么做。不过，我郑重告诫你，以后再别闯进别人家了。”装腔作势的傻瓜，马斯心想，不过嘴上却连连做出保证。他急急忙忙跑回自己花园，觉得自己这样子一定很可笑。哈里斯警官一本正经地跨上自行车走了。

事情差点儿就这么结束了。

隔壁的房间空了好几个星期后，又租给一家名叫霍布森的人，他们家有两个特别闹的孩子。马斯尽量不跟他们来往，他不愿被人当成傻瓜。另外，他意识到自己不愿再到隔壁家去。

第二年春天，他去撒丁岛旅游，开着车四处闲逛。他慢悠悠地开着车去西海岸，在那些小镇上体验休闲的感觉。那天，他正在一个广场边喝饮料，突然听到有人叫他的名字。

是西尔维亚，她晒得很黑，他差点儿认不出来了。“马斯，你在这里干什么啊？”

他说他在旅游，然后问她在这儿干什么。

“我到这儿来购物。我们在山坡上有一栋房子，你应该过来看看。亲爱的，瞧谁在这儿。”黑乎乎的吉米大步走了过来。像西尔维亚一样，他似乎精神状态非常好，他热情地邀请马斯去他们家坐坐。他们家在离小城几英里的一个山坡上，是一排白色的平房。他们坐在院子里，吃着烤鱼，喝着当地的白葡萄酒。

马斯的好奇心又复活了。他想不动声色地问些问题。喝咖啡时，他说他猜吉米到这儿，是因为有任务吧。

答话的是西尔维亚。“不，不，他的书出版后，他就不干了。”

“书？”

“让他看看，吉米。”吉米走进屋里，拿了一本书出来，书名为《我动荡的生活》，由索拉纳口述，吉米采写。

“你听说过她吗？”

他当然听说过她。她是位著名的女演员，脾气很坏，结过五次婚，有过无数风流韵事。“她同意吉米给她写本传记，这真太幸运了。当他采访索拉纳时，为了保密，我们不得不假装说他有别的任务。”

吉米插话说：“她有时会取消约会，说她心情不好，不想谈。几天后，她会突然要求我赶过去。西尔维亚就开始发脾气——”

“我以为他跟她有婚外恋，她的确很喜欢他。他发誓说他跟她没有不轨行为，但我不相信。不管怎么说，这挺值的。”她打了个哈欠。

“这本书很畅销吗？”

吉米咧嘴一笑，他的牙显得非常白。“是的，我可以就此离开报业了。”

这就解释了他们的争吵、吉米的突然离去和不回家的原因。几杯当地烈酒下肚后，马斯觉得自己喝多了。他还有问题要问，可是他不记得那是什么问题，直到他们开车送他回旅馆时，他才想起来。

“你的堂兄怎么样？”

吉米在开车。“堂兄？”

“阿尔弗莱德先生，西尔维亚那位从南非来的堂兄。”

西尔维亚坐在后面，她说：“他死了。”

“死了？！”

“车祸。在他回到南非后不久。很可悲，是吗？”

此后，他们很少说话，一直等车开到旅馆，他们才热情地挥手告别。旅馆的客房很闷热，再加上他又喝多了酒，马斯一倒在床上就睡着了。几个小时后，他全身汗津津地醒来，不知道该不该相信他们告诉他的话。代别人写一本书，能挣到一大笔钱，竟然可以到撒丁岛上隐居？这似乎不可能。他躺在黑乎乎的床上，突然，他觉得自己弄清了事情真相。

阿尔弗莱德是小银行抢劫者之一，他到吉米家，是为了暂时隐藏一段时间。他身上带着抢来的那笔钱，为了得到那笔钱，他们决定杀死他。他们为何时杀死阿尔弗莱德而争吵，把马斯吵醒的声音，则是阿尔弗莱德临死前的叫声。

那天晚上，吉米只是假装离去，很快又回来帮西尔维亚处理尸体。吉米挖了坑，他们把阿尔弗莱德放进去，然后他们又杀死了猫，把它放在尸体上面的浅坑上。最让马斯感到恐惧的是，他们恶狠狠地打碎猫脑袋的行为。

他停止旅游，马上乘飞机赶回去。回到家后，他走到挖出猫尸体的地方。霍布斯一家在那个地方种上了花。他听说，种在坟墓上的花开得特别灿烂。

“马斯先生，我希望你没有闯进别人的住宅吧？”

又是哈里斯警官。

马斯摇摇头。他在旅馆想象的可能是真的，但也可能是假的。如果他到警察局报案，说服他们相信他的话，重新挖开这块地，最后却什么也没发现，只发现那只死猫，那会怎么样呢？他会成为所有人的笑柄。

马斯知道他什么也不会说。

“我想，你那天晚上在这儿挖坑，是很奇怪的。”哈里斯警官说。

“对，的确很奇怪。”

“那些花很漂亮，看到它们，你一定很高兴。”

“对，”马斯说，“那些花真是灿烂啊。”

诱　惑

老马特·斯卡西用赤裸多毛的双臂不停地向后放着绳索，同时扭过头朝杰克咧嘴笑了笑。这位年轻人努力跟上他的速度，当老马特把它拖进来时，他转动着索具使其就位。拖拉大围网的浮子上下浮动已经超出了位置，由于网中捕到很多鱼使它们沉入水中。

“我从行政司法长官那儿赢了两美元。”马特喊道。

杰克听到他的话停了下来。他看着他那发红的手，磨起了泡，这是在他叔叔的渔船上拖绳索磨的。他把双手抱在腋下。

“你希望。”他评论道。

马特笑了：“它是个荡妇[①]。我跟他打赌说我这趟能捕到六千美元的鱼。这种鱼卖三百美元一吨——我们差不多已经捕到二十吨了。”

“行政司法长官为什么会打这么笨的赌呢？”

“他以为我还在捕沙丁鱼。”马特说，“那些小沙丁鱼他们用来做罐头。但我骗了他，我在捕长鳍金枪鱼。”

杰克什么也没说。如果捕到的鱼值六千美元的话，对他倒是蛮合适的，因为这次出海，他打算为自己弄到鱼、船以及一切。马特使这成为一种可能，杰克不是那种对容易到手的钱轻易放弃的人。他会在季末卖掉“奥尔戈斯”号赚几千美元——它是艘漂亮整洁的渔船，可以同任何一艘从圣伊莎贝尔驶往海上的船只媲美。

杰克来渔港前一直在躲避征兵，当时他来探望他的叔叔马特·斯卡西不过是

---

① 这里是船的意思。——译者注

为了向兵役局隐瞒他的行踪。马特叔叔相信了他那匆忙拼凑的故事，把他带出海来干拖网的活儿。

杰克想，这是什么工作呀，在一小片银色的海洋上不停地劳作，腰酸背痛。不过视线不清的大雾笼罩着渔船，这倒是个完美的藏身之处。在这些西部海上跌宕起伏的区域里，完全同人类和上帝隔绝了。

老马特将这个主意告诉给杰克。他说，如果他发生什么事的话，就把船送给杰克。马特是个单身汉，这使他那忧郁的侄子摆脱了孤独，也使他成了个幸运儿。

“杰克，”他说，“你是我亲妹妹的孩子。如果我出什么事的话，你把我的船，我的房子，我的一切都拿去好了。”

“你会出什么事？”

马特摇了摇头：“我可能会掉到鱼肚子里窒息而死，也可能会死于发动机爆炸……”

给行政司法长官格雷夫斯留一张书面条子也是马特的主意，声明在他死后，将他的所有财产都给杰克。行政司法长官将这份粗略的遗嘱放进杂乱的桌子里，然后严肃地朝马特点了点头。事情就这么定了。

马特将在这次出海中死去似乎已成定局，对此杰克心里非常清楚。

杰克走到马特后面，手里紧握着捻绳用的铁笔。他说：“网破了，是吗？”当马特凝视着大雾的时候，他举起了双臂，用力击中了这位老人的后脑勺。马特摇晃了几下，转过身来，眼睛里充满了被出卖、疑惑和受到伤害的神情。杰克又打了他一下，滑过太阳穴，这次马特的膝盖弯了下去。他头朝下栽进了开着的舱口，掉到了鱼堆上。

杰克把网拉上来，将那些闪闪发亮、活蹦乱跳的鱼倒在了失去知觉的老人身上。

在圣伊莎贝尔还未卸载的码头边上，有几十双热切的手等待着要将“奥尔戈斯”号拖到它的泊位上，一群声音在呼喊它的名字，这是第一次当“奥尔戈斯”号返航时老马特没从高高的船桥上向人们招手。肯定有麻烦了，就像是那面小小的美国国旗在倒着飘扬一样。杰克跌跌绊绊上了岸，对人们的发问只是摇头，然后步履蹒跚地沿街走向行政司法长官格雷夫斯的办公室。

“出什么事了？”行政司法长官问。

“马特掉到鱼舱里了。”杰克说，“我够不着他——他直直地掉了下去。他现在还在那儿，憋死了。”

行政司法长官摇了摇头，嘴里发出同情的“咯咯”声。“我一直担心会发生这样的事情。”他说，“马特老了，他也不够小心。”他从椅子上挺起肥胖的身体，走到办公桌前。“嗯，”他说，“这是那份文件，他的财产都归你了。”

“你觉得我是否应该扔掉那些鱼，既然……”

如果行政司法长官对这个问题的实际性感到惊奇的话，他不会流露出来的。“我不会。”他说，“赶紧卸船，你没必要扔掉捕获的鱼。”

杰克走到门口又转过身来。“还有件事，”他说，“马特赢了你的赌注。我可以要过来吗？”

“他打了价值六千美元的沙丁鱼？”

“金枪鱼。他是在捕长鳍金枪鱼。”

“你们鱼舱里全都是长鳍金枪鱼？”

杰克点点头。行政司法长官揉着肥胖的下颌很快眨了几下眼。

“马特不是掉下去的，”他说，“你杀了他。”

杰克悠闲地靠在门上，目光同行政司法长官瞪大的眼睛对视着：“你很难去证实，格雷夫斯。”

行政司法长官大声清了清嗓子，然后说：“不难。对于任何了解鱼的人来说都不难。一个人是不会陷入到金枪鱼里的，杰克。而沙丁鱼，会的。掉到它们那样小的鱼堆里，他会马上沉下去。长鳍金枪鱼，嗯，或鲑鱼，他只会把屁股陷进去。”

他迅速走到杰克跟前，啪地把手铐铐在了他的手腕上。

“如果你是一个稍好点儿的渔民的话，”他以指责的口吻说，“你会拿上你所捕获到的东西，而不会要这两美元的诱饵。”

鸟已飞去

黑色大门非常厚实，材质是紧密压合的柚木。上面写着一个金色的藏汉文字，笔画大而粗，有一英尺高。台阶上我们的脚磨出来的光面使得金字发出坚硬的亮光。

“就是这个地方，好了。”麦克德米德咕哝着说。

他用短粗的拇指按了下按钮。里边老远的地方传来当的一声铜铃声。

当我们等的时候，麦克德米德蓝灰色的眼睛在我身上扫了下。像往常一样，他那带有伤疤、突出的下颌会停止咀嚼口香糖，惊奇地垂下来。见到一个大学毕业的警察，对他来说似乎难以应付。

我常常会面红耳赤，同几年前我在布林莫尔一样。我在伯克雷警校受过的训练对于我在洛杉矶同麦克德米德在一起并没起什么作用。

我们一起在便衣队的两周里，麦克德米德从来没跟我开过任何粗野玩笑。而我一直在等着他将火柴放到我鞋里，或将图钉放在我的椅子上。

“这是什么地方？”我问，看着带有金色藏汉文字的黑色大门。

麦克德米德耸了耸肩，又用拇指按了按按钮，里边的铃响了。“我所听到的，只是另一个骗人的宗教机构，在洛杉矶到处都是。在那里，现金消费者们咏唱东方圣歌。当他们不是在吃水果，或是坐在那里注视他们的肚脐时。”

此刻，他们正在唱着东方圣歌。厚实的柚木门“咔嗒”一声打开了。一阵低而有节奏的歌声扑面而来。

“您先请，阿方斯。”麦克德米德说，然后走在我前面，嘴里嚼着他的口香糖。

我们是在一个很大的院子里。院子里的地面上铺着砖。许多身穿黄色丝绸祷告袍的男女，盘腿坐在地面上唱圣歌。冒着烟的火钵散发出阵阵古老而沁人心脾的香味。

沉重的柚木门是电动的，此刻它又在我们身后合上了。门栓合上时发出的撞击声吓了我一跳。这声音听上去就像是在永恒地回荡。

“干了二十年的警察，”麦克德米德低声说，“我当了二十年警察了，结果怎么样？局里别的人正在为寻找瓦莱里·霍姆斯的绿色钻石把洛杉矶弄得翻天覆地，而我得到了什么？竟派我到这个私人疯人院来对一个可疑家伙进行常规搜查。”

“据说这个可疑家伙有枪。”我提醒他说。

“这是不对的。”麦克德米德带着受到伤害的口气坚持说，“当那个女电影明星的绿色钻石被偷后，他们为什么不让我插手干点儿好事？”

我没敢笑。麦克德米德是个好警察。他那肥大的、向前突出的下颌上带着白色的伤疤。二十年来，他一直自信地翘着它穿梭于公众与公众的敌人之间。但是，他不是办瓦莱里·霍姆斯案件的那种人。

“不知道谁是这个鬼地方的头儿？”

麦克德米德严肃地看着那些身穿黄袍的唱歌者。他们好像没有看到我们。回荡于院中的沉闷歌声像令人昏昏欲睡的浪涛声。

“Om mani padme hum, om mani padme hum。”[①]我随着圣歌的节奏咕哝着。

“那是什么？”他用蓝灰色的眼睛斜看着我问。

“Om mani padme hum。我在一本有关西藏的书里读到过。它的意思是‘荷花中的宝石’。”

麦克德米德不再嚼口香糖了，下颌停了下来，垂下有一英寸。“是吗？”

我脸红了。警察们是不会了解西藏的。每次当我说出这样的话时，我只是想他能一直把我当成一个警察兄弟。

“‘荷花中的宝石’？”一个男人深沉而又过于平静的声音从我们背后传来。

我们迅速转过身来。他高高的个子，大约有四十岁，像其他人一样穿着黄色的丝绸祷告袍。黑色的卷发簇拥着他的耳朵。眼睛就像镶嵌在一张白色面孔上的黑玛瑙。

“我猜想你们是警官吧？”他说。

“找个地方，我们谈谈。”麦克德米德哼着鼻子说，接着又嚼起他的口香糖来。

身穿黄色丝绸祷告袍的人慢慢地做了个手势表示同意。他的双手看上去宽大而有力，好像是在中西部的农场上握着犁把儿长成的，只是有些白，而且还修

---

① 佛教里的六字真言。

剪过。

我们跟着他穿过一道普通的门，走进了一间用玻璃砖和铝合金装饰的办公室。一进去，他就改变了原来那种缓慢的、梦游般的行动方式。“我叫罗伯特。”他说，然后同我们握了握手。

当他紧握我的手时，我的关节发出了“咔咔”的声音。

“好了，瑞波斯。”麦克德米德单刀直入，“你叫的警察，有什么麻烦了？”罗伯特打开桌子的一个抽屉，将一把蓝钢点三八左轮手枪放在吸墨纸上。

麦克德米德粗略看了一眼。“老式手枪，”他说，“枪号给磨掉了——我是说——锉掉了。”

他把枪递给了我。“将枪号锉掉是浪费时间。”我提醒他说，“显微摄影甚至可以把它从另一边拍出来。将号码打进钢里用的压力改变了它的分子结构。”

麦克德米德停下咀嚼口香糖的动作，用眼睛盯着我。他的下颌又垂了下来。

我先是感到脖子发热，然后是耳朵。我又这么做了。突然间，我不得不将对麦克德米德的盲目和不合逻辑的恼怒压下去。我将它吞下去，直到它在我内心深处成了一根隐约作响的导火索。

我将枪丢在吸墨纸上。麦克德米德顺手把它装进口袋。“你从哪儿弄到的这玩意儿？”他问罗伯特。

罗伯特那白皙但像钢一般的手指在盘子上面犹豫了下，盘子里装满了熟透的杏，然后他拿了一个。“许多人，”他以温和的口气说，“来这里进行精神静修。自然，他们中间许多人受到了个人痛苦的极度困扰。但我们不会询问其……”

“你到底是从哪儿弄来的这把老式的枪？”麦克德米德打断他说。

“从一个叫哈德塞尔的客人的行李里。”罗伯特叹口气答道。

“你检查所有来这里人的行李？”

罗伯特抗议地伸起他白皙的双手。“当哈德塞尔在房间里打开行李时，我的一个菲律宾男佣看到了这把枪。他报告给我。我让他把枪拿掉，然后立刻就报了警。”

“我们要拘留这个哈德塞尔。”麦克德米德做出决定，“加利福尼亚法律禁止携带老式手枪。”

我张了张嘴，然后很快又合上了。

“你要说什么？”麦克德米德蓝灰色眼睛深处微弱地闪烁了下。

“根据法庭最近的决定，”我生硬地说，“加利福尼亚的老式手枪法已经失去了效力。”

“它仍然还写在法律条文里，不是吗？那么，我们就去拘捕这个哈德塞尔。走吧。”

罗伯特领着我们穿过凌乱的大楼走进一个带阳台和二门的大厅。“这是餐厅，”他说话时优雅地挥了下手，“是我们集中吃饭的地方。一些客人的房间与阳台相隔，有一些在下面的侧翼。”

他说话时，一个阳台房间关闭的门里传出一个女人的声音。

声音里带着强烈愤怒的尖叫。“你是说你让那个金丝雀从你鼻子底下溜走了？”

一个男人低声咕哝着回答。罗伯特停了下来，深深吸了口气。“别这样，韦德夫人！”他粗声说。

他那低沉柔和的声调传遍了整个空间。阳台房间门开了，走出一位身着黄袍的红发女人。她看着我们，在堆积的红发下，脸显得很苍白。我看到她的指关节在栏杆上变白了。“我……我很抱歉，罗伯特博士。”她声音沙哑地说，“我丈夫让我们的金丝雀从笼子里飞走了。我想我有些生气。”

罗伯特举起一只钢铁般粗硬却又优雅的手，在空中连续落了三下。“镇定，镇定，镇定！”他轻声说。

“是的，罗伯特博士。”她小声说，眼睛盯住他的眼睛，就像鸟儿盯着蛇一样。

罗伯特转过身去，领我们下到底楼厢房到28号房间。他用弯曲的手指轻轻敲了敲门。

没人应声。他又敲了敲，然后掏出一把万能钥匙。刚一碰到门，门就开了。我们走进去，我的胃里马上开始翻腾起来。

虽说新警察也要习惯于看到尸体，但对面前这具坐在玫瑰色缎面椅子里的死尸，看到死者张开的大嘴上流露出极度扭曲的痛苦，肯定也会像我一样感到震惊。我不得不把视线移开了。

麦克德米德把一个手指伸到破旧的领子下面，好像六月的夜晚对他来说太热了。

“那是哈德塞尔吗？”他咕哝着说。

罗伯特钢铁般的白手不停地开合着。“是的。”他说。

哈德塞尔肥胖的脖子柔软地耷拉在玫瑰色缎面椅子背的外边。他的眼睑睁开着，眼睛向上翻，所以只能看到黄白色亮光。面颊的颜色像生牡蛎那样潮湿发亮。

“他的手，”我小声说，“看他的手！”

麦克德米德俯下身去看那些满是血的手指。死者的手腕被两条打结的毛巾绑在缎面椅子扶手上。

有人剥下了哈德塞尔的三个手指甲。

房间里乱成了一团。衣服扔得到处都是，衣柜的每一个抽屉都被抽了出来倒在地上。

麦克德米德谨慎地打开哈德塞尔穿的梅红色晨衣。

有婴儿拳头大小的一块黑色东西掉了下来，因为有一根黑色丝绳系着而悬于半空。

这是个厚厚的高倍放大镜。我看了看上面厂家的名字。"'蔡斯，阿姆斯特丹'。我在想，他拿一个宝石商用的十四倍放大镜干什么用。"

"或许想用它来看他的肚脐。"麦克德米德哼着鼻子说，一边摸了摸死者的胸部，抱着极小的期望看他是否还有一丝心跳。

"没有弹孔，"他若有所思地说，"也没刀伤。你说是什么东西结束了他的性命？"

"椅子边的地板上有条扭着的毛巾。"我指出，"袭击者在折磨哈德塞尔时将他窒息而死。当哈德塞尔昏过去时，他取下毛巾试图让他再活过来，但是已经来不及了。哈德塞尔有心脏病。"我下结论地说："可能是心室纤维性颤动，由于巨大的情感压力施加在不那么健康的……"

我止住了自己。麦克德米德的眼睛闪烁着嘲笑的神情。这次，他没有停止嚼口香糖。

"你见没见过一个家伙把人的脖子给拧断？"他问我。

我看了看哈德塞尔的脖子柔软地耷拉在椅子靠背外边的样子。"我猜你是对的。"我低声说。

难以忍耐的气愤萦绕在我的胸膛。麦克德米德把我当傻瓜愚弄的方式使我感觉到在我内心燃烧的那根导火索越烧越短了。

麦克德米德转向了罗伯特。"这里谁是最后一个见到哈德塞尔的，他活着的时候？"

罗伯特黑玛瑙似的眼睛没有避开麦克德米德蓝灰色眼睛的逼视，但他说话时嘴唇流露出不安："可能是八点钟时拿了一打杏过来的菲律宾男佣。"

罗伯特朝靠近窗户的桌子挥了下白皙优雅的手："在桌子上你会看到一个银碟，里面有整整十二个杏。我们的客人们被告诫，在他们精神静休的头二十四个小时里，除了这种水果之外，不允许吃任何别的食物。"

麦克德米德大步走到桌子跟前："完全相符。十二个！把那个在八点钟把它们拿来的男佣给我找来。”

罗伯特招来的菲律宾男佣身穿白夹克和淡粉色便裤。他的头发又黑又亮。一看到椅子里的尸体，他的白眼球马上变大并呆住了。

“你叫什么名字？”麦克德米德威严地问。

“乔奎恩，长官。”

麦克德米德十五分钟的询问无法发现乔奎恩的话有什么破绽。

他在八点钟时把水果拿来。这里除了哈德塞尔先生以外，没有别人。“我现在可以走了吗，长官？”

麦克德米德点点头。“快回你的住处去，不要走漏风声。”

当麦克德米德询问乔奎恩时，我查看了这个凌乱的房间，甚至查看了废纸篓。除了一个湿的杏核外，里面空空的，但是在篓的后面靠着踢脚板的地方，我看到的东西让我起了一身鸡皮疙瘩。

谁随意扔掉的一把带骨头把儿的小刻刀。一片指甲，一些牙根以及所有的东西都粘在刀刃上。麦克德米德看到了我脸上的表情。“你最好出去一会儿换换气儿。”他嘲笑地建议道，“你可以回到罗伯特的办公室去，打电话叫验尸官和摄影师来。”

我们的目光撞在一起，就像是迎头碰上一样。我把头转了过去，脸红了并且开始有点儿发抖。即使是两分钟，我也很高兴离开麦克德米德。

我在罗伯特的办公室打了电话。在返回的路上，当我穿过大而空的餐厅时，红发女人正站在外边的楼梯上。

她晃了晃空空的金色鸟笼。

“求求你，能帮我吗？”她恳求地说。

“这只金丝雀仍然在外边飞着。瞧——在餐厅那儿飞来飞去的。我丈夫居然让它逃出了笼子！”

一只黄绿色的金丝雀扑棱着落在阳台栏杆上。“把笼子打开放在它能进去的地方。”我告诉红发女人，“让门开着。然后我们一叫嚷，它就会飞进去了。对它来说，它的笼子意味着安全，明白吗？”

还真管用。这位红发韦德夫人谢过我，回她房间时扭头向我淫荡地瞥了一眼。

“在伯克雷警校他们也教你这个了吗？”麦克德米德想知道。

他和罗伯特站在哈德塞尔的门口看着。麦克德米德的眼神中带着嘲讽。

我把在我心中翻腾的大部分反驳的话都咽了回去。只是从咬紧的牙关中低声挤出一句话。但这句话马上被回荡于楼下的走廊里的惊恐狂叫声淹没了。

“那是从哪儿传来的？”麦克德米德质问道，新的情况使他有些兴奋。

“从楼脚下菲律宾佣人的住处。”罗伯特不安地告诉他。

“快带我们去！”麦克德米德命令道。

我们及时冲进佣人住所，从乔奎恩——那个穿粉色便裤和白夹克的男佣手里夺过一把六英寸长的刀。

惊恐的尖叫来自一个丰满而脸色灰白的菲律宾人，乔奎恩刚才试图把他堵在桌子后面。

“这里发生了什么事情？”麦克德米德询问道。

“他偷的玛丽亚！”乔奎恩气喘吁吁地说。

“我是借的玛丽亚！”年龄较大的菲律宾人坚持说。

麦克德米德看了看罗伯特。“谁是玛丽亚？”

“乔奎恩有只金丝雀叫玛丽亚，我想。”罗伯特解释说，同时朝他们皱着眉头。

麦克德米德停止了嚼口香糖。“金丝雀！”他叹道，“难道没有它们，我们还不够乱吗？好吧，乔奎恩，从头说起。”

乔奎恩差点哭了。“你叫我去哈德塞尔先生房间谈他死的事。我上去的时候，我的门是开着的，玛丽亚就卧在它的笼里。等我回来的时候，玛丽亚被偷了。不见了！”

麦克德米德又看了看另一个男佣。“我把玛丽亚和笼子借给韦德夫人了，她给我二十美元。”那个丰满而脸色灰白的菲律宾人承认说。

麦克德米德眯起眼睛。“乔奎恩，今天晚上你就可以拿回你的鸟了。现在你俩都给我闭嘴。不要再玩刀子了，明白吗？”

我们又回到楼上哈德塞尔的房间。麦克德米德转过来对我说：“让韦德夫人和她丈夫到哈德塞尔房间这儿来。我想问他们一个问题。”

“为什么？”我想知道。“在我看来，她挺好。”

“是的，挺丰满。”麦克德米德冷冰冰地说，“还是去把她叫来吧，还有她的丈夫。”

他话里所带的嘲笑使我的脸又红了。我张开嘴要告诉他见鬼去吧，但还是咬牙忍住了。

我不会给他机会让他打报告说我不服从的。

红发女人的丈夫身着黄色丝绸祷告袍，秃顶且瘦削。他和他的妻子一看到缎面椅子里哈德塞尔的尸体，就提出了受到惊吓的抗议。等他们平静下来，麦克德米德把门关上并锁住了。

“嗯？”他指使道，眼睛看着我就好像下一步该我了，而我却蠢得搞不明白。

此刻，血液冲击着我的太阳穴就像木槌在敲打一样。“是你想问他们问题的。”我提醒他。

“你来问。”麦克德米德咕哝着说，“你那专业的犯罪学课程没有告诉你该问什么吗？”

他灰蓝色眼睛里闪烁的嘲弄使我浑身发抖，像一条落水狗一样。我的声音也颤抖起来。“你是说问他们为什么暗害了哈德塞尔？如果你要叫我去问的话，我会去问罗伯特！”

罗伯特背对门站着，用黑玛瑙似的眼睛瞪着我。他那钢铁般的粗大手指握起来又伸开，打开又合上。

麦克德米德叹了口气。“韦德夫妇，”他轻声说，就像面对的是个智力不健全的孩子，“是韦德夫妇害了哈德塞尔先生。”

他没有理睬这对已婚夫妇的抗议。

“你凭什么认为是他们干的？”我声音沙哑地说，同时尽最大努力克制自己以保持对上级的尊重。

麦克德米德高高扬起眉毛，惊奇地看了我一眼，样子有些夸张。“嘿，当然是凭金丝雀了。”

“金丝雀——金丝雀——金丝雀！”我噎住了。“如果金丝雀和谋杀有关系的话，我就吃了它！”

透过一团粉色烟雾，我看到麦克德米德正咧着嘴对我笑。在我们一起工作的两周里，这是他第一次对我笑。

“年轻人终于知道怎样才能恼火，”他高兴地说，“就像别的警察一样！”

我发现我的右拳已做好了出击的准备，眼睛也已在麦克德米德那带伤疤、突出的下颌尖上找好了地方。

“忘了吧！”麦克德米德看出我脸上的表情，轻声笑着说。

他用手掌推了我一下，使我打了个踉跄。“我一直在想，你什么时候能从你那斯文的大学教育中跳出来，变得实际些。”

“哎，”扫了一下韦德夫妇，他又说，“帮我盯住他们一会儿。”

他走到窗边的桌子那儿。

韦德夫人身穿黄色丝绸祷告袍，站在那里发抖，眼睛一直盯着椅子里哈德塞尔的尸体。她那瘦小秃顶的丈夫不安地从一只脚到另一只脚变换着姿势。

他那明亮、锐利而又火辣辣的眼睛以及缩头看我的样子使我想起了什么，但我仍在气头上，顾不上去仔细想。

麦克德米德从盘子里挑了两个好杏，拿了过来，一个留给自己，一个给了我。“你为什么不说你一开始就很实际？给，吃个杏吧，看上去挺新鲜的。”

他意味深长地瞥了一眼缎面椅子里哈德塞尔那肥胖的尸体。“当然，除非你的胃很容易吃坏。”

他把他那个杏子塞到嘴里，大声嚼了起来。我也照着做了。尽管它噎住了我，我还是把它吃了。我不想让麦克德米德看到，面对死人，我有新警察那样的不舒服感。

“别把核吞下去了。”麦克德米德笑着说。

我的牙“嘎”的一声咬住了一个比杏核还要硬的东西。

我把它吐在了手掌里。这东西闪烁出绿色的光芒。“见鬼！”我简直说不出话来。“这是什么？”

“当心！”罗伯特用低沉的声音叫道。

蓝色的手枪在红发女人丈夫的手中响了。他那滚烫而又明亮的眼睛迅速扫了一眼我手中的宝石，枪上面向前伸出的瘦小的脑袋使我想起来了——美女猎手。

等我掏枪时已太晚了，麦克德米德的枪在我左侧响了。

一颗子弹打得韦德转了一圈，手枪从他柔软的手中掉下来。他跌倒在墙上，眼睛惊愕地瞪着黄袍肩上涌出的鲜血。

麦克德米德朝罗伯特用力扬了下下巴。“罗伯特，料理他一下，在验尸官他们到达之前，别让他流血太多死掉。”

我的脚好像钉在了地上。我所能做的就是站在那里，目瞪口呆地注视着左手掌里握着的那块闪烁着绿色热光的宝石。

“不是绿宝石，”我大口喘着气说，“它里边太亮了——像颗钻石！”

麦克德米德点点头。“瓦莱里·霍姆斯的绿色钻石，好了，哈德塞尔偷了它。他给自己挑好地方想藏一段时间，对吗？可是这对韦德夫妇肯定打听到了情况，一直在这儿等着抢劫这颗钻石。

“哈德塞尔很狡猾。可能他发现了他们。他用刀子拉开一个熟透的杏子，取出杏核，然后将钻石塞了进去。”

“废纸篓里的那个多余的杏核！”我轻声说。

“当然。就像罗伯特说的，整整有十二个杏子。废纸篓里的那个多余的杏核使我明白了哈德塞尔把钻石藏哪儿了。我所做的就是挤挤每个杏子，直到找着那个到处漏汁的杏。就是我给你的那个！”

“等一下，”我带有异议地问，“你怎么知道韦德夫妇企图劫持哈德塞尔？你究竟是怎么知道这个案件会牵涉到一颗绿钻石的？”

“哈德塞尔脖子上挂的那个十四倍的蔡斯放大镜引起了我的怀疑。接着是那个女人叫嚷她的丈夫让金丝雀飞走了。记得当我们听到她叫的时候，当她看到我们时她是多么惊慌吗？她立刻就看出我们是警察了。”

“真的有只金丝雀从她那儿飞走了。”我反对说，“事实上是我帮她把它赶回笼子的。”

麦克德米德咧嘴笑了，蓝灰色的眼睛里露出友好的目光。“当然是你帮的。但是当乔奎恩来这儿接受询问时，那个菲律宾人的金丝雀被人从乔奎恩的房间里拿走了。那是在我们听到她朝她的丈夫大喊大叫，责备他让金丝雀飞走了之后。明白吗？”

我摇摇头。麦克德米德像父亲般地将一只手放在我肩膀上。“那个红发女人，”他解释说，“对于她说的她丈夫让金丝雀飞走的事，必须很快来证明她自己。所以她就叫了客房服务，租只金丝雀并在我们见到的地方放开它。她害怕当我们发现哈德塞尔的尸体时我们会记起，有些金丝雀身上没有羽毛。”

“接下来呢？”我大口喘着气说，对于接下来的话有种不祥的预感。

“‘金丝雀’，”麦克德米德一边说一边笑，蓝哔叽马甲在强忍的笑声中抖动着，“就是珠宝商的一句行话，代表绿钻石。”

“哎，”他用将要窒息般的声音接着说，“你知道那些孩子们要叫你什么，对吧？吃金丝雀的警察！”

他拍拍我的背，摇摇晃晃地走了，鼻子大声地哼哼着。

我呆在那里。

象　牙

我看着自己死去。我的脸肿胀又肮脏，血流到了上面，它变成了红色的，稀奇古怪的样子，好像看到了末日。我并不在意末日来得多么快，这死亡之旅太令人伤痛。我不得不笑，因为我知道某些永远不为人知的事情——要死去的人不是我。他是老杰默尼·弗里茨。

杰默尼在阿佩克斯出版社的铸字间工作。我也在那儿工作。我们是两个上了年纪的老朋友，没人关心我们。我们的工作是料理大桶和往字模里倒滚烫的铅水，这样我们就不必进贫民院了。

这是项不错的工作，我们挣不少钱。所要做的工作是保持铅的熔化。当我们呼吸的时候，会吸入铅尘。但它并不在现场置你于死地，而是将铅毒像种子一样植入到你的体内，最终你会辞去工作，回到家舒适地死在床上。然后，他们会再找一个人来代替你。虽然杰默尼和我都很老了，但是我们很健壮。铅给我们带来的坏处是让我们的牙脱落了。

或许铅也给我们的头部带来了伤害，因为杰默尼和我相互憎恨。我们相互嫉妒，甚至在下班的哨声之后。一次，杰默尼买了顶新帽子一整天都感觉很好，但第二天中午，我买了一顶更好的，还是防雨的。

另一次是他装了假牙。虽然我不需要假牙，因为我可以用我的牙床咀嚼食物，但是我不喜欢看到杰默尼整天露着满口牙对我嬉笑。所以我就到银行取了二十七点八四美元，那是我当时的全部积蓄，然后交给了同一个牙医让他给我做一副更好的。仅隔一天我就戴上了。

在那之后，杰默尼再也不对我整天笑了。厂里的人不得不承认跟我是不好开那种玩笑的。他们喜欢杰默尼胜过喜欢我，而且总是站在他那边，从此之后，他们叫我“象牙”。我向他们表示，没关系。

所以，我猜是我杀了杰默尼，因为我嫉妒。

两个月前的一天，杰默尼走进来，满面愁容。他走到我跟前，拉住我的手。我十分吃惊，因为他从不靠近我。

“我是个有病的人，‘象牙’。”他说。

他会那么随便地跟我交朋友。“我猜你是脑袋有病了。”我说。

他用手指戳着我的胳膊。“这次你不要笑我了，”他说，“因为我昨天晚上去看医生了。他说我有高血压，不能弯腰太狠。有一天，血会一下子涌进我的脑袋，我会死去。到那时，你就没有我可骂了。没有了。”

我还没来得及想想说什么，他就过来又握紧了我的胳膊。他说：“别告诉麦克。”麦克就是麦克德尔先生，我们的老板。一次，这儿的一个人说了些麦克的事，使我笑了起来。他说麦克是西蒙·里格利试图效仿的人，但他没有机会，因为他的心太软了。

“麦克会解雇我的，”杰默尼说，“我必须要工作下去。”

就在那时我想出了主意。我考虑之后，感觉很好。

“或许他说比实际的情况更糟。我希望如此。”于是我对他说，“我不告诉麦克德尔。”

吹午哨的时候，我去了麦克办公室。他在看报纸，什么也没说。

“我是一个有病的人。”我说。

他停止看报将椅子转来转去。“嗯，”他说，“你看上去壮得像头牛。有那么多的合同要干，我们是生不起病的。”

“是的，”我说，“我得了高血压。医生说我事事要小心。我再也不能弯腰太狠了。还可能会中风。”

这时他放下报纸，站起来拍了拍我的肩膀。“自己当心点儿，”他很快地说，“你是个好人，‘象牙’，这种时候我们可不能失去好人。我要看看是否能给你找点儿轻松的活儿干。”

当然，他没有给我找，但他也没解雇我。这就是杰默尼的错误所在。杰默尼不知道像我们这样强壮的老人是不会被解雇的，即使是为了我们好，因为我们能够工作，又不像年轻人那么值钱。

接下来的几天里，我做得非常精明。我给在丹佛的外甥写了封信。当我死的时候，我的外甥是我那一万美元保险金的既定继承人。我写信说我很快要去那里住。我说如果他不告诉任何人关于我去的事，他将得到一千美元。我了解他，为了一千美元，他会做任何事情。

我做的另一件事也很精明，的确。我拿了一把锤子，从我新装的假牙上打掉一颗。然后我到处走动，使人们相信我为此非常恼火。每天我都到处走动，把那颗坏牙给我能想起来的每一个人看。我让人们感觉到，因为我的假牙坏了，而杰默尼的则既白又平，为此我十分恼火。

他们都笑我，因为他们知道，为了我的假牙，我花的钱比杰默尼多。不管怎样，他们总是站在杰默尼一边。反正他也不在意。我猜他是病得太重了以至于不愿再斗了。我也不管他怎么看，因为当我干完我的精明事以后，杰默尼将不再存在了。

我一直在等待的那天夜里终于到来了。就在吹哨之前，麦克进来说："你们两个最好干到半夜。我们这个部门落后了。给我干吧，以后我会让你们休息的。"

我在想，永远休息和那一万美元。

当杰默尼出去喝啤酒、吃三明治的时候，我乘出租车回家了。我有一百零八点九四美元，是此前从银行取出来的。我从食品柜里把钱拿出来。然后，将我的蓝色套装放在提箱里便急忙往回赶，以便能在杰默尼之前赶回去。当我到达时，我明白我有足够的时间。没人看见我进来。就杰默尼和我两个人，除了看门人以外，他每小时来转一次。

那是我最为精明的时刻。我拿了一根绳子，在通向卫生间的门槛上结了一个大环。

卫生间在排字间角落里，排字间在我们隔壁，有一些活动台阶可通过。

隔壁房间比我们房间低约三英尺，所以要到卫生间的话，杰默尼和我过去要绕着排字间。但是在我们做了一些活动台阶后，就可以穿过墙上一个洞，这个洞本来是为开一个门打的，但一直都没完成。

这个洞上面有个滑轮钩。当我把绳环在门槛上固定好，我把绳子的端头穿过滑轮，沿着地板平放在地上，让它靠近我工作时所站的地方。然后，我迈过绳环将台阶拉出来。不管谁从那儿走下去，都会踩空的。当他走路的时候，如果我拉绳子的端头，绳环就会套住他的脚将他绊倒；如果我再使劲拉，就会将他头朝下吊在半空中。

我知道杰默尼那天晚上要去卫生间，但我还不足以精明到计划出他去的方式。要不是我反应敏捷的话，他就毁了我的全盘计划。他要尽力比我精明，甚至在他走上死亡之路的时候。

我们大概干了一个小时，相互一句话也没说。可能就是在这时，一滴铅水溅到了他身上。他在空中跳了一下，然后向卫生间跑去。我得赶快及时抓住绳子。

就在他跑着穿过门道时，我拉拉绳子，当我感觉到套住他的脚时，我跑了回去，同时拉着绳子。我向四周看了看，杰默尼·弗里茨头朝下被挂在门下面，他一边踢腾，一边发出古怪的声音。他到不了那个卫生间了，永远也到不了了。

我把绳子绑到钉在地板上的铁架上，过去看看那个头朝下的人，那个将要变成我的家伙。然后我笑了。

这看上去很疯狂，但是医生告诉过杰默尼弯腰时要当心。好啦，他现在头朝下吊着，踢得绳子也在跟着晃动。我知道要不了多长时间那家伙就会带着他那病态的脑袋见阎王去。不过，我有四个小时要等，如果需要的话。他短小的胳膊也够不着门边。我在看着呢。

过了一会儿，我不愿意看他了。你知道那个嫉妒的老头干了什么吗？他只是把他的眼睛鼓了出来，费劲地看我，但他一句话也不说。他知道我跟他开了一个最棒的玩笑，的确！他知道他将没有机会来报复。他知道我击败了他，但他一句话也不说。我和他都在等待着他脑袋里的那个东西消失。

没用多长时间。终于，绳子不再抖动了。

我捏住他的手腕，感觉不到任何脉搏。对于我和杰默尼，这是最后的一次玩笑。

我割断绳子将他放下后，把绳子放到了提箱里。然后我把杰默尼拉过来放在地板上。那是我最为精明的时刻。我从嘴里拿出那副打破的假牙，掰开了杰默尼的下颌。

这比我计划的还要容易，因为这老家伙忘了戴他自己的牙，我就不需要再想怎么扔掉它们了。我把我的假牙放到他嘴里，推上他的下颌。然后把他变成“象牙”——也就是我。

我在他后面，把他抱到大桶边上。我让他向前一点儿，先是让他的头发，然后让他的头进入到那种能将他变成我的东西里。熔化的铅有许多用途。

我就这样把杰默尼放在那里了。就是这样一个讨厌的老家伙，虽然他的医生告诉他不能这么做，现在却俯身于一摊熔化的铅之上，为他的讨人厌而付出了生命。他的两只脚仍然站在地板上，如果你要是看他的上半身，你就再也认不出他了。

我去丹佛时买了份纽约的报纸。他们把我死亡的消息登在了内页里，紧挨着“待聘广告”一栏。我气坏了，我告诉你，但又一想，当一个铸字间的没牙老头死了的时候，有谁会去管这事儿呢？

上面还有杰默尼的消息。报上说他看到我那样死掉，可能受到了刺激而有些失常，因为现在他失踪了，可能过几天才会露面。他们真的把他们在铅桶里发现的人称为是我。那里的每个人都知道那些破碎的老牙齿。

然后我就去要我的钱。一万美元的保险金，但里面只有我九千。我外甥很喜欢这个主意，所以我打定主意要一直和他住下去，睡觉时床边放支猎枪。索尔是我外甥，他是个精明的好孩子。

我告诉了索尔怎么给他们写信要这笔保险金。大约在那之后过了一周，有两个人开车来到这里。我听到索尔去开门，前面那人说他是丹佛保险公司的，把我的支票拿来了。当他那么说的时候，我自己出来到了厅里。丹佛公司的人不会认识我的，我没有戴假牙，两个星期来还长了胡子，他们更不会认出我来。总之，他拿来了支票，所以我出来想看看那张支票要放到哪儿。索尔是个精明的孩子。

那个丹佛人不认识我，但是那个同他在一起的人肯定认识，因为他在我还没来得及反应之前突然把手铐套在了我的手腕上。然后他转过身去对另一个人说：

“埃德，想一想这个大笨蛋吧！”

我十分恼火，也非常害怕。

“想想什么？”我说。

“想想一个家伙笨得将他的假牙塞到另一个家伙嘴里。”他说。

“放开我。”我说，但他使劲拉着手铐，弄得我的胳膊很疼。

“塞进另一个家伙嘴里，”他接着说完，“而那家伙的气管里一直就有另一副假牙正憋得他要死！”

在那之后我知道了他们在嘲笑什么。我知道了为什么杰默尼要跑向卫生间去。

我还知道了当他被头朝下吊起来的时候，为什么他对我一句话也没说。杰默尼无法跟我说话是因为他快要憋死了。

“哎，你这个蠢货，”矮个子那人对我说，“如果你再等五分钟的话，你就根本不需要杀他。”

他用拇指朝那个高个子示意了一下，他们就朝索尔的前门走去，因为有手铐牵着，我跟在他们后面。

冲洗洁净的尸体

约翰尼·希勒把目光从手中的影印照片转向了坐在扶手椅里面的瘦脸人。

“瞧，克劳比克，”他冷淡地说，“这事你是无法摆脱的。梅尔·托马斯在这个行业中以推出最好的无线节目而闻名。你知道‘凤凰一小时’在克罗斯利调查结果中所占据的位置。你敢证实他从你那里剽窃了那些笑话的话，那你就等着瞧吧！”梅尔·托马斯的身子靠在约翰尼的椅子上，刚要说什么，他的室友示意他保持缄默。

克劳比克的身子向后靠在椅背上，瘦削的脸上露出得意的傻笑。

“我已经拿到了证据。”他很有信心地说，“你现在拿的那张明信片的复印件原件，在一个非常安全的地方。我还打算利用它，除非托马斯有所表示，使我觉得物有所值。”

约翰尼·希勒脸上没任何特殊表情，非常平静地站起来走到克劳比克跟前。

约翰尼轻轻地说：“你知道吗，你看上去像个讨厌鬼。向上帝发誓，你是一个讨厌鬼！”然后，他脸上的表情依然没有变化，伸出手来朝坐在椅子上的人掴了一记响亮的耳光。

“这就是你的报酬，讨厌鬼！”他粗暴地说，“现在你滚吧！”

克劳比克面色苍白，约翰尼留下的手印是红的。他小心翼翼站了起来。

“好吧，”他尖声叫道，“如果你想要这么玩的话，我就把明信片的原件拿给一位精明的律师。等着让报纸得知详情吧！梅尔·托马斯被控犯有剽窃罪。他们会喜欢的——他的资助人也会喜欢的！”

约翰尼的嘴唇卷了起来。“疯子！就是傻瓜也能看穿你的把戏，克劳比克。一个月前你给自己寄了一张空白明信片。昨天晚上你坐在收音机旁收听‘凤凰一小时’节目，把所有笑话记下来，然后写在那张明信片上。你以为一个月前邮局盖戳的邮票会骗住某个人，那么你就可以敲诈托马斯了。”

他那龇牙咧嘴的笑容突然变成了短暂僵硬的笑。“那你就告去好了，伙计。然后我们会要求对你的明信片上墨水的时间进行测试。我们将从那里开始。”

克劳比克慢慢绕过约翰尼肥胖的身躯向门口走去。“我会让你们两人都受到惩罚的，让你们为此而吃苦头。记住，我会让你们受到惩罚的。”

“流氓！流氓！”约翰尼说，“如果你要不乖的话，下次约翰尼大叔可就不只是把你看成一个滑稽的笨蛋了，而是一个十足的讨厌鬼。”

梅尔·托马斯陷到椅子里，手指捋了捋他那稀少而有些灰白的头发。

“约翰尼，你是个好人。”他说。然后把手伸进一个可移动的餐柜，拿出个瓶子。当他倒酒时，他那紧张的面孔变得兴奋起来。“你是个精明的家伙，你会飞黄腾达的，约翰尼。”

“我是在飞黄腾达，梅尔。”约翰尼说。他放下酒，目不转睛地看着托马斯：“单独地。”

托马斯一下子喝光了酒。他盯了约翰尼一会儿。“好吧，”他怒声说道，“别他妈的忸忸怩怩的。说清楚！”

“我和通讯社签了合同。我厌倦了为你写东西来挣那么点儿钱和赞誉。”

“你这个卑鄙的忘恩负义的小人。”

“听着，托马斯。我过去不介意为你编那些笑话。当我给你写脚本时，而你满城乱跑，装出一副天才的样子，就好像静下来一小时你就可以编出整个节目，甚至到了这一步我还不介意。但当我发现你恶意攻击我，”约翰尼呼吸急促，接着说道，“当我发现你胡说什么我完全是靠你为生，并且不让我接我自己的活儿时——”

“撒谎！”托马斯气急败坏地说，“广播公司周围的这些该死骗子们一直在愚弄你，约翰尼。”

“这一周我要先把我的东西从这里搬出去。”

“没有我，看你能维持多久！”

“或许正相反。”约翰尼说着走了出去。

当约翰尼回到他和托马斯同住的公寓时已经将近午夜了，大楼里一片宁静。他在门口停下来，梅尔和一个红发姑娘搂在一起跳舞，那姑娘的衣服刚够遮体。他们肩膀之间放着个袖珍收音机，轻声播放着音乐。

“嘘——”梅尔一边说，一边向他挤眉弄眼，“管理员不知道我们在听收音机。这是不合法的。”

约翰尼将收音机拿过来放在桌子上。梅尔从来不会这么干，约翰尼欠他某种情。“你九点钟有个剧本会议。”他说，“我要带女朋友回家。”

“你这个大傻瓜。别瞎胡扯了。”

“有人最好。”约翰尼说。他转向红发姑娘：“拿上你的外套。”

“小偷，”梅尔说，摇晃着向他走来，“你不是在骗我。偷克劳比克的材料。他没撒谎。明信片是没错的。我会安排你的合同的。你不会什么也得不到。”

约翰尼没在意他的话，走到壁橱那儿拿起红发姑娘的外套。那姑娘发起脾气，大叫起来。

“你不能打我的女友！”梅尔挥臂朝他打来。约翰尼轻松地向后退了一步，一拳打在他的下巴上。他把他拖进卧室，提起来放到床上。那女孩哭着跟了进来。

“你不喜欢我。我对你做什么了，啊？”

“你把你的妆弄花了。”约翰尼说。他带她出去，轻轻擦着她的眼睛。在电梯里，她恢复了些，把身体靠在他身上。大厅里，值夜班的管理员彼得斯注视着红发姑娘，朝约翰尼挤挤眼并做了一个 V 字形的手势。

在出租车里，他知道了她的名字叫米尔德里德，她想当一名演员，可他觉得她不是那类人，她爱约翰尼。但这爱在到她家门口时就消失了。

“我当然爱你。”约翰尼说，“但是不要让我们破坏了它。明天我们会恨我们自己的。”

她给了他一记耳光……

梅尔在打鼾。约翰尼把被子扔到他身上，不愿费事把他衣服脱下来。第二天早上约翰尼走时，他还酣睡着。这是约翰尼在梅尔死前最后一次看到他。

约翰尼收到的第一个警告是晚饭后去见克劳比克，一直等到大约八点钟他才从饭店里出来。穿过第五十大街到百老汇使他确信这个骗子在跟踪他。在百老汇，他放慢步子，让克劳比克距离他五英尺之内。然后他转进梅里尔大厦，转了一圈又出来了。他站在一边等着。克劳比克慌忙跑出来。约翰尼抓住这个家伙的领子，把他提了起来。

“离我远点儿，克劳比克。”他说。约翰尼松开一只手，轻松地摇晃着他。

“我会为此杀了你，”克劳比克说，他的声音压得很低，“我会杀了你。”

“嘘……你瞧，你的套装都弄脏了。妈妈警告过你别跟粗野的孩子玩。”

约翰尼继续走下去，心想他是否蠢得不会喊警察。他不再想这件事了，决定去看场轻歌舞剧。

约翰尼出来时已是夜里十点四十五分了。他买了份报纸，进绿洲快餐店要了蛋糕和热咖啡。他看了华盛顿栏目，麦克阿瑟将军历史上的最新一页，然后翻到体育专版。等他回到公寓入口时是十一点三十分。

门前有两辆警车，一辆收尸车和一个穿警服的警察。

“出什么事了？”他问道，一边准备进去。

警察挡住他：“你住这儿？”

“是的。我是希勒。”

“希勒！”警察抓住他，“警官要见你。”

“我是自己走到这儿的。”约翰尼生气地说，“我觉得剩下的路你不用拽着我走。”

他们走向电梯时，彼得斯挤了挤眼。

警官格鲁金是个漂亮小个子，他围着约翰尼慢慢转着，一边摇着头，揉捏着他的下巴。约翰尼看着他，像是一只猛犬盯着一只卷毛狗。

“喜欢它吗？”约翰尼问，“三十九点五美元，两条裤子。”

格鲁金踩起脚，猛地扭过头，张开他那惊愕的嘴巴。“精明的家伙！”他怒吼道，“小伙子们！”

两个警察冷不防地抓住他，闪电般将他带进房间，将他按在椅子里。约翰尼抓住椅子扶手，刚把身子向前一倾，下巴上便挨了一拳。他跌了回去，摇摇头使自己清醒一下。“你们这些该死的肥猪！这是怎么回事？”

格鲁金坐在他面前一把直椅上，擦着他的手指甲。“枪在哪？”他说，“我们不仅要找出来，还要查清是从哪儿弄到它们的。像你这样大块头的家伙，噢，你为什么不把他扔到窗户外边？你知道，希勒，要证实一个家伙不是自愿跳下去的是十分棘手的事。这是座六层楼，你有嫌疑。”

“但是那也已经做了。”

“你觉得很好玩？”格鲁金跳了起来，招手示意。

警察们用力把约翰尼拉起来，拖着他在格鲁金后面走。他们在浴室门口停住了。警官猛地将浴帘拉开。

梅尔四肢伸着躺在浴盆里，一丝不挂，前额上戳了三个弹孔。格鲁金眯起灰色的小眼睛，注视着约翰尼。“希勒，整个晚上你都在哪儿？”

约翰尼深深吸了口气，浑身战栗着，无法将目光从梅尔·托马斯身上移开。

“这是克劳比克干的。”

“回答我的问题！”格鲁金说。

“我到国立大剧院去了，”约翰尼说，“十点四十五分看完剧出来。我又从那里到绿洲快餐店。然后我就回家了。他死了多长时间了？”

“医生来看他的时候大约是十一点零五分，他说托马斯死了不到一小时。但是我们弄清了更精确的时间。开枪是在十点四十分。我们进来时，他就像你现在看到的这样，淋浴喷头对着他的头和肩使劲冲着。”

“克劳比克威胁过梅尔和我。”约翰尼说，一边擦了擦他额头的汗水。

格鲁金用短粗的食指戳了戳他的肚子。“他的一切情况我们都了解。他来过这儿，十点十分离开的。他甚至还给管理员留了个口信要你一回来就打电话给他。然后他去了街对面巴尼酒吧，在吧台凳子上一直坐到我们找他。有四个酒吧招待，还有我不知道的几十个人可以为他不在现场作证。”

“我的不在现场证据不够好，”约翰尼说，“但也差不多可以说明我没有杀梅尔。”

格鲁金拿出个小本子，约翰尼认出是梅尔的。“事情是这样的，金发小伙子，楼下管理员向我们透露说，昨天晚上一个时髦的红发女郎同托马斯一起进来，但她跟你一起出去的。我们打了几个电话，查到她的名字叫米尔德里德·拉斯克。她告诉了我们你跟你的伙伴打架的事，你把他打昏了。从这个小本子里我们又找到一些人，他们知道你们俩都在格兰德国家广播公司。今天早上参加会议的九个人都听到托马斯说他要解雇你，因为他发现你剽窃克劳比克的笑话，并企图把它们卖给他——”

“那是他妈的撒谎！”约翰尼打断他的话说道，“我找到了另外一个工作。”他把有关明信片的事告诉了他们。“克劳比克就是这种狡猾的人。他满脑子诡计，格鲁金。听我说，老兄，这事不是我干的！”

格鲁金在他的领子上擦着指甲。“你是清白的，啊？那么，你当时在哪儿？噢——好啦，所有这些使你气得要死，受不了了。你就拿了把枪，等他进了浴盆，开枪打了他，然后悄悄从后面溜出去到一家饭店——你说是绿洲快餐店？然后又回到这里。你把枪扔到哪儿去了？”

约翰尼气得紧闭双唇。令人讨厌的困境，而且会更糟。格鲁金不只是在寻找线索，他是在立案。克劳比克不在现场的证据又是他妈的那么好。但有一件事让他感到迷惑不解——克劳比克为什么要给他留个口信？

“克劳比克没离开过那个酒吧吗？”约翰尼问。

"没有。他是在十点到十点十五分的新闻节目播到最后的时候进去的，跟酒吧招待唠叨他工作的事儿。他在国防部门工作，是航空时代军火厂的化学家。他周围的人都发誓说他一动也没动……"

约翰尼走到浴帘那里，眯起了眼睛。浴池壁潮湿的表面上粘着一块微小的红色东西。有什么事与那一小片纸相关……他闻了闻，纸的气味马上唤起了他的记忆。约翰尼打了一下响指。

"警官，帮我两个忙，我会为你建立一个真正的案子。"约翰尼认真地说。

收尸的人来了。警官带着约翰尼回到客厅。"什么忙？"

"我想让人把浴盆里的排水管拔出来，询问听到枪声的那些人几个问题。"

"叫他们来。"格鲁金对一个警察示意说。然后走到电话那儿。"……是的，管道的活儿，我不是说五分钟，我是说现在！"

邻近公寓的住户们一个一个来了，讲述了他们所听到的情况。大厅对面的桑德斯在枪响的时候刚好走出电梯。他冲到门那儿，试了试，喊他的妻子去叫管理员……不，他没看到有人出来。没人能出来。没有。不管是前面还是后面的出入口。只有隔壁邻居说的情况才是约翰尼所需要的。

"是的，想想吧，"那人说着拘谨地动了下眼镜，"我记得，这里的收音机在新闻节目一开始的时候声音特别大。可是，到中间的时候，它又关小了。"

"警官，"约翰尼兴奋地说，"你明白了吗？那是克劳比克在这里的时候。如果他是在和梅尔谈话的话，为什么收音机会那么响？桑德斯说在十点四十分，枪响之后，没人从这间公寓出来。如果是我开的枪，那么我后来去哪儿了呢？"

"请原谅我的记忆不好。"格鲁金说，"我忘记说了，希勒，后门的钥匙松松地插在锁眼儿里，几乎要掉出来了。在向他开枪之后，当大家都冲进浴室的时候，你藏在厨房里。然后你出来用另一把钥匙锁住了后门。我想你把钥匙同枪一起扔掉了。"

约翰尼怒目注视着："等到他们把排水管拔出来再说。"他举起那一小片红纸："这一小块东西将使你的理论不攻自破。"

半小时后排水管拔了出来。弯管里的污物使得约翰尼十分兴奋。他捡起一小片湿的红纸和缠绕在一起的线，将线解开，共两根，每根约七英寸长。

"原来有三根，"约翰尼兴奋地说，"有一根可能冲下去了。克劳比克没考虑到排水管的弯头。他让淋浴喷头开着想冲走所有证据。瞧，格鲁金。你肯定能认出这张纸！"

"哎哟！"格鲁金眼睛眯了起来，"我的天哪，希勒！"

“非常清楚了，对吗？七月四日。爆竹。明白他用这些线干什么，对吗？”

“他把爆竹挂起来。”

“对了，”约翰尼说，“淋浴管直接从墙上延伸出约一英尺，然后弯下到喷头那儿。有足够的地方挂爆竹，而且在喷头后面它们不会弄湿。可是线没有绑在管子上。这么长一根线的重量足以抵消爆竹的重量。当它们爆炸时，线会掉下来被冲走。他使用了三根定时导火线——每个爆竹一根——大约半个小时的长度，中间间隔也就几秒钟。好家伙，真够狡猾的！”

“记得吗，他可能在工作中有足够的使用导火线的经验。对他来说这并不难。”格鲁金说。

“今晚克劳比克尾随我到百老汇，见我去看戏去了，他知道我十一点前是不会回家的。”约翰尼接着说，“在他为自己制造不在场的证据时，他还给我留了个口信，担心万一我在爆竹响前回去。实际上克劳比克在十点十分离开这里时就开枪打死了梅尔，那时他把收音机开得很响。当克劳比克昨晚计划出他要如何报复我们时候，他无疑查看了公寓有关规定，十点三十分以后不能再开收音机，然后算好时间，他希望人们听到枪声时——我是说爆竹声——没有可能不被人听到。”

“把克劳比克抓起来。”格鲁金命令道。两个便衣点点头出去了。“如果小伙子们不能在后屋让他交代的话，实验室应该能提供我们所需要的东西。”

约翰尼点了点头。“他必须要拿这些东西。只要在他口袋里有一小片纸或一点儿线同这些相符，就足够了。”

“别那么严肃了，小兄弟，”格鲁金说，“我不需要这东西。”他把梅尔的小通信簿扔到桌子上，然后向门口走去。

当剩下约翰尼一人时，他不经意地把它拿了起来。他很快翻了一下，然后又慢慢地看了一遍。

约翰尼拿起他的帽子和外套，他不打算在这里再过一夜。他会在早上来取他的东西。直到他喝第二杯威士忌的时候，他才发现通信簿里少了一页。这个狡猾的狐狸，格鲁金。红发米尔德里德的地址没有了。

椅　子

“好的，”安妮·安德鲁斯说，“好的。告诉托尼我就过去。”

她把电话放下，瞪着眼睛看着它。电话中发出危险信号，仅仅对托尼·帕鲁奇说是不行的，如果他想见你，你最好找出其中原因。

而且，这也不像帕鲁奇的作风，坚持在夜里十一点三十分时同一个私家侦探面谈——这时间通常是在家准备睡觉的。这里面有可疑之处。

安妮脱下睡衣，穿上出门的服装，确信自己已装备得当。用一把点三八自动手枪，她可以在暴风雪中退着走时击中扑克牌上的点。穿好衣服，她从镜子里扫了眼自己的面容。

图章戒指在安妮·安德鲁斯手指上留下的伤口非常难看，这使得她看上去似乎十分粗野。事实上，她身高五英尺三英寸，长得还很漂亮。嗯，差不多是很漂亮。这伤口是在乔的地盘上一次争吵中留下的，那次争吵是古利安挑起的。由于他喝了许多烈性酒，安布罗斯·古利安尽管是个警察，也会在残疾孤儿院里大吵大闹。

“看上去这副样子，我应该待在床上，而不是开车去帕鲁奇家。”安妮上车时嘴里咕哝着。托尼·帕鲁奇现在是位大人物，住在一座很大的褐色沙石房里，这房子原来是贵族居住的。安妮·安德鲁斯以前从没进去过。吉格·比伯——帕鲁奇的一位副官，为她开了门，说：“好的，好的。进来，侦探。”

安妮跟随吉格·比伯穿过两个黑暗的走廊，走下一段昏暗的楼梯，然后就听到了声音。比伯打开了门。

这里有点儿像是一间俱乐部的聚会室，里面有好几个人。这是安妮·安德鲁斯第一次面对托尼·帕鲁奇组织中的这么一大批手下。

穿黄色吊带裤的胖家伙是奥尔顿·芬格。如果你住在泽西并支付了本周的“保护费”，芬格就是那个收你钱的人的幕后操纵者。头顶光光的那个家伙是丹尼·谢菲伦，他在帕鲁奇的夜总会里扮演一个喜剧角色——用声音模仿影星或有权势的政治家们。房间里另外两个人是艾尔弗雷德·科西和吉多·迪彼波，如果他们生活在过去那个年代，那个流行每杀一个人就会在枪托上刻一个道道的时代，那么他们就需要特别长的枪托。

当然还有托尼·帕鲁奇本人。

他们在打扑克，是帕鲁奇站起来对安妮·安德鲁斯说：“我听说你昨天晚上同安布罗斯·古利安发生了口角。有意思！我以为你是一个随和的人，或许他用徽章戳你的脸了？”

“他喝醉了，非礼我。”

“噢，好了，我只是碰巧听说了。可能你想知道为什么叫你到这儿来。”

安妮向四周看看，耸了耸肩。“那你怎么不告诉我？”

“你仍然是纽约最好的射手？”

安妮向后退了一步，他的嬉笑声使她停住了。

“别着急，我的意思是我的手下需要一些指导。我出好价钱。你带枪了吗？”

安妮犹豫了一下，然后点点头。

“好的。我们这儿有个临时靶场供手下们娱乐用，几个小时一千美元怎么样？”他耐心地等待安妮考虑，安妮不情愿地点了点头，他咧嘴笑了。“那么，就在这儿。”他说，“走吧，伙计们。”

这里看上去是个足够好的室内靶场。帕鲁奇解释说，墙壁是复合板的，后面有垫料可以吸收子弹。射击的靶子有瓷碟、假人，以及后墙上粘的标准靶。

“让我们瞧瞧你射得有多准。”帕鲁奇邀请她说。

安妮从枪套里抽出她的点三八自动手枪，用八发子弹击碎了七个碟子，当她把另一梭子弹压入枪内时，她扫了主人一眼。

“假人是我常打的。”帕鲁奇说，“试一试？”

安妮的四发子弹射在了假人的脖子和臀部之间。

“死定了。”帕鲁奇承认道，“试试标准靶吧。”

“或许你的手下们想打一会儿。”

“可能他们想。你，比伯，过来。”

比伯摆好姿势，雨点般地射击靶子，他脸上的微笑让安妮感到有点儿迷惑。这不是好的射击方法，都没打中靶心。

“真糟糕。”帕鲁奇说，“你，迪彼波。”

迪彼波打得最好成绩也就是八环。科西、芬格和喜剧演员丹尼·谢菲伦击破了许多靶子，但是环数很低。

“就像我说的，他们非常生疏。”帕鲁奇说，“你，安德鲁斯，你很棒。去训练他们吧，好吗？”

尽管安妮觉得这里味道非常难闻，她还是进行完了整个训练，直到汗水湿透了她的衬衫。帕鲁奇笑着说道：“再给我们表演一下，你就可以走了。那边那个新靶子。”他指了指。

“或许你可打破我六十英尺的纪录。我打的最好成绩就是八发子弹击中七十四环。”

那是一个缩小的标准美国靶，靶心直径不到三英寸。八发子弹打七十四环意味着每发子弹都要打到黑环里面，四发正中心，二发九环，二发八环。安妮走到六十英尺线那里，摆好姿势，仔细瞄准。此时，里面鸦雀无声。

她扣了八次扳机。帕鲁奇向靶子走去。

“六发十环，”帕鲁奇宣布道，“一发九环，一发八环。我猜我又有可射的了。好的，安德鲁斯，给你的钱，现在你可以走了。”

安妮开车返回她的公寓。

凌晨一点三十分，她的电话响了。“我是古利安，”电话里说，“如果听上去有些怪的话，那是由于你的左手打在了我的嘴上。听我说，安德鲁斯，我要跟你谈谈。”

他的声音听上去有点焦躁。“那就写封信吧。”安妮告诉他。

“不，等等。这跟昨天晚上的事没关系。昨天晚上的事我很抱歉，别以为我不会为此付出代价。这事同你今天晚上到帕鲁奇那儿有关。你要来一趟！”

“我去那儿的事你都知道些什么？”

“帕鲁奇刚来过这儿。”

安妮停下想了想。城市警察安布罗斯·古利安不可能同帕鲁奇的组织有关系。就在一周前，报纸上报道了帕鲁奇在布鲁克林的赌场遭到突击搜查的事，那是古利安领着干的。还有……“你为什么不来这儿？”安妮问道。

“我不能。你来了就知道为什么了。”

她仅用几分钟就开车到了古利安公寓。那时是凌晨一点五十分，在大厅里，她按了门铃，然后走到内门等着。这时，她看到门并没锁，塞着的一叠报纸使得门没有关上。可能是按钮系统坏了，大楼管理员用这种办法免得住户多走路。这是一座旧楼。

她上了两层楼，然后沿着大厅走到古利安的门口。门也是开的，门缝里露出了灯光。

她敲了敲门说："嘿，古利安！" 没人应答，她走了进去。

公寓是空的。她看了每个房间，没人在家。

走的时候，她让门像她来时那样开着，因为很明显有些可疑之处，所以你再小心也不为过。她下楼时，愣住了。下面有人喝醉了在轻声唱着《音乐转来转去》。

喝醉后，那特别的小调唱得令人吃惊，这家伙正唱得十分起劲。当他走到对面时，安妮仔细看了看他那眼睛凸出、好像皮条客似的脸，他停下来朝她眨眨眼。"嘿，女士，"他咧嘴笑着口齿不清地说，"这么晚了你上这儿来做什么，啊？"

安妮回到家，她必须把事情弄清楚，必须把这些支离破碎的东西拼在一起。必须看清拼出的这幅图片是什么样子。如果不这样的话，可能会有别的人来完成它，那么这幅图片对她来说可能就意味着是个很大的麻烦。

她坐在公寓里，仔细想着这幅拼图的每一个单独细节。她明白时天快亮了，她的脸呈现出病态的苍白，毛孔开始冒冷汗。过了一会儿，她关上公寓的门出去了。

她回到安布罗斯·古利安的公寓，在那里她发现死了的古利安躺在客厅地板上。无法说清有多少发子弹射入了这个警察的头部。五颗，至少。可能还多。

当她确信门已关上时，便开车到了警察局。在那儿，她走到凶杀案侦探保罗·卡尔格兰的办公桌前。保罗·卡尔格兰不仅耳朵大，肚子也大。对她的突然到来，保罗·卡尔格兰只是皱了下眉头，但很快就又看他桌子上的报纸了。对于卡尔格兰来说，"女侦探"这个词是一种矛盾修饰。

安妮靠在他的桌上，直截了当地说："安布罗斯·古利安今晨被谋杀了。"

卡尔格兰皱着眉头，抬头看着她。

"他在他的公寓里。是我的枪杀了他，我就是那个开枪的人。"

卡尔格兰不得不想一下才反应过来。最后他大声说："你杀了古利安？"

"我在托尼·帕鲁奇那儿打一个靶子。"安妮拿出那件杀人武器给他看，之后又放回外衣口袋里，然后她拉了一把椅子过来。"事情好像是这样的：因为帕鲁奇的布鲁克林赌场受到突击搜查，他就去把古利安抓了过来。今天凌晨托尼叫我来教他手下射击，我打了八发子弹，击穿一个特殊的靶子。我当时并不知道，古利安就在靶子后面。”

“讲清楚些。”卡尔格兰咆哮着说。

“有人陷害我谋杀。许多人都知道我和古利安在乔的地盘上发生了摩擦。那就是动机。人们将会发现古利安死在他的公寓里。我受丹尼·谢菲伦那个模仿别人说话的家伙的邀请去了那里并留下了指纹。帕鲁奇的一个手下假装喝醉了，看到我离开那里。杀死古利安的子弹是从我的枪里发出来的。”

“当然，”安妮继续说道，“我本不该把这弄清楚的。我本该到椅子那儿想象着这一切是怎么发生的。可是我真的弄明白了，所以来这里告诉你。”

“好吧，”卡尔格兰说，“我们到古利安那儿去。”

“为什么？”

“嗯，如果他死了的话——”

“我刚才告诉过你他死了。看看他的尸体并没什么用，现在要干的是把托尼·帕鲁奇抓起来。”

卡尔格兰自己开车，安妮坐在他边上，另外一辆车跟在后面，上面坐着一车警察。开门的是吉格·比伯。一个警察抓住了他的胳膊，迫使他跟着他们走进俱乐部聚会室，帕鲁奇其他手下都在那里。

帕鲁奇笑着站了起来：“这真是想不到。”他说。

卡尔格兰威严地说：“你这家伙，快带我们去你的靶场。”

“什么？”

“别磨蹭了，靶场，射击场，管它叫什么名字来着，在哪儿？”

“你说的把我弄糊涂了。”帕鲁奇说，“我们这儿根本没那玩意儿。”

卡尔格兰扫了安妮·安德鲁斯一眼，安妮走到靶场门前把它打开。

房间的形状大小还是那样，但这是一个带有东方地毯和皮革躺椅的装饰豪华的客厅，墙上贴着壁纸，白色的天花板上吊着一盏精致的大吊灯。

如果不苦干多少天的话，你是无法将这里变成一个靶场的。

安妮默默站在那里，直到卡尔格兰凑到她身边。“靶场，嘿？”卡尔格兰质问道，“我猜你是弄错房间了。”

“或许您能告诉我这是怎么一回事？”帕鲁奇提议说。

“当然，当然。安德鲁斯昨天晚上来过这里，她说——”

“来过这里？”

“嗯，她没来过吗？”

帕鲁奇转过身去对着他的手下说：“昨天晚上你们谁在这里见过安德鲁斯？你？比伯，你是把门的。”

“哼，没有！”比伯咆哮着说。

“你们别的人呢？”

他们摇了摇头。

“我猜，”帕鲁奇说，眼睛盯着卡尔格兰，“您的朋友安德鲁斯一定是疯了。”

卡尔格兰带了两个警察跟他一起进了这个原来应该是靶场的房间。他挪动了一些家具，又用拳头敲了敲墙壁。安妮在俱乐部聚会室里等着，帕鲁奇和他手下们的嘴角露出了微笑。安妮走进大厅，四处看了看，没有别的门。

完成搜查之后，卡尔格兰耸耸肩说：“我猜你是弄错了，安德鲁斯。”

“如果她认为她到过这个房子里面来，”帕鲁奇说，“她一定是疯了。”

卡尔格兰把一只手放在安妮的胳膊上说：“我们到外边谈。”他没有理会她的反抗，强行带着她向门口走去。在帕鲁奇房子前的路边上，他把她拉到第一辆警车那里，绷着脸向她嚷道：“我们现在去看看古利安，或许有关他的情况你也弄错了。”

“如果我没有错呢？”

“好啦，我没有看到什么靶场。如果古利安死了，我根本看不出他与这事有什么关系。只有你和古利安。”

安妮绊了一下，她让这看上去像是意外。一条腿跪在地上，她的胳膊从卡尔格兰的手中挣脱出来，然后站起来，手中拿着枪——就是那只她用来教帕鲁奇手下的点三八自动手枪。

卡尔格兰和他的人惊奇地看着这把枪。

“你自己去古利安那儿吧！”安妮说。

她把手伸向后边打开车门，伸手摸摸确信车钥匙在点火开关上。还没等警察们围过来，她就钻进车里扭动了钥匙。然后，一只手操纵着方向盘，另一只手仍然用枪对着卡尔格兰和警察们，她迅速将车沿着无人的大街开走了。

当天，报纸头版上登出了发现安布罗斯·古利安尸体的消息。安妮·安德鲁斯一直在躲藏着。

那天晚上，大雨滂沱。雨水填满了帕鲁奇宅邸后面的小径。安妮必须要从这些污泥浊水中蹚过去。她用撬锁工具打开门，一只手拿着自动手枪，悄悄地穿过漆黑的走廊。

应该是靶场的那个房间现在仍然是一个客厅。她拿着一支笔式手电筒，一点一点地走过门口，然后又走过门两边的墙壁。墙壁是纤维板的，带有一层薄薄的松木面板。在墙壁和门框衔接的地方好像有点翘。

她用折叠刀上的螺丝刀将门右边的纤维板撬松，发现它后面还有另一道门。打开那道门她发现自己进到了靶场里。

靶场的顶头还有个门。打开门走进靶墙后面的地方，在那里她发现了一件有趣的家具——一把固定在地板上的沉重的直背椅子。在椅子腿上、扶手上和木制头枕上用螺丝钉固定了一些皮条。这些皮条可以将坐在上面的人绑得紧紧的，而他只能注视着靶墙的背面。在椅子所在的地方，那堵墙现在变成了一面筛子。

安妮看了看她手中的枪，意识到用它击中一个被绑着的人的头部八次，而那时他在无奈地等待着，只知道死亡即将来临，但并不知道确切时间。她浑身颤抖，转过身去，然后又停下来。靶房里有盏灯"啪"地亮了，接着有脚步声走近这死亡之室的小门。

托尼·帕鲁奇不是来这里看那死亡之椅的，而是发现俱乐部聚会室里的墙向后推了便过来检查一下。他一定以为是他的一个手下干的，否则他就会放轻他的脚步。不管怎样，在安妮·安德鲁斯挥舞着她的枪打过去之前，她看到了他的脸，正是因为她看到了他的脸，她才义愤填膺地打了过去。帕鲁奇被彻底打昏了，跌倒在地板上。当然，把他留在那里是不行的。他苏醒过来后会惹麻烦的。安妮把他柔软的躯体拖到椅子那里并放了上去，用了所有的皮条将他绑起来。然后，用他自己那带有名字缩写的手帕堵住了他的嘴。这时，她想起了曾经坐在这里的另一个人。或许过一会儿当她和警察再来的时候，她会在靶房里花上几秒钟的时间，假装成他的一个手下进来练习射击，以此带给帕鲁奇同样的恐惧。

她把门关上，倾听片刻，房子里面没有任何声音。她沿进来时的路线出去，然后开车到警察局去了。

当然，跟卡尔格兰说这些并不容易，但他必须要听，因为在她的枪口逼迫之下，他无法向隔壁房间呼喊求救。当他听明白并驯顺地点头默许后，她收起枪。"你最好带些人来，"她告诉他，"帕鲁奇的手下现在可能已经回去了。"

他们开了两辆车，安妮领着这队人马进了俱乐部聚会室。在那些家伙们还没有来得及抬头时，他们已被枪口包围了。通向靶房的门仍然开着。

安妮领着卡尔格兰进了死刑室，对他说："就在这儿，我用皮条将这个恶棍绑在他的特异的椅子上了。"然后，她慢慢挺起身来，睁大眼睛盯着椅子里面模糊的人影。

卡尔格兰也在注视着，他的脸像他雪茄的烟灰一样变成了灰白色。"哦——哦，"他咕哝道，"看起来好像帕鲁奇的手下们已经进行过射击练习了。"

一个常见的错误

None of them are。[1]昂温小姐过会儿将知道，作为年仅八岁的朱莉娅·思罗克莫顿的家庭女教师，她当时没有斥责那个特别的语法错误，会有什么麻烦。斥责是她的责任，她欠朱莉娅父母——她雇主的情。她硬起心肠迫使朱莉娅将“in your best hand”写了二十遍：在 none 的后面跟一个复数动词是个常见错误。“像我教过你的那样，将今天的日期写在本子上面，”她又说道，“1976 年 6 月 18 日，星期五。”

“是的，昂温小姐。”朱莉娅说，最后她总是非常听话。

就是从那天晚上起，由这小小的语法课而引起的麻烦开始了。这家的三个孩子，朱莉娅和她的两个哥哥——弗雷德里克和乔治，他们的父亲马格纳斯爵士从市里办公室回来时，他们都要被召进客厅。

那时，昂温小姐要向马格纳斯爵士和孩子们的母亲展示朱莉娅取得了什么样的进步，而霍顿先生——男孩们的家庭教师，则要展示他所照管的那两个小男孩的进展情况。

这种场合通常就是一种折磨。思罗克莫顿夫人总爱轻易夸奖这些孩子们，如果她丈夫允许的话，她还会慷慨地奖励他们。另一方面，马格纳斯爵士的态度则根据他当时的兴致变化在极端严厉和极端宽容之间。

就在这一阶段，那两个男孩成了他不悦的对象。一个月前，老大弗雷德里克被认为欠缺礼貌，而乔治——比他小一岁的弟弟鲁莽地出来为他说好话，从此，他们的零用钱被无限期地取消了。现在朱莉娅成了不会做错事的人。

霍顿先生是个面颊瘦削，忧心忡忡，僵硬呆板的人。他向弗雷德里克提过一

---

① 此句的意思是：它们都不是。按照英语语法，are 应当改为 is。——译者注

个地理问题。昂温小姐猜想那个问题的简单答案，这孩子受过很好的辅导。但不幸的是他把答案说成是“None of them are”了。小朱莉娅当即就喊了出来：“常见的错误，常见的错误！你必须要说 none is。你不知道吗？”为此她父亲马上从钱包里拿出一镑金币奖赏她，而弗雷德里克以及没有犯错的乔治则受到了一通责骂。

昂温小姐悄悄写了张字条告诉朱莉娅不应该嘲笑她的哥哥们，特别是当着她父亲的面。她私下里想，马格纳斯爵士不管朱莉娅所做的是否应该得到奖赏就给孩子那么多钱是非常愚蠢的，但由于她是受马格纳斯爵士的雇用，她决定还是不说出来为好。

一切本该是没有问题的，但是在那天晚上和第二天吃早饭之间，朱莉娅的金币不见了。昂温小姐本想替她保管，朱莉娅大声恳求要把它放在她的纪念品盒里。“求你了，求你了，昂温小姐。这样我从伯恩茅斯那儿弄的贝壳，我们到德比郡旅行捡到的萤石，还有我的别的东西就可以看到它了。求求你，昂温小姐。”昂温小姐觉得那枚硬币放在那里可能像放在别的地方一样是十分安全的，所以她就同意了。

可是这枚金币并不安全。朱莉娅在上课前看了一下她的纪念品盒，发现金币不见了。比那更糟的是，很快就清楚了因为保姆身体不适，当金币放在贝壳和萤石旁边时她不在场，而头天晚上听到朱莉娅大声恳求并且知道金币放在什么地方的人只有那两个男孩和霍顿先生。

“这简直不可能，昂温小姐，”当她把情况解释给霍顿先生听的时候，他说，“我会从孩子的盒子里窃取金币？”

尽管昂温小姐从未对这位男家庭教师有什么好感，但她相信，像他这样性格和学历的人，再加上他不错的收入，根本不可能去偷小孩的东西。

“那么这是很重要的，”霍顿先生继续说道，“我们必须到什么地方去找找。”

“我想恐怕是的。”

“我的学生们。在我们的拉丁课上我讲过多少次了‘meum’和‘tuum’[①]——‘mine’和‘thine’[②]的区别，昂温小姐，现在——”

昂温小姐自学过不少拉丁语，但她没有在意霍顿先生认为她无知的那种大男子主义意识，她直截了当地切入正题。

“是的，霍顿先生，”她说，“这个小偷肯定是你学生中的一个，天哪！但是关

---

① 拉丁语：我的和你的。——译者注

② 英语：我的和你的。——译者注

键的问题是：哪一个？”

“哪一个，昂温小姐？”

“是的，霍顿先生——我们要把这归咎于弗雷德里克身上吗？或者是乔治？”

“是的，是的，我还没考虑过问题的那个方面。我猜……我猜想他们俩不可能都参与到这桩坏事里去？”

“想想他们是怎样的感觉吧，霍顿先生。有一天，他们同他们的父亲发生了不愉快的事情，为此他们被停发了零用钱，后来乔治站出来为他的哥哥说话，当时你不也对那件事表示非常惊奇？”

霍顿先生想了想。

“是的，是的，他们两个之间真的没有失去什么情谊。一种健康的竞争。我曾经鼓励过他们，尽管就他们的功课而言还没有获得很大成功。”

“不，先生，”昂温小姐说，“我们仍然处在困惑之中，是弗雷德里克还是乔治？”

“嗯，在你看来这可能很困惑，昂温小姐，但我不认为这是个难以解决的问题。单独对每个男孩进行严厉盘问，我以为是可以查明真相的。”

但是他没有。

当昂温小姐把他拉到一边时，他不愿意承认他的失败。

“他们太顽固了——极端顽固。”他说，“我不知道哪一个更坏一些。弗雷德里克顽固地一句话不说。乔治则是高声否认——真是有点不听话。我不得不罚他们做作业。写二百行《守夜》。”

“但是你还是不知道是他们俩谁拿了朱莉娅的金币？”

“不，不，我不知道。但是，如果对他们的物品彻底搜查一下的话应该可以解决问题。或许你可以帮忙？”

昂温小姐不大喜欢去翻男孩们东西这个主意。可是她认为至少她有必要去见证一下霍顿先生一丝不苟的精神，所以她就按时露面了，先是在弗雷德里克的房间，然后是乔治的房间。搜查真的是很彻底，但并没有发现什么。

“除非小偷将金币扔到了窗户外面，我觉得难以置信，”霍顿先生说，“我必须承认他挫败了我。”

之后，他又挺直身体，僵硬的领子上面挺着僵硬的脖子。“但是他——不管哪一个，将不会最终击败我的。”他说，“我不能允许这种情况。”

“但是你打算怎么办呢？”昂温小姐问。

“嘿，鉴于他俩都不承认，两个人都必须受到惩罚。今晚我将这样告知他们的父亲。”

“噢，不，霍顿先生，不能。”

“不能？请问为什么不能？”

“噢，霍顿先生，你了解马格纳斯先生的。对于弗雷德里克无礼的事他已经做得那么严厉了，想想如果他听到了这件事，他会怎么办吧。在这种情况下，有一个受害者注定会受到不公平的对待。”

“那么你让我怎么办，昂温小姐？承认我败在一个十二岁的男孩手下？”

“或者是个十一岁的男孩？”昂温小姐回答说，“是十二岁的弗雷德里克还是十一岁的乔治该受惩罚，这是问题的关键所在，先生。”

“我相信，我相信。但是我不能就让事情这样。”

“或许你能，先生。”

“不。”

“或许把它放下是明智的。放下一会儿。”

“但是……啃，你认为罪犯会随着时间的流逝暴露自己？”

“这可能是最好的答案。”

“是的。是的，我想你可以信任我，昂温小姐，密切注意我们这两个罪犯。是的，密切注意。”

“注意我们的一个罪犯，霍顿先生。不管是哪一个，只要证实是。”

“好的，是。是的，我猜是如此。”

几天过去了。昂温小姐平静地同朱莉娅谈了话，让她记住，不管是在她那溺爱的母亲面前或者是在她那极度严厉的父亲马格纳斯爵士面前，都不要透露金币丢失的事，这是非常重要的。在不到一周的时候，一天下午，霍顿先生急切地向她表示，他想举行一个会议。昂温小姐说要去照管朱莉娅的缝纫活，便离开孩子们的活动室。

在外面，她看到霍顿先生苍白的眼睛里闪烁着胜利的光芒。

“是乔治。”她一走近，他便说，“是的，我觉得这个时间游戏是会管用的。是乔治干的，昂温小姐。不到十分钟前，我发现了一个完全组装好的游艇模型藏在他床底下，那是他早就盼望拥有的东西。这孩子没有零钱买这东西，罪犯暴露了。”

他转身走进教室里，他的罪犯们正在那儿忙着学习拉丁语名词的第五格。或者说应该是那样。昂温小姐跟着这位家庭教师走了进去，她觉得他们的书没有放在应该放的位置，如果他们真的是在认真学习的话。

但是顾不上去想这些了。霍顿先生已经带着满腔怒火去质问乔治了。

“喂，先生，你那臭名昭著的不法行为已被逮住了。你从哪里来的钱买那艘藏在你床底下的模型船？回答我这个问题，你这个偷你妹妹东西的小偷。”

但是现在该轮到乔治不悦地否认这事了，在他们兄弟两个中他比较开朗些。霍顿先生所说的——他的逻辑，他的恐吓，他的愤怒都不能让他供认。

最后，昂温小姐发现她竟然提示出他可能会有合理的途径弄到钱去买那艘玩具船而不用去偷，她试图以此来帮助这孩子摆脱困境。“乔治，你是否有积攒的钱我们不知道？”她问道。

“你们知道我没有。”

“那么，你是不是向商店的人许诺你以后会把钱付给他？要是这样，你就算错了，但还不至于像偷窃那么糟。”

“你觉得商店的人会相信我吗？”

“那么，乔治，情况肯定是其中一种，是吗？”

“它们都不对[①]。”乔治狠狠地低声说。

昂温小姐抑制住了要纠正这个常见语法错误的同时突然明白了，尽管证据对他不利，但乔治说的是实话。如果他说的是实话，弗雷德里克——当时他坐在那里如此平静地观看着，就一定是真的小偷。在那一瞬间，她明白了他为什么要从他妹妹的纪念品盒里拿走那枚金币。

她把身子转向那个男孩，完全没有理会霍顿先生赫然站在乔治面前生气的样子。“弗雷德里克，”她说，“你拿那枚金币是为了气朱莉娅，对吗？她当着你父亲的面嘲笑你犯了语法错误，并且为此而得到了奖赏。你拿走金币是要报复她，然后只要想办法摆脱掉它就行了。”

弗雷德里克不需要用语言来回答，他那红得像猪肝一样的脸已经供认了一切。

事情的结果是这样的：一旦重新开始给弗雷德里克零用钱，他要将他所偷的钱还回去，并且作为进一步的惩罚，他将被关在他自己的房间里一段时间，只能食用面包和水。在这之后，昂温小姐又同男家庭教师谈了话。

“无疑，思罗克莫顿夫人有时心肠太软，是她悄悄地给了乔治钱。”她说，“同样毫无疑问的是，他勇敢地拒绝出卖她。但是至于弗雷德里克，人们偷取别人的财物有许多原因，一个人不能总是认为他们只是为了牟利。这是一种常见的错误，对吗？

---

① 原文为：None of them are right。——译者注

机密情报

“我在更差的牢房待过。”伊凡·盖达一边看着四周的环境一边想，“至少我有一张床可以睡觉，有水喝，还有一个真正的厕所。上次坐牢，牢房里只是地板上有个污浊的洞排污，所用的水是从天花板上滴下来的。如果我非得被捕的话，在美国我会很高兴的。”

看守打断了他的胡思乱想：“吉文斯，你的律师来了。”

盖达一听到喊他的美国名字便站了起来：“他会来这儿？”

“起来，别站在门这儿。”

看守走进来，粗暴地将盖达转过去，推到了墙边。

“把手放在脑袋后面。”盖达照着做了，立刻被铐上了手铐。

“求你了，我不明白我出什么事了。律师在哪儿？”

“现在就带你去见他，走吧。”他被带过一排牢房到了后面一个屋子。看守打开门把他推了进去。

“没必要这样的，长官。你可以把手铐拿下来，我想吉文斯先生是不会惹麻烦的。”

说话的女人坐在一张桌旁，除了桌子之外还有两把椅子，这就是屋子里的全部家具了。在拿掉手铐之后，她向盖达指了指靠在后墙上的椅子。他坐下来，她在桌子这边把她的椅子转过来对着他。盖达注意到他的椅子是固定在地上的。

“你是律师？”

那女人笑了笑：“你好，我叫德博拉·詹金斯。你是约翰·吉文斯吗？”

“我是。”

“你的原籍是什么地方，吉文斯先生？”

“俄罗斯。我离开的时候是苏联，现在是俄罗斯。我回去的时候……”他没说完，只是耸了耸肩。

“如果你回去的话，吉文斯先生，”她停下来让他想想她的话，“你会有很大的麻烦。”

“告诉我，我干了什么？警察过来逮捕我的时候，我就在街头拐角上。他们叫我别出声，叫律师来，所以我就叫了，然后你就来了。我干什么了？”

“警察说你干的事就是参与毒品交易，交易时……”

“不，”盖达打断了她说，“我不吸毒的。”

“请让我说完。警察说的是，当你们正在进行毒品交易时，你和你的同伙是我们所说的‘用枪驱赶’的目标。你们团伙的一个人被击中，另外两个人还了枪，其中一枪击中并打死了一个九岁小女孩。”

“但我什么也没干。开始打枪时，我只不过站在那儿正和那些人说话。”

詹金斯将身子俯到桌子上，眼睛直直地看着他，说：“在这个国家，如果你犯罪，并且有人死了，即使你什么也没做，你也会被控告谋杀，明白了吗？”

盖达试图做出一副看上去很担心的样子，就好像他只是刚有点儿明白：“是的，但是我什么也没做。我当时迷路了，在问路。”

“挺不错的故事。但是负责凶杀案的侦探们告诉我说以前人们在那个拐角见到过你。被击中的那个人告诉他们说，你是一个大玩家。”

“我不知道，我玩什么？”

“警察说你以前从这些人手里买过大量毒品。这你怎么解释？”

盖达想了片刻。他并不担心被控告，他知道他们将控告他。可是他得赶快被放出去。他还有事要做，有人要见，有货要发。他不在，有些货物会很快丢掉的。

“请问，詹金斯小姐，如果我告诉警察有关枪击的事，谁有枪，谁打死的那孩子，我可以走吗？”

“现在谈条件还为时过早，而且医院里的那家伙已经将警察需要知道的一切都告诉给他们了。此刻他们正在逮捕别的有牵连的人。州检察官会考虑你的请求的，但是你没有什么条件可谈。”

“在这个国家，像这样的案子有保释吗？”

“谋杀案没有，帮助杀害儿童的人没有。你将在监狱里一直待到审判为止。”

“但我没杀任何人。”

“这个问题将会提交给州检察官。我敢肯定你将被请求判处杀人罪。”

“那就不是谋杀罪了？”

“是，但那是一种不那么严重的谋杀罪。”

盖达担心起来。即使被审判定了罪，他也不会在监狱里待很长时间，他的政府会来料理这件事的，但那并不能解决他的燃眉之急。幸运的是，他是在同美国司法系统打交道。

“詹金斯小姐，在你们国家，如果我告诉我的律师某件事，即使是某件可怕的事，她可以告诉警察吗？”

詹金斯想了一下，说：“吉文斯先生，作为一个律师，我不能够将我的委托人告诉我的任何事情告诉警察，即使他要告诉我是他开枪打死了那个女孩。”

“詹金斯女士，请放心，我永远也不会干那种残忍凶暴的事情。”听到他说话不再使用农民的腔调，詹金斯瞪大了眼睛。“或许我应该解释一下。”

“或许你应该。”

“约翰·吉文斯不是我的真名，尽管你可以继续那样称呼我，而且我也不是我假定应该是的推销员。”

“你是一个间谍，对吗？”詹金斯的话音里混杂着惊奇和着迷。

“我喜欢‘情报收集人员’这个词。间谍听上去太像詹姆斯·邦德了。”

“‘情报收集人员’干的就是买卖毒品吗？”

“因为我的一些联络人愿意让我支付给他们毒品而不要现金。”

“那么这些联络人为你做什么呢？”

“他们替我搞到我自己搞不到的东西——你们政府希望不让人知道的高度机密的情报，保密的设备、名称和地点。”

“你在巴尔的摩这里有这种联络人？”

“噢，天哪！我在华盛顿工作，只是住在巴尔的摩。这里舒服又便宜，又是一个比较安全的买卖毒品的地方，至少在今晚之前是这样。”

“那么，你乐意用你的一些高度机密的情报来换取自由吗？”

“一点儿也不，詹金斯女士。我辛勤工作才掌握了我所做的事情，我是不会轻易放弃的。”

“那么吉文斯先生，不管你叫什么，为什么告诉我你是一个间谍？”

“詹金斯女士，作为我的律师，你有责任为我获得释放而尽你的一切努力，不对吗？”

德博拉·詹金斯又一次在回答之前想了想后说：“那是律师的职责，是的，只要是在法律范围之内的。”

“要回我的私人物品并将它连同一个口信转交给我的雇主是‘在法律范围之内的’吗？”

“我不敢肯定，这件物品与你的工作有关系吗？”

“为此项服务支付一大笔非正式律师费可以答复你这个问题吗？”

过了几分钟她才做出回答。在她回答时，她的声音带着一种先前没有的犹豫不决。“那当然答复了我的问题。严格说，这没有什么不合法的。但是，我不能这么做，这将是对我的国家的背叛。”

“詹金斯女士，你是一个律师，一个律师首要的，实际上也是她唯一的责任是对委托人负责。我向你保证，只要我的使馆听到了我被捕的消息，也就是几天的时间我就会被释放。他们会拿你们的一个间谍来交换我。不管我被耽搁多久，我拿到的情报将会传过去的。”

“那么你为什么不给你的使馆打电话？”

“詹金斯女士，如果我从巴尔的摩监狱的牢房里给俄罗斯大使馆打电话，窃听那里所有电话的联邦调查局的人将知道我的存在。这将变成一桩国际事件。想想舆论吧！‘俄罗斯间谍在毒品谋杀中被扣留’。我希望避免发生这种情况。”

盖达还希望不让她知道，一旦他被捕的事公开了，即使不是全部，他的一些联络人将无疑会暴露出来，使他的许多工作前功尽弃。

“詹金斯女士，如果你按我说的做，你将不仅履行了你对委托人的义务，而且，当我被交换的时候，你将对帮助从俄罗斯监狱释放一个美国同胞负有责任。还有我提到过的将用现金支付的律师费问题。”

詹金斯好像被说服了。“吉文斯先生，如果我要帮助你的话，我必须要确切地知道你需要我做什么。”

盖达如释重负地叹了口气，他就美国司法系统的公正和它的律师们的贪心默默感谢他一度失去信任的上帝。

他对詹金斯说：“我需要你拿上我的物品，就是当他们带我进来时值班警官从我这儿拿去的那些，到华盛顿我的使馆去。在我的钥匙环上，有一把标有‘康多海洋’的钥匙。告诉他们那是哈福大街理查森体育俱乐部302号衣帽柜上的钥匙。”

“衣帽柜里有什么？”

“你需要知道吗？”

“我想不需要。我猜是些文件的副本，计算机磁盘，还有你的联络人为你弄到的别的东西。”

“差不多，詹金斯女士，差不多 。我确信我不需要提醒你，作为我的律师，你不能把我刚才告诉你的泄露给任何人。”

“盖达先生，如果我是你的律师的话，我是不会的。”

听到有人使用他的真名，盖达非常吃惊。在他还没来得及说话之前，詹金斯又继续说了下去。

“回想一下，我一次也没说过我是你的律师。当然，法庭永远都不会接受这种区别，但是你所告诉我的将永远不会用于法庭。”

“联邦调查局？”

“对了。你登记之后十五分钟时我们就知道你是谁了。我们有许多俄罗斯间谍的指纹，多亏在莫斯科有我们的人，他们可以进入你们的系统。巴尔的摩警局有一台指纹计算机和我们连着。如果你的指纹在他们的或者在马里兰州警察局的机器上找不到的话，他们就查我们的，瞧？”

“为什么用这样的诡计？”

“我们抓住了你，就可以知道你的联络人的名字了。我们所需要知道的是那份你还没有传过去的情报放在哪里。你本不会告诉我们的，而且也不可能找得到，因为当你找到新的藏身之处时你有可能精明地使用另一个名字。”

“你们怎么知道我会让我的律师帮助我？”

“你不是第一个试图利用律师和委托人特权的罪犯，你也不会是最后一个。这值得一试。”

“那么现在会怎么样？我可以给我的使馆打电话来解决我的释放问题吗？”

“你将被移交给巴尔的摩市的拘留所。你可以从那儿给你的大使馆打电话。他们可以同巴尔的摩的州检察官一起安排有关释放你的具体细节。”

伊凡·盖达早就学会了接受失败，然后继续下去。现在该到回家的时候了。在谈判进行期间，他还得在牢房里再待一两个晚上，不过很快他将搭乘班机飞回莫斯科。他虽不会受到他所希望的像欢迎英雄那样的迎接，但是他干得还算说得过去。休息一段时间之后，他还会接到新的任务。

两小时后，负责她这个部门的特别代理人查阅了从盖达衣帽箱里取回来的材料，德博拉·詹金斯在旁边观看着。

“逮了一条大鱼，詹金斯，干得不错。有了这我们就可以堵住伊凡朋友的联络人所造成的漏洞了。”

“谢谢，但是给他自由是我们的耻辱。”

“我们不需要他了，我们也不会给他自由。”

“我们不给他自由？”

“是的，我们不给他自由。大约在你和他开始谈话时，我让 B.P.D 发了一份新闻稿说：卷入到女孩被杀事件中的那位俄罗斯侨民非常配合，他的毒品交易中的同伙在晚间新闻之后不久就被捕了。我们确信他们已经得到了消息。他们最了解忠诚、最了解背叛，他们在等着他呢！”

谢幕的掌声

“等到孩子们登场。他们没穿衣服没什么好谈论的！”汉克·弗莱彻叹着气提醒道，在本来已经嘎吱作响的剧院椅子上又往下坐了坐。

“没什么，啊？你一直什么都不做，就说这个，我听得都烦死了。你他妈的知道得很清楚，你来这儿是因为这是一个可坐的地方，你这个懒货！”乔·巴恩斯红润的脸上流露出极度的厌恶。“别再这么往下坠了，你看上去就像是个肿胀的轮胎——要是有个大水池的话倒是个不错的主意。”

“他们来了！”弗莱彻打断他说，没在意他同伴的话。“幕升起来了……噢，浑蛋，我把这家伙给忘了！”

幕没有升起来。这时，一个衣冠楚楚的人从舞台侧面走出来到了聚光灯下，开始说起快板来。弗莱彻的脸上露出一副失望的样子。

“这个蠢货是谁？”巴恩斯问。

“呃，是个怪人，他和安插在观众里的一个女人插科打诨。你到时候会大笑的，当他拿出他的枪并打死那个女人……”

“肯定啦！以我看是把所有事情都搞砸了！我到这个鬼地方来不是要坐在这儿打瞌睡的，你要告诉我在这之前是什么，就因为你以前全部都看过了……”当巴恩斯看到弗莱彻没有完全注意他所说的话时，他的声音无奈地低了下来。事实上对于一个善于观察的人来说，很容易就可以看出备有豪华警车的侦探——亨利·奥利弗·弗莱彻警官，好像已经睡着了。

当一个念头冒出来时，巴恩斯笑了起来：“如果女人们出场的时候，他一直睡着也是一件好事——”但他又皱起了眉头，“见鬼，不！那么他就会一直坐到演出结束，又有了不在现场的证据了！”作为警备车的司机——约瑟夫·莱缪尔·巴恩斯可没那么豪华，他准备到时候悄悄用短粗的食指用力捅醒他。

他难以忍耐地听着台上那个衣冠楚楚的男人和从后边几排站起来出现在聚光灯下的女人之间的无聊对话，那女人继续引诱着表演者以博得愚蠢观众的欢心。

巴恩斯向后扫了那姑娘一眼，他的眉毛扬了起来："挺不错的姑娘！"他自语道，"长得不错，但肯定不是什么好东西。我敢说她在很多地方都被逮捕过。"

那姑娘有一张漂亮脸蛋儿，要不是她眼睛下面那充满世俗的松垂的眼袋的话，那张脸本可以十分美丽。她的体形有些过分性感，但看得出来是定期的锻炼使得她的肌肉没有完全失去弹性。她的声音既高又响，响亮的程度似乎超过了让整个剧院能够听清楚。

巴恩斯嘟哝着又把头扭向舞台。那个衣冠楚楚的男人一边控制自己的情绪，一边炫耀地表演着自己承受戏弄的能力……同时又任这种控制慢慢失去。

这种表演简直老掉牙了，巴恩斯开始辗转不安起来。他十分嫉妒地看看弗莱彻——他正静静地鼾睡着。有生以来他第一次希望自己在工作中能像他的同伴那么懒就好了。

由于汉克·弗莱彻具备在警备车上解决神秘案件的能力，才使得他们俩能够成为身穿警服、开着警车随意走动的侦探。就像在现在这个案件中这样，警车成了局长无法发现他们随意休息的地方。

"……我要找人把你扔出去。"舞台上传来绝望的声音。

"如果你再来个这样的表演，你们的老板就会破产！"台下女滑稽演员用沙哑的声音反驳道。

"噢，是的！"那个衣冠楚楚的男人咆哮着说。他突然气愤地从口袋里拔出一把枪，瞄向那个女孩。

巴恩斯扭过头去看那女孩。这时传来一声枪响。观众席中发出一声惊阵叹，所有人都一起朝那女孩看去。

弗莱彻庞大的身躯抽动了一下，头猛地抬了起来。他盯着前面的舞台，显然是让惊醒他的声音弄糊涂了。他后面的女孩尖声叫喊着。

巴恩斯饶有兴趣地看着那女孩。由于弗莱彻事先警告过他，所以他并没有感到吃惊。聚光灯耀眼的光线聚集在女孩身上，她一只手紧捂胸部。一股红色液体从她嘴唇中冒出来，滴在她的裙子上。然后她倒下了，目光呆滞地躺在过道上，随之消失在黑暗中。

"演得不错！"巴恩斯称赞道，但是他的声音被女人的尖叫和年轻人兴奋的呐喊声淹没了。

这一瞬间，弗莱彻几乎没有注意那个一阵风似的要离开舞台的衣冠楚楚的年轻男人，只是面对他身后的帷幕。看上去好像他把什么东西迅速塞进了口袋，弗莱彻无法看清那是什么。当那个男人又一次转身时，弗莱彻意识到那家伙塞进口袋里的是什么东西了，因为他的手又出来了，紧握着他向女孩射击用的那把枪。那个的男人脸上有种异常愚蠢的惊讶神情。他朝着晃动的帷幕退去。

“呸，”弗莱彻嘟咕着，“我一直在睡觉。但至少这场老套的表演结束了。现在该那些女人们……”

剧院里响起一个男人粗哑的叫声：“嘿！天哪，这个女人死了！”

观众中传出了异口同声的惊叹。

“她真的死了！”那男人的声音继续叫道，“那家伙真的打死了她！”

“见鬼！”弗莱彻非常吃惊地说，“嘿，乔，去查一下！”

巴恩斯惊愕地关注着事态的变化。“我？你这个胖家伙坐在椅子里干什么？你比我近。再说，这全是表演，你自己是这么说的。”

“这一部分不是。节目上没有。记住，我以前看过……”

女人的尖叫引来的混乱盖住了弗莱彻的话，一些观众开始惊慌地冲上过道。

乔·巴恩斯骂了一声，站起来冲上舞台。他跳到聚光灯下，站在瞪着眼睛的男演员旁边喊道：“大家待在座位上别动。警察会处理的。坐下！”最后这声洪亮的喊叫响彻整个剧院。观众停下来，好像被吸住了一样，又坐了下去。

“你，”巴恩斯粗暴地对目瞪口呆的男演员说，“把枪给我！”他从他柔软的手中一下子把枪夺过来，塞进他的口袋。“好了，现在别动。你敢逃跑，我就打死你。”然后转向观众。“这里有医生吗？”

一个声音说：“我是医生。”

“看一下那女人是不是真的死了。”

剧院里鸦雀无声，医生从后面座位上走过来，俯身去看过道上的躯体。片刻之后他站起来，明亮的聚光灯下他脸色非常苍白。

“毫无疑问她死了！”他强调说，“应当说是子弹穿过心脏而死的。”

“噢，你应该，啊，”巴恩斯说，“推论得不错，医生。”然后转向那男演员。“你为什么要杀她？说，说啊！记住，你所说的每句话都将作为词证——不过那没什么区别。我们都看到你向她开枪了！”

“可是我没有！”那个年轻男人几乎叫了起来，“我根本没有扣过扳机。别的人——”

“够了！”巴恩斯尖声喊道，“你别把我当傻瓜，小子。走，跟我们到警察局去……”

“把他带到经理室去，”观众席座的弗莱彻平静地说，“我们在那儿讯问他。”

巴恩斯瞪了瞪弗莱彻。然后他说：“好吧，但是在没有得到我们允许之前，谁也不准离开剧院。”他转向观众以强调他的命令。然后他趾高气扬地抓住那个面色苍白男演员胳膊，拖着他沿过道向经理室走去。

汉克·弗莱彻在他后面厌烦地哼了哼，从椅子里挺起肥大的身躯跟在后边。“工作！”

他低声嘟哝着。“一直工作！我干吗不变成一个守夜人呢？”

他走进经理办公室时，那个的男人坐在椅子上辩解着：“我告诉你，我根本没扣过扳机。我没杀她！”

巴恩斯朝他笑了笑：“你当然没有啦！只有一百五十个人和我，看到你向她开枪。你当然没有杀死她——是子弹杀死了她……”

“你为什么不检查一下他的枪？你把它放在你的口袋里了。”弗莱彻用低沉的声音漫不经心地说。

巴恩斯的脸红了，他把枪拿出来打开弹盒。他眼睛一下子亮了起来。

“枪里面装满了空包弹，其中一发打过了！”他脱口说道。然后他闻了闻枪管，“闻起来也不像刚打过的。”

“由此你可以推断出什么？”弗莱彻问。当那个自命不凡的家伙站到一边时，他叹了口气坐在经理红色长毛绒安乐椅里，全神贯注盯着那个男演员。

“为这事我要解雇你！”经理突然脱口而出。

巴恩斯痛苦地看着他，那人静了下来。

“嗯，汉克，”巴恩斯接着说，“这很容易。他放进去一颗新的子弹，从枪管里把烟吹掉。”

“错了。”弗莱彻打着哈欠说。

“那是怎么回事？”

“像他说的那样，他没有开枪。”

“噢！那么是别人开的……”

“是的。”

“观众中的某个人！”巴恩斯急切地接着说道。

“现在是你在说！”弗莱彻温和地说，“告诉你怎么做——你到外边去检查那些观众，我再把这事想一想。”

巴恩斯眨了眨眼睛。“搜查一百五十个人？嘿，你让我干的是什么！就算我真的发现了枪——它可能藏在某个地方，凶手会把它放在身上。我就是发现了又能证明什么呢？”

“那么就检验他们手上有没有火药痕迹。”弗莱彻平静地说，“开枪的人会暴露出来……”

“瞧，汉克，”巴恩斯说，“我现在明白了，你在戏弄我。你他妈的很清楚我们无法这么做。我认为是这家伙放了颗新子弹进去……哎，检验他的手怎么样？”

弗莱彻扬了扬眉毛：“好主意。你会在他的皮肤上发现火药的！”

“我告诉过你！”

“这家伙每场表演都打那把枪。”弗莱彻温和地继续说道，“你会找到一磅火药的，或许你可以开一家军火厂了。”

巴恩斯看上去很无奈的样子：“好吧，汉克，我放弃。咱们言归正传，你怎么看？”

弗莱彻责怪地指着巴恩斯：“枪响的时候你看着哪里？”巴恩斯跳起来：“啊……怎么……啊，看着那女孩。”

“怎么？什么使你那么做？”

“每个人都看着那女孩，”巴恩斯回敬道，“那家伙朝她开枪，这就是为什么。天哪，他的确开枪了……”

“你看到他开枪了吗？”

“啊……没有，实际上我没有。”

“为什么没有？”

“因为，像我告诉你的，我在看那女孩。”

“在开枪之前？”

“当然。”

“为什么？”

“你告诉了我会发生什么，”巴恩斯气愤地指责道，“所以我只注意看那女孩是怎么假装被子弹射中的。”

“她怎么做的？”

“非常棒——”巴恩斯的话戛然而止，嘴唇咬得紧紧的。

弗莱彻朝他咧嘴笑了笑。“那么你根本没看犯罪的情况了，像你刚说的！如果我是对的话，在这个剧院里没有别人能说看到这家伙开枪，特别这把枪就没有开过。”

巴恩斯不满地哼着说：“别阴阳怪气的，汉克。我可以说明为什么没人看到他放进一颗新子弹。”

“搜搜他。”弗莱彻朝那个男演员挥了下手，他正以充满希望的异样眼光注视着胖警察。“看他身上是否有那颗子弹，如果他没有，就去他表演的地方找找。这样可以证明你的论点。”

巴恩斯仔细进行搜查，然后困惑地退了回来。“没有子弹，”他犹豫不决地说，“好吧，我再到舞台上看看……”他出去了。

弗莱彻凝视着那个的男演员。“你叫什么名字？”

“在舞台上人们叫我乔治·默塞尔。我的真名叫彼得·卢恩道斯基。可是我没有开枪，长官！我发誓我没有，我根本就没有扣扳机。在那儿找不到空的子弹，因为根本就没有！”

“我知道，”弗莱彻平静地说，“我只是让我的伙伴过去看看，这样我可以想一想。你知不知道什么人有可能向你的搭档开枪？”

默塞尔的脸红了。“不……不，我不相信……”

“有，啊？谁？”

“不到要杀死她的地步！”默塞尔坚持说。

“说出来！”弗莱彻强硬地说，“我警告你，如果我们找不到那家伙，我们仍然可能找到一颗子弹……”

“你是说……诬陷？”默塞尔不相信地问。

“当然了。既然发生谋杀……就有凶手，地方检察官不喜欢悬而未决的凶杀案。这案子看上去像一桩完美的犯罪，即使我们找到凶杀的武器，也不能逮捕一百五十个人。”剧院的经理一直瞪着那个男演员。弗莱彻的目光锐利地盯着他。“伙计，你为什么发愁？”他问道。

默塞尔急切地插嘴说：“他总会发现的，斯旺森，我必须告诉他。是的，长官，我和塞莱斯特之间有麻烦，是关于斯旺森先生的。他一直在试图拆散我们，他企图让塞莱斯特同他结婚，但她拒绝了。他威胁她……”

片刻间，经理的眼睛瞪大了，然后气得脸都红了，紧握拳头跳过来。

“你这个撒谎的杂……”他叫道，“她拒绝的是你！她——”

弗莱彻懒洋洋地扬起一只手抓住经理的胳膊，阻止了他，他的另一只胳膊和两条腿像破烂玩具娃娃一样扑腾着。“不能言行粗鲁，”他告诫道，“现在我们来弄清事情真相……”

门口的混乱打断了他的话，他扭过头去，看到巴恩斯将一个舞台工作人员推了进来。

“抓到凶手了！”巴恩斯以胜利的口吻宣布说，“他正要处理掉武器的时候当场抓住了他！就是他把所有东西都钩在炸药盒里！”

“炸药盒？”弗莱彻眨了下眼睛问道，“炸药盒是什么？”

“就像你困在自己设置的陷阱里一样。这就是这家伙干的事。他被他用来钩住枪的鱼钩缠住了……”

乔治·默塞尔朝门口冲去，但是弗莱彻抬起一只大脚朝他肚子踢去。默塞尔像头挨了棍击的牛一样倒在地上大口喘着气。

“鱼钩，哈？”弗莱彻说，他仍然坐着，根本没有想动的意思。“好了，乔，你可以指控这家伙谋杀了。”

“他？”巴恩斯不相信地问，“你疯了？是我抓的这家伙干的。这是凶器，打了一发子弹，我就从他手里拿到的——事实上他无法摆脱掉它，因为他的鱼钩把它钩在他外套袖子里了！某种疯狂的想法想使他把枪固定在袖子里，或者——”

“鱼钩，”弗莱彻重复道，“这就是答案。把这个低劣的演员关起来，控告他谋杀。”

“你疯了？”巴恩斯几乎叫了起来，“我？噢不，我不。我可不愿把自己变成傻瓜……”

弗莱彻叹了口气。“好吧，如果你不想要荣誉的话，那么我就要了。”他笨重地站起来监视着气喘吁吁的默塞尔，同时用胳膊肘将困惑不解的经理推向一边。

“走吧，”他疲倦地说，“我们开车到警局去。”

默塞尔坐起来：“你这个蠢货！你的伙伴抓的那个人才是。我根本就没有开过枪！”

“太迟了，”弗莱彻说，“你刚才不应该逃跑，已经露馅儿了。这，还有鱼钩。你知道鱼钩会揭露你的，所以你想逃脱它。”

“汉克！”巴恩斯用力叫道，“你究竟唠叨什么呀？是不是疯了？”

“没有。”

“那怎么啦？”

“好吧，我再把犯罪经过给你讲一遍。首先，这家伙嫉妒这里的经理，因为他的女搭档特别喜欢他，这是一个动机。下一个，那女孩拒绝了他的求婚——对此我是不能责怪她的！这事把他给气疯了，以致他决定要杀了她。情欲——另一个动机。

“呃，他策划了一桩完美的犯罪。这犯罪中，警察会有一百五十个——和一个——嫌疑犯。但他将是清白的，因为他能证明他从来没开过他的枪！

“这是个完美的主意，基于良好的心理学。它是不会落空的，因为它基于对大多数人的分析，除了我——我是不同的。”

“我说你是！”巴恩斯脱口说道，“你是个疯子！”

“不，我只是聪明的那一类。我不愿意浪费精力围着运气转。因此，结果这家伙的谋杀方案是根据大部分人怎么使用他们的肌肉，特别是他们脖子上的肌肉设计的。”

“脖子？”

“是的，比如你的脖子。当他开枪的时候你不是在看着那女孩吗？”

“他根本没开枪！”

“他开了枪以后，剧院的每一个人不是都在看着那个女孩吗？”

“嗯？”巴恩斯的声音里带有某种异议。

“好的，他就是在那时候将枪挂在了鱼钩上，而鱼钩是藏在他身后帷幕的褶子里的，帷幕沿着舞台两侧卷起不再打开。然后他转过来，从口袋里掏出他通常用来表演的枪。他想以后他能够处理掉凶器，或者只是把它扔到某个警察能找得到的地方，而凶杀罪指控的对象将会是一个未知的人。”

“那就是我找到枪的地方！”被巴恩斯抓住的那个惊恐的舞台工作人员尖声叫道，“它从幕里掉出来落到了我的旁边，就在这位长官抓住我之前！”

弗莱彻点点头。“是的。默塞尔，你犯了两个错误——你假设所有观众在你演出的时候都不会睡着，没有人会看到你转过身去挂那把枪，因为所有的眼睛都盯着那个女孩。除了我，我在看着你，因为我一直在睡觉，是枪声惊醒了我。自然，从睡觉中醒来的人会看向惊醒他的噪声的地方。所以我看到了你转身。但是直到我听到了鱼钩的事我才明白你转过身去是干什么。”

他拿出手铐迅速铐在了默塞尔手腕上。

“嘿！”巴恩斯说。

“啊？”

“另一个错误呢？”

“噢——呃，他没想到这个鬼地方的帷幕会像他的表演一样糟，所以在枪的重量之下鱼钩掉了下来。除了对我之外，这不会产生什么区别。

“如果你偶尔闭一下你的眼睛，乔，那会比你睁着它们看到的更多——由于用得太多而使它们太疲劳了。就像我老是说的那样，偷懒也会是有益的——而你却加入到谋杀里面去了。”

偶然的因素

9月的一天，伊夫雷姆·皮博迪·佩克法官刚要穿过街道，贾斯珀·康西丁医生开车过来。医生身子探出汽车，眼里露出高兴的神情。

“伊夫，想到乡下转转吗？”

“多远？”

“噢，就几英里。兰德尔家，他们刚给我打了电话。”

佩克法官上了车，把他的礼服大衣披在身上，又将宽边帽子向脑后推了推，小心地将他那把绿黑色的老式雨伞放在两膝之间，一只手搁在雨伞弯把上。晚夏的天色晴朗柔和，充满芳香。他问梅森·兰德尔农场上谁病了。

“是梅森和他第一个妻子生的男孩，约翰。”

“他现在三四岁了。”佩克法官说，方方的面孔上露出一副沉思的样子。

“四岁，是的。从电话里他们说话的声音听，恐怕那孩子要死了，他一直很虚弱。”

“很虚弱，活不了了？是怎么回事？”

“毒药。”

佩克法官困惑地盯着他的老朋友。他正舒适地坐在方向盘后面，沉重的身体靠在座位上，留着小胡子的嘴显示出职业性的冷酷。

“不，不是你想象的那样，伊夫，”他突然说，“是毒藤。那孩子外出野餐——家庭野餐——昨天。显然他采了一些浆果吃，吃了很多。

“他们昨晚给我打电话之后，我怀疑就是这类东西，搅得他胃难受。已经造成危害了，胃和肠道有炎症。她说就算他是她自己的孩子的话，她也不能更关爱了。毕竟，海伦——他的第一个妻子——是她的一个老朋友。她们两人都爱上了梅森，你知道，而他选择的是海伦。在那之后，吉尔再没结婚，她对男人失去了兴趣，直到海伦死后，她和梅森才结合在一起。我倒觉得海伦如果知道的话，她会很欣慰的。”

“如果她像你一样浪漫的话，毫无疑问。”佩克法官说。

有一会儿，他们无声地开着车。多彩的景色从车旁闪过，乡下的蓝天包围着他们，晚夏的芬芳使他们陶醉了。

“三叶藤的浆果会那么致命吗？”佩克法官问道。

“也不尽然。”康西丁医生回答说，“有些乡下人为了治疗毒藤中毒仍然食用它的叶子，他们可能会面临一些永远也无法医治的危险。但他们大部分人能平安无事。兰德尔家的孩子身体一直很糟，抵抗力非常差，所以我并不乐观。他显然在野餐前吃了浆果。”

康西丁医生踩了一下刹车，将车慢下来，然后拐向一个小农场。他们面前是一座整洁、现代化的农舍。康西丁医生将车停下。

“法官，你不需要下车，”他说，“我不会太久的。”

“我需要活动一下。”佩克法官说着下车跟在他后面。

房子里静悄悄的，只有吉尔·兰德尔歇斯底里的哭声，这折磨人的哭声来自那孩子的卧室。一个守候在那里的高个子、面色憔悴的男人为他们打开了门。

“康西丁医生，”他低声说，“恐怕你来得太晚了。”

如果他的话中含有责备之意的话，康西丁医生也没有注意。“我尽快赶来了，尊敬的科尔神父。已是无可救药。”

他从神父面前走过去，穿过客厅到了对面卧室。佩克法官跟在后面转悠着，只是简短地看了一眼对面那个沉重而又悲痛的房间。一个年轻女人跪在床边哭泣，她旁边一个男人坐在床上，双手捂着脸，头低着。那是兰德尔和他的妻子。佩克法官顿时产生了一阵同情。

神父说：“无限仁慈的上帝以其神秘之力无处不在。”

兰德尔夫人的哭泣慢慢停下来，她开始讲话，把她以前讲过的又讲了一遍。“我一点都没注意到他离开了我，我在忙着照看查尔斯。他正在学说话，我抱着他。梅森在为午饭找地方，我们在沙曼山上转着，那天天气很好，阳光明媚。我们吃了些黑莓。在山的一边，是北边，在一些榛木丛中有些黑莓，是约翰发现的，我说他可以吃。他一定是后来又发现了毒藤莓，以为也可以吃。噢，是我的错，都是我的错！”

哭泣又开始了。

这次是兰德尔自己说话了。“他们回来的时候那孩子什么也没说，只是坐下来吃饭。吉尔把查尔斯放下，然后给大家发三明治。那天中午他没吃多少，只吃了两个——两个都是乳脂干酪的，还吃了一些水果，喝了些汽水。晚饭时他什么也没吃，到夜里他就病了。”

“是的，他死了。”康西丁医生静静地说，“我会写份死亡证明。”

“亲爱的基督徒们，让我们祈祷吧！”科尔神父低声说道。

康西丁医生走出卧室，关上门，走到桌子前，坐下来写死亡证明。卧室里祈祷的声音渐渐停下来，但是从另外一间屋里传来一个更小孩子的哭闹声。外面，阳光明媚，远处山丘映衬在一片蓝色的云雾中。佩克法官走了出去。

康西丁医生跟了出来。

他们上了车，将车倒出院子。

“贾斯珀，如果你现在不着急的话，”法官说，“咱们到沙曼山转一圈，我小时候经常到那里玩。那时我的一个叔叔在那儿，我们时常去那儿野餐。”

“我知道他们很难接受这事。”康西丁说。

“贾斯珀，拐到那条路到山上去。”

“不用提醒我，我这不就拐过来了。”他叹了口气说，“可怜的梅森，真不容易。先是海伦死掉了——他们一直没能找到那个肇事逃跑的司机。”

“他们很少有机会找得到。”

“现在又发生了这事。这回彻底将海伦从他的生活里抹去了，有约翰在时，他的记忆里还有海伦。”

“贾斯珀，易伤感是种年老的迹象，也许是衰老的迹象。”

“铁石心肠。”医生嘟哝道。

佩克法官平静地笑了笑。

“我们到了。”他说，“我过去常认为这是一座给人印象深刻的山丘——象征着年轻人的未来，毫无疑问。”

“哎，你别叫我下去再转了。”康西丁医生坚决地说。

“随你的便吧，我去了——为了过去的旧时光。”

“啊！现在看是谁易伤感，多愁善感，衰老？”

“让你逮住了。”佩克法官平静地赞同道。

他下了车，康西丁医生一边抱怨着，一边在后面跟了上来。

这座山并不难爬。他们开始向上爬很快到了那个地方，从山的南坡向前伸出的类似圆丘的一块高地，这是他们野餐的地方，残余的东西还在那里，看上去有些令人伤感。

“我们这地方的朋友们是不会喜欢兰德尔一家的。”佩克法官说。

“他们烧掉了一些。”

“是的，火已经灭了。他们意愿是好的。走吧，咱们去转一转——除非你这么大年纪的人受不了。”

“我还是可以和你比比的，伊夫。”

“比生日？对的。”

他们沿着被牲畜踏出来的小路围着山丘走着，山坡上并没有长满树木。

“毒漆藤，”法官沉思了一会儿说，“所有的各种各样的毒藤名字都一样——除了某些植物学家称之为‘毒漆树’的那种，实际上它是一种毒漆藤的口头叫法。有趣的是，它是一种生长在美国各地的不同变种。现在它，还有盐肤木和五叶地锦，叶子应该变红了。瞧那边，我还是孩子的时候那片丛林就在那儿了。”

“难以置信！”医生惊叫道。

“我不会让它蒙蔽我的。”佩克法官正直地说，他那坦率的眼睛露出微笑，“或者可能你认为我天生是一个坏脾气，爱怀疑的家伙？”

“别再说下去了。”

他们慢慢回到野餐的地方，站在那里看着远处朦胧的景色。一阵南风轻轻地吹拂他们，将附近低地、田野和河流的芬芳以及刺鼻的气味带了过来。

“我那时喜欢尊敬的神父对他们说的话。贾斯珀，那是真的吗？当然是老一套的东西。‘无限仁慈的上帝以其神秘之力无处不在……’我觉得应该还有‘期待他创造奇迹’像这样的结尾。我对《圣经》并不熟悉。如果真的是上帝把约翰·兰德尔移到另一棵树下，那么我在想，你和我如此偶然地在街上相遇是不是也是上帝的安排呢？”

康西丁医生眯着眼睛以一种领会的神情看着他。

“在你看来，会不会需要一个超级女演员来掩盖一种毁灭灵魂的嫉妒？来继续伪装对赢得了她所爱的男人的那个女人的友好？来掩盖她的憎恨，用像她对自己孩子所拥有的爱掩盖它，一种用来掩盖对那孩子憎恨的爱，以为那孩子是她自己孩子的敌手？”

“噢，伊夫！”康西丁医生生气地叫道，“不！”

但此刻法官显得非常无情。他继续说道：“如果我是一个感伤主义者的话，我将去分担这痛苦。她说是沙曼山，我了解这座山已有好长时间，贾斯珀。这不是清白的就是有罪的，没有中间选择，她递给他的三明治带有拌着奶酪的毒漆藤浆果。沿他们家牧场的栅栏就有浆果可摘，甚至我们还没下车前我就看到发亮的藤叶。”

“伊夫，这不可能！”医生不赞同地说。

“我在想这可能吗？我想起了海伦·兰德尔。一个肇事逃跑的司机撞死了她并且一直没被抓住。吉尔就一直是一个很棒的司机，对吗？现在清楚了。”

“要是提出那样的控告简直疯了，伊夫。”

“是吗？我想你忽视了某些东西。以其神秘之力……有个偶然因素她没预料到——我会跟你一起来。我了解沙曼山有好长时间了。老沙曼总是不让山上长有毒的草木——没有蓟，没有黄酸模，没有毒盐肤木，没有毒漆藤。当我还是小孩的时候，我就知道这山上没有毒藤。”

陷害我于油画之中

她坐在一张藤制靠背椅上，像柳枝一样松软地坐在那里。杰克·康韦静静看着她，在画布上方准备好了画笔。

她动了动。

他又试了一次，绷紧嘴唇，准备好画笔，选择她的腿的角度。那腿长得十分优美，她非常熟练地将它们交叉着。这时他选择好了——画笔开始移动，她的两个拇指也在动。

它们在她的大腿上悠闲地捻动着，她开始玩弄起来。康韦放低调色板，瞪着眼睛看她。

“罗杰斯小姐，让您坐着别动是不是太过分了？”

她以一种看似忸怩的样子微笑了一下：“对不起，我不习惯坐着不动……你从不休息一下吗？”她又一次在椅子上辗转不安，继续微笑着，并设法将裙边提到膝盖上面。她的膝盖非常漂亮。

他的眼睛无意地瞥向她的膝盖，他很生气。这就是她想让他做的，让他的注意力离开他的工作。用她的钱，她只是为了好玩让人给她画幅肖像——或者更确切地说，只是作为一种借口。康韦很生气，他努力地克制着。

“我没有疯，罗杰斯小姐，我不是一个支配者，我只是挣碗饭吃。”他冷淡地瞪着她说，“你为什么不让巴里·斯通给你画？”他的语气突然变成了挖苦。“他会很高兴提供一点儿消遣——在各种姿势之间。”

他希望她恼怒，奇怪的是她没有，她只是若有所思地叹了口气。

“你为什么老叫我罗杰斯小姐？玛西娅听上去更加富有魅力——如果你要喊这个名字将非常有魅力！”她大笑起来，“另外，巴里那么没劲——在某个方面——

而你是那么……有趣……”她向杰克·康韦露出甜美的微笑。他无奈地转过身拿起调色板。他从颜料上抬头看时，她站在他面前，将手臂放在他肩上。

“告诉我，杰克，那个叫布莱尔的女人有什么我没有的东西？”

康韦没有将她推开，因为她出了钱。他有些不安，她的手臂慢慢搂住他的脖子。

从另外一个房间传来门铃声。

康韦松了口气，向后退去。“请原谅，我得去看看是谁。我马上就回来。”

她朝他笑笑：“别太久了，我会急死的！”

康韦把画笔和调色板放在画架的旁边，心中暗自期望着她真的会急死。他穿过房间走进和画室相邻的小办公室，然后将连接两个房间的门关上。门铃不停地响着。

康韦不慌不忙去开门。他发现门前站了一小群人。其中一个站在前边，他是个矮胖的人，腰很粗，粗得像是要把他那紧扣着纽扣的单排扣西装撑开似的，下巴全是赘肉。突然的宁静中，康韦听到他费力的喘气声。

“嗯？”康韦说，“我可以为你们做些什么吗？”

矮胖的人举起一只似乎毫无生气的手翻开他的领子，一个徽章露出来。

“我是凶杀组的警官，克劳利。你是杰克·康韦吗？”

康韦点点头，“凶杀组？”他迷惑地皱着眉头，“我不明白，我没有叫警察……”

克劳利发出一阵低沉的喘气声，“噢，有人叫了。报了你的姓名和地址，说我们在这儿会找到一具尸体。对吗？”

康韦睁大眼睛。“尸体？”这话听上去有些奇怪。他带着询问的目光盯着他面前那些严肃的面孔，“我不明白，是开玩笑吗？”

克劳利摇摇头，他那多层的下巴颤动着：“我接到个电话说某个地址有具尸体，我不认为这是个笑话。你一个人吗？”

康韦渐渐开始明白，他们是认真的。他们的眼中带着冷漠的戒备，紧紧盯着他。康韦没想好该怎么样反驳。尽管他认为他们说的不可思议，莫名其妙。但他们可不这么看。他摇摇头，平静地作了回答。

“不，我不是一个人。我画室里有个客户要我画张肖像——我刚离开她来开门。我可以向你们保证她活得非常好！有人让你们来做这种劳而无功的事是出于……”

克劳利发出一声叹息，在门口挪动了一下身体。他的眼睛一直冷漠地盯着康韦：“那么你是不会介意我们查清楚了？”

康韦皱皱眉头，脸上明显有生愤怒：“你是说你们要搜查我这个地方？”

“我只是想查清楚，说明白了，我非查清楚不可！”

康韦想关上门，他不喜欢他们看他的那个样子。他们眼睛里好像是有含意的。它们好像在说——你遇到麻烦了，伙计，最好合作，我们可不是闹着玩儿的。

“好吧，请便。进来吧。”康韦站到一边，警察们进了他的办公室。他们迅速四处查看，克劳利向房间远处那边的门走去。

“这是通向哪里的？”他问。

“厨房。”康韦回答。

他们走了进去，快速老练地扫视着。对着厨房的浴室将它同卧室连接起来，康韦跟他们穿过一道道门，走过卧室，他扭动了通向画室那扇门的把手。

“这是最后一间，是我的画室。如果你们不对我的客户说什么的话，我将十分感谢。我们可以从厨房回去。”

康韦打开门时没向画室里看，而是注视着克劳利，目光不无嘲讽地——找到你们要的了吗！

但是警官克劳利没看这位画家，而是向画室里看去。对于他所看到的东西，他那肥胖的脸上展现出一副呆滞的表情，杰克·康韦扭头向画室瞥去。

画室中央，画架旁边，玛西娅·罗杰斯一动不动，静静地躺在地板上，她的衬衣在胸部那里被撕开了，一支细长的油画笔扎进她的胸部。那是一支画家的画笔，浸泡在浓艳的生命颜料中。血还在流着。

杰克·康韦的脸刹那间变得惨白了。克劳利将他推进房里，他目瞪口呆，含含糊糊地听到了警官的声音。

“你就是这样画肖像的！你不觉得她活着画在画布上看上去更好看些吗？”克劳利的话充满了尖刻，像一股寒流顺着杰克·康韦的脊梁骨蔓延下去，他开始发抖了。

“天哪！你不会认为……几分钟前我离开她去开门——给你们！她那时还活着……她用手搂住我……她是……”康韦的话说得断断续续，声音里充满恐惧。他目不转睛地盯着尸体，他无法使自己去相信这一切。她死了，她死了，画笔插在她心脏里。她死了！

克劳利抓住康韦的胳膊把他朝尸体推去。在他们周围，警察和技术人员开始忙碌起来。克劳利没注意他们，他紧紧地抓住康韦的胳膊，说话粗声粗气。

“现在你想坦白了吗？我会让你交代的！”

康韦无法将目光从玛西娅·罗杰斯的身影上挪开。就在刚才，她还对他笑着，以那种——如果我能的话我要俘虏你的神情。只几分钟，她就变成毫无生气的肉体。他下盯着她，那凌乱卷曲的棕色头发，那张开的嘴唇，上面抹着深红色的唇膏，污物淌下她的面颊。那支油画笔，像一个孤独的哨兵样扎在她心脏里。

“我没杀她！我没杀她！！我没杀她！！！”他嘴里不停地、疑惑而又恐惧地喊叫着这句话。克劳利冷酷地瞪着这位画家，抓着康韦胳膊的手握得更紧了。这时，他身后突然出现一阵混乱喊叫声。

“嘿，警官！瞧我找到了藏在卧室壁橱里的什么！”

克劳利转过身去，松开了康韦。画家也转过身望去——

一个警察拖着一个用力挣扎着的个头矮小的姑娘走了过来。她金黄色的头发，很漂亮，脸上充满了恐惧。她面颊苍白，只有中间一小块儿有点红红的。瞥见玛西娅·罗杰斯的尸体时，她吓得瞪大眼睛，狂乱地扭动着想挣脱警察的手。

“放开我！放开我！我什么也没做……”

杰克·康韦气喘吁吁地说：“内利娅！天哪！你在这儿做什么？”

克劳利走上前，那肥胖的脸颤抖着。“这是我所想知道的。放开她，赖利。”

她站在那里晃动着，嘴唇发抖，眼里充满恐惧，不停地注视着尸体，摇着头。

“好啦，咱们来说说，你是谁，你在那个壁橱里干什么？”克劳利打破了瞬间的平静。姑娘慢慢抬起头，呆呆地看着克劳利。杰克·康韦插话进来：“她是内利娅·布莱尔，我的女友。”他说。说完他向那姑娘走去。“内利娅，看在上帝的分上，你在干什么？”

姑娘奇怪地看了他一会儿，好像这是她一生中第一次看他一样。她从他身边退开，哭了起来。

“别碰我、别碰我！”

杰克·康韦气喘吁吁地说：“内利娅，你……你不能认为是我杀了她！”

“闭嘴！”克劳利突然粗声说道，“从现在起，我来问问题。我要从你开始，布莱尔小姐！”

对着办公室的门猛地被冲开了，一个穿制服的警察将两个人推进来。克劳利肥胖的身体迅速转过去，然后皱起眉头。“嗯？这两个人是谁？”

警察将那两个人向画室推了推。他们张着大嘴盯着那具尸体。警察指着其中一个，那人高高的个儿，长得苦行僧似的，沙黄色的头发，清澈的蓝眼睛，外表像是在巨大压力下被剥去道袍的修道士。

他的衣服剪裁考究，但同这个天使般的人物不相协调。两人是一副惊呆的神情。

“我发现这家伙企图从这座楼里跑掉。他说他叫杰西·金凯。”

克劳利点点头，目光从金凯转向康韦和那姑娘。他仔细地注视着他们，看出他们眼中流露出迷惑和疑问。他对姑娘讲道：“你认识这个人吗，布莱尔小姐？”

内利娅·布莱尔点点头：“是的，我认识他。他同玛西娅·罗杰斯订婚了，他很有钱……像她一样……像……像她那样……”

“什么？”克劳利转过身去，眼睛从姑娘身上转向金凯，“是这样吗，你同玛西娅·罗杰斯订婚了？”

杰西·金凯看了看那人，慢慢点了点头，像一个下等人向他的忏悔神父坦白罪行一样。克劳利绷紧下巴，粗声喘气。

“我明白了。”他转向警察问道，“那个人又是谁？”

另一个人是个中等个儿，身材像赛狗一样瘦长，紧张又戒备地站在那里，菜色的肌肉不安地抽动着，看上去像随时准备逃跑的人。警察说话时，房间里每一只眼睛都盯着他。

“他是从下面上楼来的。他名字叫巴里·斯通，这下面他有间画室。他说从窗户向外看时，看到一辆警车停下来，他想知道发生了什么事。”

克劳利慢慢扫视着斯通、康韦、金凯和那姑娘，目光中带着质疑和思索。紧张的气氛在他周围聚集着，他从他们的眼中看出来。克劳利是个有耐心的人，经验告诉他当人们面对死亡时，会做出奇怪的事情来。他曾经遇到由于联想使朋友变成了敌人；还遇到过狡猾的罪犯在没有引起人们怀疑时，却被自己的话出卖。克劳利愿意等。技术人员们围着尸体忙碌时，他等在那里，他用不着等太久。

杰西·金凯不安地用手指拢了拢蓬乱的沙黄色头发，带着责备的目光向内利娅·布莱尔看去。他的声音有些酸楚，“我到这座楼来找你，内利娅。你离开那么长时间……我没想到会看到这种情况！”

杰克·康韦的额头浮现出烦恼的皱纹，转过身去看着那姑娘，“你在这里干什么，内利娅？你怎么进到那个壁橱里了？”

姑娘避开了他的视线，看向了他们对面。巴里·斯通大笑起来。康韦转过身看着他，“见鬼，这有什么好笑的？”

斯通不安地注视着康韦："好笑，这是很好笑……你不明白发生了什么吗？内利娅一直在嫉妒玛西娅·罗杰斯，因为她有钱而且试图勾引你，杰西知道怎么回事，他跟她订婚了！他们在这儿监视你们——企图抓住你和玛西娅！"

内利娅·布莱尔气愤地把目光转向斯通，她在颤抖。

"我想每个人都知道你爱她爱得发疯，但是她对你一点儿兴趣也没有。她是通过你才见到杰克——在那之后她就立刻抛弃了你！"

斯通瘦瘦的、菜色脸上浮现出嘲弄的微笑："但是当玛西娅·罗杰斯被杀时我没有藏在壁橱里，是你藏在里面！"

克劳利一直注意听着。他看到康韦的眼中冒出气愤的火焰便插话说："从现在起由我来说。金凯，你刚才要到楼外去——不是从这间公寓的后入口，对吗？"

杰西·金凯用力摇了摇头："天哪，不！内利娅要我在外面等着——斯通所做的推理是对的。我是嫉妒，因为玛西娅在康韦画室同他鬼混，但是我还没有嫉妒到去杀人！另外，只有两个人有机会杀她——康韦和布莱尔小姐。或许她是要保护他——她应该能够看到发生了什么！"

杰克·康韦忧虑地看着内利娅·布莱尔，他知道当他离开房间时，玛西娅·罗杰斯还活着。在那期间只是过了几分钟的时间，而她在公寓里。当他完全意识到是怎么回事时，冰冷的恐怖紧紧地揪住他的心。他紧张地等待着。

"我什么也没看到。"姑娘答道。她面色苍白，看克劳利时，脸拉得很长。他静静地看着她，目光中带着严厉的谴责。她赶紧接着解释道："我什么也没看见是因为当门铃响的时候，我很害怕，觉得会被人发现，所以我就藏在壁橱里了，直到你们在那儿找到我！我没杀她，你得相信我！"

"你在壁橱里的时候听到什么了吗？"克劳利问她。

"没……没有。就是，我真的没期望听到什么——我不敢肯定。里面很黑，我很害怕。"

克劳利向她走过去。"门铃响之前，你在卧室门口听着画室里的动静，对吗？"

她不耐烦地点点头："是的，门开了条小缝儿，我可以看到他们俩，但他们不知道我在那儿。"

"门铃响的时候，杰克·康韦在干什么？"克劳利很快地问她。

内利娅·布莱尔扫了康韦一眼："她用手臂搂着他的肩膀，试图把她推开。"

"我明白了，"克劳利粗声说，"你肯定他没把一支尖头油画笔戳进她心脏吗？"

"没有！"她高声叫起来，"他把她推开了，然后走过房间去开门——就在那时我害怕藏在壁橱里了……”

克劳利慢慢地点了点头，“这排除了两个可能的凶手中的一个。”

康韦气愤地瞪着他：“你是什么意思？”

“我的意思是，根据她的话，你不可能杀死玛西娅·罗杰斯。她是在你去开门和我们发现尸体这段时间被杀的。还有谁在这间公寓里？还有谁有机会杀掉她？谁有那么强烈的动机以致看到那女人的手臂搂着你的脖子，一怒之下便只想干掉她！答案显而易见。”

他们静了下来，可怕的静默中充满了谴责。他们旁边，技术人员用单子盖住玛西娅·罗杰斯的尸体。房间那头，一个警察拿着个卷着的担架走进门来。克劳利不停地盯着那姑娘。

“你杀了玛西娅·罗杰斯，”他说，“但是你没有时间脱身，所以你就藏在壁橱里，想等机会再溜出去。你冷不防抓住了玛西娅·罗杰斯，并用你手边能找到的唯一武器——一支长而尖的油画笔——戳进了她的身体！”

内利娅·布莱尔呆呆瞪着眼睛，恐惧的大眼锁定在克劳利肥胖的脸上，一动不动像被催眠了。杰克·康韦无助地看着。克劳利话中的逻辑是不容置疑的，但是这又说不通。因为他知道她是不可能杀死玛西娅·罗杰斯的，这个念头一直在杰克·康韦的脑海里回荡。有某种东西错过去了，谜中的一部分。尸体被卷入担架时，他向下注视着，她嘴上红色的污物好像在极度痛苦地斜视着他。

“我要拘留你，布莱尔小姐。我指控你犯有谋杀罪。”克劳利打破了他们沉寂。

“我指控你犯有谋杀罪。我要拘留你，布莱尔小姐。”“你是一个凶手，布莱尔小姐。”这些话在杰克·康韦的脑海里回响着，他隐隐约约听到那姑娘在抽泣：“不……不……你弄错了……我跟你说的都是实话……我没杀她……没有……没有……”他们没在壁橱里找到你吗？你没藏在卧室那里等待这样一个机会吗？你没很好的理由杀她吗？你没证明那不是你干的吗？内利娅，天哪，内利娅！

他们把尸体抬出去，克劳利抓着内利娅的胳膊，将她带走。康韦浑身颤抖，他向克劳利走去。

“你不能逮捕她！她是无辜的——我知道她是无辜的！”

“杰克！别傻了！”巴里·斯通抓住康韦的肩膀把他向后推去。康韦恶狠狠地将他的手甩开，瞪着这个画家。克劳利生气地粗声说道：

“这对你没好处的，康韦。我知道你的心情，但事实是不容争辩的。斯通，你跟他待着，让他平静下。回头我还要你们俩做证人。你，金凯，可以走了。”他瞥了所有人一眼，抓住那姑娘胳膊。她被带出房间，康韦无助地望着。片刻间，只剩下他和巴里·斯通了。斯通的表情看上去很严肃。

“事情很棘手，杰克。我知道你的心里的感受……”

康韦继续瞪着他。他摸了摸肩头刚才斯通抓住他衬衫的地方，用手指漫不经心地摸着被撕开的口子。你知道我感觉如何？这是一种嘲笑。是的，确实是嘲笑。你现在真的是在嘲笑，你永远也不能吸引住你的女人。我感觉如何？现在我失去了自己的女人。我唯一的一个女人……还有玛西娅……当他想到她一动不动、静静躺在那里死了的时候，他咬住嘴唇。她那扭曲的脸以及嘴唇四周的污物，血液从她胸前的伤口渗出来……

他的手从肩膀上放下来，双手揉搓着手指。他皱着眉，手上有些滑滑的东西。他看了看手，一些红色污物弄脏了指尖。他扭过头看了看肩膀，布上有个撕开的口子，但是没有血——上面只有一团红色污物。

“你要打起精神来。”巴里·斯通说，杰克·康韦没有听，他在看着他衬衫上的那团红色污物。他看看他的手，慢慢地，他把手指放在鼻孔下，闻到一股香味。“我非常抱歉把你介绍给玛西娅，杰克。”巴里·斯通还在说着。香味，康韦仔细看着他手指上的污物，脑海里现出一个景象—— 一张死去的脸，苍白扭曲；一张嘴，因污物而变了形。

“你到底怎么了，杰克？”巴里·斯通问。

康韦看看他，眼里露出紧张戒备的神情。一个词在他脑海里闪动着，跳跃着，回响着。

“你撕破了我的衬衫，巴里。”康韦话说得很慢却非常可怖，“你还把它弄脏了。瞧你的手，巴里。你看到了什么？”

巴里·斯通皱着眉头看了看他的手：左手掌和手指都被红颜色弄脏了。他不安地笑了起来，“对不起，一些颜料我没擦掉。”

康韦摇摇头，他靠近斯通：“不，巴里，不是颜料。你闻闻。”

杰克·康韦的话里有话，这使得斯通向后退过去。他把手抬起来放到鼻孔下，他的手在颤抖。康韦咧嘴笑了，这是无情的冷笑。

“是香的，对吧！不像颜料——像唇膏——像玛西娅·罗杰斯使用的唇膏！这是她的唇膏——当你杀她的时候弄脏她嘴上的唇膏！”

康韦因激动不安颤抖着。他无情地、慢慢逼上前来。巴里·斯通向后退去，他那菜色脸上的肌肉紧张地抽搐着。他挤出一丝冷笑，一只手伸进外衣口袋里拔出左轮手枪，将枪指向康韦的心口。

“站着别动！”斯通喘着气声音沙哑地说，“那么你猜对了——是的，我的确杀了她！自从她为你抛弃了我，我就想杀死她！我知道金凯跟她是不可能的，但是我想我可以的。我本可以得到财富和保障的，但你插了进来。她抛弃了我，像所有人一样。我发誓要让她为此付出代价。

“我知道你今天为她画像，我作了计划。我打电话告诉警察他们会在你的画室里发现一具尸体。他们到达时，我正等着。我从厨房溜进来，又从卧室进了画室。等她看到我时已经太晚了。我用手掐住她使她不能叫喊，又用你的画笔戳死了她，然后我溜过卧室回去了。我等了一会儿，然后从楼梯上去。我对于外面的警车感到好奇是很自然的。

“最具讽刺意义的是我策划让你受到谴责——我不知道内利娅藏在壁橱里，她也没看到我！将永远不会有人知道到底发生了什么——因为我要杀了你。警察将会认为是自杀，枪会在你手里。我告诉他们你坦白了，我还没来得及阻拦，你就开枪打死了自己……”

斯通手指扣紧扳机。康韦恐惧地看着他，太远了，他无法扑过去，他的肌肉都绷紧了。枪响了！

巴里·斯通向前蹒跚两步栽倒了，脸上一副吃惊的样子。

克劳利警官手里拿着枪跳过卧室门，肥胖的脸上冒着汗水。

“还好我没打偏，康韦。”他粗声说道。

杰克·康韦呆呆地盯着克劳利，向下看看巴里·斯通。在他身下一摊鲜血正在地毯上流着。

“我……我不明白……我以为你走了……”

克劳利点点头，下巴上那肥胖的赘肉颤抖着。“那正是我想让你认为的，我故意逮捕那姑娘。我凭预感行事，由于那个电话，我知道她是不可能打电话的，她没时间或机会。我知道无论谁打的那个电话，他就是凶手。我自然排除了你，因为那就等于签了你自己的死亡证书。剩下的就只有斯通和金凯了。我问自己谁具有最好的机会打那个电话，杀死那姑娘并逃走，答案是斯通，但我没任何证据。这就是为什么我让他在我离开之后跟你留在这里。

“我在这个职业里学会了一样东西：如果你有耐心并给一个人足够的绳子，他会把他自己绑起来。我离开这儿以后，在这公寓里转了一圈，然后站在卧室门后听着——就像内利娅·布莱尔那样。我听到了一切并及时阻止了他。这是一种预感，但它挺管用。”

克劳利掏出手绢擦了擦脸。康韦一声不吭站在旁边，尽力去理解克劳利对他说的这番话。克劳利喊了一声，办公室门开了，警察一个个地走进来。另外还有一个人也走了进来。

她跑过地毯，扑到康韦怀里哭了。他温柔地将她的头向后推了一点儿，亲吻着她那被泪水弄湿的脸。他望着她的嘴唇，红红的，张开期待着。

当他亲吻它们时，他注意到它们散发着香气。

但是这是一种不同的香气，要甜美得多。

待玩的游戏

我到办公室找一个叫梅特凯普的人，这个浑身带着“联邦”味儿的人在等我。他看到我，向我投了个“三号信任我”式的微笑，这种微笑在给十几岁孩子看的电影里非常流行——也是在情报局里他们最先教给我的那种。

“咱们简单说吧，哈吉先生。我想雇你干件事。”我盯着他眼睛，他好像很认真，看上去有些绝望。

“我有样东西要送，”他说，“我没时间说清它的重要性，是个非常重要的情报，不敢冒险让人拦截了。

“不能用传真，不能用卫星，什么都不能用。我的上级坚持要让人来传送，他们还坚持要一个最完美的人。那就意味着是总统、我的老板、或我自己。”

“总统怎么说？”

“他在跟我老板共进午餐。”

“好吧，祝你旅途愉快。”

“实际上，我是想这么祝愿你。”

意图很明显，有游戏可玩，我继续听下去。我以前在安全保密方面的清白，加上我多年为政府从事渗透活动的经历，以及我所受过的格斗训练，足以使我胜任这项工作。梅特凯普向我介绍了详细情况。

他所在的南美处情况很糟，有一份新的指令单，是他的拉丁特工需要的——马上就要的。此项工作必须用不到两天时间开车到迈阿密——不容易——但是有可能的——尽快同他的主要咨询组取得联系。

“当然，”梅特凯普承认，“这其中是有危险的。”

“当然。”

“这意味，敌人有可能干掉你，但可能性不大。这次行动是我独自策划的，没别人参加。我准备为杰克·哈吉的退休金捐助一笔钱。”

“多大一笔？”

“你想要多大一笔？”

“能满足我的贪欲就行。”

我们达成的协议是一万美元并为我添置一套新办公家具以取代我办公室里那堆破烂。我揣测，管他呢，他只需让人从供应中心送过来就行。他给了我接头地点位置，我需要的接通暗号以及我汽车上用的粘贴标签，这样在曼哈顿和迈阿密之间违反速度法规的话就会好办些。

当我问为什么不能坐飞机去时，他告诉我说用来伪装这张单子的方法对金属探测器非常敏感。乘飞机太危险，特别是由于传送的期限非常紧迫，机场都在敌人监视下。

梅特凯普递给我一本杂志——《哈格泰》第四期。杂志封面是位迷人的金发女郎照片，“酷暑”中的戴比·哈里斯，为一种黑色皮革紧身连衣裤充当模特儿，她叉开双腿坐在一张覆盖着蓝色缎被的小女孩床上。我问道：“给我深夜消遣用的？”

“这是它的一个作用。里面还夹着带有磁性编码的指令单，在书页之间的箔纸上。”

我翻了翻，试图确定哪些页子更重些，但无法找到。我放弃了查找，将“戴比”卷起来塞进我的夹克里。之后，梅特凯普从他钱包里拿出一万美元给我，愉快地跟我道了别。

我朝他点点头，笑着走下楼梯，想到我要同那些颠覆分子周旋时，我笑了起来。我知道我的机会来了。

出了曼哈顿几小时，我注意到有人跟踪。我将车开得很快，吸引了一辆不为人注意的轿车。脚松开油门我让汽车慢下来，但没打开尾灯。他们还在以同样速度跑着。当他们飞速超过去时，我注意看着他们，想看清楚是否州警察队，但不像。

突然，这不像去度假了。车流中，我一边开车一边想着这事：梅特凯普为什么信任我而不是别人？为什么他的限期如此重要？绿色雪佛莱里那些微笑的面孔究竟是谁？俄国人？中央情报局的变节分子？还是引起我注意的无辜旁观者？

那辆雪佛莱使我想了很多，它是最有可能救我命的东西。要是我没想的话，当它从后面休息站开出来时我可能不会注意到。

那车以五十英里的速度快速开出并车道，然后以八十英里的速度跟在我后面。它斜冲着我的车尾，企图将我的车往右侧撞下去。我向前疾驰，迫使他们歪向后方重新调整角度。横穿几个车道，我向前冲出有几辆车的距离，从枪套里拔出我的点三八手枪，将它塞到底板和座位靠背之间，以便可以迅速拿出。我从后视镜里看了一下，那些微笑的面孔也做好了准备：枪口从他们的两个车窗中伸了出来。

雪佛莱和我的车像跳芭蕾一样前前后后在各个车道上穿越，像猫捉老鼠似的驶过一英里又一英里。两分钟之后，我的车速表达到了最高位置。雪佛莱还在跟着我。我们在车流中穿来穿去，这激怒了一些人，也吓坏了一些胆小的人，还将几辆车挤下公路。终于出现一段空旷的路段，我的车后没有什么可遮挡了。

还没来得及反应，车尾行李箱发出一声巨响。我急忙转向右边，这时第二枪打掉了我的侧视镜，它被击得粉碎，碎片在车边飞了一下不见了。

雪佛莱追上来和我并排行驶着。我将车摆向左边，用车尾撞击他们的车头。我向另一方向推进，他们拼命加速，撞进我的挡泥板。他们左侧的轮胎碰到了路肩上，在路边滑行着。尘土飞扬使得我们后面更多的车辆撞在了一起。我们一起吼叫着冲下州际公路，飞速行驶的汽车喷溅出火星，油漆也开始剥落。

机关枪又开始吼叫了——后窗的玻璃飞落在我的肩膀上——子弹击碎了挡风玻璃，剥去了汽车大片车皮。我缩低身子，利用汽车坐椅的望头枕掩护，使劲摆动方向盘，用尽全力将车甩向左边。手掌上的汗水使我难以操纵，方向盘上的塑料表皮像涂了油十分滑腻。机关枪又吼叫起来，削去一部分头枕，击碎了挡风玻璃。

我们以一百多英里的速度冲上弯道，前前后后相互撞击着，将路上的汽车挤出去。当一辆车从转弯中调直车头时，我抓起手枪，猛地踩住刹车。雪佛莱像七月的冰雹一样狠狠撞在我的车上，将我撞离了方向盘，也将它里面的人震得飞了起来。他们还没清醒过来前，我将点三八手枪中的子弹全部射向司机，他脸上开了两个新的孔。我使劲向右转动方向盘，把我们的车分开。

我们强烈颠簸着向前行驶，一会儿撞在一起，一会儿又分开。我的车完全滑到了州际公路边缘，它们在空中翻了一个三百六十度的跟斗。掉下来时，路面都给震碎了。公路上到处是玻璃和血，其他跟在我们后面的汽车由于突猛刹车而打转，人们顾不上注意交织在一起的汽车和人们尖叫声。

我从工具箱里拽出纸巾，按在头上，它们在吸伤口流下来的血并粘在上面，我知道将来要弄掉它们会非常疼。我顾不得这些，拧动点火器上的钥匙，希望能打着火。

我的云雀车开始启动了，它的轮胎咬着路肩爬上去，然后倒回到I–95号公路。我从只剩下一半的后视镜里望了望，看看雪佛莱车里是否还有人活着。当我什么也没看到时，我笑了。

整夜，我沿着地方公路，朝迈阿密开去。赶到接头地点时，筋疲力尽，咖啡的味道简直讨厌透了。

鲨鱼莱尔是老船坞头儿上的独家生意，它提供膳食给码头上的游民和远海渔民，以及附近的恶棍、工人和小赌博者以做掩护。空气中弥漫着几十年的烟和鱼油味道，长年被人触摸的墙壁也充满了这种味道。

这是一个啤酒馆，劳累、愤怒的人们前喝酒的地方，他们会一直喝到消沉得足以去睡觉或打架为止。我在里面等了两小时，感觉像五十个小时一样，独自一人坐在黑影里。过了一会儿，紧张开始爬上我的脖梗和肩头。我发现自己的拇指掐进肩胛骨间的皮里，试图放松聚集在那里的肌肉。

我开始感觉到像是被诱入到鲨鱼莱尔的。睡意渐渐上来，我想，或许我要见的人像我一样也在很短时间内才接到通知的话，他们可能仍然在路上。他们可能也遇到了像我那样的麻烦，但不像我那样幸运。他们的面孔可能射得更准些。这时，一个人从角落里朝我走来。

他问："杜格？"这是我的暗号。我佯装认出来了，回答道："雷，没想到会在这儿见到你。"

"哎，像我们在曼塞常说的，'照相机拍照片'。"

"说得真像一个民主之子。"

从他眼中神情我看出我们已接上头。"雷"俯下身子小声说："咱们走吧。"

一到外面，"雷"问道："包裹在哪里？"

"在我的汽车旅馆里，不想冒险。"

"多远？"

"码头尽头。所有东西都在我房间里。"

"太好了！""雷"答道，他太高兴了。我听出他声音中的醉意，这声音暴露了他是在取代某个人，直觉告诉我要当心。我转过身去，同时向后退着，刚好躲过他的刀子。"雷"因刺空踉跄了几步，但很快就站住了。我小心摆好架势，等着他下个动作。没有时间掏枪——我们离得太近了。我们相互盯着，他站在我和海岸之间。很快就清楚是为什么了。

从酒吧的船坞那边出现了两个人，赶过来帮助我们其中的一个。我想我知道是哪一个，我假装掏枪以迫使他出手，“雷”向前跳过来，想趁我失去平衡时靠近我——正是我所希望的。

我用左手抓住他拿刀的手腕，用力一拧，刀掉下去。他企图转过身，我松开他的手腕，这样我可以抓住他前面的衬衫，把他拉过来用右手揍他。我的拳头击中他的鼻子——两次。他眼中的光消逝了，我松开手让他倒下，然后跨过他的身体去迎接他的朋友。

我伸手去抓身后船坞墙上的一副船桨，就在我的朋友们到的时候，我抓起了一只。其中一个过来得很快，从他的动作看出他想躲避，但来不及了。我挥起船桨，用桨片打在他肚子上，转过来走得更近些，他还没来得及吭声，我就用粗粗的桨把击中了他左耳，一下子将他打倒在一边。

我走过去时，他同伴的刀擦着我的头砍了下来，但是没碰到我。我用桨击中了他的后脖子，打得他一头栽倒在船坞上。我离他们三人有段距离，背朝海岸站着，看着他们爬起来。只有一个人尽力抓着刀子。他们小声说着，朝我围过来。

我走上前站在中间诱骗他们．然后猛地将两人打得向一边倒去。剩下的一个抓住我的桨，我突然松开手，他拉的力量过猛向后倒去。

我拔出枪，命令他们站起来靠在栏杆上。有一个没动，他是哩哩啦啦地尿了出来。我先搜了搜他，然后又搜另两个。他们都带有小口径的枪，但没一个有身份证。

我的脑海里闪现出各种念头，比如说，这些家伙们是否还有更多的同伴？他们究竟是谁？我带的杂志里到底有什么？我应该关心它吗？我让来回答这些问题。

“你们是谁？”我问。

“我们什么也不会告诉你。”

“瞧，我不是政府。我不打算折磨你们，或者叫警察，或者任何人——只要我能得到一些答案。可是，如果我得不到答案，那么我只能打死你们，然后跑掉。所以，为了你们自己，说出来吧，你们认为我拿的是什么？”过了一会儿，一个人回答了。

“密码本。”

“什么密码本？”

“用来指挥我们潜艇行驶的密码信号。”

我们相互打量时，我告诉他们：“听着，我想你们同样被骗了。是出于什么原因，为了什么目的，我不知道。你们明白吗？至于你们的密码，我什么都不知道。

我所带的东西同潜艇没有任何关系。有人把我们当成傻瓜耍了。”我将他们的一把枪插到腰里，将另外两把扔到栏杆外面。刚才答话的人说话了：“你喜欢真相，美国人，我们告诉你一些。我们是克格勃 NN 部——第七处的。”“NN 部”，克里姆林宫的分支机构，主管对苏联公民和来访的外国人进行秘密监视和盯梢。

“如果你是 NN 部的，要这样的花招干什么？强制行为不是你们的行当。”

“受委托来杀你的那个组被杀了——我猜是你杀的。我们又被指令来拦截你，因为我们是这个地区唯一的一个组。你肯定已经注意到了，我们没有成功。”他的目光证实了他在说实话。我说着慢慢向后退去。

“好吧，照顾一下你们的伙伴，我所需要的就是给我点儿时间让我离开你们。”

那人又问：“你打算怎么办？”

“我？我要抓住那个设圈套骗我们的杂种。”

不到一分钟我就回到了汽车旅馆。我打开门，发现里面有几个人。三个强壮的小矮个儿，个头只有六英尺，装备有铁手指和其他可以致人死命的金属器械。他们是一组杀手，在我还没有来得及看清他们有多少人时，他们就已经把枪对准了我。

第四个人，一个眼睛鼓鼓的家伙走到我眼前。他晃动了一下和梅特凯普一样的徽章，开始说了起来。

“好啦，哈吉先生，情况是这样的——我们正在寻找，但我们不知道你是一个应该猎捕的人还是一个引路的线人。那么，你想问什么吗？或者想加入进来？”

我加入了。我没理由不这么做。他们是政府的特工，他们的身份没任何问题。他们的枪也是那样。我把一切都告诉给他们——有关我和梅特凯普见面，有关我无法找到的那个中美洲人，有关找到我的那些俄国人。之后，我把“戴比”递了过去，并问：“现在怎么办？”

“我们走。”

“‘我们’是我们所有人，还是指你们四个人？”

“我猜你是想在某个时刻离开的，但刚才我是指我们。”

“你要我继续卷入发生的事情里，或者我非这么猜不可？”那个自称叫巴格艾的拿起“戴比”，将它从中间撕开。他拿着撕下的一半对着我说：

“没有金属芯——什么也没有。只是开始游戏的一个策略。梅特凯普对你撒谎——给你设了个圈套，派你出来，然后透露给俄国人说你带着他们的密码。如果他们杀了你，他就会完全摆脱干系。”

“但是究竟我有什么值得他们杀的？”

“什么也没有。我们怀疑梅特凯普不干净有段时间了。我们一直期盼他能做什么，要么排除对他的怀疑，要么让他彻底暴露。”

“你知道他不干净，还让他把我拖到这个骗局里——直到我走进圈套？”

巴格艾很冷静。他那的手下保持着他们的姿势。我们本可以加入到同一边的，但我注意到他们仍拿着枪。

“不，我们并不‘知道’他不干净，我们只是怀疑。不幸的是，这是在美国——‘非常肯定’还不够，他必须向我们展示自己。他是个乐于助人的杂种——他这么做了。我很高兴你幸免于难，到该揭露这个杂种真实面目时，我们需要你的证词——但是就我们所知道的，你也许是他的中间人。”

巴格艾向拿着我的点三八和俄国人的点四五手枪的人做了个手势，把它们扔到床上。我把枪放回枪套，问道：“那么，这可以不让你的人再找我的事了吗？”

“我们从来都没有。这是美国，杰克。”

“你一直是这么告诉我的。”

“想想吧。你刚刚花了两天时间来违犯你所能够违犯的每一项法律。从技术上讲，你是一个凶手。你的惩罚是什么？一个毁坏的挡泥板和一万美元可花。”当他们四人走出去时，巴格艾说完了他的话。

“资本主义对你很好，杰克。我们应该过得很舒服才对。”

听着他渐渐消失的笑声，我打了个电话到曼哈顿给我的朋友弗雷蒂。她在我办公室对面街上经营个报摊。我让她到我那里看看我的新家具怎么样。十分钟后她打来电话，告诉我一切东西看上去都很单调，但还不错。在我停下之前我们又多说了几分钟，我答应要给她带一大袋橘子回去。

挂上电话，我知道发生了什么。

我坐在黑暗中，数着时间。我已经等了好几个小时了，知道将要发生什么，只是不知道确切时间。巴格艾和他的人是十一点前离开的，想不到他会等这么久。门把手终于转动了，悄悄地，我知道它会这样的。巴格艾拿着枪进来，他盯着我在床上堆起的人形。他用无声手枪朝它开了三枪，我喊出他的名字，给了他一个机会放下枪。而他却转过身来开火，他的子弹打碎了水泥地，我的子弹击中了他的两根肋骨，他直直地倒了下去。

“猜得不错，杰克。”他咳嗽着说。

“并不那么难。”人们很快围到过道里。我把门关上，走到电话那儿说：“梅特凯普是对的——他的部门里有不干净的人——有人把最新的文件送给俄国人。”他点了点头，这动作使他咳嗽起来，一股鲜血从他紧闭的双唇中流出来。我真的替他感到难过。

“暴露了。要不然，你在这里的时候，你会照顾我的。”

“有他们在这儿，不能把你带到外面去。只好……等着。”

说话又让他咳嗽起来——猛烈地。鲜血和看上去像海味的东西搅和在一起啪啪滴落在破旧的地毯上。我一边拨电话接通梅特凯普，一边告诉巴格艾。

“你唯一的错误是：你知道我走的时候我汽车的挡泥板是凹下去的，但你从来都没见过我的车。在那之后，我打电话给我的朋友弗雷蒂让她查看我的办公室。梅特凯普将我向他讨要的家具送去了。如果他要我死的话，他为什么还会去费那事儿？”

巴格艾从身边抬起手看了看，他的手指像雨后房顶的流水一样滴着血。疼痛使他闭上眼睛，他说：“你可耻……离开军事情报部。你很……不错，必须多加……实践。”

当终于接通梅特凯普的电话时，我回答道：“像你说的，这是美国——一个充满实现幻想的地方。”

我还没把发生的一切给梅特凯普讲完，巴格艾就死了。

瓶中的魔鬼

布赖恩给了警长的男孩二十五美分，说：“格雷戈里先生会告诉你把这些袋子放在车里什么地方，我会直接到的。”

一切都像他计划的那样进行着——顺利而又自然。

“别忘了你开车戴的手套，亲爱的！”埃菲说。

“我不会的，我亲爱的！”布赖恩让她放心走，关上工作室的门。他站了一会儿，听着埃菲匆忙跟在男孩后面的脚步声，然后他回到浴室里。

他那灵巧的双手开始实施他的计划。他从小柜中取出巧克力色的肝病药片，将剩余的倒进事先准备好的信封里，把两片表皮为棕色含剧毒的士的宁片放进药瓶里，然后将药瓶放在显眼的水盆上面的玻璃架上。

他了解埃菲！她会看到药片，然后决定吃几片。这样的性格使他难以容忍。她高大又健壮，总是观察自己是否有病，期望他也能关心。

他看看药瓶，满意地舔了舔嘴唇。

用量

儿童：一片

成人：二至三片

睡前服用

只有两片，所以埃菲会都吃了，不会留下任何东西泄露机密。他将会在波士顿，有铁一般的不在现场证据；而她，同他在纽约一起过了周末回来后，独自一人待在家里。

是埃菲自己安排的这趟旅行，这是送给他的生日礼物，好让他能看到在波士顿展出的一些毕加索的画。她曾地流露出那种令人厌恶、自负的满足感：她能够“给他这样一个机会，而对于他的艺术来讲，这机会之意义如此重大”。他的艺术！他气愤地哼了一声。她安排他同她那些住在波士顿的愚蠢的堂兄妹们待在一起！好了，从此以后就不同了。多亏她那节俭的父亲，埃菲的收入使他的生活舒适，甚至奢侈，这些钱一个子儿也不用再花到埃菲身上了！

让人感到奇怪的是，最先拥有士的宁的人是埃菲的父亲，一位从事研究的化学家。在他的影响下，布赖恩接触到了这种药片。他一直保存着，起先是因为这种药片和普通药片十分相像，拥有致命毒药可使人感觉到某种力量。

一开始，他的计划只是一个设计，等待的一年太难熬了。但现在他很高兴终于有这样一个机会。这样一个完美的计划。埃菲会吃下这些药片，然后睡去。当她意识到有问题时，她已经无力求救了，因为一旦毒性发作，便会很快变得非常强烈，一点点小动作都会加剧它的发作并导致瘫痪。几乎过于完美了！这是如此简单，布赖恩想为什么以前没人想到过它。或许人们想到过，数百起的凶杀被人们当成了自杀，而从来没有人被怀疑过！

星期一午夜前打来的长途电话使布赖恩一阵子不好受，他没想到星期二早上的消息提前了。尽管如此，火车上他还是设法使自己保持镇静。药片没了，埃菲也死了，他们无法证明他同此事有牵连。他到家时，感觉他看上去完全像是个因失去妻子而极度悲伤的丈夫。实际上他也的确感到有些悲哀。可怜的埃菲，他原本是很高兴为她效劳的。

甚至那三个便衣都没使他不安。他们好像对他没很大兴趣，尽管其中一个说道：“啊，是的，格雷戈里先生。我们必须要问你几个问题。我是肖恩巡官。”

“当然，”布赖恩静静地答道，“只要您乐意。我现在可以坐下吗？或者稍微洗一下，行吗？”他勉强惨淡地笑了笑，挺挺肩膀，“有些震惊。”

“去吧，我们在这儿要待一段时间。”巡官说。

布赖恩把他的外套放起来，然后到浴室去了。瓶子不在架子上，也没什么东西让他警觉的。他打开小柜。啊，在这儿！他把它拿下来，向里面看了看。突然，一阵强烈的恐惧感袭来，他将瓶子倒过来，一片棕色的药片掉进他手掌里！

埃菲只吃了一片！但是她死了——

死了，是的，但是此刻他不会知道发生了什么！这片药还留在瓶子里没动过，所以他们肯定还没怀疑。他止住颤抖，过了一会儿，感觉比以往更加自信。即使有这样一个错误，他们也没猜到。

布赖恩在外面的长沙发上坐下来。巡官站起来来回踱步，看上去滑稽得像只贪婪的猛禽，转着圈，眼睛从不离开他的猎物。

“格雷戈里先生，”巡官突然说，“你太太只吃了一片药片。”

这话像一颗炸弹—— 一声晴天霹雳——但是布赖恩挺住了。“只一……片？”他重复道。他的声音很完美——悲伤、迷惑，像一个丈夫应该表现出来的那样。“还没人告诉我有关情况。”他说，声音很低。

他盯着他：“她当时仍有知觉，我们差点儿把她救过来。”

布赖恩的嘴有些发干，但他还是眯起了眼睛。这可能表达一种心情，或者是纯粹的猜测！

“是你把药片放进瓶子里的，格雷戈里先生！”巡官厉声说道，“是你干的，你知道会发生什么！你可能还想躲过盘问。这案子铁证如山。”

“你太想当然了。”格雷戈里说，“我妻子和我是幸福地结婚的。如果她要吃什么——但是我无法想象到！”

“我们记录了她说的话，”巡官无动于衷地说，“再加上确凿的证据，你瞧，格雷戈里先生，你太太喊叫她是被毒害的——说是你干的，你的一些邻居听到了她的喊叫。然后，我们找到那个瓶子。”

布赖恩坐着一动不动。那瓶子，里面有士的宁！埃菲痛苦地喊叫着！他原本应该知道她会那么做的，这是必然的。是这种他所依赖的一贯可靠的特性击败了他！

布赖恩的手伸进胸前口袋里掏手帕，惨淡地笑了。他们把那片药留在那里给他，如果他需要的话，他们是多么愚蠢啊！他想起当他们检查物品寻找残留物时，他们没有处理掉药片，这多么幸运啊！他擦了擦额头，将手帕放到嘴上。他用力咬着手帕好让包在里面的药能渗出来，二十分钟，不用再多。“很好，巡官。”他说。

肖恩巡官朝他的助手点点头，“这就好办多了，格雷戈里先生，”他说，“你瞧，你太太的确喊叫说是你毒害她的，但是当时就她一个人，那也可能是歇斯底里。我们并没有证据证明是你把士的宁放进瓶子里的，甚至也不能证明它就在那里，尽管这是一种合理的猜测，士的宁药片有时看上去和大片儿的肝病药片非常像。”

布赖恩愣住了。他还没完全明白，困惑而又可怖的思绪使得他脑子里一片漆黑。“但是它就在那儿，”他疯狂地叫道，“那片药就在那儿！”

“噢，非常正确。”巡官说，“我们认为原来肯定有两片药片，从药效上看，但是当我们找到瓶子的时候，它是空的。”

“空的？”布赖恩叫道，此刻他有些狂暴。

“我们把药片放进去，知道如果你是有罪的，你就会立即查看那瓶子，并且取走剩下的证据。”

布赖恩紧紧抓住自己的喉咙。

“但是你不会死的，格雷戈里先生。因为我们还想到你可能会吃了那片药，所以放了一片没害的进去。你可能只会有片刻的不舒服而已。”

我想当一个侦探

给《马默斯侦探》杂志社编辑的信：

亲爱的编辑先生：

我给您写这封信是因为我想成为一名侦探。我读了你们杂志上发表的所有侦探故事，您一定知道有关侦探的事情以及如何才能成为一名侦探。

我不是对侦探这个行当一无所知，我将积蓄的五个美元寄给一个地方，并从“怎样从十节轻松课程中学会做一名侦探”中学到许多东西。我还获得了一枚徽章。

昨天晚上，我告诉本·哈洛威说如果他有任何神秘事情的话，我将很乐意帮他解决。您知道，本是行政司法长官。本笑了起来，他说我最好等到长大了再说当侦探的事。但是我已经十三岁了，上七年级，我现在的年龄足可以当一名侦探。书里是这么说的。

本说这个村里没什么神秘事。他说他唯一要解决的神秘事情是，阿贝喝了浓苹果酒后醉得将霍斯金斯先生揍了一顿，之后阿贝·霍斯金斯究竟去哪儿了，他必须要找到他，将他关进监狱直到他从酒醉中醒过来。

但是我知道村里有件神秘事。我问本，阿尔特·西森斯怎么样。本问，阿尔特·西森斯怎么了。我问：“他在哪儿？”本说他去城里了，他不在更好，他希望他带了他的老朋友一起去那儿的酒吧间。本说阿尔特每晚都待在酒馆里跟那些流浪汉在一起喝得烂醉。我不相信，阿尔特是个了不起的家伙。

我说你怎么知道他去了？本说你应该知道，因为就是你父亲说的他去了。

我说那是对的，我父亲说阿尔特告诉他说他要到城里去，阿尔特不会对我父亲撒谎，因为他们是朋友。但是我不认为阿尔特到城里去了，尽管因为我看到某些事情，但是我没把它告诉给本。

我说有人见他去了吗？本说没有，没人看见他去，但是阿尔特可能跳上了半夜的货车，当它停下来从水箱里接水的时候。

我说我一点也不相信阿尔特去了。本说如果他没去，他在哪儿？我说这是一个秘密，本说那你去解开它吧，然后他笑着走开了。

我对自己说我要解开这个秘密。我要解开它，因为我想当一个侦探。我要解开它，因为阿尔特·西森斯是我的朋友。

阿尔特是个了不起的家伙。当他和我父亲还是孩子的时候，他们一起上学；当他们不工作的时候，他和我父亲总是一起去钓鱼和打猎。阿尔特是挨着我们家的珀金斯老人大农场上的一个帮手，而我父亲在面粉厂工作。

星期天我父亲经常都带阿尔特到我家跟我们吃饭，晚饭后阿尔特也都会过来，他和我父母坐在外廊上说话。

去年夏天假期的时候，好多次阿尔特都会翻过墙，穿过我们家后院。阿尔特会跟我说，你好，小家伙，今天小伙子好吗？阿尔特是个了不起的家伙，他会给我一个硬币，然后对我说，快去商店看看他们有没有男孩吃的东西。我就会去杂货店买棒棒糖或者甘草或者别的好东西。后来阿尔特再也不来看我们了。那是割草的季节，也就在那之后我父亲在面粉厂弄伤了手。我几乎每天都去珀金斯的农场看阿尔特，让他来我家，他说他现在没有时间。他也不再给我硬币了，但是我并不在乎，因为阿尔特是个了不起的家伙。

一天当我去农场看阿尔特的时候，我没能找到他。我问珀金斯老人阿尔特在哪儿？他说阿尔特走了。他说他头天晚上到外面的什么地方去了，他没有回来。第二天他也没回来。乡亲们开始议论并猜测，但是我父亲说，一次阿尔特告诉他，他可以在城里找到一个好工作，哪一天他要悄悄溜走，不告诉任何人。这说明了问题，所以人们不再议论了。

后来我在报纸上看到了“怎样成为一名侦探”的广告，我寄了五美元，拿到了我的课本。我还获得了徽章。我刻苦学习，学会了不少怎样当侦探的知识。

昨天下午放学后，我和斯波特去树林里了。现在是秋天，栗子都熟了，我摘了好多。很快，斯波特开始叫了起来并且在一些灌木丛下面挖起来。他不停地叫着、挖着，我走过去看看是怎么回事。

他挖的地方有些陷下去了。看起来像被填起来的细长的洞，淋了一段雨后陷下去了。

然后我看到了别的东西。我看到有个东西挂在灌木上，是一根链子，一根表链。那根链子上带着护身符，那个护身符系在链子头上。我认识那个护身符，我见过它好多次，它是阿尔特的。

我又看了看那个填起来的洞，它使我想起了坟墓。

所以我回到村里，像我前面告诉你的那样告诉了本·哈洛威，然后我回到家，爬到了我房间上的阁楼上。我对我自己说要像书里说的那样集中精力。没有什么秘密是不能解开的，我要解开它，我要找到一条线索。

我开始这样想象事情：阿尔特走了，他不见了，我在灌木上看到了阿尔特表上的护身符。

表上的护身符：物证 A，一号线索。

我看到了一个像坟墓一样的洞。

坟墓：物证 B，二号线索。

我把这些东西拼在一起。

失踪了。护身符。坟墓。

但是书上说犯罪总是要有动机的。突然我想起来了，本告诉过我的，他们那些到酒馆去的朋友们，他们那些流浪汉中有一个可能知道阿尔特要悄悄到城里去，他知道阿尔特会把所有钱带在身上，他对自己说我要杀了阿尔特，拿到钱，以后可以过轻松的生活。

动机。

所以他偷偷摸摸地跟着阿尔特并杀了他，然后挖了那个洞，把他扔进去埋了起来。

答案。

这就是我按书上说的对犯罪进行推理的，这就是我怎么得出答案的。晚饭后过了一会儿等妈妈和父亲睡着了，我偷偷从窗户里溜出来顺着靠窗的树滑了下去。我必须小心不能弄出响动，因为我父亲现在正睡在我隔壁的空房间里。下来后，我拿了把铁锹就到树林里去挖那个洞。

我找到了阿尔特。

今天早上我去本·哈洛威的行政司法长官办公室，我对本说秘密已经解开了。我对犯罪进行了推理，有罪的人必须受到惩罚。

然后我和本到树林里，领他看了我所发现的，我告诉他，是他们那些到酒馆去的流浪汉中的一个干的。然后，我给他看了我的徽章，我说正义必须要得到维护，警察逮捕胆小的凶手。

关于我想当侦探的事，本不再嘲笑我了，说不定他还会让我做副行政司法长官呢。

但是首先我们得回到行政司法长官的办公室，消息像平常一样传得很快，乡亲们跑来了，我父亲和人们从面粉厂来了，所有的人都来了，挤进了本的办公室。

他们问本，出什么事了？发生什么了？本告诉了他们我解开了这个秘密，我怎么找到阿尔特的，他要查出那些老到酒馆去的那些家伙。

乡亲们推推搡搡，要好好看看我，一些人跟我握手，问我怎么解开这个秘密的，说了些我是这个镇的荣誉之类的话。但是我很谦虚，我说在我看来，我只是尽了我的职责。

我父亲看上去十分悲伤，因为他和阿尔特是朋友，我很难过因为他很悲伤，我为我父亲更感到难过的是因为我记起了他和阿尔特的事。所以我对他说我敢打赌他现在很难过他跟阿尔特生过气。本很快问他跟阿尔特生气是怎么回事。我父亲说他从来没和阿尔特生过气，但是我提醒他去年夏天那次在面粉厂伤着手的时候，他回到家让妈妈替他包扎，我从商店回来，他和阿尔特在吵架，妈妈在哭。

本问了我好多问题，关于我父亲在面粉厂工作时阿尔特来看我和妈妈，他总是给我硬币让我到商店去之类。我说是的，当然了，他总是给我硬币，因为他是个了不起的家伙。

每个人都有点怪怪地看着我父亲，好像他们认为他不该跟阿尔特生气似的。

我父亲看上去更悲伤了，我为他感到更加难过因为他很悲伤，我对他说，咱们现在回家吃饭吧，或许你就不会再悲伤了。我在想我和他会很亲近地走回家，他会像他和阿尔特生气之前那样用他的胳膊搂着我的肩膀。可能他和妈妈再也不会生气了。

但是本小声对我父亲说了点儿什么，然后抓住了他胳膊。本对我说，萨米现在赶快回家去，我想和你父亲谈谈。

我对本说我会很高兴跟他到酒馆去，帮助他逮捕那个杀害阿尔特的胆小的凶手，但是本说不，他猜想我现在已经干完了我的事。

所以我就回家了，然后我就想起了你，你知道关于侦探们所有的事，所以我就给你写了这封信。

妈妈在等着吃晚饭，因为我父亲回来的特别晚。他现在还没有到家呢。

你觉得在这个案子上我做得对吗，编辑先生?

您忠实的，
萨米·霍尔顿

脱险公司

她不应该死去的。她没买人寿保险，也没什么财产，甚至连死的理由都没有一个。然而，她躺在那里，格雷厄姆·霍普尔觉得，她的样子看上去对这一切相当满意。她一贯如此。

而格雷厄姆呢，他现在成了鳏夫——已经步入中年并且每一分钟都在变老——没有钱、前途黯淡、有一大笔抵押款要支付，前途如深渊一般。

导致这一切的是他的妻子阿黛尔——阿黛尔和马丁·马伍德一起造成这个后果。是他们俩的过错才导致格雷厄姆马上要参加这个绝对不该有的葬礼。

这是格雷厄姆所经历过的最痛苦的事情。牧师在那里喋喋不休没完没了地讲着，天空中下起了冰凉的小雨，送葬的人只好站在墓地的一块沼洼地上。好几个小时过后格雷厄姆才摆脱悲伤的情绪。

他径直来到侥幸脱险公司找马丁·马伍德。

侥幸脱险公司位于闹市区的贝尔蒙大厦第十六层楼上，表面上它是个季节性营业的电话求助公司，不过格雷厄姆对其清楚。侥幸脱险公司是他的一位非常亲密的朋友在三个月前极其谨慎地介绍给他的。

到了十六楼，格雷厄姆从有些摇晃的电梯里走出来，沿着长长的灰色走廊往前走，走廊两边是办公室。有一些办公室的门后传来了电脑打字机有节奏的“咔嗒、咔嗒”声。快到走廊尽头时，格雷厄姆看见一扇木门上镶着块毛玻璃，上面写着“侥幸脱险公司我们与顾客交流”的字句。格雷厄姆走进这扇门时低声骂了句。

布置简单的接待室一个人也没有，格雷厄姆按照一个手印符号的指示按了一个按钮，轻轻响了一声，马伍德打开了通向他内层办公室的门向外张望。

马伍德个子不高，身上穿着一套蓝色格子花呢西服。西服肯定是定做的，色调很柔和，也挺整洁。他脸上表现出一种职业性的振奋，头发有些谢顶，双眼深陷却炯炯有神。“嘿，”他笑着招呼道，仿佛什么都没发生过一样，“霍普尔先生。”

“你拿你的生意打赌。”格雷厄姆说。

马伍德露出一脸的迷惑：“我不明白。”

“一切都是你搞糟的，”格雷厄姆强压着怒气说道，“你杀死了我的妻子，跟害死埃塞尔一样。”

“哦，你说的是这件事，”马伍德说，“我们到办公室谈吧。”

他把格雷厄姆领进他的大办公室，办公室和接待室里的布置一样简单，连天花板都没有，这好像在对你说——都是为了省钱。马伍德坐在一张乱糟糟堆满东西的铁桌后面，示意让格雷厄姆坐在旁边一把高靠背座椅上。格雷厄姆摇了摇头，依然站着不动。办公室的绿色墙壁有些褪色，不过显得很宁静，墙上那些设计出来的小商品店的图案排列得相当整齐，窗式空调嗡嗡向外吹着凉风。

“你妻子现在怎么啦？”马伍德问道，他把十个指尖相对，做出一个小帐篷的模样。

“我妻子死了。”

马伍德显得迷惑不解，然后，又表现出一种恍然大悟。“哦，对了，格雷厄姆——我可以这样称呼你吗？我记得昨天看了私人侦探写的报告，你的妻子径直走上了那条马路，司机撞了人跑掉了。”

格雷厄姆感觉到房间变得闷了一些，“但是汽车应该可以刚好避开她的，”他激愤地说，“而这正是你们侥幸脱险公司应该提供服务的地方。那样的话阿黛尔就会只受重伤，然后她会很痛苦地想到死，还会把她的部分财产转到我的名下并保上一大笔人寿保险。但现在的事实却是，我根本介入不了这件事，而且阿黛尔也没有任何保险，你把我变成了一个穷光蛋。”

“嘿，格雷厄姆，我很抱歉。”马伍德拿起一支金笔在一个写字板上漫不经心地画起来。格雷厄姆看见他正在胡乱勾画着什么。“可是你并非真的陷入了贫困，”马伍德说，“在这样的情况下，侥幸脱险公司会支付半费的。”

“半费？”

“也就是五千美元，格雷厄姆。可不是一笔小数目。”

“可这对于我所失去的东西来说简直微不足道！”格雷厄姆几乎叫了起来，“因为你们的无能我才失去了这么多东西！”

“别说是我们无能，”马伍德带着一种受伤害的语气乞求道，“百分之九十九的顾客对我们相当满意，不幸的是，你恰好是那剩下的百分之一。哎，金无足赤，人无完人啊。我向你保证，想到你妻子我和你一样痛苦。”

“可是你们从她的死中赚取了利益，而我却失去了许多。”

“想一想松鼠吧。”马伍德说。

格雷厄姆莫名其妙：“松鼠？”

“是的。松鼠跑到街上，发现自己所在的路上有一辆汽车迎面驶过，这时候会发生什么情况不知道你注意过没有，格雷厄姆？它首先是吓呆了，接着它通常会跑开去。但是偶尔它也会径直冲向汽车轮子的。这是一种反射行为，一种死里求生的希望。嗯，人们有时和松鼠一样。人是不可预测的。这就是所发生的一切，格雷厄姆。你妻子首先是吓呆了，接着她跑错了方向，径直朝着应该可以刚好让开她的汽车跑了过去。像这样的事件发生后，我们的生意会停业好几天，这也是我们制定一些内在保护措施的原因所在。”

“保护措施？”

“当然啦，格雷厄姆。比如说在这间办公室里的所有谈话都会摄成录像。我是说，哎，我们就开诚布公地说吧，伙计！你是无法去警察局的，你已经牵扯在内了，犯有二度谋杀罪。”马伍德在写字板上画出一条条窗格线条。

格雷厄姆深深叹口气，站在办公室中央两手插在衣袋里，“我不是傻瓜，马伍德。这一切我都考虑到了。”

马伍德用金笔的一端顶了顶下巴，“是吗？”

“你我都犯有谋杀罪，而且你要失去一笔有利可图的生意，我想告诉你的是，警察局完全搞错了。”

马伍德笑了笑，又拿起笔画起来，把窗户上的那些隔条都画掉了，“很高兴你认识到这一点，格雷厄姆。”

“而且我也清楚你说的发生在一百次成功地侥幸脱险之外的一次事故是什么意思，这是不可避免的。”

马伍德笑了笑，笑得比以前更厉害些了。“很好，你刚才一直都在听我讲话。”

“而且你还可以保留我的一切费用，这件事与我无关。在我看来——不管怎么说，这笔钱会被我的债权人吞噬掉。”

“他们是一帮贪得无厌的家伙。”马伍德表示赞同，不过黑色双眸中闪烁出一丝不安。

“剩下来留给我的，说实话，”格雷厄姆说，“只有复仇。或者说得更具体一些，只有劝善惩恶。”

马伍德收起笑容，不过他还是很自信。“你应该知道，格雷厄姆，我一死，那些录像马上就会揭发你。这也是另一项防范措施。”

格雷厄姆耸耸肩，“哈，我已经做好准备把我的命运交给运气了——实际上我们俩的命运都是如此。”

马伍德开始狂乱地写画起来，“我不明白。”

“有百分之一的机会，”格雷厄姆重申，“事情可能搞糟，不过又怎么知道会是第一次还是第九十九次呢？”

“无法知晓。”马伍德说，手旦熟练地画出一个清晰的问号。

格雷厄姆从衣袋里掏出枪。

马伍德抬起头，正好看见枪口冒出火焰。枪响的时候他惊愕得没叫出声来，子弹像甩鞭子似的“噼啪”一响从他右耳边擦过去。他举起一只手摸了摸脑袋，不敢相信这是真的，他又转过身去，盯着桌子后面那块绿色塑料上开裂的弹孔大惊失色。假如在枪响的时候他碰巧低下头向右偏了哪怕一英寸……

“百分之一，”格雷厄姆简单地说道，把枪又放回衣袋，“想一想剩下的百分之九十九吧，想一想松鼠吧。”

他走到门口，拉开门，然后，在离开这里前他又转过身来。

“保重。”他对马伍德说。

沙漠搭车人

“好极了！”他感到这次很幸运。沿着公路向后走去，一边盯着奔驰而来的汽车，一边伸出拇指做了个搭车手势。阳光照在挡风玻璃上明晃晃的，直到最后一刻他才看清司机原来是个女的。女的更好，他感到幸运极了。

他看到刹车灯闪亮时，他估计是那女人为确保安全放慢了速度，他看到汽车停下时，他估计这不过是个“大玩笑”而已，他对此很熟悉。汽车停下来，你朝它跑去时，它突然发动起来飞驶而去，扬起一股灰尘搞得你灰头土脸。这次他再不能上这个当了，他磨蹭着缓步朝汽车走去。

他看到汽车尾灯闪亮时，他简直不敢相信自己的运气。

汽车倒退着靠近他，里面那个女人倾斜着身体横过前座，打开了车门。

“你想搭我的车吗？”

“当然。”他跳了上去，把圆形帆布袋扔到后座。他关上车门，一股冷气扑来，把他T恤衫上的汗水都冷凝了一样，感觉好极了。“非常高兴见到你，”他说，“你真是大救星。”

“你是怎么在这里落了单的？”她问，重新发动汽车。

“我说你也不会相信的。”

“那就不妨说说。”

他很欣赏她的热情，从她声音中听出了些许紧张和恐惧，他感到有些过意不去。“好吧，那家伙在贝蒂镇让我搭他的车，然后就开车穿过这片……这片沙漠……中途他突然停车，让我下车看看轮胎出了问题没有。我下了车他却突然把车开跑了！开了一阵又把我的帆布包扔了出来。我搞不明白那家伙为什么做出这样的事来，你明白我的意思吗？”

“当然明白，这么多天来你找不到一个可以相信的人。”

“如果那不是真的呢？”

他打量着她。她脚蹬长筒靴，身着牛仔裤和褪色的蓝衬衫，很有风度。不论她的说话方式，还是晒得发黑的皮肤，或者是她梳理头发的姿势，都很得体自然，甚至她的手指都能表现出优雅的风度来。

“我不明白的是，”他接着说，“为什么那家伙起初让我搭车呢？”

“也许他感到寂寞。”

“那他为什么又甩下我？”

“可能是他不信任你了，也可能是他觉得还是一个人待着好。”

“不论你怎么说，反正这样做很过分，你明白我的意思吗？”

“我也这么想，你要去哪里？”

“图各森。”

“好的，我也要去那里。”

“你怎么不走干线公路呢？你在这种荒凉的地方干什么？”

“噢……”她笑得有点不大自然，“我要做的事不……噢，不大合法。”

“是吗？”

“我要去偷仙人掌。”

“什么！”他大笑起来，“你的意思是你到沙漠里来是为了拔几株仙人掌？”

“正是。”

“好的，我真心希望你不要被逮住！”

她勉强笑了笑：“有一个好品种。”

“天哪。”

“一个相当好的品种。”

“那好，我很愿意帮你这个忙。”

“可我只带了一把锹。”

“噢，刚才放包时我看到了。我不明白你带把铁锹干什么。”他看着她笑了，感到很有意思，这个坐在旁边的女人竟然不辞劳苦要去沙漠里偷几株植物。“你知道，我见识很广，可我从没见过一个偷仙人掌的人。”说着他又笑了。

她没有笑：“现在你看到一个了。”她说。

他们彼此沉默了一会儿。这个风度翩翩的女人沿着沙漠一条僻静的公路开车去偷几株仙人掌，让他心里忍不住地乐。他搞不清她这样做的目的，他现在最大愿望就是离开这个渺无人迹的鬼地方，而她却偏偏要钻进这荒凉的地方。他断定这个女人肯定是疯了。

“吃顿午饭怎么样？”女人开口问道，听起来有些紧张。

“好的，我也饿了。”

“你身后车板上有纸袋，里面有几个三明治和啤酒。你喜欢喝啤酒吗？”

“你在嘲笑我吧？”他把手伸到座位后，提起那个纸袋，三明治发出一股诱人的香味。“干吗不停到路边？”他提出建议，“我们到岩石那边吃顿野餐。”

“这个主意不错。”她把车停了下来。

“最好倒回去些，我不想把车停在离公路这么近的地方。等我们吃完午饭，你不是还想让我帮你偷仙人掌吗？”

她不安地扫了他一眼，然后笑了，“好的，可以，就这么办。”

汽车又向前开去，绕开巨大的仙人掌球，辗过一些小的仙人掌，最后停在一堆岩石后面。

“你认为人们从公路上能看到我们吗？”女人问道，她的声音在颤抖。

“我不这么想。”

一打开车门，热浪扑面而来。他们下了车，年轻男子提着纸袋，在一块大石头上坐下来，那女人坐在他旁边。

“我希望你能喜欢这些三明治，它们是上等牛肉和瑞士奶油做的。”

“听起来不错。”他递过一块给她，打开一听啤酒。啤酒已经不凉了，他想有总比没有强。他一边揭着包装三明治的玻璃纸，一边问：“你丈夫在哪儿？”

“你这是什么意思？”

他笑了，这使她处于十分难堪的境地。“噢，我只是碰巧看到你没有戴戒指，你明白我的意思吧？”

她低头看了看中指那一圈发白的皮肤，“我们离婚了。”

“噢？怎么离的？”

“我发现他一直在欺骗我。”

“欺骗你？不要骗我，他肯定疯了。”

“不是疯了，他只是以伤害他人为乐。但我愿意告诉你一些事，欺骗我是他犯过的最恶劣的错误。”

他们闷坐着吃了一会儿，年轻男子偶尔摇摇头，表示他的怀疑。最后，他不再摇头，断定她丈夫肯定是对她这样一个成年女子喜欢偷仙人掌的恶习感到恼怒，因而欺骗了她。美丽的外表说明不了问题，谁想和一个疯女人生活在一起呢？想到这儿，他一口喝干了手中的啤酒。他回到汽车那里，并从后座地板上取回那把铁锹。“挑出你想要的，我帮你挖出来。”

他看着她把玻璃纸搓成一团，连同空啤酒罐一起放进纸袋。她把纸袋放进汽车，笑着对他说：“小仙人掌也能扎伤人。”他们离开汽车，肩并肩地走着，女人四处扫视着，有时俯下身去看看一株植物是不是仙人掌。

“你一定在想我有点怪，”她坦诚地说，“像我这样半途搭上一个陌生人，我希望你不要认为……那个人把你扔在半路简直是犯罪。但把你搭上来我很高兴。不知出于什么原因，我觉得我可以对你倾诉一下。”

“好极了，我喜欢听。这棵怎么样？”他指着一株巨大的带刺仙人掌问。

“太大了，我想要小一点的。”

“这一棵放进行李箱挺合适的。”

“我宁肯要几棵小些的，”她坚持着，“况且，萨瓜罗国家公园还有一种，我想去那里搞到一棵，这棵也许太大了，我想把行李箱留给那种的。”

“随你的便。”

他们走得更远了，汽车很快就看不见了。毒热的太阳晒着，就像一只滚烫的、沉重的大手压在年轻男子的脑袋和后背上。

“这棵怎么样？”他指着问道，“它倒是小得很。”

“好的，这棵相当不错。”

女人在它旁边蹲下身，蓝黑色的衬衫紧贴在她汗津津的后背上，微风轻拂，头发在风中飘散。

这将是记住她的最好方式，年轻男子想着，抡起铁锹朝她脑袋铲去。

他把她的尸体埋葬在仙人掌旁边。

他沿着公路向前开去，心里还在想着那个女人。她是个不错的女人，风度很好。尽管疯了，但挺不错的。欺骗像她这样一个好看的女人，她丈夫肯定是个傻瓜，当然这肯定是因为她疯的缘故。

一想起她告诉过自己她那么多的事，他觉得惬意极了，分享别人隐私的感觉畅快无比。

如果她还活着，他很怀疑她还能搭自己多远，但肯定不会太远。还是自己拥有这辆车好，那样可以随心所欲，想走多远走多远。更令他高兴的是他在她的钱包里发现了三十六美元的钞票，有一会儿他曾担心钱包里除了信用卡之外什么也没有。现在好了，她真是个大救星，他感到非常非常的幸运。

汽车蹒跚地移动，他开出公路，走下车来。“噢，不。”他咕哝着，看到扁平的后轮胎。他倚靠在汽车一侧不停地喘气，太阳照在他脸上，他闭上眼睛摇摇头，对眼下的处境深感恼火，心想在毒热的太阳下工作十五分钟真是倒霉透顶。

这时他听到远处传来一阵微弱的汽车马达声。他睁开眼睛，眯着眼朝后面看去，一辆汽车驶过来。有那么一会儿他一度想搭上这辆车算了，但转念一想，这种做法是愚蠢的，因为他自己就有一辆车。他再次闭上眼，等着汽车疾驶而过。

但它没有驶过去，而是停了下来。

他睁开眼睛，喘了口气。

“下午好。”那个陌生人对他喊道。

“你好，警官。”他说，心脏似乎被重重击了一下。

“你在换备用轮胎？”

“我想是这样。”

“你想是这样，这是什么意思？你要么在换，要么不在换。”

“我的意思是，我说不准它是否管用，因为我还没用过它，你明白吗？”

“我当然明白，我会在附近转悠转悠，直到我们能发现什么东西。这是荒郊野外，死个把人是可能的。如果你的备用轮胎不行的话，我可以用无线电传呼一辆拖车来。”

“好的，谢谢。”他打开车门，从点火装置上取下钥匙。

一切都很正常，他告诉自己，这个警察没有任何理由对任何事情起疑。

“你在后面是不是偏出了公路？”

“没有，怎么啦？”对方问话时，他笨手笨脚摆弄着钥匙，它们掉到了地上，那警察捡了起来。

“在这附近汽车容易放炮，通常是由仙人掌刺扎破的，它们是凶手。”

他跟着警察来到汽车后轮旁。

八角形的钥匙打不开行李箱。

“你不知道底特律的那些呆子们为什么不制造出同时能打开车门的行李箱的钥匙吗？”

“我不知道。”年轻男子说，做出与警察相同的讨厌口气，感觉更加自信了。

圆形钥匙插了进去，行李箱“砰”的一声打开了。

警察揭起一层油布扔到地上，马上把手枪对准了年轻男子，而他则目瞪口呆地盯着一具尸体，很明显他是个很有风度的中年男子。

电影魅力

声称在看电影并非证明不在犯罪现场的最佳托词，这是本选择看电影作为托词的原因，这样别人就不会怀疑他的动机了。加上他的精心策划，这次行动算得上万无一失了。

本很清楚得有不在犯罪现场的证据方能渡过难关，还得回答一连串麻烦的问题，对此，他已经做好了心理准备。总部办公室保险箱的密码只有三个人知道，也只有三个人知道今晚这里将有利可图。

在“辉煌”影院门口排队买票时，本就在琢磨其他两个同伴谁可能背着黑锅。他知道老卡森此刻一定躺在家里，每天晚上九点半钟，老卡森总是雷打不动准时上床睡觉，这是极好的伪饰！“电影多长时间？”他问售票员。

“经开始了，”她回答，“等您出来时该十一点四十了。”

她该对他有印象了，况且她以前也见过他。近一年来，他每周二晚都来看电影……花了一年时间来准备，一想到有十万美元作为回报，也挺划算的。

其实，从心里讲，本并不希望卡森与此事牵连，他宁愿格林来背此黑锅。最近格林与玛吉接触过于频繁，这使得他很不高兴。但本相信激情过后，玛吉会跟他离开这里。

玛吉并不知道本和格林间的矛盾，幸好她对此一无所知，否则她会过于紧张。本画了些乡村养马场的画给她，告诉她这是他叔叔留给他的。这个想法妙极了，他希望能把这养马场变成南方的一幢别墅。会的，一切都会发生变化的。

本把手握成杯状藏起雪茄，向收票员点头致意：“一场好戏，吉姆。”他花了数月时间来培养他与吉姆的友情。收票员点点头，尽管有些心不在焉，但他应该记住他了，一定的。

本沿着过道找到一个靠近出口的位置。即便在黑暗中，他也看得清弯弯曲曲的出口通道。他贪婪地吸着烟，手仍握成杯状，这样不会被门卫发现雪茄。

最后一个演员鞠躬下了台，正片要开始了。对于这样的程序，本早已摸得一清二楚。一个星期前，本在一个遥远的城市已经从头至尾看过这场演出。观众找到位置坐下来欣赏演出，他轻弹掉雪茄离开座位。

由于正实行车辆管制，车辆数目已经减到极小，本轻松驾车穿过小镇，一点不需要着急。他看看表，离开剧院才半小时。

一想到又弱又聋的守夜人特里斯特，本就禁不住要乐。多巧妙的安排！一片漆黑，就连灯火管制都助他一臂之力。

本戴着黑色手套，开门进了工厂，用另把钥匙开门进入办公室。这里漆黑一片，但他根本不需要任何光亮，他早已身经百战。他用手摸索着找到了老式保险柜上的圆形暗码盘，一会儿工夫，他用手取出了那些装满现金的淡黄色信封。

本锁上门，蹑手蹑脚穿过工厂通道。

就在快走到门口时，他的脚碰到了某个硬的东西——一个翻倒了的废纸篓！门打开，一道光泻入房间，将本完全笼罩其中。

“谁在那儿？”特里斯特的影子出现在门口，轮廓一清二楚。本早已有所准备，只开了一枪，特里斯特便倒在了地上。

本毫无响声快速地出大门，上了车。他必须在特里斯特再次敲钟之前，在警报响起之前赶紧回去。

本点燃雪茄，打开收音机，他在驾车回城的路上。自信渐渐恢复。他可以从边门轻而易举地溜进剧院，难道他以前没有这样干过？门卫从不把守出口，门上的弹簧锁虽使人无法从外面进入，难道他没有专门为此设计的钥匙吗？他把这些黄信封扔进小贮物箱，松了口气。

明天，他们一定会质问他去了哪里。“去看电影了。”他会告诉他们，他想象得出他们怀疑的目光。

“有人可以作证？”

“当然。”他会这样回答。他有吗？他能说出许多人，不仅能说出他们名字，还能讲述电影内容及细节。

本知道这样的借口是行得通的，是无懈可击的，任何调查都不能使其露出破绽；这样的借口可以帮他渡过难关，让别人成为替罪羊。

玛吉今晚和她的朋友出去了，这样格林就不会和她在一起。想到这里，本暗自高兴。也许格林也去看电影了，独自一人。格林是不是也认得售票员或检票员？不过，即使这样也没关系，还有卡森呢。本轻轻将雪茄扔出窗外，把车拐进剧院。

出事儿了！本的额头冒出冷汗，剧院门口的帐篷曾经灯火闪耀，怎么现在漆黑一片！本惊呆了，开始心慌了。他沿着剧院慢慢行驶，里面也没有灯光！

剧院外，少数散落的人站在门口，似乎在观望。看上去，他们在谈论着些什么，还激动地做着一些有趣的手势。本没敢把车停下来。

他看了看表，11 点，该播报新闻了……

“由于经理哈维·斯的机智，‘辉煌’大剧院今晚避免了一场恐慌。当东边的布帷着火而火焰向天花板蔓延的时候，观众们在哈维指挥下有秩序地离开剧院。灭火系统成功避免了一场火灾。影片开始不久就着了火，还好被扑灭了。据推测，这场火是由一位粗心的观众扔的一支雪茄引起的，这位观众违反了禁火规定。禁火委员会已经要求做进一步调查。”

本向右拐，驶上出城公路。但不知怎么，他总觉得在那里，警察一定在等着他、追捕他。

福奇先生篱笆的秘密

鲍勃·贝蒂觉得自己很幸运，可以在乳牛场主那儿打打零工，多少是这么回事吧！毕竟，对于他这样一个吸大麻的十八岁小伙子来讲，找到工作的机会并不多，更何况，他住在八英里外的一个屁眼大的小镇上。这样，鲍勃可以自由安排自己的工作时间，而福奇先生又是个地道的乡巴佬，他连大麻和5号香水的味道都辨不清。但是，鲍勃庆幸的是可以摆脱母亲成天的唠叨。

不管怎样，这比一份正式工作要好。鲍勃是这么想的。

为了庆祝一下，他允许自己吸了零点二五克的阿富汗黑大麻，非常贵的一种大麻，只有在特别场合，他才会吸它。

吸完后，鲍勃余兴未尽地躺在床上，浑身上下暖烘烘的。这时，有人敲他的房门。

鲍勃非常惊奇。这一定是他母亲，可是，她从不下午找他。她熟知他肯定是吸毒吸得神情恍惚，根本不愿搭理他。这一点他俩都心知肚明。他不会向她吵着要大麻，而她也不会给他一丁点大麻。

鲍勃费了好大劲才站起来，走到门口。

“嗯？”鲍勃的声音像蛙叫。“完了，她肯定能看出来我才吸过大麻。”鲍勃心想，他眼中的门闪着光亮。

“宝贝儿。”母亲的声音很尖却小，她总是叫他“宝贝儿”，即使在朋友面前，她也这么叫。他很反感她这样。“宝贝儿，福奇先生刚打电话来，叫你过去一下，他忘了件工作，想让你马上开始干，好吗？”

鲍勃脑袋晃了晃，这种大麻简直完美至极，他已经完全晕了，本想下午好好放松放松的，却跑了件这样的事出来。

“可我才——”

“你好不容易才得到这份工作，我不想你失去它。我这就去告诉福奇先生，说你马上到。”母亲打断他的话，她很少这么做。

天气很热，几乎是一年来最热的日子。鲍勃觉得自行车异常难骑，而且迷迷糊糊的，看东西像都隔着，周围东西几乎一样。他不得不停下车，把眼睛闭上一段时间以便视野清晰点。他很难直线前进，有两次还差点骑到路边灌木丛里。值得庆幸的是，这条乡村小道上几乎没什么车辆，鲍勃平安到达福奇先生那儿。

福奇先生是法国后裔，可他却有着一口纯正的俄勒冈乡下人口音。像大多数农民那样，他体格强壮，腰上长着一圈肥肉，这大约就是长年吃乳制品的缘故吧。他一生未娶，没人知道他确切年龄，不过，看上去足有六十岁了。除房子外，他还拥有三百亩牧场和树林、约五十头牛及两个谷仓。福奇先生的乳牛场规模虽不大，但每天早晨都会有一辆奶柜车开到切丽镇小道上来运奶。

福奇先生看到鲍勃从自行车上摇摇晃晃下来，笑了起来。他总在微笑。就在鲍勃母亲打电话的时候，福奇先生还对她说：“我很乐意给你儿子一份工作。”现在，鲍勃不得不面对乳牛场的喧闹了，尽管，此刻大麻的麻醉作用还使他的脑袋昏沉沉的。

“你好，鲍勃。”福奇先生招呼道。鲍勃心想，“你好，肥脸。”但他嘴里却“嘿”了一声。他立刻为自己用这个词后悔了，因为福奇先生毕竟是他的老板呀！他竭力避免与福奇先生对视。

“我想，我得让你修修这里的篱笆。”福奇先生说。他的眼睛来回转动，竭力捕捉鲍勃的目光。“我想你可以独自完成这项任务，我还要清理奶房。你想干多久就干多久，然后回到我这儿来，我们结账。”

“好的。”鲍勃答道。此时，他又注意上了福奇先生的鼻子。鲍勃想鼻子真是件奇怪的东西，他再看看自己的鼻子。鲍勃对自己说：“坚持住直至除去这猪佬。”但他好像嘟哝出了声，因为这时福奇先生突然抬起头看着他。鲍勃惊呆了，好在福奇先生只是说：“开始吧。我带你去看看你要干的活儿。”

福奇先生走进一个灰灰的谷仓，出来的时候拿着一个装满工具的五加仑绿色勺斗和一把铁锹。他带着鲍勃穿过一道门槛，走过光秃秃的、石块散布的田地。十来只看起来邋里邋遢的牛在田地的另一边懒洋洋地啃着草根和黑刺莓树叶。

鲍勃跟在福奇先生后面小心翼翼走着，尽量避免踩上地里的牛屎。

“那些篱笆都有二十年了。”福奇先生边走边笑着说。鲍勃对他那层层的肥下巴和胖脸颊产生了浓厚兴趣。

“那篱笆很结实，”福奇先生接着说，“但一些桩子有些松了。”

最后，他们到了篱笆前，三股生了锈的带刺铁丝网钉在桩子上。拐角处的桩子实际上是巨大的老树桩。

“这段你就不用修了。”福奇先生说着笑得更厉害了，用拳头轻轻连续拍打着桩子。然后便向鲍勃说明工作：把U形的钉子拔出来，带刺铁丝网便从桩上脱落下来了，把坑挖得深些，把桩子固定住，最后再把铁丝网重新钉在木桩子上。就这样，反复就可以了。

鲍勃看了看那一排长长的篱笆桩子，气温似乎一下子又升了十摄氏度。

交代完修理篱笆的方法及细节后，福奇先生便穿过田地回谷仓那边去了。鲍勃顿时松了口气，他的脑袋仍然晕晕的。吸过大麻后，他只想靠在桩上，休息一会儿，可是一想到那令人胆战的老头儿，觉得他也许此刻正监视着他，鲍勃只好干了起来。

鲍勃碰了碰桩子，这桩子像颗蛀牙一样在坑里摇晃着。

还是认真开始干活为好，想到这里鲍勃拿起带拔钉爪的锤子，把桩子敲倒。戴上福奇先生扔进工具箱的隐隐发出牛屎味儿的僵硬皮手套，再拿起锤子，没费多大劲就把钉子从桩子上卸了下来。

看来，我能干好，他想。就在这时，一阵醉意向他袭来，眼前的一切都呈粉红色了。

“一定又是大麻在作怪。”鲍勃靠在树桩上想，竭力恢复自控力，但他并不觉得晕乎，也没觉得哪儿疼，就是觉得怪怪的。

过了一会儿，他觉得好些了，似乎一切又恢复了正常。

多少得干些，不能临阵脱逃。尽管毫无动力，鲍勃也不想这份工作以失败告终。况且现在回去，还得面对母亲。

鲍勃抱住木桩轻摇，想提起来。最终木桩腐烂的一端断开倒下来，鲍勃的手臂被粗糙的木头擦伤了。鲍勃揉擦了一下伤口，拿起铁锹开始铲坑里的土及残余木桩，他觉得似乎碰到了什么硬硬的东西。“讨厌的石头。”可他又感觉这东西不像石头。

于是，鲍勃用铁锹从那东西底下开始挖，挖着挖着终于松动了，再一用力，一个东西突然飞出坑外，在草地上滚了几滚。

鲍勃低头一看，人的头颅骨！

这东西黑褐色，和周围的土一样颅骨的顶盖已被锹刃铲裂了。

“见鬼”，鲍勃想，“真见鬼，真见鬼，一定又发晕了。”

但是那头颅骨就在那儿，端正地摆在那儿。鲍勃发疯似的向四处看，竭力证明自己的眼力，想知道这是否是自己的幻觉。

一切都很正常。牛在远处吃草，也没见福奇先生，头颅骨仍在那儿。

现在，鲍勃必须面对这实实在在的东西了。他该怎样处理？把它扔进灌木丛？埋了它？还是交给福奇先生？

“福奇先生说这篱笆有多久了？”鲍勃似乎在发抖，“一定又发晕了。”他实在不敢相信眼前的头颅。

“非杀死那老家伙不可。”说出这样的话连他自己都感到惊奇。“把它放回原处。”就在他说这些话的时候，恐惧立刻变成了兴奋，他再也不觉得害怕了。他开始被此事的戏剧性所吸引，他甚至想拿走这颅骨，先把它藏在路边草丛里，稍后再偷偷地带回去。但头颅已经腐烂了，里面正流出褐色的水，滴在被太阳晒蔫了的草上。盯着颅骨看了一会儿，鲍勃决定把那头颅重新埋回去。他小心地用铁锹把它铲起来，扔回到坑里去。

他现在感觉很好，一切都在他控制之下。

他用锹刃劈去木桩底部已腐烂的部分，举起木桩，对准坑里又重新砸了进去。那头颅骨顿时发出一种难以描述的令人兴奋的声音。

重新填好土后，鲍勃又把铁丝网钉在了稳固的篱笆桩上。完成了这些，空气似乎也随之活跃起来。汗珠从他脸上滴下来，落在那些散在地已烂的碎木屑上。

第二根木桩可不像第一根儿那么松动。鲍勃用肩膀抵住，从地面上把它推倒，但似乎不大可能。他又抱住木桩，使劲儿往外提，每提出一英寸左右，就用脚撑住木桩，最后木桩终于出来了。这根木桩大约有两英尺被埋在地底下，这坑看起来并不很深，鲍勃把脑袋伸进坑里，里面突然又是一个头颅骨。

这回的头颅骨是正面向上的，比第一个要白些。鲍勃径直穿过田野向福奇先生的谷仓跑去，他顾不上脚下的粪便，以及碰在脚上的石头，他非常恐惧，似乎那头颅骨就在敲打他。

此刻，福奇先生正用一根旧的绿色水管冲洗他的瓦罐，胖胖的大拇指控制着水花的方向。看见鲍勃站在那儿，上气不接下气的，他放下了水管。

他微笑着问：“怎么这么快就回来了？碰上什么麻烦了？”

好一会儿，鲍勃都说不出话来。嘴巴干得就像被太阳晒脱了色似的。

“福奇先生，我……我发现了某种东西。”

“噢，噢，你发现了什么？”鲍勃所能见的只有福奇先生那发黄的牙，他又在白痴似的笑着。

“我发现了一个……一个头颅骨。”鲍勃回答说。他盯着地上福奇先生的泥靴。

“该死的！”福奇先生说，“可我告诉过你。”说着，他走到破谷仓前，推开门。鲍勃跟着他，脑子里只有福奇先生那排发黄的牙。当福奇先生转过身的时候，那牙就像那排已腐烂的篱笆桩子。

“当你修到田地尽头的时候，”福奇先生说，“你就找不到头颅骨了．那就得再搁新的头颅骨进去了。”

谷仓里，鲍勃看见在一堆耕地工具和约十英尺高的干草之间，有个浴盆，是那种独立式的，底部有爪形的支撑脚。浴缸里堆满了东西，已经高出了浴池的边沿。

干净、白色的人的头颅骨。

福奇先生还在咧着嘴笑。

鲍勃又觉得他的嘴唇向后缩了缩，是一种和蔼的、开怀和友好的微笑。

烈火中的公平

林德利朝小约翰后脑勺开了一枪，然后看着他倒地死去，他使劲把枪扔得远远的，但也只扔出十五英尺远。小约翰把林德利捆了个结结实实，现在他只有手和手腕能用得上劲。

尽管不够远，但只要能使他逃避上绞刑架，这么远也足够了。

扔掉手枪后，他又脱掉泽尔的手套，把它们甩到它主人的尸体上，然后他靠在马厩上等待着。

他还要等两个钟头邮差才能从他面前的公路上经过。谷仓的门开着，当邮差开车进到农场停在邮箱前时，林德利就能看到他了，然后他会向他呼救，邮差就会过来帮他松绑。

他朝泽尔脚下扫了一眼，看到了提包里的四万五千美元钞票，这笔钱是泽尔到煤矿公司取回的农场采煤补偿金。农场是他们合伙经营的，小约翰、泽尔和林德利各有一份。

四万五千美元现金！其中一万五千是自己的，其他三分之二本应由小约翰和泽尔对半分，现在全变成他的了。等邮差来了把他解救出来，就全成了自己的了。

他扫了眼小约翰，视线马上转向别处，小约翰的那张脸正对着他，浸在血泊中，眼睛瞪得大大的，脸上露出扭曲的笑容，笑容中似乎有股歉意。

“他对出卖了泽尔高兴不已，这个小赖皮，”林德利自言自语着，“他们达成的协议是这样的：如果三人中有任何一个人死了，那么这笔钱由活着的两个人平分。他听到我的计划高兴得不得了，可是他从来就不想想，如果我们两人中有一个死了的话，活着的那个人就会独吞这笔钱。”

林德利得意地咧嘴笑着，一张通红的大脸顿时布满了皱纹。他看了眼泽尔，他躺在斑斑点点的光影中。死去的泽尔倒也没什么令人反感之处，他蜷缩着躺在谷仓地板的干草上，脸朝下埋在干草里，一只胳膊伸出来，另一只掖在身体下面，那副厚厚的近视眼镜散落在身旁，因为他视力很差。

林德利曾对小约翰说："你把我绑在谷仓柱子上，但要让我的双手和手腕能自由活动。这样邮差就会知道我是不可能把自己绑起来的。然后你就回家，等邮差把我松绑了我尽快去找你。这跟滚下一根圆木一样轻而易举，泽尔一死，我们每个人可以再分得七千五百美元了。"

泽尔开车过来时，林德利和小约翰正在谷仓里，泽尔的汽车正好停在谷仓前。林德利喊了他一声。

"我们在谷仓这边。"

泽尔挥挥手，将车飞快开过来，车轮"吱吱嘎嘎"轧过谷仓前的积雪。

"情况怎么样？"泽尔一走进谷仓林德利就问，小约翰说："他们用现金支付的吗？那样我们就好分了。"

"是的。"泽尔说。他打开提包，露出里面的钞票。

这时林德利朝他开了一枪，手枪是他从小约翰那里借来的。他早就想给他一枪，因为农场是他们三个人的，农场地下的煤田自然也属于他们仨，合同也是他们仨签的。

泽尔那天上午到城里去了，和煤矿公司的购买经纪人在银行见了面，他被小约翰和林德利赋予代表他俩签约的权力，现在买卖已经做成了。

让泽尔慢慢死去是林德利计划的一部分，因此他一枪打在他肚子上，接着他和小约翰一直等着他死去。

林德利匆忙戴上泽尔的驾驶手套，擦干净枪上的指纹，坐在谷仓的地板上，靠在墙壁上，小约翰把他捆了起来。

"再告诉我一遍，"小约翰说，他最后匆匆打了个绳结，站起身来，"你打算怎么向地方法官解释刚才发生的事？"

林德利机智地撒了个谎："好的，我会告诉他你走后泽尔来到这里。他们会看到你在雪地里留下的足迹，知道你曾经在这里待过。我就说他掏出一支枪对准我，强迫我坐下，接着把我绑起来。我会对他们说他本想放一把火把谷仓烧光，顺便把我烧死，那样我的钱他就可以据为己有了。但是当他捆我的双手时，我设法夺过他的手枪，然后朝他开了一枪。你明白吗？故事就是这样的，必须一口咬定，因为我要一直坐在这里，直到邮差来给我松绑，手枪也要放在我手里。"

他知道这个谎言在地方法官面前并非无懈可击，法官会进一步调查小约翰进出谷仓的足迹，他会调查为什么用的是小约翰的枪，他会找到小约翰来查明真相。林德利知道在严厉的审讯下，小约翰肯定会露出马脚，把一切都交代出来。所以当小约翰转身离开谷仓时他朝他的后脑勺开了一枪。

这样他的一万五千美元就溜进了他的腰包。

现在他又有了一套更好的谎言。他会告诉地方法官说小约翰和泽尔合伙把他捆在谷仓里，然后准备在谷仓上放一把火，顺便把他也烧死。但他们为分赃发生了争吵，尽管泽尔很机灵，但小约翰趁他不备一枪打死了他。当小约翰俯下身子靠近他看他死了没有时，他一把夺过手枪打死了小约翰。小约翰中枪后转身就跑，但没跑出几步倒地而死。泽尔伤口的位置使他的谎言无懈可击。

当他看着躺在草堆中的提包时，一丝得意的神情充溢在眼睛中。四万五千美元！全是他的了！他轻而易举地得到了它。

他透过谷仓的门看着外边的天空，确定了太阳的位置。再过几分钟就是正午了，那时邮差就会来了，然后……

突然闪过他脑海的念头戛然而止，当他抬起头嗅了嗅时，大鼻子顿时布满了皱纹。“烟？”他说，大声喊着，声音有点紧张，“烟……”

这时他看到了，烟从泽尔眼镜周围的一束细草上袅袅升起，一个蓝色的圆点在干草上越扩越大。惧意在他心底陡然升起，距冒烟一指远的地方就是一个干草垛……成吨的干草垛在那里。

一分钟后，他恐惧的眼睛终于看到了第一束小火苗升腾起来，这是一朵黄色的火苗，似乎对自己的诞生颇感骄傲，在厚厚的眼镜片旁欢快地跳着舞。正午强烈的阳光照射在眼镜片上，聚集在干草上的热量终于忍耐不住爆发了出来……

当邮差开车过来时，谷仓已是一片烧焦的废墟，谷仓前雪地上的脚印表明有三个男人进去了，但没一个人出来。

杀手警探

潘纳不紧不慢拨着电话号码。和往常一样，他心跳正常，眼睛有点疼，大概在眼角。这是他全身唯一感到紧张的地方。

“有人吗？我刚才杀了我的妻子，派个人到这儿来。”

线路另一端的声音（一个不知姓名的值班员）平静地回答：“是的，先生，当然。请告诉我你的姓名和住址。”

就像一个店伙计在问该到哪儿送货！潘纳几乎微笑了。

“罗伯特·潘纳，洛基特大道1218号。我，”他迟疑了一下，说，“我属于第30辖区。”

值班员只是说：“我们这就派人来。”

潘纳毫无必要地点了点头，挂上电话。他清楚接着将发生什么。这个消息将由警方专用的频道传给附近的某辆巡逻车，两三个警察随时出现。他自己就接到过很多这样的呼叫。

他左手还握着警棍，一端沾了红色的东西。他突然担心地低头审视了一下警服，警服一点也没溅脏。

一辆车悄无声息地停在外边，潘纳满怀感激地望着门。他没想到自己这么紧张，他听到车道上由远及近的脚步声，以及随后传来的轻柔的敲门声，紧张的情绪一点点从体内挥散了出来。他几乎是怀着感激开的门。

警察敲过门便退到走廊一边，这是为了防止自首的杀人犯疯狂到再杀一个人，潘纳双手前伸站在门口，警察的身影出现了。

来的人吃了一惊，问道：“你到底想干什么，潘纳？是你！”

“是的，弗雷德。叫你的搭档也进来。”

弗雷德转身向候在警车后面的警察做了个手势。这是个凉爽无云的夜晚，当那个警察快步走过来时，薄纸般的月亮如影随形般跟定了他。

“怎么回事？”

“我妻子玛戈达，她——死了。”

弗雷德·加菲低头瞥了一眼警棍，僵住了，他的耳垂非常古怪地变红了。

“在里边。”

潘纳转身领他们进到门厅里，门在他身后关闭，他扭过身子。

“你用枪对着他，”加菲告诉他的搭档，“跟在他身后。”

弗雷德·加菲走进起居室，大号皮靴在地板上发出很大响声。另一个警察，一个年轻人，拔出枪，从头到脚打量潘纳，搜寻他身上有可能藏的枪。他终于点了点头，漫不经心地用一只手握住枪。

潘纳舔了舔干裂的嘴唇，“让我们把这事儿赶快了结了吧。我只想在哪儿躺下，我很累。”没有任何反应。潘纳看着年轻人收紧的下巴和眯起的眼睛：“你叫克里斯普，是吧？我记得副巡管谈起过你，乔·克里斯普，就是这个名字。”

克里斯普一言不发，只是在潘纳突然伸手摸自己的制服时举起枪来。

“我只是想证明我没带枪，”潘纳愚蠢地加了句，“此前你应该搜过身的。”听起来他有点恼火。起居室里传来挂电话的声音，接着是沉重的脚步声。加菲返回来，眼中有一层焦虑的阴翳。他对克里斯普说：“事情搞得一团糟，拉姆齐要亲自来。”

“警长？”潘纳不由自主地伸手去摸身上的制服，脖子上的纽扣没有扣。警棍他早已放在旁边小桌上了。

“我们干吗不自己解决问题？带我到市中心警署登记备案。”

加菲不理睬他，而是向克里斯普说。

“麻烦在于，”他语气沉重，“你清楚最近那些报纸是怎样纠缠不休的。所有的警察都成了虐待狂，诸如此类的龌龊东西。你就瞧吧，他们会大肆渲染这件事：警察用警棍戳进了老婆的脑袋。”

克里斯普缓缓点了点头，目光一刻不离罗伯特·潘纳，那是一双明亮的蓝眼睛。

这当然不关潘纳的事。从现在开始，无论报纸上怎么说警察的不是都与他没关系了，他咳嗽起来，清了清嗓子。

“我想喝杯水。”

他一点都不渴，看见加菲转身脚步沉重地走进厨房找水，他体验到某种恶意的快感。

加菲回来时突然被某样东西吸引住了，它压在一张小桌的玻璃台板底下。一丝微笑浮现在潘纳嘴唇上，加菲盯着那东西。他抬起头时，脸上几乎是敬畏的表情。

“全能的基督啊！我都忘了这些嘉奖令了。”

“那是什么，弗雷德？”克里斯普问，仍旧举着枪。

“这儿有五次英勇嘉奖，我记得每一次都是警长亲自颁发的。”

“肯定会成为丑闻。”

加菲递过水杯，杯壁外侧边溅湿了，他掏出肮脏的手绢擦了擦手。潘纳等充满白色气泡的水变清澈之后一饮而尽，他的手稳稳当当的。

加菲在周围走来走去，偶尔跟克里斯普说上几句，没人理潘纳。

附近一所房子电视响了，声音迂回曲折地传了过来。音乐、商业广告、天气预报，听得清清楚楚。

加菲听见屋外汽车驶近，深深地嘘了口气。克里斯普的食指飞快掠过领子下面。潘纳似乎毫不在意，凝视着空中某个地方。

“是警长。”克里斯普说。

潘纳把杯子放在桌子垫布上以免在桌面上留下印迹，然后疲惫地抬头朝门看去。门打开得太快，他有些猝不及防。有一两秒钟时间，警长的侧影出现在门口的黑暗中，沐浴着他头右方的弯月的光线。随后，他关上身后的门。

他转向加菲，问：“在哪儿？”

“起居室，警长。”

拉姆齐嘟囔了几句抱怨的话，走了进去，像很多胖人一样，他行动迟缓。潘纳感到手掌心湿乎乎的，但他不想去擦，因为那意味着会触怒年轻的克里斯普。

拉姆齐走出来，脱下帽子抛向衣帽架，帽子正好挂在木钉上。

“你这恶棍，潘纳，我能宰了你！”

他的话把潘纳吓了一跳，他长长地吸了口气，像是哀泣一般。

“我能亲手宰了你！”然而拉姆齐只是狂怒地拍自己的肚子，但随后动作舒缓下来。声音也恢复了理智。“怎么回事？”

这个问题还没人问过，潘纳没料到会来得那么快，他耸了耸肩。拉姆齐的怒火重新燃烧起来。潘纳赶紧清了清嗓子：“老实说，我也不知道是怎么搞的，警长。我回到家里，玛戈达，我的妻子，跟我吵起来。您知道，有时候夫妻两个吵起架来会是什么样，长官。”

拉姆齐猛地朝起居室扬起他圆圆的脑袋："不会是这样。"

"她开始冲我吼，要我离开警察局。她有个兄弟做房地产买卖，生意兴隆，她要我也干这一行。"

他已经不大记得争吵的具体情形，甚至不记得玛戈达的脸和声音。他几乎站立不稳。

"所以你就用警棍教训她。"拉姆齐语气轻柔，"为什么？"

"我不知道，警长。这只是每天干的事情中的一件，很多年来，我习惯于通过警棍来保持安宁。保持安宁，保持安宁，警棍的这一端往往比法律更管用。你清楚事情会怎样，玛戈达冲我耳朵里直吼，让我没法好好想。"

"等新闻界听到风声吧。"拉姆齐姿态僵直地坐在椅子上，一只手又开始拍他的腹部。"他们正巴望着我遇到什么麻烦呢。如果他们知道这事，一定会兴奋不已，因为这又给他们提供了攻击我们的理由，下一个警长要是不去亲记者的脚，讨好他们，他们也会找他的麻烦。"

他吸了口气，声音尖锐，仿佛在忍受某种疼痛。

"报纸上，他们总要求禁止我们值勤时使用警棍。他们不明白有了警棍，我们阻止了多少桩肮脏勾当，那帮小混混们知道警察带着这家伙，所以才不敢轻举妄动。他们甚至认为警察太残忍，应与民政部门分离。"

他抬手挡住眼睛，又突如其来地猛拍在腿上。

"他们只想丑化警察，让蠢人们每天早晨在报纸上有东西可读。他们就想要这个。而你，潘纳，你干了这件蠢事儿正好帮他们的忙。"

克里斯普瞥了一眼起居室，拉姆齐眯起眼睛。"我知道她死了，伙计。"

他轻柔地说："对她而言，这一切太残酷了。"

隔壁电视声音变大了，正在播放一个抢答节目；门外响起刺耳的汽车喇叭声；一个人在钢琴上弹出半个音阶；卖冰淇淋的小贩把车停在附近，清脆的铃声告诉人们它的到来；有孩子的声音响起来，又低了下去；电视机的音量被关小，似乎隔壁正在争论电视机音量到底该调多大……

这生活的状态深深触动了潘纳，从他对玛戈达干了这事到现在，还没任何其他事情能这样触动他。他环顾四周，沉思的目光久久停留在门厅里每一件家具上，仿佛在记下它们的位置。

"我们带他到市中心警局，"拉姆齐语气沉重，"取印指纹，让他接受指认，也许还会给他找一个律师，然后——然后报纸就开始讨伐我们。"

他站起来，手背在后面，加菲睁大眼睛看着他。

“就我所知，这会给州长不小的刺激，他会签署某项愚蠢法令，来指控和调查州里每一名警察。州长可不是我们的朋友。”

拉姆齐的手在口袋里摸索寻找雪茄，找出一根，阴郁地看了看，又放了回去。他说：“在他的警察部门里，得到提升可不容易。你得作决定，并且完全按此执行，实际上你却不见得比你手下人聪明几分。”

他也许今后再不会当着两名手下说出这样的话，加菲神情尴尬，克里斯普耸耸肩。

拉姆齐停了片刻：“有个办法摆脱困境，只有这个办法。”

加菲问：“什么办法？告诉我们，警长。”他在流汗。

“这意味着我们都得冒风险。但我要再次提醒你们两个，我们可经不起报纸上大肆渲染他的粗暴残忍，一个五次获得英勇嘉奖的警察用警棍打死了老婆。”

“当然，警长，我们知道。”克里斯普回答。拉姆齐阴沉地看着他，克里斯普脸涨红了。

拉姆齐的声音变尖利了些，说：“加菲，拿张纸到这儿来，再到另一间屋子去。把窗子关上，拉下窗帘，然后把房间弄乱，踢倒家具，搞个底朝天，往地板上扔东西。”

加菲迟疑了一下，缓缓点头。眼中流露出受伤的表情。

拉姆齐看到了这种表情。“给我个更好的建议，弗雷德，我会接受的。”他声音里有种令人惊讶的温柔。加菲目光转向一旁若有所悟地点点头。“赶快动手。处理完起居室到卧室去，如法炮制。你随身戴着手套吧？”

“当然，警长。”

他跌跌撞撞地离开。很快拿回一张画线的白纸和圆珠笔，放在小桌上。

拉姆齐看着潘纳。“坐到那儿写一份辞职书。”

“我的辞职书？”潘纳的手抖个不停，他试图集中精力思索，但毫无效果。

“听着，伙计，”拉姆齐捺着性子说，“你是我听说过的最幸运的混账警察。我不愿让这事见报，那会把很多好人的生活搞得一团糟。我会接受你的辞职。加菲会把房子搞得像是被劫匪闯入，是他们杀了你的妻子。你得说你劳累了一天回来，发现妻子死了，这些不值一文的废话。”

“好的，好的。”

“赶快动手写：你因为悲痛辞职，你没法继续工作。写明天的日期。”

潘纳坐在硬背椅上，调整纸的位置，使纸的左上角斜到正左方。他写得很慢。

“警长，这样不对！我们怎么能干这样的事。”

潘纳没精打采地写着，半闭着眼，每写完个字都要停一会儿。

加菲从隔壁房间开始他的破坏工作，发出有节奏的响声。每当声音响起，潘纳就叹口气。

“我不赞成这样。”克里斯普咬紧下腭，带着几乎是反叛的表情。潘纳看见他的手指在枪上绷紧了，便转过头去，既无意移动位置也不想叫出来。

一切都逃不过拉姆齐的观察，他也看到了这一个场面。“你很可能会用你那把崭新的枪朝某个人开火，克里斯普。如果你无法按命令行事，那就把枪递给我吧。”

克里斯普穿过屋子将枪递过去。拉姆齐对着枪嘲讽地吸了吸鼻子，随便丢进西装口袋，接着转身面朝潘纳。

“写完了？”

加菲已经进到起居室里，砸东西的声音微弱了些。

“等我们回市中心，”拉姆齐对克里斯普说，“你负责找到接潘纳电话的那个值班员，带他来见我。带上潘纳的警棍，用报纸裹住处理掉。”他伸手摸了摸喉咙，转身向潘纳说：“我渴了，给我点水。”

“当然，警长，当然。”潘纳起身疲惫地向厨房走去。克里斯普想喊什么，但忍住了。一声枪响，疼痛烧灼着潘纳的后背，他慢吞吞地转过来，倒在地上。

拉姆齐站在他身边：“对不起，伙计。”他举起枪又连射两次，潘纳一动不动了。

加菲从起居室跑出来，仍是脚步沉重。“劫匪从背后开枪杀死了一个有非凡业绩的警察，打死了他妻子。”说罢，拉姆齐耸耸肩。“当潘纳得知他可以安然逃脱时，他并不想这样，他想要一切都结束。我已经尽量设法使他在子弹飞到时毫无察觉。”

拉姆齐低头瞥了一眼潘纳的辞职书，折好，放进口袋里。“但愿我做了正确的事情。我确实希望如我所愿。”

“在某方面，我确实替他难过，”克里斯普最后说道，“我猜会为他举行英雄的葬礼的。”

“他理当得到，”拉姆齐尖声打断他，“他曾是个好警察。”

圈　套

亚丹丝小姐戴上眼镜凝视床边的钟表，黑色短针正指向八点钟。亚丹丝小姐并不惊异，短针指向八点已经二十一年了，在这个变化的世界上，某些东西总是非常可靠的。

她小心翻身起床，用脚尖探寻到拖鞋。那只猫跳到地板上，睡眼惺忪地抗议着。亚丹丝小姐穿上便衣，拉开窗帘，出了卧室，到了商店里。

在前门那儿，她弯腰收起牛奶和《世界公报》。身后传来遥远的铃声，那是商店的标志铃，柔和、急促的日本门铃的丁零声。一手拿着牛奶和报纸，她瞥了眼可怕的大标题，腰部似乎遭到沉痛一击。她不再整理悬着的招牌："老牌礼品店"，那是让漫不经心的过往司机看的，商店的名字也不是最初的名字，不过亚丹丝小姐的名字也不是当初的名字。她已经步入中年，头发变色，嘴唇有点儿发白，她经常到"楼下商店"去卖衣服。

这是萧条的元月的一个星期天，小型白色别墅后的黑松摇晃着，如同愤怒的羽毛面对灰暗的天空。亚丹丝小姐整整一夜都在聆听那陈年老枝上"吱吱嘎嘎"的叹息声。她又一次推开房门，一股强风拍打着她的裙角，日本门铃的丁零声响得更疯狂。

她走出商店来到后面住宅，打开咖啡过滤器。这两间房子是她的世界，夏天，前面房间经常接待顾客，冗长的冬日，外边半圆形沙石地上几乎没有一辆车，她就待在后面房间里。她没收音机也没电话，《世界公报》是她了解外部信息的来源。距离最近的房屋是刚刚建成的，离穿过树林的小道有半英里，离公路有一英里。这只猫一直是她的伴侣。

她穿好衣服，倒了杯咖啡，放了块奶油、糖，今天是星期日，她又打开了报纸。

头版头条标题醒目：警察追捕疯狂杀手

亚丹丝小姐激动得抖擞身子，把报纸翻到第三版，阅读有关那个人的情况。他勒死了一个农民的妻子和一个女裁缝，动机不明。一定是个精神病患者。总是在被害者手中放一枝黑松。他个头很高，灰眼睛，有点跛，他依旧逍遥法外，当然警察随时准备将其捕获。

“太可怕了，”亚丹丝小姐对猫说着，喝完了咖啡，“太可怕了，一定是战争造成的，或者是和平造成的。”

她无望地对世事摇头，逐渐意识到房内越来越暗。不用震惊，因为有疯狂的杀手在活动。她起身打开电灯，向外张望。

一道闪电像利剑刺破天空，突然间狂风携着暴雨拍打在窗子上。

亚丹丝小姐讨厌暴雨，因为这使她觉得日子比平时更没意义。在这样的天气，商店可能连一个顾客也没有。

她返回到汽炉旁边的椅子上坐下，重新捡起报纸。猫儿张开嘴打着哈欠，露出粉红色的嘴唇。亚丹丝翻到“集体婚礼”那一版，心里说，雨，想下就让它下吧。

在报道时髦的烛光婚礼仪式的照片上，安格拉·赫尔米纳戴着一顶朱丽叶珍珠帽。亚丹丝小姐没见过朱丽叶帽，不过这倒使她想起了“罗密欧，罗密欧，你在哪儿，罗密欧？”在星期日早上的暴风雨中这是多么的浪漫啊。

室外暴雨噼啪，室内安静温馨，还有朱丽叶的珍珠帽。突然商店门响了三声。维多利亚电灯上的棱镜恐怖地抖动着。

亚丹丝猛然抬起头来，走进前面房间，关上中间房门，她总是这样。猫儿立即开始在最钟爱的一张椅子上磨起了爪子。

她拉开商店前门，一股强风扑面而入，日本门铃响起了可怕的“叮”声。

门外站着个人，没有雨伞，雨水从帽上、肩上直泻而下。他说：“能进去看看吗？这种天气，什么也看不见，没法开车。”

亚丹丝小姐瞥了一眼他的车子，黑色的克莱斯勒，开这种车的人一般都喜欢六美元九十五美分的茶碗和茶托。如果暴雨下得时间长些，他可能会买一整套呢。

“请进，”她说，“这天气太可怕了，对吧？”

他走进商店，肩上泻下来的水珠在地板上形成了圆圆的一摊。

“等一下，我打开灯。”

她走到商店里边，打开灯。壁台上有两只典雅的壁灯和一对布里斯托尔灯座，微弱的灯光营造出柔和的气氛。

他拿起一个茶托，眯着眼审视上面的图案。

亚丹丝小姐看着他的手，长长的、烟熏色，特别的棒，可能是一个钢琴家，她想。亚丹丝小姐喜欢欣赏手型。很显然他熟悉瓷器，他放下了茶托。

“质地很好。”他评价道，“你要多少钱？”

“这是沃赛斯特皇家用品，六美元九十五美分。”

她看不清他的眼睛，可能是蓝色，或者灰色。

他走到商店另一端，走得很快，非常好奇。

亚丹丝脑海中泛起一丝疑虑。

“我收藏沃赛斯特皇家用品，”他说，“不过这种图案我是第一次见到。”

“很稀有。”亚丹丝小姐说。

他走动着，走路姿态有点儿奇怪，一步大一步小，可能跛腿，也没有掩饰的意思。

跛腿？头版头条！亚丹丝小姐认出了这个顾客。

她能怎么办？她应该怎么办？

原始的自卫本能一下子扫清了她平日的模糊意识，脑海中出现了清晰的计策。她必须离开，跑到公路旁那座新建的房子里。不，她记得一条穿过树林的小路，她必须从后门出去，必须表现得很自然，找个借口，不引起怀疑。真奇怪，在这样的情况下，人怎么能表现得那么镇静呢？她静静站在那儿，超然地看着他，紧张地思考着。除了暴雨，她能听到某处有钟表在嘀嗒作响，心中的时间在一点点消逝。

“我有件沃赛斯特皇家糖果碟，你可能会喜欢，我去取来。易碎品不宜存放在店中。”

她打开内屋房门。

“不用麻烦。”声音亲切礼貌，死死缠绕在她耳旁。

她颤悠悠关上门，猫儿过来在她腿上蹭了蹭。

她抓起件上衣披在头上，拉开了后门闩。远处隐隐约约地响起日本门铃声来，亚丹丝几乎没听到。

她跑了起来。

小路非常泥泞，雨水打在她腿上，松树在她眼前旋转，她觉得自己手中有根松枝。过了几分钟，几个小时？有手指掐着脖子。不是，是风。他在追吗？她向后瞥了一眼，只有愤怒的松树。

她强迫自己睁开眼睛，天下着雨，那座房子就在面前。

一座新的木屋子，墙上黑色油毛毡在暴雨中扇动着。窗口上有灯光，灰色冷烟从未竣工的烟囱中冒出，风一吹，倒伏下来。房屋、松树、炊烟，如同水底摆动的水草。

她快步跑上台阶，用麻木战栗的手无力地拍打大门。

立即，大门无声地开了。从房内阴暗处走出一个人来，灰眼睛看着她。

他伸出一双烟熏色的手扶起她来。

亚丹丝小姐叫不出声，只能死死盯着这双特别棒的手……旁边的门口处，停放着那辆黑色的克莱斯勒。

越来越近，越来越近，就像影屏上的噩梦，那双手越来越大，直到充满了她的视野。

“夫人，需要帮忙吗？对不起把你吓成那样，必须在开火前把你引出来……长官说，我们不能把你牵涉进去。”

扶着她的那双烟熏色的手是那样健壮有力，亚丹丝小姐感觉到自己是被抱进屋里的。

她用尽力气轻声说：“牵涉进什么？”

“圈套，女士。我们得到消息，那个杀手朋友下一步的目标是你。我们认为最好来这里迎接他，你开后门时他正好赶到，我们抓住了他。没有发生任何的不愉快，当时也没地方安排女士。这个沙发坐着怎么样？女士，坐一会儿？我已经通知了总部。”

亚丹丝把身子向后一仰，感激地点点头，咕哝着说：“你表演得太好了……”

“曾经在歌剧院干过，女士。现在，请你原谅……”

亚丹丝小姐听到他刚提到的内容：“长官？迈克·西亚，凶杀案侦缉队的迈克·西亚。那就对了……”想着她合上了眼睛。

当她又一次睁开眼时，迈克·西亚就站在身旁。“我要告诉你，刚才把你的沃赛斯特皇家茶具弄得有点儿乱。”

“它们正好在火线上，你可以看出的。不过，上级说，我们会为你整理好的。不必担心。”他笑了笑。

亚丹丝重新闭上眼睛，沉静地嘟哝着：“我总是说开黑色克莱斯勒的人喜欢六美元九十五美分的茶碗和茶。警察干得真聪明，不是吗？”

弄巧成拙的凶犯

姑娘抓起话筒，紧张地拨了号码。

她身材娇小，衣着整洁，皮肤浅黑，脸上的粉黛斑斑驳驳，双眸隐含着惊慌的神色。由于惊恐，她眼圈发黑，额头冒汗。电话轻微震响一下便接通了。

她听到一个不耐烦的声音："这里是哈门侦探所，我是哈门。"

"我是爱丽西亚·福伯斯，"她说，"你是托尼先生吗？"

"请讲。"对方肯定地回答着，但仍带有不耐烦的情绪，接着又厉声问道，"嘿，你是温德里尔老头的秘书福伯斯小姐吗？"

"是的，公共事业专属的。我是——我——"

她突然停下来，猛地挪开话筒，盯着房门。刚才进门时她已随手关了门，这时却开了一条缝。

她听到托尼·哈门的声音："怎么了，福伯斯小姐，出什么事了？"

惊恐之下，她头脑里只剩下一点儿感觉，她知道话筒声音小，是因为话筒离耳朵远。

她张开嘴，没有回答哈门的问话而是发出了尖叫声……她看到房门开大了，尖叫声停顿在喉咙中。她看到一张被灰色宽檐帽遮住的大胖脸和挡住脸的枪管。除了枪管，她能看到的只有灰色帽子和那双眼睛，她又一次大叫起来……先是恐惧后是剧痛，子弹狠狠击中了她的右胸。

可怜的姑娘用话筒遮挡自己，第二颗子弹穿透她左手的话筒，射进她的咽喉，她就这样死去了……蜷缩在椅子上，手中拿着她来不及使用的话筒。

托尼·哈门，个头不高，身材粗壮，皮肤黝黑，看到他就能让人想起鲈鱼湖和蚌鱼溪。他黝黑的肤色在日光灯的照射下熠熠生辉。尽管他一生中从来没有远离过城市一百英里，但是却能散发出北部森林的气息。他站在那儿，叉着双腿，凝视着死去的爱丽西亚·福伯斯。

“告诉你，迪尼，我一点也不清楚，”他嗓音奇特沙哑，“她想告诉我什么，但当我拿着话筒听她说话时有人杀害了她，她没有机会说出任何东西。”

迪尼是个侦缉中尉，外表看起来很适合他的角色，块头大、表情冷峻，二十年的警龄使他有了这样一副表情。

“真可笑，”他怀疑地看了一眼哈门，大声说，“你认识她吗？”

“不认识，我曾告诉过你。”

“我不必相信你。你说过你听到了两声枪响，但在场的所有人都听到了三声，这是怎么回事？”

哈门扭过头，环视房间，门口书柜上有块白色的爆裂碎片，他点点头。

“那是第三颗子弹的落点。”

他走过去，俯身解释说：“子弹是从姑娘站的位置射来，从按电话线的墙边射出。”

迪尼看看弹道，认同了他的话。哈门走向门口：“先生，如果我是你，我会检查一下第三颗子弹和那段电话线。再见。”

哈门的办公室虽窄小却整洁，桌子对面坐的那个人似乎占满了所有空间。

“你认识我，哈门。”他坦率热诚地说，“我是G.X.米奇尔，米奇尔筑路公司的，你应该听说过我。”

哈门握握他的手，发现对方反应很无力，与米奇尔表面上的热情态度不大相称。他沙哑着嗓子柔和地说：“在城里，人人都知道你，米奇尔先生。当公共事业专员温德里尔把最终的筑路合同发给了阿卑克斯公司时，你便远近闻名了。那就是你大肆吹捧巴卢而反对温德里尔的原因，对吗？”

“是的。”米奇尔大声叫道，“如果巴卢主管，我会有机会中标。阿卑克斯和温德里尔勾结在一起最终得到了那份合同，这一点我将证明。”

“很有意思。”哈门说着坐回椅子。

米奇尔放低声音继续说：“这就是我到这儿来的原因，爱丽西亚·福伯斯是为我工作的。”

“她不是温德里尔的秘书吗？”

“当然，当然，不过——这样说吧，如果她为我工作，我就付给她比薪水高得多的报酬。她为我提供温德里尔的内情——阿卑克斯的装备情况……她打电话透露给我这些情况。”

哈门耸耸肩。“如果你能证明他们的勾结，那份最终合同就会无效，再次招标就会进行，对吗？”

米奇尔俯身越过桌子。“是的，我还没搞到证据。当她准备告诉我时，却被杀害了。温德里尔知道了情况，派人杀害了她。”

哈门微笑着说：“理论上相当精彩，米奇尔先生，如果你能拿出证据，我就去找警察局。”

米奇尔用拳头捶着桌子喊道：“警察！他们支持温德里尔一伙，我首战失利。你是我了解的为数不多的几个诚实的私家侦探之一，我想让你去证明温德里尔策划了杀人案，或者说他应对杀人案负责。”

“你要雇用我去找出杀害姑娘的凶手，对吗？”

“是的。”

哈门笑了笑，白牙在黑脸上闪着光，他缓慢流畅地说：“那样的话，米奇尔先生，我将收取一定的费用，然后我开始工作。如你所说，如果姑娘掌握他受贿的证据，温德里尔有理由惧怕那个姑娘。当然，还有阿卑克斯公司，他们也一样。”

“那帮腐败的政客！”

“据我所知，那份筑路合同油水不小，所以人们都想把它搞到手。也有可能是阿卑克斯公司在幕后策划的凶杀，而不是温德里尔。”

米奇尔说：“不管是他们谁干的，对我来说结果都一样。我又有机会中标了，不是吗？”

“我明白，你并非急于找到杀人凶手，而是急于找机会得到那份合同。”

米奇尔脸一红，说：“当然，对我来说这是生意。我并不了解那姑娘，如果没有好处，我自然也不会与警察打交道。”他从口袋里掏出钱夹，抽出一沓钞票，笨拙地用一只手把它放在桌子上。他走到门口，转过身。

“这是你的前期费用。找到凶手时，把账单给我，我付清剩余款项。”

哈门拿起钱，说：“先生，我会尽心的。我并不担心你的合同，但我最痛恨凶手，特别是不择手段地杀害一名姑娘的凶手。我也忘不了这个姑娘曾向我求救过。”

看着米奇尔离去的背影，哈门眼中流露出反感的神情，不过他还是设法控制住自己的情绪，使其保持着平日的冷静和平和。做到这一点并不太容易，那扭曲在椅子上的身影又浮现在他脑海中。他想，因为米奇尔的行贿才使得姑娘被杀，即使是间接的，也使人非常气愤。而将杀人凶手绳之以法，将会使人感到平静些。

温德里尔家的大门打开了，一个身体肥胖、着装讲究的男管家走出来。他问哈门："与温德里尔先生有预约吗？"

"噢，我不知道，"哈门温和地说，"请你告诉他是有关福伯斯小姐的事。"他没有提高嗓门但语气强硬："收起你那张傻笑的脸！"

管家赶忙说："是的，先生，你请进。"哈门跟着他进入一个又高又阔的大厅，这个大厅与这座大房子很相配。他好奇地注视着四周，管家进去通报。

管家返回来后，领他走过大厅到了书房。

"我是哈门，"他向一个站起身来迎接他的白发老人介绍说，"如果可以的话，我想问几个有关福伯斯小姐的问题。"

温德里尔个头很高，做派上像退役军人，但他平直的两肩，保养得很好的面容和身体却因他那距离太近的双眼和尖瘦的鹰钩鼻子影响了整体形象。他看起来像只机警的老鹰。

"你是警官吗，哈门先生？"他突然发问，声音单调干脆。

"不是，是私人侦探。不过，福伯斯小姐是我的当事人，我对她的死因很感兴趣。"

温德里尔两眼一亮："你是说你为福伯斯小姐工作？"

哈门点点头。"是的，她想找到你和阿卑克斯公司勾结的证据，于是便雇用我帮她的忙。我无须告诉你我们已经取得了成功。"

非常肯定的语气，不让对方有一丝怀疑。

过了一阵，温德里尔突然问道："发现了什么？"

哈门朝旁边桌上摊开的文件点点头："我不知道这些都是什么文件，但如果它们与你和阿卑克斯的交易有关，我想应把它放到别人看不到的地方。温德里尔先生，你是个大人物，但警察不会放过姑娘被杀这样的案件，不管凶手是谁，公众都不会就此罢休。我想你应该在他们产生我这样的想法之前清理一下房子。"

温德里尔两颊通红，愤怒地拉长了腔调："什么，不可能！先生，你是说，你指控我杀害了福伯斯小姐吗？为什么，真是可恶至极。"

"难道你没有杀人动机吗？"哈门说，"那正是警察要寻找的东西，那正是引起杀人的东西。"他靠近桌子，俯身审视桌上文件，温德里尔双手抓住他的肩膀，一下把他推到墙上，手指使出惊人的力量，深陷进哈门的肩膀里，声音发着抖哈门几乎听不懂他喊些什么。

"先生，走开！告诉你，马上滚出去！"

哈门说："好吧，先生。"他走到门口转过身来，说："也许我不是个好公民，因为我不想多管闲事，我想你应该明白我的意思，但是我一定会来清理房子的。"

“滚——出——去！”

哈门跟着吓坏了的管家走向大门，管家扭头告诫着：“先生，我一定会保持房间清洁的。”

哈门闯进办公室，打断了正在进行的会议。办公室有三把椅子，围着一张桌子，桌上放着编号的文件。三个身穿长袖衬衣、满脸愁云的人抬起头盯着懒洋洋站在门口的哈门。

哈门说：“你们几个要比专员清楚得多，我刚从他那儿回来，他似乎不相信那个姑娘被杀会给他带来麻烦。”

块头最大的那位接口说：“我是宛·阿典，我想你是哈门吧，温德里尔已打电话通告我们。”

“那就对了。”

“他说你的怀疑有些愚蠢。”

“也许并不蠢。姑娘不会无端被杀，如果你们与市里签署的合同能维持下去，你们就能赚不少的钱，对吗？”

“是的，我们自然有利可图，否则我们不会插手。”

“是的，那姑娘掌握的材料能够把事情闹翻天，这就是动机。我是这样考虑的，那些材料是引起凶杀的原因——不要认为它不是，陪审团喜欢这样的材料。”

宛·阿典说：“你听着！实际上那场不幸发生时我们三个，还有夫人都在一起。不知道为什么要告诉你这些，但是你没有权利来审讯我们。”

“我知道你为什么要告诉我这些，你们不能容忍在筑路合同中出现野蛮行为，你们知道我要找寻的只是那个凶手，对吗？”

宛·阿典笑了。“我们自然拒绝任何一种回答。你也有权按自己思路去考虑。”

哈门把宽大的身体挪离门框，突然和善地说：“你看，为了让你们讲话，我不得不先让你们烦恼。我猜想，这件事不是雇用杀人，因为那样做赌注太大，并且有可能失手，再说事情完毕之后还可能被敲诈。所以，要做的只是找到一个人。这样做不合理吗？”

宛·阿典满口承认：“非常合理。”

“你说你们三个都不在作案现场，这需要拿出证据来，否则说什么也没用。但你们三个要想成功就必须找到办法，我必须弄明白，想出主意了吗？”

“你还不明白吗？”宛·阿典说着站起来。

“我要请你滚出去，哈门！我已经够耐心的了，我受够了，请你离开。”

“你是这儿的头儿吗，啊？”

宛·阿典点头认可，哈门冷冷地说："好吧，先生，我这就走。我要告诉你们我曾对温德里尔讲过的话：清理一下房子，因为你和他所进行的交易将要大白于天下，所有人都将知道温德里尔是个腐败的受贿分子。我不会再指责你们——我想所有这些都是为了生意——但是他满屁股受贿的臭屎，快要曝光了。只是提个醒，好自为之吧。"

"请立即离开这儿，否则我会将你扔出去。"

哈门咧嘴笑笑，"没有必要。可不要说我没警告你们。"他扬扬得意地挥挥手，补充了句"再见"，便走出了门。

宛·阿典看着哈门离去，对其他两个人说："我想他可能了解到了一些情况，只是我不知道他了解到了什么。"

哈门隔着大办公桌对米奇尔说："你说得对，温德里尔与阿卑克斯公司之前有勾结，这一点没问题。姑娘被害使他们很担心，他们都在极力毁掉与之有关的证据。在近段时间内，筑路合同不会有多少油水可揩。贿赂将会非常烫手，任何人想愚蠢地捡起来，都会烧伤自己的手指。"

"那就好。"米奇尔粗声粗气地说，"这表明我可以有机会在合理的标价内去竞标。我告诉过你，姑娘被杀是因为她掌握了有人受贿的证据。"

"她没证据。"哈门倾身向前俯在桌上，"如果她有证据就不会被害。"

米奇尔迷惑不解地问："那么她为什么被害？你说你与温德里尔和阿卑克斯一伙都谈过了。"

"是的！他们都不想见我。温德里尔吓得要死，阿卑克斯也是一样。只有一个叫宛·阿典的家伙敢说上几句话。"

"他是主要股东。你猜想会是谁干的？"

"不是我猜想是谁干的，"哈门更正说，"我知道是谁干的，是你干的，米奇尔。"

米奇尔吃惊地站起来，盯着桌子对面的哈门。哈门接着说："一开始我就猜出是你干的，但我想搞得清楚些。如果你用这样的事情陷害温德里尔专员，他就会被撤职，而你们的人就会接任。这样的结果，无论哪种方法，最终的赢家都会是你。你唆使那个姑娘出卖她的老板，但遭到了拒绝，于是你就尾随而她杀害了她，这是唯一的解释。她知道你尾随她，惊慌之余她记起了我，于是拨通了我的号码，而那个号码对你来说永远都是个错误的号码，你完蛋了。"

米奇尔说："真是荒唐。你这个蠢货，你有什么可以证明的？"

"你让我为你工作，想让我将温德里尔和阿卑克斯公司清除掉，扫清你的障碍，结果是你自己清除了自己，米奇尔。"

“你是个疯子，哈门。”

“警察不会这样认为，他们会听我把事情讲完。逮捕你是他们的事，不是我。”

“你是疯子，伙计。”

哈门身子前倾，几乎爬过桌子，几乎是耳语：“那段电话线是怎么回事？你打出的第三枪又是怎么回事？”

米奇尔伸手去摸身后口袋里的手枪，但动作太慢，手指也不利索。哈门扑过桌子抓住了那只笨拙的手腕，桌上的东西散落一地。他一把夺下米奇尔的手枪，说：“先生，我比你快得多。你那只受伤的手会毁掉你的。你走过去看看姑娘是否死了，然后一转身就要出门，却绊住了电话线，电话线从墙上扯了下来，把你一下绊倒在地。你握枪的手撞到了地上，枪走了火。就是在那儿你弄伤了手指，蠢货。你的大口径手枪，这样拿着，反冲力当然会撞伤你的拇指关节。”

他一边用米奇尔的枪对着米奇尔，一边给警察局拨通了电话。他说：“迪尼中尉在吗？让他到G.X.米奇尔的办公室来，把杀害福伯斯小姐的凶手带走，我暂时将他看管着呢。”

迪尼说：“我不明白，既然从一开始你就猜到米奇尔是杀人凶手，那么你到处跑着去和温德里尔和阿卑克斯一伙交谈，又是为了什么？”

哈门哈哈笑着。

“先生，很简单，很简单。我知你知，全市所有人都知道专员在筑路合同上有受贿行为，我想吓唬他们一下，让他们老实些。我想扮演一个好公民的角色，同时也证实一下我判断的正确性。”

“你一直认为米奇尔是凶手吗？”

“这样说吧，我分析是他。打在书柜上的那颗子弹位置很低，是从地平方向射出的，而且电话线被扯了出来。这两项能联系在一起，对吗？凶手摔倒在地，手背撞在地板上，惊慌中他扣到了扳机。我知道枪是如何反弹的，在这样的位置，手枪对拇指关节的反冲力将会损伤那家伙的右手。一定是这样的。”

迪尼说：“我本应从这方面来考虑一下。”

“算啦，伙计。他没有和你握手，却和我握过手，当时他的手软弱无力。给我付款时，也只用一只手。这一点很不自然。”

迪尼冷峻的面孔显得苍老而难堪，他说：“让我悲哀的是那个可怜的姑娘拨通了你的电话，然后才看到死神向她扑来。我干这一行已经二十多年了，这件事总会让我难受的。”

“米奇尔也不会太好受，”哈门说，“尤其是当他待在死牢里时。”

小屋谋杀案

杰克·达兰摸着自己秃头上留下的几缕红头发，他的手肥胖粗壮，手指却显得很小。

“两万。”他说，把嘴角上的雪茄移到一边。雪茄烟蒂已湿透，污染了他的嘴。从外表看，他一点不像坐在装备精良的办公室里的工作人员，倒像一个作坊老板手下操作间里的伙计。

“两万美元——春季促销活动中的促销服务费。柯兰尼干把一分一厘的发票都报了上来。印刷厂、出版社、传声设备、娱乐费用、报纸……我们对他放得太宽了。”他痛心地摇摇头，“他一定有台印制发票的机器。”

“你们查出来了吗？”我问道。

“我们的查账人员无意中发现了圣·保罗事件后，柯兰尼干花了一万多元用于促销活动。百分之八十是符合规定的支出，另外还有百分之二十属于个人消费。”

“真不敢相信，我一直认为这家伙还不错。”

“你说得没错。”达兰将雪茄换换位置，“是我雇用了他——把他从一个四级的出版工培养成一名名副其实的促销员。而结果却是这样！”

我不知道他从老头子的办公室里接到了什么指示。罗杰·T. 提尔是用铁腕和利齿经营着他的制造公司的。他不仅和达兰一起在锅炉房工作过，而且是他从烧炭中锻造出了达兰。

“你准备怎么办？”我问他。

“你是厂里的保安？”

我点点头。

“找到柯兰尼干，把他带回来。”

“那是警察的事，不是咱们的。”

“老头子说咱们太幼稚了，让他给甩掉了。家丑不可外扬，我们自己内部处理。我不知道他到底想干什么，反正不想让警察插手。”

“这项工作很棘手。”我说，“我们的工作是保安——不是抓人。”

“你曾经在侦探公司干过，是吗？”

“是的。”

“你曾经参加过警察部队，并且干过特工、接受过特殊训练，对吗？”

“对。”

“所以说，老头子让我把任务交给你。”

我叹口气。当你已经年过三十岁，单身，在一个整洁的办公室里干着一份舒心的工作，薪水不薄又不加夜班时，你就不想再去干那二十四小时连轴转的苦差事。不过，老头子紧紧牵制住我们的这份实惠。我可能写份辞呈，签上名字：“密奇·约翰斯”，然后他们就可以把密奇·约翰斯的名字从公司工资单上画掉。我确信密奇·约翰斯不想那样做。

“好吧！”我说，“有多少线索可以提供给我？”

“我们住在旧金山的代理人员认为他们在那儿的大街上看到过他，他昨天通过长途电话提到了这些。当然，他并不知道发生了什么事。”

“费用由谁负担？”

“我负担，是我派你执行这项特殊任务。什么时候起身？”

“今晚的飞机。”

谈了一些细节后，我起身告辞。刚走到门口，他又叫住了我。

“忘了告诉你，密奇，他的妻子住在这儿。他们住在底尔本。你最好出发之前见见她，她可能知道他在哪儿。”

“她怎么没和他在一块儿呢？”

达兰耸耸肩。“值得调查一下。老头子也这样说。”

我告诉他我会调查的。

今年夏天底特律会更热。在房间里整理行装时，我想，到西部出差可能是件好事，天气预报说那儿气温较低。

我乘的班机十点起飞。去柳浪机场的路上仍有机会去拜访一下凯利·柯兰尼干的妻子。

我简单用过晚餐，抽过饭后雪茄，离开密酣大道，驾车直冲底尔本。我回忆起了柯兰尼干的笑容，但我不太了解他的历史，也从来没见过他妻子。记得他曾无意间告诉过我，他们没有孩子。

近八点时，车驶到了底尔本。柯兰尼干住在樱花山地区，我离开了密酣大道转入泰里格拉费路，不到十分钟，便看到了一条整洁的街道上的指示牌。

一辆出租车停在一座砖砌的洋房旁，一个年轻女子正在锁门并试试是否锁好，出租车司机提着两个旅行袋向汽车走去。

那个女子转过身，我看清了柯兰尼干家门上的门牌号。我驶过去转向另一街角，尾随他们。过了一会儿，出租车转进了密酣大道向西驶去。

很明显，这个女人是柯兰尼干的妻子，她要出门，密酣大道向西有飞机场。在银格史特我停下车，找到一个付费电话，拨了我的办公室，比尔·艾闻思在值班，接了电话。

“比尔，请你给飞机场打个电话，预订两小时内起飞的所有班次——一直到终点站。我已预订了一张到旧金山的，不要订这一张。”我把航班号告诉他。“届时我会取消掉我不需要的航班机票。”

他没询问任何问题。十分钟后，我又跟上了那辆出租车。

总共有半小时路程。出租车停下来她下车时，我在停车场停下来。在由一个旧厂址改建的机场中，我跟上了那个女人。一个行李员从她手中接过行李，她走到窗口。当她确认预订机票时我站到了她身后。

“到俄勒冈的波特兰德，”售票员说，“你的班机离起飞时间还有二十分钟。”

她转身走向咖啡厅。我向售票员报了姓名，并问是否有我的预订票。有的。

我在隐蔽处等候着。等那个女子登了机后，我才最后一个登机。我在离她较远距离处的一个位置坐下来，准备度过这次长途旅行。

飞机越过机场，机场的灯光映照在我们身上。过了一阵子，我在头下放了个垫子开始睡觉。我不明白我为何会有这种预感，我甚至不敢确定这个女子到底是否是柯兰尼干夫人。从波特兰德到旧金山只有几小时的飞行距离，假若我猜错……

波特兰德的早晨相当凉，我坐在宽阔的饭店大厅里透过雪茄烟雾看着电梯。我已刮过脸，冲过凉，简单用过早餐。我了解到饭店登记中没有凯利·柯兰尼干的名字，那个女子将名字登记为肯尼思·考玲太太。她声明她到这儿来是为了见她的丈夫。名字不同，但签名笔迹却一致。

上午时，他们走出电梯，看起来很高兴。我感到有点儿失意，当工作进展不顺利时，我似乎总是难以平衡自己。

我拍了一下柯兰尼干的肩膀，他猛地转过身来，同时瞪大了眼睛。

“密奇，”他的表情由惊讶而警觉，“到这儿出差？”

“你应该很清楚。”

他盯着我静静地看了一阵子。那女人眼神中充满了警惕，她挽住了他的手臂。

“喝杯咖啡？”柯兰尼干问。

“如果能私下谈谈，当然可以。”

我们在咖啡店找了个包间，点了咖啡。柯兰尼干沉思着呷了一口。“密奇，什么事？”

“两万元，想让你回去。”

他点点头。

“我们最好坐下一班飞机回去。”我说。

“谁派你来的？”

“达兰，他们查出了一些假发票。”

“密奇，我不会回去。”

“想让我把你转交给地方警察处理吗？”

“那是违反指令的。”

我严厉地盯着他。“我接到的指令是把你带回去，并按照指示具体操作。如果我觉得合适，那就是我要执行的最好方法。”

他摇摇头：“不要吓唬人，我不会回去的。”

女人一直沉默着，这时开始发言：“你不能带走他！”她漂亮的面孔一下子变得生冷起来。

我耸耸肩，我接到的指令是不让警察插手。我可以一下将他击晕，塞进飞机。不过，我想，航空公司是不会允许的。

“为何不给达兰打个电话，问问他下一步怎么办？”柯兰尼干笑笑说，“来吧，从我房间里打电话。”

他们倒唱起了主角，而我则束手无策。只有微微一笑，喝我的咖啡。

电话很快打通了，我听到了达兰沙哑的声音，向他讲了目前的处境。

线路中有杂音，我听到了他的深呼吸声。

“让我跟他讲。”达兰说。

柯兰尼干接过电话："喂，杰克，"他的笑容如同他的声音一样傲慢而自信，"干吗？"

他听着电话，点点头，"可以，不一定。给我几天时间考虑一下，今天是星期二，星期四？我给你打电话。"

他把电话递给我，"杰克要跟你说话。"他燃起一支香烟，看起来很轻松。

"密奇，盯紧他们，等候我的指令。"达兰说，"星期四跟我通电话。"

"好的。不过，这样做似乎很可笑——"

"老头子不想遇到麻烦，我们正在这儿想办法。"

柯兰尼干伸手又接过电话，"达兰，我们要到海滩，在大洋湖。不用担心你们的看家狗，海伦和我会照顾他的。"

挂断电话后他对我笑笑，"希望你也喜欢海滩，密奇，只是——请你到那儿后装作不认识我们，好吧？我们要度第二次蜜月。"

"我不明白为什么要这样，"我平静地说，"但我不喜欢这种方式。"

"密奇，相信我吧，不会像你想的那么糟。"他站起身为我拉开门。"海滩见。我们开车去，对不起，没有你的位置，不过你可以乘公交车。"

我走了出去。

那天是星期二。到了星期三，白天我看着他们在海滩上晒太阳，到了夜里，我坐在海滩上，注视着他们在海边居住的小屋。窗帘没有关上，屋里正烧着御寒的火炉。大约十点钟时他们关上了窗帘，于是我回到了我租住的小屋。

星期四早上我走下海滩，窗帘仍然关着，小屋旁仍然停着小车，没有一点儿变化。

中午时分，我在海鲜馆用过快餐，窗帘仍旧拉着。

沙面已开始发热。我脱掉上衣，完全暴露在阳光下……有两位姑娘，与裸体无异，平躺在我旁边的毯子上。我根本不在意她们，不一会儿工夫她们便不再向我这边斜视。

下午四时，窗帘仍然没有打开，内心的不祥预感变成了恐惧。

我走到了他们的小屋门口，敲敲门，没有应答。我走到窗下，窗帘与窗台间有一寸缝隙。

我向屋内窥视，一张矮桌上放着一盏有灯罩的台灯。我的胸中骤然出现了一个冷冰冰、硬邦邦的死结。我直起身子返回门口再敲门，门没锁，我走进去。

是的，他俩在我的眼皮底下去了。永远地去了！手枪握在柯兰尼干的手中，子弹在他太阳穴上留下个小洞，头部另一侧被炸得一塌糊涂。在他身旁的地上，海伦·柯兰尼干似乎在熟睡。是熟睡着，永远不可能醒来，弹洞就在眉间。

我低头注视他们，停留了长长的几秒钟——封闭的小屋像坟墓一样。胸中的死结化开了，我觉得有点儿恶心，走出屋门去呼吸新鲜海风。

也就是说，他们并不像他们假装的那么自信，他们很害怕。他们进行了最后一搏，然而柯兰尼干却不能面对优美的景色。他们几乎欺骗了所有人。我只是不明白，老头子为什么不让报警。当然，唯一的原因只能是他具有黑社会老大意识，自信有自己处理内部事务的能力。

或者说，他知道，柯兰尼干面对将要失去的工作所造成的威胁，或者恐惧心理，或者自责的意识，这样的惩罚已经足够了。然而两万元最多也只能让柯兰尼干生活一年左右。

我回到我的小屋，整理行装，来到公交车站。等了五分钟，波特兰德的公交车才发出，我给警察署打了电话。

我描述了小屋方位，“昨天夜里有个人在那儿杀死了他妻子后自杀身亡。”说完我就挂断了电话。

在波特兰德的饭店里，我冲了个凉，整理了一下思绪，然后给底特律达兰的住所拨通电话，告诉他这里发生的情况。

“你是说他……天哪！密奇，真的吗？”

“我发现了他们。”

“你现在和警察在一起吗？”

“没有，我溜掉了。发现了他们的情况之后，我就离开了那儿。这是一桩最常见的案子，我不想被纠缠进去。”我说，“如果你觉得合适，我乘早班机回去。”

“最好回来吧。我向老头子汇报一下，对此事保持沉默。不过，新闻媒介会注意的。”

“后天见。”

“好吧。”

我等了一会儿，给服务台打了个电话，这才了解到必须买到饮酒许可证才能在国营商店买一瓶酒。如法炮制，几小时后我发现顾客可以把自己的酒存放在饭店酒吧柜里。

我点着一根P牌香烟，呷着苏格兰威士忌。三杯过后，我开始回忆凯利·柯兰尼干一团糟的头部，已经不恶心了。我还没忘记，打电话到飞机场预订一张早班机票。

喝过酒后，香香地吃了顿晚餐，回到大厅我买了本杂志。走回电梯时，有两名男子出现在我的两侧。

“这就是吸雪茄的朋友。”一个对另一个说着并拍拍我的肩膀。

我猛地停下脚步。

“朋友，雪茄吸得太多了。”另一个人对我说。

“是的，我吸雪茄，”我问道，“怎么啦？”我想我应该认识他们，做了那么长时间的警察，本应认识他们两个。

他们试图与我开玩笑。又高又胖的那个说他是左巴克助理，他的同伴，身材瘦削，表情警觉的那个是柯奴莱森助理。第三个走过来的，据介绍是波特兰侦探。他没多加评论，似乎更愿意让两位助理来处理这事，他随意说声“再见”就离开了。

“你报告说今天早上在大洋湖发生一起谋杀自杀案。”左巴克淡淡地说。

我记得我没用自动拨号系统，有个接线生帮我接通了电话。地方警察可能到那儿进行了调查，之后便发现了电话的来源。车站只有五六个人，其中可能有人会记得我打过电话，并上了到波特兰的汽车。有人会把我描述下来，还有从车站送我到饭店的出租车司机。

完全没必要否认什么。

“是的，”我说，“我知道自己应该留在现场。”我掏出证件让他们看了看，“我急着赶回去，即使我留在现场也不可能提供更多的情况。”

“请告诉我你怎么会碰巧走进那个小屋发现了谋杀案。”

我倒是忽略了这一点，于是不得不即兴发挥。

“我散步时走过那个小屋，看见门敞开着，就向屋里张望。”

“两个在沙滩上的姑娘说，有一个和你相貌相似的人在沙滩上吸着雪茄，溜达。过一会儿，此人走向小屋，敲敲门，然后扒窗窥视，接着开门进去。”

我什么也没说。

“说得对吗，约翰斯？”

“对。我认识他，他一直为我们工作。我来这儿度几天假，在沙滩上碰见了柯兰尼干。我还不太了解他们，不过我今天离开时只是想到他那儿告别一下。”

“说完了吗？”

“你们看……我也曾是一名警察。你们接手了这么一桩无懈可击的谋杀自杀案，我还能给你们提供什么呢？一开始我就想到了向你们投案。我本应留在那儿，但是我说过我必须回去。”

“那么你应该告诉我们，你为什么要把手枪擦得那么干净。”

“什么？”

“我们认为柯兰尼干不可能在自杀之后又把手枪上的指印擦掉。他已经百分之一百二十地死掉了。我们认为有人谋杀了他俩，然后伪造了自杀现场。他们把我们当做傻瓜，那样的话就不必麻烦着去找寻指印。但是绝妙的是——把自己的指印给擦掉了，打了个哑谜。”

我们一边谈着，一边快步走向大街。他们在我身后很巧妙地向我施加压力。

我停下来，说：“你们想给我套上谋杀罪名吗？”

“柯兰尼干夫妇在这儿不认识任何人，我们与许多人谈过话，他们说你似乎在跟踪他俩。你认为还有谁更可疑些？”

“在沙滩上什么怪事都有可能出现，而且……”

“朋友，”柯奴莱森打断了我的话，“你吸了太多雪茄。可能你还吸的是大麻，说的全是疯话。告诉你吧，我们那儿的法院很强硬，我们很讨厌在游览区中发生谋杀。假若你愿意签名交代，一切都简单得多。所有人都会省却许多麻烦。清静地审判，清静地处决——沙勒姆清静的煤气室。”

“是的，”左巴克笑说，“人们养成了可笑的习惯，粗心大意，无意间会扔掉雪茄烟头。就像火炉里的那一个，炉火几乎灭了，烟头可惜没燃着。”

“见鬼！”我抢过话头儿，“可能柯兰尼干晚饭后吸了烟，你们都疯了，我真的不——”

“闭嘴，滚到路边那辆车上。”

“你们不能这样——”

“拒捕！”左巴克微笑着挥动手臂，我头部遭到了猛的一击，我踉跄着穿过人行道，柯奴莱森拉开车门。五分钟后，我们离开了市区。

市郊建筑逐渐稀少，我的头部因粗暴的惩罚而昏沉，有一把手枪顶着我。开车的是柯奴莱森。

“放规矩些，”左巴克说，“我不想给你戴手铐，如果你想找麻烦，就不必审判了。”

“你们要搞清楚。”

“我们的地方检察官会根据具体情况做出特别的决定，还要说什么吗？”

他自信的声音使我明白了一切，这是我从未遇到过的打击。我坐下来，闭上眼睛思考着。我回忆起事情的全过程，并考虑我的下一个步骤。

"我要吐，"我说，"是你们把我打的。停车，要不然你们得洗车。"

左巴克骂骂咧咧让柯奴莱森把车停在路边。

我晃晃悠悠下了车，尽量装得像一些。眼一斜，瞥见左巴克放松了自己。我使劲呕吐，深深地俯身时我盯住了那把下垂的手枪。我扑过去紧紧抓住它，这是在军队学到的招数。枪一到手，左巴克便放弃了挣扎。

柯奴莱森急忙爬起来，正要拔枪，我不顾一切迅速挥动左巴克的枪管狠砸在他的头上，他一下子跌出了车门。我一掌将他推到一边。

左巴克僵立着，眼睁睁盯着我手中的枪，口中不干不净地骂着。

"滚开，"我命令他，"起步走！"

当他离开车有十码远时，我上了车，迅速启动。路上车辆不多，我一个急转弯，飞速冲到了其他车前边。

驾货车从波特兰到底特律需要很长时间，每一站都要观察有没有警察，并且自知处在被追捕的位置上，神经异常紧张，身心极度疲惫……

我想，五天后，无论左巴克或者柯奴莱森，都会在底特律货场认出那个肮脏、憔悴的货车司机。

裤子口袋中手枪很重，浑身肌肉发痛，眼睛发酸。我发现一个简易咖啡馆就进去吃了些东西，咖啡很浓，味很好，但依然驱不走我五天来内心的战栗。

我在卫生间洗了洗，走出来，登上一辆公交车，心里非常明白自己的目的地。

比尔在值班。在我的私人办公室里，他盯着我，似乎我是一个鬼魂。

"天哪，密奇！全国都他妈的在找你！"

"而你呢？"我直截了当地问。

他瞪着严肃的蓝眼睛盯了我一阵子，然后摇摇头。"我没有找。我太了解你了，密奇，发生了什么事？"

我告诉了他。话一说完，他理解地点点头。

"请帮我搞清一件事，"我说，"给任何人打电话都可以。"

"只要我能办，我尽力而为。"

我告诉他应该怎么办，他打了几个电话。结束之后，我俩握手告别。

"祝你好运，密奇，"比尔说，"可能你做得很对，不过如果遇到麻烦，我就接手干下去，把你保护起来。"

他把车钥匙交给我，我出了门，开车驶进夜色中……

杰克·达兰拉开他单身宿舍的门。

“密奇？怎么回事——”

“杰克，一个人吗？”我问道。

“一个人。不过你没听说——”

我猛地用枪死死顶住他肥胖的腹部，把他逼进房间。

“我要告诉你发生了什么事，”我说，“星期三你本应在底特律处理个人事务，但你却乘飞机到了波特兰。你是夜里到达的，你租了一辆小车开到大洋湖。你知道他的住处，你借机——很幸运你找到了他们，因为你看到我在观察他们。他们关上窗帘之后我离开了而你却进入了小屋。

“你杀了他们之后，擦净手枪上的指纹，驾车返回波特兰。干得很紧凑，一点三十分，有一趟向东的班机，你飞速赶上了这一班。星期四晚间你回到底特律，并拨了一连串电话制造出你在底特律的事实。”

他脸色变得灰白，嘴角的雪茄颤抖着。

“我已经调查了你的空缺时间，”我说，“我想航空档案处会认出你的。波特兰租车公司也会认出你的。”在波特兰机场时，我只是猜想，但是比尔通过电话证实了他的空缺时间。

达兰的面部表情告诉我，我的猜想是正确的。

他突然崩溃了，自负的表情化为一种绝望。

“好吧，密奇。机上人员会认出我的，波特兰租车处也会的。我……我认为你不会遇到麻烦。我一直不知道，后来报纸……

“我……和厂里一个速记员小姐遇到了一些麻烦，柯兰尼干夫妇知道这件事。他们知道我不少情况，而后就出了两万元那件事。最初老头子想起诉他，但我不能让柯兰尼干说出我的秘密，而老头子坚持要让我派你去处理这件事。”

“你计划怎么办——有关柯兰尼干的事？”

“无论如何也要凑足两万，告诉老头子我与柯兰尼干谈话后他就归还了全部的款项。我预计在星期四就可凑齐，最后却发现不行，于是就想出了这一招。”

“但却不管用。”

“是的，密奇，不管用。不过……你是怎么猜透的？”

“你吸了太多的雪茄，杰克，柯兰尼干不吸雪茄。我吸雪茄，但在火炉里发现的那颗烟蒂却不是我扔的，这就提示出了你。我一想到这一点，就明白了你是如何乘飞机利用时间差作案的。”

他点点头，就像一个遇到灾难的人那样点了点头，“我向你作书面坦白，密奇。”他转身走向办公桌，不经意地把一小段污损的雪茄烟蒂扔进了火炉。

幸运钱包

一个女人走进警察局，把一沓钞票放在柜台上。

布兰登警官正在训斥几个青少年。他们擅自卸走别人汽车轮胎，却一副满不在乎的样子，好像那种行为不是偷窃一样。

那个女人四十来岁，穿得破破烂烂的，眼睛里充满了一种绝望的神情。她放下一个廉价钱包，说："请问，这里谁负责？"

布兰登冲一个穿制服的警察点点头，让他把那几个青少年带走，然后问那个女人有什么事。"我走在大街上——那边的百老汇大街，"她说，"我在人行道上看到这个。我把它捡起来，发现里面全是钱。"

布兰登掏出钱包里的钱，数了一下，有三张二十元钞票、三张十元钞票和两张五元钞票。"总共一百元。"他说。

"对，"那女人同意道，"我也数过，这可是一大笔钱啊。"

那女人好像从来没见到过这么多钱。布兰登叫手下负责文案的警察填一张表格，然后向那女人解释说，这笔钱要在这里放三十天。在这期间，真正的失主可以来报失，描述钱和钱包的数量和样子，然后拿回这笔钱。如果没人来认领，那么这笔钱将归拾到者所有。

"你叫什么名字？"负责文案的警察问。

她犹豫了一下，"玛丽娅，"她说，"玛丽娅·莫拉斯。"

"职业？"

"我现在没有工作，我以前的工作是用人。"

"地址？"

她说出一个地址，那是城里穷人聚集的地方。她告诉他们，她很穷，没有工作，身无分文。负责文案的警察把表格递给她，让她签字。

“请在这儿签字，莫拉斯小姐，”他说。

“莫拉斯太太，”她改正说，“我是个寡妇。”

布兰登看到那位警察投来的眼光，摇了摇头。

“你应该把那些无耻的小孩叫过来，让他们看看这事。”那位警察建议道。

“没有用的，”布兰登说，“他们根本不会欣赏这种行为的。莫拉斯太太，不要忘了三十天后，跟我们联系。你有可能会得到这笔钱，或者至少得到一笔奖金。”

“谢谢你，”她轻声说，“不过我宁愿找到一个工作。”

玛丽娅正要离开时，一位年轻的报社记者来到警察局，布兰登向这位记者讲述了玛丽娅拾金不昧的事。那天刚好没什么新闻，于是失业寡妇拾金不昧的故事就登到了报纸头版上。

到中午时，布兰登接到数不清的电话，有的宣称那钱是自己的，也有愿意雇用玛丽娅的。布兰登对那位寡妇很有好感，他对提供的那些工作进行了筛选，最后认为韦利提供的工作是最好的。韦利是一位单身医生，医术高明，在当地名声很大。

韦利需要一位值得信任的女用人。他在本市高级住宅区有套房子。只要玛丽娅被他雇用，他就向玛丽娅提供良好的住宿、丰厚的薪水和免费的医疗。

布兰登觉得韦利非常合适，就把玛丽娅地址告诉了韦利，他觉得自己做了件好事，心里暖融融的。

玛丽娅非常喜欢年轻的韦利医生，他这人很好相处。屋子很大，也非常新，还有一位花匠帮她做重活。她是一位出色的厨子，但是，除了早餐外，医生很少在家吃饭。他是个大忙人，他这么有钱，人又长得英俊，忙一点儿是很自然的。

韦利的爱情生活中有两个女人：一个是辛西娅·李登，她二十三岁，是李登投资公司的唯一继承人；另一个是雪莉·克里福德，她三十多岁，已经跟拉姆斯·克里福德结婚。克里福德是一家建筑公司老板，已经五十岁了，他非常忙，很少有时间陪他可爱的妻子，他妻子则喜欢年轻一点儿的男人。

玛丽娅很快知道了这些事情，但是，她只是冷眼旁观，从来不向任何人说起这些事。她很快意识到，辛西娅最终会得到韦利。

在韦利家的生活非常愉快，玛丽娅不想回去过自己以前的生活。为了长久留在这里，她开始施展一些小手腕。拿到医生预付的工资后，她马上买了一套适用于鸡尾酒会的合体制服，韦利经常为他那些有钱朋友和病人开鸡尾酒会。

韦利不久知道，不需要另请人来安排酒会了。玛丽娅做的开胃饼干受到所有人喜欢，她自己也成为人们谈论的话题，给酒会增添了一种轻松的气氛。当辛西娅和雪莉出现在同一场合时，气氛总是非常紧张。雪莉总是以女主人的姿态出现，与辛西娅争个不休，除了她丈夫，所有人都看出了这点。在两个女人中，玛丽娅喜欢雪莉，因为雪莉对她的位置没有威胁。雪莉只想得到韦利本人，辛西娅则想得到他的名声、他的生命和他的家。

“玛丽娅真是太棒了，”雪莉在第二次酒会上说，“像她这么诚实的人，真是太难得了。啊，她是一个完美的女佣。”

“一个诚实的女人？”辛西娅回应说，“那是不可能的！没有诚实的女人能够活下去的！玛丽娅一定有她的秘密。”

玛丽娅温和地微笑着，继续端她的开胃饼干。

“我不相信！”韦利说，“我一生都在寻找一个淳朴的女人，她就是那种人！”

“亲爱的，也许你应该跟她结婚，”雪莉说，“你最后可能娶个更糟的。”

这话是针对辛西娅的，玛丽娅不想听到回答。她回到厨房，开始收拾杯碟碗盏。后来，大部分客人都走了，就连拉姆斯·克里福德也乘出租车去赶飞机了。这时，玛丽娅听到雪莉在训斥韦利竟然对辛西娅感兴趣。玛丽娅回到客厅收拾杯子，看到那里就他们两人。

“你别以为我不知道你在干什么，”雪莉说，“你刚刚开业时，需要我的关系和影响，就跟我好，现在，你又想找个更年轻的女人。”

“雪莉，求求你，别说了。”医生乞求道。

“不行，我要把话说完！你想要一个年轻又有钱的女人，是吗？辛西娅很性感，是吗？韦利，你吃不住她的。她在利用你，用完就会把你扔了，她已经利用过半打漂亮男人了。”

“我又不是小孩子！”韦利抗议道。

“你是个虚荣的男人，以为自己可以利用辛西娅。我警告你，你会被她利用的！”

“你这是嫉妒。”韦利说。

“我当然嫉妒了。我爱你，我需要你，韦利。现在我需要你——”

玛丽娅赶紧退回厨房。过了一会儿，所有客人都走了。医生端着杯子进来了，他解开领带，深深吸了口气，“医学院可不会教你这些！”他叹了口气，“玛丽娅，你是这世上唯一清醒的人，你永远也别离开我。”

"我给你倒杯热牛奶吧？"玛丽娅说。

"啊，不用——"

"喝了让你睡个好觉。"

"好吧。你以前做过用人吗？"

玛丽娅的脸阴沉下来，"我为女人做过家务，"她说，"我不喜欢那种工作，她们总是当着别人面谈论你：'你谁也不能相信，她们总是偷你的东西，还要你付钱！'"

韦利笑起来，"我明白了为什么你那么看重诚实。顺便问一句，三十天快过去了，你去要过那一百元钱吗？"

"明天我去。"玛丽娅说。

"好，我希望它还在那里。如果有人已经取走了，我会给你一百元奖金的，作为弥补。"

第二天，玛丽娅回到警察局。布兰登警官给她一张表格，让她填好，然后把那一百块钱原封不动地交给她。那些声称丢钱的人，没一个能说清楚钱的数额或钱包的样子，所以，这笔钱合法地成为她的了。

"工作怎么样？"布兰登问。

"这是我做过的最好工作。"玛丽娅回答说。

"这真是太好了！我很高兴听到这话。这世界上，好人还是有好报的。"

"是的。"玛丽娅说着，把钱包放进她的手提包中。

她在韦利家的地位越来越高。她有自己的房间，可以吃得很好；她换掉了原来的制服，买了一件小一号的。另外，她每月做一次头发，她看上去更像个女人了。韦利很快注意到了。

"玛丽娅，"他说，"你从来没谈过你丈夫，他真是个幸运儿。他叫什么名字？"

"韦——"她开口道。

"朱安？"

她轻声笑了，"对，"她说，"他的名字叫朱安。"

"英俊吗？"

"当然！"

"还非常热情，对吗？你现在怎么样？你一定有个男朋友。"

医生在喝酒，他友好地搂住她的肩膀。

"没有男朋友。"玛丽娅说。

“没有？太遗憾了！为什么呢？你有这么漂亮的大腿，还可以去跳西班牙舞呢。我相信你年轻时一定经常跳西班牙舞。”

“年轻时倒是跳过。”玛丽娅承认说。

“那你就继续跳吧。今天晚上休息一下吧，我要跟辛西娅小姐出去。”

“我应该再给你调一杯酒。”

“不用了，不用了。我已经喝得有点儿头晕了，我今天晚上应该保持清醒，我要向辛西娅小姐求婚。”

“她会接受的。”玛丽娅不动声色地说。

“这正是我害怕的。你瞧，玛丽娅，我从来没结过婚，我害怕婚姻。我喜欢女人，但我更喜欢自由。”

“那为什么？——”

“为什么结婚？因为这是必须做的事。这表明你很成熟，对你的事业有利，每个年轻的医生都要结婚。不过，玛丽娅，我仍然感到害怕，我不喜欢被人管制。”

“那就不要被人管制，”玛丽娅说，“做你自己的主人。”

韦利举起酒杯，“为你这话干杯。”他说。

但是，玛丽娅比韦利更害怕婚姻。订婚的消息宣布，辛西娅就开始重新安排家务，玛丽娅开始担心自己的安全。韦利发现她在读招聘广告，就问她这是为什么。

“怎么回事？你在这里不好吗？”他问，“你想要更高的工资吗？”

“不是。”玛丽娅说。

“那到底是怎么回事呢？”

“你结婚后，事情会发生变化的。”

“什么事情？你不喜欢辛西娅小姐？”

“问题不是我喜不喜欢辛西娅小姐，而是她喜不喜欢我。”

“别担心，没人会像以前那样对待你的。我喜欢你，这就行了。我要告诉你一个秘密，我让我的律师起草了一份新的遗嘱—— 一个人结婚时总是要这么做的。我要留给你五千元，你现在觉得安全了吗？”

玛丽娅觉得安心了。不过，她饱经沧桑，只相信自己存在银行里的钱。韦利医生是个冲动的人，他很慷慨。但是，辛西娅是个被宠坏了的姑娘，一心只想着自己，雪莉对她性格的描述真是太准确不过了。另外，雪莉并没有因为他们宣布订婚而放弃战斗。玛丽娅发现，韦利医生圈子里的人，是不怎么讲究道德的。

雪莉总是在深更半夜，叫韦利医生去给她看病。当她丈夫不在家的时候，尤其频繁。后来，韦利实在受不了了，拒绝去她那里。于是，她来看他。雪莉开着她那辆进口小轿车，越来越频繁地到韦利家来。

玛丽娅觉得，一个女人这么缠着一个男人，真是可耻。她非常爱她的丈夫，不过，一旦他不想要她了，她马上就会放他离去。但是，不管瓦尔特婚前有过多少女人，婚后他却一直忠贞不贰。她的丈夫名叫瓦尔特·杜威。不过，一旦你当了用人，就不应该让人知道你曾经有过美好的生活。

她跟瓦尔特结婚时，还不到二十岁。瓦尔特是个赌徒，他最后破产而死。在解决了债务问题后，她又回到这里，变成了女用人玛丽娅·莫拉斯。

她虽然是个女用人，她仍然有自己的主见。当一个女人失去了爱情，那就像一个男人失去了信用卡，她只能独自哭泣。你不可能靠纠缠不休重新得到失去的爱情。

如果辛西娅知道所发生的事，那她也没有任何表示。她甚至可能很高兴雪莉受到了羞辱。如果拉姆斯知道发生的事，那他也显得漠不关心。最后，韦利医生在电话里跟雪莉摊牌了，玛丽娅并没有偷听。不过，韦利医生在书房里大喊大叫，你不可能听不到。

“不，今天晚上我不过去。”他喊道，“你一点儿病都没有，雪莉，我今天晚上不去，以后也不去了！我建议你另找一位医生，我没有时间给你这样的人看病。”

这样做很残酷，但它似乎奏效了。再也没有电话打来。婚礼前两个星期，辛西娅住进医生屋里，玛丽娅再次大开眼界。在医生的圈子中，这似乎是司空见惯的事，玛丽娅没有说什么。

但是，她对自己未来的担心却得到证实，她无法讨好新的女主人。辛西娅动不动就训斥她，她的好日子结束了。辛西娅非常邪恶，她利用自己的性魅力或她父亲的财富，总是能够得到自己想要的东西。结婚前的一次晚宴，非常清楚地证明了谁是主人。

韦利每隔一星期，要到当地一家医院免费为病人看病，因为辛西娅对这种事不感兴趣，他有时候跟玛丽娅谈谈那里的工作。那是他觉得非常骄傲的一件事，她也因此而为他感到骄傲。他为一个十二岁的墨西哥男孩看了很长时间的病，已经做了几次小手术，准备再做一次大手术。如果这个大手术成功的话，这男孩就能过正常人的生活了。韦利告诉玛丽娅说，手术要想成功，需要小男孩相信他。在原定大手术的前一天晚上，辛西娅的父亲要举办一次晚宴。玛丽娅听到医生试图劝辛西娅换个日子。

“我早晨九点有个手术，”他说，“晚上我一定要休息好。”

“你又不是医院唯一的医生！”辛西娅轻蔑地叫道。

“但这是一个特殊的手术！”

“我父亲的宴会就不特殊了？韦利，你一定是疯了。你知道父亲不会为任何人改变他的计划的。亲爱的，你是我认识的人中，唯一一个得到我父亲欢心的人，他认为你对我的影响很好。我知道他将要给我们的结婚礼物是什么，投资公司百分之十五的股份，你觉得这礼物怎么样？”

韦利医生沉默了几秒钟，“你在做梦。”

“那么我一定是梦见父亲的律师起草文件。今天晚宴的目的，就是把这份礼物送给我们。我知道你明天要照顾个病人，他又不是付钱的病人，他只不过是一个付不起钱的穷人罢了。”

玛丽娅屏住呼吸，祈祷韦利别听辛西娅的话，但是，她的祈祷失败了。韦利和辛西娅一起去参加晚宴。他回来时，差不多两点了，几分钟后，辛西娅也来了。玛丽娅听到他们在门口说笑。

“你不应该到这里来，”韦利说，“你父亲要是知道了，他会很不高兴的。”

“他会很不高兴，可是那有什么关系呢？亲爱的，这不是很妙吗？你瞧，我没有骗你吧。我们应该庆祝一番。”

“这么晚了——”

“就喝一点儿——求求你了。”

玛丽娅在厨房听了，叹了口气，上了床。早晨起床后，她煮了壶咖啡，端到韦利房间。他还睡着。辛西娅睁开一只眼睛，然后把一只枕头向她扔去。

“没有人叫你！”她气愤地低声说。

“医生要到医院去——”

“不去了！告诉他们，他病了。你没有看到他睡着了吗？如果你不打电话给医院，我来打！”玛丽娅从屋里退出来。她来到楼下，打电话给医院，说韦利医生不能做手术了。中午时，韦利医生从楼上下来，刚过了几分钟，医院就打电话告诉他，那个男孩死在手术台上。这是一位年轻医生生活中的一件小事，但是，这件事摧毁了他在玛丽娅眼中的形象。

她记得，有一次，瓦尔特赌博时手气非常好，赢了很多钱。就在这时，一位黑人需要输血，瓦尔特毫不犹豫地离开赌台，跑去献血。替瓦尔特打牌的人输了个精光，但瓦尔特却非常高兴，因为他救活了那位黑人，感到非常幸福。玛丽娅对韦利感到失望。

接着就发生了雪莉事件。

那是婚礼前四天的晚上，辛西娅厌烦了婚礼排练，吃了两片安眠药，到楼上卧室睡觉去了。医生正在算账，准备第二天早晨让玛丽娅帮他去银行办事。这时门铃响了，玛丽娅去开门，雪莉冲了进来。她喝了酒，一副歇斯底里的样子。她一只眼睛黑黑的，面颊上有道口子。韦利从书房跑出来，她解释说，她丈夫发现了他们的关系，打了她一顿。她的说法也许是真的，也许是假的，但是，医生的态度非常坚决。

“你不能留在这里！”他坚持道。

“就一个晚上，”她请求说，“拉姆斯也醉了。我不敢回家。”

“我不信你的话，”韦利说，“拉姆斯·克里福德不喝酒。”

“他今天晚上喝了。韦利，我害怕，我害怕他会杀了我！”

玛丽娅仔细看着医生的脸，他看上去好像认为那是一个很好的解决办法。他一把抓住雪莉的肩膀，向门口推去。“那就去旅馆吧。”他说。“为什么我不能留在这儿？”“因为我不让你留在这儿。”韦利说话的时候，一直努力压低声音。雪莉注意到他不安地向楼上瞥了一眼，她马上意识到他在隐藏什么。她的眼睛瞪大了，“她在这儿，对不对？辛西娅在这儿！”她放声大笑起来，一把推开韦利，“你们真是迫不及待，连婚礼都等不及，就住到一起了！啊，这真是太棒了！辛西娅的父亲知道这事，一定会非常高兴！他女儿可能是个荡妇，老家伙可是很要面子的！亲爱的。投资公司的人可是非常老派保守的，他们听说了这事，就不会让你加入董事会，成为合伙人了。”

“滚出去！”韦利命令说。

“啊，我会的，我会的，不过我先要到楼上检查——”

她从他身边冲过去，开始向楼梯上跑去。韦利赶紧追过去。雪莉刚跑到楼梯中间，突然一个踉跄，失去了平衡，倒向楼梯栏杆。她尖叫着伸出两手，在空中乱抓，一头撞在栏杆上，然后从楼梯上滚落下来，“咚”一声摔在下面的大理石地板上。韦利和玛丽娅在一边看着，吓得目瞪口呆。等韦利回过神，跑到她身边时，她已经死了。

他吓得说不出话来，过了好久，才转向玛丽娅。“你要帮帮我。”他说。

“你这话是什么意思？”玛丽娅问。

“你目睹了所发生的一切。这是意外事件——她不小心自己摔死了。但是，我不能让人知道她是死在我家里的。你会开车吗，玛丽娅？”

“会。”

“那好，辛西娅睡着了，我给她的安眠药会让她一觉睡到天亮的。我把我的汽车从车库里开出来，你坐进去。我把克里福德太太的尸体放进她汽车，然后把她的车扔到她常去的那条小道上。”

玛丽娅没说话。

“你明白我的意思吗？”韦利问。

“我明白，”玛丽娅说，“但是如果警察来了——”

“在那条偏僻的小道上？不可能。不管怎么说，我不得不冒险。我开放尸体的那辆汽车，如果你看到警察巡逻车，就继续向前开，别停下。”

“不过，还是会有麻烦的。”玛丽娅说。

“玛丽娅，没有时间争论了！我现在不是要伤害克里福德太太，她已经死了。但是，我现在不能卷入丑闻中，这是为了救我自己。”

“我也要救我自己。”玛丽娅冷冷地说。

医生怔了片刻，才明白了玛丽娅的意思。玛丽娅的突然变化，让他一下子觉得受不了。最后，他终于明白了，就问玛丽娅想要多少。

“遗嘱是靠不住的，”她说，“遗嘱是可以改动的，五千元现金更加可靠。”

“我家里没那么多现金。”他说。

“支票也行。”玛丽娅说。

几分钟后，她把医生的支票塞在自己手提包里，开着韦利的轿车，跟在克里福德太太跑车后面。那条小道上没有一辆汽车。他们开到小河边，韦利停下跑车，玛丽娅也停下轿车，看着韦利把雪莉的尸体从车上抱下来，走到路边，把它扔进灌木丛中。

韦利回到跑车中，把雪莉手提包中的所有现金和信用卡都倒出来，放进自己口袋，把空手提包扔到座位上。他又掏出一把小刀，扎破跑车的一个后车胎。这么一来，看上去就像一个抢劫杀人现场。

韦利把小刀折起来，放回口袋，走向等着的轿车。他自己把车开回家，然后和玛丽娅一起擦干净大理石地板上的血迹。

一切做完后，韦利说：“今天晚上什么也没发生。”

“对，”玛丽娅说，“只是你外套的袖口上有血迹，把那件衣服给我，我把上面血迹擦干后再去睡觉。”

韦利毫不犹豫地脱下外套，交给玛丽娅。“早晨别叫醒我，”他说，“我自己也要吃几片安眠药，好好睡一觉。”

玛丽娅把外套拿到她房间，但她没有擦去血迹。她关掉灯，想要睡觉，但是，翻来覆去怎么也睡不着。于是从床上爬起来，收拾好自己的东西。天一亮，她拿着医生开的支票、箱子和沾着血迹的外套，走出房间，开着医生的汽车去银行。平常她总是乘公共汽车，今天有急事，是个例外。银行的人对她都很熟悉，她毫不费力地兑现了支票，拿走了五千元现金。

回去时，她驶上那条偏僻的小道。一路上她没有遇上一辆汽车，顺利地来到雪莉那辆被弃置的跑车边。她把韦利医生的外套扔进跑车的前排座位，然后驾车离去。

玛丽娅把医生的汽车开回车库时，韦利和他的未婚妻仍然在睡觉。她手里拎着包，向公共汽车站走去。

那天下午，雪莉·克里福德的尸体被发现。她的死亡成为晚间新闻热点，公众一致要求政府加强治安，避免以后发生类似事情。拉姆斯·克里福德悬赏一万元缉拿杀害他妻子的凶手。在雪莉尸体被发现后的第三天，加农警官来到韦利医生家。他拿着一个牛皮纸包裹，“我在进行调查，医生。”他说，“据我所知，你和已故的克里福德太太是非常要好的朋友。”

“那是谣传。”韦利说。

“我不这么认为。她的尸体被发现时，我们没有披露所有证据。我们需要时间检查在她汽车座位上发现的东西——”加农打开牛皮纸，举起韦利的外套。“通过这件外套，我们追查到你的裁缝，韦利医生，我们拿上面的血迹与克里福德太太的作了比较。我们现在要你解释，这件外套为什么会在她的汽车中。”

雪莉死后的第四天，一位衣着整齐的中年妇女住进赌城拉斯维加斯的一家旅馆，她登记的名字是瓦尔特·杜威太太。她到赌城里逛了一会儿，因为那种赌博的气氛让她想起瓦尔特。后来，她回到楼上自己的客房，仔细阅读从走廊上拿来的报纸，据报纸报道，洛杉矶警察正在四处搜索她的尸体，她觉得很有趣。

面对自己沾上血迹的外套，韦利说出了实情，但谁也不相信他的话。银行说，在克里福德太太死去的那天早晨，韦利兑现了五千元现金。警察认为，韦利利用玛丽娅为他兑现一笔现金，是为了以备万一，当被追查到他时，好用那笔钱来逃跑。另外，韦利为了防止玛丽娅说出此事，又杀掉了她。

当然，这一切都是瞎扯，玛丽娅相信警察根本无法证明他们的假设。韦利不会被证明有罪的，最坏的结果，就是他的婚约被取缔。这有点儿遗憾，因为他和辛西娅是臭味相投的一对。另一个结果——这也是她把医生的外套扔进雪莉汽车里的原因——就是大家知道了韦利是个什么样的人。玛丽娅认为，这样一来，他的职业生涯就算是被毁了。

杜威太太在旅馆住了几个星期。那时候，洛杉矶报纸已经不再提雪莉事件了。

离开赌城前，杜威太太买了一间带家具的公寓，推销员向她保证，在高峰季节，这间公寓每星期可以赚到一大笔可观的租金。杜威太太解释说，她的工作要求她四处旅行，她一年只能在公寓住几个月，不过，有一个自己的家是件好事。再说，一个女人也需要为自己的晚年作准备。

几天后，一个衣着寒酸的女人走进汽车站，她一脸的绝望，手里拎着一个廉价手提包，里面有一个装满一百元钞票的钱包。钞票和钱包很旧了，实际上，钞票和钱包的历史是很长远的了。玛丽娅十九岁时，是一家赌场最漂亮的女招待，她看到，瓦尔特·杜威在赌博时，这钞票和钱包从他口袋里掉出来。当时，她身上只有十元的预付工资，但是，她捡起钱包，把它交还给杜威先生。他被她的诚实深深打动了，请她一起去吃饭。一个星期后，他们结婚了，他们是为了爱才结婚的，不像韦利医生那样为了钱财。那笔钞票和钱包就是瓦尔特的结婚礼物。

“留着它，”他说，“它会给你带来好运的。”

在汽车站，玛丽娅买了一张去加利福尼亚首府的车票。那个地方富人云集，那些非常堕落的富人，总是不相信别人，而一个身无分文却把捡来的一百元交到警察局的诚实女人，正是他们理想的女用人。

蜡像馆

就是在白天，恐怖蜡像馆门前的红黄两色霓虹灯也亮着，格外引人注目。

克里夫·威尔克斯非常喜欢恐怖蜡像馆，喜欢到发痴的程度。克里夫是杂货店送货的小伙子，他总是可以找出各种各样的理由，利用上班时间，每星期去参观蜡像馆一两次。

进入恐怖蜡像馆之前，参观者要先经过一条黑暗的走廊，这条走廊给人一种阴森森的感觉。从走廊出来，向左转，参观者可以看到血腥的谋杀场景：一个金发披肩的女郎，正把刀插进一个老头的脖子中！这个老头正坐在厨房吃晚饭，他的晚饭包括两根蜡香肠和两块泡菜。接着参观者可以看到，一个绑架的场景。绑架者正从育婴室的窗户向外爬，参观者可以看到梯子顶端从窗口伸出来，绑架者露出上半身，腋下挟着一个小男孩。那里还有马拉在浴缸中被夏洛特刺杀的场景，还有克里斯蒂用他的长筒袜勒死一个女人的蜡像。

克里夫喜欢每一个场景，从来没感到厌倦过。但是，他并不像一般的参观者那样，用一种严肃而惊讶的神情盯着那些场景。克里夫总是忍不住要露出微笑，甚至想要大笑。这些场景非常滑稽，为什么不笑呢?

再往里走，有一些展示拷打折磨的场景，有的是古代的、有的是现代的，还有纳粹和法属阿尔及利亚。当然，那里有刺杀肯尼迪的场景，还有一些前几个月刚刚发生的谋杀场景。

对于恐怖蜡像馆，克里夫的第一个愿望，就是在那里待一个晚上。有一天晚上，他口袋里装了一个吉士汉堡，轻而易举地实现了自己的愿望。

克里夫知道，蜡像馆里面有三个工作人员，还有个胖胖的中年男人在门口卖票。里面工作的三个人是两男一女，那个女人也很胖，一头棕色卷发，戴着副眼镜，大约四十岁。她在蜡像馆正厅前检票。

两个男人中，有个负责解说，他总是说个不停，虽然认真听他解说的人并不多。另外一个男人一头黑发，像那个女人一样，戴着一副黑边眼镜，他只是在馆里走来走去，阻止那些想爬进展示场景中的小孩，也许还管管小偷，也许是为了保护妇女不在那些黑糊糊的地方受到骚扰。克里夫不知道他到底在干什么。

他只知道溜进一个黑暗的角落是非常容易的。他注意到，晚上九点十五分时，开始催参观者离开，因为蜡像馆九点三十分关门。克里夫经常在晚上逗留到最后，他知道后角落扇门后面有一间工作人员专用的衣帽间，从那个方向他还听到过抽水马桶的声音。

十一月的一个晚上，克里夫躲到黑影中，听到三个工作人员正准备离去。那个女人名叫米尔达，她从售票员弗莱德手中接过钱盒，仔细数好钱，把它放在衣帽间的某个地方。克里夫对钱不感兴趣。他唯一感兴趣的就是在这里待一个晚上，并可以向人夸耀此事。

“晚安，米尔达，明天见。”一个男人喊道。

“还有别的什么事吗？我也要走了。”米尔达说，“哎，我真是太累了！不过，今天晚上我还要去看歌剧。”

“歌剧。”另一个男人毫无兴趣地重复道。

显然，售票员弗莱德交了钱后，就从前门走了。克里夫记得看到他关上前门，熄了前面走廊的灯，然后从外面锁上门。

克里夫站在一个角落中。他听到后门也关上了，听到他们锁门的声音，他又一动不动等了一会儿，然后踮着脚尖，走到他们放衣服的那间房屋，他很好奇，因为他从来没见过那间房屋。他带着火柴和香烟，借着火柴的光，他找到了电灯开关。屋里有旧桌子、四个铁柜子、一个锡废纸篓、一个雨伞架，还有个书柜，里面放着几本书，书柜紧靠墙壁，墙壁本来是白色的，现在已经泛黄了。克里夫打开一个抽屉，发现了磨得很旧的木头盒子，他曾经看见售票员捧着它从前门进来。盒子是锁着的。克里夫想，他可以拿着这个盒子离开，但他并不想那么做。他用手背擦擦木盒，他觉得自己这么做很可笑，他居然擦一个他不想偷的东西。

克里夫开始玩了。他找到电灯，把它们打开。他饿了，就拿出汉堡包，咬了一口，然后又把它裹好，放进口袋。他漫步走过肯尼迪被刺场景，肯尼迪夫人和许多医生都焦急地围着白色手术台，肯尼迪躺在上面。这一次，那个绑架者从楼梯上爬下来的样子，逗得克里夫咯咯笑起来。那个被绑架的小孩看上去非常平静，你还以为他坐在婴儿室玩积木呢。

克里夫跨过铁栏杆，走进克里斯蒂用长筒袜杀人的场景中。他感到非常兴奋，自己竟然能够跟他们在一起。他离克里斯蒂这个杀人犯只有几英寸。克里夫伸出手，摸了摸红红的血，那血似乎正从那男人的喉咙里流出来，那喉咙被丝袜深深勒进去。克里夫还摸了摸受害人冰凉的面颊。突出的眼睛是玻璃做的，有点儿恶心，克里夫没摸它们。

两个小时后，他开始哼教堂歌曲——《上帝就在你身边》和《耶稣爱我》。他一点儿也不知道歌词是什么。他还开始抽烟。

凌晨两点时，他开始感到厌倦，试图从前门或后门出去，但是做不到，两扇门都是从外面锁上的。他觉得饿了，于是吃完已经干了的吉士汉堡包，把三张椅子拼在一起，在上面睡了一会儿。椅子睡得很不舒服，他知道他很快就会醒来。凌晨五点，他真的醒了，他洗了把脸，然后又去看蜡像展。这次他拿了个纪念品——伍德罗·威尔逊的领带。

蜡像馆上午九点三十分开门，快到九点钟时，克里夫躲到一个非常隐蔽的角落，那是在一个黑黄相间的中国屏风后面，屏风前面有张床，上面躺着个留小胡子的蜡人，他是被他妻子毒死的。

九点三十分后，参观者陆陆续续地开始进来了，那个高个的工作人员又开始进行枯燥的解说。十点后，人多起来，克里夫这时才敢出来，混到人群中，离开蜡像馆，他口袋里放着威尔逊的领带。他有点儿累，但是很高兴，不过，转念一想，他该跟谁说这事呢？乔伊，那个西蒙杂货店的傻伙计？他才不配呢！这么精彩的故事，不能跟乔伊那样的人说。克里夫上班迟到了半个小时。

“对不起，西蒙先生，我睡过头了。”克里夫走进杂货店，匆忙而有礼貌地说。正好有送货的活儿等着他。克里夫推出他的自行车，把货物放在前面。

克里夫和他母亲住在一起，他母亲是个售货员，在一家销售长筒袜、内衣的商店工作。她丈夫在克里夫九岁时离开了她，她没有其他的孩子。克里夫在高中毕业前一年退学，让他母亲感到很遗憾。整整一年时间，克里夫无所事事，要么在屋里睡懒觉，要么在街上跟他的朋友们聊天。让他母亲感到欣慰的是，克里夫没有成为一个小流氓。克里夫在西蒙杂货店送货，到现在已经干了一年，他母亲觉得他已经安定下来了。

那天晚上六点三十分，克里夫回到家，他编了个故事骗他母亲。他说，昨天晚上他遇到利奇，利奇在当兵，刚好休假回家，他们在利奇家一直聊到深夜，利奇的父母邀请他留下过夜，克里夫就在他们家沙发上睡了一觉。他母亲相信了他的谎言并为他做了顿丰盛的晚餐。

克里夫不想向任何人说他昨天晚上的经历，别人可能会觉得那算不了什么。他把伍德罗·威尔逊的领带放在他的衣柜里，和其他领带挂在一起。那是一条灰色的丝绸领带，很老式，看上去很昂贵。那一天，克里夫好几次想象蜡像馆的工作人员瞥了威尔逊·伍德罗一眼，然后大叫道："嘿！威尔逊的领带到哪儿去了？"

一想到这儿，克里夫就忍不住埋头笑起来。

但是，二十四小时后，这奇异的经历开始失去它的魅力，不那么让人激动了。只有在克里夫骑车经过恐怖蜡像馆时，他才会感到兴奋。他的心会猛地一跳，他的血会流得更快一点儿。不过，他没买票进去看自己的杰作。

一天下午，克里夫突然想出了一个绝妙的主意，这主意会让公众大吃一惊，会引起他们的关注。克里夫一边骑车去西蒙杂货店，一边忍不住兴奋地笑起来。

他什么时候行动呢？别着急，最好等一两天，好好地计划一下。这需要精密的计划，果断的行动，这正是克里夫所崇敬的。

他花了两天考虑这一计划。他到当地的游戏厅，一边玩游戏，一边喝啤酒。在玩游戏的时候，他脑子里想的是恐怖蜡像馆，他在考虑具体该怎么做。

第二天晚上，在同母亲吃完晚饭后，克里夫去蜡像馆，买了张门票。卖票的男人低头忙着找零钱和撕票，没有抬头看他一眼，这很好。晚上九点，克里夫走进蜡像馆。

他看着那些展览，虽然它们并不像往常那样吸引他。伍德罗·威尔逊的领带仍然没系上，好像没人注意到它不在了，克里夫轻轻笑起来。他记得，那个晚上，四处巡查的那个工作人员是最后离开的。克里夫猜想他可能有钥匙，那么他应该是最后一个被杀的。

那个女人应该是第一个。当参观的人群慢慢离开时，克里夫又躲到一个黑暗的角落中。米尔达穿着外套，戴着帽子，向展览厅的一个人说了声再见，准备从后门离去。当她经过克里夫身边时，克里夫冲出来，一只胳膊从后面扼住她的喉咙。

她只轻轻哼了一声。

克里夫双手紧紧扼住她的喉咙，不让她发出一点儿声音。最后，她一动不动了，克里夫把她拖到衣帽间左边一个黑暗角落中。他踢翻了一个空盒子，但是，这响动没有引起那两个男人的注意。

"米尔达走了？"一个男人问。

"没有，她没走。"说话的男人走到走廊，向空空的衣帽间望了一眼，房间里的灯仍然亮着。“她已经走了。我也要走了。”

这时，克里夫冲出来，用同样的方式扼住这个男人的脖子。这次不那么容易了，因为这个男人使劲挣扎，但是，克里夫虽然消瘦，却很有力，他猛地把那男人的脑袋撞向木地板。

“怎么了？”撞击声引来了第二个男人。

这次克里夫猛击他的下巴，但是没打中，打到他的脖子。这一击把这个矮个男人吓晕了，没有避开随之而来的第二拳，克里夫抓住他的衣领，把他的头猛地撞向坚硬的墙壁。这时，克里夫确信三个人都已经死了。两个男人的脑袋血淋淋的，那个女人的嘴在向外流血。克里夫在第二个男人身上掏钥匙，最后在他裤子的左边口袋找到，口袋里还有把折叠刀。克里夫把刀也拿了出来。

这时，那个高个男人轻轻动了一下。克里夫警觉地打开折叠刀，对准那个男人的喉咙捅了三刀。

行了，克里夫想，再次检查了一遍，确信三个人都已经死了。他们流出的是真的血，不是蜡像身上的油漆。克里夫打开展厅的电灯，开始寻找放置三具尸体的合适地点。

那个女人应该放到马拉的浴缸里，这是毫无疑问的。克里夫考虑要不要脱掉她的衣服，最后决定还是不脱，主要因为她穿着外套、戴着帽子坐在浴缸里，那样子更加可笑。马拉的蜡像让他大笑起来。他本来以为，马拉应该有两根棍子当腿的，因为你看不到他腰以下的部位。可是，马拉实际上根本没有腿，他的蜡像就到腰部，下面是个柱子，钉在木板上，防止它倒下。克里夫把马拉的蜡像搬到衣帽间，放在桌子之间。然后他把那个女人搬到马拉的浴缸里。她的帽子掉了下来，他又把它放上去，盖在一只眼睛上。她血淋淋的嘴巴大张着。

天哪，这真是太可笑了！

现在轮到男的了。那个喉咙被他捅过的男人应该放到老头的地方，那个老头正在吃腊香肠和泡菜，他身后的女人即将把刀捅进他的喉咙。这费了克里夫十五分钟时间。既然那个老头是坐着的，克里夫就把他放到衣帽间的厕所马桶上。看到老头坐在马桶上，喉咙在流血，一手拿着刀，一手拿着叉，真是太好笑了。克里夫靠在门上，放声大笑起来，一点儿也不担心被人听见，因为这太滑稽了，就是被人抓住也值得。

下面该那个小矮个了。克里夫向四处打量了一下，他的眼睛落到伍德罗·威尔逊身上，那个场景描绘的是一九一八年停战协议签字仪式。一个蜡像坐在一张巨大的桌子后面，正在签什么东西。对于一个脑袋几乎裂开的男人，那地方真是太合适不过了。克里夫费力地从蜡像手中抽出笔，把它搬到衣帽间，放在办公桌边。蜡像僵硬的手仍然是写字的样子，克里夫把一支圆珠笔塞进他的右手。现在该做最后的工作了。克里夫发现他的上衣沾满了点点血迹，不过到目前为止，他的裤子上还没有血迹。

克里夫把第二个男人拖到伍德罗·威尔逊的展台，把他塞到椅子里。可是他的头总是向前倒在桌子上，倒在蜡做的纸上，他软绵绵的手也抓不住笔。

不过，总算弄好了。克里夫向后退了一步，露出微笑。他侧耳倾听了一会儿，然后坐在一张椅子上，休息了几分钟，因为他的心脏跳得非常快，他突然意识到全身的每一块肌肉都非常累。啊，他现在已经拿到钥匙，可以锁上门，回家好好睡一觉，明天要精力充沛地看热闹。

克里夫从一个蜡像身上剥下一件毛衣。他不得不把毛衣扯到蜡像的脚下，从那里剥下它，因为蜡像的胳膊没法弯曲。这样一剥，毛衣的领口就被扯开了，但是他只能这样。现在，蜡像的胳膊和胸口就赤裸裸的了。

克里夫把他的上衣团成一团，拿着它四处擦他认为留有他指纹的地方。他关上灯，小心翼翼地走到后门，锁上门，把钥匙扔到后门的台阶上。在一个垃圾箱里，他发现了几张报纸，把他的上衣裹进报纸中，走了一段路后，他又看到一个垃圾箱，就把手里的一包东西塞了进去。

“买了一件新毛衣？”那天晚上他母亲问。

“利奇给我的。”

克里夫睡得像个死人，他太累了，连梦中看到那个老头坐在马桶上时，都笑不出来。

第二天早晨，克里夫站在蜡像馆对面，快到九点三十分时，售票员到了。九点三十五分时，只有四个人进去，但是，克里夫再也等不下去了。他穿过马路，买了张门票。现在，售票员既要顾着检票，还要告诉参观者：“直接进去吧，今天早晨每个人都迟到了。”

售票员走进门里，打开灯，然后一路过去打开每个展台的灯。克里夫跟在售票员后面，他觉得非常滑稽，售票员竟然没有注意到任何异常，连衣冠楚楚地坐在马拉浴缸里的米尔达都没有注意到。

其他参观者还包括一对男女、一个十四岁的孩子、一个孤独的男人。他们面无表情地看着米尔达，好像他们认为这非常正常。克里夫的心狂跳不止，几乎透不过气来。那个脸埋在腊香肠和泡菜上的男人也没有引起人们的注意。克里夫有点儿失望。

又有两个人走进来，是一男一女。

最后，在伍德罗·威尔逊的展台前有了反应。一个女人挽着丈夫的手臂，问："停战协议签字时，有人被开枪击中吗？"

"我不知道。我想没有吧。"那个男人含含糊糊地回答。

克里夫忍不住想笑出声，他赶忙转过身，努力控制自己。他觉得自己真是无所不知。当时，那真的鲜血已经变得很暗淡，从桌子上流到下面。

在展厅的另一侧，也就是米尔达的那一侧，一个女人发出一声尖叫。

一个男人笑了，但是笑声非常短促。

突然，一切都变了。一个女人在尖叫，同时，一个男人喊道："天哪，这是真的！"

克里夫看到一个男人凑过去，仔细看脸埋在腊香肠上的尸体。

"血是真的！这是一个死人！"

另一个男人"咚"的一声摔在地板上，他晕倒了。

售票员冲进来，"这儿出了什么事？"

"尸体，这是真的尸体！"

售票员看着浴缸里的米尔达，吃惊得跳了起来，"天哪！天哪！这是米尔达！"

"还有一个！"

"这还有一个！"

"我的天哪，快——快去叫警察！"售票员说。

一个男人和一个女人匆忙离去。但是，其他的人都留下来，他们非常震惊，同时也非常好奇。

售票员冲进衣帽间，电话就在那里，克里夫听到他发出一声尖叫。当然，他看到了桌子边的蜡像，还有桌子上马拉的半身蜡像。

克里夫觉得自己该开溜了，他从前门走出去，那里已经聚集了一群人，他们都想进来，但因为没有售票员，所以都站在门前向里张望。

非常好，克里夫想。一切都非常顺利。太好了，真是太好了。

那天他本来不想去上班，可是突然他意识应该去请个假。西蒙先生一听克里夫说他身体不舒服，就很不高兴，但是，克里夫手捂着肚子，装出一副很虚弱的样子，西蒙先生只好准他的假。克里夫离开了杂货店。他随身带上所有的现金，大约二十三元。

克里夫想乘长途汽车到什么地方去。他意识到，如果售票员记起他经常去蜡像馆，或者他记起克里夫昨天晚上也去过，那么克里夫就可能会受到怀疑。不过，克里夫并不是因此想离开。他乘长途汽车，只是出于一种渴望，一种无法抵御的渴望。他花八块钱买了一张西行的车票。晚上七点时，他已经来到印第安纳州的一个城市，这城市叫什么名字，克里夫并没有注意。

克里夫下了车，车站边有一个酒吧。现在，克里夫非常想知道报纸上有什么报道，他走到酒吧边的报摊。看到许多报纸的标题：

“蜡像馆三人被杀”

“蜡像馆大屠杀”

“神秘的杀手出击：蜡像馆死三人”

克里夫最喜欢第三个标题。他买了三份报纸，站到吧台边喝啤酒。

“今天上午九点三十分，蜡像馆售票员弗莱德和几位参观者，在展台上看到了三具真的尸体。这些尸体是：四十一岁的米尔达，四十三岁的乔治和三十七岁的理查德，他们都是蜡像馆的工作人员。两个男人是被撞击和刺死的，女人是被扼死的。警察正在搜查线索。谋杀发生在昨天晚上十点左右，那时三个工作人员正准备下班。凶手可能是九点三十分闭馆前最后一批参观者。他或他们藏在蜡像馆的某个地方，直到其他参观者离去……”

克里夫非常高兴。他一边微笑一边喝他的啤酒。他趴在报纸上，好像不想让其他人分享他的快乐，但其实并不是这么回事。几分钟后，克里夫站起来，环顾四周，想看看有没有人在读这一报道。两个男人在看报纸，但克里夫不知道他们是不是在看有关他的报道，因为他们的报纸是折起来的。

克里夫点着一根香烟，仔细看了三张报纸，看看有没有提到他。没有，根本没有。一份报纸上特别提到说，弗莱德昨天晚上没发现任何可疑的人进馆。

“……因为受害者被摆放的位置非常奇怪，警察认为杀人凶手是一个心理变态者。电台和电视台警告那一地区的居民，上街要特别注意，房门一定要锁上。”

克里夫“咯咯”笑起来，心理变态的杀手！他很遗憾这三位记者的报道中缺乏细节，缺乏幽默。他们应该写写坐在马桶上的老头，或者签字仪式上的那个男人。那是他的杰作，为什么他们不欣赏呢?

克里夫喝完啤酒，走到人行道上。天已经黑了，路边的灯全都亮了。他看着这个新城市，看着商店的橱窗，感到非常愉快。他找到一家汉堡店，走了进去。

克里夫要了一个汉堡和一杯咖啡。他身边是两个牛仔打扮的男人，戴着宽边帽。克里夫想，他们会不会是警察呢？但是，他们在谈论土地的事。其中一人紧挨着克里夫，他的手肘不停地碰到克里夫。克里夫又读了一遍报纸，他把报纸靠在面前的餐巾纸架上。

一个男人伸手拿餐巾纸，碰了克里夫一下。但是克里夫面露微笑，很友好地说："你读了蜡像馆谋杀的报道吗？"

那个男人怔了一下，然后回答说："看了，看了个标题。"

"有人杀了那里的三名工作人员。瞧！"报纸上有一张照片，但是克里夫不很喜欢它，因为它拍的是三具并排放在地上的尸体。他喜欢坐在浴缸中的米尔达。

"哦。"那个男人说，转过脸，好像他不喜欢克里夫。

"尸体被放在几个展台上，就像蜡像一样。他们那么说的，但是没有照片。"克里夫说。

"哦。"那个男人说，继续吃他的汉堡。

克里夫觉得很沮丧，觉得受到了侮辱。他凝视着报纸，觉得脸有些发热。实际上，他越来越觉得气愤，心脏也越跳越快。

但是，克里夫装出一副笑脸，再次转向他左边的男人。"我提到它，因为那是我干的，那是我的杰作。"他指了指照片上的尸体。

"听着，小伙子，"那个男人漫不经心地说，"今天晚上你忙你自己的事，好吗？我们没有打扰你，你也别打扰我们。"他笑了一声，瞥了他的同伴一眼。

他的朋友凝视着克里夫，但当克里夫看他时，马上把视线挪开。

克里夫掏出钱，付了饭费，然后向外面走去。

"也许那家伙不是在开玩笑。"克里夫听到其中一人说。

克里夫转过身说："我不是开玩笑！"然后他走了出去。

克里夫晚上睡在基督教青年会。第二天，他以为会有警察来抓他，但是没有。他乘车去了另一个城市，离他的家更近了些。当天的报纸没有提到他的名字，也没有提到什么线索。那天晚上，在一家酒吧，克里夫和两个小伙子进行了几乎同样的对话，他们不相信他的话。克里夫觉得他们非常愚蠢，他怀疑他们是不是故意装出一副不相信的样子呢？

克里夫搭车回到家，向警察局走去。他很好奇，不知道警察会怎么说。他十六岁时，偷过一辆汽车，当时他母亲对警察说："自从他父亲离开后，克里夫变了。我知道他需要一个男人作为自己的榜样。克里夫十四岁就不停地问我：'我到底是什么人？’和‘我是个人吗？’”现在，如果他母亲知道了他的事，她一定会说同样的话。

“我有重要的事要坦白。”克里夫对警察局的门卫说。

门卫的态度很粗鲁，他让克里夫到一个办公室去，那里坐着个老警官，一头灰发，胖乎乎的。克里夫把什么都说了。

“克里夫，你在哪所学校读书？”

“我已经不上学了，我十八岁了。”克里夫说他在西蒙杂货店工作。

“克里夫，你有问题，但并不是你所说的那回事。”老警官说。

克里夫不得不在一间房子里等待，一个小时后，一位心理学家来了。后来他母亲也来了。克里夫变得越来越不耐烦。他们说他是典型的虚假坦白，目的是为了引人注意。他母亲不停地提到过去他问的那些问题，“我到底是什么人？”和“我是谁？”她的话更加证实了心理学家和警官的观点。

克里夫必须一星期去看两次心理医生。

他勃然大怒。他拒绝回西蒙杂货店工作，但是找了另一个送货的工作，因为他需要钱。另外，他自行车骑得很快，又从来不私吞零钱。

“还没有发现凶手？”克里夫问心理学家，“你是我这一辈子见过的最傻的家伙！”心理学家平静地说：“孩子，你这么跟人说话，可没一点儿好处。”

克里夫说：“印第安纳的一个普通人还说：‘也许那家伙不是开玩笑。’他们比你要明白。”

心理学家笑了。

克里夫非常气愤。有一样东西可以证明他的话：伍德罗·威尔逊的领带，它还挂在他的衣柜里。但是，这些该死的傻瓜不配看到领带。克里夫甚至在跟他母亲吃饭、看电影、送货时，也在作计划。下一次，他要做一件更轰动的事，比如说炸一栋大楼，用机关枪扫射行人，至少要杀死一百人，或者一千人。到那时，警察就会把他当回事了，他自己就会成为恐怖蜡像馆中的一个展品了。

幻　境

埃琳很不满意，今天晚上，在她宽敞、寒冷的客厅里，只有五个人坐在壁炉旁边。当然，这是因为天气太坏，使得大多数成员没有来。天气这么恶劣，很多人就不愿意到这里来大声朗读自己的习作，然后倾听其他人很不专业的批评。

不过，埃琳还是觉得很遗憾，人这么少，在一起就很没意思。另外，也显得过于冷清，大家都兴奋不起来。

“韦伯先生，我们应该开始了吗？”她问。

韦伯先生是一位五十岁的男人，一副自以为是的样子。他瞥了一眼时钟，两只大手使劲擦了擦。

“才过了二十分钟，”他说，“最好再等几分钟。你知道，雪很大，公共汽车——”

“我认为我们应该开始了。”彼得太太说，她仍然穿着皮大衣，不肯脱下，她就像一只老鼠一样瞪着眼睛。“今天晚上我们有很多文章要讨论。我带来了自己写的一篇爱情小说，如果你们愿意听的话，我可以读给大家听听。另外——”她指了一下她身边一位面露微笑的姑娘，“威廉斯小姐给我们带来了她写的心理小说中的一章。另外，沃尔特先生要给我们读他四季歌谣中的一首。这次读的是夏季诗，是吗，沃尔特先生？”

“对，是夏季诗。”沃尔特眼睛盯着地毯说，他是一个脸色苍白的年轻人，“但是，你要知道，那不是通常意义上的夏季。是我所理解的夏季——”

门铃突然响了，埃琳站起身，迫不及待地跑去开门。她边跑边想，又来了一个，这样就有六个人了，这很不错，不过，我真希望我没有做那些奶酪三明治……

她一打开房门，一阵风带着雪扑面吹来。随之而来的，是一个矮个男人，他就像是被风吹进来的一样。他穿着黑色大衣，显得非常瘦小。

“你以前没有参加过讨论会，是吗？”埃琳开口说，然后突然停了下来，因为借着走廊昏暗的灯光，她看到陌生人凝视着她，露出久别重逢的喜悦。

“我们——我们以前不认识。对吗？”她很难为情地说，那个小矮个似乎回过神来。

“哦——哦——不认识，”他赶忙说，跺了跺脚，把上面的雪跺下来。“真的一点儿也不认识！我只是——我似乎有一种感觉——”

他又用那种古怪的、久别重逢的眼光凝视着她。埃琳觉得有点儿不舒服，她不能忍受那种眼神，想要尽快避开。

“来吧，见见其他人吧。”她不安地说，急急忙忙领着他走进客厅。

“我叫费罗，”他说，“阿兰·费罗。”

他瞥了一眼屋里的人，乌黑的眼睛炯炯有神，屋里的人流露出很感兴趣的神情。他们谁也没有听说过他，但是，他说话的口气让他们觉得应该知道他。他们每个人心中都在想，也许他就是期盼已久的一位真正的作家！一位真正的作家不仅自己出版作品，还能告诉他们如何出版他们自己的作品……

他们这样想着，五双眼睛专注地盯着来人，对他表现得非常热情，为他搬来椅子，向他提出各种各样的问题。

但是，阿兰·费罗并不是很想交流。不，他不认识他们中的任何人。他写得并不是很多，他不是一个多产的人。他也没有带来什么作品读给大家听，还是大家读读自己的作品吧。

于是讨论会开始了。阿兰·费罗一动不动地坐着，紧闭双眼。让大家失望的是，每个人读完后，他并没有提出任何评论和意见，只有当大家问他带来什么时，他才睁开眼睛。

“是的，”他承认说，“我带来了一篇作品。实际上，那是一部作品中的一部分。我正在写我的自传。”

他期待地环顾四周，发现大家都流露出一种失望的神情。这么看来，他并不是一位真正的作家，而是跟他们一样，是一个文学爱好者。但是——

“我要你们明白，”陌生人继续说道，“我写自传的目的，就是让读者真正地接触我的自我，把他或她拉入我的心灵生活中。我相信，我所使用的方法，以前从来没有人使用过……”他说话的时候，炯炯有神的眼睛盯着埃琳的脸。她再次感到一种不安，那也许不仅仅是不安，甚至是一种恐惧。这太奇怪了，她暗地里安慰自己，这可能是自己太敏感了。他只是一个平淡无奇的小男人，不必大惊小怪。她努力让自己安下心，听他读他的手稿，那手稿厚厚的，已经很破烂了。

“任何受压抑童年的自我怀疑和自我意识……”

他读了起来。埃琳时不时地看看墙上的时钟。她想在费罗先生读完前，出去准备茶，希望费罗先生不会为此而不高兴。她也希望他没有注意到彼得太太穿着皮大衣，已经睡着了，随时可能打呼噜。

韦伯先生坐在埃琳旁边，他一个劲地在他自己的手稿背面做笔记。毫无疑问，他正在为接下来的激烈批评做准备。

“对他客气点儿！”埃琳低声说，她觉得不能让新来者太难堪。“要知道，他是新来的。”但是，韦伯先生只点了点头，继续往下写。

怎么还没有读完啊？听，终于快完了！那些应该是结尾的句子吧。

“为了说明我心理上所遭受的伤痛，我要讲一个我经常做的梦。我梦见我沿着一个走廊向前走，走廊非常长。当我向前走的时候，我的双脚发出叮叮的响声，好像我的脚上穿着铁靴之类的东西。在走廊尽头，我知道我会发现我的摇篮——我小时候的摇篮——我将会钻进摇篮，躺在里面。我知道当我躺在那里的时候，我会看到一张脸慢慢从摇篮边升起，那是一张疯子的脸。我不知道接下来会发生什么事，因为，我总是醒过来——实际上，我总是在到达走廊前就醒过来。”

小矮个突然放下他的手稿，胜利地环顾四周，大家很尴尬地沉默了片刻，只听到彼得太太的呼噜声。

“哦。”最后埃琳开口了。她在考虑如何措辞，才能避免伤害小矮个的感情，“这是一部非常深刻的作品，当然——”

“但是它太长了！”韦伯先生激动地说，“而且太以自我为中心，太自怜了！在前六页中，你用了八十七次‘我’这个词！我给你数着呢！”

阿兰·费罗气愤地转向他。

“但是我必须使用‘我’这个词！我告诉你，整本书讲的就是我自己！我的目的就是把读者带到我的心灵深处——”

“我知道你的意思。”韦伯气势汹汹地说，埃琳轻轻用手捅他，可是他毫不理睬，“这种目的并不能使它成为一部小说。请恕我直言，我认为你在欺骗你自己。你说要把读者带进你的心灵深处，可是实际上你没有让读者对你产生兴趣。整个作品太冗长，太抽象，一点儿也引不起人们的注意。”

小矮个气得脸通红。

“引不起人们的注意？”他叫道，“那个梦呢？它没有引起你的注意吗？没有吗？”

“坦率地说，没有。”韦伯先生回答说，“那只是一个幼稚的噩梦，我们所有的人都做过类似的梦。我认为，那个梦也许会让儿时的你感到可怕，但是，现在谁也不会觉得它有什么可怕了！”

小矮个气得浑身发抖。

“它会吓着人的！”他几乎是在喊叫了，“它会的！对这种事，我有一种特异功能，我知道我有！我告诉你，有一个人听到这个梦后，被吓死了！”

大家尴尬地沉默了片刻，谁也不知道怎么回答。小矮个在吹牛，这太荒谬了。埃琳急忙站起身。

“我想我们大家需要喝杯茶！”她大声说，急急忙忙地跑出客厅。当她顺着走廊跑向厨房时，发现年轻的心理小说家威廉斯跟在她身后。

“我来帮你，亲爱的。”威廉斯解释说。当她把茶杯和碟子放到盘子上，又接着补充说：“那个傲慢的狗东西是什么人，你知道吗？”

“我也不知道，”埃琳说，“我很为他难过，真的。他一定费了很大的劲才写出那些东西。他已经写完好几章了。”

“天哪！”威廉斯咯咯地笑起来，“我还以为他要通读全书呢！我差点儿烦死了……”她突然停住不说了，两个女人发现阿兰·费罗一语不发地站在门口。

“你这么说真是有意思，”他两眼直勾勾地盯着威廉斯说，“你呢？”他转向埃琳，“你也差点儿烦死了？”

埃琳脸红了。这个可怜的小矮个非常生气！这也难怪，韦伯先生的话太伤人了。

她很温柔地说：“别太在意韦伯先生的话，他是个非常严厉的批评家。他对我们也是这样的，对吗，威廉斯？”

威廉斯木然地点点头。阿兰·费罗又开口了，这次是对埃琳说的。

“你怎么看待我的努力？我在你身上感到了同情。我的梦给你留下很深的印象吗？”

“哦——是的——”埃琳紧张地撒谎说，努力想找出合适的形容词，“我觉得那个梦非常——哦——很不同寻常。如果你早一点儿写到它，不用前面的那一大段理论——”

“但是我的确很早就写到它了！”小矮个急切地叫道，他似乎恢复了正常。“我早早就写到它，但是，读者并不知道为什么我不停地写它，我直到最后结束时才揭出谜底。你不认为这样的构思很巧妙吗？让读者不停地猜测，保留悬念？”

他急切地望着面前的两个女人，埃琳为了鼓励这个可怜的人儿，放下手中的活问：“告诉我们，最后的谜底是什么？”

“啊，你瞧，是这样的。这个噩梦一直纠缠着我，让我很担心。我不是一个神经质的人，就像我在书中已经解释过的那样——”

埃琳急忙打断他的话。

“别说远了，就说那个梦吧。”她说，把勺子放到盘子上。

阿兰·费罗继续往下说：“对，对，说那个梦。那个梦让我担心的是，每次我做那个梦，我就会沿着走廊向前离那个摇篮更近一步，我知道我会躺到摇篮中，会看到那张脸。最后，我对此非常担心，我告诉了我的妻子。‘亲爱的，如果你跟我在一起，’我跟她开玩笑说，‘那么我就不会那么害怕了。’

“当天晚上，我又做了那个梦，不管你信不信我的话，她也在那里！她走在我前面，穿着她的黑色旧礼服。我的妻子身材高大，所以她挡住了我的视线，我看不到那个摇篮——那个疯子出来的摇篮。所以我觉得很安全，我一点儿也不害怕。当我醒来时——”

小矮个看了看埃琳，又看了看威廉斯，“当我醒来时，你们猜我妻子跟我说什么？”

“啊，当然是她也做了一个同样的梦！”威廉斯说，故事的高潮不就是这样的吗？

但是阿兰·费罗摇摇头。“不对，”他说，“不对，那是后来的事。她告诉我，当她躺在那里时，她的头紧靠着我的头，她听到我的手表在我的枕头下嘀嗒作响。她说那种声音很怪，就像是铁靴的声音。就在那时，她知道那声音不是来自我的枕头，而是来自我的脑袋中。那是我梦中铁靴的叮叮声，她听到了。”

埃琳和威廉姆斯挤到了一起，埃琳的声音有点儿发抖。

“我想我们应该把茶端起来——”她开口道，但是，小矮个恳求地抓住她的手臂。

“请等一下！”他请求道，“再说几句就完了！从那以后，每次我做梦，我妻子就会听到我脑袋里的叮声，一个晚上比一个晚上响，直到最后她也开始做那个梦！她告诉我，叮叮声有一种催眠作用，迫使她入睡，虽然她努力想要保持清醒，她说，她在我的梦中，就走在我的前面，听到我的铁靴在她身后叮叮作响。你们怎么看待这件事呢？”

埃琳已经恢复了平静。当然，他说的这些都是虚构的。韦伯对自传尖刻的评论刺伤了他，他试图使自己的自传更加吸引人，所以编造了这个故事。

“哦，”她很谨慎地说，“我想你可以把这件事写得非常富于戏剧性。但是，你怎么结束呢？”

“当然是按实际发生的那样结束了！”小矮个厉声说道，“最后，我妻子真的进入到摇篮中。当然，那是我的梦，是我让它那么结束的。虽然开始有一两次可怕的搏斗，我跟你们说了，我妻子是个很强壮的女人。”

“那么——她进入摇篮后，发生了什么事呢？”埃琳问，“她看到那张脸了吗？后来她告诉你那张脸是什么样的吗？”

“啊，没有！”小矮个说，好像吃了一惊，“当然没有。在她进入摇篮后，她没法告诉我任何事了。当然，她没有死，但是，她已经成了一个植物人了。早晨我发现她在床上，全身蜷曲，好像只有这样才能进入摇篮。而且，她再也不能说话了。这可能是看到那张脸的结果。”

埃琳和威廉斯互相望了一眼，发现对方脸色煞白。但是，小矮个还是兴高采烈地往下说，显然没有意识到她们的惊讶。

“当然，他们把她抬走了，放到某个医疗机构。但是，这很好，我知道我现在很安全了，因为，如果她在摇篮里，那么我当然就进不去了，对吗？每次我做梦，都会看到她穿着黑礼服，躺在摇篮里，这样我就看不到那张脸了。我感到非常安全，这种情况持续了几个月。

“后来，有一天晚上，她不在摇篮里了。这对我来说，太可怕了。她一定是死了，第二天，我接到通知，说她真的死了。但是——”他好像突然清醒过来——“我一定妨碍你们送茶了——我来吧！”他端起一个盘子，匆匆走向客厅。

埃琳和威廉斯只有一个念头——回到她们同伴身边。她们急忙把茶具放到另一张盘子上，赶回客厅。

让她们吃惊的是，阿兰·费罗不在了。

“啊，他把盘子一拿进来，就离开了。”韦伯先生解释说，“他说他要赶一趟火车。要我向你道歉——哎，你怎么了？”

埃琳简单地讲了阿兰·费罗在厨房给她们讲的故事，韦伯先生看上去很严肃。

“那家伙一定是疯了！”他说，“我觉得他的样子很奇怪。如果我早知道的话，就不会让他走了。应该把他留住，然后打电话叫警察。”

“啊，他走了，我真是太高兴了！”埃琳说，“我不想把事情闹大。另外，他说的那些一定是虚构的，虽然编这样的故事很不正常——”

“不正常？他当然不正常！”彼得太太打断说，“我第一眼就看出来了！”

“他是个自大狂。”威廉斯说，她很会找那些专门的医学术语。

接着，大家一边喝茶，一边聊天。埃琳很高兴那个陌生的小矮个走了，如果他不是第一个走，而是最后一个走，那可怎么办呢？她没法把他赶走——

十一点了。客人一个接一个地走了，最后只剩下埃琳一个人。

“我应该把屋子整理一下。”她想，环顾乱七八糟的屋子，然后开始收拾烟灰缸和脏杯子。当她经过长椅子时，她注意到韦伯先生的手套忘在那里了，所以过了一会儿，当门铃急促地响起时，她并没有感到吃惊。

但是，来的并不是韦伯先生。在她还没来得及弄清怎么回事时，一个小矮个已经从她身边溜了进来。

她吓了一跳，然后又镇静下来。他看上去只是一个普通的小矮个，站在走道上，问她能不能让他查查列车时刻表。他说，他错过了最后一趟火车，但是，如果他仔细研究一下列车时刻表，也许还能找到别的车次。

埃琳别无选择，只好让他走进客厅，把列车时刻表递给他。他坐在扶手椅子上，聚精会神地查起来。埃琳继续整理房间，努力装出一副镇静的样子。她在心里说，他又能把她怎么样呢？我比他高得多，是一个强壮的女人——

她以前在哪儿听过这些词？她头脑中想起了听过的话——“我妻子……一个强壮的女人。”就在这时，她注意到屋里非常安静。翻动列车时刻表的声音停止了。埃琳转脸去看阿兰·费罗，看到他已经睡着了。他的头靠在椅子背上，嘴巴大张着，脸色煞白。

“他看上去很奇怪！”她想，向他身边走去。“我觉得也许我应该打电话叫警察。幸好电话在厨房，不在这里，这样打电话就不会惊醒他。”

这时，她听到噪声。开始她以为是他喉咙里响，要打呼噜了。但是，那不是呼噜声，那是他脑袋里传来的金属的叮叮声。

埃琳没有停住脚，放下手中端着的盘子。电话！电话！当她跑出客厅，向厨房奔去时，这是她脑子里唯一的念头。

但是，叮叮声越来越响了！那声音好像跟着她出了客厅，顺着走廊跟在她身后——叮——叮——

厨房在哪里？这条走廊怎么会这么长啊？为什么石头墙壁和地板也回响着她身后叮作响的脚步声——

她不能回头看。她只能顺着充满回声的走廊向前快跑，直到她看到尽头。漂亮的摇篮，绣着花的枕头，被一只看不见的手撩开的被子，等着她上去。

埃琳使出全身的力气，停下来。

“这是一个梦，这是一个梦！”她对自己说，“如果我不愿意，我就会醒来！我不愿意！我不愿意！我不愿意！我不愿意！我不愿意！”

身后叮叮的脚步声越来越近。有一双手在推她，跟她搏斗，埃琳奋力反击，但是，她的力气似乎非常小。我不愿意！埃琳默默地喊道，我不愿意！我不愿意！我不愿意！

一声巨响，几乎震破她的耳膜，她发现自己可以睁开眼睛了。她睁开眼睛，发现自己站在厨房，陶瓷的盘子掉在她的脚下，摔得粉碎。她的脸上全是汗水，她松了一口气，流下了欣慰的眼泪。

当然是一场梦！由于那个可怕的小矮个过度疲劳，才做了这样一个梦。那么，他回来看列车时刻表也一定是一场梦了！埃琳放心了，她赶快跑回客厅。

不，至少那不是一场梦。但是，阿兰·费罗已经不是坐在椅子上了。他趴在地板上，好像在一场激烈的搏斗中被击倒，他摔倒时脑袋撞在壁炉围栏上，鲜血正慢慢地从那里流出来。

埃琳想起了梦中在摇篮边的搏斗，其中一人摔倒了。这时，她明白过来，跑去打电话给医生……

医生摸了摸小矮个的脉搏和心脏，摇了摇头。

“我想是没有希望了，”他说，“你必须打电话给警察，让他们来调查他的情况。你现在就去打电话，我来照看这个可怜的家伙。”

但是，埃琳仍然一动不动地站着。

“快去打电话！”医生很烦躁地说。半夜三更被叫出来照看一个心脏病发作的病人，这已经够糟了，要是再加上一个歇斯底里的女人，那就让人受不了了。“快去打电话！”

埃琳就像着了魔一样，向客厅门口走去。她沿着走廊，走向厨房。也许，那叮叮声只是医生的怀表链声。是的，他一定在摆弄他的怀表链，声音现在越来越响——越来越响——越来越响——

午　夜

一天晚上，在伦敦一家著名旅馆餐厅角落，坐着两个男人。一位是老人，他头发花白，满脸皱纹；另一位是年轻人，风流倜傥，英俊潇洒。

年轻人很少说话，只是认真倾听。这并不奇怪，因为父亲正在告诉儿子，只有跟一个富家女子结婚，才能使他们免于恶意透支的后果。

这两位男子是卡洛斯公爵和他的独生子鲁道夫亲王。但是，正如父亲指出的那样，这种高贵的头衔如果没有金钱支撑，就毫无意义。

“总而言之，”卡洛斯公爵说，“我们快要身无分文了，如果你不跟一个有钱女人结婚，我们就完了。”

鲁道夫啜了一口香槟说：“我们的名声会吓跑任何一位候选者。”

“你应该找那些天真的年轻姑娘，鲁道夫。我听说你和那位美国女继承人卡斯泰尔关系不错，我希望你能让她觉得你是个非常浪漫的人。当你撒谎的时候，看上去尤其浪漫。”

鲁道夫亲王一口喝完杯中的香槟酒。“亲爱的父亲，”他说，“你曾经恋爱过吗？”

卡洛斯公爵怜悯地看着儿子。

“经常恋爱，”他说，“怎么，你以为是你发明的爱情吗？”

“也许吧。”年轻人忧郁地说。

“你的意思是说，你仍然迷恋去年你在巴黎遇见的那个傻姑娘？”

“不，不是去年，而是十年前，不是傻姑娘，是个好姑娘。不过，对我们这样的人来说，也许最好还是别想她。”

“你说起她时，看上去真是浪漫。鲁道夫，我相信你一定跟她说了许多谎言。

忘掉她吧，孩子。想想我们的传统，想想我们的名声，想想我们的透支。总而言之，想想卡斯泰尔小姐。”

晚饭后，鲁道夫出去散步，就在那时，他遇见了一位女士。

一辆长长的黑色轿车，悄无声息地从他身边驶过，开过几码后，汽车停了下来。

鲁道夫从轿车边走过时，他在想，如果他不去惹那位漂亮愚蠢的百万富姐卡斯泰尔，对她反而是件好事。当然，他很喜欢她。但是，如果她是个穷人，他根本不想跟她结婚。

就在这时，一道奇怪的光照在他眼睛上。那是戴满珠宝的一只胳膊。

“我可以送你一程吗？”一个低沉的声音问道。

鲁道夫摘下帽子，鞠了个躬。那只胳膊非常纤细、白嫩，像那声音一样冷冷的。

“太感谢你了，”他说，“不过我走几步就到了。”

“你不用害怕什么。”那冷冷的声音说。

鲁道夫走近打开的车窗，瞥了那位女士一眼。同时嗅到淡淡的一股香水味，这气味让他回忆起过去的一段恋情。那一瞬间，他仿佛又回到过去，和那位美丽的姑娘一起在花园散步。他迅速打开车门，钻了进去。

“谢谢你，”女士说，“你很勇敢，也很有礼貌。”

鲁道夫露出微笑。“我认为，男人听从漂亮女人的命令，既不是出于勇敢，也不是出于礼貌。”

他发现那位女士正在严肃地打量他。

“身高，六英尺，”他说，“头发，黑色；眼睛，棕色；左边面颊有颗黑痣；举止自信；没有其他特征……”

她微微一笑，眼睛仍然那么严肃，他已经喜欢上那双眼睛了。那是一双蓝色的眼睛，就像汹涌的大海一样。她的头发是金色的，卷卷的。鲁道夫是个情场老手，他一眼就看出，如果不是事情紧急，这位女士是不会向陌生人打招呼的，因为她不是那种被卑微欲望支配的人。“我呢？”她说。

他注意到，汽车开动了。他感到很高兴，他毕竟不像自己想象的那样厌恶这个世界。

“我呢，先生？”她说，“你怎么描述绑架你的陌生人呢？”

“我喜欢你。”鲁道夫说。

“天哪，”女士说，“你真是够快的。”

“我就是这样，”鲁道夫说，“我一看到你，就对自己说，我很喜欢这位女人。”

“我没有想到，”女士说，“跟一个陌生人谈话，会这么轻松。”

“你不是陌生人，我一眼就认出你了。”

“我？你认出我？”

“当然，你没听过相见恨晚那句老话吗？”

“恨晚？为什么？”

“她已经结婚了。”

“我还是单身，先生。不过，我还是要感谢你对我容貌的夸奖。”

“不仅是你的容貌，我还喜欢你的性格。”

“那么你是个很有洞察力的人了？”

“一位行家——研究梦想的专家。”

“梦想？我们谈到梦想了吗？”

“没有，但是我们马上就要谈到。”鲁道夫说，“当男人梦想幸福时，他们经常梦想的就是一个完美的伴侣，我不用闭上眼睛就能描绘她的样子。当然，她应该非常优雅，但并不是那种赶时髦的女人。她美丽而不肤浅，她善解人意，容忍大度，特别能够原谅男人的贪婪和愚蠢。她应该很聪明，但同时却敢于犯错误，敢于冒险，敢于追求浪漫。她总是尽量不伤害任何人，在困难的时候，敢于嘲笑自己，因为她天生有颗善良的心。”

“天哪，”她说，“我从来没想到，男人的梦想是这么善良。鲁道夫亲王，你声名显赫，我可没想到你还有这样的感情。”

“在你身边，我最好的感情就会流露出来。不过，你现在提醒了我，我应该承认，我像所有俗人一样，非常想吻你。”

“那可不行，”她说，“到目前为止，你一直非常有礼貌。你没有问我怎么认识你的，我们要到哪儿去，我是谁。我是从照片上认识你的，我从你吃饭的餐厅开始，就一直跟在你后面。我们要去我家，我家在贝尔格拉夫广场。我的名字无关紧要，我要请你帮我一个忙。你瞧，我并没找任何借口。我的举止太唐突了，任何借口都没用。如果你愿意，你可以在这里说再见，我的汽车会送你回家，我会因为与一位著名人物交谈过而感到荣幸。”

鲁道夫哈哈大笑起来，好几个月来，他没这么开心过了。

“无名小姐，”他说，“你提到我的名声，所以，如果你认为你可以这么容易摆脱我，那你一定疯了。”

她打量着他的脸。他发现她眼睛里多了种轻蔑的神情，如果他不是那么卖力地想讨好她的话，他应该早就发现那种轻蔑。

“你什么也不害怕，鲁道夫亲王？”

他们来到一栋房子前，他瞥了一眼雄伟的建筑。

“你不可能伤害我。”他说。

“也许你错了。”她说。

一位老用人开门。鲁道夫脱去外衣，打量四周，发现这是个有钱人的家，布置豪华气派。

他被领进一间大书房。书房里面的光很暗，在壁炉边，站着那位陌生女士，还有位脸红扑扑的男人，年龄跟他一样大。

“这是我哥哥，”女士说，“格拉丁先生。我是爱丽丝·格拉丁。”

格拉丁红扑扑的脸上，是冷冰冰的蓝眼睛。他打量着微笑的鲁道夫，毫不掩饰自己的敌意。

“你现在明白了，”他说，“为什么我让我妹妹不要告诉你她的名字，因为你知道了，就一定不肯来了。”

“你弄错了，格拉丁先生。为了你妹妹那样的女人，我什么样的事都肯做。现在说正经的，你找我想干什么？”

“鲁道夫亲王，你很容易就能猜出我——”

“等一等，”鲁道夫厉声说，“在我们进一步讨论前，你应该请我坐下，然后你可以邀请我喝一杯。谢谢你，我喜欢白兰地。”

格拉丁露出一副要打架的样子。可以看出，他是个经常骑马打猎的人，善于格斗。

“爱丽丝，”他转向他妹妹，“也许你最好离开，让我和鲁道夫亲王单独在一起。”

格拉丁小姐还没有抬头，她坐在一张高背椅上，眼睛盯着壁炉里的火焰。

“我到这里来，”鲁道夫亲王说，“是应格拉丁小姐的邀请，我非常喜欢跟她在一起。我希望你留下，格拉丁小姐。毫无疑问，你哥哥是个很不错的人，不过，他看上去不像你那么漂亮，那么顺眼。”

她坐得笔直，他意识到她宁愿忽视他的存在。她对着火焰低声说话，好像她在出声地思考。

“我不喜欢看到任何男人受到侮辱，”她说，“不管他是多么的罪有应得。”

“我愿意冒险，”鲁道夫说，“说吧，格拉丁先生。正如你刚才说过的，我知道你是著名的格拉丁兄弟私人银行主席，也是卡斯泰尔小姐财产的保管人。”

“不仅仅是她的保管人，亲王，还是她已故父亲最亲密的朋友。她今天下午告诉我，她决定跟你结婚。”

“她应该先告诉我，”鲁道夫亲王说，“但是，她的决定让我感到非常幸福，我应该原谅她。谢谢你的祝贺，格拉丁先生。”

“这牵扯到一大笔财产。”格拉丁先生冷冷地说。

“这几个星期以来，我的父亲每天跟我这么说。听到这消息，他一定会非常高兴，他最近手头拮据。卡斯泰尔小姐真是太好了，她给一个老人带来了阳光。明天我告诉他时，他一定会非常感动。”

“他不会的，”格拉丁先生说，“因为你不会结婚。”

那一刻，鲁道夫亲王凝视着爱丽丝小姐的侧影，从他的表情看，他非常欣赏她。

“我不会……什么？”他心不在焉地说。

“你不会告诉你父亲，你要跟卡斯泰尔小姐结婚，亲王，因为你不会结婚。”

“这些抱怨的话，你应该对卡斯泰尔小姐本人说。”鲁道夫说，“那是她的生活，她的钱财，她的婚姻。另外，我是她自己选中的。”

“一个像她那样的年轻姑娘，”格拉丁先生说，“不知道什么对她最有益。我不能阻止她跟你结婚，因为她是个成人了。我告诉她，你是个冒险家和挥霍者，你风流成性，想方设法让别人为你付账。但是，她不听我劝告，她认为那些都是误会。她认为你是个英俊、浪漫的亲王。”

“非常正确，格拉丁先生，这应该给你一个教训，让你不要向年轻姑娘灌输那些卑鄙的念头。你自己毫不浪漫，为什么要嫉妒我呢？”

“我从来不嫉妒一个骗子。”格拉丁先生说。

“格拉丁先生，你刚才称我为骗子是吗？”

“你就是骗子。我就那么说了。”

“在这种情况下，”鲁道夫亲王站起身，“我应该再喝一杯白兰地。你真让我感到有趣，格拉丁先生。你干吗不说清楚你的假设呢？”

“那不是假设，那是事实。但是，我不愿详谈这事，如果你答应不再见卡斯泰尔小姐，我就再不提此事。”

“但是，那是不可能的，格拉丁先生。那可怜的姑娘会非常难过。我可怜的父亲也会非常失望。另外，我可怜的债务人也会非常气愤。”

“好吧，”格拉丁先生冷酷地说，“你和卡斯泰尔小姐的订婚一正式宣布，我马上就通知有关当局，我有一张安德森先生签字的支票，你用它兑换了现金，我有理由怀疑那张支票是伪造的。”

“为什么要怀疑呢？”鲁道夫亲王说，“你知道它的确是伪造的。”

“你承认伪造安德森的签字兑现了一千英镑？”

鲁道夫亲王瞥了爱丽丝一眼，吃惊地发现，他的心在剧烈跳动。许多年来，他觉得自己的心已经不会为任何事激动了。可是现在，在爱丽丝的注视下，他的心开始剧烈地跳动。

“格拉丁先生，”他终于开口了，他第一次没有用嘲笑的口吻，“当安德森上个星期去世时，作为他的遗嘱执行人，你在他的文件中没有发现任何提到我的字据吗？”

“没发现。”

“我认为你发现了。我认为那字据就在你手中。安德森是个赌徒，像所有赌徒一样，他非常诚实。你仍然坚持说，他没留下任何提到我的字据吗？”

“我已经这么说过了，鲁道夫亲王。”

“那么我要说，格拉丁先生，你在撒谎。这可能是因为你的教养太差。一年前，安德森和我打赌，说我无法伪造他的字迹不被发现，赌注是一百英镑。我要伪造一张一千英镑的支票，这样银行会仔细对照字迹。我赢了，把一千英镑的支票兑现了，交给安德森，他给了我一百英镑，又给了我一张伪造支票的收据。我留着那张收据。在他的文件中，你已经发现一封有他签字的信，信上说明了事情的来龙去脉。”

“鲁道夫亲王，”格拉丁先生说，“我很高兴你有安德森先生的收据。当警察检查有关伪造安德森先生签字一事，这收据可能会成为你最重要的证据。你可能被宣布无罪。但是，由于安德森的文件中没有为你开罪的那封信，我担心大部分公众还是会怀疑你是个骗子。我还没在安德森先生遗产中发现那封信。如果我发现了，我一定乐于通知你。”

“谢谢你，格拉丁先生。作为回报，我要说，如果我是一个食人怪物，那么在吃你之前，我要先把你淹死在调料中。那么我的理解就是，除非我放弃卡斯泰尔小姐，否则你一定会让我很难受的，对吗？”

“我宁愿这么说，亲王。除非你放弃这个被误导的姑娘，否则我将尽全力向她证明你是个什么样的人。你知道，根据她父亲的遗嘱，在她结婚那天，她就拥有她父亲的财产。今天她告诉我，由于她非常富有，而你又非常贫困，所以她决定给你一大笔钱，这样你就可以过上舒适的生活。”

“我希望，”鲁道夫叹了口气，“我父亲能够听到你的话。他一定非常感动。”

“我恐怕他会失望的，亲王。但是，为了不让你们俩太难过，又因为你被迫放弃了笔可观的财富，作为安慰，我现在开给你一张四千英镑的支票。在卡斯泰尔小姐告诉我她决定不嫁给你的那天，我将把那张支票寄给你。”

“天哪，”鲁道夫说，“我看我应该再来一杯白兰地。谢谢你，格拉丁先生。你的白兰地棒极了。你说是四千英镑？”

“我是这么说的，不过，你要明白，那只是一种安慰——”

“胡说，亲爱的朋友，那可是一大笔钱啊。说到底，有多少男人的魅力值四千英镑呢？我怕你是太看重我了，格拉丁先生。”

银行家红扑扑的脸上，露出一种奇怪的、急迫的神情，这与他轻蔑的态度很不相称，鲁道夫若有所思地盯着他。

“你接受了，亲王？你同意不纠缠卡斯泰尔小姐了？”

但是，鲁道夫的注意力现在集中到格拉丁小姐身上。

“我很遗憾地注意到，”他说，“格拉丁小姐越来越看不起我。如果她不是个淑女的话，她一定会骂我是个骗子、吃软饭的和下流坯。”

“下流坯是个很难听的词，”爱丽丝说，“但是非常准确。亲王，我希望你跟我哥哥说话。我在这里，只是作为一桩交易的见证人。”

“根本不对，”鲁道夫突然严厉地说，“这是一次浪漫的交易。”

他们吃惊地盯着他。他露出讥讽的微笑。格拉丁瞥了他妹妹一眼，放声大笑起来。

“这些家伙能把什么都弄得看上去很浪漫。”他说。

“格拉丁先生，你说的是什么家伙？”

“那些浪漫的家伙，那些挥霍浪漫的人。”

“我可以向你承诺，你妹妹会发现我是个比你浪漫得多的人。我要告诉你个故事。”

“别跟我说，”格拉丁小姐说，“我要上床睡觉了。”

“格拉丁小姐，”鲁道夫缓缓地说，“这个故事是有关你姐姐的。”

他们惊讶地盯着他，但是他只盯着格拉丁小姐苍白的脸。“你认识她？”她叹了口气。“如果不是因为她，我今晚就不会在这儿了。”

“胡说！”格拉丁先生气愤地说，“戴安娜去世已经十年了。”

“十年三个月零五天，我的朋友。格拉丁小姐，我坐进你的汽车，只是因为我嗅出了你身上的香水味。那是巴黎一位不知名香水制作者配制的，我把第一瓶送给了戴安娜。当时我花了一大笔钱，买下了这种香水的专利。那就是说，除了戴安娜外，没人可以使用它。要知道，当时，我是个非常有钱的人。香水制造者每隔六个月就要按这个地址寄给她一瓶香水。一年后，她死于一次车祸，香水制造者把他收到的一封信寄给我。那是一个女学生写来的，她说她是戴安娜的妹妹，她问能不能继续按这个地址寄香水。因为她想使用这种香水，以纪念她的姐姐，落款是'爱丽丝·格拉丁'。

"现在你明白了，你邀请我时，我为什么愿意跟你走。我不是跟你说过，你不是陌生人吗？"

"戴安娜，"爱丽丝·格拉丁的声音低得几乎听不见，"是一个可爱的姐姐。她死时我十四岁，我父母很早就去世了，她是我在这个世界上最崇拜的人。所以我想用那种香水，她告诉我说，那是一位英俊的亲王送给她的。"

"好了，"格拉丁先生很尖刻地说，"现在我们知道亲王是什么人了。"

鲁道夫露出微笑。"天哪，这倒是真的。不过，你应该记住我当时只有二十三岁，戴安娜二十岁。格拉丁先生，年轻人有时对爱情是非常认真的。"

"你回忆起戴安娜，这伤害了爱丽丝的感情。"格拉丁先生愤怒地说，"请问，你这么做是什么意思？"

"他没有伤害我。"爱丽丝说。她低着头，声音好像来自一张看不见的帷幕。"你并不是有意的，对吗？"

"格拉丁先生，我谈到戴安娜，是因为她过去常跟我说起你，你是她的兄长和一家之主。你毫无疑问已经知道，我不喜欢你。这不完全因为你傲慢的举止，而是因为戴安娜不喜欢你，这你当然是知道的。

"你是个恶棍。表面上，你是一个体面的银行家，可私下里你还是一个股票投机者。戴安娜把你看得很清楚。

"现在我要做个推测，那就是，你用卡斯泰尔小姐的钱进行股票投机，最近华尔街股市的暴跌让你损失惨重。她一结婚，你就必须把账目交给她的律师检查，这样你就暴露了。这就是在你弥补上亏损之前，不想让她结婚的理由。

"你会说这只是猜测，你还会说我猜错了。不过，你可以放心，我不会跟卡斯泰尔小姐结婚的。

"这并不是因为我想挽救你，而是因为今天晚上，我一生中第二次坠入爱河，虽然我担心那位小姐并不喜欢我。我只希望她最后会喜欢上我。

"但这是另一回事了。明天我会劝告卡斯泰尔小姐要求她的律师查——"

格拉丁先生嚼着他的雪茄，冰冷的眼睛露出若有所思的神情，红扑扑的脸上挂着狞笑。

“爱丽丝，”他说，“他们应该提醒我，亲王非常聪明。我现在明白了，为什么那些最精明的银行家都会被他说服，借钱给他。”

“格拉丁先生，六十年来，我父亲一直从伦敦和纽约最精明的银行家那里借钱。”

格拉丁先生冷冷地打量着鲁道夫，“鲁道夫亲王，我不想被指控侵吞我客户的钱财。”

鲁道夫同情地点点头，“我也不想。拿别人的钱倒是很容易，但是被抓住可不妙。”

“如果你是她父亲，那么我愿意支付一万英镑来堵你的嘴。可是你不是他，那么我只能自杀了，但是我不想那样做。”

鲁道夫同情地点点头，“是啊，自杀总是不愉快的。我也不想自杀，格拉丁先生，那只会使更多人难堪。”

“但是，亲爱的亲王，我还能怎么办呢？卡斯泰尔小姐一向不喜欢我。明天你告诉她你的怀疑，她马上会让律师查的。”

鲁道夫转向格拉丁小姐，“你怎么想，爱丽丝？”

“我认为，”她严肃地说，“我哥哥玩火太久了，终于烧到自己了。我认为，从今以后，他应该改邪归正了。”

“那么你认为他不会自杀了？”

她微微一笑，“你们俩是一对冷酷无情的家伙，对不对？”

“格拉丁先生，”鲁道夫说，“听到没有？你是一个冷酷无情的家伙。”

“你也是，”格拉丁先生说，“再来一杯白兰地。”

“谢谢。爱丽丝，那么，你认为我不应该告诉卡斯泰尔小姐吗？”

“我可以向你保证，”格拉丁说，“在六个月内，她的钱会分文不少地补回来。如果现在把这事揭出来，许多无辜的人都会受到损失。过了段时间后，他们就没事了。”

“但是，我明天要跟那个姑娘一起吃饭，”鲁道夫说，“我可能不小心说漏了嘴。”

“你可以取消那个约会。”爱丽丝冷冷地说。

“可是，我不喜欢一个人吃饭，爱丽丝。我有个主意，你愿意跟我一起吃饭吗？”

“我已经有安排了。”

鲁道夫转向格拉丁，“我的朋友，现在看你了。我已经尽了最大努力，她不喜欢我，她不愿意跟我一起吃饭。恐怕你最后还是得自杀。”

“胡说，爱丽丝，”她哥哥说，“你当然可以跟他一起吃饭。”

“可是我不愿意。”爱丽丝说。

“她不喜欢我，”鲁道夫无助地说，“算了，格拉丁。”

“我喜欢你，”爱丽丝激烈地说，“只是你总是胡说八道，我跟你在一起不放心。”

“那太棒了，”鲁道夫说，“很不幸，我们将在公共场合吃饭，我不会做什么。”

“但是你总可以说话啊。”爱丽丝说。

“我会的，我会求婚的。”

“我会拒绝的。”

“那是很自然的。我会指出你缺乏远见。因为如果你有远见的话，你就会知道，拒绝一个你最后会接受的男人，纯粹是浪费时间。”

“很好，”爱丽丝说，“我就是缺乏远见。”

“格拉丁先生，”鲁道夫说，“我们忘记了我父亲。刚才你说我是骗子——”

“那是吓唬你的，亲王。安德森告诉了我真实情况。”

“吓唬人是要付出代价的，格拉丁先生。为此你明天要寄给他一张四千英镑的支票，他会非常高兴的。晚安，格拉丁先生。爱丽丝，我明天跟你联系。”

两个男人握了手，他们似乎很高兴。

爱丽丝走出书房，来到大厅。鲁道夫发现她站在那里等他，他们一起走向前门。她轻轻碰碰他的手臂。

“谢谢你没毁掉我哥哥。这是因为戴安娜吗？”

“因为戴安娜和爱丽丝。”他说。

他俯身亲吻她的手。她轻轻地吻吻他的额头。

“天哪，”她低声说，“谁会想到你这么可爱！”

求你杀了我吧

老人站起身，全法庭人都期待地望着他。他声音很清晰，但似乎有点儿勉强或怀疑："陪审团经过讨论，认定被告阿瑟无罪。"

坐在前排的几位记者急忙站起来，赶着去发新闻。留在法庭上的人，互相间窃窃私语，似乎非常失望。也有些人理解似的点点头，好像他们早就预料到最后判决会是这样的。

那位最重要人物，被告阿瑟，很镇静地坐在那里，一言不发。他是个英俊潇洒的男人，瘦高个，宽肩膀，一头金色卷发。他被指控犯谋杀罪。他脸上神情非常平静，一对湛蓝的眼睛非常和善。他听到最后判决时，既没露出得意的微笑，也没发出轻松的叹气。

他的律师探过身，低声说："瞧，我早就告诉你，他们没确切证据。"

阿瑟点点头，他早知道。

各种仪式结束后，阿瑟来到法庭外面，这时，唐纳德警官拦住了他。唐纳德身材矮小，又圆又胖，一张大脸像小牛一样。

"啊，阿瑟先生，"唐纳德说，"我想你赢了。"

阿瑟咧嘴一笑，伸出修剪整齐的手说："唐纳德警官，我要说再见了，我不可能以同样罪名被审判两次。"

唐纳德假装没看到他伸出的手，他说："也许我们还会见面，阿瑟先生。今天审判的是你第五位太太，还有前面四位呢。"

阿瑟嘴咧得更大了，他说："唐纳德警官，你们没什么事可做了吗？干吗老跟自己过不去呢？整个案子是由巧合引起的，因为我以前的四位妻子都比我早死。现在，你连露丝的死都找不出确切证据，你怎么能找出以前四位的呢？再说，唐纳德警官，她们死于不同城市，埋在不同地方，那可够你查的了。”

“阿瑟先生，你留下很多踪迹。”

“真遗憾，事情已经结束了。”

“阿瑟先生，事情还没完，你可能还会结婚。”

“那可不一定。”

“你觉得你的钱已经够多了？”

“某种意义讲，我是很富有。我真不希望在你的监视下，再次结婚。警官，我真的要走了，你不用费心跟踪我，也不用猜测我会去哪儿，我就住在城堡俱乐部。你知道，那是单身汉乐园。”

阿瑟从警官身边走过，来到阳光灿烂的人行道边，准备拦一辆出租车。

这时，一个女人大步向他走来，在他面前停下。

“阿瑟先生，你真是太棒了！”她尖声叫道，像个女学生一样拍着手。但是，她可不是什么女学生，虽然她脸上的皮肤非常光滑，但嘴角和眼角已经出现了皱纹。阿瑟发现，她的腰比一般的已婚妇女细，束得很紧，乌黑的头发可能染过。眼睛深蓝，妆化得很得体。年纪大约四十岁，应该说是一位很美丽的女人。

“对不起，你说什么？”他说，向后退一步。

“恭喜恭喜。”

“有什么可恭喜的？”

“恭喜你无罪释放啊。整个审判我都看了，原告没有道理。”

“所以陪审团才那么判啊。”他再次向后退了一步，想从她身边走过。

她向旁边挪了一步，挡住他的去路。“可是，事情真的就这么结束了吗，阿瑟先生？”

他仔细打量她，她一脸真诚的样子。“你这话什么意思？”他问。

“你前三个太太死的时候，没引起任何注意，第四个却引起了警方怀疑，把你告上法庭，也许因为这次你有点儿粗心大意了吧。”

“对不起，你这话什么意思？”。

她露出天真的微笑，“也许那是巧合，也许你露出了马脚？”

“露出马脚？”

“你谋杀时露出马脚。”

阿瑟心想，她真有意思。“你恭喜我无罪释放，”他说，“却又相信我杀了人。”

“啊，每个人都相信你有罪，阿瑟先生，只是没人证明罢了。下一次，你要格外小心。”

“我不想有下一次了。”

“你不干了？太可惜了！阿瑟先生，你是个很有魅力的男人啊！”

他决定跟她周旋到底，他说：“可是，我亲爱的小姐，如果所有人都认为我是个杀人犯，那么，他们就会疏远我，有哪个女人会理睬我这臭名昭著的杀人犯呢？”

她的回答让他大吃一惊。“阿瑟先生，你错了，”她说，“完全错了，你的名声正是许多女人觉得最吸引人的地方，我自己就是个例子。”

他凝视着她。

“阿瑟先生，我无意中发现，你吸引非常有钱的女人，我就非常有钱。”

阿瑟不相信她的话，不屑地笑了笑。她仍然盯着他，举手向他身后一挥。他转过头，看到一辆黑色长轿车开过来，轻轻停在路边，一位身穿制服的司机跳出来，打开车门。

“我可以送你一程吗？”她问。

他几乎是很不情愿地接受了她的邀请，跟她钻进这辆豪华轿车。他勉强说出自己的目的地：“城堡俱乐部。”他这么说时，知道自己正在泄露一个秘密。

她名字叫约瑟芬，的确很富有。阿瑟跟她交往不久，就证实了这一点。此外，她很乐于把自己的情况告诉他。她父亲事业很成功，她的家财有一百万吗？啊，不止，加起来可能有一千万。阿瑟感到一阵不安，这是他第一次遇到一个这么有钱的女人。

有一天，他们在一起吃午饭时，她问：“你太太中有这么富有的吗？”

“没有。”他老实承认。

“她们有钱吗？”

“可以说很有钱。”

“每一次你都能继承那些钱吗？”

“是的。”他只能告诉她，因为他觉得她早就知道了。

“她们到底有多少钱呢？”

“我最后一位太太露丝，留给我十万左右。”

“其他几位呢？”

“少一点儿。”

“阿瑟，你把自己卖得太便宜了。”

“你这话什么意思？”他不喜欢她这么直言无忌。

“一个像你这么有魅力的人，不止值十万，为了这微不足道的钱被控谋杀——”

“约瑟芬——”

“当然，我们是朋友，我们可以坦诚相待。”

“你真的以为我杀了那五个人？”他问。

“亲爱的，我知道你杀了她们。”

他真不该继续和她约会，他真该和她一刀两断。如果需要，他该跑到她找不到的地方。但是，他还是留下来。他开始调查约瑟芬，发现她是个寡妇。

他们交往一个月后，他问她：“你前夫杰弗是怎么回事？”

这问题让她吃了一惊，尴尬地红了脸，过了一会儿，她才恢复镇定，冷冷地看他一眼。他意识到她在掩饰什么。

“他死了。”她说。

“这我知道，可是，他怎么死的？”

她露出怀疑的神情。“你好像一直在打听我的情况，为什么你不好好打听，自己找出答案呢？”

“我打听了，”他坦白承认，“杰弗在一次车祸中丧生。”

“是的，他死于车祸，那是六年前。”

“你没再婚吗？”

“没有。”

他等她说出详情，但是，她没说。他们再也没说什么，那个晚上就这么结束了。后来，他差不多有一个星期没见到她。

这期间，阿瑟钻进旧报纸堆中，调查六年前的新闻资料。像约瑟芬这样有钱的人，无论发生什么事，报纸都会报道。

他发现，车祸是在加州发生的。杰弗和约瑟芬从山里一个避暑胜地开车下来，在不熟悉的路上开得太快，汽车在拐弯处翻了，杰弗开的车，他连人带车落到深谷中，当场死去。约瑟芬被抛到半山腰，受了重伤，但是，没有生命危险。

阿瑟又花了几天，寻找有关车祸的进一步报道。但是，由于约瑟芬家族地位显赫，各家报纸都没进行深入报道。比如，杰弗是不是酒后开车？警方也没进一步调查，杰弗被埋在加州。半年后，报纸上说，约瑟芬出院，又回到城里。

阿瑟想知道，约瑟芬的财产是不是从杰弗那里继承来的？他的调查结果是，不是。杰弗只是约瑟芬父亲手下的一位年轻人，在事业上并无大的发展。也许杰弗本身缺乏经商才能，也许是他不想经商。

过了段时间，约瑟芬又开始跟阿瑟联系。她问他：“亲爱的阿瑟，你想念我吗？”

“也许想吧。”

“别装了，你一定很想念。除了我，有谁会跟你来往呢？你一定很寂寞。”

他微微一笑，自从他被判无罪后，城堡俱乐部很宽容，没有驱逐他。不过，大家对他都很冷淡，有意回避他。

“阿瑟，为什么不跟我结婚呢？”

“约瑟芬！”

“别装出惊讶的样子！你早知道我的目的。”

“嗯，是的。”

“我是城里你唯一可以求婚的人，另外，我家财一千万，阿瑟。”

“我真的不需要钱了。”

“可能现在不需要，不过，你是个喜欢享受的人，你又没工作，你那些钱会花完的。一千万元可以保证你后半辈子不缺钱花。”

他在她身边坐下，拉起她的手，一副温情脉脉的样子。他说：“你想用钱来引诱我，可是，我不明白，为什么你要嫁给我。”

她按了下他的手，温柔地看着他。但是，那温柔后面，有层薄膜，她似乎隐藏着什么秘密。她说：“我是个女人，我们女人做起事来，跟你们男人不一样。阿瑟，当你在法庭上为自己辩护时，我就喜欢上你了。现在，我越来越爱你。”

两个星期后，阿瑟第六次结婚。

虽然他们不事声张，记者们还是闻风而来。他们的婚礼成为当地报纸的头条新闻，全版几乎都是他们的照片。

唐纳德警官不请自来。

“阿瑟先生，你真是很幸运，很勇敢。”唐纳德警官说。

阿瑟不想理睬他，但做不到。

“阿瑟先生，我要警告你，你别和你的运气开玩笑。这一次你玩得很大，对吗？这个约瑟芬想干什么？她想感化你，对吗？也许是你金盆洗手，想老老实实过下半辈子？我告诉你，我会很关心你们的婚姻，会时刻注意发生的事。”

这可不是一个好兆头。

蜜月也很不妙。结婚前，约瑟芬说很爱他，可结婚后，她却出奇的疏远和冷淡他。他们在一艘游艇上度蜜月，却没一点儿浪漫气氛。约瑟芬不像一位热情的新娘，相反，她好像一直在冷眼观察他。

有一天，在船上栏杆边，她问：“阿瑟，你以前的太太，有没有人知道你的过去？”

“你是说她们知不知道我结过婚？当然知道，我没向她们撒过谎。”

“不，我不是指这个，我是说，她们知不知道，你怎么对付前任太太的？”

他笑了，“当然不知道。”

她眼中流露出奇怪的神情，她说：“那么，我是你所有太太中，唯一事先得到警告的？”

“事先得到警告？警告什么？”

“警告可能要发生的事。”

这一次，他不知道该不该笑了。他问：“亲爱的，你真的认为我会谋害你吗？”

“难道说不是吗？”

“你和我结婚，追求我，还有这种想法？”

“当然，亲爱的，不过，这一次你得更秘密、更小心，因为我知道你在做什么，更重要的是，唐纳德警官也知道。”

她的话听上去好像在警告他。

“怎么了？”

“你在胡说八道，我根本不想伤害你。”

“我真的没想到你会这么说。”

过了一会儿，他小心翼翼地问：“约瑟芬，我为什么要谋害你呢？”

“嗯，你前任的太太们——”

“即使那样，就一定会再次发生吗？难道我的生活就是结婚和谋杀吗？你认为我是个杀人狂吗？”

“啊，不，阿瑟，你是个很冷静、很聪明的人，你想要一千万。”

“可是，我已经拥有了一千万元，因为我是你丈夫。”

她扬起眉毛。“你还没到手呢，你只是向一千万迈进了一步。”

蜜月结束后，他们一回到家，约瑟芬就召集她的律师，让他们写出新的遗嘱，并向阿瑟详细解释其内容。

阿瑟成了约瑟芬唯一的继承人，她死后，他可以获得一切。

他们俩单独一起时，他问：“你是不是生气了？你细心安排一切，使我在你活着的时候，拿不到一分钱，不过，你一旦去世，我就会成为巨富。”

“可是，亲爱的阿瑟，”她很冷静地反驳说，“你是为了钱才跟我结婚的，对不对？”

“我从来没这么说过。”

“你并不喜欢我，你是想分享我的财产才跟我结婚的，你更愿意独自享受这笔财产，所以，我那么安排。”

他不明白她想干什么。她明知他是杀人犯，却执意跟他结婚，现在，她几乎是在鼓励他谋杀她。

她假装注意他，假装注意他的一举一动，假装怀疑，假装保护自己，这就像是在玩猫捉老鼠的游戏，只是，谁是猫？谁是老鼠？

这真是奇怪的事，但是，他认为任何怪事后面，都有其自身的逻辑，他要发现约瑟芬这么做的目的。

星期一下午，阿瑟有个习惯，乘出租车到市中心，和他的股票经纪人商谈有关股票的事。阿瑟是个投机者，他在做股票。星期一下午，他照常去经纪人办公室研究行情，计划一周的策略。

这个星期一下午，在开出了一英里后，他才想起忘了拿他的记事簿。他要出租车掉转头，回家去拿。可是，他们还没到家时，就看到约瑟芬的汽车驶了出来。她要到哪里去呢？

“跟着那辆车。”阿瑟大声对出租车司机说。

约瑟芬似乎是在驶向郊外。轿车突然慢下来，转了个弯，进入一个敞开的大铁门，那是一个陵园。

阿瑟命令出租车司机把车停在门口，陵园墙头不高，可以看到她的轿车继续行驶了大约一百码，最后停下。约瑟芬穿着一身黑礼服，由司机开门，单独下车，走过草坪。

阿瑟让司机等着他，然后溜进坟地，沿着小径向前走。她走了一段路，站住脚，停了一会儿，然后跪在草地上。

他大步走过去，她背对着他，由于树林繁茂，她的司机看不见他，他则可以从容地注视着约瑟芬的一举一动。

阿瑟悄悄走近她，约瑟芬没有动，她身子越伏越低，紧紧贴在草地上。阿瑟走近时，发现她双手捂着脸，肩膀在不停地抖动。她在哭泣！

他感到好奇，也感到生气，他默默走过去，一直走到约瑟芬身后，从她肩膀上望去，看到墓碑上写着“杰弗”两个字。

阿瑟觉得自己受骗了，他发现自己痛恨埋在那里的那个男人，痛恨这位身穿丧服的妻子。在愤怒和轻蔑的驱使下，他故意大声咳嗽了一下。

约瑟芬回过头，他看到她一脸悲痛，泪流满面。她痛苦地挣扎着要站起来，他不想扶她一把。

她没流露出后悔的样子，也没装出轻蔑的神情，一点儿也没有内疚的表示。他勃然大怒，抓住她的双肩，猛烈地摇动起来。

“你胆子好大！”他喊道，“你为什么要追我？为什么要和我结婚？你说是对我感兴趣，说我有魅力，你骗我，你从一开始就在骗我！”

她拼命地点头，表示同意：“是的……是的……我爱的是杰弗……除他之外，没爱过别人……我是在骗你……一直在骗你……所以，杀了我吧……求求你……杀了我吧……”

那天晚些时候，他走进她的起居室，发现她坐在那里。他挑衅地问：“这是怎么回事？你是不是感到内疚？”

她犹豫了一下，然后说：“我害死了杰弗。”

“我早就猜到了。”

“啊，不是故意谋害的。不过，我还是觉得自己有罪。那天，杰弗和我大吵了一场，我认为，他太不关心我，总是关心别的女人，所以我说他是为了钱才和我结婚的。我们处得不好，杰弗酗酒。那天，我本来不应该让他开车的，但是，我因为憎恨、妒忌和骄傲，忘了一切，在下山途中，我不停地刺激他，说了许多非常难听的话，我甚至没注意到汽车开得太快——”

“所以，你相信是你害死了他？”

“我害了他。”

“可以那么说。”

“我被抛到车外，伤得很重，为什么我当时不死呢？我应该死，我想死，可是，我是个胆小鬼，我的自我保护本能很强，我紧紧抓住生命。后来，我试图自杀，可是，到了最后一刻，我总是退缩。杰弗去世后，我不止一次试图自杀，但最后都没勇气下手。”

阿瑟点点头，他猜对了。“后来，你听到我的事，你就雇我来，做你的刽子手。”

她看着他，两眼放光。“啊，阿瑟，你说得对极了，是的，做我的刽子手，报酬是一千万，这报酬可不低啊。以前，我责怪杰弗为钱跟我结婚，现在，让一个真正为钱才和我结婚的丈夫来杀了我，来惩罚我……”

正如他预料的，她疯了，她应该看心理医生，不过，他怀疑这也治不好她。她由于有种强烈的犯罪感，所以真诚地希望死去。这就很难办，因为她是难以理喻的。

“我亲爱的，”他说，“你雇了一位著名的杀人犯，付给他巨额酬金，要他把你杀掉。但是，你忽略了一件事，那就是唐纳德警官一直在盯着我。即使我干掉了你，唐纳德警官也不会放过我的。另外，陪审团也不会再认为这是一次巧合了。所以，亲爱的，我恐怕要让你失望了。”

她的眼中流露出疯狂的神情，她冲他跨出一大步，威胁他，他不由自主地向后退了一步。

“你试也不愿试一下？”

“约瑟芬，亲爱的，我和你一样，不愿意自己杀死自己。”

她勃然大怒，破口大骂：“你这个骗子！你这个下流坯！你是个胆小鬼！你骗我跟你结婚！你是个杀人犯！现在为什么不敢杀人了？你可以从我这里得到巨额财产，比以前那些女人的加在一起还要多，你为什么要拒绝呢？”

“约瑟芬，请你听我解释，我不敢。”

她愤怒地挥舞着拳头，两眼冒火，嘴角喷着白沫。他突然觉得她可能会谋杀他，赶快退回自己房间，锁上门，一个劲地喘气。

快半夜的时候，阿瑟仍然一个人在屋里，他吓坏了。他觉得自己身陷绝境，努力想找出解脱方法，但是，无论他怎么想，也想不出满意的办法。突然，他想到一种新的可能性，吓得手脚冰凉，急忙打开门，冲进她房间。

他眼前的景象证实了他的怀疑。他太太坐在梳妆台前，面前摆着各种各样的药瓶，有的盖子已经打开，有的已经倒进杯子里，大约有半打的酒杯摆在台子上。约瑟芬一副若有所思的样子。

他走到她身边，把她从椅子上拉起来，使劲摇着她，对她尖声叫道：“你吃了什么？看在上帝分上，告诉我你吃了什么，我去找解药，快！”

她任凭他抓着，一点儿也不挣扎，只是呆呆地看着他，过了一会儿，她的嘴角露出得意的微笑，一句话也不说。

他绝望地放开她。

她再次坐回椅子中，他在屋子里踱着步，嘴里哼哼唧唧的。他停在她的梳妆台边，用手臂猛地把上面所有药瓶子、杯子扫到地板上，摔得粉碎，药水和药片洒了一地。她仍然一言不发，只是对着他傻笑。

“你不明白你对我做了什么吗？”他呻吟道，“唐纳德那家伙这下可要高兴了，他可以逮捕我了。我可以否认，但是，陪审团再不会相信我的话了，这一次，他们会判我死刑的。天哪，为什么要这么对我？我做了什么对不起你的事？”

最后，他平静下来，看到地上的电话机，他跪下来，抓起电话，开始拨号。

“你准备打电话给谁？”她平静地问。

“叫医生。”

“别费事了。”

“他可以给你洗胃。”

“没有必要，阿瑟，我什么也没吃。”

“什么？”他放下电话，盯着她。“我不相信你的话。”

“你应该相信。我告诉过你，我是个胆小鬼，相信我，当你拒绝我简单的请求时，我失望极了。我收集了这些瓶子，研究里面的东西，我相信有些是剧毒的。但是，我没勇气服下，我真是个胆小鬼。”

她很坦白，他不得不相信她的话。他从地上站起来，拍拍身上的灰尘，觉得如释重负。他笑起来。

“我很高兴，我真的很高兴，约瑟芬，”他说，“我不认为你是胆小鬼，你只是太想活下去了，你不想死。你不用白费心思了，还是好好活着吧。”

她对他微微一笑，摇了摇头。“不，阿瑟，”她说，“我没改变主意。我曾经对你很有信心，你有丰富的谋杀经验，但是，你让我很失望。你和我一样是胆小鬼，面对着一大笔钱，你却没有胆量去得到它。那好，我现在要想别的办法了。”

他觉得背脊上直冒凉气。“你要想别的办法？这是什么意思？”他问。

“我拿出一千万元让你干这事，你拒绝了，我想你的钱包已经满了，不想再要钱了。那好，我准备另雇别人来干，那样花的钱可能要少得多，我早该那么办了。有些人心狠手辣，杀起人来眼睛都不眨一下，他们一定能干净利落地完成任务。”

“不，约瑟芬，”他又跪了下去，这次是跪在她面前哀求她，“他们一定会认为是我雇人干的！”

她甜蜜地一笑说：“就让他们那么想吧！”

阿瑟再次回到他漆黑的房间，考虑如何解决这个难题。他哀求约瑟芬，她终于松了口，答应给他两个星期的时间来干掉她，如果在这期间他没办到，她就要请别人了。

他盯着墙，脑子里一片茫然。他痛苦地想，要怎么样去谋杀一个人呢？

六万块

凌晨四点。

他们在一条狭窄道路上行驶，已经有一个小时了，这条路与一条新建的高速公路平行。格尔斯想在黎明前赶二百英里，他太太安娜刚被叫醒时很不高兴，但是一上路，她就变得开朗了。

格尔斯和安娜本来在城里开家小餐馆，生意还不错。可是几个月前，新修了条高速公路，他们的生意原来都靠沿旧路进城的旅客，这样一来，他的小餐馆就被人遗忘了。

他们不得不卖掉小餐馆。

他们所有的积蓄，七年的辛苦，全都付诸东流。

现在，他们正向费城进发。有家小旅馆雇用他们，负责饮食部，这工作除了免费提供住宿和饮食，还有份薪水。他们俩都才三十来岁，前途无量。只要勤俭节约，四十岁之前，一定能存下笔钱，再次开业。

这条旧路很狭窄，有些地方弯弯曲曲，现在已经很少有人使用了。这凌晨时分，除了他们的汽车，没其他车辆行驶。

格尔斯开足马力，把心中的怨恨发泄在车速上。显示车速的指针已经爬到七十以上了。

“你是不是开得太快了？”安娜不安地问。

“没事，反正路上没其他车。”格尔斯回答。

“夜间速度五十五，这些拐弯挺危险的。”安娜反驳说，点燃了支香烟。

“我很喜欢这条路，”格尔斯说，“这条路很特别，那些新修的高速公路，千篇一律，你开了一百英里都感觉不到，太枯燥了。”

“我宁愿枯燥，不愿意出车祸，”安娜抱怨说，“格尔斯，开慢点儿。”

他减慢了车速，因为他们快到一个急转弯处了，可以看到前面一辆汽车的尾灯。

“瞧，”安娜大声说，“那辆汽车有问题，它不是要拐弯！”

格尔斯定睛一看，果然，那辆车开得东倒西歪，就像没人驾驶一样。它勉强拐过转弯处，前面的路是直的，它却没有向前开，而是冲过路边的铁栏杆，一直跌落下去。

传来一阵金属撞击声，接着是吓人的砸碎玻璃的声音。

格尔斯把汽车绕过拐弯，停在路边，关掉马达，让车灯亮着。他拿出手电筒，两人一起下了车。他们跑到栏杆断裂的地方，借着手电筒的光，来到路基下面。

那是一辆崭新的轿车，显然是头朝下冲向地面的，整个地翻了过来，撞在一棵树上。车头撞得嵌进树里，玻璃全撞碎了，车身在树干上，高悬在离地面三英尺的地方。

车顶被压烂，驾驶座旁边的门被撞开，车厢盖也被震开。开车的是位年轻人，长得很英俊，他身体一半在车内，一半在车外，显然已经死了。

一位年轻的女乘客像一个破碎的洋娃娃，仰卧在前座，她也死了。虽然如此，格尔斯还是按了按两人的脉搏。

“还有希望吗？”安娜紧张地问。

格尔斯严肃地摇摇头。“没希望了，”他说，“他们一定是开车时睡着了。”

他在男人臀部口袋里找到皮夹子，借着手电筒灯光，打开它，里面是厚厚一沓钞票，格尔斯没注意钱，他在查看驾驶执照。男人名字叫詹姆斯，住在橡树大道，那是他们城里的高档住宅区，其他能证明身份的文件也写着同样地址。格尔斯把皮夹放回那人口袋。

“我们得报警，”他说，“走，我有点儿想吐。”

他们离开时，格尔斯用手电照照撞毁的汽车。他突然站住脚。有些行李从撞开的车厢里掉了出来，乱七八糟落在地上。旁边有只棕色小皮包，没有拉上，里面全是现金，一沓沓地散落在外面。

格尔斯和安娜迅速交换了下眼神。格尔斯走过去，俯身捡起一沓用银行纸条捆着的钞票，所有钞票面额都是一百元，他猜皮包里至少有三十五沓，他从地上捡起其余钞票，塞回皮包里，和没有掉出来的放在一起。

他的大脑在飞速运转，想算出到底有多少钱。如果每一小沓是两千元，再乘以二十……

他突然抬起头，向路边望去。虽然是凌晨，可是很快就会有汽车来了。他必须在六十秒内，做出一个终生不悔的决定。

他提起小皮包，转过身，快步向自己汽车走去。

“格尔斯！”安娜在他身后喊道，“你在干什么？”

“住口！快走！”他回过头叫道，“我们进车里再谈。”

他爬上公路，她跟在后面。

一辆汽车从对面开来，他们快速行驶，那辆车一闪而过，格尔斯看看后视镜，看到那辆车停在栏杆断裂处。

他一边开车，一边听着安娜的训斥，安娜说他不应该偷窃，这会受到法律惩罚的。格尔斯知道，安娜只不过是说说而已，她自己其实也非常兴奋。

格尔斯说：“谢谢你的说教，可是，我现在跟你说实话吧。第一，人死了不能带走那些东西，所以，你不能说是盗窃，换句话说，他们完全丧失了拥有东西的资格，对不对？”

“你说得倒也是。”安娜同意说。

“第二，我怀疑是否有人能够抗拒这种诱惑，所以，钱总会被人拿走，问题是谁第一个到那里。”

她咯咯笑了，说：“亲爱的，你可以当罪犯辩护人，你可以把一个谋杀犯说成是无辜的人，真是太动听了。”她停了一下，“哎，我是一个普通人，没有什么比钱更好的了，不过，我们会不会被发现呢？”

他说：“开什么玩笑！谁看见我拿钱了？谁能证明我们到过那里？退一万步说，就是警察查到我们曾经经过车祸现场，那又能怎么样呢？这能证明什么呢？”

安娜沉思道：“你看到那个男人的驾驶执照，他叫什么名字？”

“詹姆斯。”

“我猜那女的是他太太，可是，他从哪儿弄来那么多钱呢？那里面一定有——多少？一点五万，两万？”

“四万以上，”他说，“别问我他从哪儿弄来的，他开着高级轿车，住在城里的高级住宅区，他是很有钱的，可能是个律师。”

“对，”她说，“可是，他们在这种时候，带着那么多现金，究竟是想到哪儿去呢？”

“他们要去度第二次蜜月，”格尔斯说，“我感兴趣的是，到底有多少钱？为什么你不把后座的包拿来，数一数，到底有多少钱呢？”

借着路灯，安娜数了那些钱。格尔斯的估计错了，皮包里有六万元。

六个月过去了，格尔斯和安娜很认真地在那家旅馆工作，同时留心寻找合适的餐馆。最后他们找到一家餐馆要转手，那个地方很好，但是生意一直不好，主要是经营不得法，没什么特色。

他们辞去旅馆工作，花两万五千元买下那家餐馆。他们估算了一下，认为只要认真经营，利润将是非常可观的。他们俩都非常勤奋，并且富于创造性，餐馆很快火了起来。

他们买了栋房子，并寄钱给格尔斯的母亲，让她带两个孩子来团圆。他们的生意很好，于是又开了一家酒吧，有乐队伴奏，还有个舞池。

他们请专家设计室内装修，雇用高级的法国主厨，招聘穿高雅服装的美丽侍女在酒吧服务。不到五年，这个酒吧变得闻名遐迩，一到周末就得预先订座位，否则得排队等候。

这时，格尔斯和安娜已经住到城中的高级住宅区了，有一栋豪华别墅，两部高级轿车，还有巨额存款。

他们很少谈到偷钱的事，但是，那件事永远铭刻在他们心中，他们感到非常内疚。他们现在是社会名流，受到大家尊重。随着事业成功，他们良心备受折磨，犯罪感也越来越强烈。

虽然如此，他们却没采取什么行动。

那天晚上，他们在一起庆祝开店五周年，又谈起了此事。

格尔斯有点儿醉了，他举起一杯酒敬安娜，说：“这杯敬我们的犯罪，谁说那笔钱不该还的？”

安娜笑容消失了，她皱起眉头说：“格尔斯，我们得好好谈谈。”

“谈什么？”

“谈那笔钱。那笔钱帮了我们大忙，可是事后想起来，总是觉得很不舒服。”

“你有清教徒的良心。”

“不，是普通人的良心，就像你一样。我可不欣赏那种犯罪感。”

“你打算怎么办呢？”

“把钱退回去，”她说，“现在我们的钱已经很多了，以后会更多，我们不缺那点儿钱。”

他点点头。“好，我同意，”他说，“可是，有些麻烦。”

“什么麻烦？”

“我曾经悄悄地打听过，我们那样做，可能要坐五年到十年牢。归还那些钱，并不能保证我们不被告发。还有，这事关系到我们名誉，一旦大家知道我们是一对坏蛋，那顾客就再不会上门了。”

“嗯，”她沉思道，“我们可以用匿名方式归还那笔钱。”

“还给谁呢？还给上天堂的詹姆斯？”

“他一定有亲戚，也许他有儿子或者女儿？”

“也许，他可能有三四个孩子，那他的兄弟呢？母亲呢？我们怎么决定谁该得到那笔钱呢？”

“难道他没有遗嘱吗？”

“可能有，但那并不能解决问题，除非他特别写明六万元的分配方法。再说，假如那笔钱不是他财产的一部分呢？假如那是一笔特别基金，有秘密用途，只有詹姆斯和他太太知道，那怎么办呢？我觉得这种情况是可能的。”

她叹了口气。“这么说来，”她说，“事情还挺复杂的。”

“是啊。”

“那么，我们必须知道那笔钱的来龙去脉，我们可以请个私家侦探。”

“那没什么用，他很快会查出整个事情真相来，那样的话，他就抓住我们把柄了，我们可能要面对勒索了。”

“那就算了，”她说，“听你这么一说，还钱是不可能的了。”

“并不是完全不可能，我可以自己去一趟，打听消息。像詹姆斯那样的人，一定有律师帮他处理事情，律师会知道很多内幕消息。有些事我可以不用暴露身份就查到，我甚至可以像一个侦探替顾客办案一样去做。”

“是的，你可以用假名。”她兴奋地说。

“当然可以。”

“我陪你一起去。”

“不行，”他摇摇头，“你要留在这里照顾生意和孩子。另外，在这件事上，我总觉得你像是一个乘客，你只是搭车的，整个事情都是我的主意。”

“不，亲爱的，我们的罪是一样的。”

“我可以后天出发，越快越好。”

“当然，你要乘飞机去。”

“是的，我要乘飞机去，然后在机场租一辆汽车。”

“可是，我突然担心起来。格尔斯，假如有什么意外——”

“不用担心，亲爱的，一切都会很顺利的。”

第二天，格尔斯和银行商量好，请银行为他准备六万元百元钞票，在银行关门之前送来。格尔斯是个墨守成规的人，他觉得钱应该像当初发现时那样归还。

第三天一大早，他带着一只皮包，上了飞机，向东飞回故乡。他在离市中心二十英里的机场，租了一辆新型轿车。在进城途中，他内心越来越紧张。他还钱的计划似乎简单可行，但是，他觉得可能会有些意外，这些意外可能会把他套住，把他送进监狱。

有那么一刻，他紧张得几乎要掉头回去了。但是，他的良心战胜了他的恐惧，他继续向前开，一直到一家药房。他停下来查电话号码簿。他记得詹姆斯住在豪华的橡树大道，那房子可能已经转给亲戚了。

有好几个叫詹姆斯的，可是没一个住在橡树大道。他在公司名称中也没有查到詹姆斯，于是打电话给商业公会。接电话的小姐查过后，告诉他，有一家公司，名叫“巴尔克和詹姆斯广告公司”，她把电话号码给了他，他便打过去。

当他请詹姆斯接电话时，接电话的女孩告诉他，那个詹姆斯是老板以前的合伙人，几年前去世了。不，巴尔克先生不在公司，但是，他的秘书在。格尔斯和巴尔克的秘书通话，他自称乔治，是一个私人侦探，在为顾客打听消息。

秘书证实詹姆斯先生五年半前因车祸去世了，詹姆斯先生和巴尔克先生总是请同一位律师处理事务，律师名字叫麦克，她手边有律师电话。

麦克先生在法庭，要到下午很晚才能回来。格尔斯说自己有急事，接电话的女孩建议他六点钟后，打电话到麦克先生家。

格尔斯利用等候的这段时间去看他母亲，然后打电话给麦克。律师在家，很不情愿地同意在七点钟见他。

麦克长得很胖，大约五十岁，脸肥肥的，一对棕色眼睛小心翼翼地看着格尔斯。在谈话的最初几分钟时，麦克不太愿意回答。搪塞了一阵后，他说了句让格尔斯大吃一惊的话。

“乔治先生，”他说，“如果你在调查詹姆斯，那你为什么来找我呢？为什么不去找一个更知情的人——他妻子呢？”

“他妻子？”

“对，他的妻子。”

沉默一阵后，格尔斯说：“说实话，麦克先生，我不知道他妻子还活着，我的顾客给我的印象，好像她也在车祸中丧生了。”

“没有，”麦克小心翼翼地说，“她没有在车祸中丧生。”

“没有？”

“那时候，她正在医院生第二个孩子，在生第二个孩子时，她自己差点儿死去，婴儿一生下来就夭折了。所以你看，这对她是双重打击。”

“嗯，如果轿车里的人不是詹姆斯的妻子，那她又是谁呢？”

“你为什么不去问詹姆斯太太这个问题呢？”麦克把手放在膝盖上，身体向后一仰，微微一笑。“乔治先生，我收了人家法律顾问费，我不能宣扬人家的丑事。”

“这倒也是，”格尔斯说，“我觉得这样我就占便宜了，但是，从另一方面来说，我也在请教你法律问题，不是在谈人家私事。同时，我也会付给你一笔钱，作为占用你几分钟的报酬。”

格尔斯从皮夹里掏出一张崭新的百元钞票，递给麦克。“麦克先生，这下你满意了吧？”

麦克瞥了他一眼，把那张钞票叠起来，放进口袋。“我们的关系变了。”他很庄重地说，显得有些滑稽。“因为我现在受聘于你，我相信我们可以坦率地谈谈这个案子了。”

麦克接着咧嘴一笑说：“听我说，朋友，如果你坦白告诉我，你要查什么，也许这样对案子更有帮助。”

“你说得对，”格尔斯轻松地说，“可是不巧，我也得为我的当事人保密，所以，我不能告诉你。我只能提问题，比方说，和詹姆斯在一起的女人是谁？”

“这个问题你到哪儿都能听到答案，这是众所周知的丑闻，那个女人是詹姆斯太太的妹妹珍妮。她来看姐姐和姐夫，结果，詹姆斯竟带着她跑了，他是趁他太太住进医院生产时跑的。詹姆斯是个情场高手，一个花花公子。”

格尔斯沉思地问：“车祸是怎么发生的呢？”

“很显然，詹姆斯开车开得太快了，拐弯时失去控制。我不知道他为什么这么着急，不论他想去哪儿，他都用不着这么着急的。那晚他们还在不远处的一家旅馆登记过夜，大家对此都感到迷惑不解。”

“詹姆斯是广告代理商？他就这么放弃了他的公司？”

“不，他把股份卖给巴尔克，他们俩相处得不好，他们在每个问题上都吵架，结果总是大打出手。巴尔克和詹姆斯广告公司是个小公司，但是信誉很好，我很尊敬巴尔克这个人。”

“詹姆斯的股金有多少？”

“这是秘密，”麦克微笑着说，“但也不是什么大秘密，他拿了六万元现金。”

“现金？”

“詹姆斯坚持要现金，由于两人关系不好，他不要支票。其实他另有目的，因为他下午拿到钱，晚上就跟珍妮跑了。”

“谁得到了那六万元？”格尔斯漫不经心地问，“是不是给了詹姆斯太太？”

“法律上讲，是应该给詹姆斯太太，因为詹姆斯没有改变遗嘱，可是事实上没有。那笔钱不见了，它不在汽车里。他把那笔钱放哪儿了，至今仍然是个谜。”

格尔斯忍不住想笑。“啊，我想詹姆斯总还有其他财产留给他太太吧？”

“相反，他到处欠钱，连房子也做了抵押，因为他的生活乱七八糟。詹姆斯太太付不出欠款，只好卖掉房子。我最后听到的是，她跟她儿子住在一起，她儿子现在该有七岁了，母子俩住在一栋小公寓里。她到外面打工维持两人的生活。”

“我可以在电话簿上查到她电话吗？”

“可能，我们查查看。”

格尔斯没有打电话去，他抄下地址，直接找上门。他腋下夹着皮包，按她的门铃。她把门打开一条缝，向外张望。“你要干什么？”他还没有来得及开口，她就不高兴地问。“我——我叫乔治，我来谈有关詹姆斯的事。”“詹姆斯？他死了。”“嗯，我知道。但是，我是一个私人侦探，我代表一位与他的财产有关的顾客。”

“我想，这意思是说他又欠了什么人的钱。”她很不屑地说，“明天再来吧，虽然来人，也没什么用处。”

她砰的一声关上门。

他再次按铃。

她又出现了。

“詹姆斯太太，”他急急忙忙地说，“我是来给你钱，不是来要钱的。”

她吃了一惊，沉默片刻之后，她打开门，换了种语气说：“那就请进吧。”

她是一位身材苗条的女人，一头棕色头发，比他预期的年轻些，年龄不超过三十岁，她有一对贪婪的绿眼睛。

他走进屋，她关上门。一个小男孩坐在一张大椅子上。她快步走过去，把小男孩搂在怀里，抚摸着他的头说：“该上床睡觉了。”然后把他领到另一间房间。

她很快就回来了，解释说：“小孩可能会跟你闹，反正他早就该上床睡觉了。请坐，请问您贵姓？”

“我叫乔治。”他坐到一张椅子上，把皮包放在膝盖上。

“哎，”她说，“到底怎么回事？你真的带来詹姆斯的钱？”她瞥了一眼皮包，

"不会是失踪的那笔钱吧？"

他盯着她。"什么失踪的钱？"他问。

"当然是那六万元啊，我相信他在这世界上没有留下什么，只留下一屁股的债。"

事情发展得太快，格尔斯有点儿不知所措了，他原先准备先绕一会儿圈子，现在有点儿失望了。

"事实是，"他说，"我们的确找到那六万元！"

"你带来了！"她几乎是大叫起来。

他露出微笑。"我带来了。"他说。

"在那里！"她指着皮包说。

"在这里！"他点点头。

"现金？"

"现金。"格尔斯平静地回答。

"啊，天哪！"她双手摸着太阳穴，"我什么时候可以拿到？"

"今晚，就是现在。"

"没有条件？"

"没有。"

她怔了一会儿，然后歪着头问："钱是怎么了？一直放在哪里？"

"我是人家雇来还钱的，不能回答这种问题。"

"还钱？"她坐在椅子里，"你的意思是说，钱被偷了？"

"根本不是，"他急忙回答道，"我猜，这笔钱是詹姆斯交给我的顾客……保管的吧。"

"你的顾客还在城里吗？"

"不，现在不在了。"

"他会回来吗？"

"可能，我不太清楚。"

"你的顾客没有听说詹姆斯死了？"

"我不知道。"

"为什么他这么久不跟詹姆斯联系呢？"

"这我也不知道，詹姆斯太太，我只是个跑腿的。"

"五年了，"她喃喃道，"五年多了，"她好像在计算什么，"我估计，五年里六万元可以得到不少利息。"

“这个，”他慌乱起来，“这个，我没有考虑到这一点。”

“你没有考虑到？”

“我的意思是说，我怀疑我的顾客是否考虑到。”

“乔治先生，别来这一套了，”她露出狡黠的神情，“你自己不就是那个顾客吗？”

“詹姆斯太太，你这么说我很不高兴，你在暗示什么？”

“我暗示你偷了钱——或者私自保留了这么多年。”

他突然站起身。“我们不是在谈交易，”他说，“显然，你对钱并不感兴趣。”他向门口走去。

“等一等！”她大声叫道，“你不是一个善于撒谎的人，你一点儿也没骗我。不过，没关系，我的确想要这笔钱，利息就算了，我只是开开玩笑罢了。”

“我可没有心情开玩笑。”他说，又重新坐下。

“喝点儿什么吧，我们别争了，”她说，“我现在能不能收下钱？”她走过来，他一言不发地把皮包递给她。她打开皮包，盯着里面的钱，看了很久。

“你是从哪儿来的？”她问。

“芝加哥。”他撒谎说。

“你今天晚上飞回去吗？”

“我开车回去。”他回答说。

“那么，上路前喝一杯吧。你喜欢喝什么？

“威士忌。”

“加苏打水吗？”

“加吧。”

她带着皮包离去，他听到她在厨房里忙碌，过了一会儿，她端着一杯酒出来。

他又坐了一会儿，他发现，她非常和气，兴高采烈的，掩饰不住对钱的喜悦。

当他告辞时，她说：“嗯，如果有机会回来，不要忘记来玩。这件事相信你会保密的，乔治先生，再见。”

他大步离去。

他离开两分钟不到，她就带着皮包到走廊，她停在一扇门前，用颤抖的手打开门，走了进去。她把皮包藏在冰箱冷冻室里，然后又跑回詹姆斯公寓，洗净酒杯，把东西放回原处。

当詹姆斯太太海伦回来的时候，她不动声色地坐在电视机前看电视。

海伦说：“嘿，苏珊，小宝贝睡了？”

“早就睡了。”苏珊打了个哈欠。

“他乖吗？”

“乖极了。电影好看吗？”

“乏味死了，一个一点儿也不好笑的喜剧片，巴丹喜欢看，他看到什么都笑个半死，”海伦打开手提包，“我该付你多少钱？”

“不用了，今晚我请客，免费，海伦，我不好意思总向老朋友要钱。今天是最后一次帮你看孩子了，明天我要离开这里了。”

“你以前从来没提起过啊！”海伦说。

“我刚刚决定的。”

胜　算

安格尔站在监狱外的小路上，眯起眼睛，仰望湛蓝的天空。

他刚刚结束了十五年的监狱生活。

他站在碎石小路上，大声叫道："唐纳德！"

他举手拦了辆便车，到了火车站。他在火车站等了半个小时，在等车的时候，他仰望着天空自由飞翔的小鸟。上了火车后，他蜷曲在座位上。旁边窗户上，映出他苍白的面孔，那面孔就像他的同谋者一样可憎。

十八岁时，安格尔因为抢钱杀了人，子弹落在那老人头上时，几乎没听到枪声，可是，那一枪要了老人的命，那老头双手在空中乱摆了几下，打翻了装货物的箱子，橘子、苹果掉了一地。这时，和安格尔同谋的唐纳德却跑开了，同时大叫"杀人啦"。他背叛了安格尔，否认是同谋。

安格尔闭上眼睛，想起十五年前那一幕。他记得当时唐纳德装出无辜的样子，好像根本没有参与抢劫，他跑回家，把头埋在他母亲围裙里，哭着请求母亲原谅。

"唐纳德——"

安格尔在一家当铺买到把手枪，然后雇了辆出租车到唐纳德家。

当他经过熟悉的酒厂、小时居住的房子时，他一点儿也不为所动。经过十五年前那位老人经营的杂货店时，他心想：不知道谁在经营那家杂货店。

他来到唐纳德家。

他等出租车开走后，才踏上那栋楼房的台阶，进入狭窄的走道，上了四楼，来到唐纳德的公寓，重重地敲门。

一个女人打开门。

"唐纳德太太吗？"

他当然认识她，他从小就熟悉她那矮小的身材，整天在厨房里忙碌。可是在法庭的时候，她却挺起胸膛，一副端庄的样子，替她儿子辩护，使她儿子免于牢狱之灾。而安格尔却被判入狱。

“你是谁？”唐纳德母亲问。

“是我，唐纳德太太，我是安格尔。”

唐纳德母亲双眼闪了一下，马上恢复了呆滞。“你有什么事吗？”她问。

“你还记得我吗？”安格尔问，“我是唐纳德的朋友，你还记得吧？”

唐纳德母亲点点头，然后转过身，痛苦地走到摇椅边，呻吟了一声，跌坐到椅子中，有气无力地说：“我记得。”

安格尔走进屋里，问：“唐纳德在哪儿？”

她盯着地板，没有回答。

“我不再生气了，唐纳德太太。说实话，我只是来看看他，看看老朋友。”

摇椅“吱吱”地响，但坐在上面的唐纳德母亲仍然没有说话。

安格尔舐舐嘴唇，“瞧。”他向她走去，卧室里灯光一闪，他望过去，看到卧室门是半开的，刚才的闪光是蜡烛光在风中摇动。“我不是来找碴儿的，其实，是监狱里的牧师叮嘱我来看他。”

她抬起头，盯着他说：“唐纳德死了。”

这回轮到安格尔惊讶了，“唐纳德太太——”他开口道。

“唐纳德死了，昨晚死的，得肺病死的。”她用肮脏的双手捂住脸，哭了起来。

“不，”安格尔向后退了一步，“这不是真的。”

她点点头。

“不，”他大声说，“这不是真的，不是真的！”

“真的，”唐纳德母亲低声说，“是真的，”接着她又哭喊起来，“他咳嗽，送进医院，就——”说到这里，她愤怒地叫道：“你想干什么？”

“没有什么。”

“你想报复他，是不是？”她猛地站起身，冲过去，“你这个下流坯！”

安格尔向后退去，他的手放在身后，摸到门柄，推开门，退向过道。

“你这个卑鄙的家伙！”她大叫道，“你想干什么？”

“没什么，没什么。”安格尔说着，飞也似的跑下楼。

他在街上逛了两个小时，进酒吧喝了几杯威士忌，然后走进电影院，麻木地望着银幕。在电影未结束前离开电影院，又到街头乱逛，最后又来到唐纳德住的那栋楼。

酒精在他大脑和胸口折腾，他气呼呼地来到四楼。

他重重地敲打着唐纳德家的木头门。

没有人回答。

“开门！”他喊道，“唐纳德太太，是我！”

唐纳德母亲打开门。

“你想干什么？你还不快滚开！”她叫道。

“他在哪里？”安格尔说，“唐纳德在哪里？”

“我告诉过你了，唐纳德死了，死了，快滚开，别来烦我！”

“不——”他拿出手枪，对着她，她向后退了一步。“我的意思是，尸体送到哪儿去了？”

“尸体？”她眨眨眼睛，“干什么？”

“在哪家殡仪馆？我要去做最后的致敬。”

她告诉了他。

他掉头就跑，那家殡仪馆离唐纳德家并不远。街上空荡荡的，只有一个卖报的老头。

殡仪馆已经关了门，他敲了半天，也没人来开门。他抬起脚，猛地踹过去，破旧的门开了，他钻了进去。

里面一片漆黑，他摸到电灯开关，开了灯，喘着气一间一间地走进去，直到发现一个棺材旁边点着两支蜡烛。

“唐纳德！”他喊道，掏出手枪，对着棺材连开五枪。这时，警察和一个老头出现了。他被捕了。

唐纳德家，唐纳德母亲在接过警察局电话后，悠闲地躺到摇椅上。

房门开了，出现了一个和安格尔年龄相仿的男人。

“妈。”

“没事了，”他母亲说，“是警察局来的电话。”

那男人突然跪在老女人面前，头埋在她膝盖上。

老女人慈爱地抚弄着他的头发说：“没事了，唐纳德，至少你又可以安全几年了。”

毒　蛇

海伦看着她的客人们，觉得鸡尾酒会很成功。除了一位国会议员因事没来，她很失望外，在场的有位大使，两位州议员，外加一大群男女明星，他们似乎玩得很高兴。现场气氛非常活跃。

门铃响了，海伦觉得，这种为引人注目故意晚来的手法，并不高明。

仆人打开门。

琳达像游行一样走进来，大家都转过脸来看，女客人眼中，流露出羡慕的神情。

琳达身材修长，乌黑的秀发披在肩上，她的脸长长的，眼睛是灰色的，精致的小鼻子有点儿向上翘。她二十二岁，可看上去像十四岁。虽然她的金色礼服很美丽，但是，人们羡慕的眼光并不是落在她身上，而是落在她身边的男士身上。

海伦过了一会儿，才弄明白客人羡慕的原因，她自己也被那位男士吸引，觉得心旌摇荡。那人身材高大，宽宽的肩膀，英俊的面孔被太阳晒得黑黑的，显得非常健康。一头乌黑的卷发，上面抹的油可能太多了点儿，不过，任何人只要看他一眼，就会喜欢他那动人的微笑和一口洁白的牙齿。

琳达走进屋，停下来向人们介绍她的新男朋友。海伦轻轻叹了口气，琳达又弄到手了一位帅哥，这两个星期来，她一直跟他在一起，两人非常亲密。

海伦转而注意她的鸡尾酒会，客人们又恢复了先前的愉快，开始轻松地说笑起来。

为了让酒会气氛更加热烈，海伦又忙起来。海伦身材颀长，这个鸡尾酒会上，她穿着自己设计的、镶金边的希腊式礼服，头发梳得高高的，耳朵挂着钻石耳环。

她的脸常常让人误以为她是已婚妇女，而且已经生过几个孩子了。她看上去比她二十五岁的实际年龄要大许多。

琳达朝海伦走过来，一副容光焕发的样子。琳达说："海伦，我给你介绍我的未婚夫，约翰。"

"你好，约翰先生。"

"你好。"他很有兴趣地打量着她。

"海伦是我最好的朋友。"琳达说，她的手臂钩住约翰，仰脸向他微笑，好像他是个神。

"洛克先生是你父亲？"他毫不掩饰自己的兴趣。

"是的。"海伦回答，非常高兴，因为她意识到约翰很欣赏她。

"你和海伦合不来的，"琳达说，"她成天在实验室摆弄蛇和冷血动物。"

"哦，你是个爬虫专家？"约翰问，"我从没见过喜欢蛇的女孩。不过，我倒觉得，这么美丽的女性把时间花在试验爬虫身上，真太可惜了。你研究的哪个方面？"

海伦回答说："毒素进入神经系统的反应，这在医药上很有意义。"

"对不起，"约翰说，"我真不应该说你是爬虫学家，你显然是一位医学博士，你一定要原谅我的无知。"

"没什么可原谅的。"海伦说，她开始喜欢他，虽然她明知道他在讨好她。"我还没拿到博士学位呢，我可能不去读学位，我只是喜欢做研究。"

琳达拉着约翰的手臂说："亲爱的，我们去喝点儿东西，认识认识我其他的女朋友，她们好像要走了。海伦，我们到那边去了。"

"请便。"

他们走开时，约翰回头看了看海伦，她明白他眼睛中的含意，他是非常喜欢她的。海伦冲他微微一笑，那笑容非常性感。她知道，宴会结束前，约翰会来找她。

海伦在宴会上走来走去，不时地瞥琳达和约翰一眼，她发现他们是很亲密的一对，这使她很不高兴。她在心中揣测，他们两人的关系究竟发展到什么地步，她自己还有没有机会，也许已经太迟了，没机会了。

几小时后，琳达请海伦去拿她们的专门用酒，庆祝她和约翰的婚约。海伦来到地下室拿酒。昏暗的灯光下，她皱着眉，看着手中的那瓶酒。她真不想回到酒会中去，可又不知如何避开。

"要我帮忙吗？"

海伦转过身，发现约翰站在她身后。“不用，”她说，“我已经拿到了。”

“这酒有什么特别的吗？”

“啊，我们大学毕业时，为了庆祝，便到一家酒店，买了一瓶这种酒。我们躲到山谷里，谈了一下午，谈我们的梦想，谈我们的抱负，我不知道是谁提议的，但是，我们大家一致决定，这种酒是我们的专门用酒，只有在特殊场合才喝它。我们回到酒店，买了两瓶储存起来，就是这两瓶了。”

“我想象不出，你们两人竟然会是好朋友。琳达画画，你研究毒蛇，她最害怕蛇了。你们怎么会成为好朋友的呢？”

“我们可以说是相互吸引吧。在学校时，琳达总是那么忧郁感伤，我经常劝导她，开始我很烦，后来我喜欢上她了，她是个非常可爱的女孩。”

“所以，你就像母亲照顾孩子一样照顾她？”

“我觉得自己像是她姐姐。我们不谈了，约翰。”

“好吧，我到这里来，不是为了跟你谈她的事。”

海伦把酒瓶放回架子上，双手抱胸问：“那么你来这儿是想干什么呢？”

他咧嘴笑道：“我喜欢你，海伦，你明明知道这一点。”

“我觉得你很可爱，也许太可爱了。”

“我知道怎么引诱你，”他说，“但我也知道你不是那种能被引诱的人。你很坦率，如果想做爱，就会告诉对方。”

她笑了。他很精明，善解人意。她很想征服他，但他防御得很好。她真想找出他的弱点，征服他。

“你知道我为什么到这里来吗？”他继续说，“因为我跟自己打了个赌。”

“哦，赌什么？”海伦问，她相信，他在向她提供她渴望的机会。

“我跟自己打赌，如果我吻你的话，你会推开，狠狠打我个耳光。那耳光会很重，一个星期都消不了。”

“你可能是对的。”她说，她声音不是很亲热，强调那是不可能的。

“只有一个办法可以找到答案。”他说，走过来，抱住她的腰，顺势抚摸她的背部。

“我已经警告过你了。”她很自信地对他说，准备狠狠打他个耳光。他太自信了。

他把她拉过来，嘴唇紧紧贴上去。

她感到一种莫名的激动，这是她第一眼看到他时的那种感觉。过了会儿，她平静下来，挣脱他的亲吻，仔细盯着他的眼睛。她明白了，他是个疯狂的情人，善于激发女人的性欲。她遇见过无数男人，但是，没一个像他这样对她有这么大吸引力。她意识到这点，心里害怕起来。现在她明白了，为什么琳达不能自拔。

约翰嘲笑地说：“啊，你变成了一个真正的女人！”

她意识到他看透了她的内心，感到有点儿沮丧，她觉得全身无力，举不起手来打他耳光。“你——你赌输了！”她说。

一个女孩子的声音像一把利刃般刺过来：“你这个臭巫婆！”

他们俩一起向门边看去，琳达醉醺醺地从楼梯上下来。不难想象，琳达要么是想念约翰，要么是跟踪他俩才来的。

琳达伸出手，亮出她的订婚戒指。“我的好姐姐，”她说，“你晚了一步，约翰是我的，你曾抢了我不少男人，但是，这一个你再也抢不走了。”

她挽住约翰的手臂。“我们下星期就要结婚了，”她说，“你已经来不及了。我要把他带走，免得你勾引他。不过，我知道，你明知道太晚了，也会试一试的。你不会成功的，我爱约翰，他也爱我，是吗，亲爱的？”

他抚摸着她的头发。“当然，”他微笑着说，“宝贝，我们之间不会有什么事的，别紧张，亲爱的。”

“我要尽我全力保护我的未婚夫。”琳达说，伸出舌头对海伦做了个鬼脸，醉醺醺地笑起来。

海伦大笑起来。“好，”她说，“我认输了。把你的未婚夫带走吧，我们要回到宴会上去了。”

琳达点点头。“这一次我赢了，对不对，海伦？”她说，“你不可能总是赢，你得不到我的约翰，”她把约翰推到墙边，亲热地吻了他一会儿，“你羡慕去吧！我爱他，爱他，爱他！”

第二天下午，海伦在实验室工作，她仍然在想着昨天宴会上的情形。她越想越生气，如果琳达没跟着来到地下室，她和约翰一定不止于亲嘴，他们一定还会有进一步行动。

他是她见过的最危险的一个男人。琳达那么迷恋他，情有可原。他是靠女人吃饭的，他会榨干琳达父亲的钱。她现在也许还能从琳达手中把他抢过来，就像她以前做的那样。不过，这可不容易。她知道，如果她尝试的话，就等于主动投入约翰怀抱。约翰的确太有魅力了，即使在这个实验室里，一想到他，她就心跳加剧，一种无法遏制的欲望控制了她。

她觉得很可怕。这样一个身无分文的男人，怎么会让她如此神魂颠倒呢？她以前总认为自己是个正经女孩，有能力跟男人保持一定距离。可是现在，她满脑子想的都是约翰，以至不小心把手伸到装蛇的玻璃盒前，里面的蛇开始蠕动起来。

她吓了一跳，连忙缩回手，蛇不再动了。她注视着那些蛇，心里想到约翰，她觉得他就像是一条蛇。如果别人不干扰的话，琳达会像只小兔子一样，被他吞下去。

海伦走到电话边，拨通了琳达父亲的私人电话。

琳达父亲的声音从电话那头传来，“有什么事，快说！”

“别那么神气好不好，”海伦说，“我很了解你。”

老头大笑起来，“海伦，很高兴听到你声音。”

他们开了几句玩笑，然后海伦说：“我有个问题，你知道你女儿在跟谁谈恋爱吗？”

“哦，他啊，我早就猜到你会打电话给我的。”

“那么说你知道了？你不干涉？”

“我不想管了。你瞧，她已经二十二岁了，我管不住她了。我介绍了两个给她，但都被你抢走了，可是这并没什么用。她照样出去乱交朋友，找到了现在这个，我想她得接受点儿教训，才会懂事。”

“听我说，如果她和这人结婚，不仅精神上会受到折磨，还会在物质上受到巨大损失。”

“我知道，海伦，不过，我不会让他拿到我的钱。”

她和他争论了几分钟，他很固执。

“海伦，我不想再管她的事了。她说，如果我再搞破坏的话，她就跟我断绝关系，她是认真的。所以，我无能为力，只能随她去了，她将来会明白他是个什么人。海伦，我不太了解她，我送她去看心理医生，但没什么用。现在我所做的，就是不干涉她。”

海伦失望地放下电话。她唯一改变琳达的办法失败了。现在，要想从琳达手中抢过约翰，只能靠她自己了。

琳达父亲说他不了解女儿，这是对的。如果他了解的话，他就会知道，她女儿有自杀倾向。如果她和约翰结婚，就会发现他是个多么差劲的人，他是个色鬼，那时，她一定会自杀的。约翰那种人，婚后一定四处留情。说不定，约翰会杀了琳达和另一个女人，那他就会身陷囹圄。

海伦越想越沮丧。干脆不想了，继续做她的实验。

一个小时后，约翰打电话给她。她一听到他声音，马上知道他会约她，她也会接受。

他们通话的时候，她一直盯着一条蛇的眼睛。

他们开着海伦的红色轿车，到山谷中野餐。他们把车停在上面的小丘上。在清澈小溪边的绿色草地上，他们铺上一条红白相间的桌布，坐在上面。他带来了三明治和烤鸡。她唯一坚持要带的，就是那瓶特别的酒，那瓶酒放在一个有盖的大篮子里，篮子放在桌布旁，只有瓶颈从盖子上的洞口露出来。海伦穿了条粉红色长裤，配着白色上衣，脖子上挂了条项链。

约翰穿着鲜红的衬衫，翻着领子，露出他棕色的胸口和上面卷曲的汗毛。他把吃剩的面包扔进溪流中说："这是个做爱的好地方，远离城市。"

"你真是自信。"

他向她眨眨眼："是的。"她觉得自己两颊发热。

"你一点儿也没罪恶感吗？你欺骗了即将跟你结婚的女孩。"

"为什么我要有罪恶感呢？我们还没结婚呢。你呢，你对欺骗自己朋友，不觉得有罪吗？"

她再次意识到，他是个非常善于引诱女人的男人。"告诉我，约翰，你真的关心琳达吗？"

他咧嘴一笑："任何人问我这个问题，他都不会得到直接回答。"

"我呢？"

"我坦白告诉你，我喜欢那个女孩，我真的很爱她。"

"可是？"海伦面露微笑地问。

"可是，"他说，"如果你肯屈尊俯就的话，我就是你的了。"

"原因很简单，因为我父亲是石油公司大老板，对不对？"

他耸耸肩。"你知道，"他说，"有些人上过大学，能找个好工作，可我没有受过多少教育。我很早就发现了我唯一的才能，虽然我并不以它为荣。不过，它毕竟是我唯一的，我只能尽量利用它，除此之外，别无选择。"

"你还没回答我的问题呢！"

"好吧，那我就老实回答你，如果你和琳达身无分文，即使你们是全世界最性感的女人，我也不会看上你们。如果你的家族没有钱，我就会选择琳达，她比较容易控制。但是，你父亲比她父亲富有得多，所以，我选择了你。"

"啊，你挺老实的。"

"那是对付你的唯一办法。琳达不同，她喜欢甜言蜜语，这一套对你没什么用。"

她大笑道：“我也想听甜言蜜语。”

“嘿，酒冰好了没有？”

她伸手过去，摸了摸瓶颈。“还没有。”她说。

“你怎么把最后一瓶专用酒拿出来了？”

“偷了琳达的爱人，还不值得庆贺吗？”

“对，”他说，“不过，你还没偷到我呢！”

她嘲笑地看了他一眼，她曾经下决心，不跟他做爱。但是，这个家伙正在想办法软化她。他轻轻地抚摸她的手臂，然后看着她的眼睛，伸手一拉，两人便躺了下来，她的嘴唇和他的相距只有几寸，接着，两个嘴唇紧紧贴到了一起。她感到一股热流涌入身体。

他们越吻越热烈，她觉得全身无力，开始怀疑自己是不是有能力实施她的计划。

篮子里酒瓶旁边并不是冰，而是一条凶猛的响尾蛇，她原计划让约翰打开篮子，篮子一打开必定会惊动毒蛇，它就会张口咬人。

然后，她就收拾好野餐的各种东西，开车离去。约翰的尸体被发现时，一定会被认为是被蛇咬死的，这一地区经常有毒蛇出没。她知道这计划会成功的，可是，现在，他温暖的手在抚摸她，她怀疑自己是否能够成功。她可以拿出酒瓶而不打扰蛇，他永远也不会知道她的计划。

她要约翰，他太让她着迷了，他的拥抱强壮有力。她知道，她决不会让他当着自己的面，被蛇咬死的。她要跟他玩，玩个痛快淋漓。

她沉溺在前所未有的快感中，忘掉了一切。

琳达躲在红色轿车后面窥视。当她怀疑约翰与海伦约会时，就想到海伦可能会带他到这无人的地方。她老远就看到海伦的红色汽车，绕圈子过来。这是个错误，她应该直接开车上去，按喇叭。

这个山谷原先是她们同学秘密聚会的地方，现在，海伦却背叛她，把他带到这里。

琳达看到约翰和海伦亲吻，她的嘴唇发抖，拳头握得紧紧的。以前海伦也抢走过她的男朋友，但是，琳达对那些男朋友的感情并不很深，不像她现在对约翰这么深。

琳达真希望自己身上带着手枪，如果她有的话，她就要走下山坡，开枪杀了他们两人。琳达愤怒得全身发抖。

她的视线落在汽车刹车上，她可以松开刹车，让汽车滚下山，它距离他们不过六十英尺，汽车会落到他们头上，他们正在亲热，可能连汽车滚下的声音都听不到。

琳达马上行动起来。她开动汽车，定好方向，然后跳下汽车，看着汽车冲向约翰和海伦。当约翰看到冲下来的汽车，想爬起来逃命时，已经来不及了。他们俩尖叫着被汽车撞得落入小溪，鲜血染红了溪水。

琳达出奇的镇静，她走下山谷，来到桌布边，那上面有车胎的痕迹，她的视线落在轿车上，车已经摔得不成样了。

她说："我赢了，海伦，你得不到约翰。"她向自己汽车走去，就在这时，她看到熟悉的瓶颈，瓶颈露在篮子外面。

她觉得自己的胜利值得庆贺，于是走过去，打开篮子的盖。

琳达发现自己正对着一对珠子般的蛇眼。她吓得怔在那里，一动不动，瞪着眼睛，看着褐色的蛇头伸出来，白色的毒牙刺进她的手臂。

爱是毒品

我不喜欢谋杀。

但是，我是位记者，靠报道稀奇古怪的人和事为生。所以，当我面对谋杀时，我也许会下意识地站在一边，看着它发生。

科曾卡从非洲回到纽约，我去采访她。她邀请我去她别墅，看看她带回来的动物。

她和彼得·温德汉姆。

我当然没理由怀疑，她邀请我去是别有用心。

当时，我在为一家畅销杂志写报道，手里有笔钱，我很高兴能去那里散心。

一个星期后，我乘车前往肯·本德尔的别墅。

科曾卡的照片曾被刊登在全国每一家重要报刊上，这位欧亚混血美女与肯·本德尔的浪漫故事引起了所有人的关注。

这并不奇怪，一位是东方美女，一位是得克萨斯石油大亨。这种东方与西方的结合，很自然地引起了大家的兴趣。

结婚后，他们也是新闻不断。科曾卡非常热爱非洲，热爱那里的野兽。肯·本德尔接受了英俊的彼得·温德汉姆作为科曾卡的导游和同伴，任凭他陪着科曾卡四处漫游。本德尔对科曾卡有求必应，花钱如流水。并且把自己一大块土地改建成动物保护区，放置她从非洲带回的各种动物。

所以，报纸上三天两头刊登他们三人的新闻，他们成了明星人物。

我乘车来到本德尔的别墅前，他正在门口等我。我以前采访过他几次，所以我们俩相处得很好，很谈得来。

本德尔身材高大，没一点儿架子，非常坦率、真诚。这和一般人的想象大不相同。

他抓住我的背包，使劲握着我的手，热情地说：“马丁，见到你太高兴了！科曾卡和彼得在保护区那边，有一只猴子病了。我们去喝一杯白兰地怎么样？顺便问一句，你以前没来这里吧？你喜欢这里吗？这地方很棒，对不对？”

肯·本德尔就是这样，他总是那么愣呵呵的，不过，他很真诚、开朗，非常友善。

“很感谢你邀请我来，”我说，“我刚写完一篇有关科曾卡最近一次非洲之行的报道，我到这里来看看非洲动物。”

“太好了，”他叫道，“在这儿多待段时间。不过现在问题是，要不要喝一杯白兰地？”我们喝了两杯白兰地，喝完后，本德尔带着我驶向保护区。

我们行驶了五分钟就到了保护区，那是花了几百万元建造的。

那里有许多动物。我看到了两头忧郁的水牛，一头长颈鹿在蹭它同伴的耳朵，还有一头犀牛，一头斑马。

科曾卡和彼得不在猴舍，而是站在一头大黑豹笼子前，他们两人站得很近。

我觉得他们俩真是站得太近了。但是，本德尔似乎根本没注意到，我很奇怪他怎么会这么粗心大意。如果一家小报记者看到这一情景，他一定会大做文章的。

我感到很好奇，不知道本德尔和科曾卡之间是种什么关系。

科曾卡一点儿也没有内疚的样子。我们走近时，她冲我们露出灿烂的笑容，扑进本德尔怀中，两人热烈地亲吻起来，看得我都嫉妒了。

看到科曾卡，就会让你联想起爪哇舞女，古老的寺庙，穿着红色长袍的僧侣，以及充满芬芳的热带夜晚。她非常迷人，那是一种精致的美丽，精致得让你不敢伸手碰她，因为害怕她会像明代的瓷器一样一碰就碎。

她转过脸，伸出手来说：“亲爱的马丁，你来了我真高兴。你应该多待一段时间。这是彼得，你们当然早就认识了。”

我认识彼得，因为他总跟着科曾卡。他是个非常强壮的男人，一头金发，看上去像个标准的南非白人猎手。

他拿开嘴里的烟斗说：“老朋友，很高兴见到你。”然后马上又把烟斗塞进嘴里。

我很和气地跟他打了招呼，然后我们又把注意力转到科曾卡身上。她抓着本德尔的手臂，着迷似的凝视着关着黑豹的笼子。“亲爱的，”她说，“如果我生在过去，一定会崇拜豹子的！瞧它趴在那里，多么优雅啊！它脑子不知道在转什么可怕的念头呢！它一定恨死我们了！”本德尔冲科曾卡微微一笑说：“我可不想在晚上突然遇见它——”

“当心，马丁！离远点儿！”

这警告声来自彼得，我吓得跳起来。

“对不起。”他说，“我并不想吓你，可是豹子非常凶猛，这一头更是如此。再走近一点儿，你的一只胳膊可能就保不住了。”

“对不起，”我低声说道，仍然非常震惊。

“这种笼子不太适合豹子，应该把它放到更坚固的笼子里。”

我肃然起敬地看着那头豹子，它面对我们趴着，除了额头有块白星之外，全身漆黑，它的头优雅地伏在两只前爪之间，看上去非常漂亮，一点儿也不危险。

不过，我发现彼得是对的。豹子的眼睛虽然一动不动，却像两团燃烧的蓝火，我可以看出其中充满了仇恨和愤怒。

科曾卡的笑声打破了沉默。

“喂，亲爱的，”她说，“我们把马丁带到这里，把他吓个半死，他会在报纸上臭骂我们一顿的。我们现在要好好招待他，也许他会原谅我们。”

“你说得很对。”本德尔说。

“很对。”彼得也随声附和道，点燃了他的烟斗。

他们的招待确实非常好，晚饭非常精美，就是一些高级餐馆也做不出那么可口的饭菜。饭后，我们坐在门廊前，喝着咖啡和白兰地。本德尔滔滔不绝地讲着他的发家史，彼得一副高高在上的样子。科曾卡光彩照人，令其他人黯然失色。

第二天下午，我和本德尔一起骑马去看他的保护区。

我们每个人的马鞍上都挂着个水壶，我慢慢意识到，本德尔的水壶里装满了白兰地，我们出发后，他就不停地喝酒。

不久，他就开始在马上摇晃起来，我们的马也停止奔跑，变成慢步走了。这时，他勒住马，从马上跳下来，坐到一块大石头上，对我说：“马丁，他们要杀我。是的，他们要杀我，只要——”

他停下来，用一只大手擦擦脸。我也从马上跳下来，坐在他身边的石头上。

“我想你喝得太多了，可能有点儿醉了。”我说。

“对，我是喝醉了，但是，我的脑袋很清醒。”他使劲摇摇头，证明他很清醒。“马丁，你恋爱过吗？”

“恋爱过几次。不过，我太忙，没有耐心持续下去。”

“有一种爱，”他说，“还有一种爱。”

“我不懂你在说什么。”

“有一种爱是好的，有一种爱是不好的，是毒品，是世界上最毒的毒品。当第二种爱落到你身上时，那你就完了，一个男人就完了。”

我开始有点儿尴尬，但是，我不能扔下他不管，一个人骑马走开。于是我坐在他身边，想听他说个究竟。“你在这方面很幸运。”我说。

“你真是说疯话，”他醉醺醺地说，“从我第一次看到她起，我就完了，完了。”

我仔细考虑该怎么问下个问题。一方面，这是他个人的事情，与我无关，我不该听也不该问；但是，另一方面，是他主动开口说的，并不是我先问的，这样的话，谈谈也无妨。于是我问道：“是不是因为彼得？”

他想了很久，然后回答道：“不，不是因为他。主要是我对她的感情，因为如果我没有那种感情的话，我可以马上把她赶回非洲。”

“你对她的感情到底怎么回事呢？”

“我说了，她是我的毒品。我极度渴望得到她，这使我像吸毒一样上了瘾，无法自拔。所以说，自从我一遇见她，就再也不是原来那个我了。她对我太重要了，我不敢开口跟她谈彼得或那个愚蠢的保护区，我害怕她离开我。为了得到她的爱，我什么都愿付出。”

“这是很危险的，”我说，“你这么做，反而会失去她对你的爱。科曾卡那样的女人，是不会爱一个没有骨气的男人的。”

他盯着我，为我的愚蠢而感到惊讶。“她对我的爱？天哪，你这个大傻瓜，她对我根本没有爱，从来没有过。我满世界追她，恳求她嫁给我时，她就是这么对我说的。但是，只要她愿意跟我结婚，我什么都愿意做。”

“我可不这么认为。我觉得你太夸张了。你有什么证据说她不爱你？”

“你是个瞎子吗？瞧瞧我。我知道我是个什么人。一个爱说话的大傻瓜，跟她根本不般配。我跟她的结合，是因为我赚了很多钱，而科曾卡就像需要空气一样需要钱。”

我举起一只手表示抗议。“等一等——”

但是，他继续往下说：“我知道你怎么看待她的，马丁。对于那些没有跟她结婚的人来说，她是一个非常美丽热情的女人，但是，那只是外表。实际上，她贪婪地攫取一切可以到手的东西，却一点儿也不想付出。”

“那为什么你不面对现实，做你该做的事呢？把她赶走、跟她离婚、付她一笔钱让她滚蛋。你付得起钱的。”

"是的，我付得起钱，但是，我不能那么做。说实话，我做不到。如果我把她赶走，她走出不到一英里，我就会追过去，恳求她回来。"

这就是他对彼得与科曾卡的关系视而不见的原因。他不是没发现那种关系，而是不敢指责科曾卡，怕她因此离开他。

我可以理解他的处境，像科曾卡那样美丽的女人，爱上她是很危险的。我说："瞧，本德尔，你必须有自制力。有一件事是肯定的，那就是这样下去，是不会有好结果的。实际上，我认为你对整个事情的判断是错误的。"

他是一个需要安慰的男人，我的话让他感到安心。

"你真的这么认为吗？"

"这是很显然的。别急，慢慢来。如果你觉得自己判断没错，那你就一个人找个地方，好好想想。我相信你会想出办法的。"

"这是个好主意。"

"你说你有生命危险，这纯粹是胡思乱想。你再别瞎想了。"

他突然站起身说："你说得对，说得对。我很抱歉，马丁，我不该用我的个人问题来麻烦你。"

我想让他明白，我并没因此轻视他，我认为这种倾吐对他有益。"你需要把这事说出来，闷在心里不好。"我说。

"我们可以忘掉它了吧？"

"当然。"

他皱起眉头，"瞧，如果你把我们的谈话写进你正在写的有关我妻子的文章中——"

"你知道我不会那么做的。"

他又向我道歉："你肯定不会那么做的，别在意我的话。"

他咧嘴一笑，"我真能选倾吐对象，对不对？我选了位记者来发牢骚。"

"你做得很对。你选了位朋友。"

"谢谢，马丁。我们现在最好回去吧。反正你明天有的是时间，可以再出来。"

我们骑马掉头往回走。我很高兴他发泄了一通。我认为这对他很有好处，特别是让他摆脱了被谋杀的幻想。

但是，那根本就不是幻想。

那天晚上，他们真的杀了他。

他们就在我的鼻子底下杀了他。

那天晚上开始很愉快。我们吃了顿精美的晚餐，又坐到门廊前，本德尔又恢复了原来样子。他对科曾卡的感情很深，这是一眼就能看出来的。

科曾卡非常尽职，她是个优雅细心的女主人，她对本德尔表现出来的爱意，让我觉得她非常爱本德尔，本德尔根本不该怀疑她对他的爱。

“亲爱的，我要不要换件衣服？我要不要为你和我们的客人打扮得漂亮点儿，换件漂亮的晚礼服？”

“你穿着骑马装也很漂亮，亲爱的，我知道马丁也是这么认为的。”

像昨晚一样，彼得坐在一边，没说什么。

本德尔建议我们到他书房看电影，那是一部一小时的记录片，记录的是科曾卡最近一次的非洲之行。记录片拍了许多动物：狮子、老虎、猿猴、大象，当然，还有科曾卡和彼得。

电影结束前，科曾卡蹑手蹑脚地走了出去。我们三人一直看到最后结束，然后又回到门廊前等她。

我以为她回来时，会换上什么新衣服。但是，我很失望，她回来时，仍然穿着那身骑马装。

十分钟后，序幕拉开了。

一个身穿工作服的男人气喘吁吁地跑了过来，他的声音充满恐惧。

“本德尔太太，那个豹子！那个黑豹！它跑出来了！它不在笼子里了！”

她问：“你是说它从笼里出来，在围栏里乱跑？”

“它不知道跑到哪儿了。我半夜去检查，发现——”

“你走进围栏逗它！”科曾卡尖叫道，我第一次听到她尖叫。“你不服从命令，你这个愚蠢的家伙！”

“我没有——”

“你惹怒了它。”

“没有，没有。我为什么要那么做呢？”

“因为你是个傻瓜！你知道彼得先生和我是唯一可以照料它的人。所有的人都不许接近它。我们五点钟离开它时，它非常安静。”

那个工人固执地摇摇头，不承认自己做了什么错事。“我只是打开围栏的门，用手电照了照。我一眼就看到笼子的门打开了。我在围栏里检查了一会儿，确信它不在里面。于是我就赶紧跑来告诉你。”

彼得看了科曾卡一眼。“豹子可能冲破笼子，”彼得说，“它没受到骚扰，是不会那样的。这个傻瓜——”

“我一直觉得笼子不够结实。我们讨论过加固笼子，你还记得吗？上面的窗口是开的。十五英尺对那头豹子并不是太大问题。”

“都要怪这个傻瓜。”科曾卡坚持说。

彼得转向那个工人，“到厨房去，在那儿等着，等我们叫你。在问题解决前，我们不想让人四处乱跑。”

那个工人离开了，科曾卡的态度显然伤害了他，彼得试图让科曾卡冷静下来。

“现在不是责怪谁的问题，”他说，“我们都知道现在该怎么办。我们必须杀了它。”

她更加愤怒了。

“不行！我不愿意！我不想让人杀了它。它不是一般的豹子，我不能那么随便地杀了它！”

彼得板起脸，“我同意。这么做是很可耻的。但是，这总比——”

“别那么着急。”本德尔插话道。他刚才一直沉默不语，让这两位专家自己来决定，可是，当科曾卡沮丧地低下头时，他搂住她的肩膀，不满地看着彼得。“科曾卡非常喜欢那只豹子。我们不能那么随便杀了它——”

“不过，彼得说得对，我亲爱的。那头豹子是个嗜血动物，它天性凶残。我们必须考虑到它会伤害无辜的人，我们别无选择。”

彼得磕去烟斗里的烟灰。“你们留在这儿别动，我先去看看。”

但科曾卡表示反对，“你一个人去？让我们留在这儿焦急地等待？彼得，你有时候一点儿也不考虑别人——”

“但那是男人做的事。”

“男人能做的事，我什么时候不能做了？我像你一样能干。”

彼得耸耸肩，求助地看着本德尔。本德尔说：“我和你一起去，彼得。科曾卡和马丁留在这里。”

科曾卡的脸一下子开朗了，她吻了吻本德尔。“不，你和我，我们两人一起去。我们会找到美丽的豹子，只有我们的子弹才能摧毁它。”

她似乎在向彼得挑战。彼得又耸耸肩。“很好，那我们出发吧。我去保护区的西边，你们俩去东边。我们很快就能找到它。”

他们三人带着枪和手电离开了。我一人留下，我从来没有摆弄过枪，彼得不让我跟着一起去冒险。

我看着他们消失在黑夜中，然后坐下等待。

但是，并没有枪声传来，我等得很心烦，于是站起身，回到刚才放电影的书房，我们刚才把白兰地留在那里了。

书房比门廊更舒适，也更安全，因为四面有墙保护。于是我全身放松，半躺到沙发上。就在这时，我一抬头，看到了那头黑豹。

它是从窗口进来的，它的四个爪子悄无声息地落在地毯上，全身黑得发亮。

我手里的白兰地落到了地上，我的第一个念头就是，它为什么找上了我?

许多想法飞快地从脑子中掠过：责怪自己没有关窗户；痛恨我的主人没提醒我关窗户。那头邪恶的豹子蹲在那里看着我，似乎从我的困境中得到了很大快乐。

即使我有力气从椅子上站起身，也不可能从门口跑出去。我只能一动不动坐在那里，希望这头豹子别理我，我好像听人说过，如果你一动不动，有些动物就不会理睬你了。

我一动不动地坐着，但是，那头豹子并没有不理我。它站起身，伸了个懒腰，好像准备好好地美餐一顿。它张开嘴，露出一口白牙。

它向我走过来，走得很慢，很优雅。

接着，它胡子碰到我麻木的膝盖，我产生怀疑。我很快就明白了，它张开嘴并不是一种威胁，而是咧嘴微笑，它喉咙中的咕噜声并不是低吼，而是一种讨好的表示。

这头豹子接下来的动作，证明了我的怀疑，它躺到地上，四肢朝天，像个猫一样地向我讨好。

这头豹子就像一只家猫一样驯顺。它独自跑到黑夜中，看到我的窗户开着，就跑来找玩伴。显然，它对人没任何恶意。

我伸出手，拍拍黑豹的脑袋，我刚才太紧张了，现在一放松，差点儿神经质地笑起来。

就在这时，外面传来一声枪响，黑豹猛地站起身，冲到窗口，向外张望。

从同样的方向又传来一声又一声尖叫，黑豹惊恐地跳出窗口，消失在茫茫黑夜中。

我也跳出书房，向发出尖叫的地方跑去，直到看到东边的灯光。我跑过去，看到科曾卡伏在本德尔一动不动的身体上。旁边有盏路灯，灯光刚好照在他们身上。

我马上看出，本德尔已经死了。

科曾卡停止了尖叫。她的脸一片茫然，两眼发呆，身体前后摇摆。

“我杀了我亲爱的！噢！噢！噢！上帝原谅我，我杀了他！”

我跪下，“这是怎么发生的？”

她凝视着我，好像不明白我在说什么。我抓住她肩膀，猛地摇了摇。“这是怎么发生的？”

“我们分头寻找。我没有打开手电，那会看不清黑豹闪亮的眼睛。我亲爱的一定是在我前面，可是黑豹也在前面。我发誓，它就在前面。我看到它的绿眼睛。我确信它向我扑来，于是我就开枪了。但是——”

急促的脚步声打断了她的话，彼得跑了过来。他像个猎人一样，没有惊慌，也没有震惊，很镇静地面对这一场景。“出了什么事？”

“科曾卡开枪击中了本德尔。她以为是黑豹，她以为他有绿眼睛。”

彼得好像觉察到我语含嘲讽，他没表示什么，只是用手电四处照了照。“黑豹不在这儿，”他说，“到围栏里去。拿一块毛毯盖住尸体，让一个人守在旁边。给他一支枪。你带科曾卡回到住处。我去找那头该死的黑豹，干掉它。”

“别忙了，”我嘲讽地说，“就要坐在敞开的——”但是，彼得已经消失在黑夜中，我只好照他说的办。

十分钟后，我留下一个人守着尸体，带着一语不发的科曾卡回到住处。当我们走到门廊时，听到彼得的枪声。几分钟后，他回来了，发现我们正在书房等着他。

他喝了一大口白兰地，然后说：“真是乱七八糟！真是乱七八糟！”

科曾卡和我都探询地盯着他，彼得点点头。“我在灌木丛那里发现了它，就在书房那一边。我一枪打个正着。它已经完了。”

科曾卡恢复了一点儿，她说：“我亲爱的人死了，我亲爱的人儿死了。”我觉得她是个很好的演员。

“你是说你丈夫呢，还是说那只豹子？”他们俩都严厉地盯着我。我突然意识到自己处境很危险，觉得应该保持沉默。

但是，我感到非常愤怒。“我应该重视本德尔今天下午跟我说的话。”我说。

彼得等我说下去。

科曾卡问：“我亲爱的人告诉你什么了？”

“你亲爱的人说你们俩准备杀害他。我认为他是间接地请求我帮助，但是，我很愚蠢，没明白他的意思。顺便说一下，是不是要通知警察？”

“我已经通知他们了，”彼得说，“警长过半个小时就到。”

“你说到本德尔，”科曾卡说，“但是你完全在胡说，你说的那些话——”

“我当时没当回事，但是我错了。我以为他喝醉了，很沮丧。但是，他知道的显然比告诉我的要多。”

彼得的表现让我很佩服，他坐在那里倾听，没流露出一点儿担心的样子，什么也没说。

科曾卡很紧张。“马丁，亲爱的，”她说，“这出悲剧是不是使你丧失了理智？你在胡说些什么？”

“别装了，你们的谋杀计划完了。彼得拼命想要打死的那只黑豹，刚才拜访过我，就在你残酷地开枪打死本德尔之前。那只黑豹很孤独，它想要跟人玩耍，被人抚摸。它就像只猫一样驯顺。”

“胡说八道！如果黑豹在这儿，你肯定活不了！”

“也许是的。但是，我从来没有受到黑豹的威胁。真正的威胁并非来自黑豹，而是来自别处。”

彼得仍然没说话，科曾卡扮演起无辜受害者的角色。“但是，为什么，马丁？为什么？我有什么动机？为什么我要杀害一个给了我一切的男人？”

“他的确给了你一切。但是，他虽然爱你，虽然很有钱，可他仍然是个非常幼稚、笨拙的男人，他唯一引起你注意的就是他有钱，他有很多钱。所以你接受了他给你的所有一切，只有一样你不想要，那就是他本人。”

“马丁——请——”

“你们设计出一个周密的杀害他的办法，把它说成是意外事件。这个计划非常周密，它差一点儿就成功了。”

彼得流露出的唯一不安的迹象，就是让他的烟斗熄了火。他从嘴里拿出烟斗，说：“老伙计，你准备把一切都告诉警长？”

“对，除非你能解释两具尸体的死因。你手边就有支步枪。”

毫无疑问，科曾卡吓坏了，但是，彼得的镇静给了她勇气。“马丁，你真是太愚蠢了。”

“很好，老伙计，”彼得说，“我想你就是跟警长说了，也没什么用。”

“他会感兴趣的。”

“啊，他一定会的。但是，豹子已经死了，没有什么证据了。”

当然，他说得对。

警长是个小矮个，戴顶帽子，穿着靴子，都显得太大。他是开着一辆警车来的，看了一眼尸体后，他马上打电话叫验尸官来。

他私下里跟科曾卡谈，然后又跟彼得谈。我不知道他们说了什么，虽然我相信，他们一定坚持原来那种说法。

他最后一个跟我谈，地点在书房，就我们两人。我把整个事情都告诉了他，先说了本德尔的恐惧，最后是我对他们两人的指责。

他很有礼貌地听着，时不时提几个问题。我说完后，他说：“这可是很严重的指控，马丁先生。”

“我知道。”

“你知道你没有任何支持你的证据吗？”

“我是个诚实公民，我说的是实话。”

他是个经常在户外工作的人，蓝眼睛的眼角全是皱纹。他眯起眼睛看着我说：“也是个记者。”

“你说什么？”

“我说你是一个记者。”

“这有什么关系？”我问。

“也许没什么关系。不过，你是到这儿来寻找新闻的。那对夫妇结婚后，新闻记者从来没有停止过打扰他们。记者总是围着他们打转，尤其喜欢窥探他们的卧室窗口。”

我可以向他解释说，科曾卡自己就非常喜欢记者报道她的事。但是，像警长这样的人，你很难说服他。“我觉得这案子跟记者没什么关系。”

“你们记者都喜欢夸大其词，耸人听闻。黑豹就是个例子。你真的相信它是很驯顺的吗？”

“如果它不是驯顺的，那它为什么不攻击我呢？”

“也许它是第一次到这里，也许它被灯光照花了眼，没看到你。也许那时候，它更关心的是怎么躲起来，而不是吃人。”

“好吧。就算它是只凶猛的豹子，我没被吃掉只是万幸。但是，科曾卡说她在外面看到黑豹，但那时豹子就在书房里，和我在一起。”

警长摇摇头，“她跟我没那么说。她说她以为她看到了黑豹，她并没有说黑豹真的就在那里。”

我开始感到全身发热，“警长，说实话，你是不是站在他们那一边？”

“我没站在任何人一边，我只对事实感兴趣。但是，你不必担心，你明天可以在听证会上说出你的故事，那就是说，如果那时你还坚持自己观点的话。”

“为什么我不该说实话呢？”

“你应该说实话。但是，实话应该有具体的证据来支持，我认为你没什么证据。”

“我的话就是证据。”

“马丁先生，你还要当心诽谤法。你要知道，如果你那么说的话，可以被起诉犯了诽谤罪，你会惹上麻烦的。”

“我会认真考虑的。”

“同时，本德尔太太希望这场悲剧不要泄露出去，至少在明天听证会之前不要泄露。”

“你要跟她合作吗？”

“为什么不呢？她有隐私权。所以今天晚上不要使用电话。如果一大群记者赶来，我知道该怪谁。”

我对他非常愤怒，虽然我知道不能怪他。实际上，我的确拿不出什么证据给他。但是，我不能让这两个冷酷的杀人犯逍遥法外。

我反复考虑此事，想起警长的警告。

说还是不说？

警长说得对，如果我提出自己的指控，很可能会惹来大麻烦。

我退回自己房间，那天晚上，没人来打扰我。唯一让我不安的，就是我的良心。

本德尔是个好人，他不应该这么不明不白地死去，他是被两个冷酷的凶手杀害的。但是，我对此却无能为力。

那天晚上，我不停地在屋子里散步，不停地想起一句老话：没有完美无缺的谋杀，凶手总会犯一些小错误的，这些小错误足以把他们送上绞刑架。

但是，在这个案子中，错误在哪儿呢？他们这次计划非常周密，即使中间出了问题，也不会影响他们的。那只黑豹跑进书房，这只能怪他们运气不好。

即使这样，他们的计划也没受到太大影响。

我现在明白了，为什么当我指责他们时，彼得那么不在乎。他是个精于计算的人，他知道我的指责不会起什么作用。

他没有威胁要杀了我。他没有必要那么做。

我意识到，完美的谋杀不仅是可能的，而且已经实现了。老话的错误之处，就是那些完美的谋杀从来没有被发现。

我辗转反侧，睡得非常晚，直到第二天上午十点才醒。我冲了个澡，剃了胡子，下了楼，发现只有警长一人在餐厅，面前放着一杯咖啡和一本笔记本。

他抬头看着我，既不友好，也没敌意，没什么感情色彩。

“早晨好，马丁先生。睡得好吗？”

“不太好，不过，这没什么关系。你仍然认为本德尔之死是意外吗？”

“我没改变自己的观点。”

“昨天晚上我忘了问你的名字。你应该有名字吧，对不对？”

“安德森，米尔特·安德森。”

他的回答非常温和，温和得让我心烦，我知道，我在故意惹他，为自己的挫折寻找发泄渠道。

他感觉到我的意图，他说：“马丁先生，我不想让你对我昨晚说的话产生误解。”

“误解？你担心什么？”

“有两个原因。我在做自己分内的工作，我不想让人有其他想法。”

“还有呢？”

“这个案子公开后，会引起全国注意。你是在现场的记者，你的报道将受到重视，你可以很容易把我变成替罪羊。你可以把我写得好像我在为本德尔太太掩盖罪行，好像我在贪图她的钱。你明白吗？”

“不是这样吗？”

他瞪起眼睛，“当然不对。我对待本德尔太太和彼得，就像对待其他居民一样，我并没对他们另眼相看。你知道你自己没有确切证据。马丁先生，你还是去找一些能在法庭上站得住脚的证据吧。只要你能找到，我就会支持你的。但是，在没有证据的时候，别指望我指责别人谋杀。”

他说得对，也许他说的正是我所需要的。不管怎么说，他的话让我开始积极地思考，而不是坐在那里，因为没人会相信我所说的话，并对这件事情感到难过。

今天下午两点开听证会，我从屋里出来，向围栏走去，我试图在那里找到能够证实我指控的证据。

在他们的计划中，一定有漏洞。

我意识到，我的愤怒主要是因为我觉得自己被人玩弄了。科曾卡邀请我到这里来，并不是偶然的。他们选择我到谋杀现场，因为我是个傻瓜，我会证实他们的话，我的文章会在全国各大报纸上刊载。这样，他们的谋杀就会被掩盖起来。

这使我感到愤怒。如果不是由于我偶然发现那只黑豹是很驯顺的，我很可能不知不觉中成为他们的帮凶。我绞尽脑汁，想找出证据，证明他们的罪行。突然，一个念头在我脑中闪过，我急忙冲回住处，来到科曾卡的房间。

听到我的敲门声，她打开门，我发现她穿着件黑色长袍，美得让人难以置信。

她不知道用了什么办法，把自己的眼睛弄得红红的，一副刚哭过的样子。一看到她那楚楚可怜的样子，我不禁对自己产生了怀疑。这么可爱的女人，怎么会谋杀自己的丈夫呢？不过，一想到她拿着枪冲本德尔胸口开枪的样子，我马上坚强起来。

“你是来道歉的吗，亲爱的马丁？我会接受你的道歉。我会原谅你的。请进。”

我走进去，发现彼得坐在窗户边，手里拿着一杯酒。灿烂的阳光照在他的金发上，形成一道光环。他看上去像个好朋友，来安慰痛苦中的妻子。

他说：“你好，马丁。”然后一口喝干剩下的酒。

为了我的计划能成功，我不想引起他们的敌意。我只想单独在科曾卡的房间待一会儿，我并不相信我一定能找到想找的东西。但是，如果那东西存在的话，应该就在这里，我越早找到越好。

于是我热情地冲彼得笑笑，拍拍科曾卡的手。“我想昨天晚上我的确太过残酷了，不过，本德尔是我的朋友。也许我们能够——”

彼得手握烟斗，突然变得非常严肃，这是他第一次流露出敌意。“我想事情不是那么简单吧，马丁。”

“我不明白你的意思。”

“喂，你不会那么愚蠢，相信你可以提出恶毒的指控，而不受任何制裁吧？”

“但是昨天晚上我们都很难过。我——”

“你当着我们的面叫我们杀人犯。你还把那荒唐的故事告诉警长。这意味着这话会传出去。现在，大家肯定都知道了你恶毒的指控。在这种情况下，你认为我们会坐视不管吗？”

“你们准备怎么办？”

“上法庭控告你，跟你打官司。否则的话，人们就会以为我们害怕你的指控。我们必须全力反击，因此你服务的那家杂志社也会被列为被告之一。”

彼得使劲喷出一口烟。

“我相信我们会打赢这场官司，你不仅将成为一个穷光蛋，而且没有一家编辑部会雇用你。”

显然，彼得已经全面考虑过了，他认为他们不用害怕我。他们的确会打赢那场官司，我会被认为是个卑鄙小人，遭到所有人唾弃。

我揣测这是谁想出来的主意，彼得还是科曾卡？这可能是他们两人的主意。我转向科曾卡。“你真的认为我应该得到那样的结果吗？”

她撅起嘴，“可是，马丁，你说的话伤害了我和彼得。我们必须考虑自己的名声。世人应该知道，我深爱着我的丈夫。”

“我想我知道。另外，我认为你也爱黑豹。我认为，当不得不牺牲它时，你的确很难过。”

“我的确爱它，因为我爱美。本德尔也爱它。我爱黑豹，但是，为了救人，我仍然要开枪打死它。”

“你打死了本德尔，只是增加了你的难过程度。”

“马丁，你这么冷嘲热讽真是太残酷了。”

她说得对，我把事情搞砸了。我本来是想让他们平息下来，现在我知道，我要么离开房间，要么跟他们打一架。“你要是这么觉得，那我很抱歉。”

我笨拙的举止产生了意想不到的结果，科曾卡勃然大怒。“我们在这里等警长，他是个非常善良、细心的人。但是，我们不等了。我们要去找他。你在这里，我一分钟也忍受不了了。”

“她要你离开，马丁，话已经说得很清楚了。”

我离开了，希望科曾卡说的是真话，她真的要去见警长。我已经惹上麻烦了，我洗清自己的机会微乎其微，另外，剩下的时间也很少了。

我回到走廊另一头自己房间，从钥匙孔窥视科曾卡的房门。片刻之后，她和彼得从屋里出来，走下楼梯。

他们一走，我马上从我屋里走出来。他们还没走到楼梯底，我已经像小偷一样在翻科曾卡的私人物品了。我不喜欢这样。

房间很大，我在那里翻了十五分钟，那是我一生中最别扭的十五分钟。每次我打开一个壁柜，就好像听到他们回到门口。但是，我仍然不停地翻找，虽然非常害怕被当场抓住。

他们没回来，我发现了我要找的东西——或者说希望我找到了。你无法确知是不是找到了。我没有足够的时间，也没有办法进行详尽的调查，我只是凭着一时的冲动行事。我只能悄悄地溜出她的房间，跑下楼，口袋里装着我的发现，急急忙忙去参加听证会。

我只能祈祷上帝保佑，希望我找到了自己需要的东西。

听证会上有六个人，其中一位是温德尔医生，我后来得知，他没有告诉他妻子这里发生的事。

本德尔是个百万富翁，我现在紧张地意识到，这些钱不久就会用来对付我。

温德尔医生六十多岁了，外表非常威严，很适合主持这样的听证会。警长显然已经把我的指控告诉了他，因为当我走进去时，他很感兴趣地看着我。

一切都按常规程序进行。他先问科曾卡，她表现得很好，好得让屋里每个男人都想过去安慰她。这并不是说他们对本德尔的死漠不关心，可是本德尔已经死了，不在现场，科曾卡则活着，并且就在现场。

接着是彼得，他也表现得非常好。他们都坚持原先的说法。科曾卡眼泪汪汪地承认自己太不当心了，他们信誓旦旦地说，那头豹子非常凶猛，这样科曾卡的紧张和错误就可以原谅了。总而言之，他们的说法非常令人信服。

这时，他们的盔甲第一次出现了裂缝。彼得漫不经心地探过身，凑到我耳边。

他说:“老伙计，我们做个交易。你说那头豹子是驯顺的，这只会伤害你自己，我们和解吧。你忘掉那些胡说八道，我也忘掉我在楼上说的那些话。我们不要互相指责，那是没意义的。”

“你害怕了。”我低声说。

“不是害怕，只是不愿多事。你也应该这样。因为你知道，只要你信口胡说，我就会让你付出惨重的代价。”

这时轮到我作证了。

温德尔医生也许是为了获得戏剧性效果，他先问了一些没什么争议的问题。他先问我什么时候听到枪声的，又如何跑过去看的。我证明了彼得和科曾卡所说的一切，一个姑娘记下我的每一句话。

然后，温德尔医生提出最关键的问题。“我听说在本德尔先生和太太以及彼得先生离开去寻找黑豹后，你有一次独特的经历。我很想听听。”

这是我退却的最后一次机会。

我把书房中的经历原原本本讲了出来。当我说出来的时候，我很为自己的职业和未来担心。

我说完后，屋里沉默了一会儿。我偷偷瞥了科曾卡和彼得一眼。科曾卡用手帕捂着嘴，轻声哭泣，我相信，她哭泣的样子会让听证会的成员痛恨我讲的故事。

彼得非常镇静，往烟斗里塞着烟丝，好像一点儿事也没有。

最后，温德尔医生开口了。“马丁先生，你有没有任何其他证据，证明那只黑豹真的到过书房？”

“我希望有，但是目前我不能确信一定有。”

“你这话很含糊。”

“我意识到这一点。但是，目前我只能这么说。”

“什么时候你能说得更清楚呢？”

“当我们看了这个之后。”我说，从我的口袋里掏出一卷胶片，那是我在科曾卡壁柜架子上找到的。

“你不知道那里面是什么内容？”

“不知道。我没有时间查明。”

“你怎么会有这胶卷的？”

“这是我进行逻辑推理的结果。据我观察，我相信本德尔太太非常喜欢那只黑豹，当他们不得不牺牲黑豹时，她的确非常难过。

“所以我觉得很奇怪，在记录她上次非洲之行的记录片中，没有一点儿黑豹的影子。我昨天晚上看了那个记录片，我相信，本德尔太太认为那个记录片是非常重要的。

“那么，为什么片中没有她最喜欢的动物的影子呢？

“因此我推测，一定有记录黑豹的片子存在，于是我开始寻找它。我找到了这卷胶卷，只有看了之后，才能证明我是对还是错。”

但是，我知道我是对的。科曾卡一下子变得脸色惨白，彼得没有跳窗逃走，他全身僵硬，他的自控能力几乎到了极限。

科曾卡跳了起来。

“不！不！他错了！他是在故意折磨我。那卷胶卷涉及个人隐私，我请求你们不要放。你们没有权利侮辱我！”

她在绝望地挣扎，温德尔医生很有礼貌地拒绝了。“我很抱歉，本德尔太太。但是，我们在调查一个人的死因，这比个人的感情更重要。有人提出严厉的指控。这里有放映机吗？”胶片上拍得清清楚楚：内容主要是彼得驯服黑豹的过程，简直可以当作驯兽指南。开始是彼得走进笼子，最后是科曾卡和温驯的黑豹嬉戏。

胶片是有声的，到最后，我忍不住转过头，对警长说：“警长，我想你会同意，豹子是在撒娇地咕噜，而不是在吼叫。”

话一出口，我就后悔了。警长并不是我的敌人，他只是在尽力做一件困难的工作。

听证会最后的结论中，没有说这是一次意外事件。它只是说，本德尔死于枪伤，其原因需要进一步调查，并命令安德森警长负责进一步调查。

我离开了本德尔的别墅，但是，我在小镇上住了好几天。在听到一些令人不安的谣言后，我去找安德森警长。

他正在办公室里忙，我开门见山地问：“我听说对本德尔太太和彼得的指控取消了？”

“不是取消，根本就没有提出指控。大陪审团拒绝提出指控。”“为什么？”

“因为证据不足。”

“这真让人恶心。”我气愤地说。

“我能理解你的心情，”安德森警长说，“但是，让我们看看事实吧。”

“我知道那些事实。”

“但是，你和陪审团的眼光不同。有什么证据能让陪审团相信他们俩是故意杀人呢？”

“那只黑豹就像猫一样驯顺，这就是证据。”

“那并不是证据。法庭对此是有争议的。本德尔太太和彼得可以找到最好的辩护律师，但是，即使一个平庸的律师也会让陪审团怀疑黑豹是不是真的驯顺。

“至于他们隐瞒事实，也可以找到辩解的理由，这并不意味着与谋杀有关。本德尔太太可以承认说，她是由于虚荣才隐瞒黑豹很驯服一事，只是为了让人以为她是个出色的猎人。”他停下来，点着一根香烟。“你明白了吗？”他问。

“我开始明白了。”

“你说本德尔害怕被杀，这在法庭上根本不可能成为证据，对不对？”

我想了想，“你说得对，”我说，“不过，他们俩是有罪的。”

“我同意你的观点，”他说，“现在，我们喝一杯怎么样？我请客。”

在枪杀事件后六个月，科曾卡和彼得都死了。

彼得回到非洲，在一次打猎中，被一头水牛撞死了。

他是在本德尔死后两个月后，回到非洲的。三个月后的一个晚上，科曾卡在驾驶她的赛车时，死于一次车祸。

她的死亡，很可能是因为彼得离开了她，彼得不想步本德尔的后尘。她意识到，彼得是为了钱才跟她在一起的，并不是为了爱。

我认为她真的爱彼得。具有讽刺意义的是，她的爱也是没有希望的，就像本德尔对她的爱一样。也许她意识到无法占有彼得，导致了她的自杀。

还有另一种可能性，那就是：我可能从一开始就是错的。

正如安德森警长说的，我与本德尔的谈话不会被法庭当作证据，而科曾卡做隐瞒黑豹实情也可以有很多原因。

说到最后，我只确信一件事。

黑豹是很驯顺的。

自　由

我清楚地记得，那念头是怎么产生的。

一天早晨，我和婆婆坐在餐桌边，缝补缎子餐巾。我厌恶缝补。实际上，我们家阁楼上有许多没用过的餐巾，用也用不完。但是，我婆婆是一个非常节俭的人，所以在一个阳光灿烂的早晨，我不得不坐在那里，跟她一起缝补餐巾。

纸餐巾？我们家从来不用那东西。我婆婆认为，只有普通人家才用那种东西。像我们这种古老家族，应该保留过去的生活方式，这种生活方式在今天的美国，正在迅速消失。

我婆婆特别喜欢教训我要节俭，这么多年来，我已经听烦了。为了免得听她唠叨，我打开收音机，听十点钟新闻。

“现在播报一条重要消息。”新闻播音员说。我很调皮地想，是不是火星人登陆地球了？但是，不是那种新闻。“有一批金枪鱼罐头被送到城区商店。经检查，发现一些罐头有毒。所有仍然在货架上的罐头都被送回罐头厂。但是，有些罐头已经售出。我们敦促所有家庭主妇马上检查她们家中的金枪鱼罐头，这种罐头的牌子是‘海浪牌’。这批罐头的系列号是W357。请把罐头送回原购买商店，你会得到退款。我们重复一遍，不要食用‘海浪牌’金枪鱼罐头，系列号是W357。”

真讨厌！我总是购买“海浪牌”罐头，那是最好的罐头。现在我必须检查所有罐头号。我有一打金枪鱼罐头。

“多萝茜，”我婆婆说，“我们家食品架上会不会有毒罐头？我建议你去查一查。”我很高兴可以趁机逃避缝补餐巾的活儿了，于是跑到厨房，看到女用人威丽玛正在清洗银器。在食品架子上我发现了三盒有毒罐头。

“这些罐头要退回超市，威丽玛，”我说，“你最好回家查一查，看有没有这种牌子的罐头。”我告诉她我刚听到的消息。

“我从来不买这种牌子的罐头，”她回答说，“它很贵。我给你一个袋子把它们装起来。”

我把三盒罐头扔进纸袋中，推开厨房门向餐厅走去。

突然，那个不可思议的念头浮现在我脑海中。

假设我没听到那个广播，假设我们家的一个人吃了金枪鱼罐头。这念头太可怕了！我又更进一步假设。假设我婆婆是那个吃了金枪鱼罐头的人。她每天开车出去时，我无数次地想象她发生了车祸。我想象过她从楼上摔下来，想象过她突然心脏病发作，想象过她得了可怕的传染病。但是，我以前从来没有想过，我会主动促成这些事情发生。现在，我手中就握着消灭我的敌人武器。

我大吃一惊，我没意识到我会这么残忍。我经常梦想，如果她不在了，我的生活会多么幸福，可是，我从来没想过要自己出手消灭她。我是一个遵纪守法的良家妇女，不可能做出那种可怕的事情。我没把三盒金枪鱼罐头退回商店。我撕掉了罐头上的商标，把它们裹在一件尼龙长袍中，那长袍是我一时冲动买下的，从来没穿过。我把它们塞到我抽屉深处。知道它们就在那里，给我一种力量感。当然，我根本不会使用它们。未来某一天，我在清理抽屉时，会对自己一时的冲动感到好笑，把那些毒罐头扔到垃圾箱中。我没去退货，这白白浪费了十九元钱，我婆婆知道的话，一定非常愤怒，想到这一点，我暗地感到高兴。

那些偶然与我婆婆杰米森太太见过一两次面的人，都会很敬佩她，他们可能会奇怪我怎么会这么讨厌她。其实，我第一次遇见她时，也觉得她是位非常美丽迷人的女人。那是在一次手风琴音乐会上，我的姨妈介绍我认识了她。

“请让我介绍我的侄女，多萝茜·莫里森。多萝茜，亲爱的，这是鲁道夫·杰米森太太。”

姨妈的声音表明，我能认识她是件很荣幸的事。杰米森太太戴着一顶漂亮的帽子，头发做得非常时髦。她的表情丰富多彩，年轻时显然是位大美人，现在仍然不遗余力地要留住年轻时的美丽。

我们谈论音乐会，然后又谈到我就读的大学。最后，我姨妈巧妙地提到，我母亲嫁给了莫里森家族的一员。她没有补充说，我可怜的父亲仍然在一个三流学院当助理教授。

鲁道夫·杰米森太太向我们发出邀请，请我们第二天晚上去她家吃饭。她说，她儿子鲁道夫·杰米森四世也在家过感恩节。我很高兴地接受了邀请。我相信，他一定像他母亲一样漂亮。

他并不漂亮。他长得像他父亲，他父亲的画像就挂在客厅。不过，他虽然不漂亮，但个子很高，人非常聪明。两个女人在一起闲聊牧师、风琴师和下次教堂晚餐的菜单。她们显然要给我俩一个亲近的机会。

我觉得，鲁道夫·杰米森四世虽然出身高贵，但却缺乏他那个阶层年轻人的优雅从容，显得很笨拙，我想这是因为他从小没有父亲。我得知，他喜欢阅读，并且希望明年夏天去国外旅游。当我叫他“兰迪”时，他压低声音说，他母亲不喜欢人家那么叫他，大家都叫他鲁道夫。

“学校同学也这么叫你吗？”我问。

他只是笑了笑，开始谈论他正在写的一篇有桑塔亚纳哲学的论文。过了很久我才得知，他的同学根本不叫他的名字。

杰米森太太认为我是个美丽、可爱、温顺的女孩子，正是她想要的那种儿媳妇。当然，我属于莫里森家族这一点也很重要。杰米森家的富有和声望给我姨妈留下了很深的印象。我毕业几天后，就和鲁道夫结婚了，地点就是在我第一次遇见杰米森太太的那座教堂。姨妈负责我的婚礼。鲁道夫和我都忙着最后的毕业考试，并为我们的蜜月旅行做准备，没时间管婚礼上的事，就全交给他母亲和我姨妈来办了。

欧洲之行真是太棒了。巴黎正是我们想象的那样美丽。我们在一起讨论各自的美术趣味。鲁道夫喜欢古典大师，我喜欢现代派，特别是毕加索。我争辩说，只要他熟悉了现代派画家，他就会像我一样喜欢他们。我们参观了罗浮宫，但是，我们大部分时间都花在现代博物馆。我在大学选修过美术课，而且成绩非常优秀，所以我能够告诉鲁道夫如何欣赏现代派作品。我们非常幸福。我们很不愿意旅行结束，可是，我们不可能永远度蜜月。鲁道夫要进入家族企业，我则要学习做一个家庭主妇。

杰米森太太在码头迎接我们。她说，我们的屋子已经准备好了。她很感兴趣地听我们讲旅途的所见所闻。我觉得自己就像童话里的公主一样。经过那么多年的艰苦生活，现在能够住在这宽敞美丽的房子中，真是太棒了。我不需要做什么，只要像个太太那样就行了。但是，我很快就厌倦了当客人，开始说要找一间我们自己的房子。

“但是，这太荒唐了！”鲁道夫的母亲说，像个小姑娘一样咯咯笑起来。以前我觉得她的笑声很迷人，现在，我开始讨厌那笑声。她毕竟已经不是一个小姑娘了。

“这间房子就很好，为什么还要找房子呢？多萝茜，亲爱的，你又一点儿也不懂家务。至少等我教会你烹调和管理用人后再离开吧。鲁道尔夫已经习惯了舒适的生活，我觉得他一定愿意住在这儿，直到你学好一切之后。”

我看着鲁道夫，等着他说他宁愿跟我在一起，享受两人世界的快乐，虽然我做的饭菜并不好吃。但他没那么说，他避开了我的眼光。后来，当我们单独在我们自己房间里时，我说我们最好明天就开始找房子。

“妈妈可能是对的，”他说，“最好先住在这里，直到你学会管理家务为止。”

跟他母亲在一起，他似乎变了，毫无自己的主张。不过，我不能这么跟他说。我能做的，就是尽快学会做家务。

我学会了。慢慢地，当厨子不在时，我就开始做饭。我曾经邀请其他年轻夫妇来我们家吃饭，但是，那种聚会并不很成功。我不能告诉杰米森太太，她在自己家餐桌上很不受欢迎。有她在场，大家都觉得很拘谨，放不开。我向鲁道夫指出这一点。

“我该找房屋中介公司，让他们介绍一间房子了。你喜欢住在哪个区？”

鲁道夫小心翼翼地看了我一眼，“我想母亲已经习惯我们住在这里了。我们要是搬出去，她一定会非常难过的。”

“胡说！我们又不是搬到别的城市。我们可以经常来看她。”

大约两个星期后，房屋中介公司找到了一栋漂亮的平房。晚饭时，我把那栋房子的情况说了一下。杰米森太太掏出一块精致的手帕，开始默默地流眼泪。

“我本来以为你们在这里住得很愉快呢，”她说。

“我们的确很愉快，母亲。”鲁道夫说。

“那你们为什么要离开我？”

我解释说，年轻人应该有自己的生活，尤其是在结婚的开始几年。杰米森太太仍然不停地流眼泪。我知道，这是老一套把戏，但是，我没有办法。她并没大哭大叫，只是不停地流眼泪，时不时用那块精致的手帕擦擦眼睛。

“我并没干涉你们的生活。”

“啊，母亲，你当然没有。你从来没干涉过。”

“真的，我无法想象，自己孤零零一个人住在这么大的房子里。”

鲁道夫屈服了。最后，他向她保证，我们不会搬出去住。当我们回到自己房间后，我也试图用眼泪打动他，但没成功。我的水平太业余了，远远比不上杰米森太太，我不会默默地流眼泪。我只会大哭，哭得我的鼻子和眼睛都红了。

我暂时让步了。既然我们还得在这儿住上一段时间，于是我决定按我的趣味，重新布置我们的房间。我布置完后，那房间漂亮极了。我把在巴黎买的毕加索的画挂在房间。鲁道夫仍然喜欢古典大师，但是我觉得，让他经常看看现代绘画，最后会改变他的趣味。我安慰自己说，我们在这里住的时间不会太长的。孩子出生后，杰米森太太一定会忍受不了的。但是，我一直没有怀孕。我提议领养个孩子。我婆婆吓坏了。

“你怎么能让一个领养的孩子姓我们家的姓呢？”她说，“你怎么能这么想呢？”

那天晚上，我准备跟鲁道夫大闹一场。“你看不出来，她不让我们过自己的生活吗？”我喊道，“我们一定要搬出去。只要能单独跟你住在一起，就是住到贫民窟我也愿意。”

可怜的鲁道夫，夹在两个他所爱的女人当中，不知该怎么办。但是，每次都以我的失败告终。我婆婆太了解她儿子，知道怎么打动他。我开始把她描绘成一个恶魔。我一连几小时坐在那里，梦想她死后我要做什么。但是，她活得非常欢实。

这时传来金枪鱼罐头的消息。我想象某一天使用那些罐头，这使我觉得非常愉快。当然，使用罐头得非常注意。我决不想让鲁道夫和我误食。如果我决定使用金枪鱼罐头，我要如何做呢？当然，我决不会真干的，我只是假设而已。在侦探小说中，用食品毒死人经常会出错，该死的人没有被毒死，不相干的人反而被毒死了。啊，这事情真是荒唐。我又不是杀人犯。

如果不是由于客厅窗帘，我可能永远也只是想想而已。窗帘已经用了二十年了，洗得很破旧，出现了很多窟窿。应该买新的窗帘了。我提议买一种新面料的窗帘，那种窗帘不容易脏，而且不需要熨烫。

“也许我们应该换一种花样，上个星期，我在一家商店看到新的样式。”我说。

杰米森太太大吃一惊。“这间房子是由一位著名设计师设计的，”她提醒我说，“我不想有任何变化。那会影响整体效果的。”

“我相信他们已经不生产那种面料了。”

“你应该去最好的商店看看，我相信可以买到同样的窗帘来代替原来的。”

我进城逛了一天，非常愉快。我花了四个小时逛博物馆，因为那里有个美术展。花了两个小时跟一位老同学共进午餐。在我乘火车回家前，我到一家商店挑了块跟原先窗帘同样颜色的玻璃纤维。

“瞧，它们多接近啊，”我说，“那种老式面料已经不生产了。”

杰米森太太充满敌意地瞥了玻璃纤维一眼，“不行，你应该再到别的商店看看。”

忍受了这么多年后，我突然觉得自己受够了。我们在许多大事上有过争论，但是，她在窗帘这件小事上也这么固执，让我觉得再也受不了了。我决定摆脱这个老女人。摆脱她之后，也许我可以重新得到我丈夫，他现在已经逐渐躲进自己的小世界中。他变得非常冷漠，从来不跟我争吵，但也很少说话，除了问我他的干净衬衫在哪儿。晚上，他一头钻进书本里。在饭桌上，他也回答问题，但通常总是不说话。今天晚上也不例外。

杰米森太太唠唠叨叨地抱怨说，我们昨天晚上吃的虾不好，她背上长了许多皮疹。突然，我看到机会来了。

“对，”我说，“你说得对极了。从现在起，你应该避免吃虾。当我做虾的时候，我要专门为你准备一些菜。”

第二天晚上，厨子玛鲁斯卡出去了。玛鲁斯卡是接替威丽玛的，杰米森太太批评威丽玛做得不好，她就离开了。威丽玛是唯一知道金枪鱼罐头的人，可是她已经被赶走了，而且是被受害者自己赶走的。真是具有讽刺意义！

那天晚上，我做了虾酱当晚餐。我做了三个干酪蛋糕，一个给鲁道夫，一个给我，一个给杰米森，在她的盘子里，我放上一份金枪鱼，上面浇上调料。三个盘子是不可能搞混的，因为虾酱与金枪鱼的不同，是很明显的。

当我把晚餐端到桌上时，心怦怦地跳个不停。

“你还记得我不能吃虾，真是太好了。”杰米森太太很客气地说。冲我微微一笑，点点头，好像我是女佣一样。

我不知道我是怎么吃完那顿饭的，也不知道我们说了什么。那个晚上，我整夜未眠，不知道罐头中毒会是什么样的。要过多久她才会感到不适？她会叫救命吗？她是马上就死了呢，还是拖好几天？

早餐的时候，杰米森太太的房间没有响动。我经过她关着的房门，匆匆跑下楼去煮咖啡。我听到鲁道夫像往常一样走进餐厅。我端着咖啡壶走进餐厅，看到他为他母亲拉开椅子，让她坐下。她仍然穿着她的天鹅绒睡袍。

我手中的咖啡壶差点儿掉到了地上。

出了什么问题？一个星期后，我又乘火车进城。我来到图书馆，查阅有关罐头中毒的资料。我很惊讶地查到，在吃了有毒的罐头十八到三十六小时后，身体才开始发生病变。罐头中毒是很难诊断的。另外，并不是每个有问题的罐头就一定含有有毒的微生物。

现在我明白是怎么回事了，我给她吃的那罐金枪鱼并不含有毒微生物。剩下的两罐会有吗？咱们等着瞧。

六个星期后，我又试了一次，我不想匆忙行事，引起怀疑。第二次，我把调味料做得非常可口。杰米森太太和鲁道夫都对我赞不绝口。这一次，我晚上没失眠，因为我知道要过很多小时后，才会有反应的。实际上，过了两天后才有反应。

“我不知道自己是怎么回事，”杰米森太太说，从她正读的书上抬起头，“我眼睛无法看清书上的字。我想我最好躺一会儿。”

杰米森太太再也没起来。医生开了死亡证明，说是死于急性肺炎。镇上每个体面人物都参加了葬礼。鲁道夫和我为此忙了整整一个星期。

我们俩终于能够单独在一起了，那天晚上，我说：“亲爱的，我们是不是应该离开一段日子呢？你请几个星期的假吧。我们可以去巴黎，第二次度蜜月。我们回来后，我要把整个房子全部重新布置一遍。这些房间需要色彩，我想撤掉那些死气沉沉的旧画。我还没有决定，是挂毕加索的画呢，还是挂新抽象主义画家的画。我们可以到巴黎的商店转转，看能买到什么好画。”

“我已经告诉公司我要离开，”鲁道夫说，“但是，我想一个人去旅行，多萝茜。如果我是你的话，我不会动这栋房子的，我已经委托物业公司卖掉它。我会给你一大笔钱，你可以在你选中的家里，挂任何你喜欢的画。”

“鲁道夫！”

我脱口喊出他的名字。他是不是怀疑我了？但是，他怎么会发现的呢？他看见了我抽屉里的那些罐头？

“我很抱歉，但是我觉得一定要作出决断。多年来，我一直梦想摆脱母亲的束缚。现在我自由了，我不想让另一个女人剥夺我的自由。”

“我是为你才那么做的，”我哭着说，“这样我们才能在一起生活。我并不想束缚你，只是想跟你一起幸福地生活，就像我们过去那样。”

鲁道夫目光锐利地看了我很久。然后他微微一笑，递给我一块干净手帕。

“你不应该哭，你一哭，那样子非常难看。”

大鱼难钓

贝克—本森公司的总裁办公室在十三层。

克林特·道森关上门，慢慢向高高的窗户走去。那一刻，他脑子一片空白，对周围的一切视而不见。回忆像浓雾中的光，缓缓渗过来。那是有关谢莉的回忆，遇见谢莉前，从没发生过什么重要的事。

“道森先生，你没事吧？”

克林特·道森听到接待小姐的声音，听上去就像空洞的回音。他冲那回音转过头。他是个四十六岁的男人，个子矮小，脸灰扑扑的，戴着一副厚厚的无边眼镜。

“我很好，”他说，“我只想呼吸点儿新鲜空气。这里很闷。”

“是很闷，他们把空调修好就好了。本森先生见过你了吗？”

“见过了，卡丽小姐。他见过我了。谢谢你。”

接待小姐接着埋头打字，克林特转向窗户。卡丽小姐很漂亮，但是，远不如谢莉漂亮，他第一次见到谢莉时，她真是光彩照人。

克林特·道森一直不明白，在爱情上，他怎么会这么幸运。这肯定不是因为他的长相，也不是因为他的主动、聪明或魅力。那些词用在罗杰·本森身上才合适，本森是公司的合伙人，他年轻、英俊，是一个快乐的单身汉。奇怪的是，刚开始时，克林特还以为谢莉是罗杰的女朋友呢，这是因为办公室的谣传。

“别勾引那个金发美女，”他们警告他说，“她是留给老板的，你没希望。”

当然，他们在跟他开玩笑。克林特从来不敢勾引办公室里任何一位女孩，更不用说像谢莉那么漂亮的女孩了。

她被聘用时，克林特刚好出差。他们俩第一次见面，她很有礼貌地冲他一笑，然后接着记下罗杰的指示。她和罗杰一起吃午饭，一起吃晚饭，一起去乡村俱乐部参加晚会。然后有一天，谢莉又回到打字员的桌子前，一个新聘用的黑发女郎接替了她的位置。于是谣言四起。谢莉眼中多了份忧郁，这使她显得更加可爱。也许正是那双忧郁的眼睛打动了克林特，使他行动起来。他鼓足勇气，邀请她一起吃午饭，让他大吃一惊的是，她居然接受了。罗杰·本森是个急性子，而克林特则是一个举止温和的中年人，他也许让谢莉觉得放松。

他们逐渐熟悉起来，克林特不久就意识到，有关这个姑娘的谣言是多么无稽。谢莉其实非常害羞和温柔。她很快就不露痕迹地说出了她和罗杰之间的事。罗杰是个雄心勃勃的人，他喜欢跟姑娘一起玩，但是不想结婚，谢莉则想要一个稳固的家庭。克林特想了很久，最后向谢莉求婚。她接受了，他们一起去拉斯维加斯度周末，回来时已经结婚了。这是克林特一生中最幸福的时刻。

谢莉马上辞去了她的工作。

“一个女人应该留在家里帮助丈夫，”她说，“我要成为世界上最出色的妻子！”

“我可配不上你。”克林特说。

她冲他皱皱鼻子。她的鼻子漂亮极了。

“克林特，”她训斥他说，“我非常爱你，但是你有一个严重的缺点，你应该停止贬低自己。你是一个聪明的男人——”她拉直他的领带，“还是一个英俊的男人。”她这么说，一定是因为她深深地爱着他。“如果你相信你自己，你一定能够成功。罗杰有的，你哪些没有呢？”

她正视着他的眼睛，克林特不由得心花怒放。罗杰·本森是贝克—本森公司的副总裁，是炙手可热的人物，但是，谁跟谢莉结婚了？

“都有！”克林特回答说，“绝对都有！”

他们俩开心地大笑起来。从那一刻起，克林特生活中的一切都开始改变了。

他们结婚一周年时，克林特夫妇搬进了毗邻乡村俱乐部的一栋房子。首期付款是用克林特的圣诞节奖金支付的，那奖金是从他一年销售额中按一定的百分比提取的，他的销售额是公司最高的。搬进新家后，谢莉建议请一次客，客人就是贝克—本森公司的老板贝克夫妇。

“为什么要请客人呢？”克林特问。

“傻瓜，蜜月已经结束了。”

“为什么？为什么我们不能再度一次蜜月呢？”

“我们可以，亲爱的。我们可以度历史上最长的蜜月，不过，邀请老板来进晚餐是很明智的。我听你上个星期说，道格拉斯被派到旧金山分公司了。你知道，我不懂商业，但是，即使一个家庭主妇也可以由此推测出你们公司需要一位新的销售经理。今年谁的销售成绩最好呢？”

这话很有见地。克林特越想越觉得他太太的话有道理。

阿诺德·贝克是一个老头，非常傲慢，也非常肥胖。克林特在乡村俱乐部遇见过他的妻子，贝克太太是一个自以为是的女人，非常乏味。克林特并没指望他的邀请被接受，不过，当他说这是他妻子的主意，他们是他新居的第一批客人时，贝克很受感动，接受了邀请。谢莉的招待非常周到。饭菜非常可口，餐桌上的气氛极为融洽。谢莉穿上专门买的一件白色晚礼服，光彩照人。

“我查了你的销售记录，道森，”贝克说，“自从你结婚后，你的销售额直线上升。现在我明白这是为什么了。”

“贝克先生，你过奖了，”谢莉很谦虚地说，“不过我认为，结婚对一个商人是有好处的。这会使他更加稳重，让他更加努力地工作。如果我是一位总裁——”谢莉停了一下，轻声一笑。“我怎么会是总裁呢？不过，假如我是一位总裁，贝克先生，我一定选择那些婚姻美满的人当我的高层管理人员。”

贝克太太笑了。贝克先生点点头。贝克夫妇离开后，克林特回忆晚宴的整个过程，才明白谢莉这番话的含意。他严厉训斥了她一顿，然后又后悔自己的这种态度，因为谢莉显得非常震惊。

“啊，我明白了你的意思，亲爱的。当然，你想到了罗杰！我这么说很愚蠢，对不对？不过，我并不是那个意思，至少当时说的时候，并不是那个意思。我只是想到销售经理的位置空出来了。当然，贝克先生绝不会撤换罗杰·本森的。”

谢莉说得对。贝克先生从来不会撤换任何人，他甚至没有提名任命新的销售经理。晚宴后的第三天，他在一次娱乐活动中突然中风，三个小时后就去世了。罗杰·本森成为公司总裁。

谢莉听到这个消息，大吃一惊。“啊，太可怕了！”“宝贝，他已经很老了。”“但是，这样去世——太快了。”

“这是最没有痛苦的方式。”

“啊，我知道！我的意思是——”她突然停下，然后换了话题，“我们必须参加葬礼。”

“那是私人的事，谢莉。”

“那就送鲜花吧……克林特，谁接替罗杰的位置？”

“萨姆·摩尔豪斯。”克林特说。

“那个粗鲁的家伙？他没你一半的能力！”

“他的资历比我老。贝克—本森公司是非常讲究论资排辈的。”

“我认为这是非常荒唐的。一个公司是靠能力运转，而不是靠情绪。”谢莉看到他皱起眉头，就缓和下来。“我只是太为你感到骄傲了，”她说，“我希望别人能够看到你的价值。不过，我真是为贝克先生难过，也为贝克太太感到难过，她一定非常难受。我想我会给她写一封慰问信的。”

谢莉真的写了一封非常亲切的慰问信。克林特没有看到那封信，不过，他还是听说了那封信。那天，摩尔豪斯把他叫到办公室，告诉他，他被提升为销售经理。

“这是老太太要求的，”摩尔豪斯说，“她很信任你，道森。她说，她相信你，因为你有一个善解人意的妻子。”

克林特那天晚上回到家，非常激动。一个女人的一封信，竟然改变了一个男人的生活，这真是让人惊讶。

他们结婚两周年时，克林特夫妇和摩尔豪斯夫妇一起在乡村俱乐部聚餐。这时，由于萨姆的支持，克林特夫妇已经是俱乐部的永久成员了。这是谢莉的主意，她认为克林特应该多进行一些体育锻炼，她不想让她丈夫变成挣钱机器。萨姆是个体育全才，高尔夫、网球、游泳，样样都行。萨姆坐在那里，滔滔不绝地向谢莉讲他的生活经历，谢莉津津有味地听着。萨姆的妻子长得很粗壮，衣着很不得体。当萨姆不说话的时候，她就插进来说。

“……我们身无分文，萨姆把我的订婚戒指摘下来，他说：‘我以后会给你买一个得克萨斯西部最大的钻石戒指……’”

她现在就戴着一个大戒指，钻石闪闪发亮，就像是黑夜中的灯塔。克林特转过脸，不去看那闪亮的钻石。就在这时，他看到罗杰·本森向他们走来。英俊的罗杰穿着一件晚礼服，显出他宽阔的肩膀和结实的细腰。

像往常一样，他挽着一个姑娘，这次是一个红发女郎。但是，他一走到他们的桌边，就似乎忘记了她。

“侍者告诉我这里正在进行周年庆祝，我想向你们表示衷心的祝贺——”

罗杰突然停下来，凝视谢莉。她太漂亮了，她的衣着、化妆都非常时髦。她使屋里的其他女人黯然失色。

萨姆猜到了罗杰心里的想法。

“你能相信这个漂亮的姑娘就是克林特·道森的妻子吗？”他问，“到今晚已经两年了。”

“啊，这是谢莉，”罗杰说，“你真是太漂亮了！”

“我感觉非常好，”谢莉说，“婚姻是很有益处的。”

“我真是不敢相信自己的眼睛，你真是太美了。我们叫一瓶香槟吧。侍者——”

“我们已经在喝第二瓶了。”萨姆说。

“那就跳舞吧。怎么样，谢莉？为了我们过去的友谊。”

谢莉可以找个借口谢绝。如果她那么做，那就没事了。但是，她看着克林特，好像征求他的意见或许可，克林特稍微犹豫了一下，好像是同意了。不管怎么说，罗杰是公司总裁。后来，当克林特分析那天晚上的事时，他意识到自己的麻烦来了。

萨姆·摩尔豪斯是个很难相处的上司。他很坦白，很直率。但是，一旦当了官，他就非常自负，而他实际上又不懂生意之道。

“如果萨姆懂行的话，今天下午我本来可以做成一笔大生意的，”克林特抱怨说，“他总是那么自以为是。”谢莉半闭着眼睛，听着他说，同时抚弄着小狗的耳朵。“他就这么让一笔大生意泡了汤。”

“我想起来了，”谢莉说，“罗杰·本森邀请我们到他船上度周末。他准备请所有高层管理人员去那里玩。”

“罗杰？你什么时候见到罗杰了？”

“今天——午饭的时候。”

“在哪儿吃午饭？”

她现在睁大了眼睛。

“市中心，”她说，“我去找我丈夫吃午饭，但是他和萨姆·摩尔豪斯正忙着呢，罗杰不忙。嫉妒了？”

克林特仍然在想着那笔被萨姆搞砸的生意。他的不满是针对萨姆的，当他转脸看谢莉时，仍然皱着眉头。谢莉微笑地看着他。“我也不知道，”他说，“也许是吧。”

“太棒了！没有什么比丈夫的嫉妒更能提高妻子的自信了。我必须经常跟罗杰吃午饭。”

“不行！”

克林特的严厉连他自己都吓了一跳。他一直忘不了乡村俱乐部那个晚上。他下意识地觉得，事情的发展不妙。

“啊，克林特，你真的是嫉妒了！”谢莉的微笑消失了，“你想知道我们在午饭时谈了什么吗？谈的就是你，亲爱的。说你是一个出色的销售经理，如果你有权的话，能做得更好。”

“不，谢莉！不要那样！”

她眼中流露出到伤的神情，他觉得很抱歉，但是，他不得不阻止她。

“我知道你很想帮助我，”他说，“但是，你不能在罗杰面前说萨姆的坏话。罗杰是个年轻人，他向贝克学习做生意，他很尊重老人的方式。这意味着尊重论资排辈的方式。除非萨姆贪污公司的钱，否则他会一直是公司的副总裁，直到退休或死去。你知道，他决不会贪污的，他身体又非常好。”

谢莉没回答，克林特也没再说什么。他们一言不发地坐在那里。克林特最后的两句话像幽灵一样缠绕着他们。

罗杰·本森的游艇就像浮动的天堂，上面有酒吧、自助餐厅，那些不愿运动的人，可以坐在那里听音乐，而喜欢运动的人则可以游泳、潜水和钓鱼。

谢莉不想运动，她打扮得非常漂亮，坐在那里听音乐。克林特非常骄傲地看着她，她非常优雅迷人。没有哪个人的妻子可以与她相比，萨姆粗壮的妻子就更不用说了。萨姆的妻子坐在那里，摆弄着钓鱼竿，萨姆为了显示自己并不老，在那里玩潜水游戏。克林特穿着游泳衣裤，坐在甲板上晒太阳。

摩尔豪斯太太钓到了条大鱼，那条大鱼挣扎得很厉害。摩尔豪斯太太尖叫一声，被拖得从椅子上站了起来，靠到栏杆边。克林特跳起来，萨姆刚好从水里上来休息，他向她跑去。“扔下鱼竿！”他喊道。

“别傻了！”她叫道，“只有这种难钓的鱼才值得钓！”

如果全凭个人体力的话，摩尔豪斯太太可以拉起一条鲸鱼。但是，鱼竿的线承受不住那重量，一下子断了，鱼竿从她手中飞了起来。同时，克林特看到有什么东西从空中飞过，落到他脚下。他低头一看。一颗硕大的钻石戒指冲着他闪闪发光。他弯下腰，捡起戒指。他手中拿着那颗戒指，摩尔豪斯太太意识到了她的损失。

“萨姆，我的钻石戒指！丢了！”

“一定是被鱼竿碰得掉到海里了，”萨姆说，“我下去看看。”

萨姆的潜水动作非常漂亮。他身体非常棒，什么也不怕。他坐在副总裁位子上，还会永远活下去。这些念头从克林特脑中闪过，他开始行动了。他把戒指扔到甲板上，用脚悄悄地把它踢到一边。

“我来帮萨姆！”克林特喊道。

他跑向栏杆时，匆忙中瞥了谢莉一眼，她脸色苍白，一副吃惊的样子，美得让人难以置信。为了谢莉，他什么都可以做——甚至杀人。

他从船上跳到碧蓝的海水中。他很笨拙。他还没开始行动，就已经气喘了，但是他知道，萨姆就在船下。在找到萨姆之前，克林特的肺几乎都要爆炸了，但是，仇恨和欲望给了他力量。当克林特抓住萨姆的身体时，他用尽全力，使劲把萨姆的头撞向船体。萨姆还没看清是谁干的，就已经完了。

片刻之后，克林特浮出水面，他的肺已经受不了了。他被拖上船，大口大口地喘气，呜咽着。等他能说出话来时，他对罗杰叫道：

“萨姆——下面——受伤——需要帮助。”

克林特闭上了眼睛。

萨姆·摩尔豪斯葬礼结束后的第三天，克林特被叫到罗杰·本森的办公室。克林特知道，这一次谈话是很正式的。贝克—本森公司是严格遵循论资排辈原则的，副总裁的位置非他莫属。即使这样，克林特还是很紧张。他双手冒汗，嘴巴发干。

“请坐，克林特。”罗杰说。

克林特太乐意坐下了。他坐在椅子上，感觉好多了。这个皮椅子坐上去很舒服、很豪华。在副总裁办公室里，有一把同样的椅子。

“我想你知道今天我为什么叫你。”罗杰说。他看上去很严肃，在这种情况下，这是很自然的。

“我可以猜到。”克林特说。

罗杰的眼睛亮了一下。

“是的，你真的可以猜到，是吗，克林特？真奇怪。过去我从没意识到你还有这一面。实际上，我一直认为你非常乏味。跟谢莉结婚使你改变了。”

“是的。”克林特同意说。

“她是个出色的女人，克林特。我明白为了这样一个女人，男人什么事都做得出来。我自己也愿意为她做任何事，如果她是我的妻子。但是不是——”

罗杰一只手一直放在桌下。现在，他把它放到桌面上，然后又移开。摩尔豪斯的钻石戒指在阳光下闪闪发光。克林特直勾勾盯着它，一句话也说不出来。

“这是放在一个小盒子里寄给我的，”罗杰说，“盒子里还有张便条。”

他从口袋里掏出一小片白纸，摊开来，大声地读道：“亲爱的本森先生，在你提升克林特·道森为贵公司副总裁之前，先问问他，他从船上跳下去帮萨姆·摩尔豪斯之前，为什么把摩尔豪斯太太的钻石藏起来。”

罗杰·本森向椅子后一靠，等着他说明。

回忆像浓雾中的光一样，缓缓渗过来。那是有关谢莉的回忆，因为在遇见谢莉前，从没发生过什么重要的事。克林特茫然地盯着窗外，满脑子想的全是谢莉——她的美丽，她的挚爱，她的信任，还有她的忠诚。他没有坦白杀了萨姆。罗杰永远无法让他坦白的，而只要他不坦白，罗杰就拿他没办法。但是，克林特·道森的职业完了。现在，他能为谢莉做的只有一件事。

卡丽小姐为本森先生打完信，向他的办公室走去。当她经过敞开的窗户时停了一下，觉得有点儿不对劲。道森先生——他什么时候出去的？她走到窗户边，探头向下望去——接着，她尖叫起来。

在葬礼的整个过程中，罗杰·本森一直站在谢莉身边。后来，他开车送她回家，和她一起走进屋里。这是最尴尬的时刻，他字斟句酌地说："我觉得非常内疚，谢莉。我应该知道克林特身体不好。"

"不，罗杰。你不该责怪自己，你做得非常好。"

"我想要做得非常好，谢莉。我要向你弥补我的粗心大意和愚蠢。我知道现在不该谈这件事，但是，从乡村俱乐部那个晚上以来，我就知道我是个傻瓜。当初让你从我身边走掉，是非常愚蠢的。有野心的男人经常犯错误，谢莉。克林特不是唯一犯那种错误的男人。"

谢莉身体摇晃了一下，罗杰伸手扶住她。那是一只年轻、强壮的手臂。她用忧郁、理解的眼神看着他。

"你并不是太有野心，罗杰。一个男人的工作就是他的生命，你会很成功的。如果你全力去做，你的前途将不可限量。"

谢莉知道，她早就知道。摩尔豪斯太太说得对，难钓的鱼才值得去钓。她所有的投资，只是跟那个老傻瓜克林特·道森一起过了几年。还有就是那个钻石戒指，她看到他捡起它，然后又把它扔到船的甲板上。

漫漫归乡路

现在轮到伯格斯了。

他穿着套装，站在监狱长办公室，心想，我要是看到一个二十岁的年轻人，就走过去对他说，孩子，你从来没有见过我，因为你成长的时候，我一直在监狱里。

二十年！

“五十岁不算老，”监狱长说，“很多人在五十岁才找到工作，伯格斯，别泄气。”

“什么？”伯格斯做梦般地说。他知道答案，他只想让谈话继续下去，想拖延那一刻。

“你知道的，麻烦。我今天跟你说告别，不希望明天又跟你见面，我不希望你那样。”

他清了清嗓子，摆弄一下文件，“我知道你有个家庭。”

“过去有过。”伯格斯说，并没感到难过。

“你妻子很少来探望，是吗？”

“是的。”

“你偷的钱——”

“什么钱？”

“好了，”监狱长叹了口气，“我记起来了，你是无辜的。很好，我很高兴你离开。”他伸出手，“祝你好运，伯格斯。我希望你心想事成，我是为你好。”

“谢谢。”

“我要给你一个忠告，”他和蔼地一笑，“染染你的头发吧。”

“谢谢。”伯格斯说。

他走出监狱。他知道爱迪丝不会在门外等他，但是，他还是在监狱大门十码内停了下来，坐在一堆干草上，点着一根香烟。他听到头顶上卫兵的脚步声，然后站起身，走到公共汽车站。他坐在公共汽车后面，一路上看着映在窗上的满头白发。我老了，他想，不过没关系。

他在两天内，用完了所有安置费。这些钱全部花在了住宿、衣服、食品和火车票上。

他从火车上下来，有位司机来拉客，他同意了，坐进汽车前座。

“你知道考比农场吗？”他问。

“不知道，”出租车司机说，“从来没听说过。”

“去过爱德路吗？”

“听说过。”

“就去那儿吧，我会告诉你停在哪儿的。”

一看到一片开发小区，他就让司机停下车。他付了钱，但一直等到司机把车开走后，他才走近一栋房子。当汽车驶出视野后，他又转过头，开始沿着公路向前走。一切都变了样，但他并不担心。什么都变了，但是石头是不会变的。

他看到前面的石头山坡，知道自己找对地方了。他从坡上溜下去，努力不让自己摔倒。二十年前，他可敏捷多了。坡底下有片树林，他走进树林深处，看到那一圈堆着的石头和黑乎乎的树桩，这是他藏钱的地方。

他搬开石头。石头很多，他从来不担心自己不在的时候，藏钱的地方被人发现。他非常自信。

钱还在那里，还在皮箱里，全是现金。整整齐齐地捆着，有些潮湿，但看上去仍然很新，可以使用。他擦干净皮箱，看到它的边缘部分有点儿磨损，不禁笑了起来。但是，皮箱仍然很结实。

他拎着皮箱回到公路上。这一次，他真的在一栋房子前停下，敲了敲门。一个女人开了门，怀疑地看看他的皮箱，好像以为他是推销员。不过，当她看到他雪白的头发和听到他的问题时，就放心了。他可以喝一杯水吗？当然可以。他可以打电话叫一辆出租车吗？打吧，电话就在那里。他是个好人，已经不年轻了。伯格斯吃了一惊，意识到爱迪丝现在也可能是同样年龄了。

黄昏时分，他来到了老街区。这里变化不是很大，只是变得更糟了。街道和房屋布满了二十年的尘埃。然后他看到了不同：街角的药店全都换上了玻璃门，一块空地上盖起了一家饼干店。麦克酒吧已经换了新的招牌，上面写着“幸运”

二字，闪个不停。

他走进酒吧。他年轻时在这里度过了很多时光，甚至结婚后也常来。但是，现在的酒吧已经与过去不同了，过去的酒吧很亮堂，现在则非常暗。酒吧里甚至有女人，他看到一个穿黑衣服的女人，脖子上挂着一串珠子项链，他还听到了女人发出的笑声。酒吧侍者穿着白色制服，脸长得像老鼠。

“要什么，先生？”侍者问。

“电话在哪儿？”伯格斯声音沙哑地问。

“后面。”侍者轻蔑地回答。

他脚下踉跄了一下，找到电话亭。他笨拙地翻着电话簿，奇怪它怎么会这么厚。周围浓烈的酒气熏得他头都晕了，他已经二十年没喝过威士忌了。他找到了她的名字，伯格斯·爱迪丝，电话号码变了，但地址没有变。他激动得差点儿哭起来。

他走进电话亭，把皮箱放在两腿之间，从口袋里掏出一枚五分硬币，这才发现槽口变了。他又掏出一枚一角硬币，但没法塞进去，他的手抖得太厉害了。他无法面对那一刻，无法坐在电话亭里，听着曾经熟悉的声音。他满头大汗从电话亭里出来。

他坐到吧台边，手肘放在台上，捧着头。没有人喝酒。侍者走了过来。“喝点儿什么？”他问，“你看上去需要喝一杯，朋友。”

伯格斯抬起头。“麦克怎么了？”他问。

“谁？”

“我——我来一杯威士忌。”

一杯酒放在他面前，他付了钱，他们之间的紧张消失了。

侍者很轻松地问：“你是说麦克·杜拉姆吗？这过去是他的酒吧，对吗？”

“是的。”

“死了，”侍者说，大拇指冲地下指了指，“也许十年前，此后酒吧换了四个主人。你是麦克的朋友吗？”

“我认识他，”伯格斯说，“很久以前了。”他一口喝干杯子里的酒，酒像手榴弹一样在他脑袋中爆炸了。他使劲咳嗽，差点儿倒在柜台上。侍者骂骂咧咧地给他端来水。

“你这是干什么？”侍者说，“想证明我的威士忌不好？”

“对不起，我很久没喝酒了。”

“算了，别说了。”

侍者生气地走开了。伯格斯用手捂着脸。这时，他感到有人在摸他的后背，一扭头，看到廉价的白色珠子和低低的领口。

“你好，你感冒了？”

“没事。”他说。她走过来，坐在他对面，她是一个脸色苍白的年轻姑娘，长得很漂亮，她的皮肤比她戴的珠子还要白。“我不习惯喝酒，”他说，“再也不能喝这玩意儿了。”

“你多喝喝就习惯了。”她微笑着说。这时，他意识到那姑娘是在这儿工作的。他伸手去拿皮箱的把。“别动，你不能用一只翅膀飞翔。”

“我不明白。”

“再喝一杯。这次就不会那么难受了。”

“我不想喝。”

“我告诉你，你买一杯试试，如果你不喜欢，我替你喝了它。这很有意思，只是不退钱给你。”她高兴地笑起来。

他正想拒绝，却又不忍心看到那笑容消失，虽然那是假笑。

“好吧。”他说。

侍者又过来了。他把两个杯子放在他们面前，倒得满满的。他把瓶子放在伯格斯面前，转过来让他看上面的商标。伯格斯不好意思地冲他咧嘴一笑。姑娘瘦瘦的白手指握住杯子，举了起来。

“喝。”她说。

第二杯比第一杯容易喝下。酒并没使他放松，却使他的忧郁更容易忍受，使他回忆起酒的滋味。他偷偷瞥了姑娘一眼，她拍拍他的肩膀。“不错，”她高高在上地说，“你的白头发很漂亮。”

“你没有喝。”他说。

“我喜欢把它跟啤酒混在一起喝，我们不能找个桌子坐吗？”

伯格斯望望吧台的顶头，侍者正在擦玻璃杯，似乎很满足。

“当然可以。”他说。他拎起皮箱，从高脚凳上下来。当他的脚碰到地上时，没有什么感觉，他笑了。“嘿，怎么回事？我的脚睡着了。”

她咯咯笑起来，看了看皮箱。然后她把手放在他手上。“啊，你真漂亮，”她说，“我很高兴你进来。”

他在监狱工厂中，机器在轰鸣，他的身体累得僵硬，他的脑袋很痛。他把头放在冰凉的机器上，卫兵抓住他的肩膀，使劲地摇他。

“醒醒吧，老伙计。”

“什么？”伯格斯说，从桌子上抬起头。他的手仍然握着一个酒杯，但酒杯已经空了。“你说什么？”他问。

“醒醒吧，”侍者不满地说，“这儿不是旅馆，我要关门了。”

“现在几点了？”他直起身，两耳嗡嗡乱响。“我一定是睡着了。”他说。

伯格斯看看桌边，那里什么也没有。他伸手到下面去抓皮箱的把手，摸了个空。“我的皮箱。”他冷静地说。

“你的什么？”

“皮箱。也许我把它留在吧台……”他站起身，跌跌撞撞冲到吧台边，开始乱找。“它一定是在这里，”他说，“你没看见吗？”

“喂，老伙计——”

“我的皮箱，”伯格斯说，看着侍者，“我要我的皮箱，你明白吗？”

“我没看到什么皮箱。听着，你指控我——”

“跟我一起的那个姑娘。在这儿工作的那个。”

“没有姑娘在这儿工作。这里可不是你想的那种地方。”

伯格斯抓住侍者的衣领，并不是太用力。“请别开玩笑了。”他说，他甚至笑了笑。“喂，别开玩笑了，我是个老头。看到我的白头发了吗？那姑娘在哪儿？”

“先生，我再一次告诉你，”侍者推开他的手，“我没看到你的什么皮箱。没有姑娘在这儿工作。如果你被人偷了，那是你的事，与我无关。”

“你撒谎！”

伯格斯冲过去。这不是进攻，他恳求地摊开双手。他冲着侍者喊了又喊，侍者傲慢地走开了。他跟过去，侍者转过身，辱骂他。伯格斯开始呜咽。

侍者厌倦地叹了口气说：“够了，够了。”然后抓住伯格斯的手臂，开始向外拖他。接着又从衣架上扯下他的外套，扔到他脸上。伯格斯大声喊叫，但侍者仍然不放手。最后，他猛地一推，把伯格斯推到街上。门“砰”的一声关上了，伯格斯用拳头敲了一下。

他站在人行道上，穿上外套。口袋里有盒香烟，但它们已经压扁了，没法抽了，他把香烟盒扔到垃圾箱里。

然后他走开了。

他还记得那楼梯。他年轻和刚结婚时，经常一次上三级台阶，爱迪丝会在楼梯口等着他。现在他老了，走到公寓门口时，已经气喘吁吁了。

他敲敲门，过了一会儿，一个可能是爱迪丝母亲的女人打开房门。但是，那是爱迪丝。她凝视着他，向后捋捋脸上的头发，瘦骨嶙峋的手指摸索着睡袍的扣子。他弄不清楚她是否认出了他，于是他说："我是哈利，爱迪丝。"

"哈利？"

"有点儿晚了，"他低声说，"我很抱歉这么晚了还来。他们今天放我出来了。我可以进来吗？"

"啊，天哪！"爱迪丝说，双手捂住眼睛。她一动不动站了有三十秒。他不知道该不该摸她。他身体摇来摇去，舐着干干巴巴的嘴唇。

"我很渴，"他说，"我可以喝一杯水吗？"

她让他进去。屋里很黑，于是他妻子打开桌子上的灯。她走进厨房，端了一杯水出来。他接过杯子，一口气喝完，然后才坐下。

他把空杯子递给她，不好意思地笑了笑说："谢谢，我渴坏了。"

"你想干什么，哈利？"

"不干什么，"他平静地说，"只是想喝一杯水。我不能指望你什么，对吗？"

她从他身边走开，抚弄着自己的头发，"天哪，我看上去很可怕。为什么你不先告诉我一声呢？"

"我很抱歉，爱迪丝，"他说，"我最好走了。"

"去哪儿？"

"我不知道，"伯格斯说，"我没有想过。"

"你没有地方可去？"

"对。"

她把空杯子拿到厨房，然后又走出来。她站在走道上，双手抱胸，靠在门上。

"你可以留在这儿，"她不动声色地说，"你没地方可去，我不能把你赶出去。你可以睡在沙发上。你愿意吗，哈利？"

他用手掌压压沙发。

"我宁愿睡在这个沙发上，"他缓缓地说，"也不愿睡在宫殿里。"他看着她，她在哭泣。"啊，爱迪丝。"他说。

"别管我——"

他站起身，走到她身边，搂住她的肩膀。

"我留下可以吗？我是说，不仅是今天晚上？"

她点点头。

伯格斯紧紧搂住她，那是个年轻恋人的拥抱。爱迪丝一定是意识到这样子很傻，破涕为笑，用手背擦擦脸上的眼泪。

“天哪，我在想什么？”她说，“哈利，你知道我多老了？”

“我不在乎——”

“我能不老吗？我的女儿都已经长大成人了。哈利，你从来没有见过你的女儿。”她挣脱开，走到一扇关着的卧室门前。她敲了敲，她的声音在颤抖。“哈利，你从来没有见过安吉拉。安吉拉！安吉拉！醒醒！”

片刻之后，门开了。穿着宽松睡袍的金发女郎打着哈欠，眨着眼睛。她很漂亮，但她的表情很生气。

“干什么啊？”她说，“叫什么叫？”

“安吉拉，我要你见一个人，一个特别的人！”

爱迪丝握紧双手，看着伯格斯。伯格斯也看着姑娘，难为情地傻笑着，那笑容没有持续很久。爱迪丝看到那笑容消失了，失望地叹了口气。老人和姑娘互相盯着对方，安吉拉紧张地抓住仍然挂在脖子上的那串廉价的白珠子。

什么都可以叫作艺术

马丁·科尔点着一支香烟，狠狠地吸了一口。打火机被丢回到桌子上时，从几张照片上弹了下去。照片上是一具肥胖的、被剥了皮的男尸。死者叫埃迪·雅各布斯，三十九岁，生前住在亚利桑那州凤凰城罗斯兰地大街385号。他妻子在二十六个星期前报警说他失踪了，十天前他的尸体在爱尔蒙德公园被一群玩飞盘的孩子发现。头部中了一枪（肯定是一支9毫米口径的枪管紧贴着太阳穴打的）。躯干和背部被剥了皮，验尸报告说这些部位不久前刚刚被刺了花纹。汤马斯医生认为这些刺青做得非常华丽，然而，埃迪的妻子却发誓说丈夫身上没刺青。这对夫妻有了五个孩子，毫无疑问妻子对埃迪的身体是很了解的。埃迪原本在皮博迪公司卖汽车，是个不错的推销员。

马丁又吸了一口烟，烟在嘴唇上叼着。

他开始研究埃里雅娜·史蒂文森的照片和验尸报告。二十七岁，有工作，有孩子，已离婚；金发碧眼，运动员型身材，是当地蓝天使女子棒球队的三垒手。她也是被同一把九毫米卢格尔手枪贴身打死的；而且也被剥了皮，包括双腿、躯干、背部和臀部。有明显的迹象表明，这些部位最近才被刺了青。她四岁的儿子不记得妈妈身上有刺青，其他人说有。

马丁把烟从嘴上拿下来架到烟灰缸上，瞅着桌上所有的照片和报告。一共是七具尸体，被同一把卢格尔手枪贴身打死，刺青后剥了皮。这就是它们之间所有的联系。凤凰城一共有七家刺青店，马丁请教了二十多个刺青师，并记录了更多的“画”，就是有（或者说是穿着）刺青的人。马丁对这种艺术完全无法理解。许多画看上去的确很令人着迷，但却是永久性的，无论你到哪儿，做什么都要带着它，永远都不会褪色。马丁不喜欢这一点。从一位带刺青的老者那里马丁了解到，在日本有人在遗嘱中明确表明希望死后皮被剥下来。他们的家人会尊重这一要求，把刺了青的皮细心保存起来，有时，当家庭遇到困难的时候，还会把皮卖掉。

马丁轻轻地摇了摇头，掐灭了烟。有些文化可真是古怪。

难道这就是他要面对的问题吗？是有人在卖人皮刺青吗？他现在要做的就是走进这个艺术世界。

马丁揉了揉眼睛，打了个哈欠。他扫视了一圈自己的办公室，看着他的同事们走来走去。倦怠，急躁，困倦，坚毅，愤怒，疲劳。（当初我们为什么要干执法这一行呢）

马丁站起身，从椅子上拎起他的外罩，开始向外走。桌子上乱七八糟的，但有谁会注意呢？

凤凰城在艺术方面并没什么特殊之处。那些艺术馆都很普通，馆长们瞧不起刺青。刺青是士兵、囚犯和吸毒者的艺术。在他的印象中，只有在东方这种艺术才会受到尊重。那么，或许洛杉矶也是如此。

马丁花了几天时间才进入这个地下世界，一个充满暴力和性、无畏而喧闹的世界。有趣的艺术爱好者提供了不少信息，但却没有实质性线索。事实上，马丁相信他或许给了一些人一种新的目标。有个家伙自言自语地问人的皮肤是不是能再生，要是能的话，就可以经常在身上刺上许多小块的花纹，然后把皮剥下来，镶上框。这就好像做拼贴画一样，肯定会很酷。

马丁翻看着一打儿像《访谈》、《BAM》和《动力》这类主要关于洛杉矶和纽约艺术与贸易的杂志，寻找新的、先锋派艺术家。是谁在领导这个月的新潮流？他或许得出趟门了。辛辛那提和迈阿密的艺术展已经激起了民愤，西雅图也有新鲜事发生。同刺青没什么关系，但那些有争议的艺术形式吸引了各种各样的人。去感受一下，或许会遇到一些有趣的人。

一个文件纸夹被重重地拍到了马丁的桌子上，里面夹的东西散落出来。正看杂志的马丁抬起头，面对着的是皮特·白恩斯那双冰绿色的眼睛——一个佩戴着警徽和手枪的，种族主义者。

“又给你送来一个，超级黑鬼。”白恩斯表情严厉，嘴角紧绷着，“从那些矫揉造作的杂志上能找到什么？除了变态就是同性恋。艺术？放屁！”

马丁瞪着面前的那对眼珠子，想象着子弹从那中间射过去会是什么样子。

“告诉你，我们自己就可以把这案子搞定，压根儿不需要联邦调查局帮忙，尤其不需要那些异种小子。”

“看来整个地区都有种族歧视问题。知道吗？你现在正由于这一问题受到调查，而且，我将在法庭上亲自把你弄死。”马丁强忍住怒气，冷冷地低声说道，“从我面前滚开。”

白恩斯叹了口气，笑了。他整了整帽子和武装带，立正站好。

“干你的活儿吧，小子。干好点儿，然后就他妈的从这儿滚开。我讨厌再见到你。去死吧……坏小子！”

他脸上的怒火可以把钢铁熔化掉，那么强烈，把心都灼伤了。痛得几乎让人流出眼泪来。

白恩斯还是淡淡地笑着，轻轻转过身去，慢慢走开了。他似乎并没什么支持者，别人对他评价也不太高，但是整个办公室的人都对这种问题很敏感。马丁叹了口气，心里很不是滋味。他清楚自己遇到了什么麻烦——他只是不敢相信这些人竟然对此这么得意。这种令人恶心的歧视到底有多普遍？难道这就是为什么至今白恩斯这样的人还没有受到起诉？

见鬼，集中注意力。你的工作，你的专长，找出那些得意忘形的谋杀犯们。马丁点着了一支烟，狠命地吸了一口。

他看着那些新证据，不敢相信自己的运气。尸体后背上有幅未完成的刺青图案。马丁查了一下射击分析记录：同一把九毫米手枪贴身射杀。那家伙开始露出马脚了。

马丁研究了更详细的照片资料。那是一幅用黑墨勾画出来的丛林瀑布图案。水从右肩顶部流出来，沿着脊椎猛然直泻下去，在臀部上面形成一个浅水潭，然后从左边臀部流下，最终消失在左大腿后面。刺青是点画成的，颜色生动绚丽。这画在马丁看来蛮不错，但他并不是那个画家。很明显，那家伙对这幅刺青很不满意，否则他不会把它扔掉的。

马丁决定顺路到停尸房去再好好观察一下这具尸体。尸体是大约七小时前在皮特森中学后面被发现的，死者叫大卫·米克斯，三个月前被报警失踪，二十四岁，轻度弱智。当时，他母亲是派他去商店买食品——一个他干了很多年的简单活儿。

马丁从桌子后面站起身来，想着大卫·米克斯和白恩斯，不明白为什么总是不该死的人会死。

马丁走进凤凰城南部的一家叫作生命工作室的刺青店。有七个人在休息室里等着，欣赏着墙上几百种设计图案，或是观察三个艺术家用油墨在人身上作画。

他们中有三个女人，都很漂亮，其中两个是自己一个人来的。马丁搞不懂他们为什么要把这么动人的皮肤给糟蹋了，人本来的样子才是最纯、最美的艺术。所有的刺青师都抬眼看了看马丁，冲他轻轻点点头或是眨一下眼。马丁分别同他们谈过了，所以没人因为他在这儿感到不安。他斜靠在一个硬木扶手上，看着帕特·西姆斯在一个理着平头的年轻小伙子结实的双肩上刺铁十字勋章，小伙子狠狠盯着马丁。

年轻人的身体真美，真他妈的让人心动。

“过得好吗，帕特？”马丁问道。他点着了一支烟，也递给了帕特一支。

“老样子呗。”帕特接过烟，橡皮手套的指头都已经被染黑了。马丁替他点着了烟，这时詹姆士·布朗不知从哪儿蹦了出来。

“所有艺术都有自己的风格，能替我认认这是出自谁手吗？”马丁问道。他从口袋里掏出一张照片，上面看不出是尸体，因为实验室的人对照片做了处理，刺青图案占了整个画面的百分之九十多，但还是能看到完整的瀑布。他把照片冲帕特晃了晃。

帕特把手伸出来给他看，马丁明白是告诉他手上有墨，没法拿。于是他拿着照片给帕特看，那个小伙子全看到了。

“看着不熟，但做得真他妈的棒。他妈的真棒！”帕特转过身去喊道，“嘿，埃迪，查查这家伙。”

马丁走到埃迪·图思卡特拉多跟前。埃迪是个瘦小的墨西哥人，他低头盯着照片，问道：“真他妈的不简单。是谁干的？”

马丁笑道：“我还希望你能告诉我呢。”

“对不起，伙计。或许谢尔能帮你，”帕特指着后面那堵墙说，“我们在后面有个工作室，谢尔正给人画后背呢。跨过链子，敲那边那扇门。”

马丁按他说的做了。他听到人们在他背后议论，很明显，事情已经传开了，大家都知道他在找一个对刺青有着狂热爱好的怪人。这似乎使在场的爱好者们感到不安，所以他们很愿意帮忙。马丁总是能抓住问题的关键，并用事实来强调：如果那家伙自己画烦了，决心去找现成的刺青怎么办？没人愿意像动物一样被剥皮。

马丁走进灯光明亮的工作室，房间不大但通风很好，所有的设备都放在这儿。谢尔正弯着腰站在一个男人旁边，那人脸朝下趴在一张垫得厚厚的盖尼式病床上，只穿着内裤和拖鞋。马丁慢慢走到近前……

“过得好吗，老兄？”谢尔问道。谢尔身材细长，齐肩的灰白色长发，戴着六个耳环。

“你怎么样，谢尔？在做什么？”

谢尔没答话，只是笑着向后退了一步，让马丁能够看完全。刺青图案覆盖了整个后背，是一条龙和一只飞豹在天空中作生死决斗。

“克里斯，这是，嗯……”谢尔顿了顿。

“马丁·科尔。”

“不好意思，老兄，我总是记不住别人名字。”

“没什么。画得不错嘛，用了多长时间？还有多久才能完成？”

“先生，呵？好吧，老兄，我来回答问题。勾轮廓花了四小时，我现在正在描细节，很快就该上色了。估计还需要三到四个小时吧。”谢尔耸了耸肩。

“克里斯，你感觉怎么样？我是说，你脑子里在想些什么？”马丁绕到床头问道。

“嘿，我和谢尔常常聊天，我还可以从镜子里看他干活。”克里斯指指墙。马丁跪下来，看到三面镜子，互相之间成一定的角度，使得克里斯能够有限地但却清晰地看到自己的后背。

“那么你们这些家伙就在这儿闲扯，让谢尔锻炼他的手艺。……”马丁站起来，低头看着克里斯。他身上布满了刺青：腿、手臂……“你肚子上和胸前也刺图案了吗？”

“还没有，但我还有时间。”

马丁只是点了点头，心里想着他留在休息室里的香烟。他想再抽一根，但忍住了。他从口袋里拿出照片来给谢尔看。

“哇！这可真是了不起，老兄。你想让我告诉你是谁做的？我做不到。我不知道谁这样刺青。这是旧式风格，知道吗，是用大约二十根不同尺寸的针做出来的，线条细密清晰，我们这种针枪是刺不出来的。”谢尔递给马丁一支刺青枪，枪很小，握在手里很舒服，里面有很多细小的针。工作时发出低沉的嗡嗡声，听起来像是电动剃须刀。马丁把枪还给谢尔。

马丁叹了口气说：“那么，这种风格现在已经消失了？”

“在西方肯定是不用了，甚至在东方我都不敢说常见，因为要花太长的时间，非常单调乏味。你遇到了一个很严肃的艺术家。如果他每天都工作，一天工作十几个小时，那么刺出这样的轮廓还至少需要七八个星期，而我用三四个小时就可以做完。”

“你为什么总是这样计算时间呢？三四个小时。”

“因为大多数人一次都坚持不了更长时间。刺青的过程会让人感觉不舒服，但是注意，并不是说痛苦。尽管有段时间的确会疼，但是，嘿……”谢尔笑着微微耸了耸肩。

“是呀，开始上色的时候就相当疼了。”克里斯说。

马丁把照片拿给克里斯看。

“上帝，这是刺青吗？不可思议。”克里斯边研究照片边用手指在上面画着。“我说，这看上去像是皮伯的手法。”最终他轻声说道。

“谁？”马丁和谢尔齐声问。

“皮伯，是个海地艺术家，七十来岁，属现代印象派。他四十六七岁出的名，现在名声已经很响了。”克里斯说话的口气更肯定了。

“那么你是说这幅刺青看上去像是一位著名艺术家的风格？那种真正用油彩和画布作画的人？”

“没错，”克里斯答道，“我在萨都白克社区大学教艺术，周一到周五之间你随时可以来找我。我给你讲讲皮伯，我们还可以研究研究刺青艺术。你知道，它的历史非常悠久。你到A–318房间找克里斯·塞尼德就行了。”

克里斯把照片还给马丁。马丁接过来，在背面记下克里斯的名字、房间号和学校名字，然后把它放回外衣口袋。

“谢谢，你们帮了我大忙。克里斯，我明天去找你。晚安，先生们。”

“你也一样，老兄。”谢尔戴上了一副橡胶手套。

“明天我等你。我一点左右就没事了，只是上午有两节课。”

“我到时候肯定去。”马丁答道，然后走出门去。

“有帮助吗？”帕特问。平头小伙子已经走了。三个女孩儿之一，长着红头发的那个，坐在帕特面前。帕特正往她洁白的右肩肩胛骨处抹药膏。

“嗯，又上了一课，能不喜欢这活儿吗。我走了，你当心点儿。”

“你也一样。”帕特说。

马丁走出刺青店来到大街上。他把风衣脱下来搭在胳膊上。晚上外面温暖而干燥，感觉很惬意。

在学校可以学到很多东西。如果老师对所教科目非常精通，而学生又求知若渴的话，就更是如此。

马丁和克里斯惊喜地发现，那张瀑布刺青与皮伯大概 1932 年完成的一幅画完全相同。那是一幅炭笔画，很不成熟，但那时皮伯也只是刚刚出道而已。

马丁查了皮伯的资料。他是一个海地民族主义者，在纽约、洛杉矶和凤凰城北部都有自己的房子。许多有钱人在凤凰城都有冬季别墅，但没多少人在这里过夏天。

马丁开车到皮伯住处。在桑尼威尔区，这是个好住处，清洁富有。

他从皮伯家的私人车道开进去，停了车，从他的福特车上下来，查看了一下周围环境。这里很幽静，杀了人也不会被发现。该死，在哪儿杀了人都可以逍遥法外，他已经多次证明如此了。

马丁用一个小型录音机口录了时间和周围环境。

他走到前门，敲门。

没人回答。于是他又敲了一遍，门上没看到有门铃。

仍然没人回答。此时是下午两点一刻，阳光明媚温暖。马丁叹了口气，挠了挠胸口，然后掏出一根细小、坚硬的铁丝，撬开锁，走进屋子里。

屋子里很凉，几乎是有些寒意了。整洁，明亮，装饰得很漂亮，随时可以开舞会或是进行庆祝活动，视心情而定。马丁四处查看一番，看到了各种艺术品：油画、雕塑、挂毯和彩绘的瓷器。

马丁扫了一眼楼梯，决定把楼下全面仔细搜查一遍。他想到了车库。

马丁在厨房的时候听到了带有消音器的一声枪响，仅仅一声。马丁抽出他的武器，一支科尔特 45 型左轮手枪。它是一流的——强劲，精确，像上帝的旨意一样简洁致命——马丁握着很顺手。马丁慢慢移到车库门边。

他取出录音机，将事件做了记录。

马丁不明白这样一位受人尊敬的七十四岁的老人怎么会变态至此。而且他这么干有多久了？在这之前，马丁曾遇到过四桩类似案子，都是发生在犹他州和科罗拉多州地区。那是四年多以前的事了。皮伯是疯了吗？他认为凤凰城人的皮肤是最好的吗？对他的作品不仅仅是种衬托和恭维，而且为它们赋予了生命？

马丁猛地回过神来。这种恍惚状态使他极端恐惧。走神、胡思乱想，他想啐自己一口。

马丁用右手拿着枪，左手推开车库门。

皮伯背对着他站在一盏很大的摄影灯下。车库里昏暗，空阔，看上去皮伯好像是站在路灯下似的。一具尸体一动不动地躺在一张临时沙发两用床上，四肢被死死绑在床腿上。马丁从自己站的位置可以看到，死者的皮肤好得惊人，光洁得用一把切奶油的刀就可以划开。那把9毫米的手枪放在工作台上皮伯的右手处。皮伯好像就只是在那儿站着，什么也没做。

马丁小心移步进去。门自己轻轻关上了。

皮伯伸出手，用他苍老僵硬的手指推开一大堆不锈钢针，针上沾满了染料和血迹。他抓起一把折叠式剃刀，向尸体走去。

“把剃刀放下，皮伯。把它放下，老家伙。”

皮伯转过身来。他的眼睛苍老而疲劳，看不见马丁。

“我再说一遍，放——下——剃——刀。站着别动，别逼我开枪。”

皮伯站着没动，手里拿着剃刀，使劲眯着眼睛。

“这是怎么回事？”老人轻声问。

马丁走到亮处离他三英尺的地方，端着枪，枪口对着他瘦小、光洁的胸脯。

“联邦调查局。你被捕了！”

皮伯看到了马丁，明白是怎么回事。他叹了口气，放低剃刀。他望着马丁，心中没有愤怒，或是内疚，只有因无法完成他的工作感到的沮丧。

“请把剃刀放下。”马丁没有改变姿势，但是有一个瞬间，他从眼角的余光看到血从死者头部左边的弹孔里滴下来（右半边脑浆溅到了床上，正往水泥地板上滴）。马丁闻到了血腥、染料和淡淡的尿味。他长长地、慢慢地吐了口气。

皮伯只是站在那儿，看着死者后背。他的杰作。

皮伯回过身来看着马丁，目光中充满了乞求，希望能够完成他的作品。把皮割下来，将艺术完成。

“再说最后一遍，把刀放下！”

皮伯哭了起来，剃刀终于从他手里滑落到地板上。

马丁已经攒了六个星期的假，它们现在派上用场了。

皮伯完成了十五张人皮刺青。纽约的一家美术馆得到了这些作品，但是法庭禁止把它们公开展出。这项禁令在法庭上引起了争论，不过，目前这家艺术馆还是遵守规定。每个和艺术有关的人都在抗议着审查制度（难道他们忘记了，或者是根本不在乎，这些作品是怎么来的）。

受害者的家属在法医确定了每张皮（艺术品）的身份后再也不愿提起它们了，尽管有一家人正在起诉那家艺术馆利用展出牟取非法收益。其他家庭也许会跟着做。

但是这些都跟马丁无关了。他正在度假，在北纽约州的湖上钓鱼呢。

全盘招供

世界上没有什么比洗个舒服热水浴更令人神往的了。他疲惫至极，一身灰尘，身上各处潜伏的伤痛现在都发作起来。他脱下衣服扔在一边，不过他还想着每件衣服都能立在他身旁，就像都还穿在身上一样。

傍晚七点钟的时候。“铁牙”泰勒脸上的样子十分吓人：他的双眼向外凸出，就像一张黑脸上的两只茶杯碟。这是在煤渣跑道上他参加摩托车决赛时受护目镜保护的地方。三四年前的那一次车赛中他撞了车，从半空中飞了出去，惊得龇牙咧嘴，于是就有了这古怪的绰号。他摔在了围栏的栏杆上，一个摄影师恰好抢拍了一张照片。哀痛的人们一个个泪流满面地走过来，可他却站起身来冲他们笑了笑，有个人说道：“克里普斯，这个家伙真是有着铁一般的牙齿，而且他的铁牙肯定都是铆在他的脖子上的。”

他脱衬衫时一想起往事脸上就露出了笑容。他长得并不难看，这一点谁都看得出来。他体格瘦长但很结实，看上去有飞行员和赛车手特有的体质。

他四处漂泊流浪，过着勉强糊口的日子。他还有个副业，在运气不佳的时候总能带给他几美元的收入——用绳子和鞭子变魔术，在二十英尺之外把长鞭甩得有如手枪般“啪啪”地响，用翻卷的长鞭头把别人嘴里的香烟打掉。他还会把绳子打成结，从地上绕到头上，最后又从身上绕出来打成个活结，这些很能吸引观众。奇怪的是，如果他想靠什么为生的话，却怎么也持久不了。他从来没想过这究竟为什么。他也不怎么去想。反正只不过是副业而已。

他伸伸手脚，环顾了一下四周，心中有一种长期离家后又回到家的感觉。几天前他去了镇上，他经常是几个星期甚至几个月都不会回寓所看上一眼。寓所也没什么好看的——不过是位于一座十二层住宅公寓十楼上的三四间宽敞的旧房间而已，而这座公寓在十九世纪九十年代肯定还是名噪一时的宾馆。现在它却有一半房间空着，而且正像别的大楼那样在沉闷中逐渐老化。他还住在这所公寓里是因为租金便宜，而且他也需要一个地方存放积累起来的那些纪念物、奖品、计划表和杂志的合订本。

他走进浴室开始调节水龙头。在这古旧的大楼里面调节水龙头往往是一种很冒险的行为，你刚刚走进水温舒适的浴室，水就会变成滚烫的蒸汽，连你身上的皮都能给烫下来，然后，当你在狂乱之中伸手去抓水温调节器时，水又变得冰凉，冻得全身麻木。

在水流温度正常以后他把浴袍挂了起来，走到浴缸前，把一只脚伸了进去。

这时电话铃突然响了。他恼怒地一愣，全身上下充满了怒气。他等电话铃停下来，但是它不停，足足一分钟过去了。最后他几大步跨了过去，身后留下湿漉漉的脚印。他一把抓起话筒。

"这里是西部协会，"一个声音颤颤地说道，"我们这里有'铁牙'泰勒先生的一份电报。"

"你读一下吧。""铁牙"说。"好的，先生。电报上说，'祝贺你在车赛中获胜，借我五十美元，谢谢。署名，查克。'"

他"砰"的一声把电话挂上，赤着脚回到浴室。真是个该死的电报，正在他想方设法把身上洗干净的时候来个借钱的。洗了再说吧，他沮丧地想。当然是把身上洗干净，也把口袋掏干。他可能会借给查克五十美元，也可能不会借。洗完澡他才会知道自己的决定。

他还是把那只脚伸进浴缸，沐浴在舒爽的水流里，感觉很棒。头上的楼板传来沉闷的敲打声。他等了一会儿，等敲打声停下来。但敲打声没有停，他以前也曾经听见过几回，不过都没在意。要不是那块墙皮"啪"的一声掉下来差点儿砸着他的话，他可能就不会去注意了。墙皮掉在地上砸起一阵灰尘。

如果你洗完澡又不得不置身于灰尘和落下的墙皮中的话，那就白洗澡了。敲打声还在继续，又一块墙皮掉下来。他怒气冲冲地盯着天花板，大声走了出来，试图打电话找管理部门。

等了至少一分钟，敲打声还在继续，墙皮一块块地脱落下来。管理部门没有回应，任凭他怎么摇晃话筒，电话还是接不通。

他走回浴室穿上浴袍。敲打变得越来越重，一些灰泥块落在他的浴袍上。他不耐烦地裹上浴袍，来到外面大厅。

一位上了年纪的老太太盯着他的脸和身上的浴袍，吓得踉踉跄跄地往自己房间走，嘴里一个劲地“呃呃呃呃……”地叫着。他的样子确实很吓人。他从应急楼梯往上走了一层。然后站在1115号套间门口听了听，里面有沉闷的敲打声，他按响了门铃。

过了一会儿，门开了条小缝，门上链子锁没有打开，一个罕见的蓝眼白眉、下巴还有绺白胡须的人往外望了望。这个人透过门缝说了句：“你需要洗个澡，先生。”

泰勒真是气不打一处来。“究竟在搞什么鬼？敲得墙皮直往下掉。别再敲了，要么就——”

“要么就什么？”那人轻快地问道。

“要么就把这链子锁拿开，我现在就要搞个一清二楚。”

大厅里的一扇门开了，一个清瘦的男人突然把头探进大厅，两眼溜溜直转。“嘿，你们这些家伙，到别处去吵吧，让人家睡会儿觉。”然后他又突然把头缩了回去。

白发人说：“还有几分钟就搞完了。先生，我建议你洗个澡，你很需要。而且对你也有好处。”门关上了。

泰勒满腔怒火回到自己房间。他的赤脚在没铺地毯的楼梯上砸出“咚、咚”的响声。

回到房间，他抓起话筒就要总机。话务员这一次几乎立刻就答了话。“铁牙”说：“给我接外线。”片刻之后又说，“警察局总部吗？派一辆无线电警车或者别的什么车到1115号房间来一下，希尔维尤公寓。对，这里太吵了。”他心烦意乱，想请警察来阻止吵闹。“听起来好像有人给杀死了，”他很夸张地怒吼道，“谁——我？我叫泰勒，住在那个房间的楼下，1015号房间。”

他挂断了电话，大步走进浴室，满脸痛苦地望着灰泥块继续掉落。水欢快地流着，可现在对他来说，觉得还是置身于西藏的荒野里最好。洗淋浴，屋顶上落下的灰泥又会落得他一身都是泥。上面的敲打声又持续了一会儿，然后突然停了。接着是片刻的寂静，然后又是比以前更响的轰轰声。最后声音没有了，而一层层灰泥却不停地从屋顶上洒落下来。

他从浴室慢慢走出来，来到卧室，往嘴里倒了口威士忌，咽下去。他现在比平时更加紧张不安。他懒散地伸着四肢躺在一把舒服的椅子上，点了根烟，深深地吸了口来感受对喉咙的刺激。很可能他应该告诉管理部门，他们会让他到其他寓所去洗澡的，但是他不会去的。他喜欢他自己的房间，在这里他知道什么东西放在什么地方。可另一方面，修理屋顶会占用他不少时间，至少要几个小时。

“铁牙”把烟吸得只剩下烟蒂了才把它掐灭。一个小个子男人突然打开大厅的门走了进来，然后又关上了门。他那张干瘪的猴脸上布满了浅浅的皱纹。他一只手拿着一支自动手枪，另一只手拎着个鼓鼓的大公文包。

泰勒不耐烦地骂了句：“滚出去。”

“不许动！”小个子男人简捷地命令道。他锁上了门：“你就是‘铁牙’泰勒，是不是？很好。好极了，我敢打赌是你打电话叫警察的。”

“没错，”泰勒说，“敲打声搞得我很恼火。墙上落下的灰泥也很烦人。把枪拿开。我不喜欢这样。”

“你会喜欢的，”小个子男人平静地说，“我现在就要看见我的道路畅通无阻了。转过身去。”

“你到别处去吹牛去吧。”泰勒对他说。

“你身上落的那些灰泥搞得你真滑稽，你的样子真好笑。”小个子男人说道，指头慢慢把扳机压下去。“一分钟以内你就会变成另外一种样子了，很糟糕的样子。然后我就会因为杀死了两个人而感到内疚。转过身去！”

“喂，我只不过是想洗个澡。”泰勒刚说完，又停了下来，杀死两个人！天哪，他刚刚打通了电话，并且还用讽刺的口吻对警察局说有一起谋杀案。

“转过身去！”小个子男人大声吼道。

泰勒面对着墙壁，脑袋却转过来转过去。他听到了金属碰撞的声音，这个声音没有停。“你看，我现在已陷入了困境。几分钟之前我杀死了一个人。你猜猜看——是施韦克，那个白胡子傻瓜，他想拦住我。”小个子说这些的时候就跟人们随口说“今天天气不错”一样，语气很随意、很冷淡。“你跑到楼上去抱怨太吵时，施韦克那个老家伙还不知道我要杀他呢。”

“是这样的吗？”“铁牙”礼貌地说道。

小个子说：“我已经割断了你的电话线，我们不想让任何人来打扰，不是吗？楼上房间电话线我也割断了。我对你感到很抱歉，不过，现在我也帮不了你什么忙，是不是？施韦克和我有点儿——有些看法不一样吧。我想逃走，不受任何阻碍。但是你打电话叫警察的聪明做法却把这一切都搞糟了。当然，你不是有意的，不过很有效，结果如出一辙。我正站在角落里的时候电梯停了下来，从里面跑出来一个警察。他没看见我，因为我躲避得非常快。我从应急楼梯上走下来，又从电梯一扇窗户望了出去，你知道我看见什么了？”

他说这些好像在玩一场游戏似的，一副不慌不忙、胜券在握的样子。泰勒仍然面对着墙壁，没回答他的问话。小个子继续说道：“我看见下面有辆无线电警车，还有一名警察在车外闲荡，眼睛注视着大楼入口处。这让我看起来觉得很不对劲，不过我也不会轻易放弃的。哦，不会的。”

泰勒身后传来几声金属撞击产生的沉闷响声。那个人十分温和地说：“我给你准备几份礼物。”

有人粗鲁地大声敲门。小个子低声说：“你现在可以转过身来，钥匙放在桌子上。你最好在他们破门而入前打开大门，我待在浴室里。不要告诉警察，我还有一把枪。”

泰勒明白了他的意思。他刚才把自动手枪里的弹夹卸下来了，把两支枪扔在了桌子上。在枪的旁边他还留了一个从公文包里面取出来的很薄的包裹。

“记住，别告诉警察。我建议你别把弹夹装回去，弹夹是空的。”

小个子杀手关上了浴室的门。

敲门声震耳欲聋，泰勒抓起钥匙跑到大门前，急忙把门拉开。“听着，浴室里有个家伙声称他杀死了一个人——”

一个身穿制服、身材高大、板着面孔的警察把“铁牙”往后一推，“铁牙”坐在了一把椅子上。这个警察手里拿着一支45毫米口径的手枪，看起来跟一尊贝尔莎大炮一般。“别再骗我了，”他开门见山地说，“也不要遮掩。”他用另一只手把钥匙转了一会儿，然后一把握住。“全盘招供吧，你为什么这么做？”他好像思索了一会儿又补充道，“或许是因为你需要洗个澡。”

泰勒那冷冷的语气中满含着气愤：“我告诉你这里有个家伙，他是松鼠错过的一颗栗子。他……”

警察嘲弄地一笑。“别拿老一套鬼话来糊弄我，你除了老一套什么也没有。为什么要杀施韦克？”

“我没杀他！我一直在告诉你——”

警察打断了他的话，“不用说了，楼下大厅里的一个家伙在十五分钟之前看见你和施韦克相互掐着对方的脖子。这个人说施韦克‘砰’地关上门没让你进去，于是你就冲下来拿了一支枪上去杀了他。然后你又打电话报警。这一套都老掉牙了。”他气愤地说。“难道你不知道我们警察往往首先要查证报案的那个人吗？”他四周看了看。

“你看，你甚至把枪都拆了！”

泰勒粗野地叫道：“我从未碰过那把该死的枪！你在它上面连我的半个指印都找不到——”

“因为你已经把它擦干净了，”警察说，“这样做对你也没什么帮助。”

“是因为杀死施韦克的那个人戴着手套！他现在还戴着手套！天哪，警官，你不能让他逃走！他现在离你不到二十英尺远！”

“当然啦，”警官亲切地说，“我知道。穿上衣服跟我们走吧。”他从桌上拿起那个扁扁的包裹，又从棕色的包装上拆下来一根带子。“这是些很不错的印版嘛，联邦调查局寻找它们有好几年了。施韦克是个出色的雕刻家，他们因他使用假币而逮捕了他，并把他送进了监狱，但他们却从来没找到这些印版。施韦克出狱后，呃，就在两三年以前吧，他们密切监视着他的行踪，但一无所获，而且他们在去年失去了他的行踪。

“计划得相当巧妙。你在这个地方的车赛上和别的地方使用假钞，谁也不可能起疑心。而你走了之后，施韦克打开他的手动操作印刷机，印出崭新的十元或二十元面值钞票。没有人受到这些假钞影响。因为你这个主人不在家嘛……你最近用假币干了些什么？”泰勒的鼻孔都快气歪了：“一切都在那里，在浴室里面。”

“到现在你还这么说，等一下，我把迈克叫上来，他是我的同事。”他走到窗前，撩起窗帘吹了声警哨。他等了一下，然后露出了满意的表情。他一直没有完全把目光从泰勒身上移开。

浴室里传来了什么东西摔在地上的低沉响声。警官皱了皱眉头，“那是什么？”

“屋顶上脱落的灰泥块，我希望它正好砸在了那个害得我在浴室外面受冻的浑蛋身上。”

“还在演戏啊？”警察示意让他走到浴室门的一边。他有的是勇气，至少，有那种率直不讳、奋不顾身的勇气。他用力地把门推开后往里面望了望，这时，喷射的水流声里传来了“噼啪”一声巨响。警官往后奇怪地一退，然后又往前探了探身子。

泰勒跳到了一边，直到那个小个子男人开口说话时泰勒才看见他那张干瘪的脸。

“别动！”小个子说。在浴缸尽头和墙壁之间的空地上方的天花板上有个两英尺见方的孔，他就从那个地方探出脸往下张望。他双手握着另一支自动手枪。

警官在浴缸边上被一枪干掉了。他痉挛地抽搐了几下，握在他手中的钥匙滑落下来掉进了排水管道。现在，“铁牙”和那个死去的警官被一起锁在了他的寓所里面。警官的手枪掉在沐浴器下面，沐浴器喷出的水流浇湿了他的头，而他的左眼已变成一个弹孔，殷红的血水往外流着。他死得一声不吭。沐浴器的水流继续流着，发出“嘶嘶”的声音，单调得叫人受不了，而一股血水从浴缸的中部淌了出去。

“真糟糕。”小个子遗憾地说。他仍然在天花板上那个洞口处往下看，“你陷入了困境，我猜想你会发怒的。你知道警察会怎样对待杀死警察的人。你以为我选择你的寓所仅仅因为我恰好路过这里吗？别傻了。施韦克和我是在知道了你住在我们下面才选择这个地方的。你很少或者从未听见过手动操作印刷机的声音。我们甚至把地板割开了，一直割到你的天花板上的金属丝网和灰泥层。落到你身上的那些灰泥都是因为我正忙着把东西取出来弄的。如果联邦调查局赶来抓我们的话，我们还有机会在他们上楼破门而入之前从这里脱身。

“这一次只不过颠倒过来了。我站在你的浴缸边上用一根木杆捅穿了天花板，被我们割过的那一块掉了下来。我把公文包抛上来，然后我再跳上来，所以我就在这里了。你把这一切都告诉警察吧，他们会告你藏有印钞机和枪支的。”

泰勒一想到小个子的话可能是正确的就有一种脑中空空的感觉。如果他能把那个满脸皱纹、诡计多端的人多留住一会儿……楼下那个警察要多久才能上到十楼来呢？

他大声叫道：“是你留在下面的这支自动手枪杀死警察的。”

小个子“咯咯”一笑，“即使这样也阻止不了他们怀疑你是凶手。哦，天哪，不会的。他们会说你把另外一支枪扔掉了，他们会去找这支枪的。他们找不到，但那没关系，他们会说枪掉进烟囱里去了。或者说摔在下水道格子板盖上掉进去了……反正你这一下是栽跟头了。杀死施韦克的手枪在你手上，施韦克制作的印版也在你手上，还有人看见你和他争吵。

“你别跟着我上来。我刚才没锁门。因为我刚才很着急，现在也很着急，不过这一次我会把门锁上的，所以你就出不去了。再见。”

那张干瘪的脸消失了。

泰勒站在那里闷闷不乐地想着：他从寓所里出不去了，钥匙掉进了浴缸的排水管道里，他的指尖也够不着；他也不能跳到上面寓所里去，杀死施韦克的凶手会用另一把钥匙把楼上寓所锁上的。电话线也被割断了，他连火灾出口也去不了，除非他穿过大厅，可是他连大厅也去不了。

他转过身，从浴室里冲了出去。

突然有人“嘭、嘭、嘭”擂得大厅门摇晃起来。

他从一个壁柜里掏出他表演系解绳套时用的绳子卷，一头打个结套在床杆上，然后把剩余的绳子从窗子扔了出去。敲门声还在继续。

他爬上窗台开始往下攀，身上的浴袍在风中吹得轻轻飘动起来。他向下经过了一个窗子，窗边有个人正端着一杯鸡尾酒悠闲地往外眺望。看到泰勒，这个人惊恐地瞪大了双眼，手里的酒杯也摔在了地上。人们看着他就好像他是什么怪物，这样的眼神泰勒见得多了。

绳子磨伤了他的手。他刚才没有计算到地面的距离，也不知道绳子够不够长，但他也没时间担心这个问题。刚经过二楼，绳子就到了头，他从八英尺高的地方跳到了人行道上。

正走向一辆出租车的一个漂亮小姑娘冲他“咯咯”地笑，“干什么——做‘拾荒游戏①’吗？”

他飞快地从小女孩旁边跑到了大楼入口处。那个小个子男人从大楼里走了出来，表情轻松，一只胳膊夹着公文包，另一只手插在衣袋里。泰勒扑过去，小个子急忙从衣袋抽出手来，一团火苗烧伤了泰勒胸部。他把凶手扳倒在地，公文包“砰”的一声摔在了地上。

他跳起来抓住泰勒的腰把他举起来，竟然把这个赛车手扔了出去。泰勒头晕目眩，但在小个子猛地扣动手枪扳机时他滚到了公文包旁边。凶手也跳过来抢公文包，泰勒往前一伸手，抓住了他的一只脚脖子。面庞干瘪的家伙向前扑下去，前额摔在了水泥地上。

他那只插在衣袋里的手自动扣动了扳机，子弹击中了泰勒的膝盖……

五分钟过后，另外一个警察说道：“他是本尼，本尼·博特，是一个以提供赛车内部消息为业的情报贩子。犯诈骗罪入过狱，几个月前从一场监狱骚乱中逃出来。他以前跟施韦克没有关系，他俩肯定是在监狱里认识的，而且施韦克一直等到本尼出狱才把藏起来的印版拿出来。他骗过好多人的眼睛，他是个使用伪钞的好手。看来是他贪得无厌，杀了施韦克想独吞——喂，你干吗急着走呢？”

泰勒说：“世界上肯定有可以让人安安静静地洗个澡的地方，我会到地下室里去洗的。如果你要找我，可以试着从洗衣房那儿下去，他们在那里放了几个漂亮的大洗衣盆。”

① 拾荒游戏：在规定时间内觅得某些难寻的东西，以先得者为胜。

重大谋杀

阿尔伯特·特拉斯特沃恩·麦金德先生在伦敦市赚了一大笔钱之后，隐居在黑尔姆斯通海边一栋房子里。他是个五十八岁的鳏夫，陪伴他的只有他的女儿埃尔莎——一个十六岁的漂亮女孩。当地的上流社会对麦金德先生很满意，可麦金德先生却对他们不满意。他在生活中有很多兴趣，而目前最吸引他的就是日新月异的科学技术。由于这个原因，他对布鲁斯·珀思韦尔大夫相当感兴趣。珀思韦尔大夫给麦金德小姐看过一次病，给麦金德先生看过三次——三次都是感冒。珀思韦尔大夫每次都会嘱咐他们应该卧床休息，少吃东西，他还会把他们要吃的药送上门，而且每次效果都好得很。不过这个给麦金德先生的印象还不如珀思韦尔大夫讲起科学的魔力时给他留下的印象深刻。珀思韦尔大夫胡子刮得光光的，头发灰白，满脸威严，举手投足都令人信服。

麦金德先生很喜欢珀思韦尔大夫并经常请他吃饭。尽管麦金德先生知道自己年纪太大，不适合搞任何科学研究了，不过他还是很乐意听一些科学故事，就像珀思韦尔大夫会脱口讲出的那些，准备得都很恰当，而且都处理得正好适合老年人的胃口。通过这种方法，麦金德先生知道了什么叫光速，而且，如果他恰好问到了维生素 C，他还会知道从哪些食谱书里去寻找他需要的这些东西。这对于麦金德先生来说真是再好不过了，而且也坚信了自己的信念，那就是这个世界很有意思。

这天，埃尔莎·麦金德邀请一个朋友来住一段。这个朋友叫杰西·帕金肖，她俩在一起有相当长一段时间了，杰西和她年龄一样大，决定去当护士。她来的那个晚上，麦金德先生为了凑足一桌人，便又邀请了珀思韦尔大夫来和他们一块儿吃晚饭，晚饭是他自己做的。珀思韦尔大夫可能是因为讲了一整天有关节制和节欲的课而有点累，想在晚上放松一下。麦金德先生的晚餐很丰盛，他窖藏的酒也很不错。他们没喝得太过量，不过跟常说的一样，麦金德先生和他的客人已经喝得略有醉意。两位女士回到画室去，麦金德又给珀思韦尔大夫倒了一杯1896年窖藏的酒，并把那天自己心里思考了很久的一个的问题告诉了他。

“你知道，大夫，我看了今天早上报纸上的那宗谋杀案，它让我迷惑不解。为什么那些投毒的人总是会把事情搞糟呢？他们为什么选择像砷这样很容易被查出来的毒品呢？”

珀思韦尔大夫望着天花板沉思了一下。

“我应该说主要是因为疏忽。当然，没有哪位大夫会犯这样一个错误的。不过也不是每个医生都如此，远远不是这样，他们不是谁都知道实际中该怎么做。”

“那么实际中该怎么做呢？”麦金德先生急切地问道。

“呃，”珀思韦尔大夫说，“有两种药在所有药店不用任何手续都能买得到，而且毒性都很轻。但如果你把它们混合起来，比如，把四分之一汤勺的一种药和四分之一汤勺的另一种药一起加到别人喝的水杯中，这个人在喝水后的一小时内就会死掉。而且没有一项尸体解剖或者哪种检查能查出这个人身上有哪怕一点点的毒药。”

“太惊人了，”麦金德先生说，“实在是太惊人了。真是这样的吗？”

“是的。”

“我想我不该问这个问题，”麦金德先生说，“不过你能告诉我这两种药的名称吗？”

“毫无疑问可以，”大夫说，“不过——”

麦金德先生又给大夫的杯子里倒满了酒。

“毕竟，”珀思韦尔大夫说，“你是爱科学的一个学生，你很好学，我对这一点毫无疑问，你的兴趣是完全合法的。你愿意以你的名誉担保并对我发誓你没杀害任何人的企图，并且如果我把这两种药的名称告诉你，你也不会告诉任何人吗？”

“当然，”麦金德先生说，“我与世无争，也不想伤害任何人——更不用说谋杀他们了。”

珀思韦尔大夫走到餐厅门口，打开门向外看了看，又关上，然后回来坐下了。

“你会谅解我的，麦金德先生。我不得不弄清楚是不是有人在偷听。”

他说了那两种药的名字，麦金德先生记在了他的笔记本里。他把两个名字写在两页纸上，而且这两页纸隔得很开。麦金德先生真狡猾。

第二天，麦金德先生在两家不同的药店分别买到了这两种药，他各买了一盎司，没有任何人对此有疑问，也没任何人怀疑他。他感到很吃惊，才花六便士居然买到了这么多。这些药已足够用来谋杀所有邻居，如果他对他们怀有任何恶感的话。

他做事有条不紊。他拿出两大张白纸，把它们裁成小方块。在每一小块纸上他都放上了一勺第一种药，然后把它包成一个漂亮的小包。之后，他又拿出两张蓝纸，用同样的方法包上第二种药。这可能是受传统的制作沸腾散[①]的激发而想到的。每种药都还剩下些，他把它烧掉了。接下来他把这些小纸包整齐地放在一个纸烟盒里，然后又把烟盒放在一张大书桌的抽屉里面。这个抽屉他总锁着，而且锁得相当频繁。

现在他手头上有了足够毁掉四十八条人命的工具，他为自己有这种能力感到心潮澎湃。如果最坏的事情发生——目前没有最坏的事情，而且也不会发生什么事——他感到他都可以应付。

几年过去了。有一次埃尔莎随意地问她父亲："你书桌里那个烟盒里面的一些好玩的小纸包是什么东西呀？我今天到那里去找邮票的时候看到的。对了，顺便说一句，你现在不像过去那样收集那么多的邮票了。"

"呃，"麦金德先生说，"我可以告诉你，盒子里的那些纸包，它们利害攸关。但是就我的记忆而言，我现在又受着一些限制。你必须向我承诺不把我告诉你的事情告诉给任何人。"

"当然可以。"埃尔莎说。

然后麦金德先生把珀思韦尔大夫告诉他的一切都一五一十地对他女儿讲了。

又过了几年，杰西·帕金肖已经是一名合格的护士了，而且成为罗伯特·菲尔明斯特的私人护士。后来菲尔明斯特给麦金德先生写来了一封信。

麦金德先生认识年近九十的菲尔明斯特先生，他俩还挺熟的。他知道菲尔明斯特是他父亲的朋友，而且，菲尔明斯特先生在他的生意还没稳定时，就为他提供资金助他渡过了几次危机。菲尔明斯特先生已经向他保证过，他的大部分财产都会留给麦金德先生养老并且在麦死后再转给他女儿。

菲尔明斯特先生在信中写得相当可怜。他说他知道自己已经来日无多了，

---

① 沸腾散，一种轻泻剂。

他的房子的租期已过，而且，即使最奢侈地计算，他不过还能活两三个礼拜。他觉得自己去不了旅馆了，因为那样会让他痛苦得立马死去。他知道他要求得很多，可是麦金德先生、还有他的护士杰西·帕金肖愿意耐心地侍奉他直到他死去吗？

麦金德先生感到除了接受之外别无选择。她女儿埃尔莎也同意他的想法。这机会使她感到很高兴，因为这将使杰西·帕金肖又回到她身边。别人问的时候，麦金德先生几乎对菲尔明斯特先生只字不提。在他的记忆中，菲尔明斯特是一位不爱说话、书生气很浓的老绅士。他常常责备自己近年来他俩见面太少了。

所以，麦金德先生答应了菲尔明斯特先生的要求。于是菲尔明斯特就开着自己那部名贵的汽车带着护士过来了，他显得有些劳累，并且很乐意上床休息。直到他睡熟了之后，杰西·帕金肖才和焦急的埃尔莎·麦金德聊起来。她俩都对重续令人心醉的友情感到万分喜悦。帕金肖穿着护士服像个安详的使者，埃尔莎的头发剪成了墙面板式的短发发型，和帕金肖比起来显得有些俗气和一般。

“我认为，”帕金肖护士说，“你可能会跟他产生摩擦。不过时间不会很长的，因为他的私人医生已经确切地告诉我说他活不到一个星期了，甚至连他是否能从到这里来的汽车上活着下来都表示怀疑。不过菲尔明斯特先生不喜欢医生，并且他不可能做医生计划交代的每一件事情。”

“但他究竟是个什么样的人呢？”

“他不只是某一种人。我和他在一起的第一个星期里他非常有耐心，非常温和，也很听话。如果他想做什么他还能静静地去做。再比如，他今天到这里来也很好。别的时候他则变得非常古怪和疯狂——当然是由于他的病的缘故——以至于有时候令人难以忍受。当然，一个好的护士必须准备忍受任何这样的情形。把我派给他的医生对我相当好而且还把大量的工作分给我去做，我不想丢了饭碗。不管菲尔明斯特先生做什么还是不做什么，我都会坚持到撑不住为止。在他心情不好的时候，他会说一些你从未听见过的最恐怖的话。”

“辱骂不敬的话？”

“那是当然的。就在昨天，他在三句话里既骂我丧失了灵魂、又骂我的素质低下，还骂我是私生子。不过从长远来看，那还不是尽头。他经常说的话都有些——呃，心理学上的意思。”

“不过书上是有心理学语言的。不是吗？”

“有两种心理学语言，他说的是另外一种。我建议你尽可能避开他。”

“哦，但我很想帮你，”埃尔莎说，“我不想你累死，你能忍受的东西，我也必须忍受。”

“不过，”护士说，“他近来可能不是特别糟糕。他现在疼痛不止，而这总能让他安静。我想他在三天之内打破的量杯不会只一个。”

“我想是这个可怜的老头儿拿不稳吧。”

“不是这样的。你知道吗，他总是扔量杯。他扔东西扔得相当厉害，他说这是他现在唯一的锻炼方式。我们买量杯都是成打买的，即使这样也用不了多久。时不时他会做一些令你意想不到的事，如果允许他在房间里放有衣服的话，他就会走到街上去。当然，这是不允许他做的。对此，我不得不用点儿智谋。实际上我可以把那个老家伙抱起来放到别的地方去，不过，如果他突然用劲抵抗的话就不行了。不，我不能说那是小事一桩——并不容易的，不管怎么说。”

那天晚上吃晚饭时麦金德先生听说了这个故事的好多内容，他没有反应，神情自然。

“我们必须保持耐心，”他说，“不过是几天时间而已，我们肯定可以忍受下来。珀思韦尔大夫明天要来看他，他肯定能告诉我们一些情况。”

第二天早上吃早饭时帕金肖护士显得有些憔悴，麦金德先生和善地问她还有没有耐心。

“他显得硬朗了一些。他刚做了一次活动，不过他现在睡熟了。他又开始扔粥了。”

“开始干什么？”麦金德先生问道。

“‘扔粥’，是他自己这么叫的。他总是拿粥当早餐吃，医生们也说他可以想吃什么就吃什么。有时候他吃，有时候他不愿意吃。他不愿意吃的时候他就会开始扔粥，他会盛上一满勺粥，把勺柄握在一只手里，用另一只手的一个指头把勺尖往后一扳，然后突然放开。用这种方法他可以扔出相当远的距离。他通常对着屋子里的画扔，但他也往我身上扔过两三次，似乎那样能使他快乐。当然，这样会增加打扫卫生的工作量。”

“自然，”麦金德先生说，“我讨厌不讲礼貌的人，但是我想，我必须要问珀思韦尔大夫他是不是认为最好把这个可怜的老家伙送到一个——一个有好些老家伙们待的院子里去，你们知道的。”

但是，珀思韦尔大夫并没有支持麦金德先生的这些建议。

“我亲爱的麦金德，”他说，“我不能向你保证这个菲尔明斯特先生。毫无疑问，他有些古里古怪的，而且他的脾气受病情影响很大，这一点哪一个医生都料想得到。不过他没有幻觉，而且他也不对任何人构成危险。即使构成危险，我也建议你们由着他来。就我所能看到的而言，三天之内他必死无疑。你们也不想仅仅因为忍受不了他生命的最后三天把他扔到一个精神病院去吧。”

“当然不想，”麦金德先生说，“我没有意识到他的末日会到来得这么快。三天，我想你是这么说的吧。”

“或许我说错了，但是从我今天的观察来看，我想三天已经是极限了。”

但是菲尔明斯特先生对医生不大“服从”。他又活了两个月，而且这段时间里，麦金德先生、他的女儿埃尔莎以及帕金肖护士，他们被他折磨得精疲力竭。大部分工作落在了他们头上。男管家也走了，理由是他的工作是打理一家私人住宅而不是一个病人制造的乱摊子。麦金德先生也不在乎失去任何上等仆人，他和他的女儿以及护士都想开了，不久就解雇一个。珀思韦尔大夫只能说他从来没见过这样的病例，他从来没碰到过如此奇怪的生命力，换成任何一个普通人肯定早就死了。

麦金德先生，他女儿，还有这个护士没一点点伪装的样子。他们都盼望菲尔明斯特先生死去。换句体面的话，他们说那是天助的解脱，从各方面考虑都是。

午餐过后，帕金肖护士和埃尔莎·麦金德下班休息了两小时以恢复身心的疲惫和头脑的清醒。午餐前帕金肖护士犯了一阵瘾症，麦金德先生替她值班。如果菲尔明斯特敲铃的话，他可以在书房里清楚地听到。然而，菲尔明斯特先生现在睡熟了，和往常一样，麦金德先生希望不会有什么事。他想要拿一张明信片，所以他打开了自己的书桌，但却没有关上。接着他听见了放在菲尔明斯特先生床头柜上的铃铛的响声，紧接着铃声又响了一遍，麦金德先生赶紧跑上楼来。

他几乎还没进门，就有一只拖鞋冲他扔了过来，砸在他的脸上，拖鞋跟磕破了他鼻子。

“为什么没有引起你的注意？”菲尔明斯特先生说，“我要一杯威士忌加苏打。医生说我想吃什么就可以吃什么，不是吗？上班的时候要好好地上班，希望不要再有下一次，否则我会跳下床来拧断你的鼻子。”

“你不应用这种方式对我讲话，”麦金德先生说，“而且你已经把我的鼻梁打得流血了。不过我还是会给你去拿你想要的东西的。”

麦金德先生下楼的时候怒火中烧，谋杀念头顿起。他想起了打开着的书桌和装有纸包的烟盒。他毫不犹豫地拿来一只玻璃杯往里倒入一个白纸包里的药粉和一个蓝纸包里的药粉。然后他往这里面倒入威士忌，紧接着又加进了苏打水。菲尔明斯特先生把杯子里的东西一饮而尽，然后叫麦金德先生往前走，随后他把酒杯冲麦金德先生扔了过去，只可惜没砸上。几分钟之后菲尔明斯特先生又睡着了。

下楼后，麦金德先生内心剧烈地斗争着。不过在他分析了所做的一切之后，他又看不出他造成了什么危害，因为菲尔明斯特先生总是请求他们用什么东西结束这一切的，最好的医学观点表明他现在只能活几个小时了，这个人一直在折磨他的女儿埃尔莎和帕金肖护士，她们都已经瘦成壳儿了。总的说来，麦金德先生认为他的行为是明智的。然后他把一小块粉红色的膏药贴在了鼻梁上。

大约一小时后，他焦急地等着他女儿和护士回来。在他准备回答她们的质问时，说他给菲尔明斯特先生拿去了一杯威士忌苏打水，而且还说他就做了这些。

他在等着她们上楼迅速地跑下来宣布菲尔明斯特已经死了。

但她们没有立即下来。她们来到客厅后埃尔莎很随便地按铃要了杯茶，帕金肖护士说菲尔明斯特先生看起来硬朗了些，但脾气不大好。

麦金德先生想了想，那些药放在他书桌里已经有些时间了，可能已经失效了吧。他并不后悔。

第二天早上八点钟，麦金德先生正坐在早餐桌旁吃早餐，这时帕金肖护士进来了。

“菲尔明斯特先生死了，”她说，“似乎是在睡觉中死去的。我已经给珀思韦尔大夫打了电话，不过这还没完，我已经忍受了世间的各种痛苦，我要向你坦白一件事情。”

她说了。

“我该怎么办？”她绝望地叫道。

“目前什么也别做，”麦金德先生说，“一切都交给我吧。葬礼过后我会告诉你更多东西的。”

护士出去之后，埃尔莎走了进来。她很随便地吃了一个水煮荷包蛋，喝了杯中国茶，然后突然哭了起来，说她一定要全部坦白。他听了她的坦白，并告诉她怎么办。

“现在，”他说，“不要对别人讲任何事，葬礼之后我们必须确定怎样做才是正确和道德的。”

珀思韦尔大夫毫不犹豫地鉴定出这起死亡属于自然死亡，葬礼也如期举行。后来，通过预约，珀思韦尔大夫去麦金德先生家里给他看了一次病。

“我认为，”麦金德先生说，“通过鉴定你把可怜的菲尔明斯特先生的死归因于他害的病。”

“当然是的，事实如此。为什么不呢？”

“我要你承诺保守秘密吗？要遵守职业道德的约定吗？”

“是的，是的。”

“那好吧，我可以告诉你菲尔明斯特是被谋杀致死的。”

“谋杀？”

“是的。而且，他被谋杀了三次。”

“三次？”

“是的，不只是这样，他也自杀过。”

“我想你最好给我完整地讲一下这个离奇的故事细节吧。”

于是，麦金德先生讲述了自己是如何谋杀菲尔明斯特的。他表示，他很可能有这样的动机，而且他只字未提自己鼻子上的擦伤。

“然后，”麦金德先生继续说，“我女儿和那个护士回来了，我女儿是杰西·帕金肖绝对忠实的朋友。她听到过菲尔明斯特对他的护士讲的那些话并且感到无法忍受。碰巧的是，我的书桌上的抽屉敞开着。她把每种药都倒了一包在茶水里面，然后把茶水端上楼去给他喝了。”

“继续讲，”珀思韦尔大夫说，“他被谋杀了三次，你刚才说的。”

“他自己也自杀过。我认为那个护士由于极度紧张，在一时的精神错乱状态下干了这样的事。傍晚的时候，她把装有毒药的纸盒拿到了他的房间里并把药粉留在了他的最后一杯威士忌苏打酒里面。我无法理解，但她把纸盒留在了他床边的桌子上。那里没有水罐和水杯。第二天早上她发现水杯用过了，而且发现桌上还有一张白纸和一张蓝纸。他结束了自己的生命。”

“我认为不是这样的，”珀思韦尔大夫欣喜地说，“那些白纸跟蓝纸到底是什么东西？”

“你肯定记得你曾经告诉过我有两种药——你告诉了我它们的名字——它们本身无毒但如果混在一起就能在一小时内将人致死的？”

“哦，”珀思韦尔大夫说道，“你当时是在极力诱使我说，你知道的。你的确很喜欢制造一个轰动性的故事，不是吗？实际上，那些药不管是分开还是混在一起，都是完全无毒的。要不然，你能想象一个有道德良知的医生会告诉你这样的事实吗？”

“为什么不呢？”

“你对我承诺过绝对保守秘密的，你知道。”

“是的，”麦金德先生说，“我想已说过一些。实际上，除了我女儿我没有告诉任何人，而且那些被认为有毒的东西差不多一直锁在抽屉里面。”

“那么那个护士又是怎样知道的呢？”

“哦，这个护士是我女儿的一个最亲密的朋友，而且她也对埃尔莎承诺过不会再讲给别人听。”

大夫打了个哈欠。

“我明白了，”他说，“呃，如果我是你的话，不会因此自责。我并不认为你们三人中当时有谁精神错乱了。”

其实，那个下午，麦金德先生，他女儿以及那个护士都为此深深自责过了。